Jette Kaarsbøl

Das Versprechen der Ehe

SERIE
PIPER

Zu diesem Buch

Kopenhagen, Ende des 19. Jahrhunderts: Die junge Frederikke Leuenbech soll den Theologiestudenten Christian Holm heiraten, einen zuverlässigen Mann mit solidem Einkommen, kurzum eine gute Partie. Sie selbst hinterfragt ihre Entscheidung kaum – bis sie den umschwärmten und charismatischen Arzt Frederik Faber kennenlernt und zum ersten Mal in ihrem Leben tiefe und aufrichtige Liebe empfindet. Fasziniert ist sie auch von seinem Freundeskreis, der aus unkonventionellen Intellektuellen und Künstlern besteht. Frederikke löst die Verlobung mit Christian, es kommt zum Skandal. Wenig später macht Frederik ihr ein verlokkendes Angebot: eine Ehe mit ihm in finanzieller Unabhängigkeit und persönlicher Freiheit. Überglücklich willigt sie ein. Doch Frederik versteht unter einem Eheversprechen etwas anderes als sie … In der Tradition der großen skandinavischen Erzählkunst des 19. Jahrhunderts zeichnet Jette Kaarsbøl das Schicksal einer Frau, die erkennen muß, daß niemand anders als sie selbst für ihr persönliches Glück verantwortlich ist.

Jette Kaarsbøl, geboren 1961 im dänischen Hillerød, arbeitete als Dänisch- und Englischlehrerin, ehe sie »Das Versprechen der Ehe« schrieb. Ihr Debüt brachte ihr den renommierten Goldenen Lorbeer und den Buchpreis der Leser ein und wurde in mehrere Sprachen übersetzt. Derzeit schreibt sie an ihrem zweiten Roman.

Jette Kaarsbøl

Das Versprechen der Ehe

Roman

Aus dem Dänischen von
Christel Hildebrandt

Piper München Zürich

Für Lars

Dieses Taschenbuch wurde auf FSC-zertifiziertem Papier gedruckt. FSC (Forest Stewardship Council) ist eine nichtstaatliche, gemeinnützige Organisation, die sich für eine ökologische und sozialverantwortliche Nutzung der Wälder unserer Erde einsetzt (vgl. Logo auf der Umschlagrückseite).

Ungekürzte Taschenbuchausgabe
1. Auflage Mai 2007
2. Auflage Juni 2007

Titel der dänischen Originalausgabe:
»Den lukkede bog«

Umschlag / Bildredaktion: Büro Hamburg
Heike Dehning, Charlotte Wippermann,
Alke Bücking, Daniel Barthmann
Umschlagabbildung: Bettina Rheims
Autorenfoto: Morten Holtum
Satz: Satz für Satz. Barbara Reischmann, Leutkirch
Papier: Munken Print von Arctic Paper Munkedals AB, Schweden
Druck und Bindung: Clausen & Bosse, Leck
Printed in Germany ISBN 978-3-492-24955-3

www.piper.de

Wie soll man es anfangen, die Sinne zu erklären?
Mit den Sinnen verhält es sich wie mit der Liebe.
Sie sind unmöglich zu erklären.
Aber wer wären wir, wenn wir es nicht versuchten?

Per Olov Enquist

PROLOG

MÄRZ 1933

In einem der besseren Viertel der Stadt, in einer Straße nahe Amalienborg, residieren Herr und Frau Obergerichtsrat Herløv hinter vier breiten Fensterfronten im zweiten Stock. Obwohl seit geraumer Zeit hinter fast allen Fenstern zum Hof Licht brennt, ahnt man nur hinter einem der Fenster zur Straße hin einen schwachen Schein – nämlich im Eßzimmer, wo das Mädchen gerade Feuer macht, damit es angenehm warm ist, wenn die Herrschaft sich in ein paar Stunden an den Frühstückstisch setzt. Als sie fertig ist, geht sie zum Fenster, wo sie die flaschengrünen Samtgardinen aufzieht. Lautes Geschrei ist von der Straße zu hören, sie haucht auf die Scheibe, und mit der Faust reibt sie ein kleines Guckloch, legt die Stirn auf die kalte Glasscheibe und schaut hinunter. Da sie nicht feststellen kann, woher der Lärm kommt, zuckt sie gleichgültig mit den Schultern und will sich gerade wieder abwenden, als ihre Aufmerksamkeit von irgend etwas auf der anderen Straßenseite erregt wird. Auch im Wohnhaus gegenüber brennt lediglich in einem einzigen Fenster Licht, und nur dort sind die Vorhänge aufgezogen, und sie kann die Umrisse einer Person erahnen. Sie weiß, wer die alte Frau ist, die in der Wohnung dort oben lebt, sie sitzt jeden Tag auf ihrem Platz im Erker, das ist nicht der Grund für ihre Verwunderung. Nein, es ist vielmehr der Zeitpunkt – normalerweise nimmt die Alte ihren Platz erst im Laufe des Vormittags ein, wenn das Leben in den Straßen erwacht ist und es etwas zu sehen gibt …

Das Mädchen bleibt einen Augenblick mit verschränkten Armen stehen und wundert sich, während sie versucht, ihre Oberarme warm zu reiben. Dann dreht sie sich um und geht weiter ihrer Arbeit nach.

Ein paar Stunden später, als die Frühlingssonne den Frost von den Dächern geschmolzen und die Eisblumen von den Fensterscheiben gehaucht hat, schaut sie zufällig wieder hinüber. Die Frau sitzt immer noch dort, und obwohl jetzt hellichter Tag ist, brennt der elektrische Kronleuchter …

Im Laufe des Nachmittags wird ihr unbehaglich zumute; die Frau hat den ganzen Tag dort gesessen, offenbar ohne ihre Stellung zu ändern. Sie ruft den jüngsten der Dienstboten zu sich und erteilt ihm den Auftrag, den Hausmeister gegenüber zu bitten, doch mal nachzuschauen, ob alles dort in Ordnung sei.

Emil Jensen hat sich soeben an den Tisch gesetzt, um sein Abendessen einzunehmen. Er lehnt sich behaglich zurück, faltet die Hände und streckt dann die Arme über den Kopf, bis er das vertraute Geräusch von Gelenken hört, die knackend nachgeben. Die Hände auf die Stuhllehnen gestützt, richtet er sich auf, stöhnt leise, schaukelt hin und her, läßt einige Male den Kopf kreisen und spürt eine leichte Linderung in der schmerzenden Nackenmuskulatur.

Bei dieser Bewegung stechen ihm die feuchten Flecken an der Decke ins Auge. Er weiß, daß er dagegen etwas tun müßte – so etwas gehört ja wohl kaum in eine anständige Wohnung –, aber er tröstet sich damit, daß er nur äußerst selten jemanden in den Privatbereich läßt, wie er seinen kleinen Verschlag nennt, der sowohl als Wohnung als auch als »Büro« dient. Und bei der Arbeitsbelastung, die ihm auferlegt ist, kann es ihm ja wohl niemand vorwerfen, wenn er für derartige Kleinigkeiten hinter seiner eigenen Tür keine Zeit hat. Denn auch wenn es weiß Gott keine einfache Sache ist, Hausmeister in einem Wohnhaus dieser Klasse zu sein, sondern vielmehr ein verantwortungsvolles Amt, das Überblick und Conduite erfordert, hat bisher noch niemand etwas an seiner Arbeit bemängeln können, er hat sie stets gewissenhaft und verantwortungsbewußt ausgeführt.

Das Abendessen, das vor ihm auf dem etwas angeschmutzten Tischtuch steht, ist bescheiden – ein paar Bratkartoffeln, eine dicke Scheibe Roggenbrot und ein wenig ausgelassenes Fett zum Eintauchen. Hätte er eine Frau, sähe seine Mahlzeit natürlich etwas anders aus, das weiß er nur zu gut, aber man will ja nicht klagen. Außerdem kostet es Geld, eine Frau zu haben – wie alles andere wird auch das immer teurer! – und falls Emil Jensen überhaupt eine Art Lebensphilosophie hat, dann wohl diese: Wenn ein Mann satt ist, dann ist er satt, und folglich kann es ganz gleich sein, was er sich dazu in den Mund gestopft hat.

Diese resignierte, fast defätistische Einstellung kennt natürlich – obwohl sie fast seine gesamte Existenz durchdringt – auch eine Ausnahme: Neben dem angestoßenen Teller (weit nach links geschoben, damit auch ja kein Fleck darauf kommt!) liegt Emil Jensens einzige wirkliche Leidenschaft, ein elegantes, in Leder gebundenes Briefmarkenalbum. Und als er es mit feierlicher Miene und dem notwendigen Minimum an Berührung (linker Daumen- und Zeigefingernagel) öffnet, um die zierlich darin drapierten Briefmarken anzusehen, ist es fast, als würfen sie einen versöhnlichen Schein auf die Mahlzeit.

Er hat seine Mahlzeit zur Hälfte beendet, als es plötzlich an der Tür klopft. Hastig wischt er sich den Mund ab, setzt eine servile Miene auf und öffnet einen Spaltbreit. Sobald er den Jungen sieht, der draußen steht, wirkt er leicht verärgert, als dieser jedoch nervös stammelnd seinen ernsten Auftrag herausgebracht hat, macht der Hausmeister ein wichtiges Gesicht und versichert dem Jungen, daß die Sache in den besten Händen sei und so schnell wie möglich geklärt werde.

Die Milchglasscheiben in der Tür klirren, als er zehn Minuten später die Tür zu seinem Privatbereich zuzieht und verschließt und sich die Treppen hinauf zur Wohnung der alten Dame begibt. Die Situation behagt ihm gar nicht. Er kennt die Dame nicht weiter, hat in all den Jahren, die er schon hier arbeitet, kaum ein Wort mit ihr gewechselt, aber von ihrer Haushälterin – einer Frau Mikkelsen, die normalerweise ein paarmal die Woche kommt, der er aber seit langem nicht mehr begegnet ist – hat er gehört, daß sie mürrisch und unnahbar sei.

Er erreicht ihre Tür und zögert einen Moment lang vor dem großen Messingschild, bevor er mit entschlossener Hand klopft. Keine Antwort. Er klopft noch einmal, fester. Es dröhnt im Treppenhaus, aber aus der Wohnung ist kein Laut zu hören. Er beschließt, ihr noch eine Chance zu geben, und klopft ein drittes Mal, aber als er immer noch keine Antwort bekommt, löst er das Schlüsselbund von seinem Gürtel und beginnt zwischen den vielen Schlüsseln zu suchen. Schließlich findet er den richtigen, schiebt ihn ins Schloß und dreht ihn um.

Drinnen schlagen ihm als erstes der muffige, verstaubte Geruch und die ohrenbetäubende Stille entgegen. Der lange Flur liegt verlassen vor ihm.

»Entschuldigung! Ist jemand zu Hause?« Seine Stimme klingt vorsichtig und dennoch überwältigend in der Stille. »Hier ist der Hausmeister. Ist jemand da?«

Er erwartet keine Antwort und bekommt auch keine.

Er bewegt sich den dunklen Flur entlang, an den vielen geschlossenen Türen vorbei. Eine unheimliche Vorahnung verstärkt sich mit jedem Schritt. Als er in die Stube am Ende des Flurs tritt, wird er einen Moment lang von der Abendsonne geblendet, die in Augenhöhe ins Zimmer scheint. Er wirft einen schnellen Blick ins Wohnzimmer, das elegant möbliert ist, aber verstaubt und vollkommen menschenleer – abgesehen von der jungen, rothaarigen Frau, die ihm von einem Gemälde an der Wand entgegenlächelt. Dann geht er über die Teppiche weiter in den nächsten Raum – ein Zimmer, in dem etwas mehr Möbel stehen und das auf den ersten Blick ein wenig unordentlich wirkt. Der Staub liegt dick auf den Mahagonitischen. In den Erkern und auf Piedestalen, die überall verteilt sind, stehen Topfpflanzen, die sich trocken in alle Richtungen spreizen. Zwei ausgeblichene, rote Sofas stehen einander gegenüber und sehen aus wie ein erstarrtes Lächeln, und von der Decke hängt ein Kronleuchter, an dem alle Birnen brennen – eine sinnlose Verschwendung von Elektrizität, die den unangenehmen Eindruck von Schlampigkeit verstärkt und ihn einen Moment lang empört.

Noch bevor er sie entdeckt, hat er das Gefühl, daß die alte Frau tot sein muß – hier drinnen kann man sich kein lebendiges Wesen vorstellen.

Und ganz richtig sitzt sie in dem Ohrensessel vor dem Fenster.

Das erste, was er von ihr sieht, ist ein Arm, der leblos über die Lehne hinausragt. Er hält kurz inne, um Mut zu fassen. Dann schleicht er sich näher, das eigene Unwohlsein ist ihm unangenehm, und er spürt die Furcht, sie könnte sich plötzlich umdrehen und ihn anlachen.

Doch als er vor ihr steht, sieht er sofort, daß es lange her ist, seit dieses menschenähnliche Ding zum letzten Mal gelacht hat. Zuerst erkennt er sie gar nicht, glaubt eine Sekunde lang, es wäre eine andere, die ihren Platz hier eingenommen hat. Die Gesichtsfarbe, die früher leicht rötlich war, ist durch eine gelbsuchtartige Blässe ersetzt worden – ja, der Tod hat sie so sehr verändert, daß ihre Gesichtszüge ihm vollkommen fremd erscheinen. Das faltige Gesicht ist geglättet – die Haut liegt stramm und durchsichtig wie Pergamentpapier auf den ausgehöhlten Wangen.

Wo sind die Falten geblieben? Emil Jensen steht vor einem Mysterium. Er hat nie zuvor einen toten Menschen aus der Nähe gesehen, deshalb starrt er wie gelähmt, aber auch schamlos fasziniert die Frau auf dem Sessel an. Der Nacken ist nach hinten gebeugt, der Kopf, ein wenig zur Seite gekippt, ruht auf der Rückenlehne des Sessels, die Augen sind geschlossen – Gott sei Dank! –, also ist sie wohl schlafend ins Jenseits getreten. Die Nase erscheint spitzer als sonst, und der Mund ist weit geöffnet, so daß er freien Blick auf ihre Zunge hat, die trocken und unbeweglich daliegt.

Sein Blick verliert sich in der merkwürdigen leeren Höhle. Das ist nicht länger ein Mund – das ist ein ausgetrockneter, tiefer Krater ... ein Weg, der direkt in eine unendliche Leere führt, die ihn zu ergreifen und in eine fremde Welt zu ziehen droht, aber dennoch so sonderbar vertraut erscheint, als trüge auch er dieses schwarze Nichts in sich.

Er weiß nicht, was da vor ihm im Sessel sitzt – ein Mensch ist es jedenfalls nicht mehr. Eher ein Kadaver, ein Aas, ein Ding ... eine vertrocknete, verwelkte Hülle ohne Inhalt, eine Schale, die so dünn und zerbrechlich wirkt, daß sie bei der geringsten Berührung zerbrechen könnte.

Nicht, daß er überhaupt daran denken würde, sie zu berühren! Der bloße Gedanke erfüllt ihn mit Unbehagen, und ihm bricht der kalte Schweiß aus. Er spürt die eisige Kälte, die von der Leiche auf ihn übergeht, und begreift mit einem Mal die Bedeutung der Worte »ein entseelter Körper« – sieht hier unmittelbar vor sich den Beweis dafür, daß es die Seele gibt und daß der Körper nur ihr vorübergehender Aufenthaltsort ist.

Eine sonderbare Angst packt ihn. Wenn die Seele nun nicht mehr in dieser Hülle ist, wo ist sie dann? Kann sie überall sein? Könnte es sein, daß sie unsichtbar über seinem Kopf schwebt, bereit, ihm an die Kehle zu gehen? Sofort schnürt sich sein Hals zusammen, der Mund wird trocken, und er merkt deutlich, wie aus seiner eigenen Hülle das Leben entweicht. Er erträgt es nicht länger, dieses Gesicht zu sehen, es scheint sich bereits vor ihm zu bewegen, so wie sich die feuchten Flecken an seiner Zimmerdecke bewegen, wenn er sie zu lange anstarrt. Hastig wendet er sich ab, eilt durch die Wohnung, läuft den Flur entlang, den Tod im Genick, und wirft die schwere Tür hinter sich zu – mit dem Gefühl, das Schicksal ausgetrickst zu haben.

Er ist bereits ein gutes Stück die Treppen hinuntergekommen, als ihm das Licht einfällt. Leise flucht er, kämpft einige Sekunden lang mit sich selbst, dreht sich dann widerstrebend um (Pflicht ist Pflicht!) und geht die wenigen Stufen wieder hinauf. Mit zitternden Händen findet er den richtigen Schlüssel, schließt auf, durchquert die Wohnung, ohne nach rechts oder links zu schauen, steckt die Hand in den Raum und findet blind den Lichtschalter. Er schiebt ihn hoch, stöhnt erleichtert auf und läuft wieder hinaus.

An diesem Abend friert Hausmeister Jensen mehr als sonst in seinem einsamen Bett. Im allgemeinen gehört er nicht zu der überspannten Sorte. Er ist ein rationaler Mann, der sich nicht auf Spekulationen einläßt, weder der unter- noch der überirdischen Art, Spekulationen, die seiner Meinung nach zu nichts führen, weil nichts Handgreifliches herauskommt. Aber auch wenn sein gesunder Menschenverstand ihm sagt, daß es ihm besser gehen wird, sobald die Leiche dort oben abgeholt sein wird, nützt es nichts.

Denn es scheint, als könnte er die Kälte aus der Wohnung der alten Frau nicht so recht loswerden. Er ist so durchgefroren und sein Körper so stumm und ohne Ansprüche, daß das kleine Baumwolltuch (der Rest eines alten Kopfkissenbezugs, den er jeden Abend unter Gewissensqualen mit ins Bett nimmt, jeden Morgen sorgfältig auswäscht und dann ordentlich zum Trocknen aufhängt) unangetastet an seinem Platz neben dem Kachelofen hängenbleiben darf.

Drei Tage später findet eine Beerdigung auf einer der vornehmen, teuren Familiengrabstätten in der östlichen Ecke von Holmens Kirkegård statt.

Es ist ein grauer, windiger Tag, an dem niemand sich freiwillig draußen aufhält. Der kräftige Wind malt rote Spuren auf die Wangen und Ohren der wenigen Anwesenden und heult beharrlich in den Baumkronen über ihren Köpfen. Die sonst so stolze und sorgsame Bepflanzung der Gräber hat sich geduckt, als kämpfe sie um ihr Leben, indem sie dem Sturm nachgibt. Das Thermometer zeigt mehrere Grade unter dem Gefrierpunkt, und da nicht ein einziger Angehöriger zur Stelle ist, beschließt der junge Pfarrer, die Sache möglichst bald über die Bühne zu bringen. Mit flatterndem Talar liest er ein paar Zeilen und geht den liturgischen Verpflichtungen nach. Er hat einen Text aus dem Buch des Predigers Salomo ausgewählt *(Denn man gedenkt des Weisen nicht immerdar, ebenso wenig wie des Narren, und die künftigen Tage vergessen alles; und wie der Narr stirbt, also auch der Weise)*. Aber seine Stimme trägt in dem Sausen nicht weit, ja, es scheint, als könne sie nicht einmal sein eigenes Inneres erreichen. Während der gesamten Zeremonie befinden sich seine Gedanken nämlich daheim in der Pfarrwohnung bei seiner jungen Ehefrau, die er so deutlich vor sich sehen kann, wie sie an der Feuerstätte sitzt mit einer Handarbeit im Schoß und den kleinen Kindern, die ihr zu Füßen spielen – ein Umstand, den der Allmächtige ihm sicher vergeben wird.

Das Ganze ist schnell überstanden, und der Totengräber – ein untersetzter, schlecht rasierter Mann mittleren Alters, der in krassem Kontrast zu der feingliedrigen, weichen Eleganz des Pfarrers steht – zieht sich die Handschuhe an, schüttelt sich ein paarmal und ergreift dann die Schaufel.

Das scharrende Geräusch seiner Arbeit ertrinkt im Jammern des Windes.

Der Diener des Herrn verläßt das Grab mit dem Wind im Rücken. Trotz der Kälte fühlt er einen überwältigenden Drang, laut zu lachen, als er spürt, wie der Sturm ihn fast gewaltsam über die Kieswege des Friedhofs schiebt, als würde er ihn wie mit unsichtbarer Hand, die nur das Beste für ihn will, nach Hause befördern.

ERSTER TEIL

FEBRUAR – MAI 1932
APRIL – AUGUST 1875

1

FEBRUAR 1932

Eine ältere Frau sitzt in einem Sessel am Fenster. Es ist der letzte Wintermonat, aber ungewöhnlich mild für die Jahreszeit. Der Regen läuft die Fensterscheiben hinunter, und die Alte betrachtet apathisch das Spiel der Tropfen auf dem Glas. Die meisten hängen fest; sie sind relativ klein und bescheiden und offensichtlich zufrieden mit dem Los, das ihnen beschieden ist. Aber plötzlich kommen ein paar große, kräftige Tropfen, die sich in ihrer übermütigen Trunkenheit losreißen und in aller Eile die Scheibe hinunterbegeben. Sie sehen aus wie Kaulquappen. Auf ihrem Weg navigieren sie geschickt zwischen den anderen Tropfen hindurch, ein paar von ihnen saugen sie auf und machen sie zu einem Teil ihrer selbst. Manchmal sind es zwei oder drei Tropfen, die sich gleichzeitig losreißen, und es entsteht ein kleiner Wettlauf zwischen ihnen. Zum Schluß verschwinden sie für immer hinter den Fenstersprossen. Unablässig wiederholt sich diese idiotische Szenerie vor Frederikkes müden Augen, und sie sieht sie, ohne sie wirklich zu sehen, während sie über die Stille nachdenkt.

Denn stimmt es etwa nicht, daß die Stille heute greifbarer ist als sonst? Wenn sie ihren Blick über die Wände ihrer Stube gleiten läßt, ist sonst alles, wie es schon immer gewesen ist. Sie ist allein, wie immer. Nicht, daß es sie stört; sie hat schon vor langer Zeit aufgehört, sich für die Gesellschaft anderer Menschen zu interessieren. Sie beherrscht die Regeln dieser lächerlichen Übungen nicht, die »leichte Konversation« genannt werden, oder, noch schlimmer, »ein nettes Gespräch«, sie hat sie nie beherrscht – Fertigkeiten, die offenbar wichtig sind, wenn man von seinen Artgenossen akzeptiert und nicht zu Tode gehackt werden möchte. Nein, hierher kommt keiner, und sie erwartet auch niemanden.

Die einzige, die den Weg in die Wohnung findet, ist Mamsell Rasmussen, die wäscht, kocht und saubermacht. Die beiden Frauen ertragen einander, aber nur aus reiner Notwendigkeit. Frederikke empfindet die andere als bedrohlich, aber sie weiß nicht, gegen wen sie sie austauschen soll, denn wenn sie sie wegschickt, dann kommt ja doch nur eine andere. Die Welt ist voll von diesen im Namen der Güte ausgesandten Leichenfledderern, die nach Opfern suchen, um sich auf sie zu stürzen und ihnen den letzten Rest von Würde zu entreißen, bis an die Zähne bewaffnet mit klebriger Freundlichkeit und widerlicher Fürsorge. Sie findet sie unerträglich, sie sollen sie nicht benutzen, um ihren Frieden mit dem Herrn zu schließen.

Anfangs hat sie ernstlich Angst gehabt, daß dieses Frauenzimmer ihr mit all ihrem anbiedernden Geplapper die Ohren abreden würde. »Ihnen geht es doch wohl gut heute, gnädige Frau?« – »Gibt es wohl etwas, was Ihnen fehlt, gnädige Frau?« – »Ob Sie wohl gut sitzen, oder möchten Sie wohl ein kleines Kissen im Rücken haben, gnädige Frau?« Wohl! Immer dieses »wohl« – als ob ihre Fragen von so schwierigem Charakter wären, daß sie sich nicht ohne weiteres beantworten ließen, und sie deshalb gemeinschaftlich den Vormittag damit verbringen müßten, die Antworten zu erraten.

Die Anzahl dieser lächerlichen Nachfragen, die im Laufe der Zeit aus ihrem Mund quellen, ist gar nicht auszumachen – Fragen, die sicher wohlwollend und fürsorglich gemeint sind. Frederikke aber braucht keine Fürsorge. Was denken sie denn, mit wem sie es eigentlich zu tun haben? Sie wird schon selbst Bescheid sagen, wenn ihr etwas fehlt – reden kann sie trotz allem noch.

Vor einigen Wochen, als Mamsell Rasmussen wie üblich mit ihren geschäftigen Händen und ihrem ununterbrochenen Gezwitscher im Wohnzimmer herumlief, hat sie sie zu sich gerufen. Sie ist gekommen und hat sich neben ihren Sessel gestellt, und mit einem kleinen Lächeln auf den Lippen hat Frederikke sie noch näher zu sich gelockt, als wollte sie ihr ein Geheimnis verraten, bis das neugierige Gesicht der anderen so nah dem ihren war, daß sie die kleinen, geplatzten Blutäderchen unter ihrer Haut sehen und den unangenehm intimen Geruch aus ihrem Mund riechen konnte. Kleine, funkelnde Augen starrten sie erwartungsvoll an, als sie mit einer Stimme, die an der Grenze zwischen dem Vertraulichen und dem Herablassenden angesiedelt war, erklärte:

»Hören Sie mal, meine liebe Mamsell Rasmussen, ich weiß nicht, woher Sie den Eindruck bekommen haben, daß ich an Ihrem ganzen Gerede interessiert sei. Ich bezahle Sie fürs Putzen und Kochen und was sonst noch dazugehört, eine Wohnung und einen Körper in Funktion zu halten, und ich selbst bin der Meinung, daß ich dafür ziemlich großzügig zahle. Wenn ich eine Gesellschafterin bräuchte – wobei ich stark bezweifle, daß das jemals der Fall sein könnte –, dann werde ich es Sie wissen lassen ... Verstehen Sie, worauf ich hinauswill?«

Mit einem Ruck wich Mamsell Rasmussen von ihrer Seite. Die lose Haut unter ihrem Kinn zitterte, dann erstarrte ihr Gesicht. Für den Bruchteil einer Sekunde konnte Frederikke sehen, wie ihr Gegenüber überlegte, ob sie ihre Herrin zum Teufel schicken sollte, was wohl durchaus eine angemessene Reaktion gewesen wäre. Die roten Unterschichtshände bewegten sich fast unmerklich zum Schürzenband, als wollte sie es aufknüpfen und davongehen, um nie wieder zurückzukommen.

Aber sie tat es nicht, sondern hielt mitten in der Bewegung inne, und ein empörtes, aber kaum hörbares »Mein Gott!« war das einzige, was ihrem sonst so gut geölten Mundwerk entwich. Sie besann sich, ganz wie Frederikke es vorausgesehen hatte. Sicher bildete sie sich ein, sie selbst beschlösse zu bleiben, aber die Wahrheit war, daß sie keine Wahl gehabt hatte. Leute ihrer Schicht können sich Empörung nicht leisten. Das ist ein Privileg, das Geld kostet, und das hat nur Frederikke. Wobei es das einzige ist, was sie noch besitzt. Aller anderen Dinge, das fühlt sie genau, ist sie durch das Leben beraubt worden.

Das Leben ... Welch eine merkwürdige Erfindung, welch bitterer Humor!

Als sie noch jung war, kam es vor, daß sie sich vor den Spiegel stellte und voller Verwunderung über das war, was sie sah. Es kam ihr so vor, als gäbe es nicht die geringste Verbindung zwischen dem jungen und unangemessen hübschen Gesicht im Spiegelglas und der Person, die davor stand. Denn das war doch nur *sie!*

Mein Gott! Heute verhält es sich schmerzlich anders. Wenn sie heute ihr Spiegelbild betrachtet – und das tut sie oft, denn es bereitet ihr ein ganz eigenes, freudloses Vergnügen, all dieses alte Fleisch zu betrachten –, dann begreift sie nicht, wann das junge Gesicht gegen diese faltige, hohlwangige Visage ausgetauscht wurde, die da vor ihr schwebt. Wie hat eine derartige Verwandlung stattfinden können, ohne daß sie es bemerkt hat? Warum sind nicht alle Spiegel ob der Ungehörigkeit zerbrochen, daß sie stillschweigend diese Veränderung verkünden mußten, ohne ihr ein einziges Mal eine barmherzige Notlüge zu präsentieren? Diese Frage hat Frederikke eine ganze Zeitlang beschäftigt.

Inzwischen weiß sie, daß es auf dieser Welt keine Barmherzigkeit gibt – weder bei den Spiegeln noch unter den Menschen. Gerechtigkeit lautet das Postulat, und sicher ist nur die Tatsache, daß alles verfällt ... vergeht ... verwelkt ... stirbt.

2

APRIL 1875

Noch ein Fenster ...

Das Bild ist ähnlich, wir haben es schon früher gesehen, aber das Licht ist anders, klarer, schärfer – und die Person, die am Fenster steht und hinausschaut, ist alles andere als alt. Es ist ein Mädchen. Ziemlich hübsch, darf man wohl sagen. Ihr Körper ist ein wenig vorgebeugt, die Arme sind vor der Brust verschränkt und die Schultern etwas hochgezogen. Die Kälte steigt ihr den Rücken empor, die Luft in der großen Stube, in der sie sich befindet, erscheint rauh und ein wenig klamm, und hinter ihr kann man die Mutter in den Räumen umhergehen sehen, immer noch die Winterstola umgelegt, obwohl es doch laut Kalender Frühling sein soll. Daß es durch die undichten Fenster zieht, könnte ein Teil der Erklärung für die etwas verkrampfte Haltung sein. Der Rest der Erklärung besteht in der Tatsache, daß dem Mädchen soeben aufgegangen ist, daß das Leben nicht ewig währt.

Draußen liegt der Garten mit den hügeligen Rasenflächen, wo sie sich früher unter der mehr oder weniger gewissenhaften Aufsicht der Kindermädchen getummelt hat. Hier oben vom Fenster aus hat das Gras sie immer an ein großes, weiches Kissen erinnert, auf das man seine Wange legen könnte, man müßte nur den Kopf durchs Fenster hinausstecken.

Sie friert. Trotzdem bleibt sie am kalten Fenster stehen und denkt daran, daß sie einmal sterben wird. Das Bewußtsein dieses – nicht unmittelbar eintretenden, aber dennoch unumgänglichen – Todes ist ihr nicht langsam gekommen, als natürlicher Teil des Reifungsprozesses, der im Sinn eines jeden Menschen vor sich geht, nein, es war wie eine plötzliche, schockierende Einsicht, ein Schlag mitten ins Gesicht. Und was sie erschüttert, ist nicht der Tod an sich, sondern das, was ihm vorausgehen wird. Denn – das hat man ihr soeben zu verstehen gegeben – schon lange, bevor sie stirbt, wird sie ihres Lebens beraubt werden.

Das Mädchen heißt Frederikke Kirstine Leuenbech. Vor vier Monaten ist sie einundzwanzig Jahre alt geworden.

Zu diesem Zeitpunkt, an dem wir (ohne eine andere Einladung als unsere eigene Neugier) in ihr Leben treten, kennt sie Christian Holm bereits einige Jahre. Sein Vater, ein ziemlich wohlhabender Großhändler mit dem lächerlichen Namen Herluf Holm, ist eine der engsten Geschäftsverbindungen ihres Vaters, weshalb die beiden Familien über die Jahre häufig beieinander zu Gast gewesen sind.

Der junge Christian Holm hat nichts an sich, was sofort ins Auge stechen würde. Durch seine Anwesenheit ruft er weder besonders unangenehme noch besonders angenehme Gefühle hervor – er ist, wenn man es so sagen darf, ungewöhnlich normal. Er ist ein paar Jahre älter als Frederikke, aber weiß Gott nicht alt, er ist ruhig, vernünftig und außerordentlich begabt in seiner eigenen, etwas eingeschränkten Art. Ohne sagen zu können, warum (vielleicht war es eher ein Zufall als wirklich ein Beschluß?), haben Christian und Frederikke die Rolle des verlobten Paares eingenommen.

Frederikkes Eltern gefallen diese Zukunftsaussichten sehr gut. Von ihrem Blickwinkel aus kann es wohl kaum eine bessere Partie geben: Er stammt aus einem Haus, das sie kennen, und ist ein höflicher, freundlicher junger Mann, der alle Voraussetzungen mitbringt, ein ordentlicher Schwiegersohn zu werden. Auch wenn seine Attraktivität vor allem in der offensichtlichen Fähigkeit seiner Familie begründet ist, sich in der Finanzwelt zurechtzufinden, so ist er, so paradox es erscheinen mag, ebenso sehr aufgrund seiner Berufswahl willkommen, die mit diesem Hintergrund bricht, ist er doch der erste in einem Geschlecht erfolgreicher Geschäftsleute, der sich für die Theologie entschieden hat. Zum großen Kummer seiner eigenen Eltern hat er nämlich während seiner Gymnasialzeit – als mehrere seiner gleichaltrigen Kameraden tiefer in die Flasche und die Ausschnitte der Damen zu schauen begannen – damit angefangen, ein wenig zu tief in die Bibel zu schauen, was, wie sie befürchtet hatten, dazu führte, daß er ein offensichtliches Desinteresse an den Freuden und eleganten Methoden des Geschäftslebens entwickelte.

Frederikkes Eltern meinen jedoch, daß ein junges Mädchen Gottes Wort gar nicht oft genug hören kann, und deshalb leben sie in der sicheren Gewißheit, daß der künftige Schwiegersohn die geistigen Bedürfnisse ihrer Tochter voll und ganz erfüllen wird, ohne dabei ins Profane zu verfallen. Mutters leises Summen, das die Räume erfüllt und sich auch Frederikkes Aufmerksamkeit nicht entzieht, kann zum Teil diesem Gefühl der Zufriedenheit zugeschrieben werden.

Die Eltern sind froh, Christian scheint glücklich zu sein – nur was ihre eigene Person betrifft, hat sie es sich noch nie gestattet, tiefergehende Spekulationen anzustellen …

Jetzt steht sie hier am Fenster. Sie hat am selben Tag einen Brief von Christian erhalten, aber den hat sie nicht in der Hand. Sie drückt ihn nicht an ihre Lippen oder an ihr Herz – nein, sie gibt sich keiner dieser Lächerlichkeiten hin, die für eine Ehefrau in spe als normal angesehen werden - nein, sie hat ihn schnell durchgelesen und ihn dann unter die anderen Papiere in ihrer jungfräulichen Kommode geschoben. Dort, versteckt wie ein schmutziger Schmähbrief, der das Tageslicht scheut, liegt nun das zierlich angefertigte Billetdoux ihres Auserwählten – verborgen wegen ihrer fast panischen Angst, daß die Welt um sie herum von seiner Existenz erfahren könnte.

In der letzten Zeit haben die Eltern dem jungen Paar mehrfach erlaubt, einige Stunden zu zweit in Frederikkes Zimmer zu verbringen. Es ist nicht auszuschließen, daß es Christians Wesen ist, das beruhigend auf sie gewirkt hat – denn wie oft wird nicht die Feierlichkeit, die ein derartiger Mangel an Selbstironie mit sich bringt, mit moralischer Unantastbarkeit verwechselt?

Aber das Vertrauen ging immer nur so weit, daß ihre Mutter sich doch mit regelmäßigen Auftritten bei ihnen bemerkbar machte, den Tee brachte oder einen Bescheid übermittelte, der problemlos noch hätte warten können. Auch ihr Vater hatte keine Gelegenheit versäumt, sie wissen zu lassen, daß sie zwar verborgen, aber nicht vergessen waren.

Dabei war das, was dort in den jungfräulichen Gemächern vor sich ging, denkbar unschuldig. Christian hatte viel geredet, wie meistens über sich selbst und seine Lebenspläne. Diese zeichneten sich nicht gerade durch Bescheidenheit aus, und seine Ungeduld, endlich die Füße unter den eigenen Tisch stellen zu können – und auf die eigene Kanzel – war auffällig. Es gab für ihn so viel zu tun, denn in diesen barbarischen Zeiten wimmelte es förmlich von Elementen, deren einziger Wunsch es war, jede vernünftige Lebensgrundlage zu zerstören, die auf die Familie als Institution spuckten und sogar hinter Gottes Existenz ein Fragezeichen setzten. Da wurden Menschen wie er gebraucht, um die Gesellschaft aufrechtzuerhalten, dieser geisteskranken Anarchie entgegenzutreten, diesen fremden Stimmen zu widersprechen! Es gebe, wie er in seiner jugendlichen Einfalt meinte, so vieles, was er für die Menschen tun könne.

Ein jeder, der selbst einmal jung gewesen ist, kann jedoch voraussagen, daß auch diese Themen mit der Zeit ausgeschöpft sind. Nach ihrer offiziellen Verlobung war Christian offenbar der Meinung, damit das Recht zu gewissen Freiheiten erworben zu haben, und zeigte eine für ihn nicht gerade charakteristische Empfänglichkeit gegenüber den eher irdischen Versuchungen des Daseins.

Es ist wohl an der Zeit zu erwähnen, daß Frederikkes Kenntnisse des Sexuellen zu diesem Zeitpunkt äußerst begrenzt waren oder gar vollkommen fehlten. Sie befand sich Lichtjahre von den heutigen Verhältnissen entfernt – in einer Zeit, als man noch von einem Ständer sprechen konnte, ohne daß auch nur der geringste Zweifel darüber herrschte, daß es sich um ein Teil der Einrichtung handelte, und als das einzige steife Glied, das sich dem Blick eines jungen Mädchens offenbarte, ein erhobener Zeigefinger war. Dennoch war sie nicht völlig ahnungslos, und sie wußte natürlich nur zu gut, wofür Christians zarte Annäherungen die Vorbereitung waren. Sie wußte, was verheiratete Leute miteinander taten, und sie wußte auch, daß das – aus Gründen, die sie nicht ganz durchschauen konnte – akzeptiert und erwartet wurde. Also ließ sie sich häufig von Christian auf den Mund küssen, vorsichtig, trocken und akademisch – eine Handlung, die comme il faut war und zu der sie ihn mit leicht kokettem Verhalten indirekt aufgefordert hatte.

Dennoch fühlte sie sich vollkommen unvorbereitet, als er eines Abends (vermutlich nachdem er sich mit dem Jahrgangswein ihres Vaters Mut angetrunken hatte) versuchte, seine Zunge zwischen ihre Lippen zu pressen. Es ist überflüssig zu erwähnen, daß sie zum ersten Mal die Zunge eines anderen Menschen in ihrem Mund spürte, und die Abscheu, die sie empfand, läßt sich nur schwer beschreiben – es war, als hätte er ihr den Mund mit Waldschnecken vollgestopft. Ja, diese Kränkung ihrer Person war so unerhört und ihre Empörung so groß, daß es sie nicht weiter überrascht hätte, wenn er sich ohne Vorwarnung ausgezogen und ihr am hellichten Tag stolz ein erigiertes Glied präsentiert hätte! Dazu muß man wissen, daß in beiden Fällen von ihr vollkommen unbekannten Regionen die Rede ist. Sie waren gleich beängstigend in ihrer Fremdartigkeit, gleich aufdringlich in ihrer Art, und die schmerzliche Gewißheit, die sie plötzlich überfiel, daß all das sicher »normal« sei, ließ ihr gesamtes Welt- und Zukunftsbild zusammenstürzen, ihren Körper erstarren und ihren Mund und ihre Lippen in einem vernichtenden Protest vertrocknen.

Es kam nie wieder vor.

Sie zog sich von ihm zurück und sah augenblicklich den verletzten, beschämten Ausdruck in seinem leicht erhitzten Jünglingsgesicht. Er ähnelte gleichzeitig einem Dieb, der auf frischer Tat ertappt worden war, und einem kleinen Kind, dem man ein Bon-

bon weggenommen hatte, auf das es sich so gefreut hatte und das ihm rechtmäßig zustand. Scham gemischt mit selbstgerechter Empörung!

Da saßen sie also in lähmendem Schweigen, das nur von Herrn Leuenbechs sporadischen, etwas künstlichen Hustenanfällen unterbrochen wurde. Sie saßen auf dem äußersten Rand des kleinen Sofas, jeder so weit wie möglich vom anderen entfernt – ein Bild des Jammers. Sie ähnelten zwei Kindern, die sich mit einer Schachtel Streichhölzern amüsiert haben, ohne die Konsequenzen ihres gefährlichen Spiels zu überblicken und die jetzt nicht begreifen können, welche fremden Kräfte sie zu diesem Ungehorsam verführt haben, beide mit dem sonderbaren Gefühl, daß alles die Schuld des anderen gewesen sei, und daß die Eltern ihnen gar nicht würden verbieten müssen, miteinander zu spielen – ab sofort wird es ihnen ohnehin nie wieder möglich sein, einander in die Augen zu sehen.

Als Christian sich endlich soweit gesammelt hatte, daß er eine stotternde Entschuldigung hervorbringen konnte, ergriff Frederikke in einem plötzlichen Gefühl quälenden Mitleids seine Hand und murmelte ein paar hingeworfene Worte von Geduld und Verständnis. Das schien ihm ein großer Trost zu sein, und seine Persönlichkeit veränderte sich wie durch einen Zauberspruch vor ihren ungläubigen Augen. Ihre Andeutung hinsichtlich weiblicher Schwäche und Abhängigkeit hatte seine Demut und Ohnmacht in Allmacht verwandelt – in ein Gefühl männlicher Überlegenheit und Beschützerdrang. Auf den Knien vor ihr liegend beteuerte er, daß er sich nie wieder vergessen werde, daß aber die männlichen Triebe so stark seien, daß es einfach über ihn gekommen sei. Und sie sei ja so wunderbar – was sie selbst sicher gar nicht wisse. Sie habe ihn vollkommen verwirrt, so daß er für einen Moment vergessen habe, daß Frauen eben nicht mit derartigen Trieben ausgestattet seien (Frederikke hatte zu diesem Zeitpunkt nur eine vage Vorstellung davon, daß er sich hier irren könnte). Er werde niemals wieder, das gelobte er, vergessen, auf die Zerbrechlichkeit ihres Geschlechts Rücksicht zu nehmen …

O doch, Christian Holm hatte seine Redegewandtheit zurückgewonnen.

In den Tagen nach dieser Episode versuchte sie ihre Abscheu zu vergessen. Weil es viel zu schmerzhaft war, sich von den Träumen zu verabschieden, versuchte sie alles Unangenehme aus ihrem Bewußtsein zu löschen, und dieses statt dessen mit den üblichen Tagträumen und Luftschlössern zu füllen. Bis jetzt hatte sie sich doch so gefreut. Ihre Freude war vielleicht kindisch gewesen, aber nichtsdestotrotz – oder vielleicht gerade deshalb – war es unglaublich schwer, sie loszulassen. Sie versuchte sich deshalb einzubilden, daß alles anders werden würde, wären sie erst verheiratet – vielleicht barg ja das Sakrament der Ehe das ganze Geheimnis in sich? Wenn Christus in der Lage war, Wasser in Wein zu verwandeln, gab es dann einen Grund, daran zu zweifeln, daß er ebensogut Reines aus Unreinem erschaffen konnte?

Ihr Auserwählter reiste nach Viborg, wo er für einige Zeit den Pfarrer am neuen Dom vertreten sollte, und seine Abwesenheit war für die Bedrängte eine unschätzbare Hilfe. Und wer weiß – vielleicht war es tatsächlich ein Fall von göttlichem Eingreifen, denn während er den geistlichen Leerraum eines Pfarrers ausfüllte, der sich einer Magenoperation hatte unterziehen müssen, wurde sein fleischlicher Platz an Frederikkes Seite von der objektiv distanzierten und vernunftsbetonten Erinnerung an ihn eingenommen. Nicht von Christian Holm selbst, sondern von ihrer Definition von Christian Holm – der gegenüber sich zu verhalten natürlich sehr viel einfacher war. Mit Kennermiene konnte sie ihn nunmehr auf der Basis sachlicher Kriterien beurteilen wie ein Schlachter, der das Fleisch abwiegt, und aus diesem Blickwinkel betrachtet waren seine Vorteile zahlreich: jung, aus guter Familie, ein ansprechendes Äußeres, von mittlerer Größe, muskulös und schlank, mit blauen Augen, die eine ruhige, sichere Entschlossenheit ausstrahlten. Seine Bekleidung war edel, sein Auftreten diskret. Das Haar war blond und gewellt, und die breiten, weichen Hände waren die sanftesten, die sie bisher bei einem Mann gesehen hatte. Und so weiter ... Sie mußte zugeben, daß sie mehr Glück als viele ihrer gleichaltrigen Bekannten hatte, und sie nahm sich vor, in Zukunft mehr darauf zu achten, das auch zu zeigen. Nein, er war wirklich nicht schlecht, dieser Christian.

Bis zu dem Brief, der an jenem Morgen gekommen ist.

Jetzt steht sie am Fenster und friert. Auch wenn es ihr gelungen ist, den Brief vor der Welt zu verbergen, so ist es ihr nicht geglückt, ihn aus ihrem Bewußtsein zu streichen. Was nützt es, wenn er hinter Schloß und Riegel verwahrt ist, solange sie hier im grellen Vormittagslicht steht und förmlich spüren kann, wie seine Sätze ein Eigenleben bekommen und sich gerade ihres Körpers bemächtigen? Sie merkt ganz deutlich die Wanderung der Buchstaben über ihren Rücken, und vielleicht sind sogar sie daran schuld, daß sie ihre Schultern vor Anspannung hochzieht.

Der Inhalt des Briefes? Nun ja, er unterscheidet sich wohl nicht sehr vom Inhalt der meisten Briefe dieser Art, und es wäre äußerst ungerecht, dem Absender etwas vorwerfen zu wollen – abgesehen von seiner Jugend und seinem sichtlichen Mangel an Geschick, die Empfängerin richtig einzuschätzen.

Die Sprache kann nicht gerade als vollendet bezeichnet werden, dazu ist sie zu pompös, aber dennoch herrscht kein Zweifel, daß dieser Brief unzählige Male durchgelesen und umgeschrieben worden ist, ehe er seine endgültige Form gefunden hat. Denn es ist ja nicht nur eine Liebeserklärung, die sich an diesem Morgen vor Frederikkes ungeübtem Blick offenbart, sondern der heilige Lobgesang ihrer göttlichen Person, das Versprechen einer vollkommenen Unterwerfung. Doch – und das spürt Frederikke sofort – es ist ein zweideutiger Lobgesang – ein falsches Versprechen! Er hat Ausdrücke wie »verzehrende Sehnsucht«, »ewige Seligkeit« und »endlose Freude zu wissen, zu wem man gehört« benutzt, Worte und Redewendungen, die ihr das quälende Gefühl gegeben haben, besetzt zu werden, weil aus ihnen doch so deutlich hervorgeht, daß er sich wünscht, ganz in sie einzudringen – nicht nur in ihren Körper, sondern auch in ihre Seele.

Aber das Schlimmste ist, daß er es gewagt hat, sich auf ihr letztes Treffen zu beziehen, und das in den ekelerregendsten Wendungen. Er hat es gewagt, die Episode, die zu vergessen sie sich alle Mühe gegeben hat, als »Vorgeschmack auf die Großzügigkeit, auf die Gnade, mit der der Herr uns zu überschütten plant« zu bezeichnen. (Man kann ihn direkt vor sich sehen, wie er über das Schreibpult gebeugt dasteht, aufgeplustert in seiner eigenen Eitelkeit, überzeugt davon, einer derartigen Gnade würdig zu sein. Und daß er in der Lage ist, derartige Zeilen zustande zu bringen, ist das nicht bereits ein Zeichen für das Wohlwollen, das der Herr für ihn empfinden muß?)

Doch das denkt Frederikke nicht. Sie denkt nur, daß all diese schönen Worte sich nur um das Recht drehen, ihr die Zunge in den Mund zu stecken, ganz zu schweigen von all dem anderen, weitaus Schlimmeren. Die kleinen weißen Finger zupfen gedankenverloren und nervös am Gardinensaum. Als die Mutter auf ihrer geschäftigen Wanderung durch die Räume bei ihr vorbeikommt, bittet sie Frederikke, das doch zu unterlassen.

»Hast du denn nichts Vernünftiges zu tun?«

Frederikke möchte nur in Ruhe gelassen werden. Das einzige, wozu sie Lust hat, ist zu sterben. Nein, das Wort »Lust« ist falsch gewählt, läßt sich ihr Zustand doch gerade durch das vollkommene Fehlen von Lust charakterisieren. Frederikke verläßt die Aussicht auf den Garten ihrer Kindheit, holt aus der Küche einen Teller und geht dann die Treppe zu ihrem Zimmer hinauf, wo sie die Tür hinter sich schließt.

Sie zieht den Brief aus der Schublade und weiß, daß sie nicht anders handeln kann. Sie legt ihn auf den Teller, starrt einen Moment lang diese ungenießbare Mahlzeit an, die das Schicksal ihr serviert hat, mit dem unüberwindbaren Widerwillen eines Kindes, das vor eine Portion gekochten Lauchs gesetzt wurde. Weil ihre Hände so sehr zittern und weil es natürlich nicht jeden Tag vorkommt, daß ein hübsches Mädchen wie sie einen Brief verbrennt, muß sie es wiederholte Male versuchen. Fast hat sie ihr riskantes Vorhaben schon aufgegeben, als die Flammen endlich greifen, und mit Abscheu betrachtet sie den Brief, der sich plötzlich zusammenkrümmt und in etwas verwandelt, das mit ein wenig Phantasie einem dünnen braunen Herbstblatt mit eingerollten Rändern ähnelt. Apathisch piekst sie darauf ein, bis es sich in ein kleines Häufchen Asche verwandelt hat, das sie aus dem Fenster schüttet.

Trotz der Kälte läßt Frederikke das Fenster offen stehen, so daß der Wind den scharfen, verräterischen Geruch aus dem Zimmer tragen kann.

Damit verläßt jegliche Erwartung menschlichen Glücks ihr Leben.

3

FEBRUAR 1932

Die Alte humpelt zu ihrem Beobachtungsposten.
Verdammte Beine!
In der einen Hand trägt sie einen Teller mit Essen, den sie in der Küche geholt hat, mit der anderen stützt sie sich an Ecken, Tischen und Stühlen ab – Gegenstände, die ihrem Körper ein vorübergehendes Gefühl von Sicherheit geben. Der Abstand zwischen der Küche und dem Sessel in der Fensternische beträgt zwölf oder dreizehn Meter, doch er kommt ihr unendlich und gefährlich vor.

Sie bietet einen jämmerlichen Anblick; ihr Gesicht verzieht sich ab und zu vor Schmerzen, und aus ihrem Mund dringen leise Ausrufe wie »Oh!« und »Verdammt!« Als sie endlich ankommt und den Teller abgestellt hat, läßt sie sich in den Sessel fallen. Sie landet schwer und ein wenig schräg. Die Position ist unbequem, aber sie muß erst einmal in dieser Stellung bleiben und Atem schöpfen, ehe sie wieder genügend Kräfte gesammelt hat, um aufzustehen und sich ordentlich hinzusetzen. Sie spürt, wie der weiche Sessel sie fast umarmt. Schließlich greift sie nach dem Teller und betrachtet verärgert seinen Inhalt. Man muß ziemlich hungrig sein, um sich für so eine traurige Mahlzeit so weit zu bewegen. Mamsell Rasmussen gibt sich auch immer weniger Mühe. Sie wird etwas von mir zu hören kriegen, wenn sie später kommt, denkt die Alte, da kann sie sicher sein.

Nur selten und unter großen Mühen kommt sie aus dem Haus. Die vielen Treppen hinunter kann sie nicht ohne Hilfe bewältigen, und sie stellt ihre Hilflosigkeit nicht gern aller Welt zur Schau. Was geht es die anderen an, daß sie nicht mehr gehen kann?

Außerdem ist es doch gleichgültig, ob sie hinunterkommt. Was soll sie denn dort? Sie hat ohnehin Angst vor dem Gedränge in den Straßen, die sich so verändert haben. Nein, meistens sitzt sie hier oben und betrachtet das Leben durch ihre Fenster. Auf diese Weise hält sie Abstand, vielleicht so, wie sie es immer getan hat und wie es eigentlich am besten zu ihrer Natur paßt – oder zu ihrer Unnatur ...? Sie hat ihren besten Sessel hier in die Fensternische gestellt, es hat sie Stunden gekostet, ihn hierherzubugsieren, aber jetzt kann sie die Früchte ihrer Anstrengung ernten. Sie ruht ihren alten Körper aus, während sie alles da draußen betrachtet.

Sie beugt sich über die Fensterbank und lehnt die Stirn an die Scheibe. Ein Milchwagen fährt klappernd durch die Straße. Noch sind wenige Menschen zu sehen. Der Obergerichtsrat, der gegenüber wohnt (wie heißt er noch? Har …? Harløv? Herløv!), kommt durch die Haustür, mit dem Bauch zuerst, und steuert dann die Straße hinunter, die Zigarre im Mundwinkel. Auch ihn hat das Alter nicht gerade hübscher gemacht, selbst wenn er außerordentlich zufrieden aussieht. Ein Zirkusclown ist er, der nicht ahnt, daß er zwei beeindruckende Hörner spazierenträgt, die seine Frau ihm aufgesetzt hat und die sie an mehreren Vormittagen im Monat fleißig erneuert. Es gibt Menschen, die es sich nicht vorstellen können, daß irgend etwas auf der Welt ihrer ach so mächtigen Person Paroli bieten könnte.

Ein Narr, noch so ein Narr …

Zwei kleine Mädchen kommen zum Vorschein. Sie hüpfen unten auf dem Bürgersteig herum. In wollenen Sonntagsmänteln schlagen sie ihre Kapriolen, daß die Zöpfe hochspringen und um ihre Köpfe tanzen.

Kinder … Sie sind gesegnet, sie hat das Leben noch nicht …

Es kommt ihr in den Sinn, daß die Mädchen da unten Helena und sie hätten sein können. Während sie die beiden betrachtet, überfällt sie ein banales Staunen darüber, wo all die Jahre geblieben sind. Wohin ist so plötzlich ihre Kindheit verschwunden, ihre Jugend, ihr Leben? Wieso sitzt sie hier mit blutunterlaufenen Augen, die sich bei der geringsten Anstrengung mit Tränen füllen, und mit Fingern, die so trocken und knotig sind, daß es großer Anstrengung bedarf, auch nur eine Tasse festzuhalten? Kann denn niemand sehen, daß sie eigentlich da unten mit den anderen Kindern herumlaufen sollte, kann niemand sehen, daß sie auch nur ein Kind ist? Sie schwört, sie ist in keiner Weise anders als die da unten, sie ist ein Kind, sie ist unschuldig. Will ihr denn niemand glauben?

Ihre Schwester hatte die schwedisch klingenden Namen Helena und Sophia nach der Urgroßmutter väterlicherseits bekommen. Diese stammte ursprünglich aus Stockholm, aber vom Charme des Urgroßvaters verführt (oder aus welchem Grund auch immer), war sie 1768 aus ihrem Elternhaus und über den Sund nach Dänemark gebracht worden. Helena war genau ein Jahr und dreihundertdreiundsechzig Tage älter als sie selbst, ein Altersunterschied, der mit den Jahren immer unbedeutender wurde, bis er sich schließlich auflöste und sie älter wurde als ihre große Schwester.

Helena war ein neugieriges und furchtloses Kind, das sich überall dort hintraute, wo Frederikke selbst vor lauter Angst nie hingegangen wäre: auf den Dachboden mit seinen dunklen Ecken unter den spinnwebenbedeckten Balken und in den Keller, dieses feuchte, dunkle Loch mit den vielen Räumen. In einem stand ein Schrank voller Einmachgläser mit Rhabarbergrütze, in anderen türmten sich Kohle und Koks – schwarze Berge, unter denen in Frederikkes Phantasie der Teufel selbst wohnte. Wenn ein Koksstück den Berg herunterrollte, bildete sie sich ein, daß der Teufel seine schwarze Bettdecke zur Seite schlug, bereit, den Kopf hervorzuschieben, um sie zu fressen. Dann klammerte sie sich an Helena, die manchmal laut lachte, sie aber nie verhöhnte, und die stets tröstende Worte wußte.

Wollte man Helena mit einem einzigen Wort beschreiben, dann mit dem Wort Verschwendungssucht. Sie war mit allem verschwenderisch. Verschwenderisch in ihrer Kleidung, verschwenderisch mit Worten, verschwenderisch mit ihrem Lachen wie mit ihrer Wut. Verschwenderisch mit Zärtlichkeiten. Verschwenderisch mit Liebe und mit ihrem Leben.

Helena hatte ein Gesicht mit deutlichen Konturen. Die Farben hatte sie von ihrer Mutter geerbt: das Haar war dunkel, die Haut weiß und die Lippen kräftig rot, was den Eindruck vermittelte, daß alle Gesichtszüge scharf voneinander abgegrenzt waren; da war der Haaransatz, da waren die Augenbrauen, da der Mund, dessen Oberlippe ein wenig über die Unterlippe hinausragte und ihr ein etwas verwegenes Aussehen verlieh. Frederikke hatte sie immer um diesen Mund beneidet. Sie selbst hatte – früher, als sie noch nicht alle Farben verlassen hatten – rotes Haar gehabt und eine transparente Gesichtshaut mit ein paar Sommersprossen; ein ganz hübsches, sanftes Gesicht, aber sonderbar konturlos, fast zerfließend.

Sie waren wie Zwillinge gewesen – so eng miteinander verbunden, wie es zwischen zwei Geschwistern überhaupt möglich ist. Sie liebten einander trotz aller Unterschiede.

Unterschiede ... Menschen ... ihre Schwester. Wohin ist es nur alles verschwunden?

Frederikke war es, die verlassen wurde.

Eines Tages war Helena plötzlich weg gewesen. Niemand ahnte, wo sie war – nicht einmal ihrer Herzensfreundin (einem Fräulein Gram, das sie auf der Haushaltsschule kennengelernt hatte und mit dem sie zu jeder passenden und unpassenden Gelegenheit herumzulaufen pflegte) hatte sie sich offenbar anvertraut. Doch schon bald – vermutlich mangels anderer Erklärungsmöglichkeiten – ging man davon aus, daß ihr Verschwinden etwas mit dem jungen Lange zu tun haben mußte, einem Pianisten, der sie ein Jahr lang am Klavier unterrichtet hatte. Es war für jedermann leicht zu durchschauen (obwohl sie es Frederikke gegenüber stets geleugnet hatte), wenn auch schwer nachzuvollziehen, daß sie für ihn eine gewisse romantische Schwäche hegte. Aber er muß wohl doch ein wenig zu lange um den heißen Brei herumgeschlichen sein, denn als sie ein paar Tage später wieder nach Hause kam, konnte sie verkünden, daß sie geheiratet habe. Niemand – niemand! – hatte Phantasie genug gehabt, das Verschwinden des lebhaften Mädchens in einen Zusammenhang mit Gutsherrn Lehmann zu bringen, Vaters prominenter, aber wortkarger Geschäftsverbindung. Jedenfalls stand er nun da und betrachtete Helena mit stolzer Besitzermiene.

Der Vater wußte offensichtlich nicht, wie er reagieren sollte – wahrscheinlich war er hin- und hergerissen zwischen seiner Verblüffung über die unerwartet gute Partie und seiner Wut darüber, hinters Licht geführt worden zu sein. Er verzog heftig das Gesicht, und ein paarmal fuhr seine Hand vor und zurück, als schnitte er ein imaginäres Brot, bevor er endlich die selbstbewußt vorgestreckte Hand des Schwiegersohns ergriff, die mit üppiger Behaarung und einem frisch erworbenen Ehering geschmückt war.

Frederikke starrte auf diesen graubärtigen Hünen, der eben erst aus »Die Schöne und das Biest« herausgetreten und in einen Anzug geschlüpft zu sein schien, und konnte nicht verstehen, daß ihre Schwester keine Angst vor ihm hatte.

Doch das hatte sie nicht. Sie lachte und strahlte, summte und packte.

Ein paar Tage später war sie endgültig fort – verschwunden übers Meer in ihr neues Leben auf Jütland – und hinterließ einen Sog aus Sehnsucht und Ungläubigkeit. Und man kann wohl sagen, daß ihr Name schicksalsträchtige Konsequenzen nach sich zog.

Abgesehen von ein paar ausgedienten Stiefeletten, die in der hintersten Ecke des gemeinsamen Schranks lagen, hinterließ sie nichts als Leere – und die Sehnsucht nach ihr war körperlich zu spüren, wie eine verzehrende Unruhe. Noch lange Zeit nach der Abreise ihrer Schwester empfand Frederikke eine so starke Rastlosigkeit in den Beinen, daß sie des Nachts keinen Schlaf finden konnte. Es schien, als forderten ihre Muskeln eine ununterbrochene Bewegung, und sie war gezwungen, sie tanzen zu lassen. Hektisch und monoton führten ihre Beine ihren Trauertanz auf dem Bettlaken aus, immer und immer die gleichen Bewegungen – bis die Haut an ihren Fersen vom groben Leinen aufgescheuert war. Morgens goß sie sich Wasser in eine Schüssel und ließ vorsichtig die mißhandelten Füße in die lindernde Kühle gleiten. Nach dem Bad cremte sie die schmerzenden Fersen mit einer beruhigenden Kampfersalbe ein. Und dennoch war der Schmerz, wenn sie anschließend die Füße in die Schuhe schob, unmenschlich und lang anhaltend.

Sie erzählte nie jemandem etwas davon.

Die kleinen Mädchen sind fort.

Eine Frau und ein Mann sind aus dem Haus gegenüber gekommen, und während Frederikke das nach nichts schmeckende Brot mit Hilfe ihrer steifen Zunge und ihrer jämmerlichen Zahnstummel mühevoll in die Kehle befördert, ergreifen sie die Kinder bei der Hand und gehen mit ihnen davon. Sie biegen um die Ecke und sind verschwunden.

Auf dem Fenster der Alten krabbelt ein Käfer. Langsam bewegt er sich auf einer sinnlosen Reise ins Nichts.

4

Einen Nachmittag in der Woche spaziert das junge Mädchen den kurzen Weg von seinem Elternhaus zu Familie Holms großer Wohnung in der Bredgade, wo sie pflichtschuldigst mit Christians Mutter Tee trinkt. Ab und zu, wenn seine wichtigen Geschäfte es erlauben, kommt Herr Holm nach Hause und nimmt den Nachmittagstee mit den beiden Frauen ein. Dann thront er schweigend und paternalistisch am Tischende und konzentriert seine gesamte Aufmerksamkeit auf Frederikkes Person, so daß die Fragen seiner Frau einen fast inquisitorischen Charakter erhalten. Frau Holm ist eine sehr gesprächige Frau, die mit ihrem unsicheren Lächeln, flackernden Blick und dem schrillen, nervösen Lachen den diametralen Gegensatz zu ihrem Mann bildet. Vielleicht hat diese künstliche Fröhlichkeit ja zum Ziel, seine Aufmerksamkeit auf sich zu ziehen, vielleicht ist sie aber auch ein Versuch, sein verbissenes Schweigen wettzumachen. Letzteres wäre eine Aufgabe, die jedem als ziemlich hoffnungslos erscheinen müßte.

Frau Holm redet, Herr Holm schweigt ernsthaft, und Frederikke lächelt, den Kopf etwas schief gelegt, was ihr ihrer Meinung nach ein keckes und unschuldiges Aussehen verleiht – eine Angewohnheit, die sie sich von Helena ausgeliehen hat.

Mehrmals kommt es vor, daß sie ihre zukünftigen Schwiegereltern zu Abendgesellschaften in deren Bekanntenkreis begleitet oder daß sie gemeinsam mit ihrer Schwiegermutter in spe Höflichkeitsbesuche absolviert. Das sei doch, wie sie meinen, eine wunderbare Gelegenheit, Frederikke »einzuführen«. Frederikke selbst ist – um ehrlich zu sein – auch nicht frei davon, diese neue Rolle zu genießen. Sie wird als verlobte Frau vorgestellt, und es scheint, als würden die Leute sie daraufhin anders betrachten. Sie gehört jetzt zu den Auserwählten, ihr Erfolg im Leben ist gesichert, und der Tatbestand, daß sie diesen verheißungsvollen Zustand genießen kann, ohne mit der klebrigen Anwesenheit des Auserkorenen belastet zu werden, ist natürlich der reine Gewinn für sie.

Einer dieser Höflichkeitsbesuche findet bei Professor Carl Faber und seiner Frau statt. (Daß dieser Besuch entscheidende Konsequenzen nach sich ziehen wird, davon weiß sie aus guten Gründen nichts.) Familie Faber besitzt das Haus, in dem Familie Holm wohnt, und residiert selbst im zweiten Stock.

Frederikke kennt, wie die meisten Kopenhagener zu dieser Zeit, Professor Faber vom Namen her. Sein großes Engagement für die Volksgesundheit hat bisher zu drei oder vier Kliniken geführt, in denen die Armen der Stadt kostenlos behandelt werden, und ist in den Kopenhagener Zeitungen viel besprochen worden. So ist er ziemlich berühmt geworden – auch unter den Ärzten, die ihn fast zu einer Art Volksheld ernannt haben. Durch ihre Schwiegermutter in spe ist sie, wie über so vieles andere, auch über die eher privaten Verhältnisse der Familie informiert worden. Herr und Frau Faber werden immer als die »reizendsten« Menschen beschrieben – eine Beurteilung, der Frederikke keine große Bedeutung beimißt, da ihre Schwiegerfamilie, laut Frau Holms Aussagen, ausschließlich mit »entzückenden«, »charmanten« und »reizenden« Menschen zu verkehren scheint.

Professor Faber stellt sich als ruhiger, bescheidener Mensch heraus. An seinem Auftreten ist nichts Heroisches, ganz im Gegenteil liegt ein Hauch von Hilflosigkeit über dem älteren, grauhaarigen Mann. Ob es der gesellschaftliche Auftritt im allgemeinen oder Frau Holms Gesellschaft im besonderen ist, der ihm nicht behagt, weiß niemand zu sagen, aber sie selbst, Frau Holm, war nie in besserer Form als an diesem Nachmittag. Ihr kleiner, spitzer Mund bewegt sich in einem unendlichen Redeschwall, wobei es ihr gelingt, gleichzeitig diverse Tassen Tee und mehrere Stücke des hausgemachten Kuchens zu sich zu nehmen. Der Professor, der ihr gegenüber sitzt, unterhält sich freundlich lächelnd mit dem Gast seiner Frau, aber sein Lächeln wirkt angestrengt und etwas verkrampft, als hätte er sich auf eine Hutnadel gesetzt und könnte es nicht über sich bringen, das zu sagen. Er rührt in seiner Tasse herum, kaut ohne größere Begeisterung an einem Keks, und sobald er nicht direkt in das Gespräch mit einbezogen wird, betrachtet er Frau Holm mit gesenktem Kopf, gerunzelter Stirn und einem verwunderten Blick in den freundlichen, aber ach so müden Augen.

Seine Ehefrau, die sich vermutlich in den Fünfzigern befindet, ist eine der schönsten Damen, die Frederikke je gesehen hat. Ihre Körperhaltung ist aufrecht, sie wirkt sehr groß und schlank, ein Eindruck, der durch ihr kräftiges dunkles, kunstvoll hochgestecktes Haar verstärkt wird. Wenn sie gedämpft und mit sorgfältig gewählten Worten spricht, bewegen sich ihre schlanken weißen Hände so in der Luft, daß Frederikke sich an einen Vogel erinnert fühlt, und ihr schmales, feines Gesicht, das geheimnisvollerweise ohne Falten ist, läßt die arme Schwiegermutter daneben wie eine Bulldogge erscheinen.

Nachdem der Tee getrunken und die Tassen vom Tisch geräumt sind, holen die drei Damen ihre obligatorische Handarbeit hervor, und der Professor erhebt sich, sichtlich erleichtert. Mit einer leichten Verbeugung entschuldigt er sich und verläßt den Raum unter dem Vorwand, noch einige Arbeiten erledigen zu müssen.

»Haben Sie Geschwister, Fräulein Leuenbech?« Frau Faber schaut Frederikke freundlich interessiert an.

»Ja, eine Schwester, die fast gleichaltrig ist. Wir sind nur knapp zwei Jahre auseinander. Sie hat vor ein paar Monaten geheiratet und lebt jetzt in Jütland.«

»Dann kann ich mir denken, daß Sie sie sehr vermissen, oder?«

»O ja. Sehr! Es ist schon merkwürdig, sie so plötzlich zu verlieren ...«

»Na. Verloren haben Sie sie ja wohl nicht?« Frau Faber sieht sie mit ernstem Blick direkt an, und Frederikke spürt plötzlich die Stille, die im Raum herrscht.

»Nein, natürlich nicht«, erwidert sie schnell, selbst über ihre unglückliche Wortwahl überrascht. »Ich meine nur, daß es schwer ohne sie ist, wo sie doch vorher immer da war.«

»Du wirst sehen, meine Liebe«, vertraulich beugt sich die Schwiegermutter zu ihr hinüber, umgeben von einer Parfümwolke, und legt eine trockene Hand auf ihre, »das wird besser, wenn ihr erst verheiratet seid. Dann wirst du dich um so vieles kümmern müssen, daß du gar keine Zeit für solche Gedanken hast.«

Sie streichelt Frederikkes Hand und wendet sich dann Frau Faber zu: »Wir freuen uns ja so für das kleine Fräulein Leuenbech«, gluckst sie, als wäre sie ein Huhn und Frederikke ein Ei, das sie gerade gelegt hat.

Das kleine Fräulein Leuenbech lächelt dankbar und demütig.

Das Ehepaar Faber hat drei erwachsene Kinder – zwei Söhne und eine Tochter.

Bevor Frederikke und ihre Schwiegermutter an diesem Nachmittag heimgehen, können sie noch einen der Söhne begrüßen. Wie ein Wirbelwind kommt er durch die Tür hereingesaust, gerade als sie gehen wollen. Sein unerwartetes Auftauchen löst einen Begeisterungsruf der Schwiegermutter aus.

»Ach, da haben wir ja den jungen Frederik! Was für ein Zufall, dann können Sie ja gleich Christians Verlobte kennenlernen. Wir sind gerade im Begriff zu gehen, wissen Sie, ich habe es schrecklich eilig, weil ich heute abend noch eine kleine Gesellschaft auszurichten habe.«

Die Geschwindigkeit, in der sie spricht, ist beeindruckend.

»Darf ich Ihnen Fräulein Leuenbech vorstellen?« Sie macht eine grandiose Armbewegung, daß man glauben könnte, sie hätte den größten Teil ihres Lebens damit verbracht, Könige und Königinnen einander vorzustellen, und habe jetzt Mühe, diese fürstlichen Gewohnheiten abzulegen.

Der Fremde starrt verwirrt und blauäugig von einer zur anderen, und es dauert einen Augenblick, bis er in ein breites, leicht ironisches Lächeln ausbricht.

»Ja, guten Tag, Frau Holm. Wie schön, daß Sie zu Besuch gekommen sind.« Er wendet sich Frederikke zu, die sich während des ganzen Auftritts zurückgehalten hat.

»Und das ist also Fräulein Leuenbech ...« Er sieht sie mit einem abschätzenden und ein wenig spöttischen Blick an. »Ich habe mich schon darauf gefreut, Sie kennenzulernen. Mein Name ist Frederik Faber. Wie Sie vielleicht wissen, ist Christian ein alter Bekannter von mir?«

»O ja, Christian und meine künftige Schwiegermutter haben mir schon von Ihnen erzählt ...« Sie sucht Frau Holms Blick mit einem stummen Hilferuf. Aus unerklärlichen Gründen hat diese jedoch ihren Mund geschlossen und weigert sich, Frederikke zu Hilfe zu kommen.

Der Fremde räuspert sich. »Wir kennen uns schon seit unserer Geburt, Christian und ich.« Er fügt hastig hinzu: »Nun ja, daran kann ich mich natürlich nicht mehr erinnern, aber man hat es mir erzählt.«

Wieder lächelt er. Es ist ein merkwürdiges Lächeln, das ihren Blick aufzusaugen scheint, und eine kurze Sekunde lang schaut sie zu ihm auf, um gleich wieder wegzusehen. Es entsteht eine kleine Pause, die offenbar keiner von ihnen ausfüllen kann. Sie dauert nicht lange, vielleicht nur wenige Sekunden, aber in diesem bescheidenen Zeitraum setzen bei Frederikke gewisse Veränderungen ein, die nur ein äußerst aufmerksamer und geübter Beobachter würde feststellen können. Auf ihren Wangen treten plötzlich diskrete rote Flecken auf, und in ihren Augen könnte man, wenn es denn möglich wäre, Blickkontakt mit ihr aufzunehmen, einen leicht desorientierten Ausdruck feststellen.

Da er offenbar nicht weiß, was er ihr noch sagen könnte, wendet er sich nun seiner Mutter zu.

»Ich habe es leider schrecklich eilig, Mutter. Ich komme eigentlich nur, um Vater um einige Papiere zu bitten, die mir fehlen.«

»Du findest ihn im Arbeitszimmer, mein Junge. Könntest du ihm sagen, daß unsere Gäste aufbrechen wollen?«

»Das werde ich tun.« Er deutet eine Verbeugung an. »Es war nett, Sie begrüßen zu dürfen. Ich hoffe, bald wieder das Vergnügen zu haben.«

Dann macht er auf dem Absatz kehrt und zeigt für einen kurzen Moment sein edles Profil, bevor er verschwindet.

Die wohlmodulierte Stimme hat offensichtlich versucht, die Tatsache zu überdecken, daß es ihn nicht im geringsten interessiert, ob er sie wiedersehen wird oder nicht. Frederikke krümmt sich unter seiner selbstsicheren Gleichgültigkeit – ein Gefühl, das sie nur allzu gut kennt und das sie augenblicklich dazu bringt, ihn zu hassen. Denn er ist einer von *denen.*

5

Sie spürt es gleich beim Aufwachen. Die Winterkälte ist fort, das Wetter ist mit der üblichen Schnelligkeit umgeschlagen in Frühlingswärme. Das Mädchen ist bereits im Zimmer gewesen und hat das Fenster geöffnet. Sie hat es wohl gehört, aber getan, als wenn nichts wäre. Sie hat keine Lust aufzustehen, möchte am liebsten liegen bleiben und die sanfte Luft im Gesicht spüren. Frühlingsgeräusche dringen durch das offene Fenster, und alle sind sie neu und verändert in ihrer sandigen, spröden Schärfe. Ist es nicht jedes Frühjahr so? Das Klappern der Pferdehufe ist deutlicher, und das scharrende, metallische Geräusch der Wagenräder hängt scharfgeschliffen in der Luft. Die Stimmen vorbeieilender Passanten klingen plötzlich, als kämen sie aus einem verborgenen Raum hier drinnen im Zimmer, als wären sie für ihre Ohren bestimmt. Sie läßt sich träge in diese fremden Leben hineinziehen – leiht sich ein wenig von ihrer Geschäftigkeit, phantasiert über Bruchstücke ihrer Gespräche und nimmt teil an ihrem Lachen. Über dieser ganzen unsichtbaren Szenerie liegt eine Leichtigkeit und ein Hauch von Erwartung, das fühlt sie genau.

Sie bekommt an den nackten Oberarmen eine Gänsehaut. Einen Moment lang betrachtet sie sie und zieht dann die Bettdecke bis zum Hals hoch. Kurz schließt sie die Augen, nur um sie gleich wieder zu öffnen. Sie möchte schlafen, ist aber nicht müde – der Körper will nicht so recht schwer werden, und wenn sie die Augen schließt, kommt ihr das eher anstrengend als entspannend vor, weil sie sie krampfhaft geschlossen halten muß.

Sie hört von unten ein Pfeifen und Schritte, und vor ihrem inneren Auge erscheint ein sommersprossiger Bursche, die Hände tief in den Taschen vergraben. Einen Moment lang fragt sie sich, woher diese plötzliche Assoziation kommt – ist das ein Bild aus ihrer Kindheit, von irgendeinem Jungen, den sie einmal auf der Straße gesehen hat? Sie dreht sich langsam und schaut zu den Fenstern, die ihr keine Antwort geben können. Ihre blankgeputzte Sauberkeit schmerzt ihr in den Augen. Die Staubkörner tanzen im Sonnenlicht, die Wolken ziehen langsam über den Himmel, und sie läßt sich mit ihnen treiben. Sie hat das Gefühl, als seien sie und ihr Zimmer vollkommen isoliert vom Rest des Hauses – ein erschreckender und gleichzeitig verlockender Umstand –, als erfüllten die Geräusche und die Luft von dort draußen ihr Zimmer und verdrängten alles andere. Deshalb vermag sie auch nicht die vertrauten Geräusche aus dem Haus zu hören, von denen sie sonst immer aufwacht: das Schlagen einer Tür, emsige Schritte auf den Holzdielen und nicht zuletzt Mutters leicht kommandierende und immer unternehmungslustige Stimme, die durch die geschlossene Tür zu ihr zu dringen pflegt.

Gäbe es nicht die bevorstehende Hochzeit, dann hätte die Familie bald alles gepackt, um aufs Land zu ziehen, wo sie den Sommer üblicherweise verbringt. Vor Frederikkes innerem Auge tauchen für den Bruchteil einer Sekunde zusammengewürfelte Fragmente des Begriffs »Sommer« auf – Türen, die aufgeschlossen werden und einen vergessenen, feuchten Geruch freisetzen, klamme Kühle in schattigen Räumen, Holzbohlen, die unter der jäh einsetzenden Geschäftigkeit knackend nachgeben, hohes Gras, das an den Armen kitzelt, wenn man auf ihm herumrollt, der Strand – die beruhigende Monotonie der rauschenden Wellen ...

Ach, wenn sie doch aufs Land fahren würden! Aber davon kann dieses Jahr nicht die Rede sein, denn es gibt Wichtigeres zu erledigen. Stapel von weißem, knisternden, sauberen Leinen warten darauf, aus den Schränken hervorgeholt zu werden, damit Frederikke und ihre Mutter entscheiden können, wieviel Wäsche sie mit ins Leben nehmen soll. Wenn die Auswahl getroffen ist, muß alles mit einem Monogramm versehen werden, und sie wird »F K H« sticken – F für Frederikke, K für Kirstine und H für das fremde, wirklichkeitsferne »Holm« –, bis ihr die Finger abfallen. Das weiß sie genau, und deshalb schiebt sie sich resolut noch tiefer unter die Bettdecke.

Sie versteckt sich, das weiß sie selbst, aber sie weiß nicht, was sie sonst tun sollte. Sie versteckt sich mit ihrer Scham und ihrer Angst, genau wie sie Christians Briefe versteckt, sobald sie sie gelesen hat. Leider ist sie zur Lektüre gezwungen, teils, weil sie wissen muß, wann sie ihn zurückerwarten kann, teils, weil seine Mutter auf die Idee kommen könnte, äußerst präzise Fragen bezüglich ihres Inhalts zu stellen. Sie sagt zu niemandem etwas und läuft herum wie eine Schlafwandlerin. In ihrer Apathie weigert sie sich, sich mit ihrer Lage zu beschäftigen: Sie versteckt oder verbrennt Christians Briefe und tut ansonsten das, was man von ihr erwartet. Sie stickt Monogramme, besucht ihre schreckliche Schwiegerfamilie und zeigt das Leinen, das Porzellan und ihre übrige Aussteuer ihren lächerlich beeindruckten Cousinen, die kaum ihren Neid verbergen können, dessen Gegenstand sie so plötzlich und unerklärlicherweise geworden ist.

Sie versteckt sich mit ihrer Scham, die davon herrührt, daß Christian in ihrem flackernden Blick etwas gefunden hat, was er von sich selbst kennt, und sie weiß, daß das auch der Grund dafür ist, daß er seiner Sache so verflucht sicher ist. Sie braucht er nicht zu fürchten, gemeinsam können die beiden sich vor der Leichtigkeit der Jugend verstecken. Denn beide sind ja schon viel zu alt, um jung zu sein, so ist es nun einmal.

Ihre Verachtung ihm gegenüber ist ebenso groß wie ihr Haß auf all die anderen – diese jungen Menschen, die sie mit ihrer Direktheit zu Tode erschrecken. Und das Ganze ist nur noch schlimmer geworden, seit Helena sie verlassen hat. Denn wer beschützt sie jetzt gegen alle Menschen, die ihr Selbstbewußtsein nach außen tragen, die nie an sich selbst zweifeln, die jederzeit willkommen sind, wo immer sie sich zeigen – kurz gesagt: die in jeder Hinsicht hübscher, klüger und besser sind als sie? All diese Privilegierten, die einander auf ganz besondere Art und Weise kennen, die das eine oder andere verbindet, an dem sie niemals wird teilhaben können. Wie oft stand sie schon in einem Ballsaal, stumm und tölpelhaft, ohne zu wissen, was sie sagen sollte, nachdem die ersten Höflichkeitsphrasen überstanden waren? Sie sprechen zwei verschiedene Sprachen, sie und die anderen; sie kann ihre Worte ganz deutlich hören, aber es scheint, als könne sie nicht zu ihnen vordringen, als verständigten sich diese Menschen in einer besonderen Geheimsprache, die sich nur von Eingeweihten dechiffrieren läßt. Sie gehört nicht zu den Eingeweihten, und deshalb ist sie überzeugt davon, daß alles, was hinter ihrem Rücken geschieht, das Leben an sich darstellt. (Daß es fraglich ist, ob es überhaupt wert ist, sich umzudrehen, das weiß Frederikke natürlich nicht – und sie würde es vermutlich auch nicht glauben, wenn man es ihr erzählte.)

Da sie ihre Schwester nicht mehr hat, hinter der sie sich verstecken könnte, bleibt sie lieber für sich. Sie reckt den Kopf, um ihre Sorgen zu verbergen und hängt wie eine Klette an ihren Eltern, mischt sich lieber unter den älteren Teil der Ballgäste. Wenn die Jungen lachen und tanzen und in kleinen, flüsternden Gruppen ziellos durch die Türen hinein und hinaus huschen, versucht sie sie mit kühler Überlegenheit zu betrachten, während ihr Inneres brennt. Aus tiefstem Herzen fleht sie ihren Gott an, sie nicht zum Gegenstand von allzu viel Verwunderung und unpassenden Fragen werden zu lassen (»Wollen Sie denn wirklich nicht tanzen, Sie sind doch noch so jung? Ach, was habe ich in Ihrem Alter getanzt!« – »Schon, aber ich habe so schreckliche Kopfschmerzen ... schmerzende Knie ... Magenkneifen ...«), und sie versucht so auszusehen, als ziehe sie die Gesellschaft derjenigen vor, die ihr wie Greise erscheinen, und als träume sie niemals davon, sich mit Leuten zu umgeben, die jünger sind als achtzig.

Sie weiß, daß sie ein leichtes Opfer war, wie sie in ihrer tristen Einsamkeit dasaß und hoffte, daß irgendeiner der jungen Männer zu ihr kommen und sie erlösen würde. Daß es ausgerechnet Christian war, kann – auch wenn es auf den ersten Blick so aussieht – nicht nur ein Zufall gewesen sein ... Denn kam er nicht gerade deshalb, weil er genau wie sie ... *anders* ... ist? Und ist es nicht gerade das, was sie ihm nicht verzeihen kann?

Draußen scheint die Sonne hartnäckig weiter. Das Licht strömt durch die beiden großen Sprossenfenster in ihr Zimmer. Das eine wirft einen Gitterschatten auf die weiße, gehäkelte Bettdecke, die Frederikkes Körper bedeckt. Nach der Abreise der Schwester wirkt das Zimmer wie von jeglichem Leben verlassen und scheint in einer schwerelosen Leere dazuliegen.

Das einzige, was in all dem gleißenden Sonnenlicht verrät, daß hier ein menschliches Wesen existiert, ist ein kleiner, blasser Fuß, der unter der Bettdecke hervorlugt.

6

Wir sehen Frederikke von hinten. Der Raum, in dem sie sich befindet, ist riesig und strahlt die pompöse Strenge einer Kathedrale aus, was dazu dient, ihre Qualen noch zu unterstreichen. Das Kopenhagener Treppenhaus ist kalt und schlicht gehalten, in Terrazzo und Schmiedeeisen, und die Wohnungstür der Schwiegereltern ist undurchdringlich wie ein Panzer.

Vielleicht ist es das Resultat ihres fast störrischen Widerwillens, sich mit der Wirklichkeit zu beschäftigen, daß sie an diesem Tag den Weg zu ihren Schwiegereltern vergeblich gemacht hat. Als sie sich vor einer halben Stunde daheim aufgemacht hat, zeigte der Himmel »das schönste Sonnenwetter«, aber sie war noch nicht weit gekommen, als die Wolken sich bereits zusammenzogen, und ein paar Straßen vor ihrem Ziel brachen sie auf und schütteten Kaskaden von Wasser hinab. Bereits unzählige Male hat sie, jedoch ohne den geringsten Erfolg, an der Tür geklingelt (Wo sind nur diese dummen Menschen?), und erst jetzt kommt ihr der Gedanke, daß sie sich vielleicht im Tag geirrt hat.

Der Regen trommelt unaufhörlich gegen die Scheiben, der Lärm ist ohrenbetäubend, und die kleine Person ist vollkommen durchnäßt. Die roten Locken kleben ihr am Kopf, und von einer Locke, die sich losgerissen hat, tropft ihr Regenwasser ins Gesicht. Das Kleid hängt ihr wie ein nasser Wickel um die Beine. Vorsichtig hebt sie die Röcke und betrachtet ihre neuen Stiefel, die mit schlaff herab hängenden Schnürsenkeln einen traurigen Anblick bieten. Auf dem Boden vor den Schuhspitzen hat sich ihre Schande in zwei kleinen Pfützen schmutzigen Wassers materialisiert. Sie friert fürchterlich in der nassen Kleidung. An ihrem Kinn kann man das charakteristische Zusammenziehen der Haut erahnen, dieses walnußartige Muster, das man bei einem Kind beobachten kann, Sekunden bevor es in Tränen ausbricht, einem Kind, das hingefallen ist und tapfer, aber vergebens gegen die totale Demütigung kämpft.

Sie hört die Haustür unten gehen und versucht hastig, ihre jämmerliche Figur ein wenig in den Griff zu bekommen. Bedrohliche Schritte sind auf der Treppe zu hören, und als sie sich nähern, greift sie erneut nach dem Glockenstrang und versucht so auszusehen, als wäre sie soeben angekommen und wollte just in diesem Moment die Holmsche Familie besuchen, die sicher den Tag ausschließlich damit verbracht hat, ihre Ankunft zu erwarten. Ein Haarschopf (trocken!) kommt zwischen den Sprossen des Treppengeländers zum Vorschein und unter dem struppigen Haar dunkle Augenbrauen, eine lange Nase und ein schmaler, ernster Mund, dessen Oberlippe die Unterlippe überragt. Er schaut nach unten, offensichtlich damit beschäftigt, das Wasser von einem großen schwarzen Regenschirm zu schütteln.

Während er vorbeigeht, nickt er ihr mit gedankenverlorener Freundlichkeit zu und setzt seinen Weg nach oben fort.

Sie ist erleichtert. Im nächsten Moment wird sie die Wohnungstür ins Schloß fallen hören, und dann kann sie sich nach Hause begeben, ohne bemerkt worden zu sein.

Doch dann halten die Schritte inne. Einen Augenblick lang besteht Frederikkes gesamte Welt aus einer erwartungsvollen Stille, die alle Geräusche aufzusaugen scheint und das Universum in einem todesähnlichen Vakuum zurückläßt, woraufhin sich die Schritte wieder nähern, und die ganze Welt mit diesem sinnlosen Inhalt von Geräuschen und Gerüchen sich über sie ergießt. Frederik Fabers Gestalt taucht auf dem Absatz über ihr auf. Einen Moment lang steht er nur da und schaut zu ihr hinunter.

»Guten Tag, Fräulein Leuenbech. Sie müssen entschuldigen ... Ich habe Sie nicht sofort wiedererkannt.« Er nickt zur Holmschen Tür hin. »Ist niemand zu Hause?«

»Doch ... Nein. Ich muß mich wohl im Tag geirrt haben.« Wenn sie mit den Zehen wippt, kann sie spüren, wie das Wasser in ihren Schuhen schwappt.

»Und da ist niemand, der öffnet?« Entschlossen geht er die letzten Stufen hinunter und ergreift den Glockenstrang, als zweifelte er an ihren Fähigkeiten, an einer Tür zu läuten.

»Nein«, antwortet sie widerstrebend, während sie einen Schritt zur Seite tritt, »es wundert mich nur, daß nicht einmal das Mädchen zu Hause ist.«

Schließlich hat er sich davon überzeugt, daß sie recht hat, und er läßt den Glockenstrang los.

»Sie werden sehen«, sagt er, »die hat sicher die Gelegenheit genutzt, ihren Liebsten zu besuchen.« Er schaut auf seine nassen Schuhe, dann blickt er wieder auf und zwinkert ihr zu, ein Signal, das Frederikke nicht nur mit Hilfe ihrer Augen aufnimmt, sondern ebensosehr mit dem übrigen Körper – als besäße sie einen weiteren Sinn, der bisher nie so starken Reizen ausgesetzt war, als daß er hätte geweckt werden können, und von dessen Existenz sie deshalb nie etwas gewußt hat. »Dann ist wohl nur zu hoffen, daß er nicht weit von hier wohnt«, fügt er mit einem Lächeln hinzu.

Offensichtlich bemerkt er erst jetzt ihre Verfassung, und als er an ihr herabsieht, von dem angeklatschten Haar bis zu den schändlich mißhandelten Stiefeln, verschwindet augenblicklich das Lächeln aus seinem Gesicht.

»Meine Güte!« ruft er mit ernstlich gerunzelter Stirn aus. »Sie sind ja vollkommen durchnäßt!« Sein Gesicht klärt sich wieder: »Hören Sie, Sie kommen jetzt mit mir hoch zu meiner Mutter und wärmen sich erst einmal auf.«

Sie weiß, daß sie das nicht kann, in gewisser Weise ist es wohl genau das, was sie die ganze Zeit befürchtet hat.

»Das kann ich wirklich nicht. Trotzdem vielen Dank. Es ist sehr freundlich von Ihnen, aber ich muß lieber sehen, daß ich wieder nach Hause komme.« Sie macht Anstalten, die Treppe hinunterzugehen.

»Jetzt hören Sie aber auf!« Er macht eine Handbewegung zum Fenster hin. »Sehen Sie doch. Bei so einem Wetter können Sie nicht draußen herumlaufen!«

Sie bleibt stehen, eine Hand auf dem Geländer, und schaut in die Richtung, in die er gewiesen hat. Das Wasser rinnt in unveränderter Heftigkeit die Scheiben hinunter, und sie muß einsehen, daß es schwierig sein wird, ihn davon zu überzeugen, daß es sie nicht im geringsten stört, hinauszugehen.

Seine Stimme wird eindringlich, als spräche er mit einem uneinsichtigen Kind.

»Jetzt seien Sie nicht albern, Fräulein … Leuenbech. So heißen Sie doch, nicht wahr? Sie werden noch krank, wenn Sie bei so einem Wetter hinausgehen und ganz naß werden. Bitte, tun Sie mir den Gefallen und kommen Sie mit nach oben. Nur, bis Ihnen nicht mehr kalt ist!«

»Aber wer sagt, daß es Ihrer Mutter paßt, jetzt Besuch zu empfangen?«

»Meine Mutter«, lächelt er, »würde mir nie vergeben, wenn ich Sie hier so stehenließe. Außerdem erwartet sie mich ohnehin zum Dreiuhrtee, und es wird sie nur freuen, Sie auch zu sehen. Sie ist es nicht gewohnt, mich in weiblicher Gesellschaft zu sehen, wissen Sie.«

Letzteres flüstert er ihr zu, während er sie unter den Arm faßt und sein widerstrebendes Opfer mit sich nach oben zieht.

Als das Mädchen sie in das Entree gelassen hat, hängt er wie selbstverständlich seinen Regenschirm hin und knöpft sich den Mantel auf.

»Mutter, komm schnell her. Ich habe noch einen Gast zum Tee mitgebracht!«

Die Stubentür geht auf, und Frau Fabers kühle elegante Gestalt kommt zum Vorschein.

»Fräulein Leuenbech!« ruft sie aus. »Wo um alles in der Welt kommen Sie denn her?«

Sie schaut von einem zum anderen, als hätte sie den Verdacht, daß ungehörige Dinge hinter ihrem Rücken vor sich gingen.

»Nun ja«, erklärt Frederik Faber mit scherzhaftem Lächeln, »ich habe sie unten vor Holms Tür gefunden, vollkommen durchnäßt und verfroren. Da unten ist niemand zu Hause. Ich habe Stunden gebraucht, um das Fräulein zu überreden, doch mit mir nach oben zu kommen!«

»Entschuldigen Sie, daß ich hier so hereinplatze.« Frederikke spürt, daß sie etwas sagen muß, hat aber keine Ahnung, was, denn sie weiß nicht, warum sie hier ist, und erst recht nicht, wie sie jemals wieder von hier fortkommen soll. »Ihr Sohn war überzeugt davon, daß es für mich den Tod bedeuten würde, wenn ich bei diesem Wetter nach Hause ginge. Ich hoffe inständig, daß ich nicht ungelegen komme.«

»Ungelegen! So ein Unsinn.« Ein Lächeln zeigt sich auf Frau Fabers Gesicht. »Ich habe den Tee ja sogar schon fertig.« Sie wendet sich dem Mädchen zu, das mit einfältigem, aber neugierigem

Blick das Drama von seinem verschämten Platz im Hintergrund verfolgt hat.

»Hanna, sorgen Sie dafür, daß unser Gast die nassen Kleider loswird? Ich werde mich selbst um etwas Trockenes kümmern, was das Fräulein solange anziehen kann. Und legen Sie noch ein Gedeck auf, ja?«

Zehn Minuten später hat sie die Fremde auf dem Sofa plaziert und die kalten Füße in eine Wolldecke gewickelt. Ihre Stiefel stehen in Familie Fabers Küche neben dem Herd. Ausgestopft mit Zeitungspapier sehen sie aus wie ein Paar übersättigte Grossisten.

Wie wird sie später diesen Tag verfluchen!

Als Frederik Faber sie nach Hause bringt, hat der Regen etwas abgenommen. Es ist spät am Nachmittag, und die Straßen sind von den letzten hektischen Aktivitäten geprägt, ehe die Leute sich in ihre Stuben zurückziehen. In der Store Kongensgade hat ihr Begleiter etwas in einem Papiergeschäft zu erledigen. Frederikke zieht es vor, draußen zu warten, dankbar für eine kurze Pause in der angespannten Atmosphäre, die zwischen ihnen herrscht, seit sie die Wohnung seiner Eltern verlassen haben. Jetzt, da Frau Faber nicht mehr da ist, um das Gespräch zu leiten, finden die beiden kaum ein Wort, und den größten Teil des Weges haben sie unter Schweigen zurückgelegt, jeder unter seinem Regenschirm (Frederikke durfte sich freundlicherweise einen von Frau Faber ausleihen).

Endlich kommt Frederik mit einem kleinen Päckchen unter dem Arm aus dem Geschäft und zieht die Glastür hinter sich zu. Sie gehen weiter und haben soeben die Ecke am Kongens Nytorv umrundet, als jemand plötzlich Frederiks Namen ruft. Sie drehen sich um. Auf der gegenüberliegenden Straßenseite steht ein junges Paar und winkt eifrig. Frederik Faber zeigt ein breites Lächeln, und zu Frederikkes großer Verärgerung überqueren die beiden Fremden die Straße. Die junge Frau wirft sich sofort Frederik an den Hals, der sie mit der größten Selbstverständlichkeit bei der Taille packt und in der Luft herumwirbelt. Frederikke muß einen

Schritt zurücktreten, um nicht von rotierenden Regenschirmen erschlagen zu werden. Da steht sie wie bestellt und nicht abgeholt und betrachtet ihre Füße, die plötzlich ihre gesamte Aufmerksamkeit erfordern.

Als die fremde Frau wieder sicher und atemlos auf dem Bürgersteig steht, sieht sie mit gekünsteltem Ernst Frederik an: »Wo bist du gestern gewesen, du böser Junge? Wir haben auf dich gewartet!«

»Es tut mir furchtbar leid, aber ich habe es einfach nicht geschafft. Ich war erst gegen Mitternacht zurück.«

»Aber dann mußt du versprechen, daß du heute abend kommst! Da gibt es keine Ausflüchte«, verkündet sie lächelnd (kokett, einladend?). »Lindhart möchte dir etwas zeigen.« Sie sieht ihren Begleiter verliebt an und schiebt vertraulich ihren Arm unter seinen. Eine luxuriös behandschuhte Hand legt sich sofort auf ihre.

»Ja, das solltest du wirklich, Frederik. Ørholt kommt um acht Uhr zum Essen – komm doch dazu. Außerdem müssen wir noch die letzten Details für nächsten Sonntag besprechen.«

»Gern. Ich bringe nur Fräulein Leuenbech nach Hause, dann komme ich direkt zu euch.«

Er dreht sich lächelnd um und legt leicht eine Hand auf die Schulter seiner Schutzbefohlenen. »Oh, ich habe ganz vergessen, meine Begleiterin vorzustellen. Das ist Fräulein Leuenbech, Christian Holms Verlobte. Und das sind meine kleine Schwester Amalie Lindhardt und ihr sehr, sehr geduldiger Mann, Thomas Lindhardt.«

Es wird das Ritual gegenseitigen Händeschüttelns ausgeführt; Amalies Händedruck ist fest, und sie schaut Frederikke mit einem Paar offener, grüner Augen an, die in dem bemerkenswert hübschen Gesicht aufblitzen. Das Lächeln ähnelt dem ihres Bruders.

»Ach, das ist also die Verlobte vom guten Christian ... Du erinnerst dich doch an Christian Holm, nicht wahr?« wendet sie sich ihrem Mann zu.

»Ja, natürlich.« Thomas Lindhardt nickt Frederikke ernsthaft zu, als teilten sie ein Geheimnis – inwieweit es sich dabei um ein großes Privileg oder um eine unerträgliche Last handelt, läßt sich nicht entscheiden.

Amalie Lindhardt schiebt Kopf und Regenschirm nach hinten und schaut zum Himmel: »Wenn das Wetter so weitermacht, dann fürchte ich, daß wir bei unserem Waldausflug am Sonntag nicht viel Vergnügen haben werden.«

»Es wird nicht regnen, das garantiere ich!«

»Ach, Frederik!« Sie schüttelt den Kopf und wendet sich zum ersten Mal direkt an Frederikke: »Der gute Mann hier äußert sich mit großer Autorität zu vielen Fragen. Sie werden sehen, jetzt hat er bezüglich des Wetters sogar schon eine persönliche Vereinbarung mit unserem Herrgott getroffen.«

»Warte nur ab. Wenn wir Sonntagmorgen aufwachen, dann scheint die Sonne von einem wolkenlosen Himmel. Etwas anderes kann ich mir gar nicht vorstellen. Wenn unser Herrgott existiert, wie man behauptet, und wenn er sich nicht als absolut unbrauchbar erweisen will, dann muß er doch wissen, daß wir immer am ersten Sonntag im Mai die Saison eröffnen.«

Gelächter. (Eventuelle Passanten könnten vier fröhliche junge Menschen betrachten, die an einer Ecke von Kongens Nytorv stehen und sich amüsieren.)

»Moment mal, haben Sie und Christian nicht Lust, am Sonntag an unserem Waldausflug teilzunehmen? Das wäre doch schön«, ruft Amalie aus und sieht Frederikke mit großen, forschenden Augen an.

»Das tut mir leid«, antwortet diese etwas zu schnell, überrumpelt von dem Vorschlag und etwas verärgert darüber, daß diese Frau ihren Verlobten ungehörigerweise beim Vornamen nennt, so daß es ihr nicht gelingt, ein höfliches Lächeln zu zeigen. »Mein Verlobter ist auf Reisen, ich erwarte ihn erst in acht Wochen zurück.«

»Er ist auf Reisen?« Die Begeisterung springt ihr aus den Augen. »Aber dann müssen Sie einfach mit uns kommen. Wir können Sie doch nicht zu Hause sitzen und sich langweilen lassen, während wir uns amüsieren. Das geht doch nicht, oder?« Sie schaut von einem zum anderen in der Hoffnung, für ihren Vorschlag Unterstützung zu bekommen.

Frederik Faber zieht die Augenbrauen hoch und macht eine Handbewegung, die bedeuten könnte, daß er für jeden Vorschlag offen ist, oder auch, daß er keinerlei Verantwortung für die Folgen übernimmt.

Frederikke versucht natürlich, sich herauszuwinden. Sie tut, was sie kann, aber wie sie bald erfahren muß, haben diese Menschen die Fähigkeit, ihren Willen durchzusetzen – als hätten sie einen angeborenen und ganz selbstverständlichen Anspruch auf den Gehorsam der anderen. Das Ganze werde »in aller Ehrbarkeit« ablaufen, versichert man ihr scherzhaft, als wäre das der Grund für ihre Zurückhaltung. Und auf ihren besorgten Hinweis, wie wohl ihre künftige Schwiegermutter dazu stehen werde (was sie eigentlich überhaupt nicht bekümmert, sondern nur als Ausrede dienen sollte), bekommt sie die Antwort, daß sie das schon in die Hand nehmen.

»Vergessen Sie nicht, wir sind alte Bekannte der Familie! Und Christian wird sich nur freuen, wenn jemand für die Unterhaltung seiner Verlobten sorgt, solange er selbst dazu nicht in der Lage ist!«

Wie ist das Leben doch einfach für gewisse Menschen!

7

MÄRZ 1932

Ein altes Buch, ein Paar alte Hände ...

Sie sitzt in ihrem Sessel mit einem Gegenstand in den Händen, der einst einem jungen Mädchen gehört hat. Einem Buch. Der Umschlag ist mit hellgelber Seide bezogen, der Rücken mit weichem, braunem Schweinsleder verstärkt, auf das eine goldene Blumenranke geprägt ist, die sich in munteren Schleifen von oben bis unten entlangwindet. Auf der Vorderseite steht mit geschwungenen Buchstaben *F K L* geschrieben, und es ist mit einem kleinen, vergoldeten Schloß samt dazugehörigem Schlüssel versehen, den sie natürlich schon vor langer Zeit verloren hat.

Es ist nicht verschlossen.

Die erste Seite ist von Onkel Augusts unregelmäßiger Handschrift geschmückt, mit wohlmeinenden Worten, die ihr heute wie das Echo einer Welt erklingen, die es nicht mehr gibt:

Dieses kleine Buch schenke ich, August Leuenbech, meiner Nichte, Frederikke Kirstine Leuenbech, in der Hoffnung, daß es Dich begleiten möge und Dein Freund und Vertrauter im Leben werde.

Mein Gott!

Helena hatte das gleiche (ein richtiger Onkel macht da natürlich keinen Unterschied!), nur war ihres rot. Wer weiß, wo es geblieben ist? Er hat es sicher verbrannt, dieser Ulrik. *Sie* hätte es haben sollen, *ihr* hätte es zugestanden. Wenn sie es jetzt hätte, dann würde sie es wie eine Reliquie hüten.

Plötzlich erinnert sie sich ganz deutlich an den großen, rotbäckigen Onkel August und den vertrauten Geruch, der ihn umgab, eine Mischung aus exotischen Gewürzen und Schnaps. Vor allem letzterem. Sie hebt pathetisch das Buch ans Gesicht und fährt mit der Nase über den Stoff in der albernen Hoffnung, es könnten noch Reminiszenzen seiner demütigen Existenz an der verschossenen Seide hängen. Aber er hat für immer diese Welt verlassen, und das einzige, was ihre witternde Nase registriert, ist der muffige Geruch der Abseite, in der das Buch ein Menschenalter lang gelegen hat.

Onkel August war ein gutmütiger, lieber Tor, der nicht die nötige Kraft aufgebracht hatte, sich von all den Flaschen fernzuhalten, die von den Lagerregalen nach ihm riefen.

AUGUST LEUENBECH
DIREKTIMPORT DER FEINSTEN WEINE,
TABAKWAREN UND GEWÜRZE.
LIEFERANT DES KÖNIGL. DÄNISCHEN HOFES.

Das Ladenschild – golden auf braunem Hintergrund – steht Frederikke immer noch deutlich vor Augen, auch wenn es schon vor fast einem Menschenalter abgeschraubt wurde.

Natürlich war Onkel August der offizielle Besitzer des Geschäfts, aber es herrschte kein Zweifel daran, daß es in Wirklichkeit von Tante Laura geleitet wurde, die glücklicherweise mit einer gehörigen Portion an Kraft und Durchsetzungsvermögen gesegnet war, woran es ihrem nachgiebigen Mann mangelte. (»Du bist zu schwach, August. Laß mich das lieber machen, es bringt doch nichts, wenn du alles verschenkst!«)

Tante Laura selbst hatte nur eine einzige Schwäche – und das war Onkel August. Es kamen keine Kinder, und sie widmete all ihre mütterliche Liebe ihrem Mann, dessen munterem Wesen sie nicht widerstehen konnte, auch wenn sie gegenüber seinen zahlreichen Fehlern unmöglich blind sein konnte. Unter den anderen Erwachsenen der Leuenbechschen Familie wurde er gerade so geduldet – bei den Kindern war er ein willkommener Freund und Ebenbürtiger.

Frederikke dreht und wendet das Buch zwischen ihren knotigen Händen und stellt fest, daß es, genau wie seine Besitzerin, den Großteil seiner ursprünglichen Schönheit verloren hat. Der Hauch von Unberührtheit, der auf ihm lag, als sie es das erste Mal sah, ist für alle Zeit verschwunden. Als sie in ihm blättert, sieht sie, daß die Seiten dicht beschrieben sind, große und kleine Begebenheiten, im naiven und stark poetisierenden Stil beschrieben, der so typisch für Mädchen eines gewissen Alters ist, drängen sich auf den linierten Seiten. Die Schrift ist anfangs zierlich und kunstfertig, verliert aber zunehmend ihre Steifheit und wird immer sorgloser, bis sie jäh abbricht und die restlichen Seiten weiß zurückläßt. Ganz plötzlich hat sie aufgehört zu schreiben, und ihr kommt der Gedanke, daß ein Außenstehender auf die Idee kommen könnte, daß hier ein Leben jäh zu Ende gegangen sei. Aber die Wahrheit ist, daß hier das Leben, das aus irgendeinem Grunde ihres werden sollte, seinen Anfang nahm. In dem Augenblick, als sich ihr die Welt mit all ihren furchteinflößenden und paradiesischen Perspektiven eröffnete, schloß sie das Buch. Es blieb geschlossen, bis heute, als es beschmutzt und verblaßt auf ihrem Schoß liegt.

Sie schiebt es auf die Fensterbank vor sich und reißt dadurch etwas hinunter. Voller Mühe bückt sie sich und hebt einen kleinen Taschenspiegel auf. Sie hält ihn sich vors Gesicht, und in dem kleinen Oval zeigt sich schonungslos ein Ausschnitt ihres Gesichts. All das tote Fleisch. Die Haut am Hals ist schlaff und hängt herab wie bei einem Truthahn. Immer wieder drückt sie mit dem Finger darauf und beobachtet mit fast krankhafter Faszination, wie die Haut einen Moment lang hält, um dann wieder herunterzufallen. Ihre Lippen verziehen sich zu einem morbiden Lächeln, als hätte der Anblick sie unwiderstehlich amüsiert. Aber die Augen bleiben ernst.

Sie legt den Spiegel zur Seite und lehnt sich mit einem langgezogenen Seufzer im Sessel zurück. Sie weiß, daß sie damals nicht so ausgesehen haben kann, und trotzdem scheint es ihr, als hätte diese Häßlichkeit die ganze Zeit unter der glatten Oberfläche gelauert – als hätte immer eine Tilde Trappetøs unter der glatten Haut gehaust.

Tilde Trappetøs ... Seit Jahren hat sie schon nicht mehr an sie gedacht! Etwas Gutes hat sie in ihrem Leben jedenfalls getan, nämlich das Mädchen zu sich genommen, auf die Idee wären wohl nicht viele gekommen. Daß die Schlampe dann später ihr Vertrauen enttäuscht hat, indem sie sich in unglückliche Umstände brachte, ist eine ganz andere Sache. Mein Gott! Sie erinnert sich noch, wie verwundert sie war, als das Küchenmädchen ihr erzählt hatte, daß Tilde schwanger sei. Sie hatte kaum ihren Ohren getraut. Vielleicht hatte sie sogar lächeln müssen? Wer um alles in der Welt hatte sich denn mit diesem abscheulichen Menschenkind eingelassen? Denn verlobt war sie ja wohl aus gutem Grunde nicht. Es fiel ihr schwer, sich einen Mann vorzustellen, der sich von Tilde Trappetøs angezogen fühlte, aber eines war sicher: Entweder er selbst war häßlich wie die Sünde, oder aber er war voll gewesen wie eine Haubitze.

Und sie selbst? Sie muß ja einmal schön gewesen sein, damals, als alles anfing, damals als sie zum ersten Mal auf Frederik und sein Gefolge williger Jünger wartete. Sie hatten sich weit über das Erlaubte hinaus verspätet, so daß ihre Mutter bereits besorgt gefragt hatte, ob sie sie wohl vergessen haben könnten – selbst sie hatte also die Möglichkeit erwogen, man könne Frederikkes Existenz einfach vergessen! Mit einer Wut, die ihre eigenen nagenden Zweifel überdecken sollte, hatte sie (sicher etwas zu scharf) geantwortet, daß sie sie natürlich nicht vergessen hätten!

Was für Zufälle ... Angenommen, sie hätten sie tatsächlich vergessen ...

8

Die Mutter sitzt am Schreibtisch, ordnet die Tagespost, und schaut besorgt zu ihrer Tochter: »Es ist zwanzig vor. Sollten sie nicht schon längst hier gewesen sein? Sie haben dich doch wohl nicht vergessen?«

»Natürlich haben sie mich nicht vergessen.«

Die Standuhr tickt. Frederikke wirft ihr heimliche Blicke zu.

Mutters Frage trifft genau die Furcht, die tief in Frederikke sitzt. Ist es möglich, daß sie sie vergessen haben? Das kann ja wohl nicht sein. Auch wenn sie am liebsten gar nicht mitgehen würde, auch wenn der Gedanke, die aufgetakelte Kleidung abzuwerfen und sich mit einer Handarbeit hinzusetzen, verlockend erscheint, ist der Gedanke, vergessen worden zu sein, so demütigend, daß sie ihn nicht zu Ende denken kann.

Wieder spürt sie die typischen Krämpfe im Zwerchfell und weiß, was das bedeutet. Sie preßt die Hände unter den Magen, drückt sie auf den Unterleib, um die Schmerzen und die Nervosität zu lindern, die sie mehrere Male im Laufe des vergangenen Tages dazu gezwungen haben, sich in den kleinen kalten Raum zurückzuziehen, der in guten Häusern diskret von den anderen getrennt liegt. Oh nein, nicht jetzt! Lieber Gott, laß sie nicht kommen, während sie da sitzen muß.

»Willst du dich nicht ein wenig setzen, du stehst so merkwürdig nervös da.«

»Nein, ich stehe ausgezeichnet hier, Mutter.« Sie klingt schärfer als beabsichtigt, dreht sich um und schenkt ihrer Mutter ein ausgleichendes Lächeln. »Sie werden gleich kommen, du wirst sehen.«

Sie hat es gerade gesagt, da klingelt es schon an der Tür. Sie zuckt zusammen, nimmt den Hut vom Sessel und setzt ihn sich auf. So steht sie da, als Frederik Faber sich kurz darauf im Wohnzimmer zeigt.

Die Mutter steht bei seinem Eintreten auf und empfängt ihn mit ausgestreckter Hand.

»Guten Tag, Frau Leuenbech, Frederik Faber.«

»Aha. Das also ist Professor Fabers Sohn.«

Er schenkt ihr ein strahlendes Lächeln und schüttelt scherzhaft bedauernd den Kopf. »Das muß ich allerdings zugeben. Und noch einmal vielen Dank, daß Sie es uns erlauben, Ihre Tochter auszuleihen. Darüber freuen wir uns sehr.«

Der ausgeliehene Gegenstand hat sich die ganze Zeit über passiv verhalten. Jetzt ergreift Frederik Faber ihre kalte Hand: »Guten Tag noch einmal. Und pardon, pardon, pardon, daß wir so schrecklich verspätet sind. Ich versichere Ihnen, hier war Force majeure am Werk.«

Frederikke weiß nicht, was sie sagen soll, sie lächelt nur.

»Und Sie sind sich sicher, daß Sie auf meine Tochter aufpassen können?« Mutters Stimme klingt ernst, das kränkt Frederikke, während der Fremde es offensichtlich nicht bemerkt.

»Wir werden uns alle Mühe geben, Frau Leuenbech.«

Es entsteht eine Pause, in der nur das Ticken der Uhr bezeugt, daß die Zeit nicht stillsteht, und die schließlich von der Mutter gebrochen wird, indem sie ihre Tochter fragend ansieht, als wollte sie sagen: Nun sieh zu, daß du loskommst!

»Ich bin soweit.« Frederikke streicht mit unsicheren Händen über ihren Rock.

»Ja, dann gehen wir. Meine Schwester und mein Schwager warten im Wagen, also ...«

Ein einladender Ellenbogen streckt sich Frederikke entgegen, die widerstrebend ihren Arm unter seinen schiebt.

»Viel Vergnügen.«

»Vielen Dank.«

Auf dem Weg die Treppen hinunter, während ihr die ganze Zeit die Nähe des Fremden peinlich bewußt ist, versucht sie sich selbst davon zu überzeugen, daß diese Menschen sie nur aus Freundlichkeit eingeladen haben und nicht, weil sie eine Chance wittern, sie vor den Augen des johlenden Pöbels zu blamieren. Als Frederik ihr in den Wagen hilft, wirft Frederikke einen Blick zum Fenster hoch. Eine Gardine bewegt sich, und sie kann den Schatten ihrer Mutter im Dunkeln erahnen.

Sie ähneln Renoirschen Figuren, diese Gestalten, die sich unter den unruhig flimmernden Schatten der Baumkronen auf dem knirschenden Kies der Pfade bewegen.

Als vorletzte links sieht man Frederikke, an deren Seite, den Arm vertraulich unter ihren geschoben, Amalie Lindhardt. Sie sieht aus wie die reinste Verkörperung der »Sorglosigkeit«, mit wippenden Locken auf dem hutlosen Kopf und einem kleinen Korb, der lustig an ihrer rechten Hand schaukelt. Vor diesen beiden Frauen, die auf einen Fremden wie Busenfreundinnen wirken müssen, geht eine große Mannsperson, in hellem Hut und ebensolchem Anzug. Das ist Frederik Faber. Unter dem Hutschatten kann man dunkle Locken ahnen und darunter ein Paar aufmerksame blaue Augen, die konstant zu lächeln scheinen, als wäre das ganze Dasein für ihn nur eine Quelle fröhlicher Verwunderung. An seiner Seite gehen zwei bärtige Herren, die Frederikke nicht gleich wiedererkennt, die ihr aber bald als Edvard und Georg Brandes vorgestellt werden. In dem Moment, als sie den berühmten Nachnamen hört, blitzt das verbitterte Gesicht ihres Vaters vor ihrem inneren Auge auf, begleitet von den Worten »Judentrampel« und »Gottesleugner« – Worte, die Frederikke trotz ihrer Unwissenheit sonderbar widersprüchlich erscheinen. Abgesehen von ihrer besonderen, fast teuflischen Schönheit bedeutet ihr die Anwesenheit der Brüder nichts; sie bemerkt nur, wie die gestikulierenden Arme des einen Bruders in konstanter Bewegung sind, wohingegen der andere sich eher stoisch fortbewegt.

»Wie die Orgelpfeifen«, bemerkt Amalie lachend, und Frederikke versteht, daß sie auf die Größe der drei Männer hindeutet. Sie lacht das erste Mal an diesem Tag. Faber ist der größte.

»Mir scheint, ich höre die Damen miteinander flüstern. Jetzt erzählst du dem Fräulein alle schlimmen Sachen über uns, ohne daß wir die Chance haben, dagegen zu protestieren, nicht wahr?« Ein elend dünner junger Mann mit einem bleichen, freundlichen Gesicht kommt an Frederikkes Seite und sieht Amalie mit einem schelmischen Blick an.

»Ach, liebster Ørholt, was könnte man denn überhaupt Schlimmes über dich sagen?« Amalies Ton ist freundlich nachsichtig, und sie drückt heimlich Frederikkes Arm.

»Nun ... irgendwas wird es schon sein, und man möchte ja nicht schlecht vor so einer reizenden jungen Dame dastehen.« Er schiebt verlegen seine Brille zurecht.

Die physische Erscheinung dieses Ørholt ließe sich am ehesten als die eines Menschen beschreiben, der in einem Augenblick göttlicher Gedankenlosigkeit erschaffen worden ist – wenn nicht, dann muß der Herrgott jedes Gefühl für Gerechtigkeit verloren haben! Ørholts langgestreckter Körper ist durch einen absoluten Mangel an Maskulinität gekennzeichnet, der Gang der viel zu großen Füße ist federnd, und seine rudernden Arme sind nur ein sonderbarer Appendix der schmalen, hängenden Schultern. Das Gesicht ist fast krankhaft blaß, auf der hohen Stirn glitzern Schweißperlen, und die feuchten, weit auseinanderstehenden Augen machen das Ganze nicht gerade besser. Die Versäumnisse des Herrn werden von der Inkonsequenz unterstrichen, daß er diesen Menschen mit einem so schlechten Sehvermögen versehen hat, daß er eine Brille tragen muß, ihn aber gleichzeitig mit einer Nase ausgestattet hat, die so klein ist, daß sie kaum eine Sehhilfe tragen kann. Die Nasengröße (vermutlich in Kombination mit der nicht gerade geringen Schweißabsonderung) führt dazu, daß Ørholt die ganze Zeit damit beschäftigt ist, mit einem blassen Zeigefinger die Brille an Ort und Stelle zu schieben.

Bei Frederikke vermischen sich die Eindrücke seines unbeholfenen Flirtens, seiner hochaufgeschossenen Gestalt und des äußerst diskreten, aber nicht zu ignorierenden Geruchs (nicht nach Schweiß, nicht nach Schmutz, sondern nach Mensch, nach warmem Haar und Talg), der seine Person umgibt, zu einem generellen Unbehagen, das von der Situation und der herrschenden Hitze verstärkt wird. Sie sieht ihn nicht an, lächelt aber vor sich hin.

Thomas Lindhardt ist an der Seite seiner Ehefrau aufgetaucht. »Spar dir dein Pulver, Ørholt, die junge Dame ist bereits verlobt«, sagt er und wirft Frederikke einen verschwörerischen Blick zu.

Frederikke ist es heiß, sie streicht sich mit dem Handrücken über die Stirn und spürt die Feuchtigkeit auf ihrer Hand. Ihre Lippen schmecken salzig, das Korsett drückt, und die Füße schwitzen in den Schuhen. Wie lange soll dieses endlose Spazieren noch dauern? Wird sie denn nie die Erlaubnis bekommen, sich in den Schatten zu setzen?

Als die Gesellschaft, die noch zwölf, fünfzehn weitere Personen beiderlei Geschlechts umfaßt, schließlich einen geeigneten Platz unter einem großen Baum findet, wirft man sich stöhnend und lachend in das kühle Gras. Frederik läßt sich einfach der Länge nach auf den Rücken fallen, Arme und Beine zur Seite gespreizt, und den Hut, der ihm vom Kopf fliegt, läßt er einfach wegrollen.

Frederikke setzt sich an den dicken Baumstamm gelehnt hin – sie ist nicht dazu erzogen worden, sich auf der Erde herumzuwälzen! – und als sie ihren Hut abgenommen und ordentlich auf ihre Knie gelegt hat, beugt sie den Kopf nach hinten und fühlt die borkige Rinde am Hinterkopf. Der Anblick der frischen Buchenblätter in ihrer leuchtenden, hellgrünen Leichtigkeit vor dem tiefblauen Himmel wirkt schwindelerregend auf sie. Sie schließt die Augen und spürt die Müdigkeit ... Als sie Helena und Onkel August auf der Veranda stehen sieht, die sie rufen, weiß sie, daß sie eingeschlafen sein muß. Sie öffnet die Augen und sieht mitten in dem flimmernden Licht Amalie kommen, ein Glas in jeder Hand, die nackten Füße lugen unter dem Kleidersaum hervor. Sie reicht Frederikke das eine Glas und setzt sich neben sie.

»Ist es hier nicht einfach wunderbar?«

Frederikke nickt und sieht sie durch den Schleier an, den die Schläfrigkeit und das scharfe Licht auf ihre Augen gelegt haben.

»Das ist mittlerweile eine Tradition bei uns, daß wir die Sonntage hier draußen verbringen – jedenfalls so oft, wie es sich machen läßt. Wir haben einen kleinen Sonntagsclub, wissen Sie ...« Sie macht eine kleine Pause. »Ich kann Ihnen gar nicht sagen, wie sehr es mich freut, daß Sie mitgekommen sind. Ich hoffe nur, daß Sie häufiger mitkommen. Zumindest, bis Christian zurück ist. Lassen Sie sich von all diesen Menschen keine Angst einjagen, das ist nur so, weil Frederik seinen Geburtstag feiert, ich selbst kenne kaum die Hälfte von ihnen. An gewöhnlichen Sonntagen sind wir nicht so viele, dann sind wir eine geschlossene Gesellschaft von acht oder neun Personen. Und die werden Sie schnell kennenlernen.«

Worauf sie sich auf die Vorstellungsrunde stürzt, bei der Frederikke ihr zu folgen versucht, während sie gleichzeitig verzweifelt ihr Gehirn durchforstet, um nur einen einzigen Grund dafür zu finden, daß Amalie sich für ihre Person interessiert.

»Da sind natürlich erst einmal mein Mann, Thomas, und ich. Und dann mein Bruder natürlich, aber ihn kennen Sie ja.« Sie wedelt abwehrend mit der Hand. »Und dann ist da ... (Amalie legt ihren langen Finger auf die Unterlippe, während die grünen Augen die Landschaft absuchen) Jacob Ørholt! Ihn haben Sie auch schon begrüßt, er sitzt da hinten neben meinem Mann. Er ist richtig lieb und nett. Sein Vater ist Gutsherr irgendwo auf Langeland, deshalb kann er einem etwas ... ländlich erscheinen, wenn Sie verstehen, was ich meine. Ja, und das da ist Claus Jantzen. Er ist fast immer dabei, er ist ein enger Freund von Frederik – ja, natürlich von uns beiden. Er ist übrigens Arzt und Junggeselle wie Frederik. Seine Schwester Kristina ist das reizende Mädchen, das schräg hinter ihm sitzt. Können Sie sie sehen, die Blonde da drüben? Sie ist oft dabei, aber nicht immer. Wen gibt es noch? Richtig, Oluf Green, das ist der gutaussehende junge Mann, der neben Frederik sitzt. Ist er nicht fesch? Er ist nur viel zu ernst für sein junges Alter. Oluf ist übrigens einer von Frederiks Studenten. Das dürften wohl alle sein. Nein, halt, Georg, natürlich, Brandes, der da hinten bei den Damen sitzt. Er und Frederik sind zusammen aufs Gymnasium gegangen – übrigens zusammen mit Ihrem Christian! Georg ist jetzt nicht mehr so oft dabei, er hat ja so viel um die Ohren«, fügt sie hinzu. Frederikke beobachtet ihn, wie er gerade etwas aus Kristina Jantzens Haaren zupft. Sie kann sich schon vorstellen, womit er so beschäftigt ist. »Ja, und dann ist da natürlich Edvard, Georgs kleiner Bruder. Harriet ist seine Ehefrau, die ganz junge Dame da hinten, die die ganze Zeit so lustig lacht. Die beiden sehen wir auch nicht mehr so oft. Mit Georg ist Frederik am engsten freundschaftlich verknüpft – Edvard ist eher ... ein Bekannter. Aber Harriet ist süß. Und so lebendig! Sie müssen sie unbedingt kennenlernen.«

»Hat Herr Faber heute Geburtstag?« fragt Frederikke, nur um etwas zu sagen.

»Frederik? Nein, er hat am dritten April Geburtstag, aber er wartet immer mit der Feier, bis das Wetter so gut ist, daß wir hinaus ins Grüne können.«

Plötzlich lächelt sie und beugt sich vertraulich vor. »Übrigens, können Sie die beiden jungen Herren sehen, die da allein für sich sitzen? Das sind Herr Pontoppidan und Herr Sidenius, zwei relativ neue Bekannte. Eigentlich kennt sie in erster Linie mein Mann –

er ist ja Ingenieur – und zwar aus der Polytechnischen Lehranstalt. Er nennt sie ›Polytundpolyt‹.« Sie lacht. »Er behauptet, daß sie so viel zusammenhängen, daß man bald nicht mehr sagen kann, wer eigentlich wer ist. Sie sind übrigens beide abtrünnige Pfarrerssöhne, soweit ich informiert bin. Da haben die beiden sicher einiges miteinander zu bereden. Oho«, unterbricht sie sich selbst. »Da haben wir ja Knutscher-Jensen! Einen Moment.«

Sie springt auf und geht einem Mann mittleren Alters und einigen Dienstboten entgegen. »Ich denke, wir stellen alles hierhin.« Sie zeigt vergnügt auf einen Platz im Schatten, und sofort sind die helfenden Geister damit beschäftigt, Tische aufzustellen, die sie unter Amalies und Frederiks Anweisungen mit weißen Tischtüchern und allen möglichen Leckereien decken.

Man ißt im Gras sitzend in Grüppchen von sechs bis acht Personen. Frederikke steht einen Moment hilflos mit ihrem Teller in der Hand da und schaut sich um, aber als Amalie sich gesetzt hat, klopft sie einladend neben sich auf den Boden. Frederikke setzt sich erleichtert zwischen sie und Lindhardt. Ihr gegenüber sitzt Frederik Faber, der offensichtlich ihre Existenz vollkommen vergessen hat, tief in ein Gespräch mit Georg Brandes versunken.

»Und warum nennen Sie den Mann da hinten Knutscher-Jensen?« Frederikke spricht leise und zeigt an die Stelle, wo die Dienstboten sich soeben hingesetzt haben, um auch etwas zu essen.

Amalie lacht. »Das ist unser Kutscher. Na, und ob er so zum Knutschen ist, das weiß ich nicht. Aber das war natürlich Frederiks Idee.«

»Woran soll ich jetzt wieder Schuld haben?«

»An Knutscher-Jensen. Fräulein Leuenbech hat mich gefragt, woher der Name stammt.«

»Ach so. Das nehme ich aber nicht auf meine Kappe. Wissen Sie ...« Er sieht Frederikke an und blinzelt ihr zu. Von den Augenwinkeln her breitet sich ein Fächer scharfer Linien aus, wie Sonnenstrahlen auf einer Kinderzeichnung. Wie alt ist er eigentlich, dieser junge Mensch? »... die Geschichte ist nämlich die, daß Amalie und Lindhardt eine Annonce in der Zeitung aufgegeben haben, um einen Kutscher zu suchen. Dabei hat sich ein fataler Druckfehler eingeschlichen, so daß dort stand: »Knutscher gesucht!« Und weil Jensen die wahre Botschaft trotzdem verstanden und sich um die Stellung beworben hat, die er dann auch bekam, was war da naheliegender, als ihn Knutscher-Jensen zu nennen?« Er zieht die Augenbrauen hoch und sieht Frederikke fragend an. Die Gesellschaft lacht. Frederikke lächelt.

»Auf dich, Knutscher-Jensen, mein Guter!« Frederik ist aufgestanden und prostet ihm zu. »Und auch auf dich, Amalie, das Arrangement ist wie immer tadellos. Du bist die beste aller Ehefrauen! Prost und vielen Dank!«

»Prost und vielen Dank auch an dich, mein lieber Bruder. Dabei hatte ich gedacht, du wärst der personifizierte Widerstand gegen die Ehe und all ihre Flüche.«

Frederik setzt sich wieder hin. »Das will ich gar nicht leugnen.« Mit einer resoluten Handbewegung schnappt er sich eine Hähnchenkeule vom Teller. »Aber, meine liebe Amalie, selbst ein prinzipientreuer Mann kann hungrig werden und in seinen Ansichten wanken. Doch nur für einen kurzen Moment. Kaum ist der Hunger gestillt, ist er wieder auf dem rechten Weg und kann als freier Mann nach Hause gehen, ganz im Gegensatz zu all diesen ... Taugenichtsen!« Er macht eine Handbewegung, die ganz frech alle Männer der Gesellschaft mit einbezieht, bevor er seine weißen Zähne in die Hähnchenkeule schlägt.

»Ja, ja, was du nur alles redest! Sei lieber froh, daß du von den Fähigkeiten *meiner* Ehefrau profitieren kannst, von *unserer* Küche und von *unseren* Dienstboten!« Lindhardts Serviette landet auf Frederiks Kopf. Dann wendet er sein gutmütiges Gesicht Frederikke zu: »Unser lieber Frederik redet viel, und da ist es nicht verwunderlich, wenn er manchmal etwas sagt, was schlicht und ergreifend Unsinn ist. Wir«, er schaut sich in der Runde um, »ja, das gilt wohl für alle, die heute hier sind, wir haben gelernt, mit seinen ... nennen wir sie mal Torheiten zu leben, und wenn ich Ihnen einen guten Rat geben darf, junge Dame, dann üben Sie Nachsicht mit ihm. Er kann nichts dafür, er ist vom Zeitgeist gepackt, wie er es so gern nennt – und außerdem unheilbar angesteckt worden von diesem unschuldig aussehenden Herren, der an seiner Seite sitzt.«

Georg Brandes lächelt kurz. »Wenn man es recht betrachtet,

geht es wohl darum, die Freiheit *in* die Ehe hineinzubringen.« Offenbar versucht er, dem Gespräch eine etwas ernstere Note zu geben.

»Oho! Das sind ja wahrlich neue Töne! Hast du etwa angefangen, an deinem Glauben zu zweifeln, alter Freund? Das darf doch nicht wahr sein! Freiheit in der Ehe! Nun denn ... Meinst du damit, daß man eine Form glücklicher Sklaverei schaffen kann? Eine interessante Betrachtung. Doch selbst wenn sich, rein theoretisch betrachtet, ein glücklicher Sklave fände, so ist das noch lange kein Grund zu behaupten, daß wir alle Sklaven sein sollten.«

»Frederik, du bist unmöglich.« Amalie sieht ihn tadelnd an. »Außerdem ist es nicht besonders höflich von dir, die Ehe mit der Sklaverei auf eine Stufe zu stellen, wo doch in unserer Mitte eine Frau sitzt, die bald heiraten wird.« Ihre Hand legt sich sanft auf Frederikkes Schulter, und alle Blicke richten sich auf sie. Frederikke räuspert sich, kaum hörbar, und spürt, wie ihr eine unangenehme Röte ins Gesicht steigt.

»Sie werden bald heiraten?« Georg Brandes' Blick wandert zu ihr, verweilt kurz auf ihrem Busen, gleitet den Hals entlang und hält dann fragend auf Frederikkes gerötetem Gesicht inne.

»Ja.« Für einen Moment ist sie selbst von der vollkommenen Absurdität ihrer Antwort überwältigt – als hätte sie bestätigt, ein Engagement bei einem herumreisenden Zirkus eingegangen zu sein.

»Und wer ist der Glückliche? Ist er hier?«

»Nein, leider nicht.«

»Wann wird es denn soweit sein?«

»Im August. Am vierzehnten.«

»Meinen herzlichen Glückwunsch. Dann wünsche ich Ihnen alles, alles Gute für Ihr Vorhaben.«

Womit das Ganze überstanden wäre, wenn da nicht Frederiks Anmerkung gekommen wäre, die Frederikke in dieser Situation richtiggehend boshaft erscheint: »Fräulein Leuenbech ist mit Christian Holm verlobt. Sie soll Pfarrfrau werden.«

Der Blick, den er ihr zuwirft, ist schelmisch und abwartend. Der Stiel seines Weinglases dreht sich zwischen seinen Fingern.

»Aha, ...« Brandes hebt sein Glas und prostet ihr zu, runzelt die Stirn und betrachtet sie mit einem bohrenden Blick. Frederikke meint, einen Hauch von Herablassung in seiner trockenen Stimme vernehmen zu können, als er fortfährt: »Na, dann ist Ihnen ja eine himmlische Zukunft beschieden, wenn man das so sagen darf.«

Die entlarvende Ironie dieser Bemerkung darf unkommentiert in der Luft hängenbleiben.

9

MÄRZ 1932

Das Alter?

Die eigenen Füße zu sehen, die früher einmal ihr ganzer Stolz waren, weil sie so weiß und so weich waren, sich jetzt aber in steife, bläuliche Klumpen verwandelt haben, mit Nägeln, so dick und verhornt wie Schneckenhäuser. Steinfüße, die in all ihrer Trockenheit ständig jucken – ein Jucken, das nicht gelindert werden kann, auch wenn man wie eine Wahnsinnige kratzt und reibt, weil es an einer Stelle weit hinter der harten Schicht toter Pergamenthaut angesiedelt ist, an einem Ort, wohin man nie wieder gelangen wird.

Das Alter?

Wenn aus dem flatternden Adjektiv »niedlich« (das einem in einer Dämmerstunde eines vergangenen Jahrhunderts ins Ohr geflüstert wurde) ein abschätzig gemeinter Ausdruck geworden ist ...

Wo sind sie nur geblieben – die Sanftheit, die Versöhnlichkeit? Sie wartet immer noch darauf, daß sie sich wieder einfinden.

Geduld? Sie sitzt hier allein, tagein, tagaus, und dennoch hat sie keine Geduld. Sie wartet. Sie hat immer gewartet ...

Das Leben – ein einziger langer Aufenthalt in wechselnden Wartesälen.

Hat man denn wirklich gelebt?

»Worauf wartet sie?« könnte man geneigt sein zu fragen.

Sie wartet auf das einzige, worauf sie noch warten kann, nämlich auf den Tod, und selbst dem gegenüber zeigt sie keinerlei Geduld.

Sie fürchtet ihn nicht.

Nur wer lebt, fürchtet den Tod.

»Nichts existiert aus sich heraus«, hat er damals gesagt, ihr Lehrer und Meister. »Nichts auf der Welt existiert, ehe es nicht bezeugt worden ist. Auch Gott nicht, genausowenig wie der Himmel oder die Hölle ... Gott ist nur existent, weil die Menschen sich entschieden haben, zu glauben, daß es ihn gibt. Es ist der Glaube, der seine Existenz bestärkt. Und weil er kraft des Menschen existiert, kann er Tausende von Gestalten annehmen – genau so viele, wie es Menschen gibt, die an ihn glauben. Somit ist also nicht Gott eine Realität, sondern der Glaube selbst ... Verstehen Sie, was ich meine?«

Sie hat genickt, doch verstanden hat sie es nicht.

Erst sehr viel später hat sie schmerzvoll erkennen müssen, daß dasselbe auch auf den Menschen zutrifft – denn existiert dieser nicht erst in dem Augenblick, in dem seine Existenz, seine wahre Existenz, von anderen bezeugt wird? Erwacht er nicht erst in dem Moment zum Leben, in dem er sich als das erkannt fühlt, was er ist – nicht mehr und nicht weniger? Und ist es nicht ironischerweise genau das, was ihr gemeinsames Verbrechen ausmachen wird?

Alles erscheint ihr so sinnlos, und sie weiß, daß er, wäre er hier gewesen, sie angesehen und gesagt hätte: »Ja, ganz genau! Die Sinnlosigkeit ist eine Grundbedingung.«

»Das klingt so unglaublich traurig«, sagt sie in den Raum hinaus.

»Findest du? Ja, mag sein. Wenn man sich nicht dazu entschließt, die grundlegende Sinnlosigkeit als eine endlose Reihe von Möglichkeiten anzusehen. Man muß schließlich selbst den Sinn dazu beitragen ...«

Ach, all diese Worte! Worte, Worte und nochmals Worte ... Wozu sollen sie eigentlich gut sein? Wann haben sie ihr jemals geholfen? Was helfen sie ihr jetzt?

Sie schaut sich in ihrer Stube um – dem letzten Wartesaal.

»Probleme mit dem Rangieren,« schrieb er einmal. Aber sein Zug kam. Ihrer kam nie.

Welcher Nutzen läßt sich aus all diesen Worten ziehen?

Ach, sollen sich doch die Klugen darüber den Kopf zerbrechen, denkt sie und schickt Mamsell Rasmussen hinaus, um heißes Wasser für ein Fußbad zu holen.

Aber die Jugend ...

Wenn man doch einmal noch, nur ein einziges Mal, eine sonnenbeschienene Straße hinunterlaufen und sich einbilden könnte, daß einem die ganze Welt zu Füßen läge. Wenn man noch einmal jung sein könnte und sich aufführen wie ein Narr, ohne daß es jemandem auffiele.

Welche phantastischen Privilegien sie doch hat, die Jugend ...

10

Vielleicht haben die Damen ja Luzt, einen kleinen Blick auf die neuezten Stoffe zu werfen, die gerade auz Pariz eingetroffen zind!« Amalies Parodie auf den Verkäufer bei Wessel & Vett ist voll und ganz gelungen, und Frederikke verbirgt ihr Gesicht lachend in den Händen.

»Hör auf. Du darfst nichts mehr sagen. Ich habe schon Bauchschmerzen vor Lachen.«

»Gut, meine züze Frederikke, dann zollte ich lieber zofort aufhören, auf der Stelle.«

Die beiden Frauen gehen lachend über Kongens Nytorv, eine bei der anderen untergehakt. Amalies Gangart ist die einer Balletttänzerin, als gäbe es in ihrem Körper eine ganz besondere Musikalität. Frederikkes Gang dagegen ist sehr viel unsicherer und tastender. Und dennoch bemerkt man schnell, daß sich etwas an ihr verändert hat, seitdem wir sie das letzte Mal gesehen haben. Ihr Gesicht ist glatter geworden, offener, fast schön! Die Augen wirken viel lebhafter, und es scheint, als hätte sie etwas von dieser Unsichtbarkeit verloren, die ihr sonst anhing.

Frederikke spürt es selbst.

Es ist nichts Außergewöhnliches für Menschen ihres Alters, neue Kontakte zu knüpfen. Ja, die meisten langanhaltenden Freundschaften werden gerade in diesem Lebensabschnitt geschlossen, aber für Frederikke, der jeder Ansatz von Vertraulichkeit bisher vollkommen fremd war, ist es keineswegs eine Selbstverständlichkeit. Wie schnell kann man lernen, Vertrauen zu einem anderen Menschen zu haben, wenn man, wie sie, sehr viel skeptischer geboren wurde, als gut ist? Ein paar Monate? Jahre? Ist es denn überhaupt möglich, nicht mehr jedes Zeichen von Interesse eines anderen Menschen an der eigenen Person als Angriff oder Aufdringlichkeit zu empfinden?

Bei Frederikke hat es offensichtlich – in diesem Fall zumindest – überraschend kurze Zeit gedauert. Bereits ein paar Tage nach ihrem ersten gemeinsamen Waldausflug war Amalie Lindhardt unerwartet in Frederikkes Elternhaus aufgetaucht und hatte der heftig erröteten Frederikke eine Mittagseinladung für den folgenden Tag überbracht. Frederikke hatte sie mit offenem Mund angenommen – sie begriff nicht, was da plötzlich mit ihr geschah, und fühlte sich gleichzeitig verfolgt.

Amalies Wesen stellte sich aber schnell als unwiderstehlich heraus, wie auch ihr Interesse für Frederikke echt und natürlich zu sein schien und ohne jeglichen obskuren Hintergedanken. Nachdem das Mißtrauen geschwunden ist, hat Frederikke, wenn auch nur langsam und zögernd, begonnen, an ihre neue, überwältigende Wirklichkeit zu glauben, und läßt sich von Amalie hinaus in eine Welt ziehen, die sich von allem unterscheidet, was sie bisher gekannt hat. Über den Grund für diese Wesensveränderung läßt sich nur spekulieren – ob es daran liegt, daß Amalies sicheres Navigieren durchs Leben Frederikke an ihre Schwester erinnert und sie somit einen schrecklichen Verlust ausgleicht, ob es daran liegt, daß diese Menschen sie von den Realitäten ihres eigenen Lebens entfernen, denen sie ohnmächtig gegenübersteht, oder ob es noch etwas Drittes ist, läßt sich nicht mit Bestimmtheit sagen. Aber sicher ist, daß sie im Laufe dieses strahlenden Sommers all diese fremden Menschen mit einer Gier in sich aufsaugt, als sättigten sie einen großen Hunger, der schon immer vorhanden gewesen ist, den sie aber jetzt erst erkannt hat.

Die Schwiegermutter hat die Botschaft von dem vornehmen neuen Bekanntenkreis mit zwitschernder Begeisterung aufgenommen und Frederikke seitdem beharrlich über das Tun und Lassen des Professorensohnes und seiner Jünger ausgefragt. Dabei hat sie Frederikke geradezu dazu aufgefordert, diese Verbindung zu pflegen, vermutlich mit dem Hintergedanken, dadurch ihrem Sohn – der weiß Gott nie gut darin gewesen ist, Freundschaften zu pflegen – die Möglichkeit zu geben, bei seiner Rückkehr automatisch als festes Mitglied in diesen prominenten Kreis aufgenommen zu werden. Wenn es auf den Pfarrer regnet, bekommen auch die Chorknaben einige Tropfen ab – warum sollte nicht auch das Umgekehrte möglich sein?

Frederikke fühlt instinktiv, was die Schwiegermutter gern hören möchte und schmückt deshalb gewisse Begebenheiten phantasievoll aus, während sie manche Personen und Gespräche gar nicht erwähnt, von denen sie weiß, daß die Schwiegerfamilie keinen besonders großen Wert darauf legt. So schafft sie sich einen Freiraum, in dem sie, mit dem Segen der nichtsahnenden Schwiegermutter, sich ihrer Entdeckungsreise in eine neue Welt widmen kann.

Inzwischen ist nur noch eine kleine, getreue Schar übrig. Georg Brandes, an dessen herablassende Art sich Frederikke mit einem Schauder erinnert, hat sie in letzter Zeit nicht mehr gesehen, aber Frederik, der in konstantem lebhaftem Briefwechsel mit seinem alten Schulfreund steht, ist, genau wie der Rest der Gesellschaft, voll ansteckender Begeisterung für all die neuen Gedanken, die in gewissen Teilen Europas in diesen Jahren gehegt werden. Für Frederikke ist Politik bisher immer etwas gewesen, was nur zusammen mit dem Rauch von den Zigarren der Herren durch den Türspalt von Vaters Büro zu ihr gedrungen ist. Ihr ist es neu, sich in einer Gesellschaft zu befinden, in der das Thema so humorvoll und offen diskutiert wird, und wo auch von den Frauen geradezu erwartet wird, daß sie zu derartigen Dingen eine Meinung haben. Nicht, daß Frederikke eine hätte! Sie macht große Augen und hat keine Ahnung, wovon die anderen eigentlich reden, wenn diese fremdartigen Redewendungen auf sie niederprasseln – Nationalliberalismus, Parlamentarismus, Freigeist, Grundtvigianische Bauernromantik –, doch sie genießt es, die gestikulierenden Arme zu betrachten, die durch die Luft rudern, und Stück für Stück gelingt es ihr, sich mit der Zeit ein Mosaik zusammenzusetzen, mit dessen Hilfe sie – wenn auch nur mit einem aufgesetzten, gedankenvollen Nicken oder einem vielsagenden Kopfschütteln – den anderen vorgaukeln kann, daß sie eine Meinung hätte.

»Du, wir sollten unbedingt eine Tasse Schokolade trinken. Da hinten gleich um die Ecke ist eine hervorragende Schweizer Konditorei. Die führen die herrlichsten Torten.«

»Nein, Amalie, ich muß nach Hause. Meine Mutter weiß gar nicht, wo ich so lange bleibe.«

»Nun sei doch nicht so langweilig. Mein Gott, das dauert höchstens eine halbe Stunde.«

»Nein, ich ...«

»Eine Viertelstunde? Ein winzigez kleinez Viertelstündchen? Ja? Na, komm schon.«

Frederikke gibt lachend nach und läßt sich mitziehen. Draußen sind noch Plätze frei, und die beiden setzen sich an einen Tisch, der zum Teil im Schatten steht.

Der Kellner, ein älterer, vertrockneter und gebeugter Herr, zwängt sich zwischen den Tischen zu ihnen durch und überreicht ihnen mit einer außerordentlich ernsten Miene die Karte. Frederikke, die sich nie etwas aus fetten Speisen gemacht hat, begnügt sich mit einem Glas kalter Limonade, während ihre Freundin sich heiße Schokolade bestellt und außerdem ein üppiges Stück Zitronentorte, das mit Beeren dekoriert ist und fast in Creme und Sahne ertrinkt. Frederikke verfolgt lächelnd, wie die Augen der anderen strahlen, als der Teller kurz darauf vor sie auf den Tisch gestellt wird.

Gespielt schuldbewußt schlägt Amalie die Hand vor den Mund und sieht die Freundin an. »Bist du dir ganz sicher, daß du es nicht bereust?«

Doch diese ist sich ganz sicher.

»Du hättest Ørholt neulich abend sehen sollen. Es war ziemlich unheimlich.«

»Was ist denn passiert?«

»Du weißt, er kann etwas launisch sein, er ist ja ein bißchen ... sonderbar. Ich weiß nicht, was in ihn gefahren ist, Jantzen muß wohl irgend etwas gesagt haben, was ihn geärgert hat, denn er wurde vor Wut ganz lila im Gesicht.«

»Ich kann mir überhaupt nicht vorstellen, daß er wütend werden kann.«

»O doch, das kannst du mir glauben! Aber gerade das ist so merkwürdig, denn meistens ist er doch so nett, so sanft ... Vielleicht ist es deshalb um so heftiger, wenn es einmal ausbricht. Es ist fast, als würde er überkochen. Man kann direkt Angst vor ihm kriegen. Wenn man ihn gut kennt, kann man manchmal richtig sehen, wie da etwas brodelt, er hat da so eine kleine Ader an der Stirnseite, die schwillt an ...« Sie tippt sich mit dem Finger gegen die Stirn in einer Bewegung, die leicht mißverstanden werden kann. »Und irgendwann wird er ganz lila im Gesicht. Also ... stell dir vor, ich dachte, wir unterhalten uns nur in aller Friedfertigkeit, aber plötzlich ist er aufgesprungen und hat uns allen die schlimmsten Beschuldigungen und Schimpfwörter an den Kopf geschleudert. In erster Linie ging es gegen Jantzen. Er kann die Leute manchmal ganz schön reizen, aber wir anderen hatten ehrlich gesagt den Eindruck, als wäre er ziemlich willkürlich herausgepickt worden. Auf jeden Fall bekamen wir reichlich wüste Schelte, und er verließ uns unter den schlimmsten Flüchen und Verwünschungen.«

»Aber das ist ja schrecklich.«

»Nun ja. Wir kommen damit schon zurecht, viel schlimmer ist es für ihn selbst. Irgendwie tut er mir auch leid, stell dir vor, sich so wenig unter Kontrolle zu haben. Das muß doch fürchterlich sein.«

»Dann werden wir ihn Sonntag nicht sehen?«

Amalie lächelt und wedelt abwehrend mit ihrem Löffel. »Doch, sicher. Wenn ein paar Tage vergangen sind, wird er zurückkommen, und alles ist vergessen. So ist es immer. Wir können ihn nicht entbehren, das weiß er ganz genau. Er gehört schließlich dazu, und so originell, wie er ist, finden wir keinen, der seinen Platz ausfüllen kann.«

Sie macht eine kleine Pause, in der sie an der heißen Schokolade nippt. Frederikke begreift nicht, wie sie das genießen kann – bei dieser Hitze.

»Frederik kann ihn eigentlich immer ziemlich gut beruhigen – er hat etwas an sich, was wir anderen nicht haben«, fährt Amalie mit ein bißchen Sahneschaum an der Oberlippe fort. »Vielleicht hat er ihn heute morgen schon gesprochen, wer weiß? Es liegt Frederik immer sehr am Herzen, ihn zu besänftigen und zurück in die Herde zu treiben.«

Unsere kostverachtende Freundin betrachtet wie verzaubert, wie der Löffel mit der Schlagsahne eins ums andere Mal zwischen Amalies Lippen verschwindet – wie sich dabei die grünen Augen für eine Sekunde in entrückter Seligkeit schließen, während sich zugleich die Schultern unmerklich heben, worauf der Löffel wieder auftaucht, glänzend sauber, als wäre er frisch abgespült. Frederikke studiert fasziniert diese Demonstration reinen Genusses.

»Hast du ihn eigentlich in den letzten Tagen mal gesehen?« Die Frage kommt ganz beiläufig.

»Wen?« erwidert Frederikke.

»Frederik!« Amalie wirft fast den Löffel hin, lehnt sich stöhnend zurück. »Mm ... diese Torte war einfach köstlich. Du mußt mir versprechen, sie auch irgendwann einmal zu probieren!«

»Nein, ich? Warum sollte ich ...?«

»Es hätte doch sein können, daß du ihn gesehen hast. Was weiß ich?«

Plötzlich hat sie eine Idee. »Du, wollen wir nicht schnell bei ihm vorbeischauen und fragen, ob er schon mit Ørholt geredet hat?« schlägt sie strahlend vor. »Er wohnt doch nur ein paar Straßen weiter.«

»Nein, Amalie. Jetzt muß ich wirklich nach Hause!«

Frederik höchstpersönlich öffnet ihnen. Als er die beiden Frauen sieht, erblüht auf seinem Gesicht ein Lächeln.

»Welch eine Überraschung! Kommt doch herein.«

Er tritt ein wenig zur Seite, um Platz zu machen, begrüßt Amalie mit einem Kuß auf die Wange, Frederikke bekommt seine Hand.

»Ja, hier ist es ein bißchen ...«, setzt er an und breitet entschuldigend die Arme aus.

Sie gehen ins Wohnzimmer. So etwas hat Frederikke noch nie gesehen, aber andererseits ist sie es auch nicht gerade gewohnt, alleinstehende Herren an ihren Privatadressen aufzusuchen. Das Wohnzimmer ist sparsam, aber hübsch möbliert. Von der Decke bis zum Boden ist eine Wand mit Büchern bedeckt, und weil der Regalplatz dort nicht mehr reicht, haben sie sich offensichtlich über den Raum verteilen müssen, wo sie nun stapelweise auf Tischen und Stühlen liegen. Die beiden Sofas in weinrotem Samt, die wie zwei Parenthesen einen kleinen Tisch umklammern, stehen mitten im Raum und lächeln einladend. Aber auch an ihnen ist der Kelch nicht vorübergegangen, auch sie müssen aufgeschlagene Bücher und Zeitungen beherbergen.

Frederik bleibt einen Moment lang stehen, die Hand im Haar vergraben, und schaut sich verwirrt um, als sähe er dieses Zimmer zum ersten Mal.

»Ja«, sagt er plötzlich entschlossen und fängt an, ein paar Sitzplätze freizuräumen.

»Solltest du dir nicht eine Hilfe suchen, Frederik, bevor du in allem hier ertrinkst?« Amalie wirft einen resignierten Blick durchs Zimmer.

»Ich habe eine Hilfe.« Er sieht seine Schwester überrascht an. »Einer der Studenten schreibt alles für mich ins Reine.«

Amalie muß lachen. »Das habe ich nicht gemeint, du Dummkopf. Ich meine eine Haushaltshilfe, die deine Sachen und dein Heim ein wenig in Ordnung hält.«

Frederik sieht aus, als hätte er augenblicklich jegliches Interesse an diesem Thema verloren. Er hockt sich hin und hebt eine Zeitung vom Boden auf. »Nein«, sagt er, als er wieder auftaucht, »ich will nicht, daß jemand herumläuft und meine Sachen durcheinanderbringt.«

»Durcheinanderbringt? Sieh dich doch mal um!« Amalie lacht.

»Das ist kein Durcheinander. Ich arbeite, Amalie. Es gibt keine Professoren in aufgeräumten Zimmern. Ich muß all meine Sachen um mich herum haben.«

»Das sieht man!«

»Übrigens habe ich eine Frau, die bei mir saubermacht.« Er runzelt die Stirn. »Oder findest du etwa, daß es hier schmutzig ist? Nein, nicht wahr?«

Seine Verlegenheit erscheint Frederikke so rührend, daß sie lächeln muß. Es ist tatsächlich kein einziges Staubkörnchen zu sehen. Die Stubenfenster sind weit geöffnet, um die Sonne hereinzulassen, und das Zimmer ist von einem kühlen Durchzug erfüllt, der aber glücklicherweise nicht Frederiks charakteristischen Duft verdrängen kann. Durch die frisch geputzten Scheiben einer Flügeltür kann Frederikke einen großen Teil der angrenzenden Stube sehen. Auch sie scheint von Büchern und Zeitschriften besetzt zu sein.

»Kann ich euch etwas anbieten? Eine Tasse Kaffee – oder vielleicht Tee?«

»Oh, nein danke.« Amalie setzt sich auf das eine Sofa und legt zur Erklärung eine Hand auf den Bauch. »Wir kommen geradewegs aus der Konditorei. Wir wollten dich eigentlich nur fragen, ob du schon mit Ørholt gesprochen hast – ja, und weil ich fand, Frederikke sollte doch mal sehen, wie du so wohnst.«

»Ich finde es herrlich hier«, ruft Frederikke aus, und weil ihr Tonfall entlarvt, wie ernst sie das meint, errötet sie sofort.

»Noch ein Wort, und wir zwei sind verheiratet«, sagt Frederik und lacht mit einem überraschten Gesichtsausdruck. »Da kannst du mal sehen«, fügt er hinzu und zeigt anklagend auf seine Schwester.

Frederikke setzt sich schnell an Amalies Seite. Würde sie sich für das andere Sofa entscheiden, könnte man glauben, daß sie wünschte, er solle neben ihr Platz nehmen.

»Frederikke, Ihnen kann ich auch nichts anbieten?«

»Vielleicht ein Glas Wasser.«

»Das ist aber bescheiden.« Er dreht sich um, will hinausgehen. »Ach ja, ich glaube, ich habe noch etwas von Mutters leckerem Fliederbeersaft. Könnte ich Sie damit locken?«

»Nein danke. Nur ein Glas Wasser.«

Er verschwindet und kommt kurz darauf mit zwei Gläsern Wasser zurück. Das eine stellt er vor Frederikke, nimmt dann auf dem Sofa gegenüber Platz und zündet sich seine Pfeife an. Ein süßlicher Tabakduft breitet sich im Raum aus.

Er hat nicht mit Ørholt gesprochen – noch nicht. Dafür hat er einen Brief von seinem berühmten Schulfreund bekommen, der immer noch um eine Professur an der Universität kämpft.

Frederikke nippt an dem Wasser, während sie Frederiks verärgerter Stimme lauscht: »Das ist doch der reine Wahnsinn. Wie lange geht das nun schon so? Mindestens ein paar Jahre. Stellt euch vor, da zieht man es vor, einen Lehrstuhl unbesetzt zu lassen, statt den Qualifiziertesten überhaupt zu berufen! Das ist doch einfach unglaublich!«

Er sieht Amalie an, als versuchte er, dort ein wenig Vernunft zu finden, auf die er sich stützen könnte.

Frederikke sitzt ihm gegenüber und nickt zustimmend, während sie sich im stillen fragt, warum sie so viel über diesen Brandes reden. Bei ihr zu Hause ist es anders. Und wenn man über ihn spricht – und letztendlich hat man es nicht vermeiden können, weil schließlich ganz Kopenhagen über ihn redet – dann zumindest nicht in solch positiven Worten.

»Willste Schweinefleisch und Sahne kaufen, brauchste nur zum alten Juden laufen« – so hieß es immer in Frederikkes Elternhaus, und jetzt, wo sie hier sitzt, taucht dieser Spruch plötzlich wieder in ihrem Kopf auf. Eigentlich ist sie nie auf die Idee gekommen, daß es falsch sein könnte, so etwas zu sagen (Antisemitismus ist bis weit hinein in die besten Kreise comme il faut, denn ehrlich gesagt, man weiß doch ...) und auch jetzt kommt sie nicht auf diese Idee. Sie wundert sich nur, daß alles so ganz anders dargestellt werden kann, und es wird ihr klar, daß die Wahrheit offenbar die Konsistenz eines Teigklumpens hat. Sie kann nach Belieben verändert werden.

Hier hat man sie augenscheinlich in eine andere Façon geknetet, hier herrschen andere Regeln, andere Standards, und es scheint, als befänden sich ihr Zuhause, ja, ihr gesamtes früheres Leben in einer völlig anderen Welt, obwohl sie doch nur zehn Minuten Fußweg von hier entfernt sind.

Daß Frederik recht hat, daran zweifelt sie keinen Moment. Nicht, weil sie eine eigene Meinung dazu hätte, denn dazu ist sie weder qualifiziert noch gezwungen. Sie weiß nur, daß er aus dem einfachen Grunde recht haben muß, weil ein Mensch wie er sich unmöglich irren kann.

Schön ist es auf jeden Fall, einfach hier zu sitzen und zuzuhören, während einem das Wasser den Mund kühlt. Es ist angenehm frisch, und der Rauch von Frederiks Pfeife hat sich wie ein Nebel um ihre Köpfe gelegt.

»Alle in diesen Kreisen wissen, daß er der qualifizierteste ist, und trotzdem weigert man sich, ihm die Professur zu geben, nur aus Rücksicht auf alle diese nationalliberalen Schurken und ihre Kumpel, diese klerikalen Lümmel.«

Amalies ernsthaft zusammengezogene Augenbrauen lassen ihn einen nervösen Seitenblick auf Frederikke werfen, die jedoch nichts bemerkt zu haben scheint.

»Das endet noch damit, daß er fortgeht – ja, weggegangen ist er ja schon, aber ich meine, daß er ganz fort bleibt. Einfach das Land verläßt! Merkt euch meine Worte! Jetzt hat Dänemark endlich einen Intellektuellen herangezogen, der über die Mittelmäßigkeit hinausragt, und was macht man – schickt ihn fort, zwingt ihn, das Land zu verlassen und ...«

»Hat er gesagt, daß er das tun wird?« Amalies hingeworfene Frage zeugt auch nicht von dem ganz großen Engagement.

»Ja. Er überlegt, nach Deutschland zu gehen. Was auch einleuchtend ist. Er kann ja nicht ewig ohne festes Einkommen herumlaufen. Und das wissen sie, deshalb versuchen sie ihn auszuhungern.«

»Könnte man ihn denn nicht irgendwie ökonomisch unterstützen?« Die Bemerkung ist Frederikke herausgerutscht, bevor sie überhaupt nachgedacht hat – ein Naturtalent, das in letzter Zeit immer häufiger zur Entfaltung kommt. »Er muß doch auch viele Anhänger haben«, fügt sie unsicher hinzu, voller Angst, etwas Dummes gesagt zu haben. Sie streichelt den Samt auf der Armlehne des Sofas.

Die Belohnung kommt prompt in Form eines ernsten, dankbaren Blickes, der sich seinen Weg durch den bläulichen Nebel bahnt.

»Doch, natürlich kann man das, wir sind schon ein kleiner Kreis von Leuten, die das tun, liebste Frederikke. Aber das ist nicht das eigentliche Problem. Das Problem ist der fehlende Wille, etwas Neuem überhaupt nur zuzuhören. Das ist es, was die Luft in diesem kleinen, eingeschlossenen Land verpestet.«

»Na, da bist du ja endlich! Du bist ja reichlich lange weggeblieben.«

Die Mutter zeigt ein vorwurfsvolles Gesicht, als Frederikke die Stube betritt. Sie betrachtet voller Verwunderung ihre Tochter, die sich atemlos aufs Sofa wirft und die Beine über die Armlehne schwingt.

»Ich war mit Amalie Lindhardt bei Wessel & Vett – das hat etwas länger gedauert.«

»Ja, das kann man wohl sagen ... Und wo hast du sie?«

Frederikke schaut verwirrt auf. »Wen?« fragt sie, und in ihrer Fröhlichkeit kann sie es nicht lassen, hinzuzufügen: »Wessel & Vett?«

»Die Borten! Die Gardinenborten, die du mir besorgen wolltest.«

Frederikke bereut sofort ihre freche Bemerkung, richtet sich auf und sieht ihre Mutter erschrocken an. »Die habe ich vollkommen vergessen! Oh, das tut mir so schrecklich leid, Mutter. Ich habe einfach nicht daran gedacht.« (Es gibt nämlich jemanden, der mich heute »Liebste« genannt hat!)

Mutters Augen funkeln vor Wut. »An was denkst du im Augenblick überhaupt noch?«

Frederikke überhört lieber diese rhetorische Frage.

»Mutter«, schlägt sie bittend vor, »ich kann doch gleich noch einmal loslaufen, ja?« Sie ist schon bereitwillig aufgestanden.

»Nein danke! Ich werde das Mädchen schicken. Du bist heute schon genug herumgelaufen.«

Es wird still zwischen den beiden. Frederikkes Finger zupfen an den Fransen der Tischdecke.

»Mutter, es tut mir wirklich leid ...«

Die Mutter dreht sich jäh um: »Wir können das Ganze ja auch absagen, wenn du gar nicht ...«

»Was? Wovon redest du?«

»Von der Hochzeit! Ich meine, wenn du sowieso nicht ...«

»Ist es nicht etwas übertrieben, eine Hochzeit gleich abzusagen, nur weil ich vergessen habe, einen Meter Gardinenborte zu kaufen?« Ihre Stimme klingt plötzlich müde.

»Es ist ja nicht nur die Gardinenborte, und das weißt du selbst ganz genau. Es ist dein ganzes ... Verhalten in der letzten Zeit. Ich erkenne dich ja kaum wieder. Nie bist du zu Hause, fast jeden Tag bist du mit diesen fremden Menschen zusammen, und alle Vorbereitungen überläßt du mir, als würde es dich nicht im geringsten interessieren. Ich bin mir gar nicht so sicher, daß Christian diese Veränderung billigen wird!«

Frederikke steht auf und starrt eine Sekunde lang ungläubig ihre Mutter an. Ihre Stimme ist tränenerstickt und schrill, als sie schreit: »Christian, Christian, Christian! Ich höre ja bald nichts anderes mehr. Warum muß er überall mit hereingezogen werden? Man kriegt in diesem Haus fast keine Luft mehr!«

Die Tür fällt mit einem Knall hinter ihr ins Schloß.

Sie hat sich hingelegt. Das Gesicht ist im Kissen verborgen, als die Mutter kurz darauf in ihr Zimmer tritt.

»Frederikke!« Die Stimme klingt scharf. »Ich möchte gern mit dir reden.«

Sie schließt die Tür hinter sich. Die Tochter reagiert nicht.

»Wirst du wohl aufstehen und mich ansehen? Aber sofort!«

Das Kind in Frederikke traut sich nicht länger, die Mutter zu ignorieren. Sie schaut auf und wendet ihr ein von Tränenspuren gestreiftes Gesicht zu.

»Was willst du?« kommt es müde und trotzig.

»Was ich will? Habe ich recht gehört, junge Dame, fragst du mich, was ich will, nach dem Auftritt, den du mir gerade geboten hast? Es sollte ja wohl deutlich geworden sein, was ich will.«

»Entschuldige!« Die Stimme ist schwach, und es ist nicht mehr viel Rebellion zu spüren hinter den Tränen, die ihr die Wangen herunterlaufen. Sie wischt sie mit einer verärgerten, aber pathetischen Bewegung weg.

Die Mutter seufzt müde, setzt sich auf die Bettkante und legt der Tochter eine Hand auf die Schulter. »Was ist denn mit dir los, mein Kind? Du bist ja gar nicht du selbst.«

Als keine Antwort kommt, bleibt sie eine Weile schweigend sitzen, ehe sie fortfährt: »Ich weiß genau, daß es eine schwere Zeit für dich ist, mit all dem Neuen, was geschehen soll. Da ist es kein Wunder, wenn du ein bißchen aufgeregt bist. Das sind alle! Das war ich damals auch.«

Nervös streicht sie ihrer Tochter über die Schulter.

»Das ist eine große Umstellung: Du sollst ja ein ganz neues Leben beginnen, aber gerade deshalb ist es so wichtig, daß du versuchst, deiner Verantwortung gerecht zu werden. Nicht wahr? Es nützt nichts, davor wegzulaufen, dadurch werden keine Probleme gelöst. Nun?« Die Finger entfernen einen imaginären Fussel von der Schulter der Tochter.

»Du könntest doch auch mal versuchen, mit mir darüber zu reden. Ich bin ja hier, und es könnte sein, daß ich auf einige der Fragen, mit denen du dich herumquälst, eine Antwort habe. Wenn man frech und naseweis reagiert, wird alles nur noch schlimmer. Ich verstehe das nicht ... Du bist doch sonst immer so lieb gewesen. Wir wissen doch nur zu gut, daß Helena stets das Sorgenkind gewesen ist – und nicht du! Du warst der Trost deiner Eltern, das sollst du nur wissen.«

Sie läßt einen lauten Seufzer vernehmen.

»Wir haben oft darüber gesprochen, dein Vater und ich, wie schön es ist, daß wir dich haben, da Helena ja so verdreht war. Denn das ist sie immer schon gewesen. Wir haben häufig gesagt, daß an ihr wohl ein Junge verlorengegangen ist ...« Sie macht eine kleine Pause und starrt vor sich hin. Dann scheint es, als würde sie plötzlich aufwachen.

»Na, aber jetzt sieht es ja glücklicherweise so aus, als ob sich für sie alles zum Besten gewendet hat. Auch wenn dein Vater und ich verärgert waren über die Art und Weise, wie alles vor sich gegangen ist, so müssen wir doch zugeben, daß Lehmann das beste ist, was Helena widerfahren konnte. Er hat eine feste Hand, und manchmal denke ich, daß sie selbst gewußt haben muß, daß sie genau das braucht. Meinst du nicht? Keine Frau kann auf längere Zeit so störrisch bleiben. Auch Helena nicht! Und das ist nichts, dem man nacheifern sollte, das sage ich dir. Die meisten Männer finden Aufsässigkeit bei einer Frau äußerst unattraktiv!«

Ihr Gesicht wird sanfter. »Aber du ... du bist ja nie so gewesen. Mit dir war ja alles immer so einfach.«

Sie wirft Frederikke ein müdes Lächeln zu.

»Ich möchte dich so gern verstehen, Frederikke. Diese Menschen, mit denen du so viel Zeit verbringst ... Ich weiß nicht, ob das gut für dich ist. Du bist doch immer eher der stille Typ gewesen, der nicht so viel herumgerannt ist. Wenn dich das jetzt nur nicht zu sehr verwirrt«, sagt sie in einem Tonfall, als wäre Verwirrung das Schlimmste, was einem Menschen zustoßen könnte. »Ich will dir ja nicht verbieten, sie zu sehen. Und die Holms haben offensichtlich auch nichts dagegen – Frau Holm meint ja, das wären ausgezeichnete Menschen …« Sie schüttelt leicht resigniert den Kopf. »Jetzt trägt Familie Holm die Verantwortung für dich. Trotzdem würde ich mir wünschen, daß du dich mir anvertraust. Gibt es etwas, das dich quält?« Sie sieht die Tochter fragend an, worauf diese den Kopf schüttelt.

»Dann verstehe ich das nicht … Denn du liebst ihn doch, oder? Christian, meine ich.« Ihre Hand fährt durch Frederikkes Haar. »Da siehst du es, dann wird sich schon alles klären!«

Sie streichelt Frederikkes Wange. »Hör mal zu: Jetzt versprichst du mir, dich in Zukunft ordentlich aufzuführen, und dann brauchen wir die kleine Episode Vater gegenüber gar nicht zu erwähnen. Ich nehme an, daß du lieber nicht zum Essen herunterkommen willst? Dann werde ich ihm sagen, daß es dir nicht so gut geht. Ich lasse durchscheinen, daß es die gewisse Zeit im Monat ist, du weißt – und du wirst sehen, dann wird er nicht weiter nachfragen.« Sie wirft ihrer Tochter ein konspiratorisches Lächeln zu.

Sie steht auf. »Soll ich dir ein Tablett hochbringen lassen? … Bist du dir sicher? Es ist wichtig, daß du etwas ißt, damit du genügend Reserven hast. Nein? Na gut, dann leg dich jetzt schlafen. Ich denke, du brauchst jetzt erst einmal viel Ruhe.« Sie beugt sich hinab und gibt Frederikke einen Kuß auf die Wange.

In der Tür dreht sie sich noch einmal um und flüstert: »Wie schön, daß wir mal so richtig miteinander reden konnten.«

Dann gleitet die Tür ins Schloß.

Kurze Zeit später steht Frederikke auf und holt Papier und Stift. Dann setzt sie sich an den Schreibtisch. Sie schreibt, stützt den Kopf auf die Hände, starrt in die Luft, schreibt wieder, streicht durch, knüllt einen Bogen zusammen, fängt von vorn an – alles mit einer für sie ungewohnten Entschlußkraft, einem Arbeitseifer, der fast einer Leidenschaft ähnelt.

Als sie mit ihrer Tätigkeit fertig ist und sich wieder ins Bett gelegt hat, befindet sie sich in einer heftigen Gemütserregung. Und als sie endlich einschläft, geschieht das mit einem sonderbaren Gefühl: Entweder wird sie gerade erwachsen, oder aber sie wird verrückt. Sie ist nicht in der Lage zu entscheiden, was schlimmer wäre ...

Das Resultat ihrer Anstrengungen sieht folgendermaßen aus:

Über jede deiner Veränderungen sitzen wir Gericht,
deine Gedanken, deine Sprache, deine Taten, deine Lust.
Wir nennen es Wahnsinn und lachen dir ins Gesicht,
Wir verhöhnen alles, erst danach spenden wir Trost.

Du bist verdammt, das Gesicht zu tragen, das wir kennen
– keine Veränderung ist hier erlaubt!
Uns allein darfst du deine wahren Freunde nennen,
Wir allein bestimmen, wer du bist und was du glaubst.

Mit unsichtbaren Ketten bist du an uns gebunden,
Dich selbst zu sehen, das wird dir nie gestattet werden.
Wir wissen am besten, was du gemeint, gedacht, empfunden,
Mit Liebe ersticken wir dein Aufbegehren.

11

Skærbæk, 10. Juli 75

Liebste Schwester,
es ist so lange her, seit Du mir geschrieben hast, daß mir manchmal der Gedanke kommt, Du könntest mich vergessen haben. Aber Du mußt mir versprechen, das nie zu tun.

Das darfst Du nicht als Vorwurf auffassen, das kommt nur, weil ich es gewohnt bin, daß Du so oft schreibst, und ich weiß ja auch, das Du vermutlich im Augenblick mit der bevorstehenden Hochzeit und allem genug zu tun hast – aber für mich, die ich hier oben so allein bin, sind die Briefe von Euch daheim so etwas wie der

Höhepunkt der Woche. Es ist so schön, etwas Neues von Euch zu hören – besonders von Dir, liebe Schwester, die Du so oft in meinen Gedanken bist.

Wie geht es Dir? Bist Du froh? Oh, das hoffe ich.

Hier ist alles wohlauf. Es ist nicht besonders viel passiert seit meinem letzten Brief – verglichen mit dem Leben in der Hauptstadt ist mein Leben jetzt etwas abgeschieden, aber damit habe ich Dich schon häufiger gelangweilt. Das Wetter ist glücklicherweise herrlich, so daß ich es sehr genieße, ein wenig in den Garten hinauszukommen – das ist eine willkommene Abwechslung, denn die Tage erscheinen doch lang, jetzt, wo mir alles so schwer fällt. (Du würdest mich kaum wiedererkennen, so aufgequollen bin ich!) Ulrik meint ja, daß eine Frau sich möglichst nicht in der Öffentlichkeit zeigen soll, wenn sie schwanger ist – so sieht man das hier oben –, deshalb treffe ich tatsächlich nur ihn, meine Schwiegermutter und natürlich die Dienstboten. Auch wenn Ulrik wie ein Engel zu mir ist, kann es auf die Dauer ein wenig einsam werden.

Na, was soll's, wenn das Kleine kommt, dann werde ich genug um die Ohren haben. Ich freue mich ganz wahnsinnig darauf.

Ulrik kam gerade in die Stube. Ich habe ihn gefragt, ob wir nach meiner Niederkunft nicht eine Reise in die Hauptstadt machen können, und er hat gesagt, daß sich das sicher machen lasse, wenn alles gut geht. Ach, darauf freue ich mich schon heute!

Lebe wohl und vergiß nicht, mir zu schreiben – ich warte auf die Briefe von Dir.

Herzliche Grüße,
Deine Schwester Helena

12

Frederikke zündet Kerzen an – viele Kerzen, die Stube erstrahlt an diesem Abend, genau wie sie selbst. Und Frederikke summt. Die Mutter tritt mit einem Tablett in den Händen ein. Sie stellt es auf dem Tisch ab.

»Meine Güte! Ist das nicht etwas übertrieben? Draußen ist es doch noch nicht einmal richtig dunkel!«

»Ich fand, die Stube sollte ein bißchen ... festlich aussehen.«

»Festlich? Ja, aber meine Liebe, es kommt doch nur Tante Severine.« Mutters leicht resignierte Stimme verrät, daß sie die Tante nicht gerade mit Festivitäten verbindet, aber sie sagt nichts weiter.

Als sie fertig ist, geht sie mit dem Tablett zurück in die Küche. Dort wechselt sie einige Worte mit dem Mädchen, bevor sie in die Stube zurückkehrt. Sie ist leer. Im gleichen Moment hört sie eine Tür im ersten Stock, die sich schließt.

»Frederikke?« Sie geht hinaus auf den Flur, legt den Kopf in den Nacken und ruft die Treppe hinauf. »Frederikke, warum zündest du alle Kerzen an, wenn du dann doch nur hinaufgehst?«

Frederikke lacht. »Ich komme gleich, Mutter. Ich muß nur noch etwas erledigen.«

Die Mutter geht kopfschüttelnd zurück ins Wohnzimmer. Einen Moment lang setzt sie sich auf die Sofakante und starrt verwirrt in die Luft. Dann steht sie auf und beginnt einige Kerzen wieder auszupusten.

Frederikke hat ihr Tagebuch aufgeschlagen, aber sie hat nicht die Ruhe zum Schreiben. Eben hat sie die Stube mit dem Gefühl verlassen, daß es etwas gebe, was sie unbedingt aufschreiben müsse – mit jemandem teilen. Jetzt kann sie sich nicht mehr daran erinnern, was das gewesen ist. Apathisch taucht sie den Füller ein und schreibt einen Namen, einen bemerkenswerten Namen, der Teil ihres eigenen ist. Einen Augenblick lang läßt sie ihn stehen und Glanz auf das Papier werfen – einen Glanz, der ihre Augen erstrahlen läßt und ihre Lippen zu einem Lächeln öffnet. Sie fügt zwei Buchstaben hinzu und merkt, wie der Glanz plötzlich verschwindet.

Dann kratzt sie heftig darauf herum – so kräftig, daß die Federspitze Löcher ins Papier reißt. Sie klappt das Buch zu und steht auf. Einen Augenblick lang bleibt sie mitten im Zimmer stehen und starrt die Wände an, die ihr plötzlich fremd und einengend vorkommen. Sie ist rastlos, aber das quält sie nicht, denn es ist eine muntere Rastlosigkeit, eine ahnungsvolle Freude, die ganz diffus ist und die bestimmt nichts mit dem bevorstehenden Besuch der pelikanhalsigen Tante Severine zu tun hat. Es ist ein fast göttliches Gefühl – als wäre ihr ein Wunder versprochen worden, als könnte sie, und zwar sie allein, all das empfinden, was sonst kein Mensch wissen kann.

Einen Moment lang bekommt sie Angst, daß sie verrückt werden, und daß diese fremden Gedanken einer Geisteskrankheit entspringen könnten, aber diesen unangenehmen Verdacht schiebt sie schnell von sich. Sie ist gesund wie nur irgendwas, sagt sie sich selbst, sie ist es nur nicht gewohnt, die Freude in dieser Form in sich aufsteigen zu spüren ... Ein Teil von etwas zu sein.

Eine neue Rolle! Sprechen und lachen zu können, festzustellen, daß man nicht übersehen wird, sondern vielleicht immer noch heimlich, aber ganz intensiv von einem Paar nachdenklicher blauer Augen unter kräftigen Augenbrauen beobachtet wird. Frei, die alte Haut abzuwerfen und eine neue, strahlendere überzuziehen ...

Auf dem kleinen Tisch neben dem Bett liegt ihre Handarbeit, vergessen und hingeworfen. Sie nimmt sie hoch, betrachtet sie und sticht sich dabei aus Versehen mit der Nadel. Ein kleiner Tropfen dunkelroten Bluts quillt hervor. Sie lutscht am Finger und spürt den metallenen Geschmack im Mund.

Amalie stickt nicht. Amalie geht mit nackten Füßen übers Gras, legt die Beine über die Sofalehne, wirft den Kopf in den Nacken und lacht. Amalie liest Bücher, diskutiert, schmiert wilde Farben auf große Leinwände und schafft Welten, die zuvor nicht existiert haben.

Momentan ist sie damit beschäftigt, Frederikke zu malen.

Das hat zu gemeinsamen Nachmittagen in dem unaufgeräumten Atelier geführt, das sie sich in der Wohnung eingerichtet hat. So etwas hat Frederikke noch nie erlebt: dort zu sitzen und Amalies Umgang mit Pinsel und Farben zu sehen, mitzuverfolgen, wie der weiße Kittel immer fleckiger und bunter wird, je weiter das Bild fortschreitet.

Eines Tages kommt Frederik vorbei, gerade als Amalie für dieses Mal die Pinsel hingelegt hat. Lindhardt und er kommen in den

Raum und stellen sich vor das Gemälde. So stehen sie da, beide mit den Händen auf dem Rücken, und Frederik sagt: »Sie ist phantastisch!« Lindhardt nickt und sieht stolz seine Frau an. Doch Frederikke errötet.

Die wenigen Male, die das Wetter schlecht war, haben sie den Sonntag alle zusammen dort verbracht, bei Amalie und Lindhardt – nicht immer waren alle dabei, aber stets bildet Frederik den natürlichen Mittelpunkt. Als Kind hat es sie stets empört und gewundert, warum es der Dirigent ist, der immer den ganzen Beifall einheimst – hat er doch nichts anderes getan, als mit einem Stöckchen in der Luft herumzuwedeln, während die anderen alle Arbeit verrichten. Aber jetzt versteht sie das vollkommen.

Im Laufe des Sommers scheint Oluf Green (Frederiks junger, blondschöpfiger Studiosus) ebenso still und undramatisch aus der Gemeinschaft zu entgleiten, wie Frederikke hineingeglitten ist. Er verschwindet offenbar vollkommen unbemerkt, und niemand scheint ihn zu vermissen, was Frederikke in ein Gefühl diffuser Erleichterung versetzt, was sie selbst gar nicht versteht, da sie nicht das Geringste gegen ihn gehabt hat.

Die besten Augenblicke? – Das sind die, in denen sie fast allein sind. Wenn sie im Gras des Dyrehaven auf der Decke liegen und sie die anderen betrachten kann. Wenn sie satt und leicht berauscht ist, wenn die Insekten dicht an ihrem Ohr summen, aber sie zu träge und zufrieden ist, sie wegzujagen, wenn sie, nur wenige Meter entfernt, Amalie und Frederik sehen kann. Amalies grüne Augen ruhen hingebungsvoll auf Lindhardt, der ein Stück weiter weg sitzt, die Arme um die Knie geschlungen, und sich in gedämpftem Gespräch mit Claus Jantzen befindet. Gleichzeitig gleiten Amalies schmale Finger, mit einer Apathie, die Frederikke geradezu widernatürlich vorkommt, durch Frederiks Haar. Er liegt mit dem Kopf im Schoß seiner Schwester, die lange Nase gen Himmel gereckt. Seine Arme ruhen auf dem Bauch, die langen Beine sind gekreuzt und die Augen meistens geschlossen. Aber der aller-allerschönste Augenblick ist der, in dem Frederikke genauer hinschaut und entdeckt, daß er sie geöffnet hat und sie betrachtet, genau wie sie ihn!

Frederikke sieht kindlich einfältig aus, wie sie da mitten im Zimmer steht, den Finger im Mund. Als sie ihn mit einem leisen Schmatzlaut herauszieht, wird die Fingerspitze einer gründlichen Untersuchung unterzogen, die zufriedenstellend auszufallen scheint. Dann wird der feuchte Finger ohne Zögern am Kleid abgewischt. Sie nimmt erneut ihre Handarbeit auf, legt sie aber gleich wieder hin und geht zum Fenster. Dort lehnt sie sich mit der Stirn an die Scheibe und starrt geistesabwesend hinaus in den stillen Sommerabend.

Sie steht immer noch da, als das hysterische Läuten der Türglocke erklingt. Sie seufzt theatralisch, versucht einen Gesichtsausdruck zu finden, mit dem Tante Severine gedient sein könnte, und ist bereits auf dem Weg zur Tür, als sie von dem Ruf ihrer Mutter eingeholt wird. Sie öffnet, und am Ende der Treppe, wo sie die kleine, verlegene Gestalt der Tante erwartet hat, steht die persona non grata, die Hand auf dem Geländer, mit einem Gesicht, das vor Erwartung strahlt.

Es ist Christian.

Frederikkes erste Eingebung ist, zurückzulaufen und die Tür hinter sich zuzuwerfen. Ihr Herz pocht, es dröhnt monoton in ihrem Kopf, sie muß Zeit gewinnen, Zeit gewinnen, Zeit gewinnen ... Sie muß zurück, um nur für eine Sekunde die Stirn noch einmal an die kühle Fensterscheibe legen zu können, sie muß alles noch einmal von vorn anfangen, um es zu schaffen. Doch sie dreht nicht um, sondern geht gehorsam die Treppe hinunter, ihrem gut gekleideten Büttel (dunkle Jacke und helle Hose mit ordentlicher Bügelfalte) entgegen, bis sie vor ihm steht.

Seine Hand ist warm und weich.

»Christian! Welch eine Überraschung. Du solltest doch noch gar nicht zurück sein!«

Er antwortet etwas in der Richtung, das irgendwas es ihm ermöglicht hat, ein paar Tage in Kopenhagen zu verbringen, aber sie hört gar nicht hin. Der Vater taucht aus dem Arbeitszimmer auf und begrüßt überschwenglich den zukünftigen Schwiegersohn. Danach tritt für einen Moment ein Stillstand ein, in dem Frederikke die Aufmerksamkeit der anderen wie eine Decke über sich spürt. Sie sehen sie an und lächeln überlegen, während sie in ihrer Ahnungslosigkeit zu wissen meinen, was da unmittelbar vor ihnen passiert.

Kurz darauf sitzen sie nebeneinander in der Stube. Jetzt ist er hier, lebendig und unverkennbar in diesem Meer von Kerzen, das sie selbst entzündet hat. Er unterhält sich mit den Eltern über Trivialitäten, während er seiner Verlobten die ganze Zeit sehnsuchtsvolle Seitenblicke zuwirft. Sie studiert ihre Finger (dort, wo sie sich mit der Nadel gestochen hat, ist ein kleiner roter Punkt entstanden) und wendet ihr Gesicht ab – aus einem ganz anderen Grund, als er es sich vorstellen kann. Sie versucht so zu tun, als sähe sie ihn nicht (das fällt ihr nicht schwer), aber sie kann sein pomadisiertes Haar und sein Rasierwasser riechen.

Frederikke ist übel, sie spürt den Drang, sich zu übergeben.

Tante Severine kommt, die Mutter schenkt Kaffee ein, Vater bietet Cognac und Zigarren an, und die Stube füllt sich mit kultiviertem Gespräch und Rauchen, Essen und Trinken – und auch wenn die Zeit ihr endlos erscheint, während sie dasitzt, ist es für sie völlig unvermutet, als sie wieder in ihrem Zimmer stehen.

Allein.

Als sie die Tür hinter ihnen geschlossen hat, ist es, als wäre all das, was geschehen ist, seit er das letzte Mal hier war, ausschließlich in ihrem Kopf passiert. Und vielleicht stimmt das ja auch.

Als sie die Hand von der Türklinke nehmen will, greift er danach – weder heftig noch energisch, sondern langsam und selbstverständlich, wie jemand, der es nicht eilig hat und sich in seinem guten Recht weiß.

»Ich kann gar nicht sagen, wie schön es ist, dich wiederzusehen.«

Sie lächelt und huscht zum Schreibtischstuhl, um sich hinzusetzen. Auf der Tischplatte liegt ein gelbes Tagebuch, das einen durchgestrichenen Namen verbirgt.

Er bleibt an der Tür stehen, seine Schulter lehnt sich mit unkleidsamer Selbstverständlichkeit an den Türrahmen. »Nun sag mir mal – freust du dich gar nicht, mich zu sehen?« Das Lächeln ist einschmeichelnd und selbstsicher.

»Doch, natürlich.«

Er kommt zu ihr und hockt sich vor sie hin. Dabei lassen seine Knie ein knackendes Geräusch hören.

»Bekomme ich denn keinen kleinen Kuß?« Den Kopf schräg. Lockend. Idiotisch. Seine Hand umschließt vorsichtig ihr Knie, sie kann die Wärme durch den dünnen Stoff spüren.

Frederikke sieht weder besonders schlau noch begeistert aus, als sie den Mund vorstreckt. Seine Lippen sind feucht und schmecken nach Zigarre.

Anscheinend zufrieden mit den jämmerlichen Brosamen vom Tisch der Reichen erhebt er sich von seinem Freierplatz auf dem Boden und setzt sich auf die kleine Chaiselongue. Er klopft auffordernd mit der rechten Hand auf den leeren Platz neben sich. Da Frederikke keine Ausrede finden kann, steht sie auf und setzt sich neben ihn. Er umfaßt ihre beiden Hände und rutscht näher. Noch näher. Sein Gesicht reibt sich wie eine verschmuste Katze an ihrer Schulter. Näher. Seine Lippen finden ihren Hals und küssen ... knabbern an ihr. Er atmet schwer und schluckt auffallend oft.

Als er endlich seinen Kopf wieder zurückzieht, behält er doch ihre Hände in seinen und spielt an ihren Fingern herum – mit einer Miene, als übte er eine Tätigkeit allergrößter Wichtigkeit aus, was er vermutlich auch zu tun meint.

»Ich kann gar nicht begreifen, daß ich wirklich wieder hier bei dir sitze.« Seine betrogenen Augen strahlen. »Und ist es dir auch gut ergangen? Ich habe gehört, daß Frederik Faber und seine Schwester sich ganz reizend um dich gekümmert haben. Das freut mich.«

Als Christian seinen Namen erwähnt, bricht etwas in Frederikkes Kopf zusammen. Für einen Moment schwindet alle Vernunft aus der Welt. Sie kann nichts sagen, ein großer, pelziger Klumpen versperrt ihren Hals.

»Und du hast dich so richtig im Dyrehaven amüsiert, während dein Verlobter schuften mußte, ja?« Um das Scherzhafte in seiner Bemerkung zu unterstreichen, will er ihr leicht in die Wange kneifen und bemerkt dabei, daß sie feucht ist.

»Aber mein kleines Mädchen«, sagt er gerührt und mißversteht ihre Tränen, so wie er auch alles andere auf der Welt mißversteht. »Ich bin doch wieder bei dir.«

Der Blinde legt einen tröstenden, väterlichen Arm um die Stumme.

»Du wirst sehen, alles wird gut. Ich bin heute Nachmittag schon gleich bei Frederik Faber gewesen. Ich habe ihm gesagt, daß ich morgen mitkommen werde. Das fand er vortrefflich. Siehst du, nun bist du nicht mehr allein ... Freust du dich?« Er drückt sie leicht an sich. »Du wirst sehen, wir werden morgen einen richtig schönen Tag haben.«

13

Man langweilt sich, auch wenn die Bühne für die übliche Sonntagsvorstellung dekoriert wurde.

Das mitgebrachte Essen ist verzehrt. Auf der Tischdecke neben ihnen liegen nur noch ein paar Brotreste, um die sich die Spatzen kümmern, und ein paar Scheiben Wurst, an denen sich ein Schwarm summender Schmeißfliegen gütlich tut.

Sie sind nur wenige heute – aber auf eine sonderbare Art und Weise dennoch einer zuviel. Die Gesellschaft, die jetzt im Gras um die weiße Decke herum liegt, besteht nur aus sieben Menschen: Frederik, Amalie, Lindhardt, Ørholt, Jantzen, Frederikke und Christian, und Frederikke fällt plötzlich auf, daß sie jetzt nicht mehr die Neue ist.

»Da ist noch Wein.« Ørholt hält die Flasche hoch: »Holm?«

»Ja, gern. Auch wenn ich eigentlich nicht mehr trinken sollte.«

Nein, das solltest du wirklich nicht, denkt Frederikke, die fürchtet, daß zuviel Wein ihn wieder dazu bringen wird, zuviel zu reden.

Im Gegensatz zu ihr hat ihr Begleiter nämlich heute außerordentlich gute Laune, und in diesem Augenblick steht sein Mund zum ersten Mal still, seit er sie vor fast vier Stunden abgeholt hat.

Bereits im Wagen hierher hat sie gespürt, daß alles schiefgehen würde. Sein Finger hat die ganze Zeit vor ihrem versteinerten Gesicht herumgezappelt, dies und das gezeigt, an dem sie gerade vorbeifuhren, ihre Aufmerksamkeit darauf gerichtet, daß er hier, ja, genau hier, früher gewohnt hat, und daß sich hier, genau hier, diese oder jene vollkommen gleichgültige Episode ereignet hat. Seine Kindheit scheint das Thema des Tages zu sein – alles erinnert ihn augenscheinlich an diese Zeit, und es ist ihm offenbar ein dringendes Bedürfnis, sie darin einzuweihen.

Während des Essens redet er ununterbrochen – vielleicht um die Langeweile bei den anderen zu überdecken. Die träge Ruhe, die sonst über ihren Zusammenkünften liegt, ist jetzt gegen das angestrengte Lauschen seiner Erzählungen über seine Arbeit am Viborger Dom ausgetauscht worden, über das überwältigende, neu gebaute Kirchengebäude, das jedem Respekt abnötigt, über die ganz besondere Gunst, die er beim Bischof genießt, über seine begründete Vermutung, fest mit dem Domkapitel verknüpft zu werden und überhaupt über die strahlenden Zukunftsaussichten, die vor ihm und (ja, natürlich!) Frederikke liegen. Er erzählt pointenlose Anekdoten, über die die anderen und sie selbst pflichtschuldigst lächeln, mischt sich ungeniert in Gespräche ein über Themen, von denen er offenbar nicht die geringste Ahnung hat, und richtet seine Aufmerksamkeit vor allem auf Frederik, der doch seine Anwesenheit so »vortrefflich« findet und bei dem er sich auf unerträgliche Weise einzuschmeicheln versucht, indem er ihm nach dem Munde redet, sobald sich nur die Gelegenheit dazu bietet.

Sieh mich! Höre mich! Schätze mich!

Hätte er einen Schwanz, er würde mit ihm wedeln!

Plump ist er, armselig, und ihm fehlt jedes Gefühl für die Situation. So sieht Frederikke es jedenfalls, und sie fühlt sich peinlich berührt und in gewisser Weise verantwortlich, so als hätte sie ein unartiges Kind mitgebracht.

Sie haßt ihn.

Die anderen versuchen sich nichts anmerken zu lassen. Nur Jantzen, bei dem Diskretion nie einer seiner hervorstechenden Charakterzüge gewesen ist, wirft den anderen ab und zu ein verwundertes Lächeln zu und zeigt auf seine eigene unzweideutige Art (hochgezogene Augenbrauen, ein leichtes Kopfschütteln), daß er die ganze Situation (lies: Christian) ausgesprochen komisch findet. Trotz der Bestrebungen, es nicht zu zeigen, spürt Frederikke das Mitleid in den dahinhuschenden Blicken und weiß plötzlich, daß auch die anderen sich nichts aus ihm machen, ihn nur ihr zuliebe tolerieren. Und das führt lediglich dazu, daß sie ihn um so mehr haßt.

Jetzt liegt er da, den Kopf in ihrem Schoß. Obwohl sie absolut nicht weiß warum, erscheint er plötzlich etwas müde und mürrisch. Das ist er schon, seit Amalie und sie von dem kleinen Spaziergang zurückgekommen sind, den sie üblicherweise nach dem Essen machen. Vielleicht ist ja während ihrer Abwesenheit etwas zwischen den fünf Männern passiert. Die Stimmung unter ihnen wirkt angespannt. Doch er schweigt. Das ist das Entscheidende. Der Rest kann ihr gleich sein.

Sie weiß, jetzt wird von ihr erwartet, daß sie ihre Finger zärtlich durch sein Haar gleiten läßt, genau so, wie es Amalie bei Frederik und ihrem Mann so oft getan hat, und das Merkwürdige ist, daß sie es tatsächlich tut. Seine Kopfhaut ist feucht, und der Widerwille, den sie fühlt, ist der Preis, den sie für ihren Verrat bezahlen muß und dafür, daß er still bleibt.

Seine Augen sind geschlossen, er seufzt zufrieden. Die hellen Augenlider bilden über den Augäpfeln kleine Kuppeln, was die leicht auseinanderstehenden Augen noch betont. Von diesem Winkel aus kommt er ihr wie ein Wildfremder vor. Neben ihnen, so nah, daß sie ihn berühren könnte, wenn sie es versuchte, hat das leichtsinnige Schicksal Frederik plaziert.

»Frederikke, was meinen Sie …?«

Sie schaut verständnislos in Ørholts blasses Gesicht.

»Möchten Sie noch ein Glas Wein?«

Sie läßt sich willig nachschenken.

»Der Wein ist ausgezeichnet. Voll Fülle und doch frisch«, bemerkt Frederikkes mitgebrachter Connaisseur.

»Ja, er ist wirklich prima.« Ørholt dreht die Flasche und schaut aufs Etikett, als sähe er es zum ersten Mal. »Was übrigens das reine Glück ist, denn ich habe nicht so viel Ahnung davon – ich habe einfach ein paar Kisten gekauft.«

»Ist das nicht wieder fast typisch?« meint Frederik lachend.

Jantzen überhört offenbar die letzte Bemerkung.

»Ja, das ist sicher etwas ganz anderes als der Altarwein, den Sie immer ausschenken, was?« Jantzens schelmischer Blick begegnet Christians über dem Rand des Glases.

Es wird still, selbst die summenden Fliegen halten für einen Moment inne. Frederik und Lindhardt tauschen besorgte Blicke. Ørholt nimmt nervös seine Brille ab und putzt sie in einem Zipfel der Tischdecke.

Frederikke spürt, wie Christians Körper umgehend reagiert. Er erstarrt, der Nacken spannt sich an. Kurz sieht er den anderen mit einem nüchternen Blick an, als schätzte er seinen Gegner ab, dann schaut er zu Frederikke auf und sieht sie vorsichtig lächeln.

Er rutscht unruhig hin und her. »Ja«, sagt er dann jovial, »aber dafür ist er billig!«

Alle lachen. Die kleine Versammlung ist sichtlich erleichtert. Die Fliegen setzen ihre Mahlzeit fort.

Aber Jantzen hat es offenbar darauf abgesehen zu provozieren: »Na, es sind doch wohl nicht gerade ökonomische Probleme, die die Staatskirche in diesem Land plagen.«

»Halt deinen Mund!« Frederik sieht ihn tadelnd an.

»Warum eigentlich?« Jantzen richtet sich kampfbereit auf. »Es könnte doch wirklich interessant sein zu erfahren, was unser Freund hier zu der Sache meint.« Er sieht Christian herausfordernd an. »Wissen Sie, ich erlaube mir nur, der Ansicht zu sein, daß eine vom Staat unterstützte Religion einfach keinen Platz in einer Demokratie hat.«

»So, so. Der Ansicht sind Sie also? Könnten Sie sich denn auch vorstellen, mir zu erklären, was die Alternative wäre? Dann möchten Sie vielleicht einen bekenntnislosen Reichstag haben – ein Land, regiert von Juden, Atheisten und Darwinisten?« Sein Tonfall klang, als habe er »Sodomiten, Plünderer und Kindermörder« gesagt.

»Warum eigentlich nicht?« Jantzen zuckt mit den Achseln.

»Ach! Das will ich gar nicht mit Ihnen diskutieren!« Christian legt sich wieder hin und schließt die Augen.

»Das sollte doch in einer modernen, freien Gesellschaft keine Bedeutung haben«, beharrt Jantzen.

»Ich weigere mich, das mit Ihnen zu diskutieren«, wiederholt Christian, »ich führe keinen Disput mit Ketzern! Aber darf ich Sie nur in aller Bescheidenheit daran erinnern, daß die Kultur unseres Landes ausschließlich auf christlichen Werten beruht. Wenn wir die entfernen und als Ungläubige leben wollen, dann sind die Tage dieses Landes gezählt.«

»Unsinn! Es verhält sich doch genau umgekehrt! Wenn wir nicht diese Kirchenmacht entfernen, diesen ganzen klerikalen Eisengriff um den Geist des Menschen, dann sind die Tage dieses Landes gezählt.«

Christian richtet sich auf und sieht Jantzen (um hier einen bedenklichen Begriff zu benutzen) ungläubig an, dann Frederik, als hätte er noch nie im Leben so ein nebulöses Geschwätz gehört. »Und du, Frederik, was meinst du?« Er schielt nervös zu ihm hinüber und weiß bereits, daß er bei ihm keine Unterstützung finden wird. Der Appell in seinem Blick ist mitleiderregend. »Bist du vielleicht auch... ja, seid ihr vielleicht alle Anhänger dieses unappetitlichen Angriffs auf alles, was da heilig ist?«

»Ich muß zugeben, daß ich der Meinung bin, daß Jantzen weitgehend recht hat. Ich meine, die Freiheit des einzelnen Menschen muß über allem anderen stehen.«

»Auch über Gott?«

»Ja, in gewisser Weise ...«

»Na gut!« Er nickt mit einem häßlichen Lächeln, als wäre es ihm gerade in diesem Moment klar geworden, daß er hinters Licht geführt worden ist. Dann schüttelt er den Kopf und schaut zu den Fremden hinüber. »*Sie* kenne ich nicht, Sie brauchen mich nicht zu interessieren – aber *du*, Frederik, du enttäuschst mich! Doch andererseits ... vielleicht hätte ich das voraussehen können, denn du hast ja schon während der Schulzeit angefangen mit diesem Judenpack Umgang zu pflegen. Gott bewahre! Und das in buchstäblichem Sinn! Pfui!« Letzteres spuckt er fast aus, und von seinen eigenen Worten geradezu erhitzt, faßt er einen Beschluß, steht auf und hebt seine Jacke vom Rasen auf.

»Bleib doch ruhig, Christian.« Frederik legt ihm eine beruhigende Hand auf die Schulter. »Wir *reden* doch nur darüber. Es gibt keinen Grund, sich so aufzuregen.«

»Laß mich los!« Die Hand wird mit einer Miene von der Schulter geschoben, als würde die bloße Berührung schon seine Person besudeln. »Geh lieber hin und unterhalte dich mit deinem Judenfreund! Komm, Frederikke, wir gehen. Vielen Dank, meine Herren und meine Dame, das war ein vortrefflicher Tag. Ich habe mich überaus willkommen gefühlt!«

Er ist bereits auf dem Weg hin, als er sich umdreht und ruft: »Frederikke, kommst du?«

Und wie er dasteht, von gigantischen Eichenbäumen umgeben, sieht er so hoffnungslos klein und einsam aus, wie Adam einst im Garten Eden gewirkt haben muß, bevor Gott in seiner Barmherzigkeit eingriff und seiner Isolation ein Ende bereitete.

Frederikke ist während des gesamten Auftritts wie versteinert sitzen geblieben.

»Es tut mir so leid, Frederikke ...«, sagt Amalie verzweifelt.

Sie bekommt keine Antwort.

Frederikke steht auf, und bürstet sich den Staub vom Kleid. »Vielen Dank für alles«, sagt sie und macht Anstalten, Christian zu folgen. Als sie an Frederik vorbeikommt, hält er sie auf, indem er ihren Arm berührt. Er sieht sie eindringlich an.

»Frederikke, Sie müssen nicht mitgehen ...«

Sie erwidert kalt seinen Blick. »Doch, Herr Faber. Genau das muß ich!«

Er läßt sie los, steht verzagt da und betrachtet die beiden Gestalten, die hinter der nächsten Wegbiegung verschwinden.

»Meine Güte, der ist ja schlimmer, als ich es mir vorgestellt hatte. Der Mann ist ja ein totaler Idiot!« Jantzen faßt sich an den Kopf.

»Ja«, erwidert Frederik müde, »natürlich ist er ein Idiot. Aber du bist heute auch einer!«

»Wie meinst du das?« Jantzen sieht ihn gekränkt an. »Habe ich denn nicht recht in dem, was ich gesagt habe?«

»Natürlich hast du recht! Aber es gibt doch keinen Grund, mit Kanonen auf Spatzen zu schießen, oder?« Er steht mit den Händen in den Hosentaschen da und scharrt mit der Schuhspitze im Gras. »Es ist doch schade um das Mädchen, nicht wahr?«

14

APRIL 1932

Sie jammert halblaut. Die Schmerzen im Zwerchfell, an die sie sich im Laufe der Monate gewöhnt hat, haben in den letzten Tagen zugenommen. Sie weiß, eigentlich sollte sie einen Arzt rufen, aber sie bringt es nicht über sich. Sie hat kein Vertrauen mehr in einen Berufsstand wie diesen – dieser von der Gesellschaft bestellte Kompromiß zwischen Handwerker und Hexenmeister, diese belesenen und bebrillten Götter, die mit ihren klinisch riechenden Händen und baumelnden Stethoskopen daherkommen und einen mit ihren ernsten, farblosen Akademikeraugen ansehen – oder in einen hineinschauen –, während sie dem Körper die allertiefsten und bestgehüteten Geheimnisse entlocken, diese Herzöge, die dosieren und dozieren und segnen, indem sie so vornehm daherreden, daß es kein Mensch versteht!

Außerdem weiß sie nicht, ob das, was ihr fehlt, sich wieder heilen läßt und ob sie überhaupt Lust hat, wieder gesund zu werden. Warum sollte sie das? Lieber hier liegen und dahinwelken.

Heute wird sie es nicht schaffen, ohne Mamsell Rasmussens Hilfe aus dem Bett zu kommen, das spürt sie. Sie schaut auf die Uhr, die auf dem Tischchen neben ihr steht. Es ist noch viel zu früh, um aufzustehen. Die Zeiger bewegen sich in irritierender Langsamkeit.

Sie schläft nachts auch nicht mehr so gut – es gibt zuviel, was sie plagt, zu viele Gedanken, und in den letzten Tagen zu viele Schmerzen. Die Mamsell wird sicher darauf bestehen, einen Arzt zu rufen, wenn sie kommt. Vielleicht sollte sie doch lieber versuchen, vorher auf die Beine zu kommen, damit sie das verhindern kann.

Aber ein bißchen kann sie noch liegen bleiben ...

Frederik war Arzt. Facharzt für Frauenkrankheiten, Gott bewahre!

Unzählige Frauen, die er intim untersucht hat – wie viele Kilogramm roten, empfindlichen Fleischs sich ihm wohl offenbart haben, wenn die Frauen sich auf die Liege gelegt und ihre Schenkel vor seinem geübten, klinischen Blick und seiner empfindsamen Nase geöffnet haben. Was sie wohl gedacht haben, all diese Frauen und Fräulein, während sie da lagen? Haben sie Scham empfunden? Angst? Vielleicht trotz allem *Lust*, zumindest einige? Kann man sich das vorstellen?

Sie selbst hat er nie untersucht – zumindest nicht auf diese Art. Das, was ihr fehlte, das hat er nicht kurieren können – auch wenn er sich in seiner wahnsinnigen Selbstverliebtheit eingebildet hat, daß er genau das mit ganz anderen Mitteln schaffen würde.

Freiheit! Sein ganzes Gerede von Freiheit! Ihr ganzes Gerede von Freiheit!

Wenn sie damals schon gewußt hätte, was sie heute weiß, dann hätte sie ihnen allen ins Gesicht gespuckt.

Die Freiheit hat sie gekostet. Sie hat einen scharfen, bitteren Geschmack.

Sie muß die Fäuste ballen, wenn sie heute daran denkt, wie sie sie mit ihren wohlgeformten Worten mit ins Boot locken konnten – wie sie sie verführt haben zu glauben, daß es wirklich eine Alternative zu ihrem jämmerlichen Dasein gäbe.

Sie weiß, daß sie sehr hungrig gewesen sein muß. Und das müssen sie auch gewußt haben. Sie hat gierig noch den kleinsten Krumen geschluckt, der von dem überladenen Tisch der Reichen herunterfiel. Das muß doch jedem klar gewesen sein, der Augen hatte zu sehen. Auch Frederik, diesem Teufel, mit all seinen feinen Worten von »Freiheit« – Freiheit in Gedanken, Freiheit in der Forschung, Freiheit in der Ehe ...

»Glauben Sie nicht an die Liebe, Frederik?« hatte sie ihn damals gefragt.

»Doch, das können Sie mir glauben. Es ist ja gerade meine Liebe zur Liebe, die mich das sagen läßt, was ich immer sage. Schauen Sie sich nur um, Frederikke, und sagen sie mir: Können Sie mir eine einzige glückliche Ehe zeigen? Ich rede hier nicht von Paaren, die eine Art ... Modus vivendi gefunden haben, um sozusagen den Mangel an Erwartungen zu überdecken. Die sich abgefunden haben. Nein, ich spreche vom wahren Glück, vom fruchtbaren Glück, bei dem die Partner einander stützen und jeweils bei ihrem individuellen Streben helfen. Nein, nicht wahr? Und darin liegt die ganze Misere, wissen Sie – in diesem absoluten Mangel an Verständnis dafür, daß *das Glück einer Gemeinschaft* abhängt vom *Glück des Individuums* – was wiederum von den Entfaltungsmöglichkeiten des einzelnen abhängt. Die meisten Ehen enden als Gefängnisse. Wir glauben es nicht, wenn wir heiraten, denn wir sehnen uns ja nur danach, stets mit dem zusammenzusein, den wir lieben. Wir glauben, daß dort das Glück verborgen liegt – in den Augen des Geliebten. Zu Anfang finden wir das voll und ganz befriedigend, nicht wahr? Und das ist es ja auch. Die ganze Gesellschaft, Erziehung, Literatur und Moral bilden es uns ein. ›So wird es in alle Ewigkeit sein‹, sagen sie uns. ›Bis daß der Tod euch scheidet‹, heißt es. Wenn dem aber nicht so ist, dann gnade einem Gott. Denn dann ist man ja nur noch Gottes Verachtung wert, denn dann ist man selbst derjenige, mit dem etwas nicht stimmt – dann sind es die eigenen Bedürfnisse, Sehnsüchte und Wünsche, die unzulässig sind. Aber sagen Sie mir, wie lange kann man dasitzen und einem anderen Menschen in die Augen starren? Ist es nicht ganz natürlich, daß die Augen, wie hübsch sie auch immer sein mögen, nach einer Weile ihre Anziehungskraft verlieren, wenn sie sich nie in etwas Neuem spiegeln dürfen? Ist es dann nicht nur ein Zeichen von Gesundheit, wenn man weiter will? Ist es nicht sogar gut, daß die Umwelt von einem fordert, sich für etwas anderes zu interessieren als nur für diese einzige begrenzte und begrenzende Alliance? Es ist doch gar nicht der Tod, der die Menschen scheidet, es ist das Leben!«

Und darin hatte er ja in gewisser Weise sogar recht bekommen …

15

Rechtsanwalt Laursens Körpergewicht wird auf zwei blauen Neandertalerfüßen fortbewegt, die er in einem Paar eleganter Slipper verborgen hat. Der altehrwürdige Parkettfußboden knackt, als wollte er gegen diesen allzu frühzeitigen Morgenverkehr protestieren – oder gegen die Anwesenheit des Rechtsanwalts überhaupt. Er ignoriert das, trotz allem ist es schließlich sein Grund und Boden.

In dem kalten Badezimmer tastet er hinter den abgenutzten Vorhängen seines Schlafrocks und holt sein schmerzendes Glied hervor. Er läßt Wasser, die freie Hand gegen die kühlen Wandfliesen gelehnt, und meidet sorgsam (aus Schaden wird man bekanntlich klug) sein Spiegelbild, als er sich die Hände wäscht.

Anschließend begibt er sich hinaus in die leere, morgenstille Küche, holt ein Glas aus dem Wandschrank und dreht den Wasserhahn auf. Es klopft heftig und anhaltend in den Rohren, ehe das Wasser endlich fließt. Er kippt zwei, drei Gläser eiskaltes Wasser noch am Spülstein stehend hinunter, zieht sich dann einen Stuhl heran und setzt sich schwerfällig an den großen Kiefernholztisch. Dann steht er wieder auf und geht zum Hauseingang, nur um feststellen zu müssen, daß die Post natürlich noch nicht gekommen ist.

Er setzt sich wieder hin, zieht die Zigarillos aus der Tasche des Schlafrocks, zündet sich einen an und starrt vor sich hin, während er eine Streichholzschachtel über die abgenutzte Tischplatte schiebt, immer wieder hin und zurück.

Gestern abend ist er nach dem üblichen Dienstagstreffen der Leitung erst spät nach Hause gekommen. Seine Frau hatte sich schon schlafen gelegt, und er war in die Küche gegangen, um sich ein Bier und etwas zu essen zu holen. Es war bereits nach Mitternacht. Trotzdem war Fräulein Ingeborg noch wach und geschäftig, und er bat sie, ihm ein paar Scheiben Brot zu streichen und sie ihm ins Wohnzimmer zu bringen.

In der Stube wurde er von der quälenden Hitze übermannt, die ihm bereits den ganzen Tag zu schaffen gemacht hatte. Mit einem Seufzer hatte er den Schlips gelöst und die Tür zur Veranda aufgerissen. Aber auch das brachte ihm keine Linderung, denn die Luft, die ihm von außen entgegenschlug, erschien ihm wärmer als die drinnen. Sein Hemd klebte ihm am Rücken, er zog es aus dem Hosenbund und wedelte ein wenig damit, so daß die Luft ihren Weg zu seiner bedrängten Rückenpartie finden konnte. So stand er da und schaute hinaus auf den spärlichen Nachtverkehr, als sie mit dem Tablett hereinkam.

Wenn er jetzt daran zurückdenkt, kann er nichts anderes behaupten, als daß er es hätte kommen sehen müssen. Hatte sie ihm denn nicht bereits seit dem ersten Tag, an dem sie eingestellt wurde, diese einladenden Blicke aus ihren Schlafzimmeraugen zugeworfen? Und hatte er sich nicht schon seit langem versucht gefühlt?

Selbstverständlich war es schwer, sich beim Anblick ihres Busens, der sich direkt vor seinen Augen unter dem Kleiderstoff wölbte, nicht versucht zu fühlen. Er war schließlich auch nur ein Mensch. Und bei den Mahlzeiten, wenn sie servierte, dann war es schon – ob zufällig oder nicht – einige Male passiert, daß sie ihn gestreift hatte, wenn sie sich über den Tisch beugte, um eine Schüssel zurechtzurücken oder die Wasserkaraffe zu nehmen.

Nun gut, da hatte sie also mit dem Tablett gestanden und ihn gefragt, wo sie es hinstellen sollte, als ihm schien, als hörte er plötzlich etwas – ein fremdes Geräusch nach den vielen Wochen Trockenheit.

»Pst«, hatte er gesagt. »Hören Sie auch, wie es tropft?«

Sie stellte das Tablett auf dem Tisch ab und trat zu ihm in die Türöffnung. Dort blieb sie einen Moment stehen, als lauschte sie.

»Vielleicht bin ich es ja«, flüsterte sie kaum hörbar. Später fragte er sich voller Schauder, ob er sie nicht falsch verstanden hatte – ob sie nicht in Wirklichkeit gesagt hatte: »Vielleicht regnet es ja.« Der Gedanke an dieses Mißverständnis macht ihn ganz krank.

Natürlich war er nicht taub für die offensichtliche Vulgarität dieser Bemerkung, sie hatte ja eine Dimension, die sich kaum überhören ließ, doch während sein hoch kultiviertes Gehirn an einer passenden, kategorischen Zurückweisung arbeitete, traf sie seinen unkritischen Unterleib, der umgehend reagierte. Da beschloß er, ihr in die Mädchenkammer zu folgen.

Kurz darauf lag er auf den Knien hinter ihr und hatte ihr großes weißes Hinterteil direkt in der Schußlinie. Der Saum ihres Unterkleids lag über ihren Schenkeln wie ein zerknittertes Zierdeckchen, und kurz spielte er mit dem Gedanken, die beiden Messingkerzenständer aus dem Eingang zu holen und sie auf ihren Hinterbacken zu plazieren. Um nicht laut kichern zu müssen, tauchte er rasch in sie hinein.

Das Ganze war relativ schnell überstanden. Anschließend lagen sie in dem mondbeschienen Raum schweigend nebeneinander und lauschten dem Regen, der draußen herunterprasselte und endlich eine erlösende Kühle mit sich brachte.

»Was glauben Sie, was Ihre Frau dazu sagen würde?« fragte sie verträumt, und der Gedanke an die arme verschmähte Ehefrau nebenan schien sie zu erregen.

»Sie würde wohl sterben«, hatte er müde geantwortet, und um ihr nicht die Stimmung zu verderben, hatte er lieber nicht hinzugefügt, daß der Tod mit höchster Wahrscheinlichkeit als Folge unendlicher Langeweile eintreten würde. Zumindest bestand eine reelle Gefahr, daß sie zu Schaden kommen könnte, weil der Kiefer sich beim Gähnen aushaken könnte.

Hinterher war er ruhig ins Schlafzimmer gegangen und hatte sich neben seine schlafende Gattin gelegt, als wenn nichts gewesen wäre. Und, wie er mit überraschender Deutlichkeit feststellte, genau so war es auch: Nichts war gewesen! Er hatte die Sünde in sein eigenes Heim geholt, und was war die Strafe? Der einzig merkbare Unterschied zwischen der Zeit vor und der nach dem Sündenfall bestand darin, daß sein Glied leicht schmerzte.

Mit einem Gefühl von Abscheu fährt er sich mit der Hand durch das graue, zerzauste Haar. Dann erhebt er sich mühsam und verläßt die Küche.

Einige Stunden später, als er im Büro angekommen ist und sich würdevoll an seinem Schreibtisch niedergelassen hat, hinter dem er die übliche Würde ausstrahlt, zeigt sich Prokurist Nørlev in der Tür, eine Visitenkarte in der Hand.

»Verzeihung, aber dieser Herr möchte Sie gern sprechen.« Er reicht Laursen die Karte.

Dieser betrachtet sie eingehend, es ist eine schöne Visitenkarte, von einem der besten Buchdrucker der Stadt gefertigt.

Mit einem anerkennenden Nicken bittet er Nørlev, den Gast hereinzuführen.

Die Person, die kurz darauf ins Zimmer tritt, ist deutlich jünger als er selbst – ja, er könnte vermutlich dessen Vater sein. Der Gast ist sehr gut gekleidet (leichter, heller Anzug und weißes Hemd mit Krawatte, die im gleichen hellblauen Ton gehalten ist wie der Hut und die Handschuhe) und zeigt ein elegantes, vornehmes Auftreten. Laursen geht ihm entgegen, gibt ihm die Hand und bittet ihn, doch Platz zu nehmen.

»Danke.« Der Gast setzt sich und zieht die dünnen Handschuhe aus.

»Und was kann ich für Sie tun?« fragt Laursen entgegenkommend.

»Es geht um das Anwesen ›Havblik‹. Soweit ich verstanden habe, steht es zum Verkauf, und Sie sind der Verwalter des Hauses. Habe ich das richtig verstanden?«

»Durchaus, ja.« Laursen hat sich wieder an den Schreibtisch gesetzt.

»Ich habe Interesse an dem Objekt. Oder ist es vielleicht schon verkauft?«

»Nein, keineswegs. Es ist ja noch nicht so lange her, daß es passiert ist. Sie kennen die Familie vielleicht?«

»Nein, aber ich habe oft Gelegenheit gehabt, das Haus von außen zu betrachten. Die Lage gefällt mir, und außerdem finde ich es schön.«

»Wie wahr, wie wahr.« Laursen lehnt sich in seinem erst kürzlich gekauften Lederstuhl zurück. (Er ist der Meinung, daß sein fortgeschrittenes Alter und seine gesellschaftliche Position ihn dazu berechtigen, sein breites Hinterteil teuer und komfortabel zu plazieren.) Er stützt die Ellenbogen auf die Armlehnen und legt die Fingerspitzen gegeneinander, bevor er spricht:

»Es ist Ihnen vermutlich klar, daß das Anwesen nicht ganz billig ist. Die Lage, wie Sie ganz richtig erwähnt haben, sowie der vorzügliche Zustand, in dem sich das Haus befindet, führen natürlich dazu, daß der Preis etwas höher ist.« Er sieht seinen Gast ernst an.

»Ich kann mir nicht vorstellen, daß das ein Problem sein könnte«, erwidert dieser und fährt fort: »Ich würde mir das Haus gern ansehen, wenn sich das machen ließe.«

»Natürlich. Aber wollen wir uns nicht erst einmal die Zahlen anschauen?« Er bequemt sich zu einem väterlichen, versöhnlichen Lächeln.

»Nein danke. Ich würde es vorziehen, daß Sie die Formalitäten mit meinem Anwalt regeln. Nein, lieber möchte ich wie gesagt das Haus sehen.«

Etwas aus der Fassung geraten, beginnt Laursen im Kalender zu blättern, der vor ihm liegt. »Na gut, ja. Dann lassen Sie uns einen Termin abmachen. Wann würde es Ihnen denn passen?«

»Ich würde es gern jetzt gleich sehen.«

Laursen schaut hastig auf. »Jetzt? Meinen Sie, jetzt sofort?«

»Wenn es geht, ja. Verstehen Sie, ich habe Interesse daran, das Ganze möglichst schnell über die Bühne zu bringen. Das Haus gefällt mir, ich bin bereit, die notwendigen Papiere noch heute zu unterschreiben.«

»Ja, gut.« Der Rechtsanwalt sieht seinen zur Tat entschlossenen Gast überrascht an. »Ja, wenn es so eilig ist, dann ...«

»Ich fürchte, das ist es. Wissen Sie, ich stehe kurz vor der Heirat, und ich möchte das Haus meiner Frau als Hochzeitsgeschenk überreichen. Meine Zukünftige hat ein etwas ... empfindsames Gemüt. Es ist wichtig, daß sie einen Ort hat, wohin sie sich zurückziehen kann. Und es liegt mir sehr viel daran, daß sie das Haus bereits in diesem Sommer nutzen kann.« Mit dieser Bemerkung zeigt der Besucher zum ersten Mal einen Ansatz von Vertraulichkeit.

»Ja, das verstehe ich sehr gut. Ich werde dafür sorgen, daß gleich ein Wagen vorfährt«, erklärt Laursen mit einem servilen Lächeln und macht Anstalten aufzustehen.

»Das ist nicht nötig.« Der Fremde hat wieder einen geschäftsmäßigen Ton angeschlagen. »Mein Wagen wartet unten. Sie können mit mir fahren. Ich werde dafür sorgen, daß Sie zurückgebracht werden.« Er ist bereits aufgestanden und zieht sich die Handschuhe an.

Sie sitzen nebeneinander im Wagen. Die Stille in der Kabine lastet schwer auf Laursen. Mehrfach hat er versucht ein Gespräch einzuleiten, aber der Fremde hat nur einsilbig geantwortet und ist offensichtlich nicht an einer Unterhaltung interessiert. Er sitzt mit abgewandtem Gesicht da und schaut aus dem Fenster. Eine ungewöhnlich ernste und wenig gesprächige Person.

Laursen sieht ebenfalls aus dem Fenster und widmet seine Aufmerksamkeit der Landschaft, die draußen vorbeizieht und sich verändert, sobald sie die Stadt verlassen und der Küste folgen.

Die Fahrt bis zum Haus dauert ungefähr eine Stunde, das heißt, er kann nicht damit rechnen, vor dem Mittagessen zurück zu sein. Verflucht noch mal! Es ärgert ihn, daß er sich von dieser merkwürdigen Person hat herumdirigieren lassen. Er hätte dem jungen Mann mehr Paroli bieten sollen, ihn verstehen lassen, daß man mit einer Person seiner Bonität so nicht umspringen kann.

Er wendet den Kopf zur Seite und wirft seinem Reisegefährten einen diskreten Seitenblick zu. Dessen Hand ruht auf dem hellen Hosenbein. Er hat Handschuhe und Jacke ausgezogen und die Ärmel leicht hochgeschoben. Seine Hände sind breit, aber mit schlanken Fingern. Das Handgelenk ist kräftig, der Unterarm sehnig und langgestreckt. Die Behaarung ist nicht übermäßig, doch sie ist dunkel, glänzt und liegt so glatt auf der Haut, als hätte sich irgend jemand damit amüsiert, sie in Façon zu bringen.

Er läßt den Blick weiter nach oben wandern; dort ist der Hals mit dieser kleinen Vertiefung direkt unter dem Ohr, wo der Kiefer ansetzt. Eine hübsche kleine Vertiefung – der ideale Platz für die Fingerspitzen und Lippen der jungen Verlobten. Ein Platz, wie geschaffen für einen Kuß! Wie sie wohl aussieht, diese Frau mit dem ach so empfindsamen Gemüt? Jung ist sie mit Sicherheit, edel mit größter Wahrscheinlichkeit, zart und fest im Fleisch ...

Plötzlich wird ihm qualvoll bewußt, daß er seine Ehegattin mit einer Frau betrogen hat, die zwar etliche Jahre jünger ist als er selbst, aber bereits diese charakteristische, schlaffe Haut an den Innenschenkeln hat – ganz zu schweigen von ihren Brüsten, die nach der Befreiung aus ihrem Panzer eine beunruhigende Ähnlichkeit mit den Daunendecken des Ehebettes hatten, die nicht abgesteppt sind, so daß sich der gesamte Inhalt am Fußende sammelt.

Und dann erlaubt sich dieser Novize des Lebens daherzukommen, mit seiner Jugend und seiner hellen Sommerkleidung in seiner offensichtlichen Überlegenheit und mit seinem Gerede von Empfindsamkeit! Als ob er selbst nie jung gewesen wäre! Er war schließlich schon vier Jahre lang verheiratet gewesen, ehe er sich überhaupt nach einer anderen Frau umsah, und weitere drei, bevor er es sich zur Angewohnheit machte, am Freitag den Heimweg über die Dybensgade auszudehnen.

Mit einer verärgerten Miene wendet er sich ab.

»Havblik« ist keine Enttäuschung, so wie es da liegt, hübsch auf einer Anhöhe dicht am Wasser. Durch die großen Palastfenster kann man von allen Zimmern im Haus die Aussicht genießen. Die Hausfront zeigt auf das Meer, und die Rückseite auf den großen, fast plantageartigen Obstgarten mit seinen vielen alten, knorrigen Apfel-, Birnen- und Kirschbäumen, an den sich der helle Buchenwald anschließt.

Der Käufer ist, wenn man es so sagen darf, sofort verloren. Er durchschreitet das Haus, und in jedem Zimmer nickt er zufrieden vor sich hin, ohne andere Kommentare als ein kleines bestätigendes »Mm«. Laursen läuft ihm durch die hohen Räume hinterher. Anfangs weist er auf die Details hin, deren Erwähnung seiner Erfahrung nach nützlich ist, aber da der Fremde gar nicht zuzuhören scheint und offensichtlich keine weiteren Kaufargumente benötigt, verstummt er schließlich.

Als sie wieder draußen auf der Terrasse angekommen sind, bleibt der Fremde einen Augenblick stehen und schaut nachdenklich über das Meer, das heute glänzend und ruhig daliegt und die gleiche Farbe zeigt wie seine leicht zusammengekniffenen Augen.

»Ja«, sagt er leise, aber mit Nachdruck. »Hier muß sie einfach glücklich werden!«

Im Wagen auf dem Heimweg scheint der Fremde fröhlich und gut gelaunt zu sein. Seine Hand trommelt leicht auf dem Hosenstoff.

»Ich habe nicht den geringsten Zweifel. Ich werde Ihnen im Laufe des Nachmittags meinen Anwalt schicken. Und ich vermute, daß Sie dann gemeinsam die Details klären können.«

»Aber natürlich.«

Als sie vor seinem Büro angekommen sind, streckt Laursen seine Hand aus. »Dann warte ich darauf, von Ihrem Anwalt zu hören.«

»Ja, ich denke, daß er in wenigen Stunden bei Ihnen sein wird.« Der Fremde schüttelt Laursens Hand. »Auf Wiedersehen. Und vielen Dank, daß ich Ihre Zeit in Anspruch nehmen durfte.«

»Keine Ursache. Auf Wiedersehen. Ich hoffe, Sie werden zufrieden sein.«

»Das werde ich ganz bestimmt.«

Laursen steht bereits auf dem Bürgersteig, als der andere sich noch einmal aus der Tür lehnt.

»Ach übrigens, noch eine Kleinigkeit: Ehrlich gesagt würde ich dem Haus gern einen anderen Namen geben. ›Havblik‹ – Meerblick, das klingt nicht besonders phantasievoll, finden Sie nicht auch?« lächelt er und zeigt dabei eine Reihe blendend weißer Zähne.

Laursen antwortet mit einem unsicheren Gurgellaut.

»Ich sähe es gern, wenn der Besitz bereits im Kaufvertrag unter seinem neuen Namen laufen würde. Ob Sie dafür sorgen könnten?«

»Selbstverständlich. Und welchen Namen wünschen Sie?«

»Ich habe mir gedacht, das Haus ›Frederikkely‹ zu nennen – Frederikke-Ruh.«

Dann fährt der Wagen davon, und der Rechtsanwalt bleibt allein zurück. Er zieht seine Uhr hervor und betrachtet sie nachdenklich. Es wäre zweifellos noch genug Zeit, nach Hause zu gehen und zusammen mit seiner Frau zu essen, wie er es üblicherweise tut, aber er hat keine rechte Lust und fürchtet sich ein wenig vor der gedrückten Atmosphäre, die leicht entstehen kann, wenn Ingeborg sich mit den Platten über ihn beugt. Außerdem findet er (und er ist fest davon überzeugt, daß er das schon sehr lange findet!), daß ihr Essen nicht gerade etwas ist, worauf man sich freuen kann. Immer nur lauwarm und ein wenig lieblos zusammengepfuscht, oder etwa nicht? Die Dienstboten sind auch nicht mehr das, was sie früher einmal waren!

Er schiebt seine goldene Uhr zurück in die Tasche und beschließt, den Büroboten nach Hause zu schicken mit dem Bescheid, daß er keine Zeit hat, zum Mittag nach Hause zu kommen. Was seine Frau sofort verstehen wird – immerhin hat sie stets den gehörigen Respekt gegenüber seiner Arbeit gezeigt. Gleichzeitig beschließt er, mit ihr über Ingeborg zu sprechen, wenn er nach Hause kommt. Sie ist sicher auch nicht so zufrieden mit ihr, und es muß doch möglich sein, ein anderes Hausmädchen zu finden.

16

Kopenhagen, den 14. Juli 1875

Liebste, teuerste Frederikke,
ich weiß gar nicht, was ich sagen soll, außer: Verzeih uns!

Wir haben nichts mehr von Dir gehört und machen uns solche Sorgen. Ja, Frederik ist seit Sonntag ganz verzweifelt und voller Schuldgefühle wegen der Dinge, die passiert sind.

Ich hätte es Dir so gern erklärt. Doch nein, Du wirst es gar nicht hören wollen, und das verstehe ich nur zu gut.

Aber könntest Du trotzdem so lieb sein und mich besuchen? Übermorgen, am Freitag nachmittag um drei Uhr?

Ich bitte Dich von ganzem Herzen darum …

Ich betrachte mein unfertiges Portrait von Dir und verstehe gar nichts.

Entschuldige diesen unzusammenhängenden Brief, aber er ist direkt aus meinem unglücklichen Herzen heraus geschrieben.

Komm! Bitte, ja?

Deine Freundin
Amalie

PS: Wenn ich vergebens warten muß, dann weiß ich, daß wir es verdient haben.

17

Frederikke steht in der Stube ihrer Eltern, ein paar Schritte von dem antiken Spiegel entfernt, der über der Konsole hängt und der Christian an eine Altartafel erinnert. Er weiß noch, wie er selbst vor nur wenigen Monaten davorgestanden und sein Haar glatt gestrichen hat, um sich möglichst vorteilhaft zu präsentieren, wenn Frederikke in die Stube käme. In der Glasfläche, die trotz ihres Alters bei weitem nicht so beschädigt ist wie Frederikkes Anstand, kann er von seinem Platz auf dem Sofa aus ihren Rücken betrachten. Solange er sich auf diesen Punkt in ihrem Nacken konzentriert (dort, wo das rote Haar von einem grünen Samtband hochgebunden wird), vermeidet er es, ihr ins Gesicht zu schauen.

Sie ringt die Hände in höchster Not – ein Gefühl, das er ihr in seiner Großzügigkeit von ganzem Herzen gönnt.

»Entschuldige, Christian, aber ich dachte, es wäre das Beste, es dir jetzt zu sagen, bevor du wieder abreist. So etwas kann man nicht in einem Brief mitteilen. Es tut mir so schrecklich leid ...«

Christian weiß, daß er eigentlich aufstehen sollte. Trotzdem bleibt er wie angenagelt sitzen.

»Ja, Frederikke«, sagt er kalt, »das mag sein. Aber ich kann dir versichern, daß es noch nichts im Vergleich dazu ist, wie sehr es dir leid tun wird, wenn dir erst aufgeht, welchen schrecklichen Fehler du begangen hast.«

»Christian ... Wenn du doch ... Ich verstehe nur zu gut, daß du enttäuscht und wütend bist, aber ich weiß, daß du mir recht geben wirst, wenn erst einige Zeit vergangen ist. Ich würde dich nie glücklich machen können ... Wollen wir nicht dennoch versuchen, uns in aller Güte zu trennen?« fragt sie, womit sie hübsch brav vom unsichtbaren Manuskript sämtlicher sogenannter Liebesromane abliest.

Sie sieht ihn flehentlich an und tritt einen Schritt vor, was ihn befürchten läßt, sie könnte die Absicht haben, ihn zu berühren.

»Würdest du die Güte haben, nicht so herablassend zu mir zu sprechen? Zumindest das könntest du mir ersparen!«

Die Wut steigt in ihm auf. »Es ist nicht zu fassen, was für eine hohe Meinung du von dir selbst hast! Aber du wirst sehen, so groß ist meine Trauer nun doch nicht, als daß ich nicht bald über sie hinwegkommen würde.«

»Ich habe keine hohe Meinung von mir selbst, Christian, das weißt du nur zu gut.« Ihre Stimme ist nur ein Flüstern.

»Dazu hast du ja auch keinen Grund. Ich werde jetzt aufbrechen. Ich denke, es gibt wichtigere Dinge, um die ich mich kümmern muß. Ach, übrigens ...« Seine Stimme klingt gespielt munter. »... was deine Eltern betrifft – soll ich ihnen die Neuigkeit überbringen, oder möchtest du selbst damit triumphieren?« Sein Kopf ist fragend zur Seite geneigt, die Stirn gerunzelt. Die Augen schicken ihr einen eiskalten Blick.

»Das habe ich nicht verdient, Christian. Ich weiß, daß ich das nicht verdient habe.«

Er überhört ihren Einwand und fährt in geschäftsmäßigem Ton fort: »Ich werde dafür sorgen, daß dir deine Briefe so bald wie möglich zurückgeschickt werden. Ich hoffe, du hast die Güte, das gleiche zu tun, ja?«

Er geht zur Tür und öffnet sie. Eine angenehme Kühle schlägt ihm aus dem Flur entgegen.

»Lebwohl, Frederikke, und viel Glück für deine Zukunft. Ich hoffe, du kannst mit dir selbst im Einklang leben«, sagt er mit einer so verhärteten Moral, daß sie fast die Türöffnung ausfüllt. »Du hast dich selbst in eine außerordentlich schwierige Situation gebracht. Auf einen anständigen Mann brauchst du dir ja wohl keine Hoffnungen zu machen.«

In einer plötzlichen Eingebung, bei der er sich später fragen wird, woher sie nur gekommen ist (von Gott oder gar vom Leibhaftigen?), fügt er hinzu: »Denn du machst dir doch wohl keine Hoffnungen, daß Faber ...?«

»Wie kannst du nur so etwas denken!« Sie starrt ihm trotzig in die Augen, aber ihre Antwort ist ein wenig zu schnell gekommen. Das merken sie beide. Es gibt keinen Weg zurück. Sie schaut weg und ähnelt einem Kind, das mit den Fingern in der Keksdose ertappt worden ist.

»Also doch. Mein Gott, du tust es tatsächlich!« Er betrachtet sie mit einem Blick, der sie dem Erdboden gleich macht. Dann lächelt er zum ersten Mal, im klaren Bewußtsein, daß niemand ungestraft durchs Leben geht. Durch leises Zungenschnalzen bringt er ein vielsagendes Geräusch hervor und schüttelt seinen ach so gerechten Kopf. »Mein Gott, Frederikke. Du bist ja tiefer gesunken, als du es dir vorstellen kannst.«

Mit dieser Bemerkung öffnet er die Haustür. Frederikkes Mutter kommt gerade mit Paketen beladen die Treppenstufen von der Straße hinauf. Als sie ihn sieht, lächelt sie überrascht.

»Na, so etwas. Guten Tag, Christian.«

»Guten Tag, Frau Leuenbech. Und auf Wiedersehen!« Er macht eine ironische Verbeugung und verschwindet ohne weitere Kommentare.

Frau Leuenbech sieht ihm verwundert nach. Dann dreht sie sich um und entdeckt ihre Tochter. »Ist etwas passiert?«

Christian verläßt Frederikke demonstrativ pfeifend. Mit der einen Hand in der Hosentasche geht er rasch durch die Straßen, die Lippen zu einer lächerlichen Melodie gespitzt, die Augen voller Tränen der Demütigung und der Wut. Der Schleier, der sich über seine Augen gelegt hat, schirmt ihn barmherzig von der Welt ab, die von einem Moment zum anderen so feindlich und unnahbar geworden ist. Die Passanten nimmt er nur undeutlich wahr, gleichzeitig aber klarer als je zuvor, nämlich als die wäßrigen Schatten und bedeutungslosen, unförmigen Gestalten, die sie in Wirklichkeit sind.

Ein einziger Satz gesellt sich in seinem Inneren zu seinem hysterischen Pfeifen: Mein Gott, mein Gott, warum hast du mich verlassen? In Verbindung mit der munteren Melodie wirkt die Frage um so grotesker. Was hat er getan, daß er so eine Demütigung ertragen muß? Hat er etwas anderes gemacht als das, was von ihm erwartet wurde?

Er verflucht Frederikke, er verflucht die Familie Faber, er verflucht alle großmäuligen Juden dieser Erde, er verflucht seine Eltern, die ihn in die Welt gesetzt haben, und wenn es nicht so ausgesprochen unklug wäre, in die Hand zu beißen, die ihn ernährt, dann hätte er wohl auch noch den lieben Herrgott verflucht.

Als er um die Ecke biegt, stößt er frontal mit einem dieser

gleichgültigen Körper zusammen. Sein Pfeifen endet abrupt, und instinktiv stößt er seinen Arm mit einer wütenden Bewegung blind in die Luft. Seine geballte Faust trifft auf einen Widerstand, aber das interessiert ihn nicht, er stürmt einfach weiter, nimmt das Pfeifen wieder auf, überzeugt davon, daß es das einzige ist, was ihn noch daran hindert zusammenzubrechen.

Ganz plötzlich wird er von einem festen Griff um seinen rechten Oberarm geweckt.

»Sie haben wohl vergessen, sich zu entschuldigen.« Die Hand hält ihn fest.

Er versucht sich loszureißen. »Lassen Sie mich los, Mensch!«

»Gern, aber erst müssen Sie sich entschuldigen.« Die Stimme ist ruhig, aber entschlossen.

Er zwinkert ein paarmal und zwingt sich, genau hinzusehen. Vor ihm steht ein Mann seines Alters, mit dünnem, blonden Haar, in Hemdsärmeln und Weste, und sieht ihn mit ernsten, aber nicht unfreundlichen Augen an. Blau, wie seine eigenen. Er läßt den Blick von diesen sonderbar intensiven Augen weiter über den Mund zum Hals und dem schmutzigen, kragenlosen Hemd hinunterwandern, über die Schultern und weiter bis zur Hand, die unerbittlich seinen Arm in einem Eisengriff hält. Sie ist breit, und die flachen Nägel sind schmutzig.

»Lassen Sie mich sofort los!«

»Ich möchte Sie gern loslassen. Es gibt nichts, was ich lieber täte, aber vorher müssen Sie sich wie gesagt erst bei mir entschuldigen. Sie sind in mich hineingelaufen, und dann haben Sie mich auch noch geschlagen.«

Zwei tiefe Falten zeichnen sich auf der Stirn des Fremden ab. »Ich verstehe es nicht«, fügt er hinzu und sieht aus wie jemand, der von ganzem Herzen hofft, eine erschöpfende Erklärung zu bekommen. Christian betrachtet den merkwürdigen Fremden, und auch er begreift nicht, wie er in diese absurde Situation geraten konnte. Er weiß nur, daß er Angst hat. Auch wenn der Fremde nicht herumschreit, hat er sich noch nie so bedroht gefühlt.

»Lassen Sie mich los, sonst hole ich die Polizei!« ruft er und versucht sich erneut loszumachen.

»Hören Sie nicht, was ich sage? Sind Sie vielleicht taub?« Der

Fremde beugt sich vor und betrachtet prüfend Christians Ohren. »Oder bin ich vielleicht unsichtbar oder stumm? Ich habe doch gesagt, daß ich Sie nur zu gern loslassen würde, aber dann müssen Sie sich erst entschuldigen.«

Die ruhige Stimme enthält einen bedrohlichen Unterton. Christians Augen suchen verzweifelt die Umgebung ab, in der Hoffnung, einen Repräsentanten der Ordnungsmacht zu entdecken, aber die Straße liegt eigenartig leer da.

Der Fremde beugt sich zu Christian und flüstert, während er bleich und kränklich lächelt: »Sie sind sich sicher nicht darüber im klaren, aber heute sind Sie direkt in ein Fragezeichen hineingeplatzt. Wußten Sie, daß die Welt aus zwei Sorten Menschen besteht – Fragezeichen und Ausrufezeichen? Sehen Sie mich an! Ich bin ein Fragezeichen, ein glückliches Fragezeichen, verstehen Sie? Ich stelle nämlich Fragen an alles, was ich sehe. An die ganze Welt, denn ich verstehe sie nicht. Und trotzdem bin ich glücklich. Ist das nicht wunderbar?«

Er sieht Christian leicht vorwurfsvoll an. »Sie sollen mich ansehen, wenn ich mit Ihnen spreche. Ist das nicht wunderbar? habe ich gefragt. Ich weiß nichts, aber ich frage nach allem. In meiner absoluten Unwissenheit, in meinem vollkommenen Unverstand bin ich schließlich glücklich geworden! Ein ungemein verpflichtendes Gefühl, das kann ich Ihnen versichern. Und nun frage ich Sie: Wer sind Sie? Sie sehen ja eigentlich aus, als wären sie ein ganz netter Mensch, warum um alles in der Welt laufen Sie also herum, rempeln Leute an und schmeißen Ihre Ausrufezeichen nichtsahnenden, unschuldigen Menschen an den Kopf? Warum tun Sie das? Sind Sie selbst ein Ausrufezeichen?«

Christians aufgerissene Augen starren den Fremden an. Ist er betrunken? Er wirkt nicht so, und er riecht auch nicht nach Schnaps.

»Wissen Sie was? Ich glaube, Sie sind eins! Und jetzt müssen Sie sich entschuldigen, denn heute ist mein Glückstag, und ich will mich nicht von einem wildgewordenen Ausrufezeichen kränken lassen.«

Ohne daß Christian es bemerkt hat, sind sie ein ganzes Stück in eine dunkle Toreinfahrt hinein geraten. Plötzlich stellt er fest, daß er an eine Mauer gedrängt wird. Nicht mit Gewalt, der andere hat sich nur so dicht über ihn gebeugt, daß Christians Körper automatisch zurückgewichen ist. Beim Versuch zu schlucken spürt er die Trockenheit der Angst in der Kehle. Der Hut ist ihm vom Kopf gerutscht und liegt jetzt festgeklemmt zwischen seinem Nacken und der grob verputzten Mauer der Toreinfahrt. Das eine Bein ist in einer unangenehmen Stellung festgefroren.

»Sind Sie auf Geld aus?« bekommt er mit einer Stimme heraus, die er selbst nicht wiedererkennt.

»Geld!« Der Fremde legt den Kopf in den Nacken und lacht. Den Blick, mit dem er Christian ansieht, könnte er von einem alten Landpfarrer geliehen haben, den schon lange nichts mehr enttäuschen kann, der aber dennoch die Lebensführung seiner Gemeindemitglieder beweint. Er seufzt schwer. »Nein, ich brauche Ihr Geld nicht, behalten Sie es nur. Nein, was ich brauche, ist Ihre Menschlichkeit, daß Sie mich in meiner Eigenschaft als Fragezeichen anerkennen, das einen Anspruch auf Respekt und Liebe hat. Ich will Ihnen nichts Böses.«

In einer absurden Bewegung streichelt er Christian über die Wange, mit dem gleichen sanften Gesichtsausdruck wie eine Mutter, die ihr Kind streichelt.

»Ich liebe Sie«, flüstert er, »ich liebe Sie! Oder vielmehr *beweine* ich Sie, je nachdem, was Sie vorziehen – die Bedeutung ist dieselbe, denn ich kenne das innerste Wesen der Liebe, und was ist es anderes als ein unendliches, alles umfassendes Mitleid? Sie tun mir leid, weil Sie mich nicht sehen können. Sie dürfen nicht gehen, ehe Sie mich gesehen haben. Verstehen Sie? Ich bin ein Mensch. Ich habe einen Namen. Søren Sørensen heiße ich. Merken Sie sich das. Welches Datum haben wir heute? Den Sechzehnten? Sie haben Søren Sørensen am sechzehnten Juli getroffen, dem glücklichsten Tag in seinem Leben. Denn heute ist der Tag, an dem alle Sinnlosigkeit aufhört. Sehen Sie die Straße – sehen Sie den schönen Sonnenschein. Sehen sie *mich*. Ich existiere.«

Er schaut forschend in Christians Augen. »Wer sind Sie? Sind Sie verheiratet? Haben Sie Kinder? Nein, nein, Sie brauchen nicht zu antworten. Sie haben keine Kinder. Wer auf einer Bettkante gesessen und einem fieberkranken Kind die Hand gehalten hat, der läuft nicht herum und rempelt andere Menschen an. Die Liebe steckt an. Genau wie Tuberkulose. Die Liebe läßt einen demütig werden, das sage ich Ihnen. Und Demut besitzen Sie nicht.«

Er schaut Christian resigniert an, als hätte er schließlich die Geduld an ihm verloren – und damit überhaupt das Interesse an seiner Person. Lange scheint er so weit weg in seinen eigenen verschrobenen Gedanken zu sein, daß in Christian die Hoffnung wächst, davonzukommen.

Doch da scheint der andere plötzlich aufzuwachen.

»Aber ich möchte Ihnen eine Chance geben. Jetzt sind Sie nämlich an der Reihe. Jetzt müssen Sie sich für mich interessieren. Sie müssen fragen, ob *ich* ein Kind habe.«

»Haben Sie ein Kind?«

»Ja, ich habe ein Kind. Und jetzt müssen Sie fragen, ob es ein Sohn oder eine Tochter ist ... Nun machen Sie schon!«

»Ist es ein Sohn oder eine Tochter?«

»Es ist eine Tochter. Ein kleines Mädchen. Sechs Jahre ist sie alt. Und jetzt müssen Sie fragen, wie sie heißt!«

»Das ist doch lächerl ...«

»Sie müssen fragen, wie sie heißt, habe ich gesagt! Es kann doch nicht so schwer sein, sich ein wenig für seine Mitmenschen zu interessieren, oder?«

»Wie heißt Ihre Tochter?«

»Das war schon besser! Sie können es doch, wenn Sie nur wollen! Sie heißt Rosa. Ist das nicht schön? Sagen Sie den Namen!«

»Rosa?«

»Ja, Rosa. Sagen Sie ihn.«

»Aber ich habe ihn doch gerade gesagt.«

»Ja, aber da haben Sie ihn nicht ordentlich gesagt. Sie müssen ihn sich ein wenig auf der Zunge zergehen lassen, wenn Sie ihn sagen, spüren, daß Sie den Namen eines geliebten Kindes aussprechen.«

»Rosa«, sagt Christian. Mitten in der Angst, die ihm die Kehle zuschnürt, hat er sich noch nie so lächerlich gefühlt wie jetzt. Eine geniale Eingebung läßt ihn hinzufügen: »Rosa Sørensen ...« und er schaut dabei zu dem anderen auf wie ein unsicherer Examenskandidat zu seinem Professor.

»Wie schön! Können Sie es jetzt spüren? Kann man die Unschuld nicht fast hören, die roten Wangen sehen ...«

Der andere ist geisteskrank. Nicht auszudenken, worauf er noch alles kommen kann. Christian bewegt sich schnell und heftig und kann sich erstaunlicherweise freimachen. Er schubst den anderen mit einer einzigen kraftvollen Bewegung von sich, läuft durch den Torbogen hinaus und mit unsicheren Schritten die Straße entlang. Aus sicherem Abstand dreht er sich um, denn er will sich vergewissern, daß er nicht verfolgt wird. Der Mann steht sieben, acht Meter entfernt auf dem Bürgersteig vor der Toreinfahrt. Die Arme hat er zum Himmel gereckt, als riefe er eine höhere Macht der Gerechtigkeit an.

»Sie sind ja nicht ganz gescheit«, ruft Christian ihm mit der ganzen aufgestauten Frustration seiner Angst zu. »Sie sind ja total verrückt!« Er verzieht sein Gesicht zu einer gelinde gesagt unkleidsamen Fratze und tippt sich vielsagend mit dem Zeigefinger gegen die Schläfe. »Sie gehören verdammt noch mal eingesperrt!«

»Nein, ich müßte freigelassen werden«, denkt Søren Sørensen müde und will seinen Weg fortsetzen, als er den Hut entdeckt, der in der Toreinfahrt liegt. Schnell hebt er ihn auf, aber als er wieder auf der Straße ankommt, ist der andere bereits verschwunden. Die Krempe ist ein bißchen angeschmutzt, der Hut etwas eingedellt. Er drückt die Beule heraus und bürstet ihn ab. Dann bleibt er kurz stehen und sieht ihn geradezu hilflos an, als wüßte er nicht, wie dieser merkwürdige Gegenstand plötzlich in seinen Besitz gelangt ist. Schließlich seufzt er, setzt sich den Hut auf, lächelt kurz über das ungewohnte Gefühl und setzt seinen Heimweg fort.

In gewisser Weise kann man sagen, daß es die Puppe im Schaufenster des Trödlers ist, die ihn dazu bringt, seinen endgültigen Beschluß zu fassen. Sie sitzt da, die Arme seitlich gespreizt, den Kopf demütig zu dem Preiszettel hinuntergebeugt, den irgend jemand mit einer Stecknadel an ihrem Stoffkörper befestigt hat, und es scheint, als rufe sie ihn von ihrem einsamen Platz zwischen Messingkerzenhaltern, bestickten Tischdecken, Pfeifen, Büchern und Hüten. Er mustert das Preisschild, schiebt die Hand in die

Hosentasche und holt ein paar Münzen heraus. Er zählt sie sorgfältig, indem er die Geldstücke in seiner Hand hin und her schiebt. Dann schließt er die Finger über seinem Vermögen, zögert eine Sekunde, die Stirn gerunzelt und den Mund fast wie zu einem Kuß gespitzt, und verschwindet mit resolutem Schritt in dem Geschäft.

Als er wieder herauskommt, legt er mit bloßem Kopf den Weg zurück, den er gekommen ist, biegt um eine Ecke und befindet sich plötzlich in einem Bonbonladen. Der großen Auswahl ausgesetzt, die hinter den Glasscheiben der Theke ausgestellt ist, sorgsam bewacht und beschützt wie die Kronjuwelen auf Rosenborg, merkt er, wie ihm das Wasser im Mund zusammenläuft. Er entscheidet sich für hundert Gramm Schokolade und einige rotweiße Pfefferminzbonbons.

Eine schnippische Verkäuferin in einem anonymen weißen Kittel raschelt gelangweilt mit Packpapier, nimmt sein letztes Geld entgegen und legt die Waren auf den Tresen. Als er die knisternden Bonbontüten nimmt und ihr vielversprechendes Gewicht in der Hand spürt, durcheilt ihn eine lang vermißte Erregung. Es kribbelt in seinem Magen vor lauter Erwartung, und er fühlt sich als der reichste Mensch auf der ganzen Welt. Ein strahlendes Lächeln breitet sich auf seinem Gesicht aus.

»Das ist für meine Tochter«, erklärt er dem Gesicht hinter dem Verkaufstresen, doch er schaut in ein Paar toter Augen, die von der größten Langeweile zeugen.

Er bekommt Lust, etwas zu sagen, was diese bekittelte Leiche wecken könnte.

»Wissen Sie, wie man den Unterschied zwischen einem Ausrufezeichen und einem Fragezeichen erkennen kann?«

Sie antwortet nicht, starrt ihn nur an.

»Wissen Sie, ein Fragezeichen ist irgendwie runder ... geräumiger.«

Mit der rechten Hand zeichnet er einen perfekten Bogen in die Luft, der so riesig ist, daß er ganz auf die Zehenspitzen muß, um ans obere Ende zu gelangen und hinunter in die Knie, um den abschließenden Punkt zu setzen.

Später wundert er sich über die Tränen, die sorgenschwer auf die dicken Bonbons tropfen, denn er ist doch nicht unglücklich und wird es auch nie wieder sein. Niemand kann ihm etwas bieten, was größer wäre als dies. Er schaut auf seine zitternden Hände und bittet sie, nur noch ein letztes Mal Kraft zu zeigen, ihn nicht in diesem letzten, entscheidenden Augenblick im Stich zu lassen.

Bevor er das Kissen auf das kleine Gesicht legt, schaut er sie an, nähert sich ihr mit seiner groben Wange und spürt die Wärme ihrer Atemzüge. Er kann immer noch den Duft der Schokolade riechen. Er vermischt sich mit ihrem Atem zu der berauschendsten Duftkomposition, die die Welt bisher erlebt hat.

Dann ist alles vorbei.

Eine Leiche kann nicht lange in der Sommerhitze liegen.

So vergehen keine drei Tage, bis ein Polizist zu einem Hinterhof in der Vognmagergade gerufen wird. Beunruhigte Nachbarn haben die Tür zu einer Dachwohnung aufgebrochen, die von einem gewissen Søren Sørensen (arbeitsloser Maurergehilfe und nach allgemeiner Auffassung »nicht ganz richtig im Kopf«) und seiner Tochter, einem sechsjährigen Mädchen mit Namen Rosa, bewohnt wird. In der Wohnung haben sie die Leiche des Mädchens gefunden. Das verwundert sie eigentlich nicht, denn diese hat lange an Tuberkulose erkrankt im Bett gelegen, und man wußte ja schon, welches Ende das nehmen würde, aber jetzt, da sich der Vater nirgends finden läßt, wissen sie nicht, was sie tun sollen.

Der Gestank und die Hitze stehen unter den Dachsparren. Der Polizist muß sich ein Taschentuch auf den Mund pressen, als er hineineilt und das verrostete Dachfenster aufreißt, um frische Luft in das Zimmer zu lassen. Auf dem Bett an der schmutzigen Wand liegt das Kind. Es herrscht kein Zweifel daran, daß es tot ist. Und es muß jemand bei ihm gewesen sein, denn die Leiche ist ganz offensichtlich zurechtgemacht. Der Kopf ist sorgfältig auf dem Kissen drapiert, die Augen des Kindes sind geschlossen, und eine Decke ist darübergelegt worden. Unter den einen Arm hat jemand eine Puppe geschoben – vermutlich um der Unwiderruflichkeit des Todes seinen Stachel zu ziehen, denn so sieht es aus, als hätte das Mädchen sich nur für einen kurzen Schlummer hingelegt.

Auf dem Boden neben dem Bett liegen zwei Stücke zerknülltes graues Packpapier.

Der Arzt, der gerufen wird, um den Totenschein auszuschreiben, kommt jedoch ziemlich schnell zum beunruhigenden Ergebnis, daß das Mädchen nicht, wie zunächst angenommen, an seiner Krankheit gestorben, sondern erstickt worden ist.

Da die Sache sich somit als ein Verbrechen herausstellt, wird sie der Kriminalpolizei übergeben. Als man das Kissen untersucht, findet man Spuren, die darauf schließen lassen, daß es für diese schändliche Tat benutzt wurde.

Es wird daraufhin eine Obduktion der Leiche vorgenommen. Der Bericht stellt unter anderem fest, daß die tuberkulöse Hirnhautentzündung, an der das Kind gelitten hat, sich in einem so fortgeschrittenem Stadium befunden hat, daß sie unter allen Umständen den Tod zur Folge gehabt hätte. Abgesehen davon weist die Leiche die charakteristischen Symptome von Unterernährung auf (Verletzungen der Hornhaut, trockene Haut, reduziertes Wachstum), weshalb es um so sonderbarer ist, daß man in ihrem Magen Schokoladenreste gefunden hat.

Den Vater (der unter der Bezeichnung »Der Würger aus der Vognmagergade« eine kurzzeitige posthume Berühmtheit erlangt) zieht man eine Woche später aus dem Kanal.

Womit die Sache als aufgeklärt gilt.

18

Es ist das Heimtückische an Banalitäten, daß man sie keineswegs als banal empfindet, wenn man sich mitten in ihnen befindet:

Am Freitag, dem 16. Juli, um genau 14.40 Uhr, verläßt sie ungesehen ihr Elternhaus in Grønningen, biegt an der Esplanade ab, meidet damit die Bredgade und geht weiter die Store Kongensgade entlang auf Kongens Nytorv zu. Hier biegt sie nach rechts in die Gothersgade ab.

Am Kongens Have sind heute viele Menschen zu sehen, Spaziergänger unter Sonnenschirmen, verspielte Hunde und Kindermädchen mit ausgelassenen, sommerlich gekleideten Kindern, die begeisterte Rufe über die Straße schallen lassen.

Sie sieht sie nicht. Sie hört sie nicht.

Sie muß ein wachsames Auge auf die Platten des Bürgersteigs halten, die in rasender Fahrt unter ihren Schuhsohlen dahinhuschen. Sie weiß, wenn sie auch nur einen Moment anhält und ihre Gedanken zur Ruhe kommen läßt, wird sie umkehren und zurücklaufen. Deshalb hält sie nicht an, sondern setzt ohne nachzudenken ihren Weg fort – auf ihr hoffnungsloses Ziel zu.

Er steht draußen vor dem Eingang zu Amalies und Lindhardts Wohnung. Auch wenn sie noch zu weit entfernt ist, um ihn erkennen zu können, zweifelt sie nicht daran, daß *er* es ist. Sie muß nach Luft schnappen, als sie ihn sieht, auch wenn es sie eigentlich nicht überrascht, daß er dort ist. Sie hat nichts anderes erwartet.

Er steht mitten in der Sonne und schaut zum Rosenborger Exerzierplatz hinüber, und als er sich plötzlich umdreht und sie entdeckt, will er die Hand zu einem Winken erheben, das jedoch nichts anderes als eine unsichere Fingergymnastik neben der Hüfte wird.

Je näher sie kommt, desto langsamer wird sie. Dennoch ist sie außer Atem, als sie vor ihm steht. Ihr Inneres ist eine einzige große, alles aussaugende Leere.

Sein sonst so breites Lächeln ist heute verschwunden.

»Frederikke! Dann kommen Sie also doch.« Er geht ein paar Schritte auf sie zu, den großen Kopf leicht schräggelegt, mit einem ernsten, sanften Blick.

Er hat sich die Haare geschnitten. Das steht ihm nicht!

Er reicht ihr die Hand zum Gruß. Sie nimmt sie kurz, läßt sie gleich wieder los.

»Ich will Amalie besuchen«, erklärt sie tonlos.

»Jetzt dürfen Sie nicht böse werden, aber sie ist nicht da.« Schuldbewußt. (Vielleicht auch nur gespielt schuldbewußt).

»Sie ist nicht da? Aber ich habe doch von ihr ...« Sie schaut zu den Fenstern hinauf, als erwarte sie, Amalie dort aus dem Fenster starren zu sehen wie ein Proletarierweib.

»Nein.« Er hebt die Hand und schüttelt abwehrend den Kopf.

»Der Brief war von mir. Oder nein, das ja nun nicht, aber ich konnte doch nicht sicher sein, daß Sie kommen, wenn ... Deshalb habe ich Amalie überredet, Ihnen zu schreiben. Sie sind mir deshalb doch nicht böse, oder?«

Ein älterer Mann geht vorbei, und die beiden müssen etwas zur Seite treten. Es wird höflich gegrüßt.

Sie will sagen, daß sie ganz und gar nicht böse ist, aber dann scheint es, als würde alle Kraft aus ihr entweichen. Sie spürt es wie eine Explosion, eine Zündung, die im Hinterkopf beginnt, den Nacken entlang eilt, über die Schultern, durch die leblosen Arme bis in die Finger, so daß all ihre Kraft auf dem Bürgersteig landet. Gleichzeitig kommen die Tränen, die sich warm in die dünne Haut unter den Augen einätzen.

»Warum tun Sie das?« flüstert sie.

»Was, Frederikke? Was tue ich?« Er zuckt besorgt mit seinen Adlerflügelbrauen und stellt sich vor sie, als wollte er sie vor eventuellen Zuschauern abschirmen.

»Was wollen Sie von mir? Warum können Sie mich nicht einfach in Ruhe lassen? Lassen Sie mich doch bitte in Ruhe.«

Frederik schaut sie beunruhigt an.

»Ich gehe jetzt!« erklärt sie, und da er sie noch nie zuvor so entschlossen gesehen hat, runzelt er die Stirn und tritt zur Seite, um ihr Platz zu machen.

Sie bleibt stehen. Sie hat keinen Ort, wohin sie gehen kann.

Er klopft gedankenverloren auf seine Jacke (maßgeschneidert, gut sitzend), findet, was er sucht, und reicht ihr ein Taschentuch. Sie nimmt es entgegen, senkt den Kopf und putzt sich laut die Nase. Er kann nicht umhin, bei diesem Geräusch zu lächeln. Sie merkt es und schaut mit gerunzelter Stirn zu ihm auf. Dann lächelt auch sie.

»Ich bin so müde«, erklärt sie dann, als würde das alles erklären. »Verzeihung.«

»Ich bin derjenige, der sich entschuldigen muß.«

»Nein.«

»Doch.«

Dann begegnen sie sich erneut in einem Lächeln.

Vermutlich in einem Versuch, den Abstand zwischen ihnen zu

verkleinern, legt er ihr eine Hand auf die Schulter – eine äußerst leichte Berührung, die nur eine Sekunde lang währt.

»Geht es jetzt besser?«

»Danke. Es geht mir ausgezeichnet. Kümmern Sie sich nicht um mich. Ich weiß nicht, was gerade in mich gefahren ist.«

»Oh, ich glaube, das weiß ich sehr gut.«

»Wirklich?« Sie umklammert das Taschentuch mit ihren Fingern und wirft ihm einen trotzigen Blick zu.

»Frederikke, ich möchte Ihnen gern etwas zeigen. Darf ich das? Würden Sie mir eine halbe Stunde Ihrer Zeit schenken?« fragt er dann – er, der doch ihr ganzes Leben nehmen könnte, wenn er nur wollte.

Sie gehen die Gothersgade zurück zum Kongens Nytorv. Der einzige, der ihr Schweigen bricht, ist ein merkwürdiger Mann mit einer Puppe unter dem Arm, der Frederik höflich nach der Uhrzeit fragt. Frederik sagt sie ihm, der Fremde bedankt sich mit einer tiefen Verbeugung, und sie gehen schweigend weiter. Erst nach einer Weile wird es Frederikke klar, daß sie auf dem Weg zu Frederiks Wohnung sind.

Immer noch knetet sie sein Taschentuch in ihrer schweißnassen Hand, während sie überlegt, ob er wirklich die Absicht hat, sie mit zu sich in die Wohnung zu nehmen. Das kann doch nicht sein – das geht ganz einfach nicht.

Und doch! Kurz darauf befinden sie sich in seiner Straße. Frederikke wird unruhig – wenn sie jetzt jemand sieht!

Sie nähern sich seinem Hauseingang ... und gehen vorbei!

Kaum hat sie Zeit, vor Erleichterung und Enttäuschung auszuatmen, als er plötzlich stehenbleibt. Sie stehen vor dem gleichen Gebäude, aber vor dem nächsten Eingang. Oder hat sie sich geirrt?

Er sucht in der Tasche und zieht dann einen Schlüssel hervor.

»Wohin gehen wir, Frederik?« wagt sie zu fragen.

»Das kann ich nicht so gut sagen, ich möchte es Ihnen lieber zeigen. Darf ich das?«

Sie folgt ihm, dem allmächtigen Geheimniskrämer, ins Treppenhaus. Es sieht aus wie das bei ihm, aber es ist doch ein anderes, wie sie jetzt verwundert feststellt. Sie gehen hoch in den zweiten Stock, Frederikke immer noch voller Zweifel. Man darf einen Menschen nicht so verwirren.

Er bleibt vor der linken Tür stehen und schiebt den Schlüssel ins Schloß. Erst jetzt ist sie sich sicher. Sie liest das fremde Namensschild. A. Harding. Was sie hier nur wollen?

Die Tür gleitet auf und gibt einen scharfen, fremden Geruch frei. Er tritt ein, bückt sich und hebt einige Briefe vom Boden auf, tritt dann zur Seite und läßt Frederikke hinein. Der lange, breite Flur saugt sie auf.

An dessen Ende steht sie in der Türöffnung zu einem großen Wohnraum. Das Zimmer ist leer. Die Tapete ist alt und verblichen. Dort, wo bis vor kurzem Bilder hingen, sind jetzt Rechtecke und Ovale zu sehen, die von der Fröhlichkeit früherer Zeiten zeugen. In der Ecke steht ein großer Kamin, sein breites Maul weit aufgerissen.

»Wer wohnt hier?« fragt sie. Sie steckt das Taschentuch, das sich in einen harten, festen Knoten verwandelt hat, in ihre kleine Tasche.

»Niemand!« Frederik steht hinter ihr, ganz dicht, und schaut ihr über die Schulter. »Bis vor ein paar Tagen wohnte hier eine ältere Dame, die ich betreut habe. Sie ist letzten Freitag gestorben – ja, natürlich nicht, weil ich sie betreut habe!«

Plötzlich spürt sie seine Hände auf ihren Oberarmen. Sie schließt die Augen. Ihre linke Schulter spürt die zarte Erwartung, dort gleich sein Kinn zu spüren, bevor er sie vorsichtig zur Seite schiebt, mit ganz anderen Dingen beschäftigt.

»Entschuldigung, Sie gestatten?« Er schiebt sich vorbei und geht ins Zimmer. »Kommen Sie«, lockt er.

Sie tritt vorsichtig ein. Die Absätze ihrer Schuhe lassen die Leere widerhallen.

Er hat sich an die hintere Wand gestellt. »Kommen Sie her.«

Sie nähert sich ihm verwirrt. Ohne Vorwarnung nimmt er ihre Hand und legt sie an die kalte Wand. Sie kann die Struktur des schmutzigen und verblaßten Blumenmusters in der Handfläche und die Wärme seiner lebendigen Hand auf dem Handrücken spüren.

»Wissen Sie, was sich dahinter befindet?«

»Nein, woher sollte ich wissen ...«

»Ich dachte, Sie könnten sich das ausrechnen.« Er sieht sie herausfordernd an. Sie überlegt, und plötzlich wird es ihr klar. »Ihre Wohnung!«

»Ja«, lacht er und sieht aus wie ein Kind am Heiligabend. »Genau!« (Tüchtiges Mädchen!) Er läßt ihre Hand los, die leblos herunterfällt und legt die Briefe auf den Boden. »Wenn man sich jetzt vorstellt, daß man die Wand hier einreißt, dann wird daraus das schönste und größte Eßzimmer der Stadt«, sagt er und schlägt mit den Handflächen gegen die Wand, als wollte er sie mit bloßen Fäusten einreißen.

Er sieht Frederike begeistert an.

»Ich habe die Wohnung gekauft«, sagt er erklärend. »Kommen Sie, Sie sollen alles sehen.«

Er nimmt sie bei der Hand und zieht sie mit sich.

»Sie ist ganz genauso wie die, in der ich wohne, nur natürlich spiegelverkehrt. Riesengroß, ich glaube, hundertneunzig Quadratmeter! Das heißt dreihundertachtzig, wenn die beiden Wohnungen zusammengelegt werden.«

Sie gehen in den nächsten Raum. Es sind drei Zimmer, die ineinander übergehen. Sie durchqueren sie und gelangen wieder auf den Flur, ein Stück von der Wohnungstür entfernt.

»Sehen Sie, hier kommt man herein. Da ist auch ein kleiner Abtritt. Hier, ein größeres Zimmer, ich könnte mir vorstellen, es als Wartezimmer und Sprechzimmer zu nehmen. Gegenüber könnte ich ein Behandlungszimmer gebrauchen und ... hier das zweite Behandlungszimmer.« Seine Arme flattern auf und ab, Türen werden geöffnet und geschlossen. »Das Kontor hier! Und dort das Badezimmer! Und wenn wir nach rechts gehen – ja, hier entlang, kommen Sie nur! –, dann gibt es hier einen kleinen Zwischengang, der zur Küche führt. Treten Sie nur ein ... Man braucht ja keine zwei Küchen, also könnte man diese als Laboratorium einrichten. Hier gibt es alles, was ich brauche, Wasser, Unmengen an Schrankplatz ...«

Als wollte er es beweisen, öffnet er Schränke und präsentiert meterweise leeren Regalplatz und vergilbtes Schrankpapier. Sie schaut sich um. Vor dem einen Fenster steht ein abgewetzter blauer Küchenstuhl. Er sieht so verlassen aus, daß sie sich am liebsten auf ihn setzen würde. Aus irgendeinem Grund geht sie statt dessen zum Waschbecken und dreht den Wasserhahn auf. Das Wasser, das herausspritzt, ist braun. Silberfische huschen verwirrt auf dem Zinkboden des Spülbeckens herum.

»Hier ist es etwas unappetitlich«, sagt sie dann – in erster Linie, weil ihr sonst nichts einfällt.

»Ja, natürlich ist es hier unappetitlich«, stimmt er, etwas enttäuscht, zu. »Aber warten Sie nur, bis die Handwerker hier gewesen sind. Dann wird es herrlich!«

Es fällt ihr schwer, so spontan seine Begeisterung zu teilen. Warum hat er sie mit hierhergenommen, was gehen sie seine Baupläne an?

»Frederikke«, sagt er da, als hätte er ihre Gedanken erraten. »Ich habe viel nachgedacht ...« Wieder sucht er in seinen Taschen. Dieses Mal zieht er Zigaretten und Feuerzeug hervor.

»Ich kann Ihnen hier leider nichts anbieten.« Er schaut sich suchend um. »Aber wollen Sie sich nicht wenigstens hinsetzen? Sie müssen heute ja schon viel zuviel herumgelaufen sein.« Er wischt den Stuhl mit der Hand ab. »Ich denke, Sie können sich hier ruhig hinsetzen, der ist nicht schmutzig.«

Sie setzt sich. Das Licht, das durchs Fenster hineinfällt, läßt ihr rotes Haar wie einen Feuerball aussehen.

In einem eleganten Sprung sitzt er auf dem Küchentisch. Er zündet sich die Zigarette an, schaukelt mit den langen Beinen und umfaßt mit seinen tatkräftigen Händen die Tischkante. Von der Zigarette steigt eine blaue Spirale auf.

»Frederikke«, setzt er schließlich an. »Ich weiß nicht so recht, wie ich anfangen soll. Ich habe ein bißchen Angst, Sie zu empören. Bitte denken Sie daran, daß ich Sie mit dem, was ich sagen werde, keinesfalls erniedrigen oder Ihr Recht, selbst über Ihr Leben zu bestimmen, in Frage stellen will. Ganz im Gegenteil!« Er runzelt die Stirn und sieht sie ernst an. »Wollen Sie mir das versprechen?«

Sie verspricht es.

»Am letzten Sonntag, als Sie Christian dabeihatten ...« Er

schaut sie fragend an. »Was wollen Sie nur mit ihm?« Dann fährt er fort: »Sie dürfen diesen alten Mann einfach nicht heiraten!«

»Alt?« Sie schaut auf. »Aber er ist doch nicht ...«

»Nein, das weiß ich auch. Trotzdem ist er der älteste Mensch, dem ich je begegnet bin. Und ich habe ihn ziemlich gut gekannt, vergessen Sie das nicht. Früher. Aber irgendwie ist er nie jung gewesen. Soweit ich mich zurückerinnern kann ...« Er schaut nach oben, holt die Worte von der fleckigen Decke. »Es ist, als hätte er immer alles aus Berechnung gemacht, als hätte er nie die Fähigkeit besessen, impulsiv oder lustbetont zu handeln. Und er wird immer zugeknöpfter, kleinlicher und reaktionärer. Ich weiß nicht, warum, und das ist ja im Grunde auch egal, wenn Sie ihn nur nicht heiraten. Sie dürfen nicht in Viborg landen und dort nur mit Berufspfarrern, lebensuntüchtigen Bischöfen und all diesen ... scheinheiligen Taugenichtsen den Rest Ihres Lebens verkehren müssen. Ich bin bereit, alles zu tun, um das zu verhindern. Das sehe ich einfach als meine Pflicht an.«

Frederikke sieht aus, als wollte sie etwas sagen.

Er hebt die Hand. »Nein, warten Sie noch, Frederikke«, sagt er sanft. »Darf ich erst noch weitersprechen? Ich habe wie gesagt seit Sonntag viel nachgedacht. Natürlich sehe ich das Problematische an Ihrer Situation. Ich weiß, daß Sie nicht ohne guten Grund einfach einen Rückzieher machen können, aber ich glaube, daß Sie es gern möchten, und vielleicht kann ich Ihnen ja einen guten Vorwand liefern, Frederikke. Ich weiß wohl, daß es für Sie schwierig sein kann, sich das vorzustellen ... aber versuchen Sie es bitte trotzdem: Was sagen Sie dazu, wenn wir eine ... Regelung finden, die uns beiden gut passen würde? Angenommen, Sie heiraten statt dessen *mich*, wären dann nicht viele Probleme gelöst?«

»Ja, aber Sie wollen doch gar nicht heiraten, Frederik.« Die Stimme klingt sehr zaghaft.

»Nein, und das wollen Sie doch auch nicht, oder? Sie wollen nicht heiraten! Ich will nicht heiraten! Minus plus Minus ergibt Plus!« erklärt er, der Naturwissenschaftler, als erwarte er, daß sie schon aufgrund dieser mathematischen Formel auf seinen Vorschlag eingeht.

»Aber wir können uns dadurch gegenseitig ein wenig Freiraum

verschaffen. Jetzt dürfen Sie nicht glauben, daß das von meiner Seite aus die reine Menschenliebe ist. Ganz und gar nicht. Ich meine wirklich, daß wir beide durch ein derartiges Arrangement Vorteile haben werden. Ich stehe unter einem gewissen ... Druck. Verheiratet zu sein wird einiges für mich erleichtern – auch an der Universität. Man hat sehr viel bessere Chancen, eine Professur zu erlangen, wenn man verheiratet ist – das ist mir schon häufiger zugetragen worden. Außerdem bin ich es so unendlich leid, mich nie bei Familienzusammenkünften zeigen zu können, ohne hören zu müssen: ›Na, wann ist es denn endlich soweit?‹ Die Leute können es einfach nicht ertragen, wenn man nicht verheiratet ist. Das macht sie unsicher. Es ist, als kämen sie erst zur Ruhe, wenn sie wissen, daß man in der Falle steckt, genau wie sie selbst.« Er streift die Asche im Spülbecken ab. Dann stößt er vernehmlich und sarkastisch die Luft aus.

»Ich hatte eine alte Tante, die vor ein paar Jahren gestorben ist. Ein wohlhabender alter Geizkragen, das war sie.« Er lächelt. »Ja, Entschuldigung, aber es stimmt. Und raffiniert war sie auch noch! Ich habe ein ziemlich großes Erbe von ihr ausstehen, doch das Geld ist mit einer Bedingung verknüpft. Es wird erst ausbezahlt, wenn ich geheiratet habe und eine Familie gründe. Sie hatte wohl Angst, daß wir es sonst verschleudern würden. Mein Bruder Theodor – ihn haben Sie noch nicht kennengelernt – hat seinen Anteil ausbezahlt bekommen, als er vor vier Jahren geheiratet hat. Das Geld hat gereicht, um ein Haus in Berlin zu kaufen und sich in eine Klinik einzukaufen. Es geht also nicht um Kleingeld, verstehen Sie. Es wäre übertrieben zu behaupten, ich würde das Geld unbedingt brauchen, aber ... *Wir* könnten es gebrauchen. Zusammen.«

Er sucht ihren Blick. Begegnet ihm für einen kurzen Moment. Es liegt ein wahrer Überfluß an Überredungskunst in seinen Augen.

»Wenn Sie einverstanden sind, werden wir sicher eine Regelung finden«, fährt er fort. »So können wir uns sozusagen gegenseitig zum Alibi werden. Zumindest für eine gewisse Zeit. Das wäre doch phantastisch? Wenn die beiden Wohnungen zusammengelegt werden, wird so viel Platz sein, daß Sie mich gar nicht sehen müssen, wenn Sie nicht wollen – wir könnten theoretisch wochenlang herumlaufen, ohne uns zu begegnen. Ja, wir könnten im Prinzip jeder einen Eingang haben, ohne daß eine Menschenseele es merken würde. Wie wir uns einrichten, geht ja niemanden etwas an, niemanden außer uns selbst. Nach außen hin wäre es eine ganz normale Ehe, eigentlich aber wäre es ein Abkommen zwischen zwei selbständigen Menschen. Wir kennen uns doch. Sie wissen, wie ich bin. Sie kennen meinen Standpunkt, was die Ehe betrifft – und an diesem Standpunkt halte ich in gewisser Weise auch weiterhin fest. Ich sitze ja nicht hier und verspreche Ihnen das Blaue vom Himmel, das kann ich gar nicht, wie gerne ich es auch täte – aber ich kann Ihnen versprechen, daß das, was von anderen als die Fesseln der Ehe bezeichnet wird, für Sie die größte Freiheit wäre, die Sie jemals erlebt haben. Ich möchte Sie von diesen Christians befreien, von Ihren Eltern … ja von jeder Kontrolle. Ich werde Sie nie um etwas bitten. Und wenn Sie sich irgendwann einmal verlieben sollten – ja, dann ist das auch nicht weiter schlimm …«

Er wirft seinen Kopf nach hinten und macht eine ausladende Handbewegung, so daß wieder Asche von der Zigarette fällt. Diesmal landet sie auf dem Fußboden.

»Nun ja, eine Katastrophe wird es jedenfalls nicht sein«, sagt er dann. »Ich verlange nichts von Ihnen. Nichts! Es sind keinerlei Bedingungen an meinen Vorschlag geknüpft. Ich möchte nur die Erlaubnis haben, Ihnen Ihre Freiheit zu schenken. Ich kenne Sie mittlerweile ja ganz gut, und ich habe den Eindruck, daß Sie in dieser Zeit … fröhlicher geworden sind. Natürlich bilde ich mir nicht ein, daß das mein Verdienst wäre. Ich bilde mir auch nicht ein, daß ich Sie glücklich machen kann, Frederikke, aber ich glaube doch, daß ich Ihnen die Möglichkeit bieten kann, es selbst zu tun. Ich mag Sie inzwischen schrecklich gern. Ich weiß nicht, wie das gekommen ist, aber Sie sind der einzige Mensch, der mich jemals in diesen Bahnen hat denken lassen. Normalerweise sitze ich nämlich nicht auf Küchentischen herum und halte um die Hand anderer Leute an. Ich habe ehrlich gesagt noch nie um jemanden gefreit. Außerdem glaube ich, daß ich zum ersten Mal auf einem Küchentisch sitze. Was gar nicht so schlecht ist! Sehen Sie!

Sie lächeln ja. Ach, ich fände es wirklich schön, wenn Sie hier wären, wenn ich abends nach Hause komme. Dann könnten wir uns miteinander unterhalten, Gäste haben, lachen – wie wir es immer getan haben! Ich möchte Sie lachen sehen – Sie sind so süß, wenn Sie lachen. Wissen Sie das? Ich möchte sehen, wie Sie sich entfalten. Amalie hat mir erzählt, daß Sie ganz wunderbare Gedichte schreiben. Das sollen Sie weiter tun. Dazu werden Sie die Zeit haben. Die Freiheit! Sie sollen so leben, wie *Sie* es wollen. Nach Ihren eigenen Bedingungen. Es wäre zu schade, das alles kaputt zu machen. Sie gehören doch hierher – mitten in die Stadt. Zu uns. Zu Amalie. Zu mir.«

Er schnipst die Zigarette ins Spülbecken. Sie geht mit einem leisen Zischen aus.

Das menschliche Ohr ist, trotz seines unschönen Äußeren, eine raffiniert durchdachte Einrichtung. Normalerweise kann es Schallwellen zwischen sechzehn und zirka zwanzigtausend Hertz empfangen. Die Wellen wandern durch den Gehörgang zum Trommelfell, das in Schwingungen versetzt wird. Diese Schwingungen pflanzen sich fort zur Schnecke des inneren Ohrs, wo der Wahrnehmungsapparat für den Hörsinn sitzt. Von hier aus werden die Impulse durch den Hörnerv zum Gehirn gesandt, wo die Geräusche empfunden werden.

Wenn man sich vorstellt, daß Frederik an diesem Nachmittag seine Arzttasche geöffnet, eine Lampe herausgeholt und sich daran gemacht hätte, Frederikkes flaumige Ohren einer gründlichen Untersuchung zu unterziehen, wäre er zu dem Resultat gekommen, daß sie in einem außerordentlich guten Zustand sind. Deshalb mag es auf den ersten Blick unverständlich erscheinen, daß sie offensichtlich nicht hören kann, was Frederik zu ihr sagt.

Im Grunde ist es gar nicht so schwer zu verstehen. Jegliche Kommunikation zwischen ihnen ist nämlich von vornherein zum Scheitern verurteilt, und der Grund dafür ist keineswegs in Frederikkes Ohren zu suchen, er ist gar nicht physiologischer Natur. Die Botschaft, die Frederik aussendet, wendet sich nämlich an Frederikkes Vernunft, und wenn sie niemals ihr Ziel erreicht, liegt es daran, daß sie zuvor gierig von ihren Gefühlen aufgeschnappt worden ist, die schon viel zu lange wie eine hungrige Katze vor einem Mauseloch auf der Lauer gelegen haben!

Niemand bemerkt das. Deshalb braucht Frederik nicht viel länger, als es dauert, eine Zigarette zu rauchen (heutzutage ungefähr sieben Minuten – wozu wir großzügig noch drei Minuten hinzufügen, da es sich nicht um locker gedrehte, industriell hergestellte Glimmstengel handelt, sondern um fest gestopfte, wohlschmeckende Virginiazigaretten), bis Frederikke seinem Vorschlag zustimmt. Alle Argumente, ja überhaupt die gesamte Unterhaltung, die anschließend zwischen ihnen in der leeren Küche stattfindet, ist daher – ohne daß Frederik sich darüber im klaren ist – vollkommen überflüssig.

Den Sinnen an sich fehlt also nichts, und auch die Behauptung, daß Liebe blind mache, trifft nicht zu. Derjenige, der diese idiotische Floskel in die Welt gesetzt hat, kann selbst nie verliebt gewesen sein. Das Verliebtsein ist ja gerade der einzige Rausch, der die Sinne nicht verschleiert, sondern schärft! Denn wann sind die Sinne wacher als genau in diesem Zustand, wann ist der Blick fürs Detail schärfer als genau in diesem Zustand des Wahnsinns?

Frederikke sieht mit aller wünschenswerten Deutlichkeit, daß seine Gesichtshaut in den Strahlen der Nachmittagssonne golden erglänzt, und sie sieht in diesem freundlichen Schein, daß die Haut auf den Wangen von winzigsten schwarzen Löchern bedeckt ist, so daß sie einer Landschaft ähnelt, in der Tausende und Abertausende von Bartstoppeln wie eine unüberwindliche Vegetation darauf warten hervorzubrechen. Wie anders ein Mann doch ist! Wie anders *dieser* Mann doch ist! Sie entdeckt, daß die Augen von fächerförmigen Fältchen umgeben sind, wenn er lacht, und sie kann sich an seiner langen, schmalen Oberlippe gar nicht satt sehen, die leicht über die Unterlippe hinausragt und ein wenig strammt, wenn er lächelt, und sie gönnt sich den kleinen Luxus sich vorzustellen, wie es sich wohl anfühlt, wenn ... (Bald, bald, bald!) Sie sieht, wie das dunkle, kürzlich geschnittene Haar hinter den Ohrläppchen ein wenig absteht (was ihm eigentlich doch ganz ausgezeichnet steht), und als er seinen Körper zur Seite dreht, um die Zigarettenasche im Spülbecken abzustreifen, offenbart sich für einen kurzen Moment sein Nacken – ein Anblick, um in Verzückung zu geraten!

Frederik bietet Frederikke natürlich an, sie nach Hause zu begleiten und seine legendären diplomatischen Fähigkeiten ihren Eltern gegenüber zu entfalten. Aus strategischen Gründen schlägt Frederikke sein Angebot jedoch aus.

In dem Moment, als sie sich an der Wohnungstür zeigt, bricht die Hölle los. Die Mutter jammert. Der Vater ist cholerisch. Aufgeblasen wie ein Stier in der Brunstzeit schmettert er seiner Tochter Flüche und Verwünschungen und ganze Serien rhetorischer und ach so vorhersehbarer Fragen an den unbeirrbaren Kopf:

»Wo bist du den ganzen Nachmittag gewesen? Glaubst du, du könntest dich wie eine Dirne herumtreiben? Meinst du, daß du mit der Zeit und den Gefühlen anderer Menschen umspringen kannst, wie es dir paßt? Weißt du nicht, wer die Familie Holm ist? Haben wir dich vielleicht dazu gezwungen? Denkst du, ich werde mich darein fügen?«

Frederikke weigert sich zu antworten.

Es gibt keinen Grund, weiter bei diesem Auftritt zu verweilen, da er vorhersehbar und uninteressant ist, aber es sollte immerhin erwähnt werden, daß die Wut, die der Vater ihr entgegenschleudert, zu seiner großen Enttäuschung an ihr abzuprallen scheint.

Doch wie ist es möglich, daß eine Person, die wir als schwach, unsicher und hilflos kennengelernt haben, plötzlich den Mut zu einer so weitreichenden Handlung finden kann? Warum gibt sie nicht klein bei? Woraus schöpfen schwache Menschen eigentlich ihre Stärke, wenn es darauf ankommt? Kann es sein, daß Menschen, die nie einen deutlichen Standpunkt beziehen, plötzlich eine fast irritierende Standfestigkeit an den Tag legen – und nicht selten zu einer Frage, die anderen als unwesentlich erscheint? Ist es vielleicht so, daß ein Mensch, der das ihm zugeteilte Quantum an Widerspenstigkeit nicht aufgebraucht hat, einfach irgendwann eine Erlösung braucht?

Oder ist es überhaupt lächerlich, von »starken« und »schwachen« Menschen zu sprechen? Ist es nicht vielmehr eine Frage von Risikobereitschaft?

Generell müssen wir davon ausgehen, daß eine Person Kraft und Stärke von außen holen muß, wenn sie selbst nicht genug davon hat. Dabei müssen ein paar Tricks angewandt werden.

Der eine ist der Parasitismus: indem man sich mit einer fast schmarotzerhaften Hartnäckigkeit an seine stärkeren Verbündeten klammert, saugt man aus ihnen lebenswichtige Nahrung. Dieses Verhalten ist Frederikke nie wirklich fremd gewesen und genau wie es beispielsweise für den Bandwurm (der Vergleich ist nicht schön, aber treffend) von Vorteil sein kann, seinen Wirt zu wechseln, so hat auch Frederikke, der menschliche Parasit, jetzt einen Punkt erreicht, an dem sie ihren Platz wechseln muß, um sich eine optimale Entwicklung zu sichern. Da die Familie ihr offenbar nichts mehr zu bieten hat, ist die Zeit reif für eine Reform. So wie der Parasit Form und Aussehen verändern muß, wenn er von einem Wirt zum nächsten wandert, durchläuft auch Frederikke eine innere und äußere Wandlung. Sich an Frederik zu klammern scheint ihr geglückt zu sein – und zwar hat sie sich so gründlich in ihn verwickelt, daß es ihr nicht mehr möglich ist, den Wirt vom Schmarotzer zu unterscheiden.

Der zweite Kniff (der den ersten übrigens ergänzt) besteht darin, dem Widersacher seine Stärke zu nehmen, indem man die eigenen Schwächen auf ihn projiziert. Mit anderen Worten: Man entthront ihn einfach mit Hilfe seiner Verwundbarkeit – ja, seiner Menschlichkeit.

Um das Folgende verstehen zu können, muß man wissen, daß Frederikke ein sehr verkrampftes Verhältnis zu dem hat, was man die peinlichen Notwendigkeiten des Körpers nennen könnte. Oftmals hat sie aufgrund eines tiefsitzenden Widerwillens dagegen, den Launen der Natur nachzugeben, mit verschwitzten Händen dagesessen, den Schließmuskel und die Beckenmuskulatur bis zum Äußersten angespannt. Viel lieber erträgt sie dieses unangenehme Gefühl, als daß sie die Gesellschaft verließe, um ihre Notdurft zu verrichten, könnte das doch die anderen dazu veranlassen, ihre Abwesenheit mit diesem peinlichen Bedürfnis in Verbindung zu bringen.

Während sie also der ungezügelten Wut ihres Vaters gegenübersteht, fühlt sie die Mutlosigkeit in sich aufsteigen und merkt, wie Scham und Tränen sich ihren Weg bahnen. Da zieht sie ihre schweigende Waffe (von der sie weiß, daß sie einer Tochter nicht würdig ist, die zu benutzen man ihr aber verzeihen muß) und ruft sich ein Bild in Erinnerung von dem Moment, als sie aufgrund einer besonderen Laune des Schicksals (und ganz aus Versehen) die Tür zum Klosett während eines der diskreten Besuche ihres Vaters dort öffnete. Der Anblick hatte sich damals auf ihrer Netzhaut eingebrannt, bevor sie ein »Entschuldigung« hervorstammeln und die Tür wieder schließen konnte. Jetzt kommt er ihr zugute. Denn was ist dieser gewaltige Herrscher eigentlich anderes als ein kleines Menschlein, das ab und zu gezwungen ist, sich seinem eigenen Gestank auszusetzen – mit hochrotem Gesicht, die Hosen auf Halbmast, so daß seine bleichen, fetten Schenkel seinem eigenen, ansonsten so wählerischen Blick ausgesetzt sind?

Eigentlich muß sie sich schämen, so zu denken. Das weiß sie, schämt sich aber dennoch nicht, denn »wenn ein Eisen stumpf wird und an der Schneide ungeschliffen bleibt, muß man's mit Macht wieder schärfen …«

Je größer die Sache – um so niederträchtiger die Methoden!

Als sie abends in ihr Bett kriecht, hat sie das Gefühl, daß sie möglicherweise das letzte Mal hier liegt. Und als sie endlich einschläft, hält sie Frederiks Taschentuch in der Hand. Ihr Schlaf ist unruhig und voller Träume. Es heißt, wer schläft, der sündigt nicht. Das ist nicht immer wahr.

Als sie am nächsten Morgen aufwacht, steht sie sofort auf und macht mechanisch und effektiv ihre Morgentoilette. Klugerweise hat sie beschlossen, damit zu warten, von ihrem Versprechen an Frederik zu erzählen. Erst am Frühstückstisch – mitten in eine totengleiche Stille hinein – läßt sie die Bombe platzen! Wer eine kurze Beschreibung dieser Szene wünscht, braucht nur die Zeilen auf Seite 127 noch einmal zu lesen. Fügen Sie außerdem die Aufforderung hinzu, umgehend das Haus zu verlassen und sich nie wieder blicken zu lassen!

Tabula rasa!

Um 10.15 Uhr steht sie mit ihrer kleinen Tasche als einzigem Gepäck vor Amalies Tür und macht unter dem Jubelschrei der Schwägerin in spe ihren ersten Schritt in die Fabersche Welt.

»Wie ich mich freue! Ich bin so froh, so froh, so froh! Jetzt bist du wirklich meine Schwester. Das hast du gut gemacht!«

(Letzteres hat ihr Vater witzigerweise auch gesagt – aber in einem ganz anderen Tonfall.)

Es wird sofort ein Bote nach Frederik geschickt, der eine halbe Stunde später eintrifft. Nachdem er mit gerunzelter Stirn seiner Verlobten zugehört hat (die übrigens nicht eine Träne vergießt und insgesamt die Sache sehr nüchtern darlegt), verschwindet er hinaus in die Welt mit dem sympathischen Vorsatz, seinen künftigen Schwiegervater etwas zu besänftigen.

Aber man läßt ihn gar nicht erst ein.

Frederik ist es gewohnt, seinen Willen zu bekommen. Vermutlich wäre ihm diese Ablehnung auch nicht besonders nahegegangen, wenn da nicht die Tatsache wäre, daß er bereits das zweite Mal innerhalb von vierundzwanzig Stunden mit dem ungewohnten und außerordentlich irritierenden Gefühl dasteht, unverrichteter Dinge abziehen zu müssen.

Am Tag zuvor hat er seinen Schwager und besten Freund in dessen Büro aufgesucht, um ihm die frohe Botschaft zu überbringen und ihn zu bitten, als Trauzeuge bei der (natürlich!) bürgerlichen Trauung aufzutreten. Lindhardt hatte ihm zugehört und ihn dabei über den Rand der Lesebrille betrachtet. Er unterbrach ihn kein einziges Mal, aber als Frederik mit seinem Bericht fertig war, nahm er die Brille ab, klappte sie zusammen und sah seinen Gast direkt an, während er sagte: »Das ist doch hoffentlich nicht dein Ernst.«

Frederik lächelte unsicher. »Mein Ernst? Doch, natürlich ist das mein Ernst. Warum sollte es nicht mein Ernst sein?«

»Weil es das Idiotischste ist, was ich seit langem gehört habe.«

»Wieso …?«

»Du willst mir doch wohl nicht einreden, daß du in dieses Mädchen verliebt bist?«

Frederik rutschte unruhig auf dem Stuhl hin und her. »Nein … direkt verliebt … Nein!« sagte er dann mit Nachdruck. »Aber das habe ich dir doch auch gar nicht einbilden wollen. Genauso wenig wie ihr übrigens. Das sage ich doch die ganze Zeit, Mensch! Wir haben eine Abmachung getroffen.«

»Eine Abmachung? Und wie groß ist bitteschön die Chance, daß sie überhaupt begreift, worauf diese sogenannte Abmachung hinauslaufen soll?«

»Natürlich tut sie das. Wir haben doch darüber geredet.«

»War es nicht vielleicht in erster Linie du, der geredet hat?«

»Warum sagst du das?« Frederik warf ihm einen besorgten Blick zu. »Frederikke ist mindestens genauso interessiert daran wie ich. Sie möchte es ja gern.«

»Ja, natürlich möchte sie es! Sie ist doch bis über beide Ohren in dich verliebt, Junge!«

»Unsinn!«

»Du brauchst es gar nicht Unsinn zu nennen. Jeder Idiot kann es sehen – ja, außer dir vielleicht, aber dann bist du der größte Idiot von allen.«

Frederik sah sich hilflos im Zimmer um, als suchte er nach Unterstützung.

»Jetzt hör mal zu«, sagte er dann mit einem schweren Seufzer. »Sie war kurz davor, einen Mann heiraten zu müssen, den sie nicht ertragen kann. Und da mache ich ihr ein Angebot, das es ihr ermöglicht, aus dieser Klemme herauszukommen. Sie ist erleichtert. Das ist alles.« Er hob die Hände.

»Sie schwebt vermutlich gerade im siebten Himmel!«

Der Schreibtisch quoll vor Papieren über. Lindhardt begann sie zusammenzuschieben, als könnte ihm das dabei helfen, die Situation zu retten.

»Und da wir schon von Christian sprechen: Bist du dir ganz sicher, daß es nicht eher du bist, der ihn nicht ertragen kann? Bist du dir ganz sicher, daß das Ganze nicht eine raffinierte Form von persönlicher Rache an ihm ist, weil du ihn und alles, wofür er steht, nicht ausstehen kannst?«

»Jetzt wirst du aber verdammt ungerecht, Thomas. Ja, es stimmt, daß ich ihn nicht ertragen kann, das gebe ich gerne zu, aber das ist doch alles andere als ein Problem für mich. Was geht er mich denn überhaupt an? Ich brauche doch nicht mit ihm zu verkehren. Seit Jahren habe ich keinen Umgang mehr mit ihm gepflegt. Und bis jetzt habe ich ihm überhaupt keinen Gedanken gewidmet.«

»Nein, aber ich verspreche dir, daß du jetzt alles Versäumte nachholen wirst! Du zerstörst doch das Leben dieses Mannes.« Er sah den Freund wütend an. »Ich finde, du bist zu weit gegangen. Das gefällt mir nicht. Ich will jedenfalls damit nichts zu tun haben.«

»So, wie ich die Sache sehe, war vielmehr er derjenige, der gerade Frederikkes Leben zerstörte.«

»Na, und wenn schon? Warum mischst du dich da ein? Was geht dich das denn überhaupt an?«

»Was mich das angeht? Ich mag das Mädchen!«

»Und deshalb mußt du sie retten?«

»Ja, wenn du es unbedingt so ausdrücken willst.« Frederik zuckte mit den Schultern.

»Ehrlich gesagt, findest du nicht auch, daß es langsam mit diesen Rettungsaktionen überhand nimmt? Was bringt dich denn dazu, zu glauben, daß du in die Welt gesetzt worden bist, um alle Frauen zu retten?«

»Was um alles in der Welt meinst du damit?«

»Du weißt genau, was ich damit meine.« Die Stimme war sanfter geworden. »Es ist die eine Sache, was du in deinem beruflichen Leben machst – und das findet ja auch meine Unterstützung, das weißt du genau. Aber wenn du jetzt auch noch dein Privatleben opfern willst ...«

»Ich opfere doch nicht mein Privatleben.«

»Bist du dir da so sicher?«

»Thomas, nun hör mir einmal zu. Ich möchte ihr doch nur zeigen, daß es eine Alternative gibt. Sie ist an all diesen neuen Gedanken so interessiert. Sie ist so leicht zu beeinflussen.«

»Ja, genau. Ich glaube nicht, daß sie nur die geringste Ahnung hätte, welche Meinung sie haben soll, wenn da nicht jemand wäre, der ihr das erzählt. Und das tust du ja nur zu gern. Sie glaubt dir doch alles, was du sagst.«

»Jetzt finde ich aber, du tust Frederikke Unrecht. Du unterschätzt sie. Sie wollte nicht einmal, daß ich sie zu ihren Eltern begleite, um sie zu besänftigen. Sie wollte das allein schaffen. Verdammt, sie ist schließlich eine erwachsene Frau. Sie entscheidet selbst, wie sie ihr Leben lebt.«

»Wenn sie so selbständig ist, wie du behauptest, wozu braucht sie dich dann?«

Frederik stand auf und trat ans Fenster. Seine Finger trommelten auf dem weiß gestrichenen Rahmen.

Lindhardt betrachtete ihn von seinem Platz hinter dem Schreibtisch aus. »Und jetzt hat sie sich also entschieden, mit dir zusammenzuleben statt mit einem anderen. Sag mal, Frederik, macht dir das keine Angst?« Lindhardt sah ehrlich besorgt aus.

»Nein, wieso denn? Wir stellen doch keinerlei Forderungen aneinander.«

»Ach so! Aber glaubst du denn, daß es in der Praxis möglich ist, so dicht zusammenzuleben, sich nach außen als ein Paar darzustellen, alles zusammen zu machen und immer noch zu glauben, man stelle keine Forderungen an den anderen? Glaubst du nicht, daß sie etwas von dir erwartet?«

»Nein, das glaube ich nicht. Doch! Meine bedingungslose Freundschaft.«

»Deine Freundschaft, sagst du. Und was ist, wenn sie sich plötzlich ernsthaft in einen anderen verliebt? Du brauchst gar nicht so ein Gesicht zu machen. Das kommt doch immer wieder vor. Das ist mir mit deiner eigenen Schwester passiert. Oder sieh dir nur Georg an – er ist doch nur zu gern bereit, dieser Henriette Strodtmann den Himmel auf Erden und sein ganzes Leben zu versprechen. Und das trotz seiner früheren Behauptung, keine Frau könne einen Mann auf Dauer fesseln. Sogar er ist bereit zu kapitulieren.«

»Es gibt keinen Grund, Georg ins Spiel zu bringen. Außerdem haben Frederikke und ich in dieser Beziehung eine klare Abmachung: Unsere Beziehung besteht nur, solange beide Seiten einen Vorteil davon haben.«

»Ja, das ist gut! Und dann wollt ihr eine anstrengende Scheidung durchstehen ...«

»Nein, das werden wir nicht! Mir scheint, du hörst gar nicht zu. Wir sind zwei freie Menschen. Meinetwegen soll sie zwanzig heimliche Liebhaber haben, wenn sie möchte. Aber natürlich diskret.«

»Das ist nicht dein Ernst!« Lindhardt erhob sich und schob in einer verärgerten Handbewegung einen Ordner in das Regal hinter sich. »Warst du nicht derjenige, der immer so beharrlich gegen die Verlogenheit gekämpft hat? Mir wird gleich übel.«

»Wir lügen uns doch nicht gegenseitig an! Darin liegt der Unterschied! Hör mal zu, Thomas: Ich mag das Mädchen inzwischen einfach schrecklich gern. Ich möchte nur ihr Bestes. Und wir können die Gesellschaft ja nicht auf einen Schlag verändern. Das verlangst du doch wohl auch nicht von mir. Wir müssen nach den Prämissen der Gesellschaft agieren. Nach außen zumindest! Im Inneren pfeifen wir auf sie. Sieh doch nur, in welche Probleme Georg geraten ist. Ich will das gleiche wie er, aber ich möchte mich keinesfalls in die gleiche unmögliche Situation bringen. Ich bin vielleicht von polemischer Natur, aber in erster Linie bin ich Arzt! Ich bin kein Literat! Meine Aufgabe ist eine andere, meine Gesellschaftskritik zeigt sich ganz praktisch. Meine Vorlesungen haben keinen großen Menschenzulauf, sie finden nicht vor vollbesetztem Saal und unter den Augen der Presse statt. Aber ich bin dennoch, in aller Bescheidenheit, eine Koryphäe auf meinem Gebiet. Ich werde die folgenden Generationen von Ärzten beeinflussen. Und das hat ja wohl auch seine Berechtigung. Ich schufte jeden Tag, um Vorurteile aus dem Weg zu räumen. Ich will die Gesellschaft von innen heraus ändern, und dafür muß ich in sie hineinkommen, dorthin, wo ich Einfluß ausüben kann. Auf meinem Gebiet. Was glaubst du, wie groß meine Chancen sind, eine Professur in Gynäkologie zu bekommen, wenn ich als Junggeselle lebe? Glaubst du nicht, daß sie schnell einen lieben kleinen Spießbürger finden werden, der die Stelle bekommt? Und das, obwohl ich der Beste bin! Die Gesellschaft hat mir die Karten in die Hand gegeben – und ich muß sie ausspielen. Ich habe keine andere Möglichkeit, und die hat Frederikke in gewisser Weise auch nicht.«

Er seufzte und sah seinen Schwager bittend an. »Diese Abmachung, mein lieber Thomas, beruht auf einer wunderbaren Freundschaft. Wir wollen einander nur das Beste. Wir sind zwei Reisende, die es für das Beste halten, sich für eine Weile zusammenzutun. So einfach ist das! Kannst du das denn nicht verstehen? Amalie versteht es! Kannst du es nicht zumindest akzeptieren? Kann es wirklich sein, daß du, mein bester Freund, so verdammt ... spießbürgerlich bist? Nein, Thomas, du darfst nicht zulassen, daß sich diese Sache zwischen uns stellt.«

Daß dieses Gespräch stattgefunden hat, wird natürlich nie an Frederikkes Ohren dringen.

19

Eine junge Frau geht durch Kopenhagens Straßen, und sie strahlt eine solche verantwortungslose Glückseligkeit aus, wie sie nur von Individuen ausgeht, die so debil sind, daß einfach alles für sie eine Quelle des Vergnügens ist – oder von Personen, die wirklich glücklich sind und Selbstvertrauen haben.

Da die junge Frau gleichzeitig mit einem reizenden Aussehen gesegnet ist, geschieht es nicht selten, daß gleichaltrige Frauen, die ihr zufällig auf der Straße begegnen, ihr einen diskreten, neidischen Seitenblick zuwerfen, und daß die Verkäufer in den Geschäften sich plötzlich als tolpatschig und verschüchtert erleben, wenn sie ihr gegenüberstehen. In der Apotheke, in der sie eines Nachmittags etwas für ihren Verlobten erledigt, spielt sich eine ganze kleine Szene zwischen ihr und dem jungen Apotheker ab.

Im nachhinein, auf dem Heimweg, versucht sie zu analysieren, was eigentlich zwischen ihr und dem ungefähr dreißigjährigen Mann mit dem auffälligen, aber keineswegs häßlichen Gesicht, dessen genaue Züge sie bereits vergessen hat, vorgefallen ist. Denn es ist etwas zwischen ihnen vorgefallen, auch wenn ihre Worte und Handlungen vielleicht ganz alltäglich und langweilig waren, und dieses »etwas« könnte man am besten als Nähe beschreiben – als hätte es eine Art unsichtbarer intimer Verbindung zwischen ihren Augen und denen des Fremden gegeben. Warum hat sie sich berauscht und berührt gefühlt, da doch von physischem Kontakt gar nicht die Rede sein konnte? Und wieso erscheint ihr diese Berührung nicht anstößig, sondern im Gegenteil angenehm prickelnd und leicht, als wäre es nur ein zufälliger Windstoß oder eine Feder gewesen, die ihr Gesicht für den Bruchteil einer Sekunde gestreift hat, um danach für alle Ewigkeit zu verschwinden? (Das mag ein wenig klischeehaft klingen, aber genau so denkt Frederikke!)

Nach einer gewissen Zeit wird ihr klar, daß der Apotheker nicht nur mit ihr geflirtet hat, was an sich etwas Neues für sie ist, sondern daß sie selbst sein Flirten erwidert hat.

Die Welt ist neu und groß, wenn man zum ersten Mal lebt. Alles bekommt eine Bedeutung.

Und die Schwiegereltern sehen hingerissen ihren Sohn an, ergreifen Frederikkes Hände und heißen sie in der Familie mit einer Selbstverständlichkeit und Herzenswärme willkommen, die ihr so natürlich erscheint, daß sie fast vergißt, wer sie ist.

Die Schwiegermutter betrachtet sie mit Frederiks Augen und fragt nach ihrer Familie. Nachdem Frederikke geantwortet hat, seufzt sie.

»Ja«, sagt sie, »manch einer würde sich in einer Situation wie dieser verpflichtet fühlen, sich an Ihre Eltern zu wenden. Vor allem, weil Sie noch so jung sind. Aber wir nicht! Wir haben uns entschieden, unseren Kindern zu vertrauen. Was mich betrifft, so ist hier die Rede von einer bewußten Entscheidung – der Wahl zwischen Vertrauen und Mißtrauen. Wir haben bei der Erziehung unserer Kinder großen Wert darauf gelegt, die Selbständigkeit und Freiheit zu fördern, aber auch das Verantwortungsbewußtsein. Wir haben großes Vertrauen, daß Frederik weiß, was er tut. Er ist in der Lage, seine eigenen Entscheidungen zu treffen. Und wir sehen ja, wie glücklich Sie ihn gemacht haben.«

Sie versucht, so gut sie kann, Helena von ihrem neuen Leben zu erzählen. Der Brief wird sechs Seiten lang, und trotzdem kommt es ihr so vor, als stünde nichts darin – als wäre ihr neues Leben einfach zu groß, um Platz in einem Briefumschlag zu finden.

»Deine Schwester«, sagt Amalie, »mein Gott, du hast ja eine Schwester! Das ist erstaunlich. Wie ist sie? Ist sie dir ähnlich?«

»Nein, gar nicht. Sie ähnelt eher dir, glaube ich.«

»Mir! Die Ärmste! Aber wie kann das sein?«

»Nein, sie ähnelt dir natürlich nicht. Oder vielleicht doch. Sie ist lebendiger als ich. Redet mehr, glaube ich.«

»Ach ja. Womit wir mal wieder dabei sind.«

»Was meinst du?«

»Na, daß ich zuviel rede.«

»Das habe ich nicht gesagt.«

»Nein, aber es stimmt! Ich weiß es selbst. Es ist, als würde ich zu schnell laufen. Das merke ich doch selbst ab und zu. Die Leute kommen nicht mit. Und dann langweile ich mich. Sei froh, daß du nicht so bist.« Sie sieht Frederikke verschmitzt an. »Deshalb ist Frederik doch so verliebt in dich, wußtest du das nicht?«

»Amalie, ich habe dir doch erzählt, daß es nicht ...«

»Ja, ja. Das hast du gesagt. Aber wir anderen haben auch Augen im Kopf.«

»Ich verstehe nicht ...«

»Ach, mein Gott – Frederik ist doch verliebt wie ein Schuljunge. Ja, ich habe ihn auch gehört – alle seine Argumente, all seine Vernunft! Aber ich kenne ihn, und ich habe ihn noch nie so gesehen. So fröhlich! Ich konnte es bereits am ersten Tag erkennen, als ich euch zusammen gesehen habe. Doch, es stimmt, was ich sage. Ihr ergänzt euch irgendwie. Und weißt du, warum? Weil du etwas ... Maskulines an dir hast. Natürlich nicht in deiner äußeren Erscheinung! Das meine ich nicht. Du bist ja wohl das Zarteste und Weiblichste, was es gibt! Nein, ich rede von deinem Auftreten. Du bist ernsthaft, alberst nie herum. Das macht dich interessant. Und anders! Frederik kann keine albernen Frauen ausstehen, er wird ganz krank davon. Ich weiß das, denn ich bin manchmal selbst albern.«

»Das bist du nicht.«

»Doch, natürlich bin ich das. Ich weiß es selbst, und ich kann es Frederik immer sofort ansehen, wenn es ihm zuviel wird. Ich weiß genau, daß ich nicht dumm bin, und er liebt und respektiert mich natürlich in vielerlei Hinsicht. Aber ich glaube, daß er mich in erster Linie für das respektiert, was er mir selbst beigebracht hat: nachzudenken, nicht dem Tratsch zu glauben, zu sagen, was man denkt, und nicht schlecht über Leute zu sprechen, die nicht anwesend sind ... Es ist schon lustig, denn all das, was ihm an mir gefällt, was ihn stolz auf seine kleine Schwester macht, das ist auch genau das, was mir selbst bei mir am besten gefällt. Aber manchmal vergesse ich mich, und dann plappere ich einfach drauflos.«

Sie betrachtet Frederikke. »Was du nie tust! Und deshalb liebt er dich so. Außerdem klammerst du auch nicht, wie es alle anderen tun. Du läufst nur ruhig und still herum, und wenn du etwas sagst, dann ist das in der Regel vernünftig. Genau so eine Frau wie dich braucht Frederik. Ich habe ehrlich gesagt nicht geglaubt, daß er eine finden würde. Eine, die ihm nicht zwitschernd am Arm hängt, herumalbert und kokettiert. Eine, die ernst und ruhig über die wesentlichen Dinge sprechen kann. Eine, die ihm Frieden und Ruhe gibt. Denn das braucht er!«

Amalie stöhnt. »Diese vielen Menschen, die ihn die ganze Zeit umgeben und etwas von ihm wollen. Die alle meinen, er sei so phantastisch, die Studenten, die Patientinnen, die Freunde. Und nicht zuletzt die Frauen! Natürlich bin ich ein wenig eifersüchtig. Und dennoch ... Wenn man sich vorstellt, so populär zu sein, so geliebt, auf einen Sockel gehoben und dann da ganz allein zu stehen. Die Leute haben ja keinerlei Hemmungen, sie glauben, daß er immer nur geben kann, daß er nie müde wird. Und weißt du, was das Schlimmste ist? Das glaubt er selbst auch. Er besitzt einfach nicht die Fähigkeit nein zu sagen. Wenn ihn jemand um etwas bittet, dann glaubt er, verpflichtet zu sein, dessen Probleme zu lösen. Manchmal glaube ich, euch hat die Vorsehung zusammengebracht. Wenn er mit dir verheiratet ist, wird er vielleicht ein wenig Frieden finden. Ich meine, ein verheirateter Mann hat doch Anspruch auf ein wenig Privatleben, nicht wahr? Vielleicht gibt es dann endlich einen Platz für ihn selbst. Wenn nicht die Freunde die ganze Zeit schwanzwedelnd angelaufen kommen.«

Und sie spaziert durch die Stadt, bei ihrem Verlobten untergehakt, und er zeigt ihr dies und das, und richtet ihre Aufmerksamkeit darauf, daß er hier, ja, genau hier, früher gewohnt hat, oder daß diese oder jene lustige, merkwürdige oder spannende Episode hier stattgefunden hat, und sie hört zu, lacht und strahlt, und die Stadt selbst verwandelt sich und wächst allein für die beiden.

Und sie zieht sich Frederik an und schmückt sich mit ihm. Sie promeniert durch die Straßen und präsentiert den wenigen, die Augen haben, es zu sehen, stolz ihre neuen Federn. Denn wie armselig sind sie doch, die meisten, an denen sie vorübergehen – all diese geistig Armen, die in der Dunkelheit leben, die nichts wissen, nichts begreifen und nichts kennen, weil sie *ihn* nicht kennen.

20

Skærbæk, Donnerstag, den 29. Juli 1875

Liebste Frederikke,
vielen Dank für Deinen Brief, über den ich mich sehr gefreut habe.

Jetzt verstehe ich, warum du so lange keine Ruhe gehabt hast, mir zu schreiben. Ach, wenn Du wüßtest, wie sehr Dein Brief mein Gemüt in Aufruhr versetzt hat – daß Du, das brave Mädchen der Familie, schließlich doch noch bei Vater in Ungnade gefallen bist! Oh, welche Freude, dann bin ich nicht mehr die einzige. Nein, das war böse, eigentlich tut er mir leid – zwei Töchter, und keine von beiden will sich so recht benehmen! Armer, kleiner Papa.

Ich freue mich so unsäglich für Dich, liebe Schwester, und ich freue mich darauf, Deinen Verlobten kennenzulernen – nach deiner Beschreibung muß er ja nicht weniger als göttlich sein. Was für ein Glück, daß du vorläufig bei seiner Schwester und ihrem Mann wohnen kannst. Daß sie vortreffliche Menschen sind, das kann ich Deinen Worten entnehmen. Ich bin ganz neidisch, daß Du eine so gute Freundin hast – die könnte ich hier oben gut gebrauchen. Aber jetzt geht es ja nicht um mich, sondern um Dich, meine kleine Schwester.

Aber wie unmöglich Vater doch ist! Ich ärgere mich so über ihn. Jetzt mußt Du mir nur versprechen, daß Du an Deinem Entschluß festhältst und Dich von seinen heftigen Auftritten nicht ein-

schüchtern läßt, wie schon so oft. Du hast die Liebe und Deinen Geliebten auf Deiner Seite – eine größere Unterstützung gibt es wohl nirgends auf der Welt. Und lasse sie um Gottes willen nie los. Du würdest es für den Rest Deines Lebens bereuen.

Übrigens – was hat Christian dazu gesagt, als Du ihm die Tür gewiesen hast? Das würde ich gern wissen. (Jetzt kann ich Dir ja ruhig erzählen, daß ich nie viel von ihm gehalten habe – er kam mir immer so blasiert vor.) Du mußt es mir erzählen, damit ich in Ermangelung anderer Unterhaltung etwas habe, worüber ich mich amüsieren kann. (Ein Scherz am Rande!)

Du schreibst, daß du die Bekanntschaft des berühmten Herrn B. gemacht hast. Wie spannend! (Das hast Du wohl hoffentlich nicht Papa erzählt – das würde ihn das Leben kosten.) Wie ist er? Es heißt ja, das er ungemein charmant ist. Stimmt es, daß er so einen phantastischen Erfolg bei den Damen hat? Aber er ist ja wohl nicht der Grund, daß Du nachts nicht schlafen kannst, was? Nein, das war natürlich auch nur ein dummer Scherz.

Ach, ich bin so neidisch, Du erlebst so viel, und ich so wenig. Wenn wir beide uns doch nur sehen könnten. Es gibt so vieles, was ich gern mit dir bereden würde. Hier oben ist es bisweilen ziemlich eintönig.

Und stell Dir vor, ich kann nicht einmal zu Deiner Hochzeit kommen! Ich fühle mich wirklich betrogen.

Hier ist alles wie üblich. Ich werde immer dicker und sehe bald aus wie das alte Fischweib am Gammel Strand. (Erinnerst Du Dich an sie? Ob sie wohl immer noch da hockt?) Ich esse nicht mehr soviel und schlafe nachts schlecht – habe Probleme, mich im Bett umzudrehen. Aber jetzt ist es glücklicherweise nicht mehr so lange hin. Ich freue mich, auch wenn ich ein wenig Angst habe. Ich habe mich ja immer schon ein wenig angestellt. Das weißt Du ja.

Ulrik und ich sind über Weihnachten von Mutter und Vater eingeladen worden. Wir haben geschrieben, daß wir kommen werden, wenn alles gutgeht. Ach, wenn Ihr doch auch kommen könntet – Du und Dein Frederik. Vielleicht hat Vater sich bis dahin ja beruhigt? Das hoffe ich jedenfalls.

Ich muß jetzt aufhören, wir bekommen heute abend Gäste –

den hiesigen Pfarrer mit Gemahlin. Sie sind beide mindestens hundert Jahre alt, es wird also sehr spaßig! Ich werde Dir wieder schreiben, sobald ich Zeit habe. Vielleicht schon morgen.

Ich hoffe, die Adresse ist richtig (Du schreibst etwas undeutlich), und daß der Brief dich erreichen wird.

Alles Gute – und schreibe mir.

Liebe Grüße von Deiner Schwester, die immer an Dich denkt.
Helena

21

Das Leben, meine Damen und Herren? Bisweilen ein Fest!

22

– ein Eßservice (Bing & Grøndahls Porzellanfabrik)

– ein Kaffeeservice (vom gleichen Fabrikat)

– ein marokkanisches Sitzkissen (»Das ist lustig. Darauf will ich mit meiner Pfeife sitzen und mich wie ein orientalischer Scheich fühlen.«)

– eine Herrenzimmer-Einrichtung im Renaissancestil (Gebr. Jensens Schreinerwerkstatt)

– eine Garnitur Korbmöbel, Sofa und zwei Sessel (Frederikkes Wahl)

– ein Klavier (Hornung & Møller) aus dunklem, poliertem Nußbaum

– zehn Fächerpalmen zur Dekoration der Wohnung (»Na gut, wenn es sich denn nicht vermeiden läßt.«)

– ein Paar Schnürstiefel für die Straße aus lilafarbenem Leder und gelbem Brokat mit einem handgestickten Muster am Absatz und auf der Zwischensohle

– ein Paar tief ausgeschnittene, flache Schuhe in beigefarbenem Saffian, bestickt (Handschuhmacherei in der Købmagergade –

Frederik, dieser fortschrittliche Mann, ist nun einmal der Meinung, daß man den neuen Zeiten am besten in gutem, altmodisch handgenähtem Schuhwerk entgegengeht)
– drei Spitzenkragen (Wessel & Vett)
– eine Kiste brasilianischer Zigarren (W. Ø. Larsen, wo sie auf dem Weg zum Schneider zufällig vorbeigekommen sind)
– ein Kleid aus weinrotem Velours und Seide mit hohem Kragen, engen Ärmeln und hervorgehobener Büsten- und Bauchpartie, vorn mit tiefsitzenden Rüschen, mit leichter Turnüre (»Bist du dir auch ganz sicher, daß Rot mir steht?«
– ein Stadtensemble für den Sommer aus weißem Baumwollpikee mit Seidenbesatz, Schleifen an den Ärmeln, abnehmbarer Schleppe (Frederikkes Wahl)
– ein Abendkleid aus Voile mit aufgesetzten Rosen, Taftschleifen und Spitzen
– ein Besuchskleid in grauem Seidentaft mit hochgeschlossenem Kragen und Spitzenrüschen (»Du siehst phantastisch darin aus!«)
– ein Pferdehaarkissen für die Turnüre
– ein Sonnenschirm mit geschnitztem Griff
– drei Herrenhemden aus Seide mit Perlmuttknöpfen (für Frederik, wenn er schon einmal beim Einkaufen ist)
– zweihundert Gramm Zuckermandeln (zum Teilen während der Einkaufstour)

23

MAI 1932

Das ist ja eine schreckliche Geschichte mit dem Arzt hier gleich nebenan … diesem Doktor Kroggaard.« Dieses Frauenzimmer spricht es auch noch »schräckliche Gäschichte« aus.

Frederikke vermeidet es bewußt, den Kopf zu drehen und Mamsell Rasmussen anzusehen, die gerade den Fußboden schrubbt. Sie weiß, wie das aussieht, denn sie hat es schon viel zu oft gesehen: Ihr Gesicht ist angeschwollen und rot, ihr Busen fällt schwer hinunter, wenn sie sich über den Eimer beugt. Ab und zu wischt sie sich mit dem Unterarm über das Gesicht und pustet sich Luft auf die Stirn, wobei jedesmal eine Wolke von Achselschweiß freigesetzt wird.

»Ist das Urteil schon gesprochen?« Die Neugier verleitet Frederikke zu dieser Frage, aber sie läßt sie ganz beifällig klingen, um zu signalisieren, daß sie nicht die Einleitung für ein längeres Gespräch bedeutet.

»Ja. Gestern. Vier Jahre. Es stand heute morgen in der Zeitung.«

»Aha.«

»Und wenn Sie mich fragen, hat er jede Sekunde verdient«, fährt sie fort und wringt den Wischlappen über dem Eimer aus. »Denken Sie nur an all die Kinder, denen er das Leben genommen hat! Merkwürdig! Er war doch ansonsten so ein ordentlicher Mann.« Das Wischtuch hält einen Augenblick lang inne, und Mamsell Rasmussens Bewegung scheint wie erstarrt zu sein – als wäre sie ein elektrischer Apparat, den irgend jemand außer Betrieb gesetzt hat, indem er den Stecker aus der Steckdose gezogen hat. Ach, wenn dem doch so wäre!

Dann funktioniert die Stromversorgung offensichtlich wieder, und die emsigen Arme sind von neuem in Bewegung.

Die Alte sinkt in ihren Sessel und in ihre Gedanken zurück. Mamsell Rasmussen schaut kurz zu ihr hinüber und weiß, daß es keinen Sinn hat, mehr zu sagen – sie würde es doch nicht hören.

Sie ist wieder jung – steht erwartungsvoll zwischen den turmhohen Kisten in der neuen Wohnung und sieht aus wie ein Zinnsoldat zwischen Bauklötzen. Frederik ist dabei, eine der Kisten zu öffnen. Seine Hand hält eine Zange, mit der er die Nägel herauszieht. Jedesmal, wenn er einen herausbekommen hat, reicht er ihn ihr schweigend. Die langen Nägel haben sich unter seinen energischen Händen widerspenstig gekrümmt. Jetzt liegen sie in ihrer Hand, unschädlich wie tote Insekten. Und jedesmal, wenn sie einen in Empfang nimmt, nähern sie sich der Enthüllung des Eckschranks, den die Kiste verbirgt.

Sie sind fast fertig, als sie plötzlich von einem leisen Klopfen an den Türrahmen unterbrochen werden.

Frederikke sieht hin. Es ist Christian.

Frederik hat sich nicht umgedreht, sondern stößt nur einen leicht verärgerten Ton aus, er geht wohl davon aus, daß es einer der Handwerker ist, der etwas fragen will.

Frederikke berührt leicht seinen Arm. Er schaut sie fragend an, hält mitten in der Bewegung inne und wendet den Kopf.

»Christian ... was für eine Überraschung.«.

Der sonderbare Gast ignoriert ihn und sieht unverwandt Frederikke an. »Ich bin gekommen, um mit Frederikke zu sprechen.«

»Aber worüber denn?« bringt sie stammelnd hervor. Ihre Gedanken kreisen unaufhörlich um die Frage, wie um alles in der Welt er nur hereingekommen ist. Hat einer der Handwerker ihm geöffnet? Stand eine der Türen offen? Welchen Eingang hat er wohl benutzt? Sie versteht nicht, wie er so plötzlich vor ihr stehen kann, und ihr wird klar, daß sie im Laufe der kurzen Zeit, die inzwischen vergangen ist, bereits vergessen hat, daß er existiert.

Christian räuspert sich. »Ja, ich verstehe deine Verblüffung. Wir beide haben uns natürlich nicht mehr viel zu sagen. Aber so, wie die Dinge stehen, habe ich keinen anderen Ausweg gesehen, als dich aufzusuchen. Mein Gewissen befiehlt es mir ... Ich empfinde trotz allem immer noch eine gewisse Verantwortung.«

»Worum geht es?« Sie hat einen einzigen Wunsch, nämlich das Ganze möglichst schnell zu überstehen, damit er mit seiner bleichen Haut, seinen weichen Händen, seinem sogenannten Gewissen und dem Gestank von Vergangenheit, der ihn umweht, verschwindet.

Er räuspert sich erneut. (Er sollte wirklich mal seinen Hals untersuchen lassen!) »Du hast zwar nicht gerade meine Besorgnis verdient, aber als ich davon gehört habe ...« Er macht eine erklärende Handbewegung, die Frederik und die Wohnung mit einbezieht. »... ja, da war ich einfach der Meinung, daß es meine Pflicht ist, dich darüber aufzuklären, was du da gerade tust.«

Eine gewisse Verlegenheit ist in seiner Stimme zu erkennen, als er fortfährt: »Denn du bist dir vermutlich nicht klar darüber, daß du auf dem besten Wege bist, einen ... Schurken zu heiraten.«

»Ach, Christian ...« Frederikke ist so überrascht, daß sie nicht anders kann, sie muß lachen. Christian ist lächerlich, daran herrscht kein Zweifel. Aber wie die Geschichte gezeigt hat, erweisen sich nicht selten gerade diejenigen, die man zunächst als armselig abgewiesen hat, später als die Gefährlichsten.

Ein kleines Lächeln hängt in Frederiks Mundwinkel, als könnte auch er die Situation nicht anders als lächerlich empfinden, aber da ist noch etwas Undefinierbares anderes in seiner Miene, von dem Frederikke nicht sagen kann, was es eigentlich ist. Sie hat es noch nie an ihm gesehen.

Nur langsam wird ihr klar, daß es Unsicherheit ist.

Christian sieht Frederik haßerfüllt an. »Oder hast du deiner sogenannten Verlobten schon erzählt, daß du ein Verbrecher bist?«

»Sag mal, findest du nicht auch, daß wir zumindest versuchen sollten, uns anständig zu benehmen?«

Frederiks Stimme ist gleichzeitig herablassend und auffordernd, doch unter der Oberfläche kann Frederikke ein beunruhigendes Zittern erkennen, das ihr mehr Angst macht als alles sonst auf der Welt. Ihr Gesicht ist zu einer merkwürdigen Fratze erstarrt.

»Anständig?« Christian ist so wütend, daß ihm das Weinen im Hals steckt. »Anständig, sagst du? Wie kannst du es wagen, mir gegenüber von Anstand zu sprechen? Du raubst mir meine Verlobte, während ich verreist bin, verführst sie und verlockst sie unter falschen Voraussetzungen dazu, an ungesetzlichen, schändlichen Handlungen teilzuhaben, von denen sie überhaupt keine Ahnung hat! Und ausgerechnet du willst mir was von Anstand erzählen. Da sei der Himmel davor!«

Christian hat sich warmgeredet, was kein gutes Zeichen ist. Frederikke muß eingreifen.

»Könntest du so gut sein und mir sagen, worum es eigentlich geht?«

»Es geht darum, daß dieser fei ...« Er schluckt. »... dieser feine Mann, den du heiraten willst, nicht der ist, als der er sich ausgibt. Hat er dir von seiner kleinen Nebentätigkeit erzählt? Hat er dir erzählt, Frederikke, daß er all das mit Hilfe von Geld finanziert hat, das er mit ungesetzlichen Handlungen verdient?«

»Nein, jetzt ist es aber genug, verdammt noch mal!« Frederik wirft die Zange hin. »Ich weiß nicht, woher du deine Informationen hast, aber ich kann dir erzählen, daß ich nie auch nur eine einzige Krone mit dem verdient habe, worauf du da anspielst. Und jetzt reicht es. Wenn du mir etwas vorzuwerfen hast, bitte schön! Aber dann laß uns nach nebenan gehen, und laß Frederikke aus dem Spiel. Sie hat damit nichts zu tun.«

»Dann findest du es also nicht angebracht, daß sie erfährt, worauf sie sich da einläßt?«

Christian sieht seinen Widersacher trotzig an, und mit neugewonnener Sicherheit wendet er sich Frederikke zu.

»Dein zukünftiger Ehemann treibt bei Frauen die Leibesfrucht ab!« erklärt er sodann.

Das kommt kalt und triumphierend, und dennoch wirft er Frederik einen merkwürdigen kurzen Seitenblick zu, der deutliche Spuren der Hilflosigkeit zeigt. Frederikke kann sich nicht erinnern, jemals so etwas gesehen zu haben. Dann konstatiert er, wobei er die Handflächen zusammenschlägt: »Ja, damit ist es gesagt!«

Frederik seufzt schwer, als wäre die Welt plötzlich absurd geworden. Er hebt resigniert die Arme und läßt sie wieder fallen. Aber er protestiert nicht.

Warum nicht?

Hinter Frederikkes Augen rauscht Blut, Föten werden von Stricknadeln durchbohrt ... Das makabre, aber merkwürdig anziehende Universum der Straßenlieder: schwarzgekleidete Männer mit Teufelsbart und spitzen Zähnen, ein Bündel schmutziger Geldscheine nach dem anderen, die auf blutbespritzte Finger gezählt werden ... Ist das möglich? Die größte aller Sünden!

Sie betrachtet Frederiks Hände, breit, sanft und stark, und sie erinnert sich, wie energisch sie noch vor kurzem Nägel herausgezogen haben. Dann schaut sie ihre eigenen an: Noch immer umklammert sie die Nägel. Still und ruhig läßt sie sie in eine Kiste fallen. Einer bleibt an ihrer Handfläche hängen und will nicht fallen, sie muß ihn erst mit dem Zeigefinger der anderen Hand anschubsen. Die feuchten Hände wischt sie sich am Kleid ab.

Die Luft steht im Raum. Die beiden Männer starren sie gespannt und abwartend an, Christian zeigt einen krankhaften Siegesblick. Er muß ihre Unruhe bemerkt haben. Dann schaut sie Frederik an.

Dieser schüttelt ganz leicht den Kopf. Seine Augen fragend – voller Verzweiflung, doch ohne Betrug. Irgendwo weit entfernt unterhalten sich die Handwerker und lachen mitten in ihrem ganz normalen Alltagsleben. Dann tritt Frederikke ein paar Schritte vor und schiebt ihre Hand in Frederiks.

»Frederik und ich haben keine Geheimnisse voreinander«, erklärt sie.

Frederiks Hand drückt so fest zu, daß er ihr fast die Finger bricht.

In der gleichen Sekunde zerbröckelt Christians Gesicht wie ein Zwieback über einer Kaltschale.

Er wendet sich ab und verschwindet.

Frederik zieht sie an sich. So bleiben sie stehen. Dann sagt er – und sie spürt die Rührung in seiner Stimme wie ein Streicheln: »Das, was du gerade gesagt hast, ist das Schönste, was jemals jemand für mich getan hat!«

Sie lächelt hohl. Fühlt gar nichts. Dann schält sie sich schweigend aus seiner Umarmung mit dem Gefühl, bestohlen worden zu sein – einem Gefühl, das sie danach nie wieder verlassen wird.

Die Alte hat die Augen geschlossen. Frederiks lange, unvermeidliche Verteidigungsrede – in einem vergangenen Jahrhundert vorgetragen – erreicht sie nach all diesen Jahren wie ein längst verklungenes Echo. Frederiks Stimme, diese ernsten Samttöne, dazu geschaffen, für alle Zeiten ein Träger der Gerechtigkeit zu sein, die niemals würde lügen können, sie erzählte ihr die Geschichte von Hunderten und Aberhunderten armer Kreaturen, mißbrauchter Frauen, die – natürlich! – selbst nicht die geringste Verantwortung dafür trugen, daß sie sich den Beinamen »Dosen-Ebba« oder »Krätze-Katrine« zugezogen hatten …

Von lausigen Hinterhofetablissements, die die Herren der bürgerlichen Gesellschaft in aller Diskretion nach einem Besuch im à Porta oder einem Mitternachtssouper im d'Angleterre frequentieren … Von Opfern, die sich im Rahmen des Gesetzes hinlegen und diese Herren bedienen dürfen, denen es aber aufgrund des Gesetzes nicht erlaubt ist, die Konsequenzen davon entfernen zu lassen … Davon, die Wahl zu haben zwischen einem »unmöglichen Schicksal« und der verantwortungslosen Behandlung geldgieriger Quacksalber ... Von seinem Drang, laut aufzuschreien bei dem Gedanken an diese Grandseigneurs mit ihrer Doppelmoral (Handwerksmeister, Grossisten, Juristen, Direktoren, Richter), die selbstzufrieden und heimlich grinsend nach Hause schlendern, die Hände in den Taschen, die Zigarre im Maul, während die armen Frauen hinter dem roten Vorhang versuchen, die Erinnerung in der Branntweinflasche zu ertränken ... Von den lebensgefährlichen Eingriffen, die diese Quacksalber an den Unschuldigen ausführen: eine perforierte Gebärmutter und ein malträtierter Unterleib, und das alles für die bescheidene Summe eines Monatslohns! Von der Wut darüber, diese Frauen verbluten sehen zu müssen aufgrund von »iatrogenen« Komplikationen nach einem ansonsten relativ einfachen Eingriff. (Hier hat sie ihn unterbrechen müssen, um zu erfahren, daß iatrogen »vom Arzt verursacht« bedeutet) ... Von seinem Vater, dem respektierten Professor Faber, der ihn gelehrt hat, daß Pflicht und Verantwortung nicht immer mit den Gesetzen harmonieren ... Warum er meint, das Richtige zu tun, und daß er bereit ist, öffentlich die Verantwortung dafür zu übernehmen, wenn es denn dazu kommen sollte – und daß sein Gewissen ihm auferlegt hat, dieses Risiko einzugehen ... Daß er es ihr vielleicht schon früher hätte sagen sollen, daß er sie aber um alles in der Welt nicht zur Mitwisserin und damit mitschuldig machen wolle ... Ob sie das wohl verstehe?

Sie hatten lange Zeit schweigend dagesessen. Dann hatte sie gesagt: »Frederik, ich weiß selbst, daß ich keine Krankenschwester bin, aber ... Wenn ich dir in irgendeiner Weise helfen kann ...«

Und er hatte sie angestarrt, mit seinem Blick ihr Gesicht erforscht, als suchte er nach etwas. Dann war seine Hand über ihr Haar geglitten, wie die eines Vaters bei seinem fieberkranken Kind.

Er hatte nie öffentlich Stellung beziehen müssen. Hatte er überhaupt für irgend etwas die Verantwortung übernehmen müssen? Was war zum Beispiel mit den »iatrogenen« Schäden, die er ihr zugefügt hatte?

»Wenn Sie fertig sind, können Sie dann einen Brief für mich einstecken?«

Mamsell Rasmussen schaut erschrocken auf. Sie hatte geglaubt, die Alte würde schlafen – sie ist davon überzeugt, daß sie sie in ihrem Sessel hat schnarchen hören.

»Ja, natürlich.«

»Er liegt auf dem Büfett, oder? Es fehlt nur noch eine Briefmarke.«

Die Alte legt den Kopf zur Seite und zieht die Wangen in der angedeuteten Imitation eines Lächelns ein. »Ich dachte, ich könnte Sie vielleicht darum bitten, eine unterwegs zu kaufen und draufzukleben. Sie bekommen natürlich das Geld.«

Merkwürdig, wie freundlich ihre Stimme sein kann, wenn sie etwas will! Mamsell Rasmussen wischt sich die Hände an der Schürze ab und geht zum Büfett. Der Brief liegt tatsächlich da. Er trägt den Namen und die Adresse eines Rechtsanwalts. Die Schrift ist holprig und zittrig.

Ein Anwalt... Welche Gaunereien die alte Hexe wohl jetzt wieder ausheckt?

24

An einem heißen Spätsommerabend wird in privatem Rahmen ein Hochzeitsessen für Kopenhagens bessere Gesellschaft abgehalten. Aufgrund des Wetters und der zentralen Lage der Wohnung kommen die Gäste zu Fuß anspaziert: die Ehepaare sanft untergehakt, die Junggesellen heranschlendernd, die Hände nonchalant in die Hosentaschen gesteckt, da sie keinen anderen Platz haben, um sie abzulegen.

Die Gesellschaft ist, bedingt durch die prekären Umstände und Frederiks Verachtung prunkvollen Hochzeitsfesten gegenüber, klein, aber erlesen. Um den großen, ovalen, kürzlich erstandenen Tisch sitzen in folgender Ordnung: der Vater des Bräutigams (ein zerstreuter Gönner), Amalie (die Schwester des Bräutigams, eine enge Freundin der Braut), Thomas Lindhardt (besänftigter und sympathischer Schwager – und Trauzeuge), Jacob Ørholt (wohlhabender, aber trauriger Junggeselle), Karl und Grethe Hesager (Professor Dr. med., mit seiner ausladenden Ehefrau), Claus Jantzen (großer, schlanker Freund des Bräutigams), Theodor und Gaby Faber (Frederiks Bruder mitsamt seiner deutschen Gattin), »der namentlich bekannte Herr B.« (vergötterter und verketzerter Denker, angereist aus Deutschland, wo er, wie es heißt, in einer zweifelhaften Beziehung zu einer verheirateten Dame steht – ganz passend zu seinem beschmutzten Ruf), die Mutter des Bräutigams (eine elegante, freundliche Frau mit kühlem Überblick) und natürlich als strahlender Mittelpunkt des Tages, der Feier und des Lebens ein reizendes, blasses, zartes junges Mädchen und ein ungewöhnlich gut gebauter Mann. Seine dunkle, eckige Maskulinität läßt den zarten Teint der Braut nur noch vornehmer erscheinen, und sie passen ausgezeichnet zueinander, was die Gäste sich untereinander und auch dem Paar bestätigen.

Man befindet sich in einer aufgeräumten, hübschen Oase mitten in der babylonischen Unordnung der Faberschen Wohnung. Alle sind herumgeführt worden. Man ist auf Abdeckpapier getreten, das den Boden schützt, über Bretter und Latten gestiegen, hat die Arme dicht am Körper gehalten und die Kleider zusammengerafft, damit sie nicht von Nägeln zerrissen oder von Farbe und Putz beschmutzt werden, und man hat den großartigen Plänen für jeden einzelnen Raum gelauscht. In den wenigen Zimmern, die bereits fertig sind, hat man den Beweis für das offensichtliche Talent des Hochzeitspaares, eine Wohnung einzurichten, bestaunt, und selbst diejenigen, die nicht besonders viel Phantasie haben, können sich lebhaft vorstellen, wie perfekt dieses Heim sein wird, wenn alles fertig ist – wie hervorragend geeignet für eine moderne Lebensführung in einer schönen Mischung aus geistiger Arbeit und Gesellschaftsleben.

Man betrachte nur das Eßzimmer, in dem sie jetzt sitzen, mit der hohen, dunklen Holzverkleidung, die in perfekter Harmonie auf die goldene Wandfarbe stößt. Dann lasse man den Blick weiter nach oben wandern und bewundere die schön ausgeführten Stuckarbeiten und die beiden Kronleuchter für jeweils dreißig Kerzen, deren Flammen tanzende Schatten über die Decke und einen flackernden Schein auf die Gesichter der Gäste werfen. Man schaue sich die vielfach gefältelten Portieren, ihr genau abgestimmtes Farbmuster in Gelb und Braun an und beachte, wie der schwere, glänzende Stoff in einer eleganten Drapierung auf dem neu verlegten Parkettboden endet, der einen frischen Geruch nach Holz und Bohnerwachs verströmt – ein Duft, der sich an diesem Abend zum allerersten Mal vermischt mit dem leichten Parfüm der Damen, dem exotischen Eau de Cologne der Herren, dem diskreten Bouquet des Weins sowie dem angenehmen Aroma des Gemüses und des Fleischs, das die Nasen von den Bing & Grøndahlschen Tellern her lockt.

Abgesehen vom Bräutigam gibt es nur einen einzigen Redner. Nachdem er seinen Stuhl über den Parkettfußboden nach hinten geschoben hat, stellt er sich in die für ihn typische Positur, die Hände auf dem Rücken, wodurch er witzigerweise den Karikaturen in der Zeitung ähnelt und nicht umgekehrt! So steht er eine Weile da und saugt mit seinem berühmten Falkenblick all die Gesichter auf, die ihm in wohlbegründeter Erwartung zugewandt sind.

»Ja, also«, beginnt er dann. »Ich bin ja nicht gerade ein großer Redner!«

Das Gelächter, das spontan auszubrechen scheint, kommt nicht unerwartet – der Redner hat eine einstudierte Kunstpause eingelegt, in der das Lachen abebben kann. Die Mutter des Bräutigams hat sogar noch Zeit, sich eine Träne aus dem Augenwinkel zu wischen. Als er fortfährt, geschieht das mit gestärkter Sicherheit. Der Anfang ist immer das Wichtigste – gut begonnen ist ja wie bekannt halb gewonnen.

»Man hat mir jedoch von verschiedenen Seiten nahegelegt, ein paar Worte zu sagen – wobei das gar nicht nötig gewesen wäre, ich hätte sie ohnehin gesagt! Ich kann jedoch die hier Anwesenden beruhigen, ich werde es kurz machen. Nur ein paar Worte ...

Es geschieht schließlich nicht jeden Tag, daß einer der engsten Freunde heiratet. Das ist an und für sich schon ein Ereignis. Aber wenn es dann auch noch Frederik ist, für den romantische Züge nicht gerade charakteristisch sind – ja, von dem wir alle geglaubt haben, daß sein Junggesellendasein mittlerweile, um in Frederiks eigener Terminologie zu bleiben, bereits chronisch geworden sei, ja, dann ist die Freude um so größer, um nicht zu sagen, ganz akut.«

Lächeln auf allen Gesichtern – Erröten der Braut.

»Lieber Frederik, wir beide kennen uns nun schon seit vielen Jahren. Daraus ist eine lange, enge Freundschaft geworden, von der du weißt, daß ich sie sehr hoch schätze. Wenn ich mich in der nächsten Zeit veranlaßt sehen sollte, das Land zu verlassen ...« Leise Proteste aus der Gesellschaft. »Nun ja, man versucht ja schon munter, mich rauszuschmeißen! Also wenn das geschehen sollte, dann werden du und deine Familie zu den Menschen gehören, die ich am meisten vermissen werde. Deine wunderbaren Eltern – Professor Faber und Sie, Frau Faber, die ich heute abend die Ehre habe, als Tischdame begrüßen zu dürfen, immer noch die schönste Frau Kopenhagens!«

Er legt seine Hand leicht auf ihre Schulter. Die Versammlung nickt und bekundet ihre Zustimmung (»Doch, doch, das bist du wirklich, Mutter!«). Kopenhagens schönste Frau protestiert charmant.

Der Redner fährt fort: »Sie haben Frederik und seine Geschwister in einem Haus voller Licht und Luft großgezogen. In Ihren freundlichen Räumen gab es immer für alle Platz, Platz für Veränderung und neue Gedanken, und ich habe viele Jahre lang Ihre Gastfreundschaft gern wahrgenommen. Ich möchte die Gelegenheit nutzen, Ihnen heute dafür zu danken. Bei Ihnen habe ich viele schöne Stunden verbracht – auch späte Nachtstunden! Lassen Sie sich das eine Warnung sein, Frederikke!«

Die Braut lächelt ihren Mann an.

»Du, lieber Frederik – teuerster Freund! – bist für mich der Inbegriff von Dänemark, wie es sein könnte: In dir sehe ich das Bild von allem, was schön, stark und lebenstüchtig ist: dein einzigartiger scharfer Intellekt, deine Treue ... das, wozu du eine eigene Meinung vertrittst ... deine bedingungslose Loyalität. Denn du bist der loyalste Mensch, den ich jemals kennenlernen durfte. Du läßt einen nie im Stich – weder was Menschen, noch was Prinzipien betrifft! Das ist ein feiner Zug, der uns allen nützt und den wir maßlos schätzen. Du bist nachdenklich, und du bist taktvoll. Dennoch bist du kompromißlos in deiner Haltung, aber das scheint nie zu Lasten der Menschen zu gehen, die du schätzt. Und auch wenn deine Rücksichtnahme vorbildlich ist, gilt sie doch nie – und das möchte ich unterstreichen! – festgewachsenen Konventionen oder kleinkarierten Ansichten. Deine Rücksicht ist nie kleinlich. Du bist ein großer Mensch, und hier denke ich nicht nur an deine beneidenswerte Körperlänge. Ich erhebe mein Glas darauf!«

Alles lacht und trinkt auf den großen Menschen.

»Ja«, fährt der Redner fort, »als wir beide vor vielen Jahren das Gymnasium verlassen haben, hast du, Frederik, dich für die Medizin entschieden und ich mich für die Ästhetik, aber wenn ich jetzt diese reizende junge Dame sehe, die heute an deiner Seite sitzt, ist es ganz offensichtlich, daß du deshalb auf keinen Fall deinen Sinn für Ästhetik verloren hast. Aber auch Sie, Frederikke, haben – soweit ich es verstanden habe – vor kurzem eine Wahl getroffen ...« Er sieht sie ernsthaft, fast väterlich an. »Sie sollen wissen, daß Ihre Entscheidungen Ihnen zur Ehre gereichen und davon zeugen, daß sich hinter Ihrer hübschen jungen Stirn ein kluger Verstand verbirgt. Sie haben einen wunderbaren Ehemann bekommen, Frederikke. Ich hoffe, Sie wissen das!«

Sein Blick ist tiefsinnig wie der eines Schullehrers.

Frederikkes Hand liegt auf der Tischdecke. Frederik legt seine darauf und lächelt sie an.

»Nun gut!« Der Redner ändert seinen Gesichtsausdruck und seufzt leise. »Ich habe ja versprochen, daß ich es kurz halten will, also will ich mein Versprechen auch einhalten.« Er hebt sein Glas. »Prost, meine Freunde, und viel Glück für die Zukunft. Möge sie hell und glücklich sein!«

Man applaudiert und prostet sich feierlich über den Rand der Kristallgläser zu. Kaum hat man sich wieder hingesetzt, hört man erneut das Geräusch klingenden Glases. Man schaut überrascht auf.

»Entschuldigen Sie die Störung«, sagt Jantzen. »Ich will auch gar keine Rede halten, ich möchte dem eben Gehörten nur etwas hinzufügen: Wenn Sie aus irgendeinem Grund meinen, die Worte nicht voll und ganz aufgenommen zu haben, oder wenn Sie sie gern noch einmal erleben möchten, so kann ich Sie beruhigen. Die Rede wird, genau wie alles andere, was diesem wunderbaren

Gehirn entspringt, morgen auf der Titelseite aller Kopenhagener Zeitungen stehen und bald in Buchform sowohl auf dänisch als auch auf deutsch erscheinen!«

Alles lacht.

Jantzen zuckt mit den Schultern und setzt sich wieder hin. In seinem Mundwinkel ist ein schiefes Lächeln zu erahnen.

Der Redner hat, trotz seines selbstsicheren Äußeren, insgeheim ein verletzliches, nachtragendes Gemüt. Er kennt Jantzen bereits seit einigen Jahren, aber es ist ihm noch nie gelungen, dessen Motive zu durchschauen, und deshalb ist er sich nicht sicher, ob der andere ihn nicht zum Narren hält. Aber er beschließt, dennoch zu lachen und ihm mit den Worten zuzuprosten: »Ja, man muß doch wirklich aufpassen, was man heutzutage so sagt!«

Erneut vermischen sich die Stimmen zu einem kultivierten Summen, das von dem klirrenden Geräusch von Besteck auf Porzellan begleitet wird, und als der Bräutigam kurz darauf an sein Glas schlägt, lauscht man hingerissen seinen Worten, und erinnert sich – von dem guten Essen und den edlen Weinen besänftigt – an damals, als man selbst Gegenstand all dieser romantischen Aufmerksamkeit war, oder man läßt die Gedanken vielleicht zu einem Tag in der Zukunft treiben, an dem man es hoffentlich sein wird. Frederiks Freude ist rührend. In ihr kann man Absolution für alle seine Sünden finden.

Mit leicht geöffnetem Mund sieht die Braut zu ihrem Gatten auf, mit einem so verzückten Ausdruck, daß sie für einen Augenblick etwas beschränkt wirkt. Ihre Augen ruhen hingebungsvoll und bewundernd auf dem Redner, bis sie augenscheinlich von ihrer Schüchternheit überwältigt wird, die sie den Blick senken läßt. Da findet der Schwiegervater ihre Hand unter dem Damast und drückt sie vertraulich.

Als der Bräutigam seine Worte mit einem Wangenkuß besiegelt hat, der vollkommen in den Rahmen des Anstands fällt, wird geklatscht und gelächelt.

Inzwischen hat man das Dessert überstanden, und die Herren haben ihre Zigarren entzünden können. (Aufgrund der umfassenden Umbauarbeiten ist es nicht möglich, sich in angrenzende

Gemächer zurückzuziehen.) Der blaue Rauch legt sich auf die Reste von eingekochten Früchten, Zitronengelee und Schlagsahne, die die übersatten Gäste zurückgelassen haben. Der Glanz der Früchte, der Schein der bleichen Farben verursacht bei Frederikke Übelkeit. Sie schaut auf, und ihr Blick fällt auf Hesagers fettes, schweißglänzendes Gesicht.

Sie muß wegschauen ... wegschauen ... weg ...

Amalie entdeckt als erste, daß etwas nicht stimmt, und sie sucht sofort Augenkontakt mit ihrem Bruder. Der hat sich in einem Gespräch mit Theo über den Tisch gebeugt. Er ist ganz vertieft, und sie muß seinen Namen mehrere Male sagen, bevor er es bemerkt. Mit besorgtem Blick nickt sie zu Frederikke. Er schaut einen Moment lang seine Schwester verwirrt an, dann wendet er sich seiner Ehefrau zu.

»Aber liebste Frederikke. Du bist doch wohl nicht unpäßlich?«

Sie hat die Farbe eines Bettlakens. Der Schweiß bricht ihr auf der Stirn und der Oberlippe aus.

»Nein. Ich muß nur kurz ...«

Bevor er reagieren kann, ist sie aufgestanden und hat den Stuhl nach hinten geschoben. Das Geräusch ist ohrenbetäubend. Und dann sinkt sie einfach in sich zusammen.

Sofort sind alle auf den Beinen. Gesichter schweben über ihr, Servietten werden in der Luft geschwenkt, feuchte Tücher auf ihre Stirn getupft. Dann hebt sie irgend jemand hoch. Sie sieht das Eßzimmer verschwinden und den Flur herannahen und spürt plötzlich ein Bett unter sich.

Ihr Kopf steht kurz vor dem Platzen, alles ist weiß und grell, die Stimmen schneiden sich in ihre Schläfen ein.

»Vielleicht ist sie ja zu eng geschnürt. Man sollte das Korsett lösen.«

»Kann sie zuviel Wein getrunken haben?«

»Das ist vielleicht die Hitze.«

Überall sind Hände, die Erniedrigung ist unmenschlich.

»Nein, nein«, ruft sie, will nur, daß sie sie loslassen, daß sie sie in Ruhe lassen. Sie fürchtet sich zu übergeben. Dann ist alles wieder weiß.

Als sie wieder zu sich kommt, liegt sie unter der Bettdecke. Sie ist zum Teil entkleidet. Einen Moment lang wundert sie sich, warum man einen Sack mit Steinen unter ihren Kopf gelegt hat. Dann wird ihr klar, daß es die Schmerzen in ihrem Schädel sind, die ihr da einen Streich spielen. Langsam dreht sie den Kopf und erblickt Frau Faber, die auf einem Stuhl neben dem Bett sitzt.

»Frederikke. Du hast uns aber einen Schrecken eingejagt. Einen Moment, mein Kind.«

Sie verläßt den Raum. Eine Sekunde später steht sie wieder da, neben ihr Frederik.

»Rikke-Mädchen! Wie geht es dir?« Die Stimme ist sanft und ehrlich besorgt.

Rikke-Mädchen schluckt mühsam. »Etwas besser, aber ich habe schreckliche Kopfschmerzen.« Als sie versucht, die Augen zu öffnen, bohren sich sofort Messer hinein. »Das Licht tut mir so weh in den Augen.«

Er sieht seine Mutter an, die sofort die Gardinen vor dem Fenster zuzieht.

»Ja«, sagt er dann, »das klingt ja ganz nach einem Migräneanfall. Hast du das früher schon mal gehabt?«

»Ich glaube nicht. Nein!«

»Ich hole dir ein Pulver. Ich habe es in der Tasche. Mutter, bleibst du solange bei ihr?«

»Aber natürlich, mein Lieber.«

Frederikke hat die Augen geschlossen und gleitet zurück in ihre klaustrophobische Welt aus Schmerzen und Licht. Ach, wenn sie nur schlafen könnte!

Als der Zauberer einen Moment später mit seinem Zaubertrank zurückkommt, einem Pulver, das in einem Glas Wasser verrührt ist, schläft sie, und er muß sie wecken, damit sie sich ein wenig aufrichtet. Sie versucht zu trinken, hat aber Probleme mit dem Schlucken. Sie zieht den Kopf zurück, als sie merkt, daß die Flüssigkeit ihr das Kinn herunterläuft.

»Doch, doch, komm schon, Frederikke. Das wird dir helfen.« Er hält ihr das Glas an die Lippen, und sie trinkt gehorsam.

»Sehr gut. Und jetzt leg dich wieder hin.« Er tupft ihr Kinn vorsichtig mit einem kleinen Tuch ab.

Frau Faber nimmt das leere Glas und verläßt das Zimmer.

Er stopft die Bettdecke um ihre Schultern fest. »Soll ich noch ein bißchen bei dir sitzen bleiben?«

»Nein«, Frederikke schüttelt verzweifelt den Kopf. Der Schmerz, der durch diese Bewegung entsteht, ist unmenschlich.

»Bist du dir sicher?«

»Ja, ich möchte gern allein sein. Geh du zu den Gästen.«

In der Tür dreht er sich um und schaut sie an.

»Ich schaue später nach dir«, flüstert er.

Er weiß nicht, ob sie ihn hört.

Die Schmerzen sind wunderbarerweise verschwunden, als sie wieder zum Leben erwacht, durch die Geräusche der Gäste, die im Aufbruch begriffen sind. (Du mußt sie ganz herzlich grüßen ... ein herrlicher Abend ... mein Tuch, ich dachte, ich hätte es hierhin gelegt ... etwas nervös ... hat so einiges durchgemacht ... nein, es ist hellgelb mit blauem Muster ... paß gut auf sie auf ... heftige Migräne ... wir sehen uns hoffentlich Sonntag ... herrliches Essen ... ich schaue morgen herein, wenn ich darf ... na, da ist es ja, vielen Dank ... ein milder Abend ... sag Bescheid, wenn wir etwas tun können ... kommt gut nach Hause ...) Die Sprachfetzen erreichen sie durch die geschlossene Tür. Dann gleitet die Wohnungstür ins Schloß, und es ist still.

Kurz darauf nähern sich Frederiks Schritte. Die Feder der Türklinke knackt leise. Sie schließt schnell die Augen, und aus ihrem inneren Dunkel heraus empfindet sie seine Anwesenheit ganz nah bei sich. Begleitet von Abschiedsszenen, die jetzt von der Straße her durchs offene Fenster dringen, spürt sie eine sanfte Hand auf der Stirn und kurz darauf ein paar professionelle Finger auf ihrem Handgelenk. Dann zieht er vorsichtig die Decke bis zu ihrem Kinn hoch und schleicht sich hinaus.

Er läßt die Tür hinter sich offen stehen.

Man fühlt sich nie so gesund, wie wenn man soeben der Hölle entronnen ist. Als sie ein paar Stunden später wieder aufwacht, liegt das Bettzeug wunderbar glatt und kühl auf ihr. Die Gedanken sind so klar und leicht, daß ihr Kopf über dem Kissen zu schweben scheint. Die Gardinen fächeln ihr frische Luft zu – wie emsige Sklaven mit ihren Palmenblättern.

Ein Stück entfernt geht Frederik – ihr Mann! – durch die Räume und spricht mit dem angemieteten Hilfspersonal. Ab und zu kann sie die fremden Frauen lachen hören. Die Seligkeit tanzt in ihrem Körper, ein Gefühl, das – wie sie fälschlicherweise glaubt – einen festen Wohnsitz in ihr gefunden hat.

Sie schaut sich in dem bleichen Schein des Monds glücklich um. Das Zimmer erscheint ihr in diffusem Licht, in angenehme Schatten eingetaucht. Sie setzt die Füße auf den kühlen Boden und tritt ein in dieses Schattengebilde – selbst auch nur eine der blaßgrauen Silhouetten. Sie huscht zum Waschtisch, schenkt sich ein Glas Wasser ein und spült den Mund aus. Dann gießt sie Wasser in die Schüssel, nimmt ein Tuch, taucht es in das kalte Wasser und wischt sich damit über die Stirn. Im Spiegel vor ihr schwebt ein göttliches Gesicht, geschaffen vom Mondlicht.

Sie löst ihr Haar. Die Finger gleiten blind hindurch, suchen und finden gewandt eine Haarnadel nach der anderen, die sie auf die Tischplatte fallen läßt. Dann fährt sie sich mit den Fingern durchs Haar. Im Spiegel vor sich sieht sie ihr Gesicht, umkränzt von einer Löwenmähne, die ihr fast bis zur Taille reicht. Das weiße Unterkleid leuchtet unwirklich und verleiht ihr Ähnlichkeit mit einem Engel oder einem Gespenst. Sie zieht sich das Haar übers Gesicht, versteckt sich darin, berauscht sich an seinem frischgewaschenen Duft ...

Was war das?

Plötzlich meint sie etwas zu hören. Sie erstarrt, schüttelt das Haar zurück und trippelt lautlos zurück ins Bett.

Da war doch nichts!

Ihr Herz pocht in der Brust – die gleiche mit Angst vermischte Freude, wie damals, als sie und Helena als Kinder ins Bett gebracht worden waren und dann ... Ach, egal. Es gibt Wichtigeres.

Sie breitet das Haar auf dem Kopfkissen aus, das soll er als erstes sehen, wenn er kommt. Und dann den einen Arm unter den Kopf und den anderen unter die Bettdecke. Nein! Auf die Bettdecke natürlich. Na, wenn sie jetzt nicht schön aussieht!

»Ja, dann wären wir fertig, gnädiger Herr.«

»Das ging aber schnell. Dann will ich mal das Geld holen ... Ist das so in Ordnung?«

»Ja, vielen Dank. Und noch einen schönen Abend. ... Wir müssen wohl die Haupttreppe nehmen. Der Küchenausgang ist von Brettern versperrt.«

»Natürlich. Vielen Dank.«

»Wenn Sie es wünschen, kann ich gern morgen früh kommen und das Frühstück machen ...«

»Danke, das ist sehr freundlich von Ihnen, aber das ist nicht nötig! Das machen wir selbst.«

»Ja, dann gute Nacht.«

»Gute Nacht. Kommen Sie gut nach Hause. Und vielen Dank für die Hilfe.«

Dann ist es wieder still.

Wie freundlich er ist. Immer so freundlich.

Oder ob es zuviel ist mit dem Haar? Sieht es etwa arrangiert aus? Sie setzt sich schnell auf und legt sich wieder hin, so daß die Haare natürlich um ihr Gesicht fallen. Ihr Herz schlägt so heftig, daß es aus dem Brustkorb auszubrechen droht.

Sie hört, wie er die Wohnzimmertür schließt. Jetzt kann es nicht mehr lange dauern ...

Als sie die Augen erneut aufschlägt, ist das Zimmer voller Licht, und irgendwo in der Nähe des Fensters schlägt eine morgenfrische Lerche ihre hysterischen Triller. Da spürt sie etwas, das ihren linken großen Zeh umfaßt. Voller Panik zieht sie den Fuß zu sich heran.

»Wie geht es dir?«

Sie setzt sich erschrocken auf und sieht Frederik voll angezogen am Fußende des Bettes stehen, mit einem strahlenden Lächeln.

Sie fährt sich mit der Hand übers Gesicht und entfernt einen Schleier der Enttäuschung. Dann horcht sie in sich hinein.

»Gut. Richtig gut.« Sie schenkt ihm ein Lächeln. »Ich habe mich tatsächlich noch nie besser gefühlt!«

»Donnerwetter! Na, du hast aber auch wirklich gut geschlafen. Ich habe mehrere Male im Laufe der Nacht bei dir hereingeschaut. Schließlich habe ich mir Sorgen gemacht. Doch du hast geschlafen wie ein Stein ... Aber jetzt sieh zu, daß du aus den Federn kommst, und zieh dich an. Ich warte auf dich im Wohnzimmer.«

Er dreht sich um, und ihr kommt es so vor, als würde sie in diesem Moment aufhören zu existieren.

»Übrigens«, sagt er bereits in der Türöffnung, »zieh das graue Kleid an. Das steht dir so gut. Wir machen einen Ausflug.«

»Wohin wollen wir denn?«

»Das ist eine Überraschung.«

Ein weißes Tischtuch. Ein kleiner, einfacher Blumenstrauß in einem Wasserglas. Kaffee, geröstetes Brot, frische Butter und Marmelade. Zwei gekochte Eier im Eierbecher. Zwei Servietten, hübsch gefaltet auf den Tellern. Zwei Tassen. Zwei Messer. Zwei Stühle. Ein Tisch ...

»Aber, wer hat denn ...?«

»Das war ich.« Ein stolzer kleiner Junge schaut durch die Augen des erwachsenen Mannes hervor.

»*Du* hast ...?«

»Ja. Hast du nicht geglaubt, daß ich ein paar Eier kochen kann?« Gespielt gekränkte Miene.

Sie bewegt sich langsam und andächtig um den Tisch und starrt ihn an, als wäre darauf ein Wunder geschehen.

»Ich habe noch nie von einem Mann gehört, der kochen kann.«

»Nun ja – was heißt hier kochen. Das ist ja nicht gerade ein Menü, nur ein bißchen geröstetes Brot.« Dann lacht er. »Wenn es hier etwas angebrannt riecht, dann liegt es übrigens nicht an dem Brot. Ich fürchte, du mußt ein paar neue Topflappen stricken – oder nähen, oder was immer man tut. Die Topflappen, die draußen lagen, habe ich leider angebrannt. Aber abgesehen davon hat es ganz prima geklappt.«

»Wie schön es ist.« Ihre Stimme ist leise, die Fingerspitzen streichen sanft über die Decke – so vorsichtig, als hätte sie Angst, etwas durch ihre Berührung zu zerstören.

»Danke. Und nun setzen Sie sich bitte, Frau Faber.«

Er zieht einen Stuhl heraus, schiebt ihn ihr vorsichtig unter und weiter an den Tisch. Dann schüttelt er mit einem übertriebenen Knall eine Serviette auseinander und legt sie sorgsam auf ihren noch nicht deflorierten Schoß, gießt glühend heißen Kaffee in ihre Tasse, stellt Sahne und Zucker bereit, so daß sie sich nehmen kann, und schneidet mit einem professionellen chirurgischen Schnitt die Eierspitze ab, um eine gelbe, dampfende Sonne freizulegen. Erst dann nimmt er ihr gegenüber Platz.

Die Messer kratzen über das Brot, die Löffel klirren an den Kaffeetassen. Neben seinem Gedeck liegt eine zusammengefaltete Zeitung. Er sieht sie nicht an, er sieht Frederikke an. Ab und zu schaut sie auf, sieht, wie seine Kiefer nachdenklich das Brot bearbeiten. Dann blickt sie wieder nach unten.

Einmal begegnen sie sich in einem Lächeln. Das erleichtert die Sache etwas.

Dann starrt er sie wieder schweigsam und nachdenklich an. Lange. Sagt schließlich mit einer Stimme, die spröde klingt wie das geröstete Brot: »Dein Haar … Ich habe es heute nacht gesehen. Ich mußte es einfach berühren. Ich habe noch nie Haar wie deins gesehen. Du solltest es immer offen tragen.«

Sie lächelt bleich und gerührt. Dann verbirgt sie plötzlich ihr Gesicht in den Händen und weint. Vor Freude und unerträglicher Enttäuschung.

»Aber meine liebe Kleine«, sagt er überrascht und verzweifelt.

»Entschuldige«, flüstert sie. »Ich bin nur so glücklich.«

Er streckt seinen Arm über die Barrikade von Tischdecke und Service hinweg aus und legt seine Hand auf ihre. Sie kann die scharfen Brotkrümel unter ihrem Handgelenk spüren.

»Das muß doch einfach gelingen, nicht wahr?« fragt er. Eindringlich.

Sie lächelt, hat bereits wieder etwas Farbe im Gesicht.

»Ich fühle mich wie eine Königin.«

»Das war auch meine Absicht. Du kannst dich gleich ein wenig daran gewöhnen.«

Dann läßt er sie abrupt los, seine Hand führt statt dessen die Kaffeetasse an den Mund. Bevor er sie ganz an die Lippen drückt, nickt er in Richtung ihres Tellers.

»Aber iß jetzt. Du sollst doch dein Geschenk bekommen, dazu müssen wir ein wenig fahren.«

Hinter ihm kann sie durch das Fenster die Blätter der Linde sehen, die sich in der leichten Brise bewegen.

Ein Sonnenscheintag liegt dort draußen und wartet auf sie.

Die Schwalben fliegen niedrig.

ZWEITER TEIL

JUNI – AUGUST 1932
SEPTEMBER 1875 – DEZEMBER 1876

25

JUNI 1932

Ich schlafe, aber mein Herz wacht. Da ist die Stimme meines Freundes, der anklopft: Tue mir auf, liebe Freundin, meine Schwester, meine Taube, meine Fromme! Denn mein Haupt ist voll Tau und meine Locken voll Nachttropfen.

Ich habe meinen Rock ausgezogen, wie soll ich ihn wieder anziehen? Ich habe meine Füße gewaschen, wie soll ich sie wieder besudeln?

Aber mein Freund steckte seine Hand durchs Riegelloch, und mein Innerstes erzitterte davor.

Da stand ich auf, daß ich meinem Freund auftäte; meine Hände troffen von Myrrhe und meine Finger von fließender Myrrhe an dem Riegel am Schloß.

Und da ich meinem Freund aufgetan hatte, war er weg und hingegangen. Meine Seele war außer sich, als er redete. Ich suchte ihn, aber ich fand ihn nicht; ich rief, aber er antwortete mir nicht.

Es fanden mich die Hüter, die in der Stadt umgehen; die schlugen mich wund; die Hüter auf der Mauer nahmen mir meinen Schleier.

Ich beschwöre euch, ihr Töchter Jerusalems, findet ihr meinen Freund, so sagt ihm, daß ich vor Liebe krank liege.

Was ist dein Freund vor andern Freunden, o du schönste unter den Weibern? Was ist dein Freund vor andern Freunden, daß du uns so beschworen hast?

Mein Freund ist weiß und rot, auserkoren unter vielen Tausenden.

Sein Haupt ist das feinste Gold. Seine Locken sind kraus, schwarz wie ein Rabe.

Seine Augen sind wie Augen der Tauben an den Wasserbächen, mit Milch gewaschen und stehen in Fülle.

Seine Backen sind wie Würzgärtlein, da Balsamkräuter wachsen. Seine Lippen sind wie Rosen, die von fließender Myrrhe triefen.

Seine Finger sind wie goldene Ringe, voll Türkise. Sein Leib ist wie reines Elfenbein, mit Saphiren geschmückt.

Seine Beine sind wie Marmorsäulen, gegründet auf goldenen Füßen. Seine Gestalt ist wie Libanon, auserwählt wie Zedern.

Seine Kehle ist süß, und er ist ganz lieblich. Ein solcher ist mein Freund; mein Freund ist ein solcher, ihr Töchter Jerusalems!

Wo ist denn dein Freund hingegangen, o du schönste unter den Weibern? Wo hat sich dein Freund hingewandt? So wollen wir mit dir ihn suchen.

Mein Freund ist hinabgegangen in seinen Garten, zu den Würzgärtlein, daß er weide in den Gärten und Rosen breche …

Wer sagt denn, man finde keinen Trost und kein Wiedererkennen in den Worten der Bibel?

Man muß sich ihnen zuwenden, wenn man keinen anderen Freund hat, nach dem man mit seinen steifen Händen greifen kann …

26

SEPTEMBER 1875

Um das Tageslicht auszunutzen, ist der Schreibtisch vor das Fenster gestellt worden, und hier sitzt sie nun und versucht einen Brief an Helena zu schreiben. Es fällt ihr schwer, sich zu konzentrieren. Frederik ist zu Hause. Es ist Sonntag, und es ist heute ganz ruhig in der Wohnung. Die Handwerker haben frei und haben alle Geräusche mit sich genommen. Seit fast einem Monat verwüsten sie die Wohnung, und durch sie fühlt sie sich heimatlos, wenn sie da sind – und sonderbar leer, wenn sie nicht da sind. Nun ist es ruhig – eine Stille, die sich auf die Haut legt.

Draußen weht es, und der herabströmende Regen hat die roten Dächer der Stadt benetzt und sie dunkel und glänzend gemacht.

Das Briefpapier starrt sie von der Tischplatte her an. Bisher steht noch nicht viel darauf. *Liebe Helena. Ich hoffe, alle sind bei*

Euch wohlauf … Sie liest den Satz immer und immer wieder durch und fügt dann äußerst originell hinzu: … *auch der kleine Gustav …*

Das Kratzen der Feder hört auf, sie wendet den Kopf und sieht Frederik durch die große Fächerpalme, die nach der Mode der Zeit am Ende des einen Sofas steht. Frederik liegt darauf, die Beine übergeschlagen, eine Zeitung in den Händen. Er sieht aus wie ein Entdeckungsreisender, der sich eine Rast gönnt. So muß Dr. Livingstone ausgesehen haben – abgesehen von der Zeitung natürlich. Die Vorstellung wäre ja auch lächerlich, daß er die tägliche Zeitung in den Dschungel gebracht bekommen hätte. Heißt es nicht, daß die Schwarzen Dr. Livingstones Herz herausgeschnitten und da draußen begraben haben? Vor Frederikkes innerem Blick tanzt eine Horde Wilder vorbei. Glänzende, ebenholzschwarze Körper winden sich in Ekstase. Einer von ihnen hält eine blutige Masse zwischen den hochgereckten Händen. Das Blut läuft ihm die Arme hinunter.

»Frierst du?« Die Zeitung wird gesenkt, und ein Paar blaue Augen erreichen sie durch die Palmwedel.

»Ein bißchen.«

»Das liegt daran, daß es draußen weht. Hier wird es immer so verdammt kalt bei Wind, die Fenster müssen undicht sein.« Er legt den Kopf zurück und schaut zum Fenster, als könnte er mit bloßem Auge eine möglicherweise undichte Stelle stopfen. »Im Winter ist es bei weitem nicht so kalt, selbst bei strengem Frost. Soll ich dir einen Schal holen, meine Liebe?«

»Danke, das brauchst du nicht.«

Liebe Helena. Ich hoffe, alle sind bei Euch wohlauf, auch der kleine Gustav. Es wird weiter gekratzt. *Uns geht es gut. Es dauert nicht mehr lange, dann sind die Handwerker fertig, das wird sicher schön …«*

»Frederik …«

»Mmm …«

»Glaubst du, es stimmt, daß ein paar Neger Dr. Livingstone das Herz herausgeschnitten und es im Dschungel begraben haben?«

»Ja, das könnte schon stimmen.« Er sieht sie verblüfft an. »Wie um alles in der Welt kommst du denn auf solche Gedanken?«

»Ich weiß es nicht. Ich finde es nur so schrecklich.« Sie verschränkt die Arme vor der Brust.

Frederik ist wieder in seiner Zeitung versunken.

Draußen regnet es. Drinnen ist es still.

Liebe Helena. Ich hoffe, alle sind bei Euch wohlauf, auch der kleine Gustav. Uns geht es gut. Es dauert nicht mehr lange, dann sind die Handwerker fertig, das wird sicher schön …

Sie wendet sich seufzend ihrem Mann zu. Eine Weile sitzt sie nur da und betrachtet ihn, bevor sie fragt: »Steht etwas Spannendes da drin?«

»Wie bitte?«

»Steht etwas Spannendes in der Zeitung?«

»Nein, so schrecklich spannend ist das alles nicht.« Mit einem leisen Seufzer legt er das »Morgenbladet« zusammen, setzt sich auf und streckt sich. »Na, ich muß auch zusehen, daß ich noch einiges wegarbeite.«

»Aber heute ist doch Sonntag.« Ihre Stimme klingt unbeabsichtigt ein wenig enttäuscht.

»Ja, das stimmt natürlich, aber ich muß meine Vorlesung morgen noch vorbereiten. Und das macht mir einige Sorgen.« Er sieht sie forschend an. »Langweilst du dich etwa?«

»Nein. Nicht im geringsten.«

»Wir gehen später noch zu Amalie und Lindhardt, vergiß das nicht.«

»Ach ja, richtig«, sagt sie, als hätte sie es vergessen. »Aber das dauert ja noch eine ganze Weile.«

»Vielleicht könntest du jetzt schon hingehen. Darüber würde Amalie sich freuen.« Er sieht sie aufmunternd an.

»Nein, ich schreibe lieber erst diesen Brief fertig. Dann können wir gemeinsam gehen, wenn du soweit bist.«

»Wie du willst.« Er steht auf und kommt zu dem Tisch, an dem sie sitzt. Auf der Tischplatte liegt eine Zeichnung. Sie schiebt sie ruhig und unbemerkt unter die anderen Papiere. Er stellt sich hinter ihren Stuhl und legt ihr die Hände auf die Schultern. »Ist er an deine Schwester? Grüße sie von mir.«

Dann ist er fort, und sie ist allein mit der Stille.

Sie sucht die Zeichnung aus dem Papierstapel heraus, betrachtet sie genau und versucht sie mit fremden Augen zu sehen. Ob man das Ganze wohl vor sich sehen kann?

Wenn man vom Treppenhaus in den privaten Teil der Wohnung tritt, breitet sich vor einem ein langes, breites Entree aus. Zu beiden Seiten befinden sich die fünf privaten Schlafräume, sowie ein paar Kammern. Geht man geradeaus – über den rotgemusterten Läufer, vorbei an Türen und Konsolen, über denen schwere Spiegel hängen – bis zu der Tür am Ende des Flurs, kann man in den riesigen Speisesaal sehen, der vor dem Umbau der Endraum der alten Wohnung war, jetzt dagegen das Zentrum der neuen Wohnung ausmacht. Wenn man dort an der Türöffnung stehenbleibt, kann man links einen langen, etwas dunklen Korridor sehen, durch den man Zugang zum Badezimmer, zu der großen Küche und den engen Mädchenkammern hat. Geht man dann weiter in den Speisesaal, befinden sich rechts zwei breite Schiebetüren: Die eine führt in das Wohnzimmer, die andere ins Kontor – oder Herrenzimmer, wie man es auch nennen könnte. Wenn man es betritt, befindet man sich in einem exakten Spiegelbild des Teils der Wohnung, den man bisher durchquert hat.

Vom Herrenzimmer hat man direkten Zugang zu einem der Sprechzimmer, und kann von da aus zu dem spiegelverkehrten Entree und Korridor gelangen. In diesem Teil der Wohnung führt er zu der ehemaligen Küche, die jetzt als Labor eingerichtet ist. Geht man nach rechts und dann geradeaus weiter in Richtung Entree, an dem Empfangs- und Wartezimmer und dem zweiten Sprechzimmer vorbei, kommt man zum zweiten Eingang der Wohnung, von dem aus man ins Nachbartreppenhaus gelangt.

Die Skizze ist ausgezeichnet, und sie hat allen Grund, auf sich selbst stolz zu sein. Trotzdem möchte sie sie nicht Frederik zeigen – vielleicht, weil sie fürchtet, er könnte es lächerlich finden, daß sie soviel Zeit dafür verwandt hat, aber in erster Linie doch, weil sie fürchtet, er könnte sie dafür loben, ein Gedanke, der ihr unerträglich erscheint.

Liebe Helena. Ich hoffe, alle sind bei Euch wohlauf, auch der kleine Gustav. Uns geht es gut. Es dauert nicht mehr lange, dann sind die Handwerker fertig, das wird sicher schön ...

Ich lege Dir eine Skizze von unserer Wohnung bei, um die Du mich gebeten hast. Ich habe sie selbst gezeichnet – es hat ziemlich lange gedauert, aber ich finde, daß sie ganz gut geworden ist.

Ja, so sieht es hier also aus, auch wenn es kaum möglich ist, sich nach der Zeichnung ein Bild davon zu machen, wie groß es hier ist …

Einen Moment lang sitzt Frederikke nur da und starrt auf ihre Zeichnung, dann steht sie energisch auf und geht in den Speisesaal. Sie huscht zu den Schiebetüren und wirft einen Blick ins Büro. Er ist nicht da, wahrscheinlich hat er sich ins Labor gesetzt. Sie legt den Kopf schräg und spitzt die Ohren, um ganz sicher zu sein. Nicht ein Geräusch! Dann geht sie zur Wohnungstür, wo sie einen Moment lang verharrt. Sie holt tief Luft, wie vor einer sportlichen Leistung, um daraufhin steif auszuschreiten, wobei sie ihre Schritte zählt. Eins, zwei, drei, vier, fünf … achtzehn, neunzehn.

Neunzehn Schritte also! Sie ist auf dem Weg zurück zum Briefpapier, als ihr plötzlich Zweifel kommen. Wie lang ist eigentlich ein Schritt? Plötzlich hat sie eine merkwürdige Gewissenhaftigkeit gepackt. Was ist, wenn sie jetzt zu große Schritte genommen hat – oder zu kleine?

Sie kehrt wieder zur Eingangstür zurück. Es geht ja wohl darum, ganz natürlich zu gehen, am besten gar nicht an die Schritte zu denken, während man geht, aber ist das möglich? Sie muß es versuchen – sie muß sich etwas anderes einfallen lassen, woran sie denken könnte … Gustav? Ja, sie will versuchen, sich vorzustellen, wie er aussieht, der neugeborene kleine Sohn ihrer Schwester.

Sie sieht vor sich eine Wiege mit einem kleinen, pausbäckigen Kind, ihre Schwester darüber gebeugt. Die Beine des Kleinen bewegen sich unter der Decke, das Gesicht der Schwester zeigt große Zärtlichkeit, und von ihren Lippen kommen leise, bedeutungslose Kosegeräusche, die das Gesicht des Kindes dazu bringen, sich zu etwas zu verziehen, was an ein Lächeln erinnern könnte.

Das geht ausgezeichnet, und sie hat bereits die halbe Strecke zurückgelegt, als ihr plötzlich bewußt wird, daß sie ganz vergessen hat zu zählen.

Also wieder zurück zur Tür. Man kann offenbar nicht gleichzeitig an etwas anderes denken. Also ist es wohl am besten, wenn man so große Schritte wie nur möglich macht. Sie hebt ihre Röcke ein wenig, so daß die Knöchel in den hellen Seidenstrümpfen sichtbar werden. Dann schreitet sie erneut voran, mit einem konzentrierten Gesichtsausdruck. Eins, zwei, drei, vier, fünf, sechs, sieben ... Bei »dreizehn« rutscht ihr Absatz auf dem glatten Boden aus, und sie kann gerade noch einen Sturz verhindern, indem sie heftig mit den Armen rudert und das gesamte Körpergewicht auf das andere Bein verlagert. Verflixt noch mal, dabei ging es gerade so gut! Sie stöhnt leise, glättet ihren Rock und reibt sich das Bein. Ihre Wangen glühen vor Anstrengung. Wenn sie nun jemand gesehen hätte ...

Wieder zurück zur Tür und noch einmal von vorn. Aber diesmal etwas mehr Vorsicht, nicht ganz so große Schritte. Eins, zwei, drei, vier, fünf, sechs, sieben, acht, neun ... siebzehn, achtzehn, neunzehn und fast zwanzig.

Nach wohlverrichteter Tat kehrt sie zurück ins Wohnzimmer zum Briefpapier, um ihr Forschungsresultat zu verkünden.

Ich kann Dir berichten, daß ich bis zum Speisesaal zwanzig Schritte zurücklegen kann, und nicht gerade kleine! Das kann Dir vielleicht ein Gefühl von den Größenverhältnissen geben ... Fast wie verzaubert gleitet die Feder jetzt wie von selbst über das Papier: *An der gepunkteten Linie in der Mitte der Zeichnung kannst du sehen, wie die Wohnungen vorher aufgeteilt waren. Die schwarzen »Kleckse« sind die Türen. Vom Speisesaal zu den beiden Stuben, wovon Frederik die eine als Kontor eingerichtet hat, gibt es große Schiebetüren, die in der Wand verschwinden, wenn man sie öffnet. Sie sind sowohl praktisch als auch bequem, wie ich finde. Außerdem machen sie ein schönes Geräusch, wenn man sie zur Seite schiebt ...*

Sie schaut den letzten Satz an. Er erscheint ihr plötzlich dumm und unwichtig, also streicht sie ihn schnell durch, was sie aber sofort wieder bereut, weil ihr im gleichen Moment aufgeht, daß sie doch keinen Brief mit Streichungen abschicken kann! Wie dumm, nun muß sie die Seite noch einmal abschreiben.

Aber nicht jetzt. Vielleicht später. Vielleicht morgen.

Der Montag entfaltet sich vor ihrem inneren Blick: leer und hohl.

Sie legt Briefpapier und Zeichnung in die Mappe, zieht die oberste Kommodenschublade heraus und legt die Papiere hinein. Dann geht sie zum Fenster. Es regnet immer noch. Sie legt die Stirn an die Scheibe und schaut hinaus. Die Straße ist dunkel und glänzend, wie ein Meer. Die Regenschirme der Kirchgänger treiben wie losgerissene Seerosen dahin.

Sie zupft ein müdes, halbwelkes Blatt von der roten Begonie. Dann drückt sie es in die Blumentopferde und merkt dabei, daß die Pflanze Wasser braucht. Sie seufzt. Fühlt sich nicht in der Lage, Wasser zu holen. Und die Blumen zu gießen. Und Wasser zu verschütten. Und aufzuwischen. Und ... Es ist vorhersehbar: Sie weiß bereits, daß das Wasser in den Untersetzer rinnen wird, sie sieht, wie es sich in einem See auf der Fensterbank verteilt, um dann hinterhältig über den Rand zu laufen, bis auf den Fußboden. Sie erträgt es nicht. Nur gut, daß morgen die Zugehfrau kommt.

Sie dreht sich um und läßt ihren Blick über das Wohnzimmer schweifen. Hier ist es so schön. Sie läßt die Hand zärtlich über die Rückenlehne des einen Sofas gleiten. Frederiks Sofas in weinrotem Samt. Die haben sie behalten. Alles andere ist neu – der runde Sofatisch, der Eckschrank, das Büfett, die Konsole, die Chaiselongue, der Schreibtisch, das Klavier, der amerikanische Schaukelstuhl ...

Sie geht über die dicken Teppiche und durch die Schiebetür ins Eßzimmer (sie versucht es gleich noch einmal mit den zwanzig Schritten, jetzt wo sie schon einmal dabei ist – und es stimmt!) und dann weiter in Frederiks Kontor. Alle seine Bücher stehen hier, aber ordentlicher sortiert als damals, als er noch allein lebte. Sie selbst hat ihm unter seiner kundigen Anleitung geholfen, sie in Untergruppen zu gliedern – Romane, Gedichtsammlungen, Reiseschilderungen, Politik, Fachliteratur und medizinische Zeitschriften – und sie an Ort und Stelle zu bringen. Die Regale, die immer noch nach frischem Firnis duften, bedecken die Wände vom Boden bis zu Decke, und mehr als die Hälfte des Platzes ist bereits gefüllt. Der Tischler hat die Regale speziell für diesen Raum gebaut, sogar der Platz über den Fensternischen ist genutzt. Nur die Fenster selbst sind ausgespart. Das sieht elegant aus. Es ist eine ganze Bibliothek – eine selbständige Welt, bevölkert von Büchern mit blauen, braunen und goldenen Lederrücken. Was wohl in all den Büchern steht? Vielleicht sollte sie einige davon lesen oder sogar alle, sich für einen Punkt entscheiden, wo sie anfängt und dann einfach weitermachen, bis sich der Kreis schließt. Sie läßt die Finger über die Rücken einiger Werke gleiten.

Von einem der obersten Regalböden blickt ein Menschenschädel in den Raum, als läge er mit seinen leeren Augenhöhlen hier, um das Zimmer zu überwachen. Aber sie hat keine Angst mehr davor – Frederik hat ihn zwischen seinen Händen gedreht und gewendet und ihn entmystifiziert, indem er ihn erklärt hat; das Schläfenbein, der Warzenfortsatz, das Keilbein, das Tränenbein ... Sie hat ihn sogar selbst in den Händen gehalten.

Mitten im Raum, freistehend, so daß man von allen Seiten herankommt, steht Frederiks großer Schreibtisch. Er ist relativ aufgeräumt; eine Lampe mit grünem Glasschirm, ein Globus, eine Schreibunterlage mit geprägtem Lederrand und ein aufgeschlagenes Buch. Sie versetzt dem Globus einen Stups, so daß die Welt verwirrt herumsaust. Dann läßt sie den Blick zufällig über die aufgeschlagenen Seiten streifen.

Auch der Gebärmutterhals kann bei ansonsten eher normal entwickelten Geschlechtsorganen so außerordentlich eng sein, daß es dem befruchtenden Samen nicht gelingt, einzudringen ...

Ein leichtes Erröten zeichnet sich auf ihren Wangen ab, was sie aber nicht daran hindert, fortzufahren.

Man darf auch nicht vergessen, daß viele Unterleibserkrankungen den geschlechtlichen Verkehr für eine Frau sehr schmerzhaft machen, woraus vielleicht ihre vermeintliche Frigidität zu erklären ist, die vollständig behoben werden kann, wenn sie von der entsprechenden Krankheit geheilt wird ...

Die Neugier treibt den Blick weiter:

Es erscheint jedoch schwierig, an diesem Punkt etwas Bestimmtes feststellen zu wollen, zeigt es sich doch in vielen Fällen, daß Gleichgültigkeit oder Widerwille gegen den geschlechtlichen Verkehr nur gegen ein bestimmtes männliches Individuum gerichtet ist, dessen körperliche Eigenschaften möglicherweise eine ausreichende Erklärung dafür geben ...

Mit roten Wangen und pochendem Herzen und dem unangenehmen Gefühl, gegen eine ungeschriebene Regel verstoßen zu haben, die sie doch hätte kennen müssen, wendet sie sich schnell ab. Sie wirft einen Blick auf den Schädel und fühlt sich auf frischer Tat ertappt. Andererseits – das Buch lag doch ganz offen auf dem Tisch ...

Sie durchquert das angrenzende Sprechzimmer und gelangt auf den Flur, von dem aus sie dem schmalen Korridor zum Labor folgt. Schließlich betritt sie den Raum, in dem Frederik vor einigen Monaten auf einem gestrandeten Küchentisch gesessen, sie in seine Zukunftspläne eingeweiht hat, und sie zusammen mit dem Rauch der Zigarette in sein Leben eingesogen hat. Jetzt sieht das ganz anders aus.

Er hört sie nicht kommen, und vielleicht liegt gerade darin der wesentliche Unterschied zwischen dem, der einen Lebensinhalt hat, und dem, der keinen hat. Ersterer läßt sich nicht so leicht ablenken.

Erst als sie direkt vor dem Tisch steht, schaut er auf und lächelt abwesend, worauf er sich gleich wieder über seine Papiere beugt.

»Ich wollte nur wissen, ob ich uns eine Tasse Kaffee kochen soll«, fällt ihr spontan als Begründung ihres Auftauchens ein.

»Mmm«, antwortet er und hat offensichtlich nicht gehört, was sie überhaupt gesagt hat.

Sie schaut sich um. Auch hier gibt es Bücher, daneben aber noch andere Dinge: Apparaturen, von denen sie nicht ahnt, wozu sie benutzt werden, Zangen, gabelähnliche Geräte, Gefäße und Glasröhrchen, so dünn, daß sie es nie wagen würde, sie in die Hand zu nehmen, aus Angst, sie könnten zerbrechen. Insgesamt ist es ein elitärer Raum, der dem Laien Ehrfurcht abverlangt.

Auf einem Regal stehen Myriaden durchsichtiger Gläser unterschiedlicher Größe. Einige enthalten Pulver, andere blendend weiße Tabletten und wieder andere Flüssigkeiten in verschiedenen Farben, vermutlich diverse Destillate. Ein bestimmtes Glas – eines der größten – zieht ihre Aufmerksamkeit ganz besonders an. Sie nähert sich ihm neugierig. In einer klaren Flüssigkeit schwimmt eine merkwürdig durchscheinende, blaumarmorierte Substanz herum. Sie sieht aus wie ein gekrümmter Regenwurm. Sie dreht das Glas und schaut auf das Etikett, und sogleich erkennt sie Frederiks Schrift, die langgestreckt und eckig ist wie seine Finger: »Embryo, fünfzehnter Tg.«

Embryo! Alle diese fremdartigen Begriffe ...

Dahinter steht noch ein Glas. Sie schiebt das erste ein wenig zur Seite, zieht das zweite hervor, dreht es und schaut forschend auf das Etikett: »Fötus.« Kurzsichtig kneift sie die Augen zusammen, und es vergehen einige Sekunden, bevor ihr klar wird, was sie da anschaut – als weigerte sich ihr Gehirn, es zu erkennen. Sie zieht den Kopf mit einem Ruck zurück, als hätte sie eine Ohrfeige bekommen, und spürt, wie es ihr kalt den Rücken hinunterläuft.

Sie dreht sich um und betrachtet Frederik, der augenscheinlich ihre Existenz vollkommen vergessen hat. Welche Bilder gleiten wohl hinter seiner Stirn entlang? In welcher fremden, respekteinflößenden Welt er sich wohl befinden mag? Sie wird niemals Zugang zu ihr bekommen.

Sie verläßt den Raum, ohne ihn weiter zu stören.

Sie hat sich auf das Sofa gesetzt, auf dem Frederik vorher saß. In den Händen hält sie ein Buch: Brandes' »Emigrantenliteratur«. Er hat es ihr als ein persönliches Hochzeitsgeschenk »überreicht«. Etwas geizig, wie es ihr erscheint. Aber was soll's, schließlich ist er Jude! Schon merkwürdig, indem man etwas als ganz persönlich deklariert, kann man es »überreichen«, statt es zu »schenken«, und kommt mit seinem Geiz gut davon, ja, erntet vielleicht sogar noch Bewunderung dafür.

Sie öffnet es zum ersten Mal und liest das Vorwort:

Diese Vorlesungen haben eine unverdiente Aufmerksamkeit erhalten, die von ihrem Verfasser nur als schmeichelnd und sehr willkommen bezeichnet werden könnte, wenn sie nicht in verschiedenen Kreisen gleichzeitig einen ebenso unverdienten Unwillen erzeugt hätten, unter deren Druck es sich in einer so kleinen Gesellschaft wie der unseren nicht leicht arbeiten läßt.

Oho – was für ein Mann von Welt!

Um das, was in diesem Unwillen geschrieben wurde, von Mißverständnissen, Verdrehungen und Übertreibungen – vorsätzlichen wie nicht gewollten – zu unterscheiden, habe ich mich ent-

gegen meinen früheren Plänen entschlossen, diese Vorlesungen gleich nachdem sie gehalten wurden, herauszugeben, um zumindest nicht negativ für etwas dazustehen zu müssen, was ich weder jemals gesagt noch gemeint habe. G. B.

Heuchelei! Sie blättert weiter und liest den ersten Satz:

Bevor ich diese Vortragsreihe beginne, fühle ich mich gezwungen, Sie um Nachsicht zu bitten …

Weiter kommt sie nicht. Sie wird die ganze Zeit von seinem Gesicht gestört, das sich vor die Worte drängt oder besser gesagt, sie hohl klingen läßt. Seine selbstgefällige Erscheinung – und dann diese Unterwürfigkeit, dieser fast einschmeichelnde Ton. Sie kann ihn nicht ausstehen. Warum, das weiß sie nicht so recht, aber sie schuldet ihm ja wohl auch keine Erklärung dafür.

Sie seufzt und blättert weiter in dem Buch, liest hier und da einen Satz und weiß, daß sie es niemals zu Ende lesen wird …

»Entschuldige. Aber hast du vorhin etwas zu mir gesagt …?«

Frederik steht plötzlich in der Tür und sieht aus, als hätte er ein schlechtes Gewissen.

»Nein, nein«, antwortet sie leichthin und schlägt das Buch zu. »Ich wollte dich nur fragen, ob du eine Tasse Kaffee haben möchtest.«

»Das ist lieb von dir. Sagen wir in einer halben Stunde?«

»Das paßt mir ausgezeichnet. Ich habe mich gerade hiermit hingesetzt.«

Sie winkt mit dem Buch wie ein Schiffbrüchiger auf einem Holzfloß, der versucht, die Aufmerksamkeit eines Menschen mit festem Grund unter den Füßen auf sich zu ziehen.

»Oh ja. ›Die Emigrantenliteratur‹! Ausgezeichnet.« Er zieht die Augenbrauen hoch und nickt anerkennend. »Gut, dann gehe ich jetzt zurück und mache das fertig, was ich angefangen habe.«

Sie hat gerade den Mund geöffnet, um zu antworten, als beide vom Läuten der Wohnungsklingel unterbrochen werden.

»Na, so etwas! Das ist vermutlich Green. Ich habe ihm versprochen, eine Aufgabe durchzusehen.«

Frederik verschwindet im Entree. Kurz darauf zeigt er sich in der Türöffnung mit dem flotten Green, der es aus unerklärlichen Gründen offenbar für zweckdienlich gehalten hat, heute die Gestalt einer älteren Frau anzunehmen, die neben Frederik unverhältnismäßig klein erscheint.

Frederikke läuft es eiskalt den Rücken hinunter.

»Mutter?«

»Aber treten Sie doch ein, Frau Leuenbech«, sagt Frederik freundlich und versucht sie gegen ihren Willen mit sich zu ziehen.

Frau Leuenbech bleibt in der Türöffnung stehen.

»Ja, ich weiß nicht so recht. Ich wollte eigentlich nur das hier abliefern.«

Sie reicht hilflos ihren lächerlichen Vorwand hin – einen kleinen Gegenstand, eingewickelt in gebrauchtes, braunes Packpapier, ohne ihn anzusehen. Das Papier raschelt zwischen ihren Fingern.

Es entsteht eine bedeutungsschwere Pause.

»Ja«, sagt die Mutter fast entschuldigend und nickt zu dem Päckchen hin. »Das sind die Kissenbezüge, die du bestickt hast. Ich finde, du sollst sie haben ... Trotz allem.« Letzteres fügt sie merkwürdig zaghaft hinzu.

Frederikke legt das Päckchen auf das Büffet, ohne ihm größere Aufmerksamkeit zu schenken.

»Mutter, wie schön, dich zu sehen. Du *ahnst* ja nicht, wie schön es ist, dich wiederzusehen.« Sie ergreift beide Hände der Frau. Sie sind kalt.

Frederik steht daneben und sieht aus, als wäre ihm soeben eine Riesenapfelsine auf seinen Turban gefallen.

»Legen Sie doch ab und bleiben Sie eine Weile«, bittet er dann und tritt näher.

»Nein, ich weiß nicht. Ich will ja nicht stören. Ihr seid sicher beschäftigt mit euren ...«

Von ihrem Platz im Niemandsland der Türöffnung aus schaut sie mit dem gleichen skeptischen Blick herein wie die Engel am Tor von Sodom.

»Ganz und gar nicht, Frau Leuenbech. Das einzige, womit wir beschäftigt sind, ist, Sie davon zu überzeugen, daß Sie bleiben. Geben Sie mir Ihren Mantel, dann gehe ich und koche uns eine gute Tasse Kaffee.«

»*Sie?*« Ungläubig starrt sie ihn an.

»Ja, dann können Sie sich solange mit Rikke unterhalten.«

»Rikke?« Der Blick flackert, während sie sich von diesem merkwürdigen Schwiegersohn den Mantel ausziehen läßt. Vielweiberei würde sie nun auch nicht mehr überraschen.

»Ach, so nennt er mich nur, Mutter. Komm und setz dich.«

Frederikke nimmt das Buch vom Sofatisch und legt es auf den Schreibtisch. (Sie muß ja nicht provozieren.) Ihre Mutter setzt sich auf den äußersten Rand des Sofas, als wäre sie sich selbst im klaren darüber, daß sie hier so merkwürdig unpassend aussieht – daß sie einfach nicht zur Einrichtung paßt.

»Stimmt es, daß er Kaffee kocht?«

»Ja«, sagt Frederikke lächelnd. »Wir haben zwar Dienstboten eingestellt«, fügt sie beruhigend hinzu, »aber die fangen erst am Ersten an. Dann ist Wechseltag. Und bis jetzt haben wir hier in diesem Baustellendurcheinander auch niemanden wohnen lassen, weißt du? Hier sieht man es zwar nicht, aber große Teile der Wohnung werden jetzt erst langsam fertig.«

Es scheint, als würde die Mutter gar nicht hören, was ihre Tochter sagt.

»Kocht er wirklich Kaffee?« wiederholt sie mechanisch. »So etwas habe ich ja noch nie gehört.«

»Ich kannte das auch nicht. Aber du kannst mir glauben, Frederik ist nicht wie andere.« Lachen und Stolz klingen in Frederikkes Stimme mit.

»Ja, das merke ich. Wenn dein Vater das hören würde ... Ein Mann, der in die Küche geht!« Sie schüttelt resigniert den Kopf. »Nein, da komme ich einfach nicht mehr mit.« Sie sieht plötzlich so müde und alt aus, daß es einem in der Seele weh tut.

Der glänzende Blick huscht suchend im Zimmer umher. »Hier ist es ja richtig nett«, sagt sie, als wäre es frivol, das zu bemerken. »Habt ihr viele Zimmer?«

»Mehr als du dir erträumen kannst. Wir sind dabei, zwei Wohnungen zusammenzulegen, deshalb ist hier so ein Durcheinander. Aber bald ist es fertig. Und dann wird es ganz herrlich, glaube mir. Frederik wird sein Sprechzimmer und sein Kontor am anderen Ende haben. Er hat ja seine Praxis, weißt du, und im neuen Jahr wird er eine Professur an der Universität übernehmen.«

Begeisterung klingt in der Stimme mit. All das, was sie gern zeigen, teilen will, kocht in ihr hoch. Sie schaut die Mutter an, und als diese nicht reagiert, fügt sie ganz informativ hinzu: »Dann wird er Professor – genau wie sein Vater!«

»Aha.«

Frau Leuenbech scheint nicht sonderlich interessiert zu sein, vielleicht kann sie auch im Augenblick nicht mehr aufnehmen.

»Ja, das ist ja schön für ihn. Für euch beide«, bemerkt sie sonderbar teilnahmslos.

»Ja, nicht wahr, das ist es!«

Frederik kommt mit einem Tablett herein, was die Mutter sofort dazu bringt aufzustehen. »Soll ich Ihnen helfen, Herr Faber?« Sie sieht ihn besorgt an, als erwarte sie, daß er gleich alles zu Boden fallen läßt.

»Nein, nein. Bleiben Sie nur sitzen. Ich habe viele Jahre als Junggeselle gelebt, bevor ich das Glück hatte, daß Ihre Tochter mir über den Weg gelaufen ist. Ich bin es gewohnt, das Notwendigste selbst zu erledigen. Und bitte, sagen Sie doch Frederik. Das klingt sonst so formell. Und wir sind jetzt schließlich eine Familie.«

Das frischvermählte Paar verteilt die Tassen. Frederikke schenkt ein. Als Frau Leuenbech ihre Tasse hinhält, klirrt sie auf der Untertasse.

Frederikke nimmt neben ihrem Mann Platz, als wollte sie damit etwas unterstreichen, aber sobald sie sich gesetzt hat, bereut sie es schon. Um es zu kompensieren, reicht sie ihrer Mutter eine Schale.

»Bitteschön, Mutter. Nimm doch vom Gebäck.«

»Danke.« Diese sitzt einen Moment lang da und balanciert mit der einen Hand die Tasse, mit der anderen einen Vanillekranz – und ihr ist sichtlich unwohl zumute. Dann stellt sie die Tasse auf den Tisch und legt den Keks auf die Untertasse. Ihre Hände zittern leicht. Hilflos verstreut sie ein wenig Zucker auf dem Tisch. Als sie in ihrer Tasse umrührt, erscheint der Lärm ohrenbetäubend in der Stille.

Frederikke beißt von ihrem Vanillekranz ab. Die Trockenheit im Mund erschwert ihr das Schlucken.

Es ist Frederik, der die schwere Stille bricht: »Haben Sie eigentlich das prachtvolle Bild gesehen, das meine Schwester von Ihrer Tochter gemalt hat?« Er steht auf und breitet wie ein Galeriebesitzer die Arme aus. »Wir haben es als Hochzeitsgeschenk verehrt bekommen.«

»Doch, ich habe es gesehen.« Sie zögert. »Ich denke, es ist ziemlich gut ausgeführt.« Frederikkes Mutter ist keine Kunstkennerin. »Ich habe sie natürlich sofort wiedererkannt, aber dennoch finde ich ...«

»Was, Frau Leuenbech?« Der Schwiegersohn sieht sie aufrichtig interessiert an.

»Nun ja, ich finde, daß es etwas fremd wirkt, es liegt etwas ... Unbekanntes über ihr.«

Frederikke schluckt.

»Finden Sie wirklich?« Frederik wendet sich dem Gemälde zu und reibt sich das Kinn. »Also, ich glaube, das kann ich nicht erkennen.« Dann dreht er sich wieder um und lächelt seiner Schwiegermutter zu. »Aber Sie sind ja die Expertin. Sie kennen Rikke schließlich am längsten, nicht wahr?«

Es ist nicht der geringste Hauch von Ironie in seiner Stimme zu hören, dagegen vielmehr eine demütige Anerkennung ihres Vorrechts.

Frederikke möchte gern das Thema wechseln.

»Du hattest übrigens Glück, daß du uns daheim angetroffen hast, Mutter. Weißt du, daß Frederik mir ein Haus an der Küste geschenkt hat?«

»Ja, das habe ich schon von deiner Schwester gehört.« Sie sieht nicht sehr begeistert aus. Hochmut kommt vor dem Fall! Frederikke läßt einen dicken Klumpen Schuldgefühl zusammen mit dem heißen Kaffee den Hals hinuntergleiten.

»Es ist wunderschön dort. Meine Eltern sind alte Bekannte der Familie Salomon, denen das Nachbargrundstück gehört. Ich bin als Kind ziemlich häufig dort gewesen und habe die Gegend außerordentlich schätzen gelernt. Und dieses Erlebnis möchte ich gern an Frederikke weitergeben.« Frederik nimmt vertraulich die Hand seiner Ehefrau – eine Alltagsgeste, die so rührend wirkt, allein nur deshalb, weil er es ist, der sie ausführt. »Es herrscht eine wunderbare Ruhe dort oben. Vielleicht möchten Sie uns ja die Freude machen und uns dort eines Tages einen Besuch abstatten?«

Man muß den Dingen ins Auge sehen: Frederik hat etwas an sich, das jedes Herz erweicht. Etwas Unmittelbares, eine unverstellte, unbeschmutzte Freude, die auch Frau Leuenbech nicht übersehen kann – etwas unschuldig Jungenhaftes, ein einnehmender Zug um den Mund, ein lebendiges Funkeln in den Augen … Sie kann sich problemlos in Frederikkes Verblendung hineinversetzen, in ihre Hoffnung, daß all diese Freude und Lebenstüchtigkeit abfärben könnte, doch sie selbst ist nicht hergekommen, um sich betören zu lassen!

Vielleicht wünscht sie sich, sie könnte sagen, wie es ist: daß sie ihr Benehmen nicht gutheißen kann und daß sie es nie wird gutheißen können, auch wenn die Dinge sich vermutlich im Laufe der Zeit normalisieren werden. Daß sie sich wie eine Verräterin fühlt und daß sie nur aus dem Grund gekommen ist, weil sie sich vergewissern will, daß alles in Ordnung ist, weil Frederikke trotz allem immer noch ihr Kind ist, daß sie ihr aber ehrlich gesagt niemals wird vergeben können, was sie getan hat.

Der Besuch von Frau Leuenbech wird kein Erfolg, und hinterher werden sich beide wünschen, daß er niemals stattgefunden hätte.

Als Frederik sie verlassen hat, um sich seiner Arbeit zu widmen (beim Abschied entschuldigt er sich und verleiht seinem Wunsch nach einem baldigen Wiedersehen Ausdruck, indem er die magere Hand seiner Schwiegermutter so lange zwischen seinen beiden Händen hält, daß es bei ihr eine mädchenhafte Geniertheit hervorruft, die sie seit vielen, vielen Jahren nicht mehr empfunden hat), steht Frederikke mit einer Eile auf, die ihr Unwohlsein gegenüber der Situation entlarvt, und ruft: »Komm! Ich werde dir den Rest der Wohnung zeigen!« Und die beiden begeben sich auf eine schweigsame Wüstenwanderung von Raum zu Raum.

Das Abdeckpapier, unter dem immer noch einige der Böden versteckt sind, verwandelt sich in ein Meer von Schuld, und die spartanischen Kommentare der Mutter werden auf der kurzen Strecke zwischen ihren Lippen und Frederikkes Ohren zu Anklagen und nicht eingelösten Schuldscheinen.

Blinde Augen schauen sich in den vielen Zimmern freudlos um.

»Ja, hier ist ja reichlich Platz für Nachwuchs«, stellt sie nüchtern fest, als würde das sündige Treiben ihrer Tochter und des Schwiegersohns unweigerlich in einem ganzen Schock Kinder münden.

»Nun … Es ist nicht so sicher, daß wir Kinder haben wollen, Mutter.«

Die Mutter starrt die Tochter einen Augenblick lang verständnislos an. Dann schüttelt sie resigniert den Kopf. »Ja, ja. Ihr habt so eure Ideen. Ihr wollt ja alles selbst entscheiden. So war das nicht, als wir jung waren. Wir haben auf unsere Eltern gehört. Ihr verwerft ja alles nur. Unsere Erfahrungen könnt ihr nicht gebrauchen. Die sind einfach nichts mehr wert …« Die Stimme ist schwach und müde, wie ein langer Seufzer, und es scheint, als würde sich plötzlich die Dornenkrone materialisieren, die ihre Tochter ihr so gefühllos auf den Kopf gedrückt hat. Die Blutstropfen laufen ihr über die bleiche Stirn, füllen die alternden Augen und verschleiern den Blick.

»Mutter«, sagt Frederikke flehentlich, »es ist doch nicht so, daß wir euch nicht brauchen können. Aber es herrschen neue Zeiten. Wir räumen mit den alten Konventionen auf.«

Die Mutter sieht ihren abtrünnigen Sproß erschrocken an. Das Bedauernswerte an ihrer Person ist mit einem Mal wie weggeblasen, und der Mund wird spitz wie eine Ahle. »Mein Gott, Kind. Du stehst doch wohl nicht hier und redest von Konventionen! Wer hat dir denn beigebracht, so zu reden?«

Frederikke krümmt sich zusammen. »Ach hör auf, Mutter …«

Als Frederikke kurz darauf ihrer Mutter in den Mantel hilft, liegt die Vorahnung einer kurz bevorstehenden Erleichterung in der Luft. Der kurze physische Kontakt ist beiden offensichtlich unangenehm.

Frau Leuenbech richtet ihr Haar schnell vor dem Entreespiegel, auf eine charakteristisch weibliche Art, die Frederikke so gut kennt – den Kopf geneigt und von einer Seite zur anderen wippend, während die Augen unter hochgezogenen Brauen hervorschauen und die Hände sanft gegen Nacken und Schläfen drücken.

Dann dreht sie sich um und sagt zu ihrer Tochter, ohne sie anzusehen: »Ich habe das aufgeschlagene Bett in seinem Labor gesehen, oder wie immer dieser Raum heißt. Schläft er dort?«

Frederikke wird nicht rot. Sie hat die ganze Zeit gewußt, daß diese Frage kommen muß, und ist deshalb darauf vorbereitet.

»Frederik ist ein Frauenarzt, Mutter. Er wird oft nachts zu einer Geburt gerufen. Er schläft dort, wenn zu erwarten ist, daß er hinaus muß. Um meinen Schlaf nicht zu stören.«

»Ach so.« Sie holt die Handschuhe hervor. »Ja, ich muß schon sagen, ich bewundere deinen Mut.«

»Meinen Mut?«

»Ja.« Die Mutter zieht sich die Handschuhe an. »Ich hätte es nie gewagt, mich an so einen Mann zu binden. Ich wäre in der konstanten Angst herumgelaufen, ihn nicht glücklich zu machen.« Ihr runzliger Mund ist stramm. Sie schaut nicht auf.

»Man macht Frederik nicht glücklich, Mutter«, erwidert Frederikke müde. »Er ist es einfach.« Und dann fügt sie hinzu, weil ihr im gleichen Moment klar wird, daß dem so ist: »Er ist wohl eher derjenige, der uns alle glücklich macht.«

»Ja, wenn du meinst.« Die Mutter knöpft ihre Handschuhe zu, und als wolle sie ihr unbedingt noch einen kleinen Hieb versetzen, bemerkt sie: »Aber ist er nicht trotz allem etwas rastlos?«

»Frederik? Rastlos? Nein, wieso denn?« Frederikke versucht ihre Stimme so unbekümmert wie nur möglich klingen zu lassen.

»Na, ich weiß nicht. Jedenfalls wirkt er rastlos – oder findest du nicht?« Sie sieht ihre Tochter trotzig an. Man ahnt den Hohn der Armen in den alten Augen.

Frederikke betrachtet die Gestalt, die die Straße hinunter verschwindet – einsam und ungeschützt zwischen den aufgeschlagenen Regenschirmen der anderen Menschen. Sie hat sich geweigert, einen zu leihen – jetzt hält sie den Nacken gestreckt, ein Bild des Jammers, als würde der Regen sie nicht im geringsten stören. Frederikke weiß, daß sie, sobald sie um die Ecke gebogen sein wird, den Kragen hochschlagen und den Kopf senken wird.

Sie wendet sich vom Fenster ab. Noch nie hat sie sich so verlassen gefühlt. Trotzdem ist es ihr sonderbar gleichgültig.

Sie bringt die Tassen hinaus und stellt sie in das Spülbecken in der Küche. Dann holt sie sich ein Tuch, das sie sich um die Schultern legt, bevor sie zurück in die Stube geht und den Brief an die Schwester aus der Schublade holt. Sie stöhnt, als sie den durchgestrichenen Satz sieht – den hatte sie glatt vergessen. Sie beschließt, großzügig darüber hinwegzusehen, nimmt den Federhalter zur Hand und fährt fort: *Entschuldige, daß ich so abrupt das Thema wechsle, aber hier ist etwas Sonderbares geschehen: Mutter ist soeben bei uns gewesen …*

27

Der Herbst ist lang und dunkel. Die Tage mit strömendem Regen und kräftigem Wind sind hartnäckig, und man muß befürchten, daß diese deprimierende Jahreszeit sich bis weit in den Winter erstrecken wird. Als traurige Erinnerung konstatiert man, daß er sich auch dieses Jahr heimlich eingeschlichen hat. Wieder einmal hat man vergessen, wie er ist, und zündet die Petroleumlampen bereits um vier Uhr an, während man spürt, wie die schlechte Laune zu einem diffusen Trübsinn ansteigt. Die Kinder sind quengelig und fallen bereits beim Abendessen in den Schlaf, die Alten werden von Gichtschmerzen geplagt, die den milden Sommer über geschlummert haben, und man seufzt gequält, während man dem Heulen des Sturms und dem harten Pochen der Tropfen gegen die Scheiben lauscht – verwundbar und ausgeliefert fühlt man sich, auch innerhalb seiner vier Wände.

Die Straßen der Stadt liegen bereits in den späten Nachmittagsstunden in einer glänzenden, zerrissenen Dunkelheit. Man schlägt den Kragen hoch, duckt sich unter den Regenschirm und eilt, über die Pfützen springend, die schmutzignassen Pflastersteine entlang, und man verspürt einen Stich von Heimweh, wenn man einen sehnsuchtsvollen Blick hinaufwirft auf der Suche nach Fenstern, hinter denen man ein wenig Licht und Wärme erahnen kann.

Die Renbads Allé (von der es heißt, daß sie ihren Namen von einer königlichen Badeanstalt hat, die ursprünglich hier gestanden hat) liegt parallel zur Store Kongensgade und Bredgade. Diese friedliche, mondäne Straße mit Linden, breiten Fußwegen und vielen vornehmen Häuserfassaden beginnt an der Frederikskirke, von der sie sich, durchschnitten von der Dronningens Tværgade, der Palægade und der Sankt Annæ Passage, bis zum Kongens Nytorv hinzieht.

Wenn man an einem frühen Abend wie diesem die Renbads Allé stadteinwärts geht, wird der Blick unweigerlich von einem Eckhaus angezogen, einem neoklassizistischen Prunkwerk, aus dem sich durch eine Reihe von Fenstern im ersten Stock ein verlockendes, fast göttliches Licht großzügig in die Dunkelheit ergießt. Es läßt die phantasievollen Ornamente des Mauerwerks in verzerrten Schatten erscheinen und gibt den vorbeieilenden Passanten das Gefühl, klein und unbedeutend zu sein – und wenn man es nicht schon weiß, dann wird man sich fragen, wer dort wohl wohnt, und man wird nicht umhin können, einen leichten Hauch von Neid zu spüren.

Denn es ist offenbar, daß sich hinter diesen Fenstern das Leben entfaltet, das Gebäude scheint das Leben geradezu einzusaugen. Das große Portal öffnet sich willig, läßt die sorgfältig erwählten Besucher ein und schluckt sie in dem Moment, in dem es wieder ins Schloß fällt. Wenn die Gäste ausgespuckt werden, oft erst gegen Morgen, sind sie nicht erschöpft und verbraucht, sondern erstaunlich gut gelaunt und bereichert, bestätigt in ihren kontroversen, aber zweifellos wahren und gelehrten Betrachtungen – ihnen ist frischer Lebensmut und erneute Tatkraft verliehen worden, als wäre das Gebäude ein Organismus, der sich in einer wundersamen Symbiose mit den Besuchern befindet.

Diejenigen, die dort oben in den Stuben residieren, wissen, daß alles in diesem Haus nach einem Plan abläuft, der so gut organisiert ist, daß die Bewohner ihn eigentlich gar nicht als solchen empfinden, sondern sich im Gegenteil in einem Zustand der Freiheit wähnen, die reichlich Platz für Spontaneität bietet – natürlich von der Seite der Herrschaft gesehen!

Es ist beispielsweise nie ganz sicher, wie viele wohl zum Essen kommen werden. Einmal angenommen, man ist von vier Personen bei Tisch ausgegangen, kommt es nicht selten vor, daß man, kaum hat man sich hingesetzt, von ein paar weiteren Gästen unterbrochen wird, deren Weg sie rein zufällig hier vorbeigeführt hat, und mit der größten Selbstverständlichkeit wird auch für die Neuankömmlinge gedeckt. Die Küche sorgt stets dafür, daß es reichlich zu essen gibt, und die Gastfreundschaft des Gastgeberpaares ist legendär. Ja, man fühlt sich so willkommen, daß man, wüßte man es nicht besser, auf den bösen Gedanken kommen könnte, daß die beiden nicht gern allein sind.

Nach dem Essen bleibt man noch am Tisch oder findet sich in den angrenzenden Räumen zusammen, wo man einander laut vorliest, die politischen und kulturellen Ereignisse des Tages diskutiert und mit den verstockten alten Männern der Gesellschaft abrechnet. Man redet über frisches Blut und frische Luft in den Salons und verbrüdert sich – natürlich nur rein prinzipiell – mit der Arbeiterbewegung, deren heldenhafte Anführer ganz sicher nicht in diesem Kreis voranstürmender Freiheitskämpfer repräsentiert sind, wo die Waffen rein intellektuell sind und die individuelle, legere Uniform sorgfältig bei den Gebrüdern Andersen angepaßt worden ist.

Unter den Herren sieht man nicht selten prominente und öffentlich bekannte Personen, die alle – obwohl mehrere von ihnen die allgemeine Unpopularität genießen – mit einer nonchalanten Sicherheit auftreten, die auf dem Wissen beruht, daß gerade sie es sein werden, die von der Nachwelt als die großen Männer dieser Zeit in Erinnerung bleiben werden: der Frauenfreund, der Dichter Holger Drachmann, der lungenkranke, scheue und schweigsame (bereits vom Tode gezeichnete) Schriftsteller und Darwinist J. P. Jacobsen mit seinen schönen Händen, das junge, erfolgreiche Genie Peder Severin Krøyer, der sich selbst gern Søren nennt, und natürlich die diabolischen Brüder, die Lieblingsfeinde Nummer eins und zwei der Gesellschaft, Georg und Edvard Brandes.

Die Frauen sind auch dabei und machen nach bestem Können mit – Amalie diskutiert die elenden Bedingungen der weiblichen Künste mit Søren, der weiß Gott nicht schön ist, aber hinter dem wüsten Bart und Haar ein charmantes, jungenhaftes Aussehen verbirgt. Die vorspringende Stirn über den buschigen Augenbrauen kündet von einer Ernsthaftigkeit, die aber durch seine vergnügten Augen relativiert wird, mit denen er Amalies Gesicht äußerst aufmerksam betrachtet – nicht in erster Linie, weil ihn das Thema an sich besonders interessiert (»Ach, all diese Frauenzimmer, die unbedingt malen wollen!«), sondern vielmehr, weil ihre Augen so grün und offen sind und ihr Mund so weich erscheint.

Ein paarmal bringt Edvard seine erst achtzehnjährige Ehefrau Harriet mit, die sich mit ihren schweren, leicht auseinanderstehenden Augen verliebt zwitschernd an ihren um einiges älteren Ehemann klammert – ein Umstand, der sein Lächeln ab und zu etwas steif erscheinen läßt. Bei anderen Gelegenheiten ist es Frau Belli, Drachmanns Kindfrau, die sich verwirrt umschaut, während ein unsicheres Lächeln um ihre Lippen spielt, die übrigens ganz reizend zwischen ihren runden Jungmädchenwangen plaziert sind.

Einer der häufiger erscheinenden weiblichen Gäste ist Nielsine Nielsen, eine junge Feministin und Lehrerin, die sich an ihr großes Vorbild Frederik geklammert hat – in der berechtigten Hoffnung, daß seine Unterstützung ihr dabei helfen könnte, ihren Traum einer Ausbildung zur Ärztin zu verwirklichen, und die über die Lage der Frau diskutiert wie ein Mann – das muß man ihr lassen! Und eigentlich ist das ein Glück, da sie – wie Jantzen es zu einer späten Nachtstunde ausdrückte, als die Herren über ihren Gläsern hingen, zu müde und beschwipst, um nach Hause zu gehen – »so häßlich ist, daß sie fast im Stehen pinkeln könnte«. Was gar nicht stimmt, nur ist sie nicht »nett« in dieser hilflosen femininen Art und Weise, wie es die meisten anderen Frauen zu dieser Zeit sind. Nielsine Nielsen schiebt nämlich weder ihren Busen vor, noch senkt sie ihren Blick – ganz im Gegenteil, sie geht der Welt in einer relativ unprätentiösen Kleidung entgegen, mit einem stahlharten Blick in den nüchternen, grauen Augen.

Der Herr des Hauses ist berühmt als Vertreter seines Fachs, ein ernster, gerechter Verfechter seiner Dinge, und da er gleichzeitig ein charmanter Gastgeber und ein großer Humorist ist, ist er alles in allem ein Mensch der besonderen Klasse, den man hassen müßte, wenn man ihn nicht so unmäßig liebte. Seine Anziehungskraft ist von einer ganz besonderen Art, denn sie scheint aus lauter Gegensätzen zu bestehen. Ihn umgibt gleichzeitig eine Aura von Verschwendungssucht, durch die sich alle in seiner Nähe als Auserwählte und Wertgeschätzte fühlen, und eine Sparsamkeit, die sie den Tag fürchten läßt, an dem sie es nicht mehr sein werden. Niemand möchte seine Mißgunst erwecken – was nicht bedeutet, daß man sich nicht traut, in dem einen oder anderen Punkt anderer Meinung zu sein als er, denn es ist ja geradezu Ziel dieser Zusammenkünfte, daß man den Meinungen der anderen widerspricht und sie einer Prüfung unterzieht. Nein, was man fürchtet, das ist seine Verachtung, daß man ihm gleichgültig werden könnte, daß man nicht länger seine Augen funkeln sehen kann, sei es aus Wut oder aus Vergnügen. Denn das würde jeden zum Verwelken bringen.

Die Gastgeberin, Frederiks junge Ehefrau, ist eine reizende Frau der ruhigeren Art. Es ist nicht gerade ihre Stimme, die durchdringt und dominiert. Und dennoch hat man das Gefühl, daß ihr unergründliches Schweigen in einer großen Weisheit begründet ist, vor der man einfach Respekt haben muß. Ein albernes Ding ist sie ganz und gar nicht – das könnte sie wohl auch gar nicht sein, sonst hätte Frederik sie niemals geheiratet. Außerdem kann man es ihr ansehen: an der Art, wie sie beim Zuhören ihre Augen zusammenkneift, an dem tiefen Ernst, mit dem sie wortlos nickt. Sie soll Gedichte schreiben, und dann war da wohl irgend etwas mit einem Pfarrer, dem sie davongelaufen ist – sozusagen kurz vor dem Altar. Sie selbst redet nicht davon, aber beides fordert doch einen gewissen Respekt.

Mit den Gedichten ist es (unter uns gesagt) nicht so weit her. Aber vielleicht stimmt das nicht, vielleicht beschäftigt sie sich genau damit, wenn sie sich in aller Heimlichkeit jeden Tag eine Identität zusammendichtet – den Fragen vorgreift, indem sie bereits die Antworten formuliert ...

Daß sie nicht ganz dumm ist, das ist wohl wahr. Sie hat nämlich durchschaut, daß diese Atempause, in der sie sich befindet, nicht ewig anhalten kann. Die Technik des Schweigens und der verblümten Rede ist, so effektiv sie auch sein mag, nur geeignet, um einen Aufschub zu erlangen – nicht, um über längere Zeitabschnitte zu fungieren. Deshalb hat sie seit einiger Zeit alle ihre freien Stunden (und davon gibt es keinen Mangel!) dazu verwandt, eine Art Rede vorzubereiten – einen ganzen kleinen Vortrag, den sie selbst als ihr Gesellenstück in ihrem neuen Leben betrachtet. Die Worte sind sorgfältig ausgewählt, hier und da geliehen und zusammengesetzt, niedergeschrieben auf Papier, umgeschrieben, redigiert und schließlich sorgsam einstudiert, so daß die Rede in ihrem Wortlaut vorgetragen werden kann. Die Vortragsweise selbst – die Spontaneität, die Betonungen, der leise, leicht demütige Ernst, der, nun ja, leicht belehrende Ton, die Festigkeit des Blicks und die Pausen, in denen sie nach Worten zu suchen scheint – alles ist bis zur Perfektion vor dem Spiegel einstudiert worden. Die einsame und im geheimen durchlebte Schwangerschaft ist vollbracht, die Geburt insgeheim vollzogen – jetzt fehlen nur noch der Mut und die passende Gelegenheit, um das Kind zu präsentieren.

Die Gelegenheit bietet sich an einem dieser Abende, an denen Georg Brandes – dessen eifrige Stimme wie üblich von den Wänden abprallt – in einem Gespräch über die Stellung der Frau von der jungen amerikanischen Vinnie Ream berichtet, die er vor einigen Jahren auf einer Italienreise getroffen hat. Die Begegnung mit Miß Ream hat ihn offensichtlich aufgewühlt.

»Ich fühlte mich im Vergleich zu ihr *hoffnungslos* dänisch – das heißt, provinziell! Das war die moderne, die durch und durch freie Frau, aufgewachsen in einem modernen Land ... Sie hatte Pläne für ihr Leben. Wirkliche Pläne! Ich habe sie im Zug nach Rom kennengelernt. Sie war Bildhauerin und hielt sich in Italien auf, um zu studieren und eine Büste von Lincoln selbst fertigzustellen. Diese unglaubliche Zuversicht, diese natürliche Selbstverständlichkeit, mit der sie mich in ihr Leben einweihte, war einfach rührend. Hier in Dänemark wäre es undenkbar, daß zwei Fremde, eine Frau und ein Mann, ein vertrauliches Gespräch in einem Zug führen, ohne daß es sogleich zu grundlosen, gehässigen Vermutungen führen würde.« Ein Hauch von Empörung huscht über sein Gesicht. »Und erst recht bei einem Mädchen, das so hübsch ist wie dieses!«

Dann schweigt er für einen Moment, etwas Sanftes, Gedankenverlorenes erscheint auf seinem Gesicht, als ginge ihm in diesem Moment auf, daß er es versäumt hat, sich zu verlieben – oder er wird wehmütig bei dem Gedanken, daß dieses Gefühl der Vergangenheit angehört.

Worauf er unmerklich den Kopf schüttelt, als wollte er alles Sentimentale abschütteln, und mit dem Wesentlichen fortfährt: »Da war der Geist der Freiheit, der wahre Geist der Freiheit, in jedem Wort, das sie sagte, sie war durch und durch eine demokratische Frau, die sich ausschließlich durch eigene Hilfe, durch Fleiß und Genie ihren Platz in der Welt erobert hatte. Und sie zweifelte keinen Augenblick daran, daß sie alles Recht der Welt auf diesen Platz hatte. Ja, es fiel ihr gar nicht ein, unterdrückt zu sein oder sich so zu fühlen. Sehen Sie sich solch eine Freiheit an, meine Damen und Herren ... Wie viele Damen sind schon so weit?«

Die Frage ist natürlich rein rhetorisch gemeint, doch Amalie will tatsächlich darauf antworten, als sie unterbrochen wird, und das auch noch aus einer unerwarteten Ecke.

»Ich glaube, Sie müssen lernen, mehr Nachsicht mit uns zu haben, Herr Doktor Brandes.« Frederikke dreht das Weinglas zwischen ihren Fingern und schaut ihn eine Sekunde lang an, um gleich wieder nach unten zu sehen. In ihrem Ton ist etwas Verbissenes, und alle Gesichter wenden sich ihr in gespannter Aufmerksamkeit zu.

»Sie verlangen viel von Ihren Mitmenschen, Brandes.« Der direkte Blick ist offen und eine Spur zurechtweisend. »Sie müssen berücksichtigen, daß diese Frau unter ganz anderen Bedingungen aufgewachsen ist. Und Sie müssen verstehen, daß diese Ungeduld, mit der Sie sie uns präsentieren, in Ihrem eigenen persönlichen Hintergrund bedingt ist – einem Hintergrund, um den Sie viele beneiden.« Hier wird eine kleine Kunstpause eingelegt, in der Frederikke scheinbar nach Worten sucht.

»Erinnern Sie sich noch, daß Sie bei unserer Hochzeit eine Rede gehalten haben, in der Sie das Elternhaus meines Mannes erwähnten als ein Heim ... ja, ich glaube, Sie sagten ein ›Heim voller Licht und Luft‹?« Brandes nickt schweigend und aufmerksam. »Ich glaube nicht, daß Sie sich vorstellen können, wie sehr ich mir wünschte, auch aus einem solchen Heim zu stammen.« Sie sieht Frederik zärtlich an, der seinerseits dasitzt und sie mit einem erwartungsvollen Lächeln betrachtet und ab und zu seinem Schwager heimliche Seitenblicke zuwirft.

»Ich, Herr Doktor Brandes, komme aus ganz anderen Verhältnissen, aus einem, wie Sie es vielleicht nennen würden, muffigen

Zuhause. Und Sie hätten sogar recht! Ich bin ziemlich reaktionär und streng erzogen worden. Es ist nicht lange her, da hat mich meine Mutter belehrt, daß die meisten Männer Aufsässigkeit bei einer Frau für äußerst unattraktiv halten. Mit solchen Lehrsätzen bin ich erzogen worden; daß es das Wichtigste ist, einen Mann zu finden und sich bei ihm einzuschmeicheln – daß die einzigen Beziehungen, die überhaupt eine Relevanz für eine Frau haben, die familiären und die romantischen sind. Sie müssen verstehen, daß man in so einer Situation sehr, sehr einsam ist ... Man weiß ja nicht, an wen man sich wenden soll. Ja, man weiß kaum, was man selbst fühlt. Seit meiner Kindheit habe ich ...« Sie schaut sich um, läßt sich Zeit, den Blick auf jedem einzelnen Gesicht verweilen zu lassen. »... nach etwas gesucht, von dem ich im Grunde genommen gar nicht wußte, was es ist. Woher sollte ich das auch wissen? Ich habe immer allein dagestanden. Meine Schwester, die ich eine Zeitlang als meine Verbündete ansah, entschied sich, die Sache zu verraten – die Sache, die wohl niemand von uns wirklich als Sache anerkannt hat –, indem sie einen Gutsbesitzer heiratete, einen Geschäftsmann und Ehemann der alten Schule, der auf jeden Fall ein Gegner Ihrer Gedanken und Anhänger des Alten und Steifen ist.«

In diesem Augenblick (in dem sie ihr Schwester für einen Silberling verkauft hat) geschieht das Merkwürdige: all das, was bis jetzt ein rein praktisches, sozusagen oberflächliches einleitendes Geplänkel war – eine Systematik, die ausschließlich das Gehirn anspricht und in die sich bisher als einziges Gefühl die Angst, durch das Examen zu fallen, gemischt hat –, unterzieht sich plötzlich einer mirakulösen Metamorphose, auf die sie selbst offenbar keinerlei Einfluß ausübt, und verwandelt sich in ein gefühlsbetontes Projekt, ein Seelenanliegen, das ihre Unterlippe zum Zittern bringt.

Worin hat sie ihren Ursprung, diese inwendige Veränderung? Ist es allein die Rührung über ihre eigenen Worte – sind sie wirklich so gut gewählt, daß sie selbst anfängt, an sie zu glauben? Oder ist es vielleicht die Erleichterung, die Lockerung der angespannten Nerven in dem Moment, wo sie endlich reden darf? Oder ist es die Angst vor der Reaktion, die von den anderen zwangsläufig kommen muß, allein die Furcht, daß sie sie als lächerlich ansehen werden ... daß sie vielleicht sogar lachen werden? Schwer zu sagen, aber sicher ist, daß ihre Gerührtheit wie eine Gabe kommt, eine Betonung ihrer Ernsthaftigkeit.

»Meine Schwester endete genau in dieser Art von Ehe, in der, wie einige von Ihnen wohl wissen, auch ich fast gelandet wäre ... ›Was wollen die Frauen?‹ fragen Sie. Die Antwort ist, daß wir alles wollen, aber das dauert seine Zeit. Herr Doktor Brandes, wir sind ...« Und auf das Folgende ist sie ganz besonders stolz! »... mit einem Musiker ohne Instrument zu vergleichen, wir sind nicht alle virtuos, aber mit ein wenig Hilfe und Geduld vom Rest des Orchesters werden wir mit der Zeit Bestandteil des gemeinsamen Klangs werden. Wir sind auf dem Weg, aber Sie müssen wissen, daß wir, bevor wir ernsthaft den Weg einschlagen können, bevor wir unsere Wünsche, unsere Ziele finden und definieren können, erst uns selbst finden und definieren müssen. Als Frauen, ja – aber in allererster Linie als Menschen.«

Einen Moment lang ist es still. Alle starren sie an. Dann steht Amalie auf und hebt ihr Glas. Sie hat Tränen in den Augen. »Das hast du schön gesagt, Frederikke.«

Dann steht Frederik auf, dann Georg, sie sehen sie mit neuem Interesse an, auch Ørholt und Jantzen (nach einigen Seitenblicken auf die übrige Versammlung), schließlich Lindhardt, Edvard ... ja, alle stehen auf und erheben ihr Glas auf sie.

Georg Brandes ist der erste, der sein Glas abstellt und anfängt zu applaudieren. Die anderen folgen ihm.

Das Examen ist bestanden – mit der Bestnote.

Nur einen Abend in der Woche, genauer gesagt am Mittwoch, liegt das Portal zur Hausnummer vierundvierzig verlassen da, und das Licht ist in den meisten Zimmern gedämpft. Hinter einer der Scheiben kann man die Umrisse einer Frau erahnen, sie steht vollkommen still da und starrt in die Dunkelheit, als hätte sie nichts zu tun.

Dafür scheint an diesen Tagen die Tendenz zu einer erhöhten Aktivität am Nachbarportal, der Hausnummer sechsundvierzig, zu bestehen – eine Aktivität, die jedoch keinerlei Aufmerksamkeit auf sich zieht. Es sind nämlich keine pompösen Fuhrwerke, die hier auf dem Trottoir vorfahren, sondern vielmehr einzelne, vergrämte Frauen oder schuldbeladene Paare, die sich mit einem kleinen schmutzigen Zettel in der Hand, auf den sie immer wieder schauen, wie graue Schatten entlang der Hauswand bewegen, demütig sich dem Wind und ihrem Schicksal beugen, während sie sich suchend umschauen. Wenn sie den Eingang gefunden und sich noch einmal vergewissert haben, daß sie richtig sind, suchen sie mit den Augen diskret die Straße ab, um dann in aller Heimlichkeit in das dunkle Portal zu huschen.

28

Sie entdeckt immer wieder neue Seiten an ihrem geliebten Mann – so zum Beispiel, daß er zum Kind wird, wenn es schneit ...

Am dreiundzwanzigsten Dezember, gegen Abend, beginnt es (wie in allen richtigen Weihnachtsmärchen) ganz fürchterlich zu schneien, und während der Feiertage steht Frederik in immer kürzeren Intervallen auf und geht ans Fenster, um die Gardine zur Seite zu schieben und dann ein begeistertes Gesicht zu machen. Je mehr Schnee – um so größer die Freude.

Er ist natürlich auch derjenige mit der wahnsinnigen Idee, Silvester auf Frederikkely zu feiern. Anfangs protestiert Frederikke – der Gedanke an das kalte Haus auf dem windigen Hügel erscheint ihr nicht gerade verlockend –, doch Frederiks Begeisterung siegt, und am Dreißigsten machen sie sich auf den Weg: Frederik, Frederikke, Amalie, Lindhardt, Ørholt und Jantzen. Eingehüllt in Mäntel, Pelze, Decken und frohe Erwartung zwängt man sich auf die engen Sitze der Lindhardtschen Equipage und läßt sich in einem Gefühl der Zusammengehörigkeit durchrütteln. Die Dienstboten sind in Fabers Wagen bereits vorgeschickt worden – mit Skiern, Schlitten, Gepäck und notwendiger wie nicht ganz so notwendiger Verpflegung, weshalb man erwarten kann, von einem erleuchteten und erwärmten Haus empfangen zu werden, in dem es einem an nichts mangelt.

Die Ziegeldächer der Stadthäuser sehen aus wie weiß glasierte Konditorkuchen, der Himmel ist weiß und die Luft ein einziger Wirbel großer, weicher Schneeflocken. Während die Gesellschaft sich Richtung Norden bewegt, erkennt man durch die Gucklöcher, die eifrige Handschuhfäuste auf die beschlagenen Scheiben des Wagens reiben, daß die ganze Landschaft in Weiß gekleidet ist; die Hügel sanft geformt wie aus Schlagsahne, die Bäume neigen sich unter Schneedaunendecken. Die Tannen bilden Fächer, in denen sich der Schnee wie die Laken im Wäscheschrank drapiert hat, während die Birken, die immer schon Frederikkes Lieblingsbäume gewesen sind, ihre dünne Äste in die Luft spreizen, auf denen kein Schnee Halt findet und die sonderbar nackt erscheinen. Ab und zu tauchen sie in der Landschaft auf, an Feldrainen oder entlang des Weges, und stehen in ihrer verzweigten Nacktheit da, als hätten sie in all das Weiß Risse geschlagen wie die Sprünge in einem Teller.

Die schweren Pferde arbeiten sich prustend und dampfend wie durch eine Schicht Kernseife, der Wagen schaukelt und ruckelt, und ab und zu sind Schreie und Gelächter aus der Kabine zu vernehmen, weil die Passagiere von Angst ergriffen werden, daß der Wagen in den Graben rutschen könnte. Aber insgeheim weiß man, daß so etwas nicht geschehen wird; Knutscher-Jensen ist erfahren, er hält den Wagen sicher auf der Mitte des Weges und treibt die Pferde langsam, aber sicher vorwärts.

Ørholt, der heute in Plauderlaune ist, erzählt Anekdoten, während Jantzen ein kleines Glas Likör einschenkt und dann herumreicht, so daß jeder sich ein wenig Wärme und Freude antrinken kann. Wenn der Wagen schaukelt, kommt es vor, daß man etwas aufs Kinn verschüttet, doch das wird einfach lachend mit dem Mantelärmel weggewischt.

Frederikke ist zwischen Frederik und Ørholt eingeklemmt – hier sitzt sie gut und warm, eng an Frederik gedrückt, die eine Hand unter seinen Fäustling geschoben. Ab und zu hebt er ihre Hand an seinen Mund und atmet Wärme und Leben zwischen die Maschen ihrer Handschuhe. Er kneift seine fröhlichen Augen zusammen, und sein durchdringender Blick injiziert ein Extrakt seines eigenen Lebens in ihre Augen. Sie blinzelt diesem Gesicht entgegen, wie man in die Sonne blinzelt, lächelt peinlich berührt und dankbar und lehnt ihren Kopf an seine Schulter.

Gegenüber sitzt Amalie und beobachtet die beiden lachend, wobei sie sachte den Kopf schüttelt.

»Was ist denn mit dir los?« fragt Frederik.

»Gar nichts«, antwortet die Schwester, hat dabei den Schalk im Blick und einen verschmitzten Zug um den Mund, »absolut gar nichts.«

Dann sehen sie einander an, Schwester und Bruder, und der kleine Kampf aus Neckerei und funkelnden, fröhlichen Augen, der sich zwischen den beiden abspielt, ist exklusiv, wortlos und basiert auf der Vertrautheit eines ganzen Lebens.

»Kümmere dich um deine Sachen, dann kümmere ich mich um meine«, sagt Frederik nach einer Weile.

»Ja, ja, ... Ich sage doch gar nichts, oder?«

»Nun, Ørholt – erzähl noch einen«, fordert Jantzen und tut damit kund, daß Frederikke nicht die einzige im Wagen ist, der diese Vertrautheit nicht gefällt, an der sie selbst nicht teilhaben kann.

»Ich glaube nicht, daß mir noch mehr einfallen.«

»Ach, doch. Komm schon.« Amalie hüpft auf ihrem Sitz auf und ab.

Ørholt schiebt die Brille hoch und durchforstet augenscheinlich sein Gehirn, das heute von einer schwarzen Pelzmütze warmgehalten wird. Sie steht ihm überraschend gut, vielleicht, weil sie dem weichen Gesicht ein wenig Kontrast verleiht.

»Ach, ich weiß nicht so recht ...«, kommt es zögernd.

»Gib ihm noch einen Schnaps, dann kommen seine Gehirnzellen in Gang.« Lindhardt lächelt Jantzen zu, der sofort ein Glas füllt und es Ørholt reicht.

»Hat es geholfen? Oder brauchst du noch eins?« Jantzen schwenkt die Flasche.

»Nein«, Ørholt sonnt sich in seiner Popularität, »ich belasse es lieber dabei.«

»Dann reicht es also?« fragt Frederik und beugt sich vor.

»Ja, ich habe nur ein kleines Problem: Mir fällt eine einzige Geschichte ein, und die ist nichts für die Ohren der anwesenden Damen!«

»Ach, Unsinn. Wir können das schon vertragen, nicht wahr, Frederikke?« Amalie sieht sie auffordernd an.

Frederikke windet sich ein wenig. »Doch, natürlich.«

»Da hörst du es. Wir sind nicht so zart besaitet. Nun komm schon, heraus damit!«

»Na gut.« Ørholt richtet sich ein wenig auf. »Ich weiß nicht, ob ihr die Geschichte von dem kleinen Jungen kennt, der jeden Tag mit seinem Vater am Bordell der Stadt vorbeigeht?«

Man schüttelt den Kopf.

»Also, jeden Tag, wenn der Vater den Jungen von der Schule abholt, kommen die beiden am ... Freudenhaus vorbei.« Er schaut besorgt von Amalie zu Frederikke. »... und der Vater sagt jedesmal zu seinem Sohn: ›Da darfst du niemals hineingehen, denn dann wirst du etwas sehen, was du nicht sehen darfst!‹«

Die Gesellschaft lächelt erwartungsvoll, und so aufgemuntert fährt er fort: »Das wiederholt sich Tag für Tag, Jahr für Jahr, und jedesmal, wenn sie an dem Haus vorbeikommen, erklingen die gleichen Worte: ›Da darfst du niemals reingehen, denn dann wirst du etwas sehen, was du nicht sehen darfst!‹ Eines Tages, als der Vater krank im Bett liegt, ist es die Mutter, die den Jungen von der Schule abholt. Als sie an dem bewußten Haus vorbeigehen, erzählt der Junge ihr verlegen: ›Vater hat gesagt, daß ich dort niemals hineingehen darf!‹ Die Mutter, die nicht die geringste Ahnung hat, was das für ein Haus ist, fragt: ›Und warum nicht?‹ und der Sohn antwortet: ›Ja, weil Vater gesagt hat, daß ich dann etwas sehen werde, was ich nicht sehen darf!‹

Es vergehen ein paar Jahre, der Junge wird erwachsen, und eines Tages kommt er zufällig wieder mit seiner Mutter an diesem Haus vorbei. Da fällt ihr die kleine Episode von damals ein, und sie fragt beiläufig, ob er immer noch nicht drinnen gewesen sei. Doch, das sei er schon, antwortet er. ›Ach‹, meint sie ganz überrascht, ›und hast du etwas gesehen, was du nicht sehen darfst?‹ ›Ja!‹ ›So, so! Und was war das?‹ ›Vater!‹«

Verglichen mit den anderen wirkt Frederiks Lachen ein wenig angestrengt, und hinterher sitzt er lange schweigend da und starrt aus dem Fenster, während er apathisch über Frederikkes unschuldigen Fäustling streicht.

Wenig später fällt man in den großen Eingangsbereich von Frederikkely ein, stampfend und lärmend, und hinterläßt Pfützen geschmolzenen Schnees auf dem frischgescheuerten Holzfußboden. Man schält sich aus den Mänteln und überläßt sie mit der größten Selbstverständlichkeit einem siebzehnjährigen Mädchen, dessen Untertänigkeit sie fast durchsichtig macht, und die alles so demütig knicksend entgegennimmt, daß man – wenn man überhaupt ein Auge für sie hat – fast meinen könnte, es wäre ihr Geburtstag und die nassen Mäntel wären großzügige Geschenke.

Dann reibt man sich die kalten Finger, und unter Leitung von König und Königin von Frederikkely wird das Haus eingenommen.

Als Frederikke am nächsten Morgen aufwacht, ist es um sie herum ganz still. Am Abend zuvor war das alte Haus voller Geräusche: Knacken, Klappern, Knirschen und pfeifendes Heulen in allen Ritzen. Das erste, was sie jetzt registriert, ist die Stille. Der Sturm hat sich offenbar gelegt. Das nächste ist der gähnend leere Platz im Bett neben sich. Die Bettdecke und das Kissen sehen in ihrer zerknitterten Verlassenheit benutzt aus. Sie nimmt sie hoch und sieht, daß es sich genau so verhält, wie sie es geahnt hat: Das Laken darunter ist glatt – er hat nicht hier geschlafen, sondern auf dem Diwan. Deshalb hat sie ihn weder zu Bett kommen noch aufstehen gehört. Ob er das Bettzeug aus Rücksicht auf sie oder auf die Dienstboten hierhin gelegt hat, weiß sie nicht. Sie friert, denn es stimmt, was da geschrieben steht: *Auch wenn zwei beieinander liegen, wärmen sie sich; wie kann ein einzelner warm werden?* Sie beugt sich vor und bohrt ihr Gesicht in sein Kopfkissen.

Eine schwere, fast depressive Müdigkeit sitzt in ihrem Körper. Sie hört Stimmen von draußen, schlägt die schwere Bettdecke zur Seite und geht zum Fenster, durch das sie zwei Ehemänner sehen kann, die da unten im Windschatten hinter dem Mauervorsprung sitzen – der eine schön (ihrer!), der andere ... ziemlich normal im Vergleich. Frederik hat sich auf seinem Stuhl zurückgelehnt und die Beine ausgestreckt. Sein Gesicht ist der Sonne zugewandt, die Augen sind geschlossen. Er trägt einen Mantel und hat sich außerdem in eine Decke eingehüllt. Im Schoß ruhen seine Hände auf einem geschlossenen Buch. Ab und zu sagt er etwas – sie kann nicht hören, was –, dann antwortet der andere leise, und die beiden lachen. Eine Konversation mit geschlossenen Augen. Nicht ein einziges Mal schaut er nach oben zum Fenster auf der Suche nach ihr.

Verzagt wendet sie sich vom Fenster ab und nimmt in Angriff, was das Leben von ihr verlangt, und als sie eine halbe Stunde später auf die Terrasse tritt, sitzen sie alle dort versammelt. Ihre Begeisterungsrufe schlagen ihr zusammen mit der kalten Luft entgegen. »Guten Morgen! So lange geschlafen ...« »Na, da ist sie ja!« »Guten Morgen, Frederikke!«

Ihr Ehemann steht augenblicklich bereitwillig auf. Er geht zu ihr und legt ihr seine Hände auf die Wangen. Sie senkt demütig den Kopf, und er drückt ihr einen Kuß auf die Haare. In einer Sekunde des Vergessens läßt sie sich gegen seinen Körper sinken, trinkt ihn mit Nase und Stirn. Dann zieht er sie auf seinen Stuhl. »Hier – willst du nicht einen Augenblick sitzen? Es ist so herrlich im Windschatten.«

»Aber da hast du doch gesessen!«

»Ich hole mir einen anderen Stuhl. Setz dich nur, ich habe ihn schon ein bißchen angewärmt.«

Sie setzt sich, und er stopft die Decke um sie fest. Sie läßt sich wie ein Baby einhüllen. All diese Fürsorge ...

Er verschwindet und kehrt kurz darauf mit einem weiteren Stuhl zurück. Den stellt er dicht neben ihren und setzt sich.

»Wie findest du das Wetter? Ist es nicht märchenhaft?« Amalie lächelt unter ihrer Pelzmütze.

Frederikke ist das Wetter ziemlich gleichgültig. Sie schaut sich um. Die Büsche, die die Terrasse begrenzen und sonst mannshoch sind, sind unter der Last des Schnees zusammengesunken. Es ist vollkommen windstill, kalt und strahlender Sonnenschein. Das totenstille Meer funkelt, und der Himmel ist voller schwebender Möwen, die fallen und steigen und die Luft mir ihren unaufhörlichen, herzzerreißenden Schreien erfüllen.

»Ja, es ist ein Märchen«, bestätigt sie und schenkt der Freundin ein Lächeln.

»Das richtige Wetter für eine Schlittenpartie«, erklärt Frederik begeistert und reibt sich die Hände.

Es ist Silvester – vielleicht der schönste Tag im ganzen Jahr, und als sie knirschend durch den dichten Wald zum Rodelberg stapfen, sehen sie, daß es heute gar kein Wald ist, sondern ein Märchenland mit Sälen von Frost. Die Zweige, die sich über ihren Köpfen neigen, schaukeln vom Schnee und bilden ein festlich gekleidetes Gewölbe, das vor dem hohen Himmel so aussieht, als wäre es mit den weißblühenden Kirschzweigen des Frühlings geschmückt. Das unbegreiflich grelle Sonnenlicht, das fast in den Augen schmerzt, läßt alles rundherum funkeln.

Die Männer ziehen die Schlitten und ähneln heute großen Kindern. Frederik, Jantzen und Lindhardt führen sich auch so auf: Sie trampeln durch den knirschenden Schnee und lachen jedesmal laut und scheppernd, wenn sie zu weit vom Weg abkommen und ihre Beine in den Schneewehen verschwinden. Hin und wieder beugt sich einer herab und sammelt Schnee für einen Schneeball, mit dem er einen der anderen im Nacken oder auf dem Rücken trifft, je nach Geschick des Werfers und Ausweichmöglichkeit des Opfers. Dann ertönt rundherum ein einziges Lachen und Gejohle.

Ørholt ist offensichtlich nicht ganz so begeistert vom Schnee. Er geht ganz hinten mit Amalie und Frederikke und zieht still seinen Schlitten hinter sich her. Wenn es ihm vorne allzu wild erscheint, zieht er die Schultern hoch bis an die Ohren und bleibt einen Moment lang stehen aus Furcht, getroffen zu werden. Die beiden Frauen bemerken das wohl und werfen einander beredte Seitenblicke zu.

Schließlich treten sie auf die Felder hinaus, aus denen sich der Rodelberg wie ein gigantisches weißes Baiser am Horizont erhebt. Er liegt weiter entfernt, als es Frederikke lieb ist. Sie ist bereits müde vom Laufen, und der Gedanke, sich ganz dort hinauf begeben zu müssen, diesen veritablen Berg zu besteigen, nur mit dem lächerlichen Ziel, hinunterzurodeln und erneut hinaufzukrabbeln und wieder hinunterzurodeln und hinaufzukrabbeln, erscheint ihr wider jede Vernunft – bis zu dem Moment, als sie ihren begeisterten Ehemann erblickt, der ein Stück entfernt stehengeblieben ist und sie mit ungeduldigem Winken zum Weitergehen ermahnt. Ihr wird bewußt, daß sie schon bald hinter ihm auf dem Schlitten sitzen wird, die Arme um seinen Leib geschlungen, die Wange gegen den Wollstoff seines Mantels gepreßt, und daß sie vielleicht auf dem Weg hinunter umkippen können und sich dann ineinander verschlungen durch die Schneewehen rollen, und daß er sie anlachen wird, sein Gesicht direkt über ihrem, ihr den Schnee aus dem Haar bürsten und sie bei der Hand oder um die Taille fassen und zu sich hochziehen wird, um das Ganze zu wiederholen ... Da winkt sie ihm eifrig zu und geht schneller.

»Kommt schon, ihr beiden«, sagt sie zu Amalie und Ørholt. »Wir sind doch gleich da.«

Sie sind fast angekommen, als sie etwas entdeckt.

Zuerst meint sie, irgend jemand habe seinen Handschuh verloren, aber als sie näher herankommt, sieht sie, daß es sich um einen Vogel handelt. Eine Taube. Sie liegt ganz still da, die Flügel ausgebreitet, die Federn aufgeplustert. Sie lebt. Ihre Augen klappen auf und zu. Eine milchige Haut gleitet über die Pupillen.

»Wartet mal«, ruft sie den anderen zu. »Hier liegt eine Taube – ich glaube, sie ist krank.«

Während sie sich hinunterbeugt, hört sie Jantzen ärgerlich stöhnen. »Komm schon. Laß sie doch liegen.«

Sie streckt ihre behandschuhten Hände aus, ein wenig ängstlich, und ergreift den Vogel. Dieser bewegt seine Flügel ganz leicht, als wollte er protestieren.

»Ja, ja«, flüstert sie. Als sie ihn aufhebt, ist sie überrascht, wie wenig er wiegt – fast nichts. Sie dreht den Vogel, um zu sehen, ob ihm etwas passiert ist, ob er blutet oder ob es etwas anderes gibt, was sein sonderbares Verhalten erklären könnte. Seine dünnen Beine sind in einem Eisklumpen festgefroren. Sie versucht die Beinchen vorsichtig zu befreien, aber der Klumpen ist so fest, daß sie es nicht schafft, ohne dem Tier weh zu tun.

Frederik kommt als erstes zu ihr. »Was ist denn?«

»Es ist eine Taube. Sie lag ganz still im Schnee. Guck mal, ihre Beine sind am Unterleib festgefroren.«

»Mein Gott.« Er nimmt sie hoch und dreht und wendet sie vorsichtig in seinen Händen.

»Nun kommt schon«, ruft Jantzen. »Ich denke, wir wollten rodeln?«

»Einen Moment! Wir wollen nur eben sehen, was mit dem Tier nicht stimmt.« Und dann sagt er zu Frederikke gewandt: »Es sieht nicht so aus, als würde ihm etwas Bestimmtes fehlen. Es ist wohl einfach im Sturm gefangen worden.« Er legt es vorsichtig wieder in Frederikkes Hände. »Wenn wir die Taube hier liegen lassen, wird sie erfrieren.«

»Dann behalte ich sie. Ich werde sie tragen. Vielleicht kann ich sie auftauen.«

»Vielleicht. Aber davon darfst du nicht ausgehen. Wahrscheinlich wird sie dennoch sterben.«

Lindhardt sieht sie sanft an. »Das ist ganz lieb von dir, Frederikke, aber ich fürchte, es ist sinnlos.«

»Na, dann stirbt sie halt bei mir. Das ist jedenfalls besser, als ganz allein zu sterben.«

Man hat um Frederikke und die Taube einen Kreis geschlossen. Lindhardt bindet sich seinen Schal vom Hals und gibt ihn ihr. »Hier. Du kannst sie ein bißchen darin einpacken.«

»Danke«, sagt sie und lächelt verlegen.

Jantzen schaut skeptisch von einem zum anderen, als begriffe er nicht, was da eigentlich vor sich geht. Dann beugt er sich plötzlich vor, runzelt nachdenklich die Stirn und begutachtet mit seinem professionellen Arztblick den Vogel aus nächster Nähe.

Frederik schaut ihn aufmerksam an. »Habe ich etwas übersehen?«

»Nein«, antwortet Jantzen. »Ich wollte nur sehen, ob sie ein paar Schwefelhölzer bei sich hat.« Dann schüttelt er sich vor Lachen.

»Also Claus! Du bist vielleicht einer ...«, meint Amalie verärgert.

Jantzen breitet die Arme aus und deklamiert: »Es war so bitterkalt. Es war der letzte Abend im Jahr ...«

Frederik schüttelt den Kopf, kann sich jedoch ein Lachen nicht verkneifen. »Jetzt hör auf, du Spaßvogel. Ich kann Frederikke gut verstehen«, fügt er hinzu und sieht sie freundlich an. »Wenn man erst einmal ein hilfloses Wesen aufgesammelt hat, dann ist es schwer, es einfach wieder hinzulegen.«

»Aber verdammt noch mal, das ist doch eine fliegende Ratte!« Jantzen ist offensichtlich verärgert.

»Nichtsdestotrotz ist es ein lebendiges Wesen«, entgegnet Frederik und nimmt seine Frau bei der Hand.

Und so kommt es also, daß Frederikke, während die anderen Schlitten fahren, mit einer Taube in der Hand dasteht, und sich fragt, warum zum Teufel sie sie nur aufgelesen hat. Wenn sie sie doch nicht gesehen hätte! Sie jetzt wieder hinzulegen wäre direkt bösartig. Das kann sie nicht.

Sie lockert Lindhardts Schal und betrachtet die Taube. Sieht sie nicht schon besser aus? Sie hat ihre kleinen schwarzen Stecknadelaugen geöffnet und starrt ins Leere. Vielleicht hat sie Angst ... Kann es sein, daß Jantzen mit seinem Zynismus recht hat – kann es sein, daß es besser gewesen wäre, der Natur ihren Lauf zu lassen? Sie dreht sie vorsichtig um. Ein wenig vom Eis ist geschmolzen, aber es ist wohl doch zu kalt, als daß man sich Hoffnungen machen könnte, es würde ganz schmelzen, bevor sie ins Warme kommen. Sie hat bereits beschlossen, sie mit nach Hause zu nehmen.

Jedesmal, wenn die anderen bei ihr vorbeigehen, kommen sie höflich zu ihr und schauen nach ihr. Anschließend eilen sie weiter, stapfen den Rodelberg hinauf und sausen den Hang hinunter. Mit Ausnahme von Ørholt! Nach einer einzigen Fahrt nimmt er Aufstellung neben Frederikke.

Sie friert und hüpft ein wenig – gerade so viel, wie man es kann, wenn man den Tod in seinen Händen hält.

»Ja, es ist verdammt kalt«, nickt Ørholt und betrachtet sie durch seine dicken Brillengläser. Er lächelt, als fände er es überraschend, daß sie hüpfen kann – so ganz ohne Hilfe!

Oben am Hang ist Amalie vom Schlitten gefallen. Als sie wieder auf den Beinen steht, ist sie ganz weiß, aber sie lacht natürlich nur und klopft sich den Schnee von den Kleidern. Ihr Gelächter erreicht Frederikke wie ein schwaches Echo.

»Ach, was sind das doch für herrlich lebendige Menschen«, erklärt Ørholt und nickt zu denen oben auf dem Hügel.

Ja, denkt Frederikke, und ich sollte unter ihnen sein! Statt dessen steht sie hier, wie eine Statistin, mit einer herrlich halbtoten

Taube in den Händen und einer herrlichen Schlafmütze von einem anämischen Leichenbestatter neben sich. Warum ist sie nicht dabei? Warum macht sie immer alles falsch? Sie sieht die Taube und anschließend Ørholt vorwurfsvoll an. Er ist offensichtlich kurz davor, den Kältetod zu sterben. Unter seiner kleinen roten Nase hängt ein Tropfen, dünn wie Wasser. Sein Blick enthält die gleiche Mischung aus Bewunderung und Sehnsucht, wie man sie bei einem Museumsbesucher beobachten kann, der ein Gemälde mit einem Paradiesmotiv betrachtet. Man wünschte sich, man könnte die Grenze zwischen der realen und der fiktiven Welt aufheben, man könnte die Leinwand durchbrechen und in das viel verlockendere Universum des Gemäldes eintreten, und man wird von der diffusen Trauer darüber erfüllt, daß so etwas nicht geht und nie möglich sein wird.

Frederikke versteht ihn, und – was noch viel schlimmer ist! – sie fürchtet, daß er sie in gleichem Maße versteht. Sie will davon nichts wissen und fühlt, daß sie etwas tun muß, um ihm zu zeigen, daß er sich irrt – daß sie nicht ist wie er, daß sie »ein herrlich lebendiger Mensch« ist!

Bevor sie sich entscheiden kann, tritt Frederik aus der Leinwand und nähert sich ihr. Er keucht vor Anstrengung.

»Komm, laß mich die Taube halten, dann kannst du eine Fahrt mit Ørholt machen.«

»Nein, das brauchst du nicht. Es geht schon.«

»Doch, komm schon. Ich bleibe gern ein bißchen hier stehen. Jetzt bist du dran.«

»Nein«, unterbricht Ørholt ihn. »Gib sie lieber mir, dann könnt ihr beide zusammen fahren.«

»Bist du dir sicher?« fragt Frederik eifrig, und als Ørholt bestätigend nickt und nach dem Vogel greift, zieht er lachend Frederikke mit sich ins Gemälde.

Auf dem Weg durch den knirschenden Schnee fragt Frederikke: »Können wir die Taube mit nach Hause nehmen?«

Er sieht sie überrascht an: »Nach Kopenhagen?«

Sie lacht. »Nein, nein! Natürlich nicht. Nach Frederikkely, meine ich.«

»Na, dann bin ich beruhigt. Doch, natürlich. Jacobsen kann

einen Kasten heraussuchen, in den wir sie legen können. Und dann stellen wir sie ins Entree und sehen, ob ein wenig Leben in sie kommt.«

Sie sind fast zu Hause angekommen, als das Wunder geschieht: Frederikke bleibt einen Moment lang stehen und zupft am Schal, und in der Sekunde, als er befreit ist, schwankt der Vogel ein wenig hin und her und stellt sich unsicher auf seine Beine. Enthusiastisch und siegessicher ruft sie die anderen zu sich.

»Seht mal! Sie ist aufgestanden. Seht nur! Sie steht auf meiner Hand!«

»Ja«, bestätigt Jantzen begeistert und klatscht sich lachend auf die Schenkel. »Und sie scheißt auf deinen Handschuh!«

Er amüsiert sich königlich und steckt die anderen mit seinem Lachen an, während Frederik versucht, den Schmutz im Schnee abzuwischen.

Das große Haus brodelt vor Licht und Festtagsstimmung.

Die Küche hallt von den knappen Anweisungen der Köchin Oline wider, von klappernden Topfdeckeln und rührenden Schneebesen – die Wohnräume von kultiviertem Lachen, knallenden Korken und klirrenden Gläsern.

Die Hesagers sind angekommen, und man hat sich umgezogen. Die Kinder, die vor ein paar Stunden noch oben auf dem Hügel spielten, haben sich in elegante Erwachsene verwandelt, die Herren in Anzug und Weste, mit einer Blume im Knopfloch und Pomade im Haar, die Damen in ihren hochgeschnürten und dekolletierten Abendkleidern, und ihre Wangen glühen vom Champagner und vor Erwartung.

Die Stimmung während des Essens ist munter und steigt zu ungeahnten Höhen empor, als Amalie anschließend demonstriert, daß man sehr wohl Geige spielen und gleichzeitig tanzen kann. Jantzen begleitet sie auf dem Klavier, eine muntere, lebhafte Melodie, und Amalie läßt sich von Lindhardt herumschwingen, während sie lachend den Bogen über die Saiten gleiten läßt und gleichzeitig eine Stirnlocke, die sich gelöst hat und ihr immer wieder ins Gesicht fällt, nach oben pustet.

Die Gastgeberin sieht glücklich und entspannt aus, wie sie mit den Händen ihres Mannes um die Taille und nicht gerade wenig Wein im Blut herumwirbelt. Wie klein sie sich doch neben ihm fühlt, so leicht wie eine Puppe, als wäre sie nur ein Spielzeug in seinen Händen. Und das will sie auch gern sein ... Sie schwebt. Er hält sie sanft, drückt sie nicht an sich, wie weniger feine Männer es gern zu tun pflegen, und dennoch ist sie ihm so nah, daß sie an ihrem Busen seinen Brustkasten ahnen kann.

Sie läßt ihre Stirn unter sein Kinn gleiten, und für einen Augenblick – kurz, aber himmlisch – läßt sie die rechte Hand (die genau genommen auf seine linke Schulter gehört) über seinen Nacken gleiten, wie sie es immer, selbst im Traum, vor sich sehen kann, und sie fühlt die feuchte Wärme seiner Haut und die maskuline Widerspenstigkeit seiner kurzen Haare an ihren kleinen, weichen Fingern. Welche Seligkeit! Er hält sein Gesicht dicht neben ihrem, so daß sie sich frei daran ergötzen kann, und sie saugt es in sich auf, frißt es mit Haut und Haar, seine Mundwinkel, die zu einem Lächeln hochgezogen sind, seine Stirn, die breit und golden glänzt, seine Zähne, die weiß im Licht funkeln, seine schmalen Lippen ...

Sie sieht Herrn und Frau Hesager gar nicht, die sich emsig mit ihren alternden, schweren Körpern abmühen. Grethe Hesagers heiseres, doch ansteckendes Lachen übertönt fast die Musik, und das bergamottebirnenförmige Gesicht ihres Mannes sieht aus, als könnte es jeden Moment vor lauter Vergnügen in zwei Teile zerplatzen.

Anschließend erholt man sich ein wenig.

»Puh«, sagt Hesager, der sich schwer auf einen Sessel fallen läßt und sich die Schweißperlen mit einem Taschentuch von der Stirn wischt. »Das ist weiß Gott lange her, seit wir unsere alten Gestelle so durchgerüttelt haben, was, Muttern?«

Frau Hesager keucht, so daß ihr voluminöser Busen im Dekolleté bebt. »Ja, jung sind wir ja nun nicht mehr ...«

»Ach, Unsinn!« widerspricht Frederik und zieht sie vom Sessel hoch. »Sie sind eine wunderbare Frau, jawohl! Spiel, Jantzen, komm, spiel!«

Jantzen nimmt einen Schluck aus dem Glas, das er auf dem Klavier stehen hat, um anschließend eifrig auf die Tasten einzuhämmern. Amalie lauscht und fällt dann in die Melodie ein, und die reizende Frau Hesager läßt sich lachend aufs Parkett führen.

Der arme Ørholt hat seine Chance gewittert und macht Anstalten aufzustehen, doch Hesager kommt ihm schon zuvor.

»Man möchte ja nicht hinter der eigenen Frau zurückstehen, würden Sie mir die Ehre geben?«

»Gern.« Frederikke läßt sich widerstrebend auf die Tanzfläche führen.

Ørholt fällt in seinen Sessel zurück und greift nach seinem Cognac. Er betrachtet die Tanzenden über den Rand seines Glases hinweg und sieht deshalb Lindhardt nicht, der seiner Ehefrau eine stumme Aufforderung schickt. Sie legt die Geige aufs Klavier und bittet Jantzen, ohne sie weiterzuspielen.

»Komm schon, Ørholt. Jetzt gibt es keine Gnade …« Sie ergreift seine Hand, und er befördert seinen langen, unbeholfenen Körper auf die Tanzfläche.

Hesager packt Frederikke um die Taille und drückt ihre linke Hand so fest, daß sie einen Moment lang fürchtet, er werde sie nie wieder loslassen.

»Es ist so schön, Sie wieder gesund zu sehen. Wir waren ja alle ganz schockiert bei der Hochzeit, als Sie plötzlich in Ohnmacht fielen«, keucht er in ihr wehrloses Gesicht.

»Ja, das war schrecklich. Frederik meint, das war ein Migräneanfall.«

»Ja, das klingt plausibel. Haben Sie das noch häufiger gehabt?« Er sieht sie prüfend an. Sein Gesicht ist nur wenige Zentimeter von ihrem entfernt.

Sie dreht den Kopf ein wenig zur Seite. »Nein, zum Glück nicht.«

»Das ist gut.«

Sie tanzen schweigend weiter, Frederikke mit durchgestrecktem Kreuz und zurückgeworfenem Kopf und er mit einer zufriedenen Miene. Die Gesichter von Ørholt, Amalie, Frau Hesager und Frederik flimmern vorbei. Alle fröhlich. Die Lichter funkeln in Ørholts Brille.

»Und wie geht es Ihnen so? ... Mit dem Verheiratetsein ... meine ich. Ist er ... gut zu Ihnen?« Die Atemnot zwingt ihren Tanzpartner dazu, nur stoßweise zu sprechen.

Frederikke spürt, wie sie errötet. »Ja, das ist er auf jeden Fall«, erklärt sie dann nachdrücklich.

»Na, dann ist es ja gut.«

Er läßt ihre linke Hand los. Ungläubig sieht sie zu, wie er sich mit seinen Wurstfingern über die verschwitzte Stirn fährt. Anschließend ergreift er wieder ihre Hand. Er lächelt unangefochten. Sie schluckt die Übelkeit hinunter, als sie die feuchte Hand in ihrer spürt, und sobald der Tanz zu Ende ist, läuft sie hinaus und schrubbt sich die Hände mit Seife und Nagelbürste. Sie hat das Gefühl, als könnte sie sie nicht wieder sauber kriegen.

Nach Mitternacht ist die Stimmung etwas ermattet. Allmählich zeigt sich, daß die Gesellschaft viele Stunden in der frischen, kalten Luft verbracht hat. Jantzen ist ganz einfach verschwunden (ob er sich irgendwo zum Schlafen gelegt hat?), Ørholt nickt im Sessel ein, so daß die Brille ihm auf den Schoß fällt, und der Rest der Gesellschaft unterdrückt immer wieder ein Gähnen.

»Na, ich glaube, es ist an der Zeit, nach Hause zu gehen.« Frau Hesager ist in den letzten sieben oder acht Stunden um zwanzig Jahre gealtert, sie sieht fragend ihren Mann an, der offenbar Schwierigkeiten hat, mit seinen verschwommenen, rotgeränderten Augen etwas klar in den Blick zu bekommen.

»Wollt ihr wirklich heute abend noch nach Hause?« fragt Frederik besorgt.

»Ja, das müssen wir wohl.«

»Warum bleibt ihr denn nicht bis morgen? Wir haben reichlich Platz. Es macht doch keinen Spaß, jetzt in die Kälte hinaus zu müssen.«

»Ja, bleibt doch«, bekräftigt Frederikke, die meint, als Gastgeberin müßte sie auch etwas sagen.

»Nein, wir haben uns so entschieden. Wir haben auch gar nichts für eine Übernachtung dabei. Das dauert ja nur ein bis zwei Stunden. Und wir können im Wagen ein Nickerchen machen. Nicht wahr, Karl?«

»Ja, ja«, nickt Karl wohlwollend, macht aber keinerlei Anstalten aufzustehen.

Kurz darauf betritt Jantzen die Stube, und Amalie springt begeistert auf.

»Na, da bist du ja! Wie schön. Wo bist du gewesen? Komm, jetzt wollen wir wieder tanzen. Spielst du?«

Jantzen kratzt sich am Kopf und schaut etwas verwundert drein. »Jetzt?«

»Ja! Warum denn nicht?«

»Na, wenn du meinst ...«

»Ja, das meine ich. Kommt schon, alle zusammen. Komm, mein Freund – tanz mit deiner Frau.« Sie nimmt Lindhardts Hand und versucht ihn hochzuziehen.

Er sieht sie sanft und müde an. »Nein, Amalie. Heute abend nicht mehr.«

»Das ist nicht dein Ernst. Nun komm schon! Schließlich ist Silvester!«

»Ja, schon möglich, aber ich bin ein müder alter Herr. Ich kann nicht mehr, meine Liebe.«

»Ach bitte ...«

»Nein.«

»Doch!«

»Nein!«

»Paß nur auf, mein Lieber. Das endet noch damit, daß ich dich gegen ein jüngeres Modell eintausche.«

»Gegen zwei, Amalie«, lächelt er resigniert. »Einer reicht nicht!«

Amalie, die sich besiegt sieht, schaut sich hilflos um. Frau Hesager schläft, und die Blicke der anderen begegnen ihr nur mit trägem Desinteresse. »Und was ist mit euch? Seid ihr wirklich alle so schlaff?«

»Tut mir leid, Amalie. Es gibt niemanden, der mit dir mithalten kann, wenn es ums Tanzen geht. Das mußt du doch langsam gelernt haben.« Frederik schaut seine Schwester zärtlich an.

»Und was wollt ihr dann machen? Einfach hier herumsitzen und die ganze Silvesternacht zerreden? Nein, dazu habe ich keine Lust.« Sie seufzt. »Dann gehe ich lieber ins Bett.«

Frederikke nutzt die Gelegenheit. »Ich glaube, ich komme mit. Ja, entschuldigt mich bitte, aber ich bin sehr müde.«

»Das ist schon in Ordnung. Dann bleiben wir Männer etwas auf und genehmigen uns noch ein Gläschen.« Frederik springt auf und öffnet den Damen die Tür. »Gute Nacht und schlaft gut, ihr zwei. Und vielen Dank für den festlichen Abend.«

»Männer!« schimpft Amalie auf dem Weg die Treppe hinauf. Aber dann kann sie ein Lächeln doch nicht unterdrücken.

Ein paar Stunden später hört Frederikke Stimmen vom Entree, die ihr sagen, daß die Hesagers nun endlich aufbrechen. Das erste, was mit dem schwachen Lichtschein durch den Türspalt dringt, ist Frau Hesagers charakteristische Stimme, die dem Kutscher knappe Anweisungen gibt und sich dann herzlich (und alles andere als kurzgefaßt!) von Frederik verabschiedet. Als diese Stimme verklungen ist, kann sich Frederikke von ihrem einsamen Bettlager aus an folgendem Wortwechsel zwischen Karl Hesager und Frederik Faber vergnügen, dem älteren und dem jüngeren Mann:

»Du hast dir wirklich eine reizende kleine Frau ausgesucht.«

»Ja, das stimmt.«

»Auch wenn sie etwas still wirkt. Ist sie immer so? Nun sag schon. Na, ich wette, daß du sie zum Zappeln bringst.«

»Ach, du schon wieder. Sieh lieber zu, daß du deinen Mantel anziehst, bevor du dich verplapperst. Grethe steht schon draußen und wartet.«

»Ja, es geht nämlich darum, sie zum Zappeln zu bringen, solange sie noch jung sind. Sieh dir nur den breiten Hintern da draußen an – da ist nicht mehr viel mit Zappeln, wenn sie erst einmal in dem Alter sind.«

»Nun ist aber gut. Rede mal etwas freundlicher über deine Frau. Grethe ist schon in Ordnung. Paß lieber auf sie auf.«

»Ja, ja. Das tue ich ja auch. Natürlich habe ich eine gute Frau. Das weiß ich doch selbst. Es ist nur so, daß sie im Alter ein bißchen ... rustikal geworden ist.«

Frederik lacht. »Ja, ja. Nun sieh aber zu, daß du loskommst. Auf Wiedersehen. Und kommt gut nach Hause.«

»Ja, auf Wiedersehen. Und vielen Dank für den schönen Abend. Und vergiß nicht, was ich gesagt habe. Es ist keine Schande, gute Ratschläge anzunehmen.«

»Paß du lieber auf die Stufen auf, damit du nicht noch die Treppen hinunterfällst.«

»Ja, ja. Ich habe schon laufen gelernt, bevor ich dich getroffen habe.«

Frederik dreht den Schlüssel im Schloß um – sie kennt das Geräusch. Der Lichtstreifen unter der Tür erlischt, sie hört Schritte auf dem Fußboden und das Schließen der Stubentür. Dann ist alles still.

Die Vorstellung ist zu Ende.

Wenig später steht sie auf, zündet eine Kerze an, schiebt die Füße in die Schuhe und hüllt sich in die Decke. Sie öffnet die Tür zu dem schwarzen Flur, lauscht und schleicht sich vorsichtig die knirschende Treppe hinunter.

Die Taube liegt in einem Kasten und hat eine alte Decke unter sich. Frederikke tritt näher und hockt sich davor. Sie sieht es sofort: das Tier hat sich bewegt, es ist ihm gelungen, den einen Flügel über den Kistenrand zu schieben, als hätte es versucht, sich hochzukämpfen. Das ist ein gutes Zeichen! Die kleinen schwarzen Augen sind weit offen, die milchige Haut ist fort.

Es dauert einen Moment – dann wird ihr klar, daß die Taube tot ist.

29

Was ist physische Schönheit?

Gewisse Menschen (die gleichen munteren Typen, die sich nicht entblöden, Floskeln wie »Es gibt kein schlechtes Wetter, nur falsche Kleidung!« von sich zu geben) würden vermutlich behaupten, daß Schönheit subjektiv sei ... individuell! Und sie würden zahllose Beispiele anführen, wie das, was der eine schön und unwiderstehlich findet, von dem anderen als lächerlich und ordinär empfunden wird. Sie würden behaupten, daß das Äußere nicht wesentlich sei, daß »wahre Schönheit von innen« kommt –

ja, daß sie vielleicht gerade erst von dem hervorgerufen werde, der in der Lage sei, sie zu sehen.

Und damit ist doch alles in bester Ordnung – für jeden Geschmack ist gesorgt!

Aber hat es einen Sinn zu leugnen, daß es gewisse objektive Schönheitskriterien gibt und immer geben wird – daß wir alle, auch wenn wir das Gegenteil behaupten, mal Opfer, mal gnadenlose Verwalter eines allgemein akzeptierten Schönheitsbegriffs sind?

Dient das Leugnen nicht nur dem Ziel, uns das schlechte Gewissen gegenüber unseren eigenen Präferenzen zu nehmen? Auf diese Weise fällt ja niemand durch die Maschen. Denn wenn es stimmt, daß wahre Schönheit von innen kommt, dann ist der einzelne doch sozusagen selbst dafür verantwortlich, sie nach außen zu zeigen?

Tilde Trappetøs ist häßlich! Darüber herrscht allgemein Einigkeit. Auch wenn Tilde nie versucht hat, sich abstrakt dem Begriff der menschlichen Schönheit zu nähern, so ist sie doch sehr vertraut mit dem Gegensatz des Begriffes, nämlich der Häßlichkeit. Experto credite!

Sie steht hinter der Bretterwand der Waschküche auf dem Hof, eingehüllt und barmherzig verborgen vom Dampf des Waschkessels. Wenn wir uns heranschleichen und den Dampf wegwedeln, bietet sich uns ein Anblick, der kaum zu ertragen ist. Die Natur (oder der liebe Gott – je nach Gusto!) hat keinerlei Schonung walten lassen: die Gesichtshaut ist so mitgenommen, daß sie aussieht wie eingetrocknete Hafergrütze, gräulich und uneben, ihr Schädel wird von dem dünnen, farblosen Haar eher verunstaltet als bedeckt und wenn sie ab und zu die rote, geschwollene Hand zum Kopf hebt und sich mit den weißen Nägeln kratzt, die vom Seifenwasser ganz aufgeweicht sind, rieseln von der Kopfhaut Schuppen zu Boden, wie das Mehl vom Tisch des Bäckers.

Tilde versenkt den größten Teil ihrer Arme in dem kochendheißen Wasser. Andere würden vor Schmerzen ohnmächtig werden, selbst das weiße Leinen setzt sich zur Wehr, indem es luftgefüllte Blasen bildet, ehe es nachgibt und sich unter die Wasseroberfläche pressen läßt. Tilde jedoch verzieht keine Miene. Mit der Zeit hat sie einen Zustand von Unverwundbarkeit erreicht.

Tilde summt. Eine leise, stoßweise Fröhlichkeit mitten in dem öden Raum. Sie wäscht gern, besonders zu dieser Jahreszeit, in der es draußen noch nicht zu warm ist. Sie ist zufrieden mit ihrer Arbeit, genau wie sie mit allem anderen in ihrem Leben zufrieden ist. Sie weiß, daß sie Glück gehabt hat, diese Stelle zu bekommen – daß sie eigentlich etwas zu alt ist, um Treppenputzerin zu sein, ist für sie kein Problem. Sie sieht schließlich nicht aus wie andere Menschen und kann deshalb nicht das gleiche erwarten wie sie. Damit findet sie sich still und leise ab. Sich zu beklagen würde ihr nicht im Traum einfallen.

Nach der einleitenden Beschreibung von Tildes äußerer Erscheinung mag die Behauptung, daß sie ein schöner Mensch sei, vielleicht als ein Widerspruch erscheinen – aber genau das ist sie! Tilde ist ein Mensch ohne Forderungen, weshalb sie weder Haß noch Neid gegenüber den Menschen empfindet, die von ihrem Äußeren bessergestellt sind als sie – was mit Ausnahme einiger weniger bedauernswerter Kreaturen wohl der Rest der Erdbevölkerung sein wird.

Nie ist ein böses Wort über ihre trockenen Lippen gekommen, nie haben die angeschwollenen und viel zu früh faltig gewordenen Hände einen anderen Menschen von sich gestoßen, nie hat ihr Herz, das so sonderbar ungeschützt hinter dem mageren Brustbein liegt, auch nur einen einzigen haßerfüllten Gedanken gehegt. Tilde hat bereits von Kindesbeinen an gewußt, wie sie die äußere Häßlichkeit mit einer exorbitanten inneren Schönheit kompensieren kann; mit einem stillen Altruismus, der kein Aufhebens von sich macht.

Sie hat die Tür zum Hof offen stehen lassen, so daß der Dampf hinausziehen kann. Ab und zu schleicht sie sich leise zur Türöffnung und schaut hinaus. Dann geht sie schnell wieder zurück und fährt mit ihrer Arbeit fort.

Tilde ist verheiratet. Eine zunächst unbegreifliche Tatsache, von der hier im Haus niemand etwas weiß. Sie hat es niemandem gegenüber erwähnt, als sie sich vor einem halben Jahr auf diese

Stelle bewarb – und es ist nicht mehr wichtig, weil er sie schon vor langer Zeit verlassen hat.

Auch das macht nichts.

Nun ja, so schlimm war es nun auch wieder nicht – er war schon in Ordnung, ihr Niels. Natürlich hat sie ihn nicht geliebt, das ist klar, aber sie hatte auch nichts gegen ihn. Mein Gott – er war nun einmal so, wie er war.

Als sie ihn das erste Mal sah, war er gerade in die Stadt gekommen und hatte wie ihr Vater Arbeit in der Maschinenfabrik D. Løwener & Co. gefunden. Er kam von Jütland und redete so komisch, daß sie anfangs Probleme hatte, ihn zu verstehen. Offensichtlich hatte er Schwierigkeiten, einen Schlafplatz zu finden, jedenfalls wußte sie bereits beim ersten Mal, als der Vater ihn mit nach Hause brachte, daß zwischen den beiden irgendein Handel ablief, der auch sie betraf. Sie hatte es seinen Augen ansehen können, diesem dunklen Blick, den er ihr heimlich zuwarf, als feilschte er mit sich selbst darüber, inwieweit er mitmachen wollte.

Anfangs hatte er in der Stube geschlafen. Jeden Morgen, wenn sie hineinkam, um Feuer zu machen, sah sie seine blankgescheuerte Weste, die über einem Stuhl hing, und seinen breiten, krummen Rücken, der über den Rand des schmalen Sofas hinausragte, das eigentlich nicht als Bett gedacht war – und schon gar nicht für so einen großen Mann –, und er hatte ihr immer schrecklich leid getan.

Er war stets freundlich zu ihr. Vorsichtig und zurückhaltend. Jeden Abend gingen sie zusammen spazieren. Natürlich erst nach Einbruch der Dunkelheit!

Nach einiger Zeit war dann die Rücksicht auf das Ästhetische dem Praktischen gewichen, und er war zu ihr unter die Decke gekrochen, mit seinen bebenden Schultern und eiskalten Füßen. Sie hatte es geschehen lassen, hatte ihn und seinen Körper mit einer fast mütterlichen Fürsorge empfangen. Und das Empfangen schien für ihn genauso wichtig zu sein, wie das Geben für sie. Von diesem Moment an blieb das Sofa leer, und Tilde konnte nachts daliegen und die Wärme spüren, die sein Körper ausstrahlte, wenn er schlief.

Nachdem sie geheiratet hatten, zog er ganz zu ihr in das hinterste Zimmer der kleinen Wohnung. Er brachte nichts mit, außer seinem Körper und seiner westjütländischen Schweigsamkeit.

Das genügte.

Als sie das Kind erwartete, machten sich alle Sorgen, weil sie das Schlimmste befürchteten. (Tilde wußte nur zu gut, daß »das Schlimmste« war, daß es so aussehen würde wie sie!) Als es zur Welt kam, blau und runzlig, wollte Niels anfangs nichts mit ihm zu tun haben, und wenn sie fragte, ob er es nicht einmal halten wollte, drehte er den Kopf weg und fand jede Menge Ausreden. Tildes Mutter hatte natürlich schon mehr Säuglinge gesehen, sie wußte, daß sie alle anfangs so aussehen, und Tilde hörte durch die dünne Wand zur Küche, wie sie mit gedämpfter Stimme versuchte, Niels zu beruhigen.

Sie selbst lachte nur. Sie war nämlich keine Sekunde lang im Zweifel darüber, daß dieses Kind niemals häßlich sein würde. Es war zur Schönheit und für ein glückliches Leben geboren! Das wußte sie einfach – genau wie sie die ganze Zeit gewußt hatte, daß es ein Mädchen werden würde und daß es Asta heißen sollte.

Nach einer Weile sahen sie es alle, auch Niels, der überglücklich war: Asta wurde schön kräftig, krabbelte umher und ließ süße Töne hören und zupfte mit ihren weichen Fingern an allem herum. Alles mußte untersucht, auseinandergenommen, geöffnet werden ... und es schien, als breitete sich eine Erleichterung über sie alle aus. Tildes Vater wurde ganz sanft, und jeden Abend, wenn er von der Arbeit nach Hause kam, setzte er sich auf den Küchenstuhl und nahm die Kleine auf den Schoß.

Wie perfekt es war, dieses kleine Menschlein, mit seinen runden Armen und seinem kleinen feuchten, plappernden Mund. Und wie die Kleine duftete – nach Milch, Butter und Zucker ... Manchmal, wenn sie schlief und Tilde es nicht wagte, sie zu stören, konnte sie die Sehnsucht nach Körperkontakt wie einen physischen Schmerz irgendwo im Zwerchfell spüren. Dann war es das Zweitschönste, sich ganz dicht an sie zu legen und an der flaumigen Stirn und dem kleinen Köpfchen zu schnuppern.

In dieser Zeit kam sie dem Glück wohl am nächsten: Wenn die Kleine in der Wiege lag und Niels nachts zu ihr kroch, wenn die

Geräusche der Kleinen sich in dem dunklen Zimmer mit den Geräuschen ihres Mannes vermischten – seinem heiseren Schnarchen oder seinem leisen, unterdrückten Stöhnen, wenn er sich auf ihr abarbeitete.

Tilde hebt die Wäsche in den Kessel mit Spülwasser. Das ist schwere Arbeit, sie keucht dabei. Durch die Anstrengung bricht ihr der Schweiß auf dem Rücken aus. Das brennt und kratzt in den Wunden. Sie weiß, daß sie es nicht sollte, aber sie muß für einen Moment einfach der Versuchung nachgeben und sich kratzen. Sie spürt das vertraute Gefühl, als sich der Schorf löst – eine fast orgiastische Schmerzensfreude, die sie sofort wie ein Schaudern durchläuft. Die blutrote Mohnblume des Elends bricht auf der weißen Bluse auf – sie merkt es nicht, weil sie schon vorher von Schweiß und Seifenwasser durchnäßt ist, aber sie weiß es aus Erfahrung. Sie darf nicht vergessen, sich umzuziehen, bevor es antrocknet, sonst klebt der Stoff an der Wunde. (Ein Bild von ihrer Mutter, die in ihrer Kindheit jeden Morgen geduldig ihren Nacken mit einem feuchten Tuch betupft, um die Wunden aufzuweichen und die Haare vom Schorf zu lösen, zeigt sich vor ihrem inneren Auge).

Sie schleicht erneut zur Tür und schaut hinaus. Nein, das war er nicht, ihr Engel, den sie da gehört hat – das war nur der Kutscher, der gerade den Wagen fertig macht. Aber es kann nicht mehr lange dauern …

Ja, sie erlaubt sich, ihn ihren Engel zu nennen, auch wenn sie natürlich genau weiß, daß das Unsinn ist. Es ist einfach nur so unbegreiflich, daß solch eine Schönheit, solch eine Güte von Menschen geschaffen sein kann.

Sie selbst hat natürlich nie mit ihm gesprochen – ja, er hat sie nicht einmal gesehen, denn sie hält sich immer versteckt, wenn er in der Nähe ist. Trotzdem weiß sie, daß er ein Engel ist. Er ist ein Engel aus Fleisch und Blut, und sie ist seine unsichtbare Beschützerin. Sie wäscht seine Kleidung. Sie kennt seine Geheimnisse. Alle.

Ach, sie möchte gern alles für ihn tun, die lächerlichsten Dinge: sich vor die Räder des großen Wagens werfen, sich von den Hufen der Pferde tottrampeln oder sich wie eine Ketzerin auf dem Scheiterhaufen verbrennen lassen, wenn dadurch auch nur für einen einzigen Tag oder eine Stunde sein Weg auf der Erde leichter würde. Sie weiß, daß es lächerlich ist, aber dennoch würde sie es glücklich und ohne ein Wort der Klage tun. Denn was hat sie schon zu verlieren?

Doch sie sehen, nein, das darf er niemals.

Deshalb war sie Weihnachten nicht hinuntergegangen, als alle Dienstboten in die Stube gerufen wurden, um ein Glas Portwein und ein Weihnachtsgeschenk zu bekommen. Sie war auf ihrem Dachzimmer geblieben und hatte Oline gebeten auszurichten, daß sie krank sei. Was natürlich nicht stimmte, denn sie ist nie krank.

Und so kam es, daß die junge gnädige Frau ganz bis hoch auf den Dachboden kam, um ihr ein Geschenk zu überbringen! Man stelle sich das vor!

Das Geschenk war nicht eingepackt. Es war ein Buch. Der Roman eines Engländers, der Charles Dickens hieß. Neu war das Buch nicht gerade, das sah sie sofort. Tilde wußte nur zu gut, daß sie sie vergessen hatten und daß es wahrscheinlich Oline war, die sie daran erinnert hatte. Aber das machte nichts. Sie hatten vermutlich im letzten Moment ein Buch im Regal gefunden, das sie ihr in Ermangelung von etwas Besserem geben konnten. Die gnädige Frau wußte ja, daß sie gut lesen konnte. Das war ihr beim Einstellungsgespräch herausgerutscht, denn sie war so bemüht gewesen, sich vorteilhaft darzustellen.

»Ich habe meinem Vater abends immer laut vorgelesen. Und er hat mich immer gelobt …«

»Ja, das ist ja schön. Aber das werden Sie hier kaum brauchen können!«

Da hatte sie gewußt, daß sie sich verplappert hatte.

Aber das Buchgeschenk hatte sich als das Beste herausgestellt, was ihr nur passieren konnte, denn es hatte *ihm* gehört. Sein Name stand darin. Es war ihr kostbarster Besitz, und sie schlief mit dem Buch unter dem Kissen ein.

Ach, wie hübsch und vornehm sie doch ausgesehen hatte, die junge gnädige Frau mit dem dichten roten Haar, als sie in Tildes kleinem Zimmer stand und höflich fragte, wie es ihr denn gehe.

Und sie hatte auch noch gesagt, daß sie sehr zufrieden seien mit ihrer Arbeit, ja, daß der gnädige Herr selbst erst vor kurzem gesagt habe, daß seine Kleidung noch nie so gut in Ordnung gewesen sei – daß er fast das Gefühl habe, jeden Tag etwas Neues anzuziehen!

(Das wußte sie sehr wohl. Schließlich kamen sogar seine Strümpfe unter das Bügeleisen.)

Die gnädige Frau hatte außerdem gefragt, ob sie nicht ein Zimmer unten bei den anderen Dienstboten haben wolle und daß sich doch sicher dort ein Platz finden würde, denn im Winter sei es auf dem Dachboden bestimmt sehr kalt.

»Nein, vielen Dank«, hatte sie geantwortet. »Ich bin sehr froh, hier oben zu sein.« Sie hatte die Angst gespürt, daß man sie aus mißverstandener Güte hinunter zu den anderen zwingen könnte. Das wäre das Schlimmste, was ihr zustoßen könnte.

Andere Menschen verstehen das nicht ... daß sie mit ihrer Güte so viel Schaden anrichten können.

Anfangs hatte sie für sich allein gegessen. Die gnädige Frau hatte bei der Einstellung gesagt, daß Tilde natürlich nicht mit den Lebensmitteln in Berührung kommen dürfe – ja, daß sie sich möglichst von der Küche fernhalten solle. Falls es trotz allem ansteckend sei. Man konnte ja nie vorsichtig genug sein!

Tilde wußte, daß es sich nicht so verhielt, aber sie war zufrieden, denn sie hatte gar keine Lust, mit den anderen zusammen zu essen. Sie hatte mit ihrem Teller auf der Küchentreppe oder oben auf dem Dachboden gesessen, bis zu dem Tag, an dem Oline dem einen Riegel vorschob.

Alle stehen Olines Gerechtigkeitssinn machtlos gegenüber, er ist genauso bombastisch wie ihre Fäuste, wenn sie den schweren Lehmtrog packt, ihn hochhebt und zwischen den linken Arm und die Brust klemmt – und Tilde ist genauso wehrlos wie der Inhalt des Trogs, wenn die rechte Hand sich um den Holzlöffel schließt und ihn mit einer Inbrunst bearbeitet, die den ganzen großen Körper erbeben läßt.

Oline duldet keine Ungerechtigkeiten um sich herum, und weil sie sich in aller Bescheidenheit eine gewisse Position im Haus erarbeitet hat, sieht sie es als ihre Pflicht an, diese Macht zu nutzen, um Ungerechtigkeiten jeder Art zu verhindern. Daß sie damit ein Verbrechen begeht, dessen ist sie sich nicht bewußt, und weil sie ja ihre eigenen Motive kennt, gegen die eigentlich nichts einzuwenden ist, würde sie es nicht einmal glauben, wenn jemand versuchte, es ihr zu erklären.

So kam es also eines Tages, als Tilde wie üblich an die Küchentür klopfte, um ihren Teller abzuliefern, daß Oline sich vor ihr aufbaute, die Hände in die Hüften gestemmt, und fragte: »Steckt das an? Das, was du hast?«

Tilde hatte verneint. Worauf Oline ihr den Teller mit einer resoluten Handbewegung abnahm und, während sie sich schon umdrehte, verkündete:

»Ab morgen ißt du mit uns anderen zusammen!«

Tilde hatte ihr erklärt, daß die gnädige Frau ihr verboten habe, in die Küche zu gehen, aber darauf hatte Oline nur erwidert, daß die gnädige Frau mal auf die übrigen Zimmer achten sollte, sie selbst würde sich schon um die Küche kümmern.

Es war schrecklich gewesen: Am nächsten Tag war sie rechtzeitig hinuntergekommen, um zumindest dort zu sein, bevor die anderen kamen. Oline hatte sie gebeten, Platz zu nehmen. Kurz darauf waren auch die anderen gekommen. Sie hatten Tilde überrascht angeschaut, aber niemand hatte etwas gesagt.

Wenig später stand das Essen auf dem Tisch.

»Eßt!« kommandierte Oline, und alle folgten ihrem Befehl.

Kurz darauf kam Anders herein. Der Kutscher.

»Wenn man etwas zu essen will, muß man sich an die Zeiten halten!« Oline sah ihn von der Seite her an, aber er überhörte ihre Bemerkung und setzte sich an den Tisch.

Tilde saß ganz still da und starrte auf ihren Teller, versuchte sich selbst unsichtbar zu machen, weniger als nichts an Platz in Anspruch zu nehmen, und es verging eine Weile, bevor er sie entdeckte.

Ärgerlich warf er seinen Löffel hin. »Was macht die denn hier?«

»Wer?«

»Die da.« Er warf den Kopf in Tildes Richtung. »Die darf doch gar nicht hier sein.«

»Na, das hast du ja wohl nicht zu bestimmen. Iß lieber, bevor der Tisch abgeräumt wird!«

»Ich weigere mich, etwas zu essen, solange sie hier ist. Da kriegt man ja keinen Bissen runter.«

Die Mädchen kicherten. Anders, der Kutscher, grinste albern. Tilde stand auf.

»Setz dich«, sagte Oline freundlich, aber mit einer Bestimmtheit, die keinen Widerspruch duldete.

»Aber es macht mir nichts aus ...«

»Bitte setz dich. Du hast das gleiche Recht, hier zu sein, wie alle anderen!« In ihrem mißverstandenen Gerechtigkeitssinn glaubte sie offenbar, daß es darum ging.

Doch sobald Tilde sich wieder gesetzt hatte, schob der Kutscher seinen Stuhl zurück und stand auf. »Ich werde mit der gnädigen Frau reden. Damit finde ich mich nicht ab!«

»Ausgezeichnet«, sagte Oline, ohne von ihrem Teller aufzusehen, »dann kannst du ihr ja auch gleich sagen, daß mit deinem Bett etwas nicht in Ordnung ist.«

»Mit meinem Bett? Was ist denn das für ein Blödsinn? Mit meinem Bett ist alles in Ordnung.«

»Ach ja? Und wie kommt es dann, daß du nachts nie drin liegst?«

Einen Moment lang sah er vollkommen dumm aus. Dann wurde ihm klar, was sie da gesagt hatte, und er kam zurück und setzte sich.

Tilde sah auf, ohne den Kopf zu heben. Eines der Mädchen war puterrot. Die anderen versuchten ein Kichern zu unterdrücken.

Seitdem hat sie jeden Tag dort gegessen.

Tilde ist nicht glücklich darüber, aber sie macht es, weil sie weiß, daß Oline ihr damit einen Gefallen zu tun glaubt. Sie wird nie verstehen, daß ihre Forderung, daß Tilde mit Respekt behandelt werden soll, im Grunde die größte Respektlosigkeit ist, die Tilde erlebt hat, seit die Lümmel in den Straßen ihrer Kindheit sie bespuckten und mit Spitznamen bedachten, die so infam waren, daß sie sie so schnell wie möglich vergessen mußte.

Oline wird niemals einsehen, daß sie sich durch ihren Versuch, eine Demütigung abzuwenden, gleich drei Personen gegenüber schuldig gemacht hat: nämlich Tilde, die viel besser damit bedient war, auf ihrer Treppenstufe zu sitzen, Stine, dem errötenden jungen Mädchen, das sich von einem erfahrenen Kerl überreden, betören, befummeln (vielleicht auch schänden und befruchten?) ließ, und schließlich Anders, dem Kutscher, der zwar auf den ersten Blick wie ein gefühlloser Tunichtgut wirken mag, aber zumindest eine ehrliche Haut ist und seine Mahlzeit nur nicht mit der Aussicht löffeln möchte, es könnten Schuppen und ansteckende Teilchen in seine Suppe fallen.

Und niemals würde diese brave Frau die Tatsache akzeptieren, daß ihr Versuch, Tilde zu schützen, nichts anderes als ein Angriff gegen sie ist – daß ihr ständiges Insistieren darauf, Tilde ins Licht der Gerechtigkeit zu ziehen, ihr den einzigen Schutz nimmt, den sie hat – nämlich den Schutz der Einsamkeit. Weil Oline als zweites Kind in einer Geschwisterschar von neunen zusammengezwängt in einer Zweizimmer-Wohnung aufgewachsen und durch diese Gemeinschaft gestützt worden ist, erscheint ihr der Gedanke, von ihr abgeschnitten zu sein, als der schlimmste, den sie sich vorstellen kann. Gemeinschaft bedeutet Sicherheit und Strukturen, und aus ihr ausgeschlossen zu sein, ist deshalb etwas Böses, vor dem man sich um jeden Preis hüten muß. Isolation, die länger als einen Moment dauert, führt bei ihr jedesmal zu einer verzweifelten Rastlosigkeit, und abgesehen von dem wohldosierten und lebensnotwendigen Quantum, das sie in den Nächten schluckt, mag sie die Einsamkeit nicht.

Für Tilde dagegen ist Einsamkeit nie etwas Belastendes gewesen, sondern, genau wie der Schmerz, eine Art Freund, eine Sicherheit, in deren Armen sie ihre Seele ruhig baumeln lassen kann.

Der Kutscher ist mit den Pferden auf dem Hof beschäftigt. Sie hört das Schnauben der schweren Tiere und ihren ungeduldigen Hufschlag auf dem Pflaster. Bald wird er kommen, ihr Engel, und sie wird ihn aus ihrem Versteck heraus sehen können, wie er über das Pflaster geht und den Kutscher freundlich grüßt, bevor er sich in den Wagen setzt, der ihn aus dem Hof hinaus ins Leben führen wird. Es ist nicht nötig, immer wieder nachzusehen, sie kennt das Geräusch seiner Schritte, die nicht so sind wie die der anderen, deshalb braucht sie nur die Ohren zu spitzen.

Damals, als Tilde noch ein Mädchen war, kursierte in Kopenhagen eine Geschichte. Es ging um ein kleines Kind draußen in Christianshavn, das aus dem fünften Stock gefallen war, ohne auch nur eine Schramme davonzutragen. Heute glaubt sie nicht mehr daran, aber damals hat die Geschichte großen Eindruck auf sie gemacht. Alle sprachen darüber, und ihr Vater hat ihr erklärt, daß die Knochen kleiner Kinder sehr weich seien und nicht so schnell brächen. Und daß man keine Angst habe, wenn man nicht wüßte, daß es gefährlich sei, und wenn man keine Angst habe, dann verkrampfe man sich nicht, und wenn man sich nicht verkrampfe, dann …

Die Welt ist voller Geschichten. Und voller Leute, die diese Geschichten nur allzu gern glauben. Das ist das Unbegreiflichste daran, findet Tilde. Da ist zum Beispiel die Sache mit dem hübschen Knud vom Hinterhof daheim, der immer davon geredet hat, wie reich er einmal sein wird, wenn er groß ist. Dann wurde ihm der Arm von einer der Maschinen in der Fabrik abgerissen. Der Ärmel hatte sich festgesetzt, und bevor sie die Maschine ausstellen konnten, hatte sie den ganzen Arm geschluckt. Tilde kann sich immer noch an das makabre Bild erinnern, als sie ihn anschleppten.

Und jetzt sitzt er daheim, und der einzige Nutzen, den seine verbleibende Hand noch für ihn hat, ist, sich damit an einer Flasche Branntwein festzuklammern, während er Frau und Kinder anglotzt – wenn er nicht gerade vor der Kneipe steht und die Passanten mit wohlwollenden Zurufen überschüttet, wie beispielsweise: »Geh doch nach Hause und scheiß dich aus!«

Und hübsch ist er schon lange nicht mehr …

Wunder gibt es nicht! Es erscheint kein Prinz, wenn man eine Kröte küßt, es gibt keine häßlichen kleinen Entlein, die zu wunderschönen Schwänen werden, und kein Toter wird zum Leben erweckt, nur indem man ihn küßt.

An jedem freien Nachmittag geht Tilde nach Hause und legt eine Blume auf die Pflastersteine direkt unter dem Küchenfenster, wo Asta gelegen hat, deren »weiche Knochen« bis zur Unkenntlichkeit zerschmettert waren.

Das Grab besucht sie nie. An diesem Ort hat sie Asta nie lachen gehört.

Niels kam nicht zur Beerdigung, er leerte eine Flasche Branntwein und fiel aufs Sofa. Die Eltern waren wütend, doch sie verstand ihn gut. Nicht alle sind gleich stark.

Am folgenden Morgen waren sie früh aufgestanden. Sie hatten allein in der Küche gesessen. Niels' Atem war streng gewesen, wie der Gestank aus einer Kloake, und das Muster vom Sofakissen hatte sich in seine Wange gedrückt, was ihn ganz fremd aussehen ließ. Sie hatten kein Wort miteinander gewechselt. Sie hatte ihm eine Tasse Tee gekocht, und er hatte sie schweigend getrunken, während er aus dem Fenster hinunter auf den Hof gestarrt hatte. Ab und zu hatte er geseufzt. Als er die Tasse geleert hatte, stand sie auf und knöpfte sich die Bluse auf. Sie ging zu seinem Stuhl und zog ihn an sich. Er drückte sein unrasiertes Gesicht an ihren Busen, der immer noch schwer war von warmer, überflüssiger Milch. In dieser Haltung verharrten sie eine Weile.

Dann zog er den Kopf weg und wischte sich über die geröteten Augen. Anschließend stand er auf und nahm seinen Lodensack. Er sah sie lange an. Dann ging er.

Tilde blieb stehen. Ihre Brust war ganz feucht und voller winziger Abdrücke von seinen Bartstoppeln. Sie knöpfte die Bluse zu.

Das ist fast zwei Jahre her. Seitdem hat sie ihn nicht wieder gesehen.

Tilde fährt sich mit dem Arm über die verschwitzte Stirn.

Sie lauscht …

Sie wartet auf ihren Engel …

30

Wir alle müssen unsere Geheimnisse hüten …

Es gibt eine Bohle mitten im Raum, die verräterisch knackt, wenn man auf sie tritt. Das weiß Frederikke, deshalb umgeht sie sie bewußt, als sie auf Strumpfsocken durch das Entree huscht. Das Kleid gibt ein leises, verräterisches Rascheln von sich, wenn die Seide gegen den Unterrock reibt. Sie bleibt einen Moment lang stehen und rafft die Röcke, bevor sie weiterschleicht. Ihr Herz hämmert heftig. Als sie sich der Tür nähert, beugt sie sich leicht vor und macht die letzten gefährlichen Schritte, gekrümmt wie eine erschöpfte Greisin.

Die rechte Hand packt das Holz des Türrahmens, die linke rafft das Kleid in einem festen Griff, während sie vorsichtig in die Knie geht, ein Auge zusammenkneift und sich mit dem anderen dem Schlüsselloch nähert. Sie kann die kalte Türklinke an ihrer Stirn spüren. Ihr Atem beschlägt die Messingplatte und offenbart dort, wo Stines Tuch nicht fest genug gerieben hat, mikroskopisch kleine Flecken. Das Entree verschwindet hinter ihr, und die Welt schrumpft zu dem Ausschnitt der Wand dort drinnen zusammen, den sie durch das Schlüsselloch erkennen kann. Sie kann nicht alles auf einmal sehen, also muß sie sich, wie beim Puzzlespiel ihrer Kindheit, das Bild aus kleinen Teilchen zusammensetzen – indem sie den Kopf in winzigen Kreisbewegungen dreht. Das Schlüsselloch verschiebt sich zum Fenster hin, das vom Dampf seines Bads beschlagen ist, weiter nach unten, trifft auf den Boden, rutscht nach rechts …

Plötzlich erstarrt sie. Das Bild, das sich in dem kleinen Loch darstellt, ist zunächst unverständlich. Er sitzt auf dem nackten Boden, sein Kreuz an die große Badewanne gelehnt. Er ist nackt. Nackt und vollkommen.

Von der Kälte hat er Gänsehaut, die Pobacken ruhen auf dem Boden und sind leicht platt gedrückt. Die gebeugten Knie hat er bis zum Gesicht hochgezogen und die Arme um die Beine geschlungen, als wollte er sich selbst festhalten. Unter den Achselhöhlen ist ein Büschel schwarzer Haare zu sehen, das an den Rasierpinsel erinnert, den er zusammen mit dem Rasiermesser in einem kleinen Kästchen aufbewahrt. Darunter sitzen drei, vier Wassertropfen auf der weißen Haut. Die Füße stehen auf dem Boden, groß und weiß. Nur wenige Zentimeter von der Hornhaut entfernt, die seine Fersen gelb erscheinen lassen, bietet sich ihr der geheimnisvolle Anblick seines schlaffen und faltigen Geschlechts auf dem groben Holzfußboden. Die Sehnen in seinen Unterschenkeln treten unter der starken Behaarung hervor. Der lange Rücken ist nach vorn gebeugt, so daß das Knochenmuster der Wirbelsäule verrät, wie dünn, ja fast mager er ist. Auf seiner linken Schulter zeigt sich eine Narbe in Form eines rosafarbenen, unregelmäßigen Vs – als hätte jemand angefangen, seine Initialen einzuritzen, aber auf halbem Wege aufgegeben. Die Stirn ruht auf den Armen und Knien, das dunkle Haar ist naß und wirkt fast schwarz, das Gesicht ist vor ihr und der Welt verborgen. Der Körper zittert leicht; ein sonderbares, regelmäßiges Beben, das seine Schultern erzittern läßt. Zuerst versteht sie das nicht, glaubt, es wäre die Kälte, die seinen Körper erbeben läßt, und begreift nicht, was ihn dazu bringt, ihn einer derart erbärmlichen Behandlung auszusetzen. Sie hat Lust hineinzugehen, ihm zu Hilfe zu eilen, ein Handtuch um ihn zu wickeln, ihn zu beschützen. Dann wird ihr klar, daß er weint, daß er in einem heimlichen, vollkommen lautlosen Schluchzen auf dem nackten Fußboden zusammengekauert ist.

Plötzlich hebt er den Kopf. Er legt den Kopf in den Nacken, stöhnt mit offenem Mund. Dann wendet er das Gesicht, und es kommt ihr so vor, als sähe er ihr direkt in die Augen. Erschrocken hält sie den Atem an, ihre rechte Hand, deren Finger das Türfutter umklammern, zittern vor Anstrengung. Schließlich atmet sie langsam und lautlos aus, und ihr Herz hämmert wieder in ihrem Brustkorb.

Natürlich kann er sie nicht sehen.

Aber sie kann ihn sehen. Dieser unbegreiflichste Anblick, der sich ihr je geboten hat. Ein fremdes Gesicht, so verzweifelt, so von Sorgen gebeutelt, daß es einer schlecht ausgeführten Theatermaske ähnelt. Mit der rechten Hand wischt er sich unter der Nase entlang. Dann seufzt er erneut, lang und hörbar; atmet die Verzweiflung aus, läßt die Arme auf den Knien ruhen, daß die schlaffen Handgelenke und Hände tatenlos herabhängen, wie bei einem, dem die Kräfte geschwunden sind.

So bleibt er eine kleine Ewigkeit sitzen, ohne etwas von dem ängstlichen Auge zu ahnen, das ihn in seiner Hilflosigkeit anstarrt.

Als sie wieder auf die Beine gekommen ist, entdeckt sie die häßlichen Falten, die ihre verschwitzte Hand in den Stoff ihres Kleids gedrückt hat; direkt vor ihrem Schoß ist die Seide zu einem unebenen, gekrausten Buckel zusammengedrückt. Verzweifelt streicht sie den Stoff mit den Händen glatt, drückt, reibt, zerrt ...

Der Buckel will nicht verschwinden.

31

Zwei verlorene Töchter und zwei vermessene Schwiegersöhne sind von der Leuenbechschen Familie wieder in Gnaden aufgenommen worden, so daß man auch hier in scheinbarer bürgerlicher Eintracht das heilige, traditionelle Osteressen abhalten kann.

Frau Leuenbech geht summend durch die Stuben und ordnet Servietten und Blumengestecke, während sie die Ankunft der letzten Gäste erwartet. Aus der Küche zieht verlockender Bratenduft, der sich durch die Wände drängt und den festlich gedeckten Tisch wie eine feierliche Vorahnung umgibt.

Die älteste Tochter und ihr Gatte sind bereits gestern früh mit der Kinderfrau und dem süßen kleinen Gustav angekommen, und ihre Anwesenheit, die Leben, Gespräche, Lachen und Kinderweinen mit sich führen, haben ihr etwas von der Lebenslust zurückgegeben, die sie in den letzten Monaten vermißt hat, in denen sie mit ihrem Mann so grausam allein in dem großen Haus gewesen war. Die Freude, die sich in frischem Tatendrang zeigt, macht sie fast schön, auch wenn sie den leicht nervösen Zug um den Mund nicht ganz verbergen kann.

Ihr Mann, Thorvald Leuenbech, der Nestor der Familie, sieht ebenfalls ganz zufrieden aus. Sein Auftreten scheint etwas Joviales bekommen zu haben, als hätten die beigelegten Streitigkeiten und selbst die erstaunliche Tatsache, daß er sie überlebt hat, zur Versöhnlichkeit beigetragen. Wenn man es nicht besser wüßte, könnte man meinen, daß er selbst den Mann für seine älteste Tochter ausgesucht hat! Aus dem Herrenzimmer, in das er sich für einen Moment mit seinem Schwiegersohn zurückgezogen hat, hört man jedenfalls ein beruhigendes Brummen tiefer Stimmen, aus dem zu schließen ist, daß er und der Gutsbesitzer sich verbrüdert haben und sich über die blankpolierte Schreibtischplatte hinweg mit ausgezeichnetem Portwein und gemeinsamer Verärgerung über ungerechte Zollsätze und zu hohe Steuern wiedergefunden haben.

Frederikke ist vor kurzem eingetroffen und sofort nach oben zu ihrer Schwester gehuscht. Die beiden haben sich natürlich eine ganze Menge zu erzählen. Ihr Mann, der Professor, wurde, wie sie berichtet, leider im letztem Moment dienstlich gerufen, wird aber möglichst schnell nachkommen. Außerdem werden Tante Severine, Onkel August und Tante Laura erwartet. Ein kleiner, geschlossener Kreis. Familie.

Frederikke beugt sich andächtig über die Wiege und betrachtet das Kind ihrer Schwester.

»Ist der süß«, flüstert sie.

Helena strahlt wie immer – ganz die alte und dennoch merkwürdig verändert.

»Liebe, Frederikke«, flüstert sie »... Liebe ist unbegreiflich! Ich habe gar nicht gewußt, daß ich so viel davon in mir habe. Schau ihn nur an. Guck mal, wie rund und süß er ist. Das ist mein Sohn! Ist das nicht unfaßbar?«

»Doch. Das ist es.«

»Und jetzt bist du bald an der Reihe«, meint sie dann, nimmt das Kind, hebt es hoch und legt es ohne zu zögern Frederikke in den Arm.

»Nun ...« Frederikke weiß nicht, was sie sagen soll. Das Kind ist schwer und warm. Der sonderbare Greisenblick seiner Augen tastet verwundert ihr Gesicht ab, woraufhin der Mund sich verzieht, als wollte er gleich losweinen – ein Gedanke, der Frederikke mit Panik erfüllt.

»Hier, nimm du ihn lieber. Er ist wohl nicht ganz zufrieden mit mir.« Mit einer Bewegung, als wäre Feuer in dem Kind, überreicht sie es ihrer Schwester.

Hinter den beiden steht eine Frau mit einem scharfen, krankhaft blassen Gesicht. Die ganze Zeit hat sie sich im Hintergrund aufgehalten, von wo aus sie alles mit einem skeptischen und leicht ungeduldigen Blick betrachtet. Jetzt tritt sie einen Schritt vor und aus ihrer Unterwürfigkeit heraus.

»Es ist Zeit für ihn zu schlafen.«

Obwohl die Worte in singendem jütländischen Dialekt ausgesprochen werden – einem Dialekt, der Frederikke immer etwas lächerlich erscheint – liegt eine Bestimmtheit in der Stimme, die jeden anderen als Helena sofort gehorchen lassen würde.

»Das kann ruhig noch ein bißchen warten.« Helena ignoriert ihre vorgestreckten Hände und nimmt vorsichtig das Kind entgegen.

»Er schläft immer um diese Zeit. Regelmäßigkeit ist wichtig.« Die Kinderfrau mit dem merkwürdig trotzigen Zug um den Mund hält weiterhin ihre Arme ausgestreckt. Die geäderten und sichtbar kräftigen Hände, die militante Stimme und die verschlossene Kompromißlosigkeit des Gesichts vermitteln Frederikke den Eindruck, daß sie der Schwester das Kind notfalls mit Gewalt aus den Händen reißen würde.

Die beiden erinnern an Kinder, die sich um eine Puppe prügeln.

»Es ist für ihn Zeit zu schlafen, wenn ich es sage!« Helenas Augen sind schwarz vor Wut, ihr Körper zittert vor Empörung. »Ich werde schon Bescheid sagen. Raus!« kommandiert sie. »Ich werde Sie rufen, wenn ich Sie brauche.« Sie zeigt auf die Anrichte: »Da! Sie können die Waschschüssel mitnehmen und ausleeren.«

»Meine Güte.« Das Mädchen nimmt die Schüssel und rauscht davon.

»Meine Güte«, äfft Helena sie nach, als die Tür wieder geschlossen ist. »Was für ein mürrisches Weib.«

»Aber Helena! Wie redest du nur!« Unter der Empörung ist in Frederikkes Stimme ein Lachen zu hören. Jetzt erkennt sie ihre Schwester wieder.

»Ja, ja. Ich weiß, aber diese Person hat die ganze Zeit ihre Finger auf ihm. Ich darf kaum mal eine Sekunde mit ihm allein sein. Schließlich ist es mein Kind, oder?« Die Lippen saugen sich an der Stirn des Kindes fest, als wollte sie es aufessen, sie saugt es in sich hinein, läßt dann los, gleitet über seinen flaumigen Kopf und murmelt einen ganzen Schwall kindischer Absurditäten vor sich hin: »Du bist mein Sohn, nicht wahr? Du bist mein kleiner Junge, das bist du doch, oder? Oh ja ... Mein hübscher kleiner Junge. Wir beide werden es ihr schon zeigen.«

Dann schaut sie mit einem typischen Helena-Blick schräg nach oben und erklärt, ohne dabei die Lippen von seinem Kopf zu nehmen: »Sie ärgert mich schon lange. Es ist an der Zeit, sie in ihre Schranken zu weisen.« Da der Mund das Kind weiterhin ununterbrochen liebkost, klingen ihre Worte fast zärtlich. Dann fügt sie hinzu – als ob es eine Bagatelle wäre: »Außerdem bin ich wieder in guter Hoffnung. Das ist wohl auch der Grund, daß ich etwas empfindlich bin.«

»Was? Das ist doch nicht möglich? Ist das nicht ein bißchen schnell?«

»Doch«, seufzt sie und beeilt sich hinzuzufügen: »Aber das macht nichts. Ich möchte gern noch eins haben. Sieh ihn dir nur an. Ist er nicht wunderschön?« Das Kind ist ganz ruhig und sieht aus, als wollte es gleich einschlafen.

»Ja. Er ist wunderschön.«

»Ich lege ihn eben in die Wiege«, flüstert sie so verschwörerisch, als könnte der Kleine die Worte verstehen und anfangen zu protestieren. »Setz dich hier aufs Bett. Dann können wir noch ein bißchen zu zweit reden, bevor wir zu den anderen hinuntergehen.«

Frederikke sieht den schmalen Rücken der Schwester, die sich über die Wiege beugt, ihr rundes Hinterteil, das man unter dem Kleid erahnen kann, und sie stellt fest, daß sie sich nicht verändert hat – jedenfalls nicht physisch. Sogar das Kleid ist das gleiche, das sie schon so oft in diesen Räumen getragen hat. Daß sie wieder schwanger ist, ist Frederikke unbegreiflich. Sehen kann man es jedenfalls nicht!

Und dann sitzen sie plötzlich wieder dort, auf Helenas Bett, dessen Federn so oft unter ihren Vertraulichkeiten geknarrt haben. Sie ist wieder hier, die Schwester, die immer so lustig und stark gewesen ist und es gewagt hat, dem Vater zu widersprechen, die Kindermädchen anzuschreien und Talglichter und Streichhölzer zu verstecken, damit sie auch nach der offiziellen Schlafenszeit noch zusammen sitzen konnten.

Das Zimmer ist noch genau so, wie es immer gewesen ist: die Tapete mit den Blumenranken, die Fenster, der Schreibtisch, die Anrichte ... Nur die kleine Chaiselongue, auf der Frederikke in ferner Urzeit zusammen mit Christian gesessen hat, ist durch eine Wiege ersetzt worden – die gleiche, in der die beiden Schwestern schon als Säuglinge gelegen haben. Gegenüber von Helenas Bett steht Frederikkes. Darauf liegen ein Paar dunkle Herrenbeinkleider, die mit tiefer, geheimnisvoller Stimme verkünden, daß ihr Bett von einem Fremden eingenommen wurde, daß nichts mehr ist wie früher und nie wieder so werden wird.

Helena setzt sich neben sie. Wie eine Weissagerin nimmt sie ihre Hand, dreht und wendet sie und betrachtet anschließend ihr Gesicht.

»Laß dich mal richtig anschauen. Bist du immer noch meine kleine Schwester?«

Frederikke fühlt sich sonderbar schüchtern unter dem Blick der Schwester – als hätte sich während ihrer langen Trennung etwas Fremdes zwischen ihnen eingeschlichen.

»Wie elegant du bist, Frederikke. So ein schönes Kleid.«

»Danke. Das hat Frederik ausgesucht.« Als sie seinen Namen ausspricht, spürt sie es im Zwerchfell.

»Frederik? Du willst doch nicht sagen, daß er mit dir beim Damenschneider war?«

»Doch. Und beim Putzmacher auch! Das ist ihm sehr wichtig. Er ist so gut zu mir.«

Helena lächelt. »Wie schön, daß du ihm begegnet bist. Und ihr habt ja sogar den gleichen Namen! Jedenfalls fast ... Das muß doch Schicksal sein! Womöglich öffnet ihr versehentlich gegenseitig eure Briefe?«

»Nein ... ich bekomme ja nicht viel Post. Eigentlich nur die Briefe von dir, und die kommen ja auch nicht mehr so oft. Aber sie waren immer sehr aufmunternd.«

»Ja, ich weiß. Aber es gibt nicht so viel, worüber ich schreiben könnte. Ich erlebe ja nicht viel. Ich fürchte, ich habe genug damit zu tun, mich selbst aufzumuntern.« Sie sieht die kleine Schwester lächelnd an. »Aber du bist glücklich, nicht wahr? Du siehst jedenfalls glücklich aus.« Sie wippt mit dem Kopf von einer Seite zur anderen.

»Ja, sehr glücklich. Sehr, sehr glücklich.«

»Das ist schön. Dann sind wir beide glücklich«, erklärt sie, und ihre Worte scheinen sich in eine Straminstickerei zu verwandeln, die sich selbst einrahmt und selbständig an die Wand huscht, wo sie sich neben anderen gestickten Postulaten wie »Arbeit adelt!« oder »Eigener Herd ist Goldes wert« einreiht.

Frederikke rutscht nervös hin und her. »Wie war die Fahrt? Anstrengend?«

»Nein, das kann man nicht sagen. Natürlich lang, aber das weiß man ja. Und ich mache sie gern! Wenn es nach mir ginge, dann würde ich sie häufiger machen.« Dann lacht sie. »Und wenn es nach mir ginge, würden wir hierher ziehen.« Sie zupft an dem Saum der Bettdecke.

»Bist du nicht froh, dort zu leben, wo du wohnst?«

»Nun ja, froh ... Ich freue mich über den Kleinen ... Ja, und über Ulrik natürlich. Aber der Rest? Ich weiß nicht so recht. Es ist so einsam da oben. So langweilig. Und den ganzen Winter über so dunkel. Wenn man in der Stadt wohnt, denkt man gar nicht daran, daß man nie richtige Dunkelheit sieht. Es gibt immer kleine Lichtstreifen in der Luft – selbst mitten in der Nacht. Aber da oben ... Du kannst dir diese Dunkelheit gar nicht vorstellen, es ist, als würde sie einen auffressen. Ich werde noch verrückt davon.«

Sie grinst verlegen, als wollte sie damit dem Ernst den Stachel nehmen. »Und dann habe ich eigentlich niemanden, mit dem ich reden kann, weißt du? Ulriks Mutter wohnt natürlich bei uns, aber mit ihr geht es gar nicht. Es tut mir leid, das sagen zu müssen, aber ich mag sie nicht. Sie ist so ... so ...« Sie wedelt mit der Hand und läßt den Satz mit einem Seufzer enden. »Jedenfalls wäre es mir lieber, wir hätten unser eigenes Haus«, sagt sie dann in einem Versuch, die Situation von der praktischen Seite her anzupacken. »Dabei haben wir das ja eigentlich, denn der Besitz gehört Ulrik, aber sie ist eben immer da ...«

»Und was ist mit seiner Schwester? Kannst du nicht mit ihr reden?«

»Seine Schwester!« Helena stößt einen höhnischen Seufzer aus. »Ach, ich hatte mich so darauf gefreut, sie kennenzulernen, aber sie ist genauso langweilig wie die Mutter. Sitzt immer nur auf dem äußersten Rand des Sessels und zupft Fusseln vom Kleid – Fusseln, die gar nicht da sind! Sie ist so vornehm, daß sie fast daran erstickt. Du kannst dir das nicht vorstellen. Und ihr Mann erst! Er ist ein ängstlicher Emporkömmling, der es nie so recht begriffen hat, wie er eine so gute Partie machen konnte. Du solltest ihn sehen. Vornehm wie der Teufel, aber ohne jede Lebensart.«

»Das klingt, als würdest du es bereuen, Helena.«

»Ich und bereuen?« Helena steht auf und geht zur Wiege. »Gott bewahre, nein. Natürlich bereue ich es nicht.« Dann dreht sie sich resolut um. »Jedenfalls im Augenblick nicht. Jetzt bin ich hier, und jetzt will ich mich amüsieren. Ich freue mich so darauf, deinen Frederik kennenzulernen. Und ich freue mich auf morgen, wenn wir zu euch kommen – zu sehen, wie du wohnst und wie ihr lebt, ihr Glückspilze.« Sie zieht die Schwester an sich und wirbelt mit ihr herum.

Sie drehen sich noch, als die Tür aufgeht und Ulriks graubärtiges Gesicht hereinschaut.

»Na so etwas. Hier wird ja getanzt.« Der große Mann sieht ein wenig verlegen aus.

»Ja«, bestätigt Helena mit Nachdruck. »Hier wird getanzt.«

Er deutet mit einem Kopfnicken auf Frederikkes Bett. »Nun ja, ich bin gekommen, um die Beinkleider zu wechseln, also …«

»Ich gehe schon.« Frederikke eilt zur Tür und läßt Helena, den Mann und das Kind zurück.

Auf dem Weg hinaus hört sie Helenas Lachen: »Was ist denn los, Schwesterchen? Du hast doch wohl keine Angst, ein Paar nackte Männerbeine zu sehen?«

Onkel August umarmt Frederikke so fest, daß er ihr fast die Rippen bricht. »Guten Tag, mein kleines Mädchen. Wie geht es dir?«

»Gut, danke. Und euch?«

»Für unser Alter geht es uns prima.«

»Danke für die Kiste, die ihr uns zur Hochzeit geschickt habt«, flüstert Frederikke.

»Ach, das war doch nicht der Rede wert, mein Mädchen. Ich hoffe, ihr habt es brauchen können. Es war ja nichts Besonderes, aber etwas wollten wir euch ja doch schenken.«

»Nichts Besonderes? Sie war voller guter Sachen: Wein, Kaffee, Schokolade ... Ich habe mich so gefreut.« Sie schaut in die sanften Augen des Onkels und kann sich des Eindrucks nicht erwehren: Er sieht schlecht aus. Wie üblich riecht er ein wenig nach Alkohol.

»Ja, ja. Das war ja nur ein bißchen aus dem Geschäft.« Er lächelt bescheiden. »Dein Vater ist manchmal schon ein ziemlicher Sturkopf. Du brauchst das ja niemandem gegenüber zu erwähnen – das mit der Kiste.«

»Das werde ich auch nicht.«

»Das ist gut, mein Mädchen. Aber wo ist er denn, dein Mann?« Die geröteten Augen schauen sich suchend in der Stube um. »Wir haben uns so darauf gefreut, ihn kennenzulernen.«

»Er wird bald kommen, Onkel. Du weißt ja, er ist Arzt, und natürlich wurde er gerade gerufen, als wir losgehen wollten.«

»Ach so. Aber er kommt ...«

»Ja! Auf jeden Fall! Sobald er kann.«

Man hat das Essen bereits zur Hälfte hinter sich, als er endlich auftaucht. In der Sekunde, als er durch die Tür tritt, macht der Raum eine Veränderung durch, wobei der Rest der Gesellschaft zu unbedeutenden Statisten reduziert wird.

Etwas benommen steht Frederikke auf und geht ihm entgegen. Er ergreift ihre Hand und lächelt wie immer offen und glücklich bei ihrem Anblick – eine Tatsache, die sie immer wieder verwundert und verwirrt.

»Darf ich vorstellen? Mein Mann, Frederik Faber.«

Er läßt ihre Hand los, verneigt sich gerade so viel, daß es gut erzogen wirkt, aber nicht untertänig, entschuldigt seine Verspätung und geht um den Tisch herum, um allen die Hand zu geben.

Helena hat die Veränderung bemerkt. Ihr Mund steht leicht offen, die verblüfften Augen haften an dem Fremden und wandern anschließend von ihm zu Frederikke – von ihm zu Frederikke –

von ihm zu Frederikke ... Erst als er bei ihr angekommen ist und ihr die Hand hinstreckt, scheint sie zu erwachen.

»Helena Lehmann. Ich bin Frederikkes Schwester.«

Noch während er damit beschäftigt ist, die letzten zu begrüßen, beugt sich Helena zu ihrer Schwester hinüber und flüstert mit einem schelmischen Grinsen: »Wie um alles in der Welt hast du es nur geschafft, den rumzukriegen?«

»Helena!« Frederikkes Mund verzieht sich verächtlich. Aber ihre Augen lächeln.

Frederik nimmt auf dem leeren Stuhl neben seiner Frau Platz. Nachdem er sich die Serviette auf den Schoß gelegt hat, sucht er Frederikkes Hand und drückt sie unter der Tischdecke.

Helena sieht es!

Frederik ist wie immer diskret und nimmt dennoch den ganzen Raum ein. Die Augen aller ruhen auf ihm – abgesehen von Frau Leuenbech, die vor allem darauf achtet, daß dem neu angekommenen Gast auch alles der Reihe nach serviert wird, und von der halbblinden Tante Severine, die in erster Linie mit der marinierten Hähnchenkeule beschäftigt ist, mit der sie sich auf einen ungleichen Kampf eingelassen hat. Ansonsten sehen alle nur ihn.

Frederikke kann nichts mehr essen, aber sie ist noch lange nicht satt. Mit dem langsamen, ausgedehnten Genuß eines Feinschmeckers verzehrt sie Frederiks Anwesenheit in kleinen Häppchen: das eckige, dunkel behaarte Handgelenk, das aus dem Jackenärmel hervorlugt, den eleganten Griff der langen Finger um Messer und Gabel, die breiten, polierten Nägel, das Ohr, das sich so lustig bewegt, wenn er kaut, die Schulter, die sie fast berührt.

»Ist es mir erlaubt, zum Professorat zu gratulieren, Faber? Das ist doch wirklich phantastisch, wenn ich das bemerken darf.« Onkel August sieht ihn freundlich interessiert an.

»Vielen Dank.«

»Dann treten Sie ja wohl in die Fußstapfen Ihres Vaters, oder?«

»Nun ja ... Mein Spezialgebiet ist ein anderes. Außerdem ist das sicher nicht so einfach. Schließlich hat er im Laufe der Zeit so einiges erreicht«, antwortet Frederik mit der bei ihm üblichen Bescheidenheit.

»Schon, aber Sie haben die Zeit auf Ihrer Seite ... Wie geht es übrigens Ihrem Vater?«

»Ausgezeichnet, danke. Er ist immer noch an der Universität und in der Praxis tätig. Ich glaube, er wird weitermachen, bis er umfällt.«

»Ja«, wirft Herr Leuenbech ein, »man muß ja sehen, daß man in Bewegung bleibt, solange es nur geht. Keinem richtigen Mann tut Müßiggang gut.« Er nickt Frederik zu. »Prost und herzlich willkommen!«

»Ja. Willkommen. Und jetzt eßt doch bitte.« Frau Leuenbech hebt ihr Glas und blickt sanft auf die Gesellschaft.

»Und was ist mit den Frauen?« Helena sieht ihren Vater voller Trotz an.

»Mit den Frauen?« Der Vater stellt sein Glas ab und zupft sich am Kinn.

»Ja! Du sagst, daß keinem richtigen Mann Müßiggang gut tut, und deshalb frage ich: Und was ist mit den richtigen Frauen? Bekommt ihnen der Müßiggang?«

»Den Frauen?« Er betrachtet seine Tochter mit einem Blick, der keinerlei Überraschung verrät, nur die Müdigkeit eines ganzen Lebens. »Die Frauen haben doch die Kinder und das Haus. Da ist doch wohl keine Rede von viel Müßiggang – wenn der Mann dafür sorgt, daß sie beschäftigt sind. Was meinst du, Ulrik?« Herr Leuenbech schaut seinen zeugungsfähigen Schwiegersohn anerkennend (und mit einer gewissen Verschmitztheit?) an.

Dieser räuspert sich. »Doch, da hast du recht. Wie wahr, wie wahr! Haha.« (Man kann ja viel von diesem Schwiegersohn behaupten, aber nicht, daß er eine rhetorische Begabung hätte.)

Helena verdreht die Augen. Die Mutter bedenkt die Tochter mit einem zurechtweisenden Blick. Unglaublich, welche Macht diese sonst so sanften Augen immer noch auszuüben scheinen.

»Da gebe ich Ihrer Tochter recht!«

Frederik läßt das Messer durch die Hähnchenbrust gleiten und schaut Helena für einen kurzen Augenblick an, bevor sein Blick zum Schwiegervater wandert. »Ich glaube, es wird nicht lange dauern, bis die Frauen sich an die gleichen Orte begeben wie die Männer.« Er führt die Gabel zum Mund und läßt ein Stück Fleisch zwischen den Lippen verschwinden. Es ist keine Spur von Provokation in seinem Blick.

»Beruflich, meinen Sie?« Herr Leuenbech sieht Frederik mit müder Nachsicht an, als dächte er: Oh nein, nicht noch einer von der Sorte!

»Ja, warum nicht? Abgesehen von einigen physischen Faktoren bezüglich gewisser Berufsfelder sollte es doch kein Hindernis geben.«

»Ich hoffe nur nicht, daß Sie mit dem Gedanken spielen, meine Nichte in eine Tischlerlehre zu geben?« Onkel Augusts Bemerkung lockert die Stimmung auf.

Frederik lächelt, daß sich ein Fächer um seine Augen bildet. »Nein, nein«, wehrt er dann ab, »natürlich nicht. Ich spiele überhaupt nicht mit dem Gedanken, sie irgendwo hinzugeben. Es ist Frederikkes Leben. Frederikke ist eine erwachsene Frau. Was sie will, das ist ihre Sache, und ich habe kein Recht – ebensowenig wie jemand sonst – Forderungen an sie zu stellen oder ihr Grenzen zu setzen.« Nachdem er das gesagt hat, wendet er den Kopf und schaut sie an. Er entläßt sie erst wieder aus seinem Blick, als Tante Laura spricht.

»Bravo, junger Mann!« Sie nickt ihm ernst und anerkennend zu. »Es ist schön, einen Mann zu hören, der nicht glaubt, daß Frauen nur zum Schmuck da sind.«

Onkel August legt seine gefleckte Hand auf die seiner Ehefrau. »Ja, ja. Es wissen alle nur zu gut, daß du diejenige bist, die das Geschäft leitet.«

»Ach, Unsinn«, sagt sie zärtlich. »Das stimmt doch gar nicht. Und das habe ich auch nicht gemeint. Aber ...« Sie schaut sich herausfordernd um. »... Ich könnte es!«

»Ja.« Onkel August verzieht die Mundwinkel nach unten und nickt überzeugt. »Und wie du es könntest. Daran herrscht kein Zweifel.«

Während dieser Diskussion leert Frederikke ihr viertes Glas und betrachtet die Anwesenden: Diese Menschen sind ihre engste Familie – aus ihr ist sie entstanden, und bis vor kurzem drehte sich ihr ganzes Leben um sie. Zusammen mit Frederik im Kreis ihrer Familie zu sitzen ist im Grunde die Erfüllung dessen, was vor kurzem noch ihr verwegenster Traum war: daß sie sie anerkennen würden und daß sie durch Frederik wachsen und in den Augen ihrer Familie etwas werden würde.

In ihren Augen!

Jetzt erscheint ihr das plötzlich absurd. In einem Gefühl der Überlegenheit (für das es wohl streng genommen keinerlei Grund gibt) schämt sie sich fast für sie. Es ist etwas passiert, eine Gleichgültigkeit, ein Gefühl der Fremdheit hat sich zwischen ihnen eingeschlichen, und sie muß einsehen, daß sie aufstehen und sie alle verlassen könnte – vielleicht mit Ausnahme von Helena –, ohne einen deutlichen Verlust zu spüren. Vielleicht ist es der Wein, den sie wie ein Prickeln im Körper spüren kann, der ihr diese Einsicht beschert, aber sie sieht zum ersten Mal, daß die Gesichter am Tisch, diese schwebenden weißen Flecken, nichts anderes sind als sprechende Masken, die alle etwas zu verbergen scheinen, nämlich die traurige Tatsache, daß sich gar nichts hinter der Maske befindet. Abgesehen von einer großen Leere. Sie sind, genau wie sie selbst es immer gewesen ist, schlicht und einfach ohne jeden Sinn. Daß sie das sehen kann, das verdankt sie einzig und allein Frederik, der sie mit seiner Echtheit beeinflußt hat.

In einem überwältigenden, fast religiösen Gefühl von Ehrfurcht sieht sie plötzlich das, was sie die ganze Zeit gewußt hat – daß er nicht so ist wie sie, daß er nicht so ist wie irgend jemand sonst auf der Welt. Alle Zweifel, all ihr Brüten in schlaflosen Nächten, all die gefährlichen Fragen, die sie sich zu stellen nie gewagt hat, die aber dennoch die ganze Zeit hinter der Tür gelauert haben, beantworten sich plötzlich von ganz allein – nicht mit Worten, sondern durch eine Dankbarkeit, die so groß ist, daß sie jenseits aller Worte steht. Denn wie hat sie nur glauben können, daß sie zu ihm gehen und ihn mit der schmalen Elle messen könnte, die man ihr hier in die Hand gegeben hat, und mit der sie bisher die Welt gemessen hat, ganz wie sie es gelernt hat? Er läßt sich doch gar nicht messen.

Sie möchte am liebsten zu ihm sagen: »Komm! Bring mich von hier weg, nimm mich mit in deine Welt – hülle mich in deine Federn, und laß uns zusammen davonfliegen«, denn plötzlich weiß sie, daß er, obwohl er sie nie angefaßt hat, sie viel stärker berührt hat als beispielsweise dieser jütländische Gutsbesitzer ihre arme Schwester berührt hat, und sie fühlt sich erfüllt und schwanger – nicht mit einem Kind, sondern mit etwas viel Größerem. Denn er will etwas Größeres! Er ist nicht wie dieser stolze Provinzler, den ihr Vater so sehr in sein Herz geschlossen hat und den ihre Schwester aus unerklärlichen Gründen geheiratet hat – mit seinen Nachkommen und seinen Ländereien und seinen ach so wichtigen Geschäften und seinem »wie wahr, wie wahr«!

Frederikke schaut sich mit einem plötzlich aufsteigenden Gefühl der Übelkeit um, einem Gefühl, das nicht abnimmt, als ihr Blick auf Tante Severine fällt. Sie ist keine Zierde mehr für eine Tafel, denn sie bietet ein Bild des Jammers! Unverheiratet. Eine alte Jungfer, eine alte Schachtel. Lächerlich. Ausrangiert. Unbrauchbar. Ihr Leben ist fort ... vertan, wie die Soße, die in einem dünnen Rinnsal an der Außenseite der Soßenschüssel hinunterläuft.

Und sie, diese alte Frau, lebt augenscheinlich in ihrer eigenen Welt, sie hört nichts und versteht nichts von dem, was um sie herum geschieht. So wie Frederikkes Universum sich auf den Bereich eingeschränkt hat, der zwischen ihr und Frederik liegt, so hat sich das Universum der Tante anscheinend auf den Bereich eingeschränkt, der zwischen ihr und dem Teller liegt, als wäre die Nahrungsaufnahme das einzige noch erstrebenswerte Ziel. Der Genuß ist synonym geworden mit der Verdauung, und das Hähnchen hat die Schlacht verloren. Nicht eine Faser Fleisch befindet sich noch an den Knochen, sie hat geschabt und genagt, gesaugt und mit ihrem fast zahnlosen Gaumen Saft und Kraft aus ihm gesogen, und wie sie jetzt dasitzt, mit den gekrümmten Händen und den dünnen, hängenden Schultern, läßt sich nicht sagen, wer gerupfter aussieht, sie oder das Hähnchen.

»Ja, *du*, Laura!« hört Frederikke plötzlich ihren Vater. »Aber es gibt vermutlich nicht viele Frauen, die wie du sind. Was meinst du beispielsweise dazu, meine Liebe?« Er sieht seine Ehefrau an. »Könntest du dir vorstellen, jeden Tag statt meiner ins Büro zu gehen? Dann könnte ich ja zu Hause bleiben.«

»Ich? Nein! Da sei der Himmel vor! Ich hätte keine Ahnung, was ich dort anstellen sollte. Nein, vielen Dank. Laß mich lieber aus dem Spiel.« Frau Leuenbech lacht hilflos und schaut sich verschüchtert um.

»Was sagst du dazu, Frederikke?« Helena sieht ihre Schwester ernsthaft, fast inquisitorisch an. Die Augen sind nur noch zwei schmale Schlitze, und auf ihrer Stirn ist eine Konzentrationsfalte entstanden, als müßte sie alle Kraft aufwenden, um die Mutter zu überhören – als könnte sie deren dummes Geschwätz einfach nicht mehr ertragen. »Was meinst du zu dem, was dein Mann sagt?«

»Ich?« Die Frage überrumpelt sie. Frederikke zwingt sich, die zurückgezogene, etwas schläfrige Zuschauerrolle zu verlassen, in der sie sich befunden hatte. Sie richtet sich auf, strengt sich an, stellt ihren Blick scharf: »Ich meine natürlich, daß er recht hat. Daß Tante Laura recht hat. Was meine eigene Person betrifft, so weiß ich noch nicht, was ich ... wie ich ... Aber meine Schwägerin Amalie Lindhardt ist ein gutes Beispiel ...«

»Amalie Lindhardt ... Ist sie nicht mit dem Ingenieur verheiratet?« fragt Onkel August. (Geschäftsleute haben einen größeren Referenzrahmen als die meisten anderen.)

»Genau. Sie ist Kunstmalerin und sehr talentiert. Sie würde so gern zur Akademie, um mehr zu lernen, aber das darf sie nicht. Nicht etwa, weil sie nicht tüchtig genug wäre, nein, einzig und allein, weil sie eine Frau ist. Das finde ich ungerecht«, rezitiert sie brav.

»Das ist ja wirklich ungeheuerlich.« Tante Lauras Augen blitzen.

»Nun, nun«, wirft Leuenbech ein, »aber es verbietet ihr doch niemand zu malen, oder? Ich meine – sie kann doch so verrückt malen, wie sie will. Nicht wahr?« Er schaut sich um, als erwartete er stehende Ovationen für seine wunderbare Fähigkeit, ein Thema auf die reine Essenz hinunterzukochen.

»Nun ja, so verrückt malt sie eigentlich gar nicht«, erwidert Frederik mit einem schiefen Lächeln. »Und eigentlich geht es auch nicht um die Frage, ob sie die Freiheit hat, das zu tun oder nicht. Das Essentielle ist doch die Tatsache, daß ihr Orte versperrt sind, die ihr nicht versperrt wären, wenn sie ein Mann wäre. Das ist das Ungerechte in meinen Augen ...« Er sieht Frederikke an. »... in unseren Augen!«

»Wie recht er doch hat! Wie recht er doch hat!« Helena lehnt sich zurück und verschränkt die Arme vor der Brust. »Was für eine Befreiung. Bisher habe ich in dieser Familie doch mit derartigen Ansichten ziemlich allein dagestanden.«

Der vorwurfsvolle Blick wird stumm über den Tisch geworfen, und es wird geschwiegen, so lange, daß sich alle ein wenig peinlich berührt fühlen.

»Ja, ja«, sagt der Vater schließlich. Seine Stimme ist scharf, das Gesicht gekränkt. »Ihr Jungen habt eben eure Meinung – wir haben unsere! Es hat keinen Sinn, das weiter zu diskutieren. Schließlich wollen wir alle miteinander hier sein.«

Mit *alle* meint er natürlich in erster Linie sich selbst.

Später, nach dem Kaffee, als sich bei Frederikke Kopfschmerzen und Ermattung eingestellt haben, wird der kleine Gustav ins Wohnzimmer gebracht, und der größte Teil der Gesellschaft versammelt sich um die Vorführung des jüngsten Sprosses am Stamm. Acht Menschen, verdoppelt im Oval des Konsolenspiegels. Frederik, als höflicher Teilnehmer in dem Schwarm, der sich um die Kinderfrau gebildet hat, setzt sich gegenüber hin.

Frederikke nimmt neben Tante Severine Platz, dem das Mädchen geholfen hat, sich auf ein Sofa zu setzen. Mit dem diffusen Gefühl, sich entschuldigen zu müssen, ergreift Frederikke, die liebe Nichte, ihre dünne, magere Hand.

»Wie geht es dir, Tante? Bist du müde?«

Die Alte lächelt und blinzelt mit den feuchten Augen.

»Ja, langsam wird es mühsam. Ich bin nicht mehr das, was ich mal war.«

»Du kommst doch gut zurecht.«

»Was sagst du?«

Frederikke beugt sich vor und ruft in das alte Ohr, das von einem widerspenstigen, zwei Zentimeter langen Haar geschmückt wird: »Ich sage, du kommst doch gut zurecht.«

»Ach so, ja.«

Frederikke behält ihre Hand, die einem verdorrten Zweig ähnelt, in ihrer, auch wenn sie sich so abstoßend anfühlt, als wäre es der kalte Tod selbst.

»Der Große da«, fragt die Tante sodann und nickt zu Frederik, »sag mal, ist das Helenas Mann?«

»Nein, Tante. Das ist mein Mann. Helenas Mann steht da hinten.«

Die Tante folgt dem Finger. »Ach so«, sagt sie sichtlich enttäuscht, rümpft die Nase mit der mangelnden Höflichkeit des Alters und fügt hinzu: »Der ist aber langweilig!«

Ganz tot ist sie augenscheinlich noch nicht, denn kurz darauf sagt sie, wobei sie ohne Hemmungen mit einem zitternden, gekrümmten Zeigefinger auf ihn zeigt: »Aber der andere da, der ist fesch! War für eine Figur der hat. Ist er Husar?«

»Nein.« Frederikke muß lachen. »Das ist er nicht. Er ist Arzt, Tante.«

»Na, die Größe hätte er aber dafür. Sehr stattlich, das ist er auf jeden Fall. Was für ein Kavalier. Aber das wundert mich nicht. Helena hat immer gewußt, was sie haben will.«

32

Falls Frederik den Besuch von Helena und Ulrik Lehmann als eine Prüfung angesehen hat, dann ist es ihm zumindest nicht anzumerken. Von dem Moment an, als sie durch die Tür treten, wirkt er gut gelaunt und freundlich, und als Helena mit ihrer üblichen Offenheit bereits im Eingang kundtut: »Wir bleiben lange. Richtig lange! Nicht wahr, Ulrik?«, wirft er seiner jungen Ehefrau nur ein augenzwinkerndes Lächeln zu.

Während Ulrik Lehmann etwas Unverständliches in seinen Nerzkragen hustet, hilft Frederik Helena aus dem Mantel. Diese zieht beide Arme zugleich aus dem Tuch, um keine Zeit zu verlieren, woraufhin sie sich mit den charakteristisch hungrigen Augen umschaut, als wollte sie die Wohnung mit ihren Blicken schlucken.

»Zeig mir alles«, sagt sie dann und ergreift Frederikkes Hand. »Ich habe mich so unglaublich darauf gefreut.«

Frederikke spielt Museumsdirektor und zeigt stolz die Kulissen, zwischen denen sich ihr beneidenswertes Leben entfaltet. Helenas Augen schlucken begierig alles, ihre Hände streichen begeistert und liebevoll über Sofalehnen, Stuhlrücken und Tischplatten, und ihre Lippen geben entzückte Ausrufe von sich, die Frederik zum Lachen bringen.

Ihr Ehemann, der nicht den gleichen Enthusiasmus zeigt, folgt ihnen brav. Seine breiten Füße sind genetisch für das Abschreiten weit größerer Areale bestimmt.

»Siehst du, Ulrik«, sagt sie in einem Tonfall, der zwischen Bewunderung und Vorwurf liegt, »siehst du, wie chic es hier ist? So leicht! So würde ich auch gern wohnen. Bei uns ist es so düster.«

»Nun ...« Lehmann wackelt mißbilligend mit seinem beeindruckenden Kopf.

»Ach! Da ist es ja – das Gemälde.« Helena stellt sich davor und starrt das Bild von Frederikke mit offenem Mund an. So bleibt sie eine Weile stehen, dann zieht sie schamlos die Nase kraus, geht zu Frederikke und drückt ihren Mund auf die Stirn der Schwester.

»In Wirklichkeit bist du hübscher.« Sie nimmt Frederikkes Hände und breitet die Arme zur Seite aus, als wären es Flügeltüren zu einem extravaganten Raum. Sie wendet sich Frederik zu. »Finden Sie nicht auch, daß meine Schwester in Wirklichkeit hübscher ist?«

Frederik lächelt. »Schon ... Aber es ist wohl sehr schwer, das wahre Wesen Ihrer Schwester einzufangen, finden Sie nicht auch?«

»O ja! Das finde ich auch.«

Da wird ihre Aufmerksamkeit schon von etwas Neuem in Anspruch genommen. Sie läßt Frederikkes Hände los und schaut zu den Schiebetüren hinüber.

»Was ist denn dahinter?«

»Frederiks Kontor. Und sein Sprechzimmer.«

»Stimmt das? Das muß ich sehen!«

Lehmann hat während der letzten Minuten einen Kampf zwischen seiner Bequemlichkeit und seiner tadellosen Erziehung ausgefochten. Nun hat er der Versuchung nachgegeben, eine Zeitung vom Tisch zu nehmen, und deutet halb erklärend, halb entschuldigend aufs Sofa.

»Ist es in Ordnung, wenn ich ...?«

»Aber natürlich!« Frederik breitet großzügig die Arme aus.

»Machen Sie es sich nur bequem. Es wird nicht lange dauern, bis wir zurück sind. Und dann gehen wir zu Tisch.«

Helena wendet sich ab und verdreht die Augen (vermutlich nicht wegen der angekündigten Mahlzeit, sondern wegen der Bequemlichkeit ihres Mannes).

Sie betreten Frederiks Arbeitszimmer. Das erste, was sie erblickt, ist der Schädel oben auf dem Regal. Sie schlägt die Hand vor den Mund. »Mein Gott! Ich habe schon geglaubt, das wäre meine Schwägerin, die da oben sitzt und mich bespitzelt!« Sie flüstert, damit ihr Mann es nicht hört, und eilt weiter.

Frederik schüttelt den Kopf und lächelt Frederikke zu. Sie lächelt unsicher zurück, weiß nicht, was er denkt, was sie selbst davon halten soll. Er sieht aus, als hätte er noch nie so etwas gesehen oder gehört.

Sie versuchen mit dem eifrigen Gast Schritt zu halten und betreten den nächsten Raum.

»Wie schön es hier ist!« Sie läßt ihren Blick über die Wände gleiten, über den Schreibtisch und die Untersuchungsliege. »Das sieht ja gar nicht ärztemäßig aus. Eher wie ein elegantes Wohnzimmer.«

»Ja«, nickt der Arzt und betrachtet liebevoll den materiellen Hintergrund seines immateriellen Strebens. »Darauf bin ich auch ein wenig stolz.«

Frederikke geht zum Fenster und zupft ein verwelktes Blatt von einer Pflanze. Dann richtet sie die eigentlich perfekten Falten der Gardine, nur um sich als Besitzerin zu präsentieren.

»Sind es sehr wohlhabende Patientinnen, die hierher kommen?«

»Ja, das kann man wohl sagen.«

»Das kann ich mir denken! Was für ein Sprechzimmer. Aber sagen Sie mir – Geburten finden hier doch nicht statt, oder?« Sie sieht ihn skeptisch an.

»Nein, nein. Geburten finden zu Hause statt, aber die Voruntersuchungen werden hier gemacht.«

»Hmm ... Und Sie haben ausschließlich weibliche Patienten, oder?«

»Ja, in diesem Teil meiner Praxis. Aber in die Gratissprechstunde kommen auch Männer.«

»Was fehlt denen denn?« Sie dreht neugierig einen kleinen Krug zwischen den Fingern.

»Was ihnen fehlt? Ganz normale Dinge. Mandelentzündung, Rückenschmerzen, Bronchitis ... Lauter Sachen, mit denen wir uns alle mal plagen, für die die Armen aber anfälliger sind. Kaputte Rücken, Arbeitsunfälle ...«

»Haben Sie für die Patienten ein eigenes Sprechzimmer?«

»Ja, aber ich benutze es nie. Es dient eher dem Schein. Viele Damen ertragen den Gedanken nicht, das Sprechzimmer mit der Unterklasse zu teilen, wissen Sie.«

»Ja, das kann ich mir denken.« Sie sieht ihn offen an. »Wie großzügig von Ihnen. Die Armen bezahlen doch nichts, oder? Ich meine – dann tragen Sie doch die Kosten für diesen Teil der Praxis?«

»Nun ja«, antwortet er, und dann scheint es, als würde er sie eine Sekunde lang abschätzen, bevor er fortfährt: »Eigentlich tun das die wohlhabenden Damen! Nur sie wissen es nicht.«

»Ach so ...« Helena nickt nachdenklich.

»Ja, so ist das.«

»Sagen Sie mal ...«. Sie stellt mit einer langsamen Bewegung den kleinen Krug auf den Tisch und legt ihren Kopf schräg. »Sie sind ganz schön gerissen, oder?«

»Stimmt«, bestätigt er und sieht sie mit einem Blick an, der sie verstehen läßt, daß er genau so raffiniert ist wie sie, und daß es ihn nur amüsiert, daß sie das herausgefunden hat. »Aber daran ist ja auch nichts Schlimmes.«

Dann lachen sie beide.

Frederikke schaut zu.

»Ist es nicht schön, daß wir ein paar Stunden für uns allein haben?« ruft Helena kurz darauf und blickt über die weiße, medaillongemusterte Tischdecke hinweg. »Nur wir jungen Leute. Wobei du, Ulrik, ja ... Ach, egal! Ich finde jedenfalls, wir sollten auf die Bech-Andersens anstoßen, die die Güte hatten, Mama und Papa heute mit Beschlag zu belegen. Ohne sie hätten wir keine Sekunde für uns gehabt.«

Sie hebt ihr Glas und trinkt, ohne auf die anderen zu warten.

»Übrigens, Frederikke – findest du nicht auch, daß es immer schlimmer wird? Oder fällt das nur mir auf?« Sie beugt sich vertraulich über den Tisch und sieht die Schwester mit gerunzelter Stirn an.

»Immer schlimmer?« Frederikkes Glas schwebt noch in der Luft. »Wie meinst du das?«

»Na, diese Sturheit. Besonders bei Vater.«

»Ja, kann schon sein. Aber ist er nicht immer schon ein wenig stur gewesen?«

»Da magst du recht haben. Es war nur gut, daß Sie Ihn gestern zurechtgewiesen haben, Frederik. Er ist es nicht gewohnt, daß ihm jemand widerspricht.«

»Es war ganz und gar nicht meine Absicht, irgend jemanden zurechtzuweisen.«

»Nein, das weiß ich. Aber trotzdem haben Sie es getan.«

»Du solltest wirklich nicht so schlecht über deinen Vater sprechen, Helena.« Lehmann sieht seine Ehefrau vorwurfsvoll an. »Das gefällt mir nicht.«

»Aber mein Lieber, ich rede doch nicht schlecht von ihm.«

»Man soll seine Eltern achten«, fährt er unerschüttert fort. »Stell dir nur einmal vor, wo wir wären, wenn wir sie nicht hätten. Ohne ihre Unterstützung, ohne ihre liebevolle Fürsorge und Erziehung.«

»Ja, wo wohl?« kommt es leise von Helena. »Ulrik ist sehr eng mit seiner Mutter verbunden«, fügt sie hinzu, als wäre es nötig, ihn zu entschuldigen oder zumindest den Hintergrund für seine merkwürdigen Äußerungen aufzuzeigen.

»Soweit ich verstanden haben, lebt Ihre Mutter ja noch«, sagt Frederik im Konversationston und sieht ihn freundlich interessiert an.

»Ja, das stimmt. Aber sie ist nicht mehr jung, man weiß also nie, wie lange ...«

»Nein, da haben Sie vollkommen recht. Es ist eine merkwürdige Sache, alt zu werden, nicht wahr? Sich plötzlich der Tatsache bewußt zu werden, daß die eigenen Eltern nicht ewig leben werden ...« Frederik dreht sein Glas zwischen den Fingern. »Aber wie geht es Ihrer Mutter? Kommt sie zurecht?«

»Den Umständen entsprechend. Sie ist eine starke Frau. Aber sie hat sich vor einem Jahr unglücklicherweise den Knöchel verletzt. Und das hat sie leider ziemlich mitgenommen.«

»Oh, das tut mir leid. Wie ist das denn passiert?«

»Ja, wie ist es passiert? Wir haben einen Waldspaziergang gemacht. Mutter wollte schon seit längerer Zeit Blumen am Kriegerdenkmal Skamlingsbanken niederlegen. Also sind wir eines Sonntags hinausgefahren. Ja, und auf dem Weg hinauf ist sie einfach umgeknickt – obwohl ich doch dachte, ich würde sie gut festhalten.« Er sieht einen Moment lang aus, als würde er sich unter Selbstvorwürfen ducken. »Sie ist gestolpert«, sagt er dann.

»Meine liebe Schwiegermutter ist also vorläufig die letzte, die bei Skamlingsbanken gefallen ist!«

»Helena!« Lehmann wirft den Kopf zur Seite und sieht sie ungläubig an.

»Entschuldige, Ulrik. Das war nur ein Scherz.« Ihre Augen flackern etwas unsicher, als wollte sie die generelle Stimmung ausloten. Vergeblich versucht sie Frederikkes Blick einzufangen.

»Aber ein äußerst schlechter, das muß ich schon sagen«, beharrt ihr Mann.

»Mag sein. Er war weiß Gott nicht besonders originell, aber ...« Sie sieht hilfesuchend und peinlich berührt in das unerbittliche Gesicht ihres Gatten.

Aber er läßt sich nicht so ohne weiteres besänftigen. »Sag mir, gibt es denn nichts, was dir heilig ist?«

»Nein, stell dir vor!« Plötzlich ist Helenas Demut dahin, als dächte sie: Wenn er Streit haben will, dann kriegt er ihn auch. »Das ist doch nun weiß Gott nichts, worüber man sich so aufregen muß.«

Ihre Stimme ist wütend.

Frederik schaut kurz zu Frederikke hinüber. Dann räuspert er sich.

»Mein Gott, wollen wir nicht lieber ... Das war ja nur als Spaß gedacht, nicht wahr? Ich bin mir sicher, daß Ihre Gattin damit nichts Böses gemeint hat.«

Lehmann sieht Frederik einen Moment lang an, als könnte dieser sich gar keinen Begriff davon machen, zu welchen Bosheiten seine Frau fähig ist. Dann zuckt er resigniert mit den Schultern und gibt sich offensichtlich Mühe, eine versöhnliche Miene zu zeigen. Er stößt einen brummenden Laut aus und läßt ein paarmal die Finger in der Luft kreisen, als wollte er die Mißstimmung vertreiben – aber gekränkt ist er doch, ohne daß sich sagen ließe, ob sein Nationalstolz oder seine Mutterliebe mehr zu Schaden gekommen sind.

Frederikke begegnet seinem finsteren Blick über den Blumenstrauß hinweg. Schnell schaut sie nach unten.

Wenig später schenkt Frederik ihnen Dessertwein ein und schaut aufmunternd und anscheinend glücklich auf die kleine Gesellschaft.

»Prost! Es ist schön, daß Sie kommen konnten. Frederikke hat sich so darauf gefreut. Nicht wahr, meine Liebe?«

»Ja, das habe ich.«

»Wirklich?« Helena sieht Frederikke inquisitorisch an. Plötzlich ist etwas Trauriges, Forschendes in ihrem Blick.

»Ja, natürlich.« Frederikke versucht es mit einem leisen Lachen.

»Ja, natürlich«, konstatiert Helena nickend. Und dann hat sie schon – was bezeichnend für ihr Gemüt ist – das Traurige abgestreift und fährt begeistert fort: »Auch wenn du wohl kaum Zeit für all die spannenden Dinge findest, die hier im Augenblick überall passieren. Was hier rundherum alles gebaut wird. Es scheint, als würde eine ganz neue Stadt entstehen. Daß eine Stadt sich in einem Jahr so sehr verändern kann. Ach, ist es nicht eine spannende Zeit, in der wir leben? Mir scheint, als würde sich alles verändern.«

»Ja, im Guten wie im Schlechten«, wirft Lehmann ein. »Ach, apropos – wie steht es eigentlich um diesen Affen, der hier laut schreiend herumrennt?«

»Den Affen?«

»Ja, ja, diesen ... diesen Brandes.«

Helena legt eine Hand auf den Arm ihres Ehemannes. »Du mußt wissen, mein Guter, daß dieser Brandes in diesem Haus verkehrt.« Trotz der zärtlichen Berührung zeigt sich in ihren Augen etwas, das an Spott erinnern könnte, eine leichte Schadenfreude. »Ich glaube, er ist sogar einer von Frederiks engeren Freunden. Jedenfalls soweit ich es verstanden habe.« Sie sieht Frederik fragend an.

»Ja. Das ist er«, antwortet dieser. »Und zwar ein sehr guter Freund!«

Lehmann zuckt mit den Schultern und sieht Frederik an, als gäbe es von jetzt an kaum noch etwas, was ihn überraschen könnte.

»Aber das hast du doch wohl Vater nicht erzählt, Frederikke? Daß ihr mit Brandes Umgang habt?«

»Nein.« Frederikke lächelt. »Dazu hat es keinen Anlaß gegeben.«

»Das war klug von dir.« Dann wendet sie sich Frederik zu. »Meine Schwester hat Ihnen sicher erzählt, daß wir in unserer Familie eine wunderschöne lange Tradition an Antisemitismus haben?«

»Doch, ja. Sie hat etwas in dieser Richtung anklingen lassen.«

»Helena!« Wieder dieser zurechtweisende Ton ihres Ehegatten.

»Ja, ich weiß, daß du das nicht hören magst. Aber es stimmt trotzdem.«

Frederik und Frederikke stehen am Fenster und betrachten die beiden Gestalten, die dort unten auf dem Bürgersteig gehen: Helena, klein und schlank, und Lehmann, breit und wild gestikulierend.

»Entschuldige«, sagt Frederikke, »entschuldige meine Schwester. Sie ist nicht immer sonderlich diskret.«

»Dafür brauchst du dich doch nicht zu entschuldigen! Außerdem finde ich sie sehr witzig.«

»Ja, aber auch ein wenig verrückt, oder?« Sie sieht ihn fragend an, als wolle sie ihn anflehen, ihre Aussage zu bestreiten. Also tut er das.

»Nein ... Sie war nur einfach froh, dich zu sehen.«

Er legt ihr den Arm um die Schultern. »Meinst du, wir hätten sie doch noch begleiten sollen? Ich meine, nur damit er sie nicht den ganzen Heimweg lang ausschimpft?«

»Nein, mach dir keine Sorgen. Das schafft Helena schon.«

»Nun ja … das wird sie wohl.«

Dann zieht Frederikke die Gardinen vor.

»Helena. Nein, wie schön.«

Frederikke steht auf und geht ihrer Schwester entgegen.

Helena pflanzt einen leichten Kuß auf die bleiche Samtwange. »Danke für gestern, es war wirklich nett.« Dann wendet sie sich dem Mädchen zu. »Ich habe unten beim Portier einen Kinderwagen stehen. Sind Sie so gut und sorgen dafür, daß er hinaufgebracht wird?«

»Aber gern, gnädige Frau.«

»Stine, bitten Sie doch den Kutscher um Hilfe. Sie können den Wagen draußen auf den Flur stellen.« Frederikke winkt das Mädchen hinaus.

»Ach, wie schön warm es hier ist. Draußen ist es so schrecklich kalt.« Helena hat noch keinerlei Anstalten gemacht, ihren Mantel auszuziehen. »Ja, du mußt entschuldigen, daß ich hier so hereingeschneit komme.«

»Aber das freut mich doch nur. Ich bin sowieso allein. Frederik ist heute vormittag auswärts unterwegs. Da bin ich für einen Besuch nur dankbar.«

»Ja«, Helena sieht die Schwester entschuldigend an, »aber ich bleibe nicht. Weißt du, ich bin gekommen, um dich um Hilfe zu bitten.«

»Um Hilfe?«

»Ja. Und um deine Diskretion.«

»Aha. Setz dich doch einen Moment.«

»Ja.« Helena zieht die Handschuhe aus und sieht sich geschäftig um. »Wie spät ist es? Halb elf? Gut, dann geht es noch.« Sie öffnet den Mantel und setzt sich auf den Sofarand. »Hör zu: Offiziell bin ich zum Kaffee bei dir. Inoffiziell habe ich eine Verabredung mit Lange, jetzt um elf Uhr.«

»Mit Lange? Aber wieso …?«

»Weil ich mich nie von ihm richtig verabschiedet habe. Das hat mich immer bedrückt. Wir treffen uns im Kongens Have. Und dann gehen wir dort ein bißchen spazieren.«

»Nein, Helena! Und dann noch im Kongens Have, wo euch alle sehen können! Jetzt glaube ich wirklich, du bist nicht ganz bei Trost. Das wirst du nicht tun!«

»Doch, das werde ich tun. Und deshalb muß ich dich bitten, solange auf den Kleinen aufzupassen.«

Frederikke setzt sich auf die Kante des anderen Sofas. Einen Moment lang bleibt ihr der Mund offen stehen. »Du ... hast dir doch nicht ernsthaft gedacht, dich mit einem anderen Mann zu verabreden? Hinter dem Rücken deines Ehemannes!«

»Ach, liebste Frederikke – das klingt ja, als wäre ich dabei, ein Verbrechen zu begehen.« Helena lacht unsicher. »Es ist doch gar nichts dabei. Mein Gott – wir wollen nur ein wenig spazierengehen. Ich möchte ihm so gern richtig Lebewohl sagen. Ich finde, das bin ich ihm schuldig.«

»Das bist du ihm schuldig? Du bist diesem Mann gar nichts schuldig. Um Gottes willen, Helena – er war dein Klavierlehrer! Ihr wart weder verlobt noch sonst irgend etwas.«

»Nein. Das stimmt. Aber ich denke, daß ich ihm Grund gegeben habe, sich – wie sagt man – gewisse Hoffnungen zu machen.« Sie läßt die Handschuhe in der Luft kreisen.

Vom Entree ist Lärm zu hören. Helena springt auf und öffnet vorsichtig die Tür. Frederikke bleibt sitzen und hört von draußen die Stimmen.

»Ach, das ist gut. Schläft er immer noch?«

»Nein, er liegt mit offenen Augen da und guckt so niedlich.«

»Tatsächlich! Ja, dann kann ich ihn ja auch hochnehmen.«

Kurz darauf kommt sie wieder in die Stube, jetzt mit dem Kleinen im Arm.

»Na, wo bist du jetzt gelandet, was? Bist du zu Besuch bei deiner Tante?« fragt sie gedankenverloren, während sie die Seidenbänder aufknüpft und ihm die Mütze abnimmt. »Guck mal, kleiner Mann! Da ist Tante Frederikke. Sie wird sich um dich kümmern.«

Sie redet weiter, genau wie Mütter es seit dem Beginn der Welt getan haben, ein sinnloses Zwitschern ins Ohr des Kindes – vollkommen ohne Verstand, wie alles andere, was wirklich wesentlich ist im Leben, wenn man es genau betrachtet.

Der Kleine scheint es zu genießen; er wiegt seinen überdimensionalen Kopf hin und her und sieht sich neugierig um.

Frederikke ist aufgestanden.

»Helena«, setzt sie an. »Es ist ja nicht so, daß ich mich nicht um ihn kümmern will. Er ist ja so süß.« Um nicht uninteressiert zu wirken, streckt sie einen Finger vor, der sofort gepackt wird. »Aber ich möchte nicht in deine ...«

»Blödsinn! Du wirst in gar nichts verwickelt.«

Frederikke versucht vorsichtig ihre Hand zurückzuziehen, aber der Kleine will nicht loslassen. Er starrt sie an und hält fest.

»Wenn herauskommt, daß ich gewußt habe ... Das würde mich in eine äußerst unangenehme Situation bringen. Ich könnte deinem Mann nie wieder in die Augen sehen.«

Helena grinst und sieht sie ungläubig an. »Nein, das glaube ich nicht! Nur deshalb willst du mir einen Gefallen abschlagen? Das hätte ich von dir nicht erwartet. Hör mal, haben wir uns nicht immer gegenseitig geholfen?«

Frederikke windet ihren Finger aus dem Griff des Kindes. Er ist warm und feucht.

»Doch. Und ich möchte dir ja auch gern helfen. Es ist nur ...« Sie wischt sich den Finger am Kleid ab.

»Hör mal, Frederikke. Ich werde unter allen Umständen hingehen! Und wenn du nicht auf ihn aufpassen willst, dann nehme ich ihn eben mit. Willst du das? Ist es dir lieber, wenn ich ihn mitnehme?«

In diesem Moment sind Geräusche zu hören. Die Tür geht auf, und Frederik tritt ein, einen Schwall frischer Luft mit sich bringend.

Er bleibt abrupt stehen und macht eine überraschte Kopfbewegung. »Na so etwas. Da haben wir ja den kleinen Mann.«

Zuerst geht er zu Frederikke und küßt sie auf die hingehaltene Wange – genau dorthin, wo Helenas Kuß sich noch befindet. Dann geht er zu den Gästen und streicht dem Kleinen über den Kopf. »Hallo, mein Kleiner.«

Helena lächelt über das ganze Gesicht. »Vielen Dank für die gestrige Einladung. Wollen Sie ihn halten?« Sie reicht ihm das Kind, und Frederik nimmt es entgegen. »Nehmen Sie ihn nur. Er geht nicht so leicht kaputt. Ist es das erste Mal, daß Sie so ein kleines Kind halten?«

Frederik schaut sie an, als wollte er herausfinden, ob sie einen Witz gemacht hat. Dann reißt er die Augen auf, daß sich die Stirn in vier dicke Falte zusammenzieht, senkt den Kopf und sieht sie über eine unsichtbare Halbbrille hinweg fragend an.

Helena starrt ihn eine Weile an. Dann schlägt sie sich mit der Hand an die Stirn und lacht. »Ach nein, wie dumm von mir.«

»Ja!«

»Ja.«

Beide lachen.

Wie sie dastehen, sehen sie aus wie eine kleine Familie. Frederiks rechter Mundwinkel wird von dem kleinen, überall herumtastenden Finger heruntergezogen, der sich dort festgehakt hat.

Helena zieht mit einem Lächeln den Finger des Kindes heraus. »Vielleicht können Sie mir ja helfen. Ich meine – wo Sie doch so viel von Kindern verstehen.«

»Ist er denn krank?« Das Kind hat seinen Kopf an Frederiks Schulter gelegt. Frederik legt seine Wange an seinen Kopf, vielleicht eine Geste der Zärtlichkeit, vielleicht um zu prüfen, ob er heiß ist.

»Nicht im geringsten! Gott sei Dank! Aber ich brauche jemanden, der sich für eine knappe Stunde um ihn kümmert, während ich etwas zu erledigen habe.« Sie schaut schräg zu Frederikke hinüber.

Das tut Frederik auch, immer noch mit der Wange auf dem Kopf des Kindes.

»Das machen wir doch gern, nicht wahr? Es ist uns ein Vergnügen.«

»Vielen, vielen Dank!« Helena klatscht begeistert in die Hände. »Ich hole nur schnell seine Decke.«

33

Nur selten hat ein Name schlechter zu der Person gepaßt, die ihn tragen muß, als bei Andreas Lange. Er ist mit seinen bescheidenen ein Meter dreiundsechzig nämlich fast einen Kopf kleiner als all die anderen Herren, die auf den Wegen durch Kongens Have an ihm vorbeispazieren.

Andreas Langes Aussehen ließe sich am besten als sonderbar beschreiben – was hinter seinem Rücken auch ziemlich häufig geschieht. Sein Gesicht ist schmal und hohlwangig, ganz so, als wollte er die ganze Zeit seine Wangen einsaugen. Die Nase ist lang – ein sogenannter Zinken – und scheint, betrachtet man sie aus einem bestimmten Winkel, bis über die Oberlippe zu ragen. Da sie durch einen Knick ein wenig zur Seite gedreht ist, sieht er aus wie jemand, der als Kind die Ermahnung überhört hat, sich niemals hinter ein Pferd zu stellen. Aber Lange ist (leider) nicht der Typ, der Ermahnungen nicht folgt.

Aber richtig häßlich ist er trotzdem nicht – eher interessant! So interessant, daß die meisten, wenn sie ihn zum ersten Mal zu Gesicht bekommen, Mühe haben, wieder wegzuschauen. Es ist nämlich etwas Faszinierendes, fast Magnetisches an diesem außergewöhnlichen Gesicht, was vielleicht in erster Linie an den stahlgrauen, etwas schräg sitzenden und sehr anziehenden Augen liegt, die dem Ganzen eine eigene, etwas schiefe Harmonie verleihen.

Lange ist ein gern gesehener Mensch. Die meisten seiner Kollegen und Schüler am Musikkonservatorium schätzen ihn trotz seiner physischen Mängel als einen tüchtigen, angenehmen Dozenten (Klavier, Musiktheorie und Harmonielehre), und die Männer in seinem privaten Bekanntenkreis, von denen viele ein ganzes Stück älter sind als er, hegen eine herzliche, väterlich-freundschaftliche Beziehung zu ihm. Letzteres liegt teils daran, daß er ein intelligenter und angenehmer junger Mensch ist, teils an dem Mitleid, das darin begründet ist, daß sein Vater einst in Langes Kindheit den schnellen Entschluß faßte, sein gesamtes Vermögen in ein Finanzabenteuer zu stecken – wobei er alles verlor, noch einen schnellen Entschluß faßte und sich eine Kugel durch den

Kopf jagte! Jetzt ist man bemüht – vielleicht in der Erkenntnis, daß so ein Unglück, wie es Lange senior traf, ebensogut einen selbst hätte treffen können –, die Familie zu unterstützen, und besonders die Mutter, die viel zu jung als mittellose Witwe mit vier Kindern dastand, drei Töchtern und einem Sohn. Im Laufe der Zeit gaben sich viele dieser Herren allerlei Mühe – in allen Beziehungen! – die alleinstehende Frau, der vom Leben so übel mitgespielt worden war, zu trösten, und dafür zu sorgen, daß es ihr an nichts mangele.

Der junge, vaterlose Lange mit dem etwas sonderbaren Aussehen ist also ein willkommener Gast in den Stuben der Bourgeoisie, und obwohl er ein Junggeselle im besten Alter ist, haben diese Herren keinerlei Skrupel, ihn mit ihren Ehefrauen oder ihren heiratsfähigen Töchtern allein zu lassen, mit denen er Stunden vor dem Klavier oder Flügel verbringt. Die Väter und Ehemänner wähnen sich in ihrem Revier in Sicherheit. Den meisten tut der junge Lange nämlich (ja, wir wollen es ruhig beim Namen nennen!) hinsichtlich seiner Erscheinung ein wenig leid, so sehr sie ihn auf vielen anderen Gebieten auch schätzen und respektieren. Während der Morgentoilette, wenn sie sich die breiten Kinnpartien und den maskulinen Hals mit Rasierseife einseifen und im Spiegel den eigenen wohlgeformten Brustkasten und die männlichen Arme betrachten, dann fällt ihnen bisweilen Lange ein ... Und weiß Gott, als richtigen Mann kann man ihn ja nun nicht bezeichnen!

Dabei haben diese reizenden, ganz normalen Repräsentanten des männlichen Geschlechts nicht die geringste Vorstellung davon, welche Unruhe Lange bei den nach außen so ausgeglichenen Damen auslöst. Denn was wissen die Männer schon von den Trieben, die in der Frau wüten?

Die jungen, rotwangigen Töchter, die oft seine Hände auf den ihren spüren, wenn er ihre Handstellung korrigiert, sind verzweifelt und fast ein wenig empört über den merkwürdigen Zustand von Animosität, gepaart mit Begehren, in die Lange sie versetzt. Sie verstehen nicht, was eigentlich mit ihnen geschieht, und zwingen sich selbst dazu wegzusehen – aus Angst, sie könnten dem Rausch eines Augenblicks nachgeben und sich in eine Situation bringen, in der ihre Lebensaufgabe plötzlich darauf reduziert wird, diese bizarren Erbanlagen an ihre eigenen Kinder weiterzugeben. Ein Gedanke, der sie die jungfräulichen Himmelfahrtsnasen rümpfen läßt, weil er ihnen fast anstößig erscheint und in keiner Art mit ihren Zukunftsvorstellungen übereinstimmt.

Die erfahreneren Frauen, die verheirateten Frauen – und ganz besonders diejenigen, die das Glück haben, einen Ehemann zu besitzen, der ihren Geschlechtstrieb zu wecken und zu fördern versteht, statt ihn zu übersehen und zu zerstören – wissen hingegen nur zu gut oder spüren zumindest instinktiv, was dieser junge Lange da ausstrahlt. Sie üben bereitwillig und setzen sich neben ihn auf die schmale Klavierbank, um eifrig à quatre mains zu spielen. Und sie erröten nicht (zumindest nicht mehr, als kleidsam ist!), wenn sie seinen Schenkel dicht neben dem ihren spüren oder seine Hände, die eifrig die eigenen auf den Tasten berühren. Diese Frauen fürchten sich nicht, eher fasziniert es sie, daß ihr Begehren nach dieser sonderbaren Physiognomie eigentlich widernatürlich ist, sie genießen das fast Krankhafte an ihrer Lust, die Lippen auf diese hohlen Wangen zu pressen, sich in eine Umarmung dieses kleinen, schmächtigen Körpers gleiten zu lassen. Und sie beziehen ihn in ihre verwegensten Träume mit ein, betrachten seine sonderbare Nase, lassen sich von seinem Blick aufsaugen und spüren ein sündiges Prickeln bei dem Gedanken, daß es vielleicht in aller süßen Heimlichkeit doch einen Beweis für seinen Namen geben könnte.

Was verstehen Männer schon von den Gefühlen der Frauen?

Lange ist am Abend zuvor allein in sein Bett gekrochen, in Gedanken mit dieser Frage beschäftigt, und hat an diesem Morgen, obwohl er sich viel Zeit gelassen hat, darüber zu spekulieren, einsehen müssen, daß er wohl nie eine Antwort finden wird.

Die Sonne hat Mühe, in die enge Gasse durchzudringen, wo er in einer Kellerwohnung haust, weshalb nicht das Licht die Ankunft des Tages verkündet, sondern die Geräusche – eine Tatsache, die zu Langes Gemüt gut paßt. Jeden Morgen kann er nämlich daliegen und sich daran erfreuen, daß er zuhören kann, während Kopenhagen mit einem Crescendo erwacht. Lento a fortissimo.

Zuerst stimmt das Orchester mit losgerissenen, vereinzelten

Lauten, die die Stille der Nacht zerreißen, seine Instrumente: ein leises, morgenheiseres Räuspern, das Scheppern eines Ascheimers, das Klappern von Holzschuhen auf dem Straßenpflaster ...

Und dann beginnt der erste Satz – das Lento:

Zuallererst die Bratsche (sotto voce): das leise Jammern eines Säuglings aus einer nicht festzustellenden Richtung. Dann die Celli (dolente): ein grelles Knirschen der Scharniere einer Abtritttür. Anschließend die Pauken: das Klappern von Tassen und Tellern, Löffeln und Messern gegen Porzellan. Dann die Becken: das Rasseln von Koks, sowie Flügel, Geigen und Cello (dolente/con sordino): morgenmüde Kinder, die sich streiten, und Mütter, die zur Ruhe mahnen. Sodann noch einmal Pauken: der metallische Schlag einer Kachelofentür, und das Fagott (grave) und die Klarinette (doloroso, ritardando): ein Ehepaar, das sich streitet. Anschließend der Flügel (forte): eilende Schritte in den Treppenhäusern, dann die große Pauke und die Becken: ein Tor, das zufällt und seinen ohrenbetäubenden Widerhall zwischen den Gebäuden weiterträgt. Darauf die Kontrabässe: sich grüßende Stimmen von den Hauseingängen, und die Flöten (Sopran und Alt): der durchdringende Ruf der Fabriksirenen. Und wieder die Kontrabässe: das knirschende Rasseln der Wagenräder auf den Straßen, und dann schließlich das ganze Orchester, die Streicher, die Schlaginstrumente, die Bläser, der Flügel – wenn sich das Leben der Stadt in einem einzigen Geräuschteppich versammelt, bei dem aus dem Ganzen keine einzelnen Teile mehr herausgehört werden können – fortissimo!

Was verstehen Männer schon von den Gefühlen der Frauen?

Diese Frage beschäftigt ihn immer noch, während er durch Kongens Have geht. Vor sich sieht er die Bilder der Frauen (nicht viele, aber auch nicht wenige), die sich im Laufe der Jahre seiner bedient haben.

Sich seiner bedient haben ...

Er wundert sich selbst über diese sonderbare Wortwahl, aber er empfindet es nun einmal so. Denn hat er sich nicht immer leiten lassen? Hat er denn in einem einzigen dieser Fälle selbst die Initiative zu was auch immer ergriffen?

Die Antwort lautet nein.

Aber es war ja auch so leicht – fast unvermeidlich.

Die erste? Frau Bech-Andersen!

Welche Wärme sie doch ausstrahlte, diese über vierzigjährige Frau, welche Sehnsucht sie in sich trug, welche Kräfte sich doch hinter dem glänzenden Kleid und dem einschnürenden Korsett verbargen. Bis zu diesem Zeitpunkt hatte er nicht gewußt, sich nicht einmal in seinen wildesten Träumen vorstellen können, daß es das gab.

Ihr Mund, ihr Atem: »Ich liebe Sie. Liebe Sie. Sie dürfen nicht gehen. Bleiben Sie. Bleiben Sie bei mir. Ich werde verrückt, wenn Sie jetzt gehen. Ich habe gewartet, ach, wie habe ich auf diesen Augenblick gewartet, schon seit ich Sie das erste Mal gesehen habe.«

Was kann man darauf antworten? »Tut mir leid, gnädige Frau. Aber vielen Dank.«

Kann man auf die Sehnsucht eines Menschen so antworten?

Manche können es wohl. Doch er nicht!

Hinterher, nachdem er Kleidung und Atemzüge wieder in den Normalzustand gebracht hatte, spürte er den Anflug eines schlechten Gewissens ihrem Mann gegenüber. Aber nur kurz! Denn einerseits war er auf merkwürdige Weise jeglichen Einflusses beraubt worden, und andererseits fühlte er sich von den Lehrsätzen, die ihm seine vorbildliche Erziehung eingeprägt hatte, unter Druck gesetzt: Denn es stand zwar geschrieben, daß man nicht eines anderen Mannes Weib begehren solle – aber was war nun, wenn das genaue Gegenteil eintrat? Wie sollte man sich dann verhalten? Denn hatte er nicht außerdem gelernt, daß man sich nie weigern dürfe, einer Frau zu Hilfe zu eilen, die sich in Not befand? Und daß man nie ein Geschenk ablehnen solle?

Und jetzt ist er wieder auf dem Weg. Zu einem heimlichen Treffen. Mit einer verheirateten Frau.

Ein Zettel unter seiner Tür durchgeschoben, ein einziger Satz: *Triff mich morgen am üblichen Ort. Um elf Uhr.* Es hatte keine Unterschrift gegeben. Aber das wäre auch ganz überflüssig gewesen.

Eine verheiratete Frau. Noch eine verheiratete Frau …

Damals, vor einem Jahr, war sie noch nicht verheiratet gewesen, damals, als er sie das letzte Mal sah.

Er versucht sich zu erinnern, und schon sieht er ihr Gesicht vor sich, doch auf eine sonderbar nüchterne Art – wie man detailliert, und dennoch distanziert und vollkommen ohne Gefühle irgendeinen beliebigen Menschen beschreiben kann. Wenn er sich wirklich an sie erinnern will, sie richtig spüren, dann eher als Duft, als Gefühl, als Sehnsucht … Wie eine Strophe, nein, nicht einmal das, sondern wie die Reminiszenz an eine Strophe einer vergessenen Melodie, die hin und wieder durch den Raum streift und sich mit den anderen Geräuschen vermischt, wenn er abends in seinem Bett liegt, die er jedoch nie so klar und deutlich hört, daß er sie in Noten fassen und auf die Gitterlinien des Notenpapiers bannen könnte. Erst jetzt kommt ihm in den Sinn, daß er vielleicht gerade deshalb nicht aus dem kleinen Zimmer in dem ziemlich ärmlichen Viertel weggezogen ist, wo er wohnt, seit er als armer junger Student am Konservatorium begonnen hat, obwohl er sich doch jetzt etwas Besseres leisten könnte. Daß es vielleicht an der Angst liegt, diesen Hauch zu verlieren.

Das ist alles so lange her.

Und nun dies! So plötzlich!

Zuerst hat er natürlich beschlossen, nicht hinzugehen. Er hat den Brief in der Hand zerknüllt und ist in seinem Zimmer herumgewandert – hin und her, bis er erneut die Wut zum Leben hat erwecken können, die ihn vor einem Jahr davor gerettet hat, vor Kummer wahnsinnig zu werden.

Wut ist eine feine Sache!

Denn was bildet sie sich eigentlich ein?

Doch die Wut hat sich nicht so recht in ihm festsetzen wollen. Mittlerweile hat sie sich geradezu davongeschlichen und nur noch ein schwaches Echo hinterlassen. Er fühlt nichts. Nur eine starke Nervosität.

Er stellt fest, daß er sich mit hastigen Schritten vorwärtsbewegt. Er reduziert sein Tempo.

Das mindeste, was er tun kann, ist ja wohl, zu spät zu kommen!

Ein Jahr zuvor, genau vier Tage bevor Helena verschwunden war, hatte Leuenbech ihn in sein Büro gerufen und hatte mit etwas begonnen, was zumindest anfangs offenbar ein Gespräch darstellen sollte, sich aber schnell zu einem Monolog entwickelte.

Der große Mann, einer der Mäzene seiner Mutter und seiner selbst, dessen Tochter zu unterrichten er sich als eine Art Kompensation zur Aufgabe gemacht hatte, hatte ohne von seinen Papieren aufzuschauen gebrummt: »Einen Moment, ich bin gleich soweit.«

Lange war stehengeblieben. Er wußte nicht, was er sonst hätte tun sollen.

Nach ein paar Minuten hatte Leuenbech aufgeschaut. »Hören Sie, setzen Sie sich doch. Stehen Sie nicht da herum und sehen so aus, als hätten Sie keine fünf Minuten Zeit für einen älteren Herrn.«

»Ich versichere Ihnen ...«

»Sie sollen mir gar nichts versichern, Lange! Sie sollen sich nur hinsetzen. Bitte schön, nehmen Sie den bequemen Sessel ... ein Zigarillo?«

»Nein danke.«

»Ach so, Sie rauchen nicht. Na, das ist wohl auch ganz vernünftig.«

Er zündete sich seinen Zigarrillo an und lehnte sich gemütlich zurück. »Ja, Lange. Dann sitzen wir also hier ... Eigentlich ist es ganz amüsant, daß ausgerechnet in diesem Sessel Ihr Vater öfter gesessen hat. Genau dort, wo Sie jetzt sitzen! Ich habe Ihren Vater ziemlich gut gekannt. Ein bemerkenswerter Mann, der unter besseren Bedingungen ...« Er breitete die Arme aus, als wollte er die Vergangenheit ausradieren. »Ja, das wissen Sie ja. Und Sie wissen auch, daß mir das Wohl Ihrer Mutter immer sehr am Herzen gelegen ist. Genau wie das Ihre.«

»Wir sind Ihnen beide zu großem Dank verpflichtet.«

»Nein, nein, das war ja wohl selbstverständlich. Darüber brauchen Sie sich keine Gedanken zu machen. Und meine Fürsorge für Sie ist hier nicht zu Ende, das sollen Sie nur wissen. Bis jetzt ist es Ihnen ja gut ergangen – oder zumindest zufriedenstellend, wenn man Ihren Hintergrund mit in Betracht zieht.«

»Ich habe mich immer bemüht ...«

»Ja, natürlich haben Sie sich bemüht, Lange! Und wie Sie sich bemüht haben.« Leuenbechs gesamter Körper strahlte eine unglaubliche Irritation aus. »Und ich konnte ja gar nicht umhin zu bemerken, daß Ihre Beziehung zu meiner ältesten Tochter ein wenig ... ein wenig – ja, wie zum Teufel soll man das nennen? Daß es Ihnen offenbar gelungen ist, ihr ... ihr ...« Er wedelte mit der Hand in der Luft.

»Ihr Vertrauen zu gewinnen?«

»Ihr *Vertrauen* zu gewinnen, sagen Sie.« Während er ein Auge zusammenkniff, schien er sich das Wort auf der Zunge zergehen zu lassen, und Lange hatte das unangenehme Gefühl, daß Leuenbech ihn längst durchschaut hatte und wußte, daß das Wort Jungfernschaft sehr viel präziser gewesen wäre – als könnte er die Bilder der unzähligen heimlichen Nachmittage im Bett seines kleinen Zimmers vor sich sehen; die Wärme, die sanfte Willigkeit des nackten Mädchens, ihre geschlossenen Augen und die angeschwollenen Lippen, den salzigen Schweißgeschmack ...

»Ihr *Vertrauen* gewonnen ... Ja so ist es wohl. Wir wollen es mal dahingestellt sein lassen. Ja, ich meine, Sie müssen es ja wissen, nicht wahr?«

Lange schwieg.

»Nun gut! Aber wie Sie vielleicht bemerkt haben, ist das Haus heute etwas auf den Kopf gestellt. Wir bekommen einen wichtigen Gast zum Mittagessen. Eine Geschäftsverbindung aus Jütland. Einen Gutsbesitzer.«

»Aha.« Lange richtete sich auf. Er hatte nicht die geringste Ahnung, was er mit dieser Information anfangen sollte, aber die Erleichterung über den Themenwechsel entspannte ihn augenblicklich.

Zu früh, wie sich bald zeigen würde.

»Deshalb habe ich nicht viel Zeit und will auch gleich zur Sache kommen. Als ich Sie damals in meine Räume einlud, mein lieber Lange, bin ich von der, ja, berechtigten Vermutung ausgegangen, daß Sie sich, wenn man es so nennen will, an Ihre Partitur halten.«

Lange spürte, wie ihm das Blut in die Wangen stieg. »Ihre Tochter hat auch wirklich große Fortschritte gemacht. Sie ist nicht ohne Talent ...«

»Nicht ohne Talent, sagen Sie ... Ja, genau das befürchte ich.«

»Aber ich glaube nicht ...«

»Was glauben Sie nicht, Lange?«

»Ich glaube ehrlich gesagt nicht, daß sie die notwendige Arbeitsmoral hat, um es weiterzubringen.«

»Gut!« Leuenbech strahlte. »Ausgezeichnet! Dann sind wir uns bis dahin ja einig. Sie sind ein ehrlicher Mensch, Lange. Das gefällt mir! Und jetzt haben Sie also das *Vertrauen* meiner Tochter gewonnen. Das muß doch ein schönes Gefühl für Sie sein?«

»Das ist ...«

»Sie sind ein richtiger *Glückspilz.*« Dann beugte er sich vor und legte die Arme so auf die Tischplatte, daß der Rauch seines Zigarillos direkt in Langes Nasenflügel stieg. »Wissen Sie was? Ich habe Ihnen ja bereits gesagt, daß meine Fürsorge für Sie hier nicht zu Ende ist. Aber sagen Sie mir, Lange, was denken Sie, wo sie denn enden wird?«

»Wo Ihre Fürsorge enden wird?« Leuenbechs herausfordernder Blick hatte sein Denkvermögen fast gelähmt. Was wollte er?

»Ich bin mir nicht sicher, ob ich Sie richtig verstehe.« Lange schluckte.

»Nein, natürlich nicht.« Leuenbech lehnte sich jovial zurück. »Das war ja auch eine merkwürdige Frage. Natürlich ist es viel einfacher, wenn ich es Ihnen erzähle. Meine Fürsorge, lieber Lange...« Er schaute einen Moment lang aus dem Fenster, bevor er seinen Blick erneut auf den richtete, den er gerade genüßlich aufspießte. »Meine Fürsorge endet an der Schlafzimmertür meiner Töchter, wenn Sie verstehen, was ich meine. Ja, ich sage es ganz ohne Umschweife. Nein, Sie brauchen nicht zu antworten. Das war nicht als Frage gemeint. Betrachten Sie es ausschließlich als eine freundliche Information. Schließlich habe ich Augen im Kopf, und man muß weiß Gott kein Genie sein, um meine Tochter zu durchschauen! Aber als Vater bin ich gezwungen, die Zukunft meiner Töchter ernst zu nehmen. Verstehen Sie das, junger Mann?«

»Ja, natürlich.«

»Das habe ich mir gedacht. Sie sind ein vernünftiger Mensch.« Dann lächelte er plötzlich. »Womöglich sitzen Sie hier und befürchten, ich würde Ihnen verbieten, meine Tochter künftig zu sehen. Tun Sie das?«

»Ich muß zugeben, daß mir der Gedanke gekommen ist.«

»Wissen Sie, das würde mir im Traum nicht einfallen. Auch wenn viele vielleicht der Meinung sind, es wäre mein gutes Recht. Es gibt genügend Leute, die behaupten würden, Sie hätten mein Vertrauen mißbraucht. Aber das tue ich nicht. Ich bin nicht nachtragend – mein Gott, schließlich geht es ja nicht um mich, nicht wahr? Nein, Lange, ich würde gar nicht auf die Idee kommen, mich zwischen zwei junge Menschen zu stellen. Hören Sie, was ich sage? Ich sitze tatsächlich hier und vertraue Ihnen meine Tochter an. Natürlich nur unter gewissen Bedingungen – aber immerhin.«

Sein Versuch, jovial zu wirken, war ziemlich armselig – durch seine Freundlichkeit schimmerte so etwas wie Haß hindurch.

»Meinetwegen können Sie also gern meine Tochter haben. Was die Zukunft meiner Töchter betrifft, so habe ich keine besonderen Ambitionen. Das einzige, was ich mir wünsche, ist, daß sie beide einen Ehemann finden, der sie zumindest versorgen kann. Und damit kommen wir zum Kern der Sache. Denn ich weiß, daß Sie das nicht können, zumindest nicht im Moment. Und das könnte ein Problem werden. Sehen Sie, meine älteste Tochter ist nicht zur Genügsamkeit erzogen worden. Sie ist es nicht gewohnt, für ihr Auskommen zu arbeiten. Und bezüglich dieser beiden Punkte – Arbeit und Genügsamkeit – wird sie sich als ziemlich untauglich erweisen, da bin ich mir ganz sicher. Wenn ich Ihnen das sage, dann geschieht das in gewisser Weise, weil ich Sie schätze und damit Sie sich in dieser Richtung nicht irgendwelche Hoffnungen machen. Das wäre nur vergeudete Zeit und brächte für beide Seiten nicht wiedergutzumachenden Schaden mit sich.«

Er sah Lange eine ganze Weile an, bevor er sich zu einem Lächeln durchrang.

»Dann wäre das wohl erledigt, nicht wahr? Und Sie brauchen sich keine Sorgen zu machen. Ganz gleich, wie die Zukunft aussehen wird, werde ich auf jeden Fall ein wachsames Auge auf Sie haben. Ich plane, Sie so weit zu unterstützen, wie es in meiner Macht liegt – was davon abhängt, was Sie leisten, nicht wahr? Es ist nämlich nicht gut für einen Mann, wenn er sich nicht selbst versorgen kann. Wir sind doch keine Frauenzimmer, nicht wahr? Deshalb ist es im Augenblick am wichtigsten, daß Sie sich eine Stellung suchen, die Sie in die Lage versetzt, nicht nur meine Tochter zu versorgen, sondern ihr das Dasein einigermaßen angenehm zu machen. Haben Sie schon etwas von Paulli vom Konservatorium gehört? Nein? Nun, dann muß ich noch einmal mit ihm sprechen. Ich werde ihn wissen lassen, daß Ihr Wohl mir sehr am Herzen liegt. Und dann müssen wir sehen, ob er Ihnen nicht eine Anstellung beschaffen kann, so daß Sie jedenfalls ein festes Einkommen hätten. Denn Sie sind doch tüchtig, oder? Ich kann das natürlich nicht beurteilen, denn ich besitze nicht den Schimmer von Musikalität, aber soweit ich es verstanden habe, sind Sie doch ein richtiges Talent.«

Dann holte er tief Luft und schlug mit den Handflächen auf die Tischplatte, als wollte er demonstrieren, daß hiermit das Gespräch beendet sei.

»Dann haben wir Sie in eine gute Stellung gebracht, und anschließend sehen wir uns das eine Weile an. Außerdem schlage ich vor, daß die Klavierstunden meiner Tochter eingestellt werden, nicht wahr? Denn Sie haben ja selbst gesagt, daß ... Es gibt keinen Grund, weitere Zeit darauf zu verschwenden. Und dann schlage ich vor, daß Sie sie ab und zu besuchen, sagen wir alle vierzehn Tage? Wir wollen ja nicht, daß Sie ganz ihr Vertrauen verlieren, nicht wahr? Apropos Vertrauen – ich gehe natürlich davon aus, daß dieses Gespräch unter uns bleibt. Ich möchte nicht, daß davon etwas publik wird. Und dann hoffe ich, Sie verstehen, daß in keiner Weise die Rede von Verlobung ist – eher von einer Art Gentlemen's Agreement zwischen uns beiden. Jetzt habe ich Ihnen jedenfalls die Chance gegeben, zu zeigen, wozu Sie taugen. Und dann werden wir nach einem Jahr wieder miteinander reden. Wenn es Ihnen gelungen ist, bis dahin eine angemessene Position zu erlangen und Sie und meine Tochter immer noch miteinander vertraulich sind – ja, dann gibt es wohl nichts, was Sie daran hindern wird ... Aber jetzt muß ich los und mich umziehen. Sie finden doch allein hinaus?«

Macht kann nominell sein, sie kann aber auch real sein. Bei Leuenbech war ersteres der Fall. Die herablassende Attitüde, der hohle Altruismus, den er an den Tag legte, basierten einzig und allein auf der Angst, die Kontrolle zu verlieren.

Das weiß Lange, und das hat er bereits an jenem Tag gewußt – ja, sogar schon vor jenem Tag, denn sein Gehör für falsche Töne ist keineswegs auf das Universum der Musik begrenzt.

Leuenbech ist wohlhabend. Leuenbech kann sich Arroganz leisten ... Aber Lange ist musikalisch!

Infolgedessen hatte er ein gutes Gefühl gehabt, als er nach dem sogenannten Gespräch wieder an der frischen Luft auf dem Bürgersteig stand. Er war sich natürlich dessen bewußt, daß der Alte glaubte, er könne den Verlauf der Schlacht bestimmen! Na und? Was hatte das zu bedeuten, wenn das, was er Helena und Lange in Aussicht gestellt hatte, viel mehr war, als beide zu hoffen gewagt hatten? Wenn sie beide wußten, daß er so ganz ohne jeden Einfluß war? Daß sie heiraten würden, daran gab es ja keinen Zweifel, denn sie *mußten* einfach zusammen sein. Alles andere war undenkbar!

Natürlich hatte er Lust gehabt, dem Alten die Wahrheit zu sagen. Aber warum ihm aus lauter Stolz alles an den Kopf werfen, wenn es so viel angenehmer war? Wäre das nicht ausgesprochen dumm gewesen? Das Leben (und die Mutter, die in einem Teil davon Expertin war) hatte ihn gelehrt, nie hochmütig anzukommen – nicht aus Bescheidenheit, sondern aus dem einfachen Grund, daß es sich nicht auszahlt. Man muß seine Karten vernünftig ausspielen, und ohne die Hilfe eines anderen wäre er wirklich nicht in der Lage, Helena zu versorgen, zumindest nicht in sicherem Rahmen. Dieser Tatsache mußte er ins Auge sehen. Und wenn der Alte damit rechnete, und darauf lief sein raffinierter Plan wohl hinaus, daß ihre Beziehung während der langen Wartezeit abkühlen würde – dann würden sie ihm schon zeigen, daß er sich verrechnet hatte!

Alle vierzehn Tage! Wenn der wüßte ...

Als er nach Hause gekommen war, setzte er sich sogleich hin und verfaßte einen kleinen Brief an seine Geliebte (unterschrieben mit dem üblichen »Frl. Anna Gram« – dem phantasielosen Namen einer lieben, nicht existierenden Busenfreundin), in dem er sich die freundliche Anwesenheit der Auserwählten seines Herzens zu einem kleinen Kaffeetrinken noch am selben Tag um fünfzehn Uhr erbat. Es kam keine Antwort, und gegen vier Uhr wurde ihm klar, daß sie an diesem Tag wahrscheinlich nicht mehr kommen würde. Es ärgerte ihn natürlich, aber er machte sich keine Sorgen. Es war schon früher geschehen, daß Helena sich aus irgendeinem Grund nicht imstande gesehen hatte, zu kommen. Dann pflegte sie plötzlich aufzutauchen, wenn er sie am wenigsten erwartete, wie eine heftig pulsierende Überraschung, außer Atem, mit frischem Wind im Haar, rosa Flecken auf den kühlen Wangen, hungrigen Küssen auf den Lippen und weichen Brüsten unter dem Kleid. Er rechnete damit, daß es auch dieses Mal so sein würde.

Erst nachdem er ihr ein paar Tage lang vergeblich kleine Nachrichten geschickt hatte, begann er sich ernsthaft zu wundern – ein Wundern, das jedoch in einem allgemeinen Zustand der Ermattung und des Mißmuts unterging, der sich bald als der Anfang einer Grippe herausstellen sollte.

Am dritten Tag wachte er davon auf, daß jemand an seine Tür klopfte.

Er wälzte sich, immer noch schlaftrunken, aus seinem Bett, blieb einen Moment mitten im Raum stehen, fuhr sich mit der Hand durch die Haare, nicht in der Lage, einen klaren Gedanken zu fassen.

Es hämmerte noch einmal.

Er schnappte sich die Tagesdecke (von seiner Mutter während der unzähligen Winterabende ihres Lebens gestrickt) und warf sie sich um seinen nackten Körper. Dann ging er zur Tür und öffnete sie einen Spalt.

In dem Spalt stand Leuenbech, vor Wut kochend.

»Wo ist meine Tochter?«

»Ihre Tochter?«

»Ja, meine Tochter! Würden Sie die Güte haben und mir sofort sagen, wo sie steckt, Sie elender Schuft! Ist sie hier?« Er schob die Tür auf, so daß sie gegen Langes Knie stieß, und stürzte ins Zimmer.

Welches innerhalb einer halben Sekunde zu überschauen war. Sie war nicht da! Mit einer beinahe enttäuschten Miene hatte er das Zimmer durchmessen und sogar die Tür zu Langes Kleiderschrank aufgerissen, als erwarte er, sie hier zu finden. Anschließend betrachtete er einen Moment lang die Unordnung, das ungemachte Bett (war es möglich, daß es zu dieser Zeit noch ein wenig nach Helena duftete?), Kleidungsstücke, die über Armlehnen und Stuhlrücken lagen, Notenblätter, auf Tisch und Boden zerstreut, bevor er zum Bett eilte und die Decke zur Seite schlug.

Lange sah zu, vollkommen paralysiert und vollkommen außerstande, zu begreifen, was mit diesem Mann los war. Er schloß vorsichtig die Tür und zog die Decke um sich zusammen, während er dem Wahnsinnsauftritt mit offenem Mund zusah.

»Wo ist sie? Wenn Sie mir nicht sofort erzählen, wo sie ist, werde ich Ihnen Ihren elenden Buckel vollhauen.«

Später dachte Lange, daß er wahrscheinlich laut gelacht hätte, wenn er ganz wach gewesen und wenn die Situation in ihrer Absurdität nicht so lähmend gewesen wäre. Jetzt lachte er nicht, sondern antwortete, was leider vollkommen der Wahrheit entsprach, daß er nicht die geringste Idee habe.

»Glauben Sie, ich bin ein Idiot? Meine Tochter ist letzte Nacht nicht nach Hause gekommen. Wenn Sie nicht wissen, wo sie ist, wer soll es dann wissen?«

Erst da war Lange langsam klar geworden, worum es eigentlich ging. Er schluckte. Sein Mund war trocken, der Hals brannte.

»Sagen Sie, ist Helena weg?« gelang es ihm zwischen den aufgesprungenen Lippen und klappernden Zähnen hervorzubringen.

Leuenbech sah ihn schweigend an, mit einem Blick, der ihn wissen ließ, daß er seine Fähigkeiten als Schauspieler kaum überzeugend fand.

»Wie lange ist sie denn schon weg?« fragte Lange mit bangen Ahnungen, während vor seinem inneren Auge Mörder aus aller Herren Länder Revue passierten und die Kälte von den Dielen aufstieg.

Der andere antwortete nicht, starrte ihn nur wortlos an, als würde es ihm Übelkeit bereiten, ihn so stehen zu sehen – zitternd, eine Decke um sich geschlagen, unrasiert und mit zerzaustem Haar, klappernden Zähnen und Schlaf in den Augen. Sein Blick wanderte verächtlich über die jämmerliche Gestalt und hielt dann plötzlich inne, als wäre er durch irgend etwas erstarrt, das ihn gleichzeitig überraschte und verärgerte. Lange folgte seinem Blick, sah an sich selbst hinab und stellte fest, daß die Decke ein wenig zur Seite gerutscht war, so daß dazwischen sein schlaffes, dunkles Glied zu sehen war.

Schnell wickelte er die Decke fester um sich.

Der andere schüttelte den Kopf und schob ihm einen vibrierenden Zeigefinger ins Gesicht. »Sie brauchen nicht zu denken, Sie würden noch eine einzige Krone von mir kriegen. Und die Stelle am Konservatorium, die können Sie auch vergessen. Alle Türen werden in Zukunft für Sie verschlossen sein. Verstehen Sie das, Sie kleines, dreckiges ...« Da er offenbar nicht das passende Wort fand, mit dem er seine Verachtung ausdrücken konnte, verließ er den Raum und warf die Tür hinter sich zu.

Den Rest des Tages hatte Lange weitere lächerliche Nachrichten von Frl. Gram losgeschickt: *Meine Mutter und ich würden Sie gern zum Tee um 15 Uhr sehen.* Und später: *Wie Sie wissen, ist meine Mutter nicht mehr die Jüngste, und jetzt macht sie sich Sorgen, weil wir nichts von Ihnen hören.*

Auf keine Nachricht hatte er eine Antwort bekommen.

Am nächsten Morgen – nach einer unruhigen, schlaflosen Nacht – verging Frl. Gram beinahe vor Sehnsucht. Ihr im Stich gelassenes Jungmädchenherz blutete, und ihre jungen Lenden schrieen: *Ich bin richtig böse auf Sie, daß Sie meine Briefe nicht beantworten. Ich dachte, wir wären Herzensfreundinnen.*

Sie bekam keine Antwort.

Dann war er wieder unter die Decke gekrochen, nackt und frierend, und hatte eigenhändig versucht, seinem Körper eine Antwort auf all die Fragen zu geben, die dieser begierig und voller Unruhe gestellt hatte, aber es hatte nichts genützt, und schließlich hatte er statt dessen in einer Mischung aus Sorgen und Selbstmitleid ins Kissen geschluchzt.

»Helena«, flüsterte er sinnlos. »Helena, komm zurück, du bist die einzige, die mir jemals wirklich etwas bedeutet hat.« Und das stimmte, denn sosehr er sich in allen anderen Fällen willenlos hatte führen lassen, sich gedankenlos und etwas verblüfft wie ein Hundewelpe hatte lieben und streicheln lassen, so war hier von Anfang an die Rede von einer gemeinsamen Initiative gewesen, einer fast verzweifelten Suche nach Vereinigung. Ihre Hände auf der Klaviatur, schmal und weich, ihre entblößten Schläfen, die kräftigen Augenbrauen und die sonderbar trotzigen Augen, in denen sich eine heftige, fast aggressive Sehnsucht verbarg.

Accelerando – allegro furioso. Con tutta la forza.

Wie konnte so etwas nur so weh tun?

Wo war die Freude geblieben?

Wenn sie doch nur käme, damit sie, wie üblich, beieinander liegen und sich ein Detail ums andere über Fräulein Grams bescheidene Person ausdenken konnten. Sie hatten schon eine ganze Geschichte zusammengebracht, eine richtig rührselige Klamotte über ein armes Mädchen von Fünen – aus guter Familie natürlich! –, deren Vater Vierunddreißig im Krieg gefallen war und das jetzt mit seiner Mutter allein lebte, deren Gebrechlichkeit das junge Mädchen daran hinderte, das Haus zu verlassen.

Wie übermütig sie doch gewesen waren. Wie sie sich amüsiert und vollkommen unverwundbar gefühlt hatten. Helena hatte daheim von ihr erzählt und viel Lob dafür geerntet, daß sie sich um das Mädchen kümmerte.

»Ich glaube, langsam ist es an der Zeit, daß du mir Fräulein Gram und ihre Mutter einmal vorstellst. Willst du die reizenden Menschen nicht einmal zum Kaffee einladen?« hatte ihre Mutter eines Tages gefragt. »Wie lustig, daß du das sagst, Mutter, genau das gleiche hat Frau Gram auch kürzlich gesagt – sie würde so gern meine Mutter und meine Schwester kennenlernen. Aber im Augenblick ist es ihr nicht möglich, sie ist immer noch zu schwach.« Und Helena hatte ihr Gesicht in unwiderstehlich sorgenvolle Falten gelegt: »Meinst du nicht auch, daß es sie verletzen würde, wenn ich jetzt mit einer Einladung von uns ankäme? Meinst du nicht auch, daß es besser wäre, damit zu warten, bis sie gesund ist? Ich möchte auf gar keinen Fall, daß sie sich unzulänglich fühlt.« Sie hatte ihre Mutter unschuldig angeschaut, die ihr zugestimmt und sie für ihre Rücksichtnahme in den höchsten Tönen gelobt hatte.

»Eigentlich ist es unglaublich, wie gut du lügen kannst«, hatte Lange erklärt, während er seine Lippen über ihren Bauch fahren ließ. »Sollimirdanisorgachen?«

»Was sagst du?« Helena schrie auf. »Hör auf! Das kitzelt!«

»Ja, sollte ich mir deshalb nicht Sorgen machen?« wiederholte er, immer noch beschäftigt.

»Es würde mir nie im Traum einfallen, dich anzulügen, Andreas. Alle anderen, aber niemals dich. Und zur Strafe hast du bitteschön herzukommen und mich zu küssen!«

»Ich küsse dich hier ...«

Und dann waren sie wieder in Seligkeit untergegangen.

Amoroso ...

Später hatte sie gefragt, was sie eigentlich mit der armen Anna Gram anstellen sollten, wenn sie zusammen weggelaufen waren und sie nicht mehr brauchten.

»Wir laufen nicht weg. Wir heiraten einfach. Wie alle anderen Menschen.«

»Nein, Andreas ... Du bist doch mein Geheimnis. Du sollst mir gehören, mir ganz allein. Wenn wir heiraten, dann legt Vater sofort seine feuchte Hand auf dich ... Und meine Mutter kommt angerannt und reduziert alles auf die Frage nach sauberen Gardinen ... Nein, ich will nicht heiraten. Ich will dich mit niemandem teilen, verstehst du? Ich brauche Geheimnisse. Alle brauchen Geheimnisse.«

»Ich nicht.«

»Doch, du auch! Du weißt es nur nicht ... Nein, komm, lass uns lieber weglaufen und eine wilde Ehe führen. Und dann wirst du ein berühmter, gefeierter Konzertpianist, der in allen europäischen Hauptstädten herumreist. Und in Amerika. Ich folge dir durch die ganze Welt, als deine demütige Dienerin, und sehe, wie dich alle reichen Frauen der Welt lieben und begehren. Und du wirst Affären mit Gräfinnen und Prinzessinnen haben, während ich draußen vor den Konzertsälen in meinen jämmerlichen Kleidern stehe und frierend auf dich warte. Und leide. Weinend.«

»Was für ein Blödsinn. Außerdem bin ich dazu nicht gut genug.«

»Um mich zum Weinen zu bringen?« Sie seufzte. »Nein, vielleicht ja nicht.«

»Nein, um ein berühmter Konzertpianist zu werden.«

»Ach! Dann wirst du eben Straßenmusikant. Wir ziehen von Stadt zu Stadt, und ich gehe mit dem Hut herum, während du spielst.«

»Wie der Affe vom Leierkastenmann?«

»Wenn du nicht sofort aufhörst, dich über mich lustig zu machen, Herr Lange, wirst du umgehend das Exklusivrecht verlieren, meinen großen Zeh in den Mund zu nehmen! Nein, so habe ich es nicht gemeint. Mach es noch einmal! Und den anderen auch.«

»Na gut ... Übrigens ist es nicht so einfach, mit einem Flügel von Stadt zu Stadt zu ziehen.«

»Dann suchst du dir ein anderes Instrument. Spiel doch ... Piccoloflöte!«

»Du bist eine Plaudertasche, Helena. Warum können wir nicht einfach ganz normal heiraten? Uns eine kleine Wohnung suchen? Ein paar Kinder haben? Sag, daß du mich heiraten willst, Helena.«

»Ich will! Ich will dich heiraten.« Sie hatte sich auf ihn gesetzt und seine Arme auf die Matratze gedrückt. »Dann laß es uns jetzt tun. Jetzt sofort! Ohne jemandem etwas davon zu erzählen.«

»Mein kleiner Schatz, das können wir nicht. Du mußt ein wenig Geduld haben.« Ihr Haar hing ihm ins Gesicht, und er versuchte es wegzupusten. »Wie die Dinge jetzt stehen, kann ich dich nicht versorgen.«

»Ja und? Dann suche ich mir eine Stelle als Lehrerin.«

»Helena ...«

»Warum denn nicht? Es gibt doch viele Frauen, die das müssen.«

»Darum geht es doch gar nicht. Du kannst gern als Lehrerin arbeiten, wenn du willst. Aber das reicht nicht. Wenn wir noch ein wenig warten, dann findet sich vielleicht etwas am Konservatorium. Eine richtige Stelle, so daß wir anständig leben können.«

»Ich habe keine Lust, anständig zu sein.«

»Das glaube ich dir gern. Jetzt hör mal, Helena, was du da sagst, das klingt so einfach. Aber ich habe mein ganzes Leben lang ohne eine einzige Krone gelebt, und glaub mir, es ist nicht so lustig, wie es sich anhört. Wir brauchen etwas zu essen. Kleider am Leib.«

»Wir haben doch sowieso nie etwas an, wenn wir zusammen sind.«

»Helena, nun mal ernsthaft ...«

»Oder stimmt das nicht? Das mußt du doch zugeben. Kannst du dir etwas vorstellen, was mir besser steht als das Kleid, mit dem mich der liebe Gott ausgestattet hat?« Und dann sprang sie auf den Boden und drehte sich vor ihm, als wäre er ein Spiegel und sie eine anspruchsvolle Kundin beim Schneider.

»Nein. Mein Gott, nein ...«

»Ach, begreifst du denn nicht«, fragte sie etwas später, während sie seinen herausragenden Riechkolben mit Küssen bedachte, »daß dich gerade die Tatsache, daß du kein Geld hast, so anziehend macht? Daß du nicht so bist wie all die anderen schleimigen Aale, die nach Vaters Willen bei mir anbeißen sollen? All diese langweiligen Wichtigtuer mit Geld und guter Familie ... Hast du den Pfarrer meiner Schwester gesehen?«

»Holm? Ja, der ist nicht besonders spannend. Aber das ist deine Schwester wohl auch nicht, oder?«

»Du darfst nicht schlecht über meine Schwester reden. Außerdem ist sie gar nicht so langweilig. Nur etwas schüchtern. Sie kann richtig witzig sein. Zum Beispiel kann sie eine unglaubliche Nummer mit ihrem Bauch aufführen – sie bläst ihn auf, als wenn sie hochschwanger wäre.«

»Na so etwas. Glaubst du, daß sie das Holm zeigt?«

»Nein.« Helena lachte. »Aber es wäre doch lustig, sich das vorzustellen.«

»Ja, ja, schon möglich, daß sie ihren Bauch so aufpusten kann, aber trotzdem ist sie lange nicht so unterhaltsam wie du«, antwortete er, während er fasziniert ihre Hand betrachtete, die sich mit der größten Selbstverständlichkeit in Gegenden bewegte, in der sich die Hände braver Mädchen nicht befinden sollten.

Sie lachte. »Nein, aber sie hat ja auch nicht das Glück, dich zu kennen, oder? Also, was machen wir jetzt mit ihr? Bringen wir sie um?«

»Na, so langweilig ist sie ja nun auch wieder nicht.«

»Nicht meine Schwester, du Dummkopf. Fräulein Gram!«

Aber sie waren sich darüber einig geworden, daß sie das nicht übers Herz bringen konnten. Nicht nach allem, was Anna Gram für sie getan hatte ...

Zu anderen Zeiten – doloroso:

»Du darfst mich nicht auslachen«, hatte sie eines Tages zu ihm gesagt. »Aber gestern abend, als ich in meinem Bett lag, habe ich an dich gedacht und dich so vermißt, und da ist mir etwas klar geworden. Ich ... ich habe mich immer selbst gehaßt. Nein, du brauchst nicht zu widersprechen, deshalb erzähle ich dir das nicht. Das ist keine Koketterie. Es stimmt. Seit meiner Kindheit habe ich gewußt, daß ich nicht bin wie die anderen – daß ich ein ... ein Dreieck unter Vierecken bin – daß ich nirgends hinpasse. Verstehst du das? Ich konnte nie einen Zwischenraum finden, in den ich hineinhuschen und wo ich mich *ausruhen* konnte. Ich weiß nicht so recht, wie ich es erklären soll, aber es ähnelt ein wenig der Sehnsucht, sich in einen bequemen Sessel fallen zu lassen, wenn man lange gelaufen ist. Verstehst du? Meine Mutter hat immer gesagt, ich wäre erst zufrieden, wenn ich zehn Meter unter der Erde läge ... Ich weiß, das ist nicht gerade freundlich ausgedrückt, aber irgendwie ... Ich habe angefangen zu glauben, daß sie recht hat. Ich bin nie zur Ruhe gekommen. Ich habe es immer gehaßt, zu Hause zu sein, ich wollte weg. Weil ich mich selbst nicht ertragen kann.« Sie machte eine kleine Pause. Dann nahm sie mit einem langen Seufzer Anlauf. »Und jetzt kommt es: Mir ist gestern klar geworden, daß ich *mich selbst* mag, wenn ich mit dir zusammen bin. Wenn du mich anfaßt, wenn du mich ansiehst, dann verzauberst du mich zu etwas Hübschem. Und Gutem. Und Lebendigem. Ich liebe mich selbst, wenn ich mit dir zusammen bin ... oder besser gesagt ich *vergesse* mich selbst. Andreas, das macht doch die Liebe aus. Oder?« Sie hatte ihn flehentlich angesehen.

Und er hatte sie festgehalten, ganz fest. Sie zitterte.

»Helena«, sagte er, »du hast ja *Angst.*«

»Ja. Ein bißchen. Vor allem vor mir selbst. Aber nicht mehr so sehr. Es ist, als könntest du das Loch schließen ...«

»Das Loch?«

»Ja. Dieses verdammte Loch, das ich immer in mir hatte. Ein Hohlraum. Ein Hunger. Es hat mich fast verrückt gemacht. Manchmal sehe ich Dinge, die gar nicht da sind. Kann Einsamkeit einen so weit treiben?«

Sie sah ihn an, als könnte er alle ihre Fragen beantworten.

»Ich habe immer – nein, nicht immer, aber seit ich erwachsen bin – diesen Traum gehabt, oder besser gesagt, eine *Vorstellung*, ein so deutliches Bild, als ob es Wirklichkeit wäre. In der Regel geschieht es, wenn wir Besuch haben. Am häufigsten, wenn ich mich gerade unterhalte. Und dann passiert es, ohne Vorwarnung: Die Tür geht auf, und eine Person kommt auf mich zu, nicht schnell, sondern leise und ruhig. Ein Mann. Und ich weiß, daß er zu *mir* kommen wird, weil er nie einen der anderen auch nur eines Blickes würdigt. Und so geschieht es auch. Er hockt sich neben meinen Stuhl, legt mir die Hand auf die Schulter und flüstert: ›Komm. Wir gehen.‹ Nichts sonst. Nur dieses: ›Komm. Wir gehen.‹«

Sie lächelte etwas verlegen.

»Es ist verrückt, ich weiß. Aber gleichzeitig auch ganz wunderbar! So schön! Verstehst du das? So einfach. Endlich wegzukommen und gleichzeitig anzukommen.«

Er verstand es nur zu gut.

»Und jetzt weiß ich, daß du es bist, Andreas. Du bist es doch?«

»Sieh mich an. Sieh mich an, Helena! Ich liebe dich.«

»Ja. Ich weiß. Das ist es ja, was so unbegreiflich ist. Vielleicht ist es einfach zuviel für mich ...«

Helena, die Freude, dich hier neben mir im Bett liegen zu haben, nackt und ruhig – meistens fröhlich, aber manchmal auch traurig. Manchmal schlafend. Dieses selige Gefühl in der Hand von der Schwere deiner Brüste, deinem feuchten, zerzausten Haar oder den Rundungen deiner Hüften ... Zu sehen, wie du mir den Kopf zuwendest und verschlafen, aber glücklich lächelst, während dein Kleid über der Stuhllehne hängt, leer und verlassen. Einen anderen Menschen zu lieben, zu besitzen, *sich selbst und den eigenen Körper zum ersten Mal zu erleben – gleichzeitig lebendig und erschöpft. Wohin ist das Ganze nur verschwunden? Wo bist du?*

Er hatte achtundvierzig Stunden dagelegen – hin und her geworfen zwischen angstvollem Schlaf und einem noch schlimmeren Wachzustand. Er war nur aufgestanden, um Wasser in einem Emailletopf zu lassen, der schließlich so voller gelbem, stinkendem Urin war, daß er sich nicht mehr traute, ihn unter das Bett zu schieben, ihn einfach stehenließ und wieder ins Bett fiel.

Ab und zu lachte er laut, denn sie war ja doch da, direkt neben ihm. Und sie flüsterte ihm etwas zu, küßte ihn auf die Stirn und ließ die Hand über seine glühende Fieberhaut gleiten, und das war so schön, oh so schön. Und er wollte sich selbst aus den Fiebernebeln herauszwingen, wollte mit seinen Händen nach ihr greifen, sie sehen, bekam aber weder die Augen auf, noch konnte er die Arme heben.

Dann hatte es wieder an der Tür geklopft, leise und vorsichtig, geradezu schamhaft, und er hatte sich mit einer unglaublichen Willensanstrengung den Weg durch den schweren Vorhang des Fiebers gebahnt, zurück ins Zimmer, und sein Herz war gebrochen, weil er wußte, daß sie es war, die da draußen stand und um Verzeihung bitten wollte.

Er wankte zur Tür, dieses Mal, ohne sich die Zeit zu nehmen, etwas überzuwerfen, und ohne einen Gedanken, daß von seinem Körper und aus seinem Mund, ja vom gesamten Zimmer ein fürchterlicher Gestank nach einem Menschen im Verfall ausgehen müßte.

Als er Leuenbech draußen stehen sah, sank er auf der Stelle zu Boden.

Das nächste, was er mitbekam, waren eine kräftige Hand unter seinen Armen und eine Stimme, die sagte: »Reißen Sie sich zusammen, Mann. Kommen Sie! Stehen Sie auf. Was ist mit Ihnen los? Sind Sie krank? Haben Sie nichts gegessen? Sagen Sie, sind Sie noch ganz bei Sinnen? Rennen hier nackt herum!«

Dann wurde er ins Bett befördert und zugedeckt – nicht ohne eine gewisse Fürsorge.

Anschließend lag er da und nahm die Erklärung entgegen, daß Helenas Verschwinden seine ganz natürliche Ursache gehabt habe, daß sie jetzt Frau Gutsbesitzer Helena Lehmann sei. Damit habe sie ja wohl alle beide überrascht, und das sei doch typisch für sie! Er sei ja schon ziemlich nervös gewesen, aber sie müßten sich doch trotz allem darüber freuen, daß sie nun in guten Händen sei. (Lange hatte seine eigenen gehoben und angestarrt.) Er müßte natürlich entschuldigen, wenn er, Leuenbech, ein wenig ... nun ja, aber was hätte er denn denken sollen? Paulli sei am nächsten Tag um vierzehn Uhr für ein Gespräch mit ihm im Konservatorium bereit, aber das könne ja verschoben werden, denn er sei ja nun offensichtlich nicht gesund. Natürlich müßte er Bescheid sagen, wenn man etwas für ihn tun könne – aber nun solle er erst einmal dafür sorgen, wieder zu Kräften zu kommen ...

Und dann waren da plötzlich zwei Stimmen im Raum gewesen, und eine Hand, die nach alten Zigarren stank. Sie hatte versucht, ihn mit Hilfe eines Holzstäbchens, das ihm in den Hals geschoben wurde, zu ersticken. Anschließend hatte man ihn umgedreht und ihm eine Spritze in den Schenkel gegeben.

Als er wieder zu sich kam, hatte irgend jemand das Zimmer gesäubert. Die Kleidung, die überall herumgelegen hatte, war gewaschen und ordentlich auf den Bügeln einer Reinigung aufgehängt, der Nachttopf war leer, die Fenster geputzt und das Bettzeug ausgewechselt. Auf dem Tisch neben ihm lagen ein Bündel Geldscheine sowie ein kleiner Zettel, auf dem ein Termin bei Paulli notiert war.

Sie sitzt auf der Bank. Ihr Anblick, selbst aus der Entfernung, trifft ihn wie eine Faust in der Magengrube.

Seine Schuhe bewegen sich über den Kiesweg, als bestimmten sie die Richtung. Es sind gute Schuhe. Das einzige, was er fühlt, ist eine fürchterliche Kälte. Die Frühjahrssonne ist hinter einer Hutkrempe von Wolken ins Exil gegangen, der Wind ist schneidend.

Sie steht auf, sobald sie ihn erblickt. Sie zieht die Handschuhe nicht aus, als sie ihm die Hand entgegenstreckt. Das ist gut so.

Sie lächelt. »Guten Tag, Andreas. Danke, daß du gekommen bist.«

Er antwortet mit einem leisen Räuspern.

»Wollen wir ein bißchen spazierengehen?« fragt sie dann, und er nickt.

Sie wechseln ein paar oberflächliche Floskeln bezüglich des Wetters.

»Ich habe gehört, daß es dir gutgeht«, sagt sie dann. »Daß du eine gute Stellung am Konservatorium hast.«

»Ja, das stimmt.«

»Das freut mich. Das wolltest du doch immer.«

»Ja ...«

Dann schweigen sie wieder.

Er hat die Hände in den Taschen seines Mantels vergraben. In der rechten Hand kann er das kalte Metall des Haustürschlüssels spüren – in der linken ein zusammengeknülltes Stück Papier. Er überlegt, was das sein könnte, und dann fällt ihm ein, daß es ein Zettel von der Reinigung ist. Er darf nicht vergessen, vor dem Konzert am Freitag seinen Anzug abzuholen.

Aber man muß doch irgend etwas sagen.

»Ich habe gehört, daß deine Schwester geheiratet hat. Frederik Faber.«

»Ja!« (Dieses leichte Zurückwerfen des Kopfes, das er so gut kennt.) »Kennst du ihn?«

»Nein ... Nur ganz flüchtig. Er scheint ein außergewöhnlicher Mensch zu sein.« Und dann muß er plötzlich lächeln. »Jedenfalls besser als der langweilige Pfarrer.«

Sie sieht ihn an und lächelt einen Moment lang dankbar. Dann schaut sie zu Boden, plötzlich peinlich berührt. Mit seinen Worten hat er etwas geöffnet, eine Intimität, die es früher einmal gab. Das spüren beide. Er weiß nicht, woher diese Bemerkung plötzlich kam, aber er weiß, daß er sie nicht hätte äußern sollen.

Besser, sich an oberflächliche Themen zu halten, damit nicht gleich alles aufreißt.

Sie ist offenbar seiner Meinung. »Sie scheinen beide sehr glücklich zu sein.« Es muß die Schwester sein, von der sie spricht.

»Wie schön.«

Eine Weile gehen sie schweigend weiter. Er schaut zu Boden und betrachtet verstohlen ihren Körper. Dann sucht er in sich selbst nach einem Gefühl – nach welchem auch immer. Aber er fühlt nichts. Nicht einmal Erleichterung darüber, nichts zu fühlen. In gewisser Weise enttäuscht es ihn, daß er so sonderbar leer ist. Wenn dieses Treffen sein betäubtes Gefühlsleben nicht aufreißen kann, was dann?

Ich gehe hier neben Helena!, denkt er, um sich selbst aufzuwecken. Sie ist hier! Sie ist es doch, die du vermißt hast. Nach der du dich gesehnt hast!

Aber da sind nur der Schlüssel in der einen und der Reinigungszettel in der anderen Tasche, die kühle Luft, die weiten Rasenflächen, der Kiesweg und eine sonderbare Leere.

Sie ist nicht so schön, wie er sie in Erinnerung hatte, eher ganz normal, jetzt, wo die Strahlen seiner Träume sie nicht mehr erhellen. Auch nicht besonders elegant – ganz und gar nicht, wenn man bedenkt, daß sie die Frau eines Gutsbesitzers ist. Sie trägt einen dicken, wollenen Rock. Blaßgrün. Er sieht auf die Schuhe, die unter dem Kleidersaum hervorlugen und sich bei jedem Schritt zeigen, dann wieder verschwinden, sich erneut zeigen und wieder verschwinden ...

Plötzlich scheint es ihm, als bewegte sich etwas in ihm. Es sind die Schuhe, er kennt sie – wie oft hat er sie nicht auf dem Fußboden seines Zimmers liegen sehen, wie oft hat er nicht auf dem Boden gekniet, ihre Hände im Haar, und sie ihr zugeschnürt, wenn es für sie an der Zeit war zu gehen?

Und dann, plötzlich überfällt es ihn: Er sieht ihre bloßen Füße vor sich, spürt ihre Beine, die sich hinter den undurchdringlichen Falten des Rocks verbergen. Er folgt in Gedanken dem Bogen der Schenkel, der Wölbung des Schoßes, der Weiche ihres Bauches.

Sie hat ein Kind geboren!

Er sieht die Hände eines anderen Mannes über ihre Haut streichen, sie wie ein Tier kraulen, sie betasten, und er wird von Widerwillen und Wut erfüllt und haßt sie, weil sie es hat geschehen lassen.

»Und was ist mit Ihnen, Frau Lehmann? Sind Sie auch ›sehr glücklich‹?«

Seine Stimme ist kalt und böse.

Sie sieht ihn erschrocken an. Gibt keine Antwort.

Dann bleibt er abrupt stehen. »Das geht nicht!« Er schüttelt den Kopf und hebt die Hände beschwichtigend. »Ich weiß nicht, warum du mich gebeten hast zu kommen, und ich weiß noch viel weniger, warum ich überhaupt gekommen bin. Ich muß wirklich ein Idiot sein. Auf jeden Fall war es ein Fehler. Lebwohl!«

Er dreht sich resolut um und geht mit eiligen Schritten in die entgegengesetzte Richtung. Erleichtert. Wütend.

Wut ist eine feine Sache.

»Dein Gesicht ...«

Sie ruft nicht, sagt es nur ganz leise, als sollte er es gar nicht hören, aber ihre Stimme hat ihn trotz allem erreicht und zwingt ihn stehenzubleiben, als wäre ein Gummiband an seinem Körper befestigt.

Er dreht sich um, tauscht eine unbekannte Familie, die sich auf einem Ausflug befindet, gegen ihren Anblick aus. Sie steht ein paar Meter entfernt, mitten auf dem Weg wie ein verlassenes Kind.

Er wird eher zurückgezogen, als daß er selbst die wenigen Schritte zurücklegt.

»Es verfolgt mich. Ich sehe es in meinen Träumen. Jede Nacht. Manchmal wache ich davon auf, daß ich weine. Aus Sehnsucht nach deinem Gesicht. Und jetzt weine ich schon wieder. Ich Dummkopf. Entschuldige, aber ich kann dein Gesicht nicht ansehen, ohne zu weinen. Wenn ich es doch nur anfassen dürfte.«

»Faß es an, Helena. Faß es nur an.«

Und genau dort, mitten auf dem Weg, für alle vorbeigehenden Augen deutlich sichtbar, legt sie ihm die Hände an die Wangen und spürt dabei die Seligkeit in sich. Er dreht den Kopf, schließt die Augen und verzieht den Mund ein wenig (unglücklicherweise in die entgegengesetzte Richtung zur Biegung der Nase, was einen etwas verwirrenden Gesichtsausdruck erzeugt) und küßt sie wiederholte Male sanft in die Hand.

So bleiben sie lange stehen.

Und Lange flüstert ihr zu, sein Mund murmelt die Worte in ihre Hand, Worte, die das Jahr, das vergangen ist, niemals existieren läßt, es ausradiert, es ausflüstert ...

Was sie anschließend tun, das wissen nur die beiden.

34

Frederikke richtet ihr Haar vor dem Flurspiegel. Dann lächelt sie sich selbst freundlich zu und anschließend dem Mädchen, das ihren Mantel auf einen Bügel hängt. Sie öffnet die Tür und tritt ins Wohnzimmer der Eltern.

»Was für eine Kälte«, sagt sie fröhlich (sie hat nämlich beschlossen, heute fröhlich zu sein!), wobei sie sich energisch die Hände reibt. »Das Wetter draußen sieht aber wirklich nicht nach Frühling aus.«

Doch es ist wahrhaftig nicht viel Fröhlichkeit an dem Anblick, der sich ihr bietet! Die Mutter sitzt allein am Eßtisch (der nicht gedeckt ist!) und zupft an irgend etwas, was vermutlich einmal ein Taschentuch gewesen ist. Als sie sich Frederikke zuwendet, kann diese sehen, daß sie geweint hat.

»Was ist denn los? Wo sind sie denn alle? Wo ist Helena?«

Die Mutter gibt keine Antwort, senkt nur seufzend den Kopf.

Ein dumpfes Husten ist aus dem Nebenzimmer zu hören. Dann zeigt sich Leuenbech in der Tür.

»Deine Schwester und ihr Mann sind nach Hause gefahren. Sei so gut und setz dich.«

Frederikke nimmt Platz und legt ihr kleines Täschchen, dessen Griff sich um ihre Hand verwickelt hat, auf den Tisch. Sie befreit die Hand und legt sie vorsichtig prüfend auf die der Mutter.

Diese zieht ihre ebenso still zurück, ohne Frederikke anzusehen.

»Was ist passiert? Warum sind sie nach Hause gefahren?« Mit einer bangen Vorahnung sieht sie von einem zum anderen.

»Genau darüber wollten wir gern mit dir sprechen«, antwortet der Vater mit finsterer Miene. Dann setzt er sich ihr gegenüber in Verhörposition (die Ellenbogen auf dem Tisch, die gespreizten Finger gegeneinander). »Soweit wir verstanden haben, ist Helena gestern vormittag zu dir gegangen?«

»Ja?«

»Ja?« Die Ungeduld manifestiert sich in ein paar abwiegelnden Handschlägen in der Luft. »Und was ist da passiert?«

»Was da passiert ist?«

»Ja, was ist da passiert? Ich meine – sie ist doch nicht geblieben, oder?« Er sieht sie böse an.

»Nein, nein. Sie hat gesagt, sie hätte etwas zu erledigen, und ob ich in der Zwischenzeit nach Gustav sehen könnte. Frederik und …«

»Etwas zu erledigen? An einem Sonntag, an dem alles geschlossen ist!«

Frederikkes Wangen wechseln die Farbe. »Vielleicht hat sie auch nicht erledigen gesagt. Ich kann mich nicht mehr so genau daran erinnern. Vielleicht hat sie auch gesagt, daß sie spazierengehen wollte. Ja, ich glaube, das hat sie gesagt.«

»Aha. Sie wollte also spazierengehen. Hat sie zufällig gesagt, wohin sie gehen wollte? Und ob sie jemanden treffen wollte?«

»Nein, das hat sie nicht. Warum?«

»Das heißt also, daß wir dein Wort darauf haben, daß du keine Ahnung davon hast, wo deine Schwester hingegangen ist und mit wem?«

»Nein. Oder – ja! Darauf habt ihr mein Wort. Mein Ehrenwort. Warum erzählt ihr mir eigentlich nicht, was passiert ist?«

»Das kann deine Mutter dir erzählen. Ich habe ein paar Besuche zu machen.«

Er steht schnell und entschlossen auf und verläßt das Zimmer.

Zunächst ist es still. Die Mutter sagt immer noch nichts – sie hat sich offenbar zum Ziel gesetzt, das Taschentuch zu einem nicht identifizierbaren Knoten zu zerrupfen, bevor sie irgend etwas anderes tut.

»Was ist passiert, Mutter? Wann sind sie abgereist?«

»Heute morgen. Ja, hier war vielleicht etwas los. Ich hoffe nur inständig, daß du damit nichts zu tun hast.« Sie schaut Frederikke an.

»Ich habe doch schon gesagt, daß ich nichts damit zu tun habe. Aber jetzt erzähl endlich!«

»Ja, eigentlich kann ich ja ruhig sagen, wie es ist. Deine Schwester hat sich wieder einmal skandalös aufgeführt! Es hat sich herausgestellt, daß sie sich gestern, als wir dachten, sie wäre bei dir, mit Andreas Lange getroffen hat.«

»Woher wißt ihr das?«

»So etwas kann man gar nicht machen, ohne daß es entdeckt wird! Die Wahrheit kommt immer an den Tag.« Frau Leuenbech hat überrascht den Kopf gehoben und sieht die Tochter finster an, als wäre ihr Mangel an grundlegendem Wissen verachtenswürdig. »Frau Bech-Andersen hat sie gesehen«, erklärt sie und schiebt einen kleinen Zipfel des Taschentuchs in ein Nasenloch. »Zusammen! Frau Bech-Andersen ging gerade spazieren und ist sofort hergekommen ... Ach, diese arme Person. Daß sie das erleben mußte ... Sie war vollkommen entrüstet. Stell dir vor! Sie hat nur wenige Meter von ihnen entfernt gestanden – ungefähr so nahe, wie du jetzt bei mir sitzt –, und sie haben sie nicht einmal bemerkt, so beschäftigt waren sie ... Stell dir vor, sie kamen aus seinem ärmlichen Hauseingang! Wir müssen nur hoffen, daß sie sonst niemand gesehen hat. Auf Frau Bech-Andersens Diskretion können wir zählen. Aber wenn das nun andere gesehen haben. Ach, es ist so schrecklich! Aber es ist ja zumindest ein Trost, daß du nichts davon gewußt hast.«

»Ich!« Frederikke springt auf und läßt den Stuhl über den Boden schrammen. (Trotz der Katastrophenstimmung kann Frau Leuenbech nicht umhin, sich kurz zur Seite zu beugen, um zu überprüfen, ob diese Aktion auch keine Kratzer im Parkett hinterlassen hat.)

Frederikke hat ihr den Rücken zugewandt. Jetzt dreht sie sich plötzlich wieder um und starrt ihre Mutter anklagend an.

Ihre Augen sehen wie die einer Wahnsinnigen aus. »Ich fasse es nicht, wie könnt ihr nur so etwas denken! Ich kann es einfach nicht begreifen! Habt ihr wirklich geglaubt, daß ich damit etwas zu tun habe? Hier komme ich nichtsahnend daher und denke, wir essen zusammen und unterhalten uns nett, und dann ist hier nur Streit. Immer nur Streit! Wieso glaubt ihr, ich hätte damit etwas zu tun? Was habe ich denn getan? Glaubt ihr nicht, daß ich all das leid bin, immer nur Helena hier und Helena da ...« Sie hebt die Hände in einer Weise, daß man denken könnte, sie hätte italienisches Blut in den Adern. »Ach, ich verfluche sie! Verfluche sie! Da kommt sie her und ... und ... Sie denkt nie an die anderen, immer nur an sich selbst, versucht überall die Aufmerksamkeit auf sich zu ziehen, schmeißt alles um, kompromittiert uns, führt sich auf, als würde ihr alles gehören! Und wir anderen können auf ihre Kinder aufpassen! Dafür sind wir immerhin zu gebrauchen!«

Frau Leuenbech hat mit gesenktem Kopf dagesessen und alles über sich ergehen lassen, aber das Wort »Kinder« läßt sie aufmerken. Sie richtet sich auf und starrt die Tochter an, die offensichtlich gerade vollends die Fassung verliert.

»Warum muß sich denn immer alles um sie drehen! Warum? Könnte nicht ein kleiner Platz für uns andere übrigblieben? Nun ja, jetzt ist Helena nach Hause gekommen, und das sollen wir doch bitte schön alle zur Kenntnis nehmen. Unverschämt ist sie! Und lächerlich! Und dumm. Und aufdringlich! Ich hasse sie. *Hasse sie!*«

»Aber mein Kind!« Frau Leuenbech klammert sich hilflos an ihr Taschentuch. »Was ist denn mit dir los? Ich verstehe ja gut, daß du wütend bist – das sind wir alle! – aber trotzdem darfst du doch um Gottes willen nicht die Fassung verlieren. Ich kenne dich ja kaum wieder. Was ist denn mit dir? Sollten wir nicht lieber ... Schließlich ist sie deine Schwester!«

Frederikke antwortet nicht, sondern wischt sich wütend die Tränen von den Wangen. Typisch. Jetzt soll sie wohl auch noch in Schutz genommen werden!

Eine Weile bleibt es still. Keine von beiden findet offensichtlich die richtigen Worte.

Als Frederikke die Fassung wiedergefunden hat, seufzt sie. »Ach ... Es ist nur so ... Was hat Ulrik denn gesagt?«

»Ja, was soll er gesagt haben?« wiederholt die Mutter matt. »Natürlich ist er wütend geworden und hat sie gebeten, sofort zu packen. Aber eigentlich fand ich, er hat es erstaunlich ruhig aufgenommen. Fast, als hätte er nichts anderes erwartet. Ach, es ist so peinlich. Was haben wir nur gemacht, daß ...«

Frau Leuenbech schubst die rote Nase mit Hilfe des unförmigen Klumpens, der einmal ein frisch gebügeltes Taschentuch gewesen ist, von einer Seite zur anderen.

Frederikke schiebt die Hand in ihre Tasche und zieht ein sauberes hervor, das sie der Mutter gibt. Dann legt sie die Hand auf deren Schultern. Beruhigend.

»Ist ja gut, Mutter. Das wird schon wieder. Sie werden sich vertragen, du wirst sehen. Und es tut mir leid, daß ich so laut geworden bin. Ich weiß wirklich nicht, was in mich gefahren ist. Ich glaube, ich habe einen Schock bekommen. Du mußt mir verzeihen.«

35

Eine junge Frau steht mitten in einem großen Zimmer und starrt ins Nichts. Sie steht da, als wäre sie festgefroren – ja, ihr Körper scheint so sicher in dieser Haltung zu ruhen, daß man den Eindruck bekommt, sie stünde schon lange hier und würde noch lange hier stehen können, wenn sie nicht gestört wird.

»Ist etwas nicht in Ordnung? Du siehst so nachdenklich aus.« Ihr Mann, der sie auf seinem geschäftigen Weg durch die Zimmer entdeckt hat, ist abrupt stehengeblieben. Er hat eine Sorgenfalte über der Nase. »Es geht dir doch nicht wieder schlecht?«

»Nein«, antwortet sie leise. »Ich sehe mir nur den Wintergarten an.« Sie dreht sich um und schaut ihn mit ausdruckslosen Augen an. »Erinnerst du dich noch, wie er vorher aussah – bevor er instandgesetzt wurde?«

»Ja ...?« antwortet er und sieht sie dabei verunsichert an. Dann lächelt er. »Aber liebste Rikke, um Gottes willen, das klingt ja, als würdest du den alten vermissen.«

»Nein, natürlich nicht. Es ist nur so merkwürdig, sich vorzustellen, daß in so kurzer Zeit ...« Sie beendet den Satz nicht, wendet ihr Gesicht ab.

Dennoch kann sie sehen, wie er sich rein physisch zwingt, einen Moment lang stehenzubleiben, auch wenn sein Körper ihn wegzieht. Er ist ein vielbeschäftigter Mann. Der Wagen steht draußen bereit. Die Patienten warten. Die Universität, die Studenten ...

»Ich muß jetzt los. Bist du dir sicher, daß alles in Ordnung ist? Oder soll ich dir noch ein Pulver geben, bevor ich fahre?«

»Nein danke.« Sie lächelt abwehrend, aber vollkommen freudlos. »Mir geht es ausgezeichnet.«

»Das gefällt mir nicht. Du bist so still. Ich finde ... ich finde ... Ja, Amalie findet auch, daß du in letzter Zeit so traurig wirkst.« Er breitet etwas hilflos die Arme aus.

»Ach, wie interessant.« Die Worte, nur ein Flüstern, pressen sich zwischen ihren Zähnen hervor. Amalie hat sie seit fast vierzehn Tagen nicht gesehen. Sie ist so beschäftigt mit all ihrer Kunst und all ihren Künstlern!

»Wie bitte?«

Sie dreht sich um und lächelt müde. »Ich habe gesagt, daß das nicht stimmt. Mir geht es wirklich ausgezeichnet.«

»Na, dann ...« Er dreht sich um, will gehen, bleibt aber doch stehen und sieht sie noch einmal besorgt an. »Und du bist dir ganz sicher, daß es dir gutgeht?«

»Ja, ja. Ganz sicher. Fahr du nur.«

»Du – soll ich heute abend herauskommen?« In seiner Stimme ist falsche Begeisterung zu hören.

»Nein, mein Guter. Das brauchst du nicht.«

»Wir könnten zusammen essen. Spazierengehen. Uns ein wenig unterhalten ...«

»Nein danke, Frederik. Ich glaube, ich brauche nur ein wenig Ruhe. Samstag und Sonntag waren so viele Menschen hier.«

»Na, dann ...«, wiederholt er, bleibt dennoch stehen und dreht den Hut in der Hand. Er weiß einfach nicht, was er tun soll. Doch dann scheint es, als würde er sich zusammenreißen: Er setzt den Hut auf und geht hinaus. Seine klappernden Absätze führen ihn weg.

Der »Sonntagsclub« trifft sich nicht mehr im Dyrehaven. Statt dessen versammelt man sich unter komfortableren Bedingungen auf Frederikkely.

Das Haus beginnt normalerweise am Samstag vor Leben zu vibrieren, und oft senkt sich erst wieder am Montagmorgen die Stille darüber, wenn die Gäste in die Stadt fahren, um ihr berufliches Leben wieder aufzunehmen. Unter den Fahrzeugen, die den kleinen Kiesweg entlang, der kaum mehr als eine Wagenspur ist, zur Hauptstraße holpern, ist oft Frederiks Wagen zu sehen. Mit nur ganz wenigen Ausnahmen verbringt er die Wochentage in der Stadt, um ungefähr gleichzeitig mit seinen Gästen auf dem Landsitz aufzutauchen.

Die festen Gäste, die nie in Frage gestellt werden (Jantzen, Ørholt, Amalie und Lindhardt) haben alle ihre »eigenen« Zimmer. Sie gehören so selbstverständlich dazu, daß die Zimmer mit der Zeit nur noch mit den Namen der Bewohner bezeichnet werden. (»Wären Sie so gut und machen Lindhardts Zimmer fertig?«) Der einzige, der offensichtlich nicht diese Regelmäßigkeit genießt, ist paradoxerweise der Hausherr selbst: Wenn andere im Haus sind, schläft er im gleichen Zimmer wie Frederikke, aber sind sie allein, zieht er offenbar das kleine Zimmer auf der anderen Seite des Flurs vor. Die übrigen Sommergäste (Georg, Edvard und Harriet, die Drachmanns, die Hesagers, Søren Krøyer, einige Kollegen von Frederik sowie Frederikkes und Frederiks Eltern) genießen gern die Gastfreundschaft der Gastgeber, wenn die Zeit es zuläßt, doch sie übernachten nur selten.

Wenn man auf Frederikkely wohnt, dann erwacht man im Sommer fast jeden Morgen von dem scharfen Geräusch von Jacobsens Harke, der den Kies richtet – ein Geräusch, das seit so vielen Jahren zu hören ist, daß es zu einem unentbehrlichen Teil der Harmonie geworden ist, die über dem Haus ruht (und sie eher komplettiert als stört): das leise Schlagen der offenen Fenster gegen die Haken, das zaghafte Flüstern des Winds in den Buchenhecken, das Rauschen der Wellen am Strand und das konstante Zwitschern, Flöten und Schreien der Vögel.

Zu dieser Begleitmusik schlägt Frederikke jeden Morgen die Augen auf und spürt die Kopfschmerzen, die wie ein Brummen über den Augen beginnen und sich dann über den ganzen Kopf verteilen.

Normalerweise ist sie (natürlich abgesehen von den Dienstboten) von Montag bis Samstag allein – eine Pest von Tagen, langgezogen in ihrer eintönigen Unendlichkeit, als hätten sie sich gegenseitig angesteckt. Die Tage ziehen sich in Untätigkeit und Warten dahin.

Wie soll man diese Einsamkeit beschreiben? Dieses endlose Starren auf einen zitternden Sonnenfleck an einer Wand, das ziellose Wandern von einem leeren Raum zum anderen, dieses sinnlose Sich-Fortbewegen von einem Stuhl zum nächsten, die einsamen Spaziergänge in der deprimierend schönen Landschaft, die in einer eigenen geheimnisvollen Aktivität summt, in die sie nicht eindringen kann? Das wiederholte, sinnlose Arrangement von Blumensträußen, die niemand anschaut und die sie ein paar Tage später wegwirft, wenn die Blumen ihre Köpfe hängenlassen und die Stengel gelb und schleimig geworden sind? Das permanente Geräusch summender Fliegen, so laut, daß es zum Schluß aus ihrem eigenen Schädel zu kommen scheint, diese ewige, verführerische Müdigkeit, die sie schwindlig werden läßt, und das anschließende schwere Erwachen (im Bett, auf dem Sessel, dem Sofa ...) aus einem Schlaf, der sie immer häufiger übermannt, der sie wie eine Droge mit sich zieht, sie von diesem Ort weglockt, in andere Welten, von denen sie nur noch erschöpfter zurückkehrt, noch müder, noch hohler? Dieses krankhafte Mustern des eigenen Gesichts im Spiegel, bis sie so fest von seiner Häßlichkeit überzeugt ist, daß sie wegschauen muß?

Der Selbsthaß, der an gewissen Tagen phobische Dimensionen annimmt, zwingt sie manchmal dazu, die Anweisung zu geben, den Wagen fertig zu machen, damit sie vor sich selbst fliehen kann, unter dem Vorwand, etwas in der Stadt erledigen zu müssen. Dann wandert sie in den Straßen umher und versucht geschäftig auszusehen, während sie gleichzeitig nicht im geringsten weiß, was sie tun soll.

Manchmal geht sie hinunter zum Hafen und betrachtet die Schiffe und das emsige Treiben dort, genießt die wunderbare Systematik, dank derer sich die Gangways auf einen einzelnen Ruf hin heben oder senken, Kräne etwas anheben und große Holzkisten unbeschwert in der Luft schweben. Sie kann dennoch nicht stehenbleiben – feine Damen stehen nicht herum und gaffen! –, sondern muß sich eilig fortbewegen, während sie die groben Männer betrachtet, ihr breites Grinsen, wie sie sich gegenseitig Schimpfworte zurufen und ihren Rotz auf die Steinbrücke spucken, während sie schuften, daß ihre Muskeln durch die Hemdsärmel zu platzen drohen, und sie ertappt sich selbst dabei, diese Männer zu beneiden, deren Plumpheit zu verachten sie eigentlich erzogen wurde, ihre Geschäftigkeit und ihre Zusammengehörigkeit.

Dann bekommt sie große Angst – nicht vor ihnen, sondern vor ihren eigenen Gedanken – und wendet sich hastig wieder den Einkaufsstraßen zu, wo sich die Leute drängen. Dort läßt sie sich von anonymen Ellenbogen herumstoßen, blickt in Schaufenster, läßt sich Stoffe vorlegen ... Strümpfe ... Lampenschirme ... kauft ab und zu etwas, verläßt die Geschäfte jedoch meistens mit der Bemerkung, daß sie es sich noch einmal überlegen wolle. Dann tritt sie wieder hinaus auf die Straße und irrt noch einige Zeit ziellos umher, während sie heimlich die Gesichter der vorbeieilenden Passanten beobachtet. In der Menge eiliger Körper sucht sie nach etwas, sie weiß nicht, wonach, und dabei entwickelt sie die wunderbare Theorie, daß die Menschen, die am gehetztesten aussehen, die freundlich lächeln und emsig grüßen, während sie vorbeieilen, als ginge es um Leben und Tod, daß gerade diese Menschen in Wirklichkeit kein Ziel haben – die Ärmsten, die von der Einsamkeit auf die Straße gejagt wurden. (Ganz besonders beschäftigt sie ein gutgekleideter, älterer Herr, dem sie mehrere Male begegnet; er eilt auf seinen ordentlich geputzten Schuhen durch die Straßen, den Spazierstock emsig im Takt schwingend. Er lächelt, verneigt sich und lüftet den Hut, wenn er Leuten begegnet, die er kennt, er hebt galant Pakete oder andere Dinge auf, die Passanten verlieren, und reicht sie dem Besitzer mit einem zuvorkommenden Lächeln und ein paar gut gewählten Worten, und er sieht sich Spielzeug an, Küchengeräte, Blumen ... Aber dem, was er tut, fehlt ein Zusammenhang, ein Plan. Beispielsweise kann man ihn auf einer Bank sitzen sehen, die gefalteten Hände und das mit einem eleganten Bart verzierte Kinn auf einem Stock ruhend, in vollkommener Reglosigkeit, um ihm kurz darauf wieder zu begegnen, wie er vorgeblich zu etwas auf dem Weg ist, das keinen Aufschub duldet.)

Immer seltener besucht sie Amalie, was doch eigentlich ganz natürlich wäre, wenn sie schon »drinnen« ist – um diesen schicken Begriff zu benutzten, den man in ihrem relativ frisch erworbenen Umgangskreis benutzt, um seine Anwesenheit in der Hauptstadt zu bezeichnen. (»Bist du Montag drinnen?«)

Doch wie gesagt, Frederikke besucht Amalie nicht, wenn sie »drinnen« ist. Die Beziehung zwischen den beiden hat sich nämlich im Laufe des vergangenen Jahres nach und nach verändert.

All die Energie und Neugier, die sie anfangs bei der anderen hervorgerufen haben, wurde abgelöst von einer leisen, schmerzenden Vorausschaubarkeit, die Frederikke enttäuscht und quält, die aber nicht länger ignoriert werden kann.

Sie weiß nicht, wie es dazu gekommen ist; als wären sie auf einer Reise gewesen und jetzt an ihrem Bestimmungsort angekommen, der sie beide enttäuscht. Die Situation erinnert sie an damals, als sie noch ein Kind war: Wenn Helena, sie selbst und die Eltern im Wagen saßen, unterwegs zu irgendeinem Besuch, konnten die beiden Mädchen den ganzen Weg über eifrig die Fragen wiederholen: »Wann sind wir da? Wie weit ist es noch?« Doch sobald sie angekommen waren, veränderten sie sich in ein diskretes, wohlerzogenes »Wann fahren wir wieder heim?«, in Mutters hart erprobte Ohren geflüstert. So geht es ihr jetzt auch, ein Gefühl, daß sie zwar angekommen ist, aber ihr Ziel nicht erreicht hat …

Trotz (oder vielleicht gerade aufgrund) der hartnäckigen Angebote ihrer Schwägerin, daß sie sich doch willkommen fühlen möge, empfindet Frederikke eine quälende Wortlosigkeit, ähnlich wie bei einem Liebespaar, dessen erste Verliebtheit abgekühlt ist, wo aber keiner der beiden dieser Realität ins Auge schauen möchte. Das Muster für ihre Gespräche ist bereits vorgezeichnet: Sie wissen beide, welchen Weg sie einschlagen werden. Oft scheinen die Gespräche zu versanden, bevor sie überhaupt begonnen haben – eine Tatsache, die bei Frederikke Nervosität hervorruft. Und je mehr Angst sie hat, Amalie zu langweilen, um so schwerer fällt es ihr, ein natürliches Gespräch in Gang zu halten. Denn was ist, wenn die andere bereits weiß, was sie sagen will?

Da ist es einfacher, gar nicht erst hinzugehen.

Während einer dieser Ausflüge, vor ein paar Monaten, als sie zufällig einen Blick in das Schaufenster eines Gardinengeschäftes warf, schlug ihr schlummernder Überlebensinstinkt mit einem plötzlichen Aufgebot ungeahnter Kräfte zu. Ihr kam eine fast geniale Idee, die sie zwar nicht würde retten, ihr aber mit ein wenig Hartnäckigkeit zumindest eine Frist geben könnte.

Einen Moment lang war sie nachdenklich von einem Fuß auf den anderen gewippt, während sie an ihrem Zeigefingernagel knabberte – eine ihrer schlechten pubertären Angewohnheiten, die sie in einer Art Regression wieder aufgenommen hatte. Dann lächelte sie ihrem zerfließenden Spiegelbild im Schaufenster zu und eilte nach Hause, um Frederik in seiner Praxis abzufangen, bevor er in die Universität ging.

Sie hastete die Treppen hoch, lief durch die leere Wohnung, durch Flure und Räume, erreichte die große Schiebetür und trat durch sie hindurch in die klinische Welt von Ernst, Äther und Karbol.

Der junge Arzthelfer (noch ein anonymes Gesicht in der unendlichen Reihe junger, hoffnungsvoller Kandidaten, die immer um Frederik herumschwirrten) saß im Empfangszimmer.

»Ist mein Mann drinnen?« Ihre Stimme war atemlos.

»Frau Faber.« Irgendwas Merkwürdiges hatte er an sich – die Überraschung, sie zu sehen, die einen Hauch schlechten Gewissens in sich barg, als wäre er mit dem Finger im Honigtopf erwischt worden. Sie hielt sich damit aber nicht länger auf, sah ihn nur etwas ungeduldig an. Dann lächelte er freundlich: »Ja, Ihr Mann ist da drinnen. Im Augenblick ist auch keine Patientin da. Sie können ruhig hineingehen.«

Frederik stand am Fenster. Mit zusammengekniffenen Augen betrachtete er irgendeine Flüssigkeit in einem Glaskolben.

Er war überrascht, sie zu sehen.

»Rikke! Was zum Teufel machst du hier?« Er stellte den Kolben in einen Metallbehälter und kam ihr entgegen. »Was für eine schöne Überraschung.«

Nachdem sie mit einem Wangenkuß bedacht worden war, zog Frederikke ihre dünnen Handschuhe aus und ließ sich auf den Stuhl fallen, der für die fruchtbaren Frauen gedacht war.

Frederik schob einen Stapel Papier zur Seite und setzte sich mit Faberscher Nonchalance auf die Tischkante, von wo aus er sie mit einem Blick ansah, der sagte: Es gibt ja wohl hoffentlich nichts, was dir Sorgen macht, das will ich doch nicht hoffen, ich halte ja so viel von dir; aber wenn dem doch so ist, dann sage es geradeheraus, damit wir es hinter uns bringen, denn ich habe wirklich keine Zeit.

»Es ist doch nichts passiert?«

»Nein, nein, keine Sorge. Bitte entschuldige, daß ich so hereinplatze und dich störe. Aber es gibt da etwas, das ich dich fragen möchte.«

»Na, dann frag mal, meine Kleine«, sagte er erleichtert, vermutlich weil sie in diesem Augenblick tatsächlich etwas Kindisches an sich hatte, etwas leicht Einschmeichelndes, wie ein kleines Mädchen, das gekommen ist, um sich die Erlaubnis zu erbetteln, länger aufbleiben zu dürfen. Und strahlend sah sie aus, wie sie dasaß, voller Leben in den grünen Augen und mit hektisch roten Flecken auf Wangen und Hals – genau so, wie er es mochte.

»Weißt du, ich könnte mir gut vorstellen, etwas mit dem Wintergarten in Frederikkely zu machen. Der sieht so langweilig aus, und wir benutzen ihn fast nie, so wie er jetzt eingerichtet ist. Ich habe da eine Idee ...« Und sie holte tief Luft, während ihre kleinen Hände eifrig Luftschlösser entwarfen, nach erklärenden Worten suchten, unsichtbare Tapeten mit seltsamen Mustern und aufgerollte Meter nicht existierender Tuche zeigten, Brokat und Seide ...

Er lächelte wie ein geduldiger Vater. »Meine Güte. Was für Pläne!«

»Ja, ja, ich weiß. Aber kannst du es dir nicht ganz schön vorstellen?«

»Doch«, antwortete er besänftigend (denn er war ein erfahrener Arzt), »ganz bestimmt.«

Sie legte den Kopf schräg. »Und dann ist mir die Idee gekommen ... Du hast doch vorgeschlagen, ich könnte mit den Hesagers nach Italien fahren – erinnerst du dich? Und ich habe das dankend abgelehnt. Ich meine, es wäre ja nicht ganz billig geworden mit der Reise, den Hotels und so weiter ... Dadurch haben wir doch einiges gespart ... Was meinst du? Ich könnte mir gut vorstellen, sofort mit dem Umbau des Wintergartens anzufangen, solange das Wetter noch gut ist, weißt du. Können wir uns das leisten?«

»Aber meine Liebe, natürlich können wir uns das leisten.« Dann runzelte er die Stirn: »Sag mal, hattest du das schon im Kopf, als du gesagt hast, du wolltest nicht mit nach Italien fahren?«

»Nein, absolut nicht. Die Idee ist mir gerade erst gekommen.«

»Dann bin ich ja beruhigt. Es wäre schade, wenn du nur wegen etwas so Lächerlichem auf die Reise verzichtet hättest. Wir können uns das leisten. Natürlich können wir das. Wir können uns alles leisten, Frederikke. Du darfst nicht mehr so bescheiden sein, willst du mir das versprechen? Du sollst dich nicht so zurückhalten. Ich möchte nicht, daß es dir an irgend etwas fehlt.«

Und dann setzte er sich als der tüchtige Arzt, der er war, an seinen Schreibtisch und verordnete eifrig und großzügig Einkaufstouren und Beschäftigung, Handwerker und Architekten, und es ist nicht vollkommen ausgeschlossen, daß er sich klar darüber war, daß er sich dadurch Leben in ihren Augen erkaufte und zugleich einen Aufschub für sich selbst.

Jedenfalls strömten imaginäre Rezepte von seinen Händen in den Raum:

»Du solltest Amalie fragen, ob sie dir nicht helfen will und ein paar Skizzen für den Architekten entwirft. Sie hat so viele Ideen. Du mußt sofort zu ihr gehen! Und Lindhardt wird vermutlich gern bei technischen Fragen helfen. Ihn werde ich heute abend sehen, dann kann ich ihn gleich danach fragen ... Er wird vermutlich wissen, wo die besten Handwerker zu finden sind. Wir wollen ja kein Flickwerk haben. Wir wollen nur die absolut Besten! – Hör mal, da kommt mir eine Idee; wir haben doch am zweiundzwanzigsten August unseren ersten Hochzeitstag, nicht wahr? Weißt du was, meine Liebe? Dann geben wir das großartigste Fest der Saison!«

Jetzt ist das Ganze überstanden! Vorbei! Die Zeit hat es verzehrt.

Wieviel Zeit ist seitdem vergangen?

Ein paar Monate? Ja, ein paar inhaltsreiche Monate in einem langen, inhaltsleeren Sommer, einem langen, inhaltsleeren Leben. Das Fest hat stattgefunden (ein großer Erfolg natürlich!), und Frederikke ist wie ein überzähliges Stück des Inventars mitten im Luxus des Wintergartens zurückgelassen worden.

Sie bleibt lange stehen und starrt blind in die Luft. Sie weiß, daß sie sich umdrehen sollte, etwas anpacken, aufstehen, hochspringen ... Aber sie schafft es nicht, denn »wer auf den Wind achtet, der sät nicht, und wer auf die Wolken sieht, der erntet nicht.«

Außerdem ist es fast blasphemisch, in dieser Kulisse unglücklich zu sein. ...

Durch die große Fensterfront erblicken ihre Augen Jacobsen, der die Leiter an einen der Apfelbäume gestellt hat. Er steht auf der obersten Stufe und pflückt Sommeräpfel, die er vorsichtig in seiner Schürze sammelt. Dann klettert er mühsam hinunter – er ist nicht mehr der Jüngste –, wobei er sich mit der einen Hand gut festhält. Vorsichtig, als wären sie lebendige Wesen, legt er die Früchte in eine Kiste. Auf dem Rückweg bleibt er plötzlich stehen, schaut nach links und lüpft die Mütze. Sein Gesicht ist ein einziges großes Lächeln. Sie kann Frederik von ihrem Standort nicht sehen, aber seine Stimme deutlich durch das offene Fenster hören: »Morgen, Jacobsen. Was für ein Wetter! Aber Sie vergessen nicht, ein paar Kisten für sich selbst beiseite zu stellen?«

»Ja danke, Herr Faber. Vielen Dank.«

Kurz darauf zeigt sich der Wagen in ihrem Blickfeld, wie er den Weg entlang ruckelt, eine Staubwolke hinter sich herziehend. Ein Stück weiter draußen, auf der Hügelspitze mitten in all dem Grün, ahnt sie drei Gestalten. Vermutlich ist es Lea Salomon, die gnädige Frau vom Nachbargrundstück, die ihre Töchter an die frische Luft führt. Und die eine von ihnen sieht wirklich aus, als könnte sie das brauchen; Jakobe hat eine fast krankhafte Ähnlichkeit mit einem Vogel, der aus dem Nest geschubst wurde. Häßlich, dünn, bleich, mit einer Hakennase, während ihre jüngere Schwester außergewöhnlich schön ist. Mit einem Gefühl des Wiedererkennens tut ihr das Mädchen leid.

Als der Wagen den Hügel erreicht, hält er an, genau wie sie es erwartet hat, und die drei Gestalten umringen ihn für einen Moment, bevor er sich wieder in Bewegung setzt. Sie winken ihm nach.

Frederikke wedelt eine Fliege von ihrem Gesicht und zieht das Fenster zu sich heran.

»Auf Wiedersehen«, flüstert sie dann.

Ein paar Stunden später zeigt sich wieder ein Wagen auf dem Weg. Auch wenn sich das wohl kaum als Verkehrschaos bezeichnen ließe, so würde es doch eine gewisse Aufmerksamkeit erwecken. »Na, so etwas, da kommen ja Fremde! Wer kann das denn nur sein – und dann um diese Uhrzeit? Oder sind das nur die Salomons – nein, deren Wagen kennen wir doch ... Hör auf, das Fenster schmutzig zu machen! Nimm die Nase da weg! Sag mal, können das etwa die Lindhardts sein ... nein ... oder doch ... sind sie's oder sind sie's nicht?«

Doch zufälligerweise sieht niemand den Wagen, der auf Frederikkely zusteuert. Jacobsen, der sich den ganzen Vormittag auf den Obstbäumen befunden hat, von wo aus er einen wunderbaren Überblick über die Landschaft hatte, die einer mittelalterlichen Burgwache würdig wäre, ist die paar Kilometer zu seinem kleinen Häuschen am Waldrand spaziert. Dort sitzt er jetzt und genießt Frau Jacobsens Schinken (wir reden hier von Essen!), während er apathisch und zufrieden den halbblinden schwedischen Hofhund hinterm Ohr krault und dem Diwan sehnsüchtige Blicke zuwirft. Man wäre ja dumm, wenn man sich nicht hinterher ein kleines Nickerchen gönnen würde. (Ja, er hat wirklich herrliche Tage, seit diese Fabers aufgetaucht sind. Er ist ja fast sein eigener Herr!)

Auf Frederikkely gibt es auch keine Zeugen. Oline, die sonst immer alles im Blick hat, ist vollauf damit beschäftigt, Jacobsens mühsam gepflückte Äpfel in Mus zu verwandeln. Sie hat drei große Töpfe auf dem Feuer, die sie im Auge behalten muß. Hinter ihr sitzt die kleine Anna, das Küchenmädchen, zusammen mit der etwas älteren Stine und kümmert sich um die Äpfel. Spiralförmige Schlangen winden sich von den Messern in ihren geschickten Händen, der Tisch vor ihnen und der Boden sind bedeckt mit Schalen und Kerngehäusen, und in der ganzen Küche wabert ein angenehmer süßlicher Duft nach Äpfeln und Vanille.

Deshalb ist es Frederikke selbst, die als erste etwas bemerkt. Sie ist so vertieft in ... ja, in Schlaf oder Gedanken? –, daß sie gar nicht hört, wie der Wagen auf den Hofplatz fährt. Erst als Amalies Stimme vom Flur her hallt (»Hallo, ist hier jemand?«), setzt sie sich verwirrt auf und fährt sich mit den Händen über das Gesicht.

So sitzt sie da, als die Tür aufgeht.

»Na, du sitzt bei diesem Wetter doch wohl nicht hier drinnen?« Überraschung und gespielte Verärgerung klingen in der Stimme der Schwägerin mit. »Es sind dreißig Grad draußen!«

Amalie schwebt herein. Sie ist ganz in Weiß gekleidet und sieht betörend aus. Sie nimmt den Hut vom Kopf, um ihn als Fächer zu benutzen. Dann geht sie zum Fenster und öffnet es. Eine leichte Brise läßt die Gardine wehen. Einen Moment lang schaut sie hinaus. Dann dreht sie sich um und sieht Frederikke mit dem gleichen bekümmerten Blick an, den auch ihr Bruder vor ein paar Stunden gezeigt hat.

»Du bist doch nicht krank? Warum siehst du so komisch aus? Hast du geschlafen?« (»Findest du, ich frage zuviel?«)

»Ja, ich denke schon«, antwortet Frederikke matt und schüttelt den Kopf dabei, ein merkwürdiger Widerspruch. Sie hat einen ekligen Geschmack im Mund. Ihr Gesicht juckt. Die bleischwere Stirn droht über die Augen zu rutschen.

Amalie tritt ans Sofa, setzt sich neben ihre Schwägerin. Frederikke rückt ein Stück von ihr ab, fürchtet, aus dem Mund zu riechen.

»Stimmt etwas nicht?« Amalie legt ihren Hut auf den Tisch und stößt dabei gegen ein kleines Glas, das dort steht. Sie hält es skeptisch unter ihre Nase und sieht Frederikke inquisitorisch an. »Sag mal, hast du getrunken?«

»Getrunken?« Frederikke sieht erschrocken aufs Glas. »Nein, nein. Ich habe mir nur ein kleines Gläschen gegen die Kopfschmerzen gegönnt.«

Amalie stellt das Glas ab. »Sie sind aber auch eine Plage, diese Kopfschmerzen, nicht wahr?« Ihr Blick ist reine Anteilnahme. Dann hebt sie den Arm und legt Frederikke sanft die Hand auf die Schulter.

Frederikke schaut weg. Es fällt schwer, sich so einem Menschen nicht anzuvertrauen. Aber man darf sich auf so etwas nicht einlassen. Man muß sich anstrengen. Doch es scheint, als ob diese menschliche Berührung ihre üblichen Schutzwälle einstürzen ließe und sie vollkommen wehrlos mache.

»Aber du weinst ja, meine Liebe! Du bist traurig. Ich habe es dir angemerkt, aber du wolltest ja nie etwas sagen. Was ist denn los? Ist es Frederik? Ist er nicht gut zu dir, dieser Tunichtgut?« Amalie schüttelt sie leicht. Der lockere Ton verrät, daß die Frage nur scherzhaft gemeint ist – daß sie sich gar nicht vorstellen kann, daß dieser Mensch, daß Frederik nicht gut zu Frederikke sein könnte.

»Doch. Natürlich.«

»Aber was ist es dann? Du mußt es mir sagen.«

Frederikke hat ihren Blick auf einen Punkt draußen vorm Fenster gerichtet. Ihre Stimme klingt belegt. »Es ist meine Schuld. Ich hätte ihn nie heiraten sollen. Ich habe sein Leben zerstört. Ich werde ihn nie glücklich machen können.«

Einen Moment lang sieht sie ihre Mutter vor sich und fühlt den halbmasochistischen Drang, nach Hause zu laufen und sich ihr an die Brust zu werfen. Aufzugeben.

»Aber liebste Frederikke. Was ist das denn für ein Unsinn?« Aus der Stimme der Schwägerin kann man gleichzeitig einen Vorwurf und einen Appell hören.

Frederikke dreht sich jäh um. »Hat er eine andere Frau? Ja? Hat er das? Du mußt mir die Wahrheit sagen, Amalie. Die Wahrheit! Hörst du? Ich muß es wissen.«

Amalie lächelt überrascht und verwirrt. »Aber Frederikke. Nein, das hat er auf gar keinen Fall. Das kann ich dir versichern. Wie kommst du nur darauf?«

Frederikke antwortet nicht, zuckt nur mit den Schultern und schaut auf ihre leeren Hände, die wie ein paar vergessene Teile in ihrem Schoß liegen.

»Nun hör mal zu, du Dummkopf: Frederik ist der verliebteste, süßeste kleine Ehemann, den ich jemals gesehen habe.« Amalie sieht die Freundin lächelnd an, aber da die andere ihren Gesichtsausdruck nicht verändert, kapselt sie das Lächeln wieder ein.

»Was ist denn nur mit euch beiden los? Frederik war heute vormittag bei mir und hat genau das gleiche gesagt: daß er sich Sorgen um dich macht.«

Frederikke gibt keine Antwort. Sie hat es gewußt. Er war es, der Amalie dazu gebracht hat, hierherzufahren.

»Was stimmt denn da nicht? Willst du mir das nicht sagen?«

»Das kann ich nicht.«

Amalie schaut sich um. Dann holt sie tief Luft. »Hör mal, Frederikke ... Ja, ich weiß selbst, daß es mich nichts angeht, und ich weiß auch, daß man normalerweise über solche Dinge nicht spricht, aber ich sage es trotzdem: Wenn es sich um – ja, du weißt – um das *Eheliche* handelt, dann mußt du wissen, daß es nach einem Jahr Zusammenleben nicht so ungewöhnlich ist, wenn es Perioden gibt, in denen es nicht so ...« Sie breitet erklärend die Arme aus. »Das ist kein Weltuntergang.«

»Das Eheliche?« Frederikke sieht sie müde und fragend an.

»Ja, nun komm schon.« Ein leises Lachen. »Du machst mich ganz verlegen. Du weißt doch, was ich meine.«

»Amalie«, Frederike seufzt, »ich habe schon hundert Mal versucht, es dir zu erklären, aber du willst einfach nicht hören: Das ist keine gewöhnliche Ehe...«

»Ach, hör doch auf.« Amalie wirft den Kopf zurück und grinst übermütig.

»Aber das stimmt.«

»Ach, hör auf! Ich habe doch selbst gesehen ...« Wieder grinst sie. Dieses Mal nicht mehr so übermütig.

»Was hast du gesehen?«

»Na, wie ihr ... wie er dich immer verwöhnt ... an dir hängt. Deine Hand hält, dich streichelt ...«

»Das macht er nur, wenn andere dabei sind«, antwortet Frederikke und stellt in dem Moment selbst fest, daß dem so ist. Deshalb suchen sie die Gesellschaft anderer Menschen wie die Fliegen die Kuhfladen an einem heißen Sommertag.

Jetzt ist Amalie diejenige, die wegschaut. »Frederikke, wenn das ein Scherz ist, dann ist es ein sehr schlechter.«

»Das ist kein Scherz, ich sage es dir doch!« Frederikkes Stimme klingt wütend.

Die Freundin ist blaß geworden. »Willst du damit sagen, daß ihr nicht ... daß ihr noch nie ...«

»Ja! Das will ich damit sagen. Noch nie!«

Amalie steht auf. Ziemlich abrupt. Sie geht zum Fenster. »Aber, das ist doch nicht möglich!« Der Ton ist sonderbar kompromißlos. »Das kann doch nicht angehen!« Sie ringt die Hände. In ihre Augen ist ein fremder Ausdruck hilfloser Verzweiflung getreten.

Wenn Frederikke zu diesem Zeitpunkt in Ruhe hätte überlegen können, dann wäre ihr klar geworden, daß Amalies Reaktion etwas übertrieben ist. Denn ehrlich gesagt: Wie viele Schwestern werden sich vom Geschlechtsleben ihres Bruders – oder vielmehr dem Mangel daran – so aus der Fassung bringen lassen? Nicht viele, oder? Jedenfalls müßte es dafür einen sehr guten Grund geben. Wenn es sich so verhält, dann erfährt Frederikke ihn aber nicht. Sie fragt nicht. Sie wundert sich nicht – auch nicht über das so offensichtlich integrative Verhalten, das Amalie in den nächsten Stunden an den Tag legt. Sie ist so mit ihrer eigenen verzweifelten Situation beschäftigt, daß alles andere gleichgültig und unrealistisch wird.

Amalie wendet sich ihr zu. »Sag mir das noch einmal: Hat er dich nie ... angefaßt?«

»Nein, er hat mich nie angefaßt.« Merkwürdig, das so laut zu sagen. Als würde es erst dadurch wirklich.

Amalie bleibt einen Moment lang unbeweglich stehen und starrt hinaus. Dann dreht sie sich um. »Erlaube mir, für einen Augenblick zu dir wie eine ... eine erfahrene Frau zu einer unerfahrenen zu reden ...« Dann unterbricht sie sich selbst. »Nein, warte. Wir beide brauchen wohl erst ein Gläschen.«

Sie geht zu dem kleinen Tisch an der Wand, hebt die Karaffe mit Sherry und schwenkt sie hin und her. Frederikke nickt zustimmend. Dann nimmt Amalie sich ein zweites Glas aus dem Schrank, setzt sich wieder aufs Sofa und schenkt ein. Das eine Glas überreicht sie Frederikke mit einem Nicken, das einem Befehl gleicht.

Der Befehl ist überflüssig. Frederikke leert das Glas in einem Zug. Der etwas süßliche Geschmack tut ihr gut.

»Du mußt verstehen, Frederikke, daß einige Männer schummeln ...«

Frederikke sieht sie mit einem wütenden Blick an, der einen unverzeihlichen Verrat andeutet.

»Nein, nein, nicht so«, fährt Amalie schnell fort. Dann wedelt sie beipflichtend mit dem Glas. »Ja, natürlich gibt es viele, die das tun. Aber das meine ich nicht. Ganz und gar nicht. Nein, was ich meine, ist, daß einige Männer, Männer wie dein Frederik ... selbstsicherer wirken, als sie sind. Und die Wahrheit ist, wenn es um Frauen geht, ist Frederik ziemlich unsicher. Oder ... es kommt sicher darauf an, wieviel Respekt er vor den Frauen hat. Sieh dir Georg an – er redet so viel davon, aber wenn es zur Sache geht, dann ... ja, du weißt schon, was ich meine. Frederik sitzt jedenfalls nie da und starrt den Damen ins Dekolleté. Und das nicht, weil die

Frauen ihn nicht haben wollen – ich glaube, ich hatte keine einzige Freundin, die nicht ihren rechten Arm für ihn hingegeben hätte. Guck dir doch Kristina an ...«

»Kristina? Kristina Jantzen?« Ein leichter Hauch von Neugier mischt sich in die Traurigkeit.

»Ja. Weißt du das nicht? Deshalb sehen wir sie doch nie mehr. Hast du das wirklich nicht bemerkt? Sie ist doch mit Pauken und Trompeten untergegangen, als er sich mit dir verlobt hat. Hat sogar damit gedroht, sich das Leben zu nehmen. Übrigens etwas theatralisch. Wußtest du das nicht?«

»Nein.«

»Da siehst du mal. Frederik hat das auch nie bemerkt – ich meine, wie es um sie stand. Er sieht so etwas einfach nicht ... Es geht ihr jetzt übrigens besser, sie hat sich wohl auf irgendeinen Pianisten gestürzt. Aber Frederik, der liebt dich, Frederikke. Das weiß ich! Er ist nur so nüchtern, und weißt du, was ich glaube? Ich glaube, er hat einfach Angst, etwas zwischen euch zu zerstören. Dich zu enttäuschen ... dich zu kränken. Das muß es sein. Ja, du weißt doch selbst, seine Ideale von Freiheit und so ... Es würde mich nicht wundern, wenn er Angst hätte, daß du dich von ihm abwenden würdest, sollte er versuchen, sich dir auf diese Art zu nähern. Daß er dich damit vor den Kopf stoßen würde.«

Immer noch sitzt Frederikke da und starrt auf ihren Fixpunkt draußen im Garten. Sie hört, was gesagt wird, aber es scheint, als würden die Worte nicht so recht in sie eindringen.

Amalie schenkt die Gläser erneut voll. »Man glaubt es nicht, Frederikke, aber so sind einige Männer! Deshalb müssen wir Frauen ihnen ab und zu auf die Sprünge helfen. Und eine Frau wie du, mit deinen Ansichten ... Ich meine nur, wenn wir wirklich wollen, daß wir den Männern gleichwertig sind, dann müssen wir im kleinen anfangen. Dann müssen wir auch bereit sein, diese Art von Verantwortung zu übernehmen. Selbst wenn es unangenehm ist. Es hat doch keinen Sinn, wenn wir nur dasitzen, mit den Händen im Schoß, und darauf warten, daß sie alles arrangieren, oder? Ein Teil unserer Stärke besteht doch darin, daß wir unsere eigenen Schwächen erkennen. Verstehst du, was ich meine? Wenn man einen Mann haben will, dann muß man auch etwas dafür tun.«

»Etwas dafür tun?« Frederikke seufzt, löst ihren Blick und starrt nun ins Sherryglas. Was für eine diffuse Aufforderung!

»Ja, etwas dafür tun! Hast du ihm überhaupt gezeigt, daß du … daß du interessiert bist?«

»Amalie!«

»Ja, *Amalie!*« Sie verzieht den Mund. »Aber das mußt du! Es nützt nichts, wenn du auf mich wütend wirst. Wenn du überhaupt möchtest, daß es passiert.« Sie versucht den Blick der anderen einzufangen. »Möchtest du es?«

»Amalie …« Die Stimme klingt flehentlich.

»Dann mußt du mir auch antworten!«

Sie kann nicht. Die Familie stellt sich ihr in den Weg: ihr Vater ermahnt, die Mutter wendet sich nur ab. Doch ihr Rücken protestiert.

»Nun antworte doch, Frederikke. Ist es das, was du gern willst?«

»Ja, ich denke schon«, kommt es leise.

»Da siehst du. Es hat keinen Sinn, wenn wir verzweifeln.« (Man beachte das kleine »wir«!) »Jetzt müssen wir die Sache ein wenig praktisch angehen. Du mußt versuchen, aus der Deckung zu kommen.«

»Ja, aber, was soll ich denn deiner Meinung nach tun? Ich kann doch nicht …«

»Du mußt dir irgend etwas ausdenken. Ein bißchen Frauenlist.«

»Frauenlist!« Frederikke sieht müde und vollkommen resigniert ins Wohnzimmer. »Aber ich sitze doch hier draußen …«

»Dann fahr rein in die Stadt! Du mußt einfach nach Hause fahren.«

»Nach Hause fahren? Und welchen Grund soll ich angeben, daß ich so plötzlich nach Hause komme?«

»Sag die Wahrheit! Sag ihm, daß du ihn vermißt.«

»Das kann ich doch nicht!«

»Na, dann sage, daß du dich hier draußen langweilst. Denn das tust du doch auch, nicht wahr? Sag, was du willst, aber fahr nach Hause zu ihm. Er läuft allein in der Wohnung herum. Ißt allein, schläft allein. Da kannst du ihn ungestört verführen.«

»Aber Amalie!«

»Nun sei doch nicht so borniert. Du hast doch gerade zugegeben, daß du ihn gern haben willst, oder?« Sie lacht und knufft Frederikke verschmitzt mit dem Ellenbogen in die Seite. »Oder stimmt das nicht?«

Frederikke seufzt, schüttelt ein wenig den Kopf und zeigt zum ersten Mal den Ansatz zu etwas, das ein Lächeln werden könnte.

»Da siehst du mal ... Es ist doch gar nicht so schlimm. Und jetzt bleibe ich erst einmal bei dir – den ganzen Tag, wenn du willst –, und dann entwerfen wir einen Schlachtplan. Frauenlist, darin bin ich gut!« Sie schlägt die Hände zusammen. »Aber erst möchte ich etwas zu essen haben. Denkst du vielleicht, ich habe den ganzen Weg auf mich genommen, um hier zu verhungern? Mein Magen knurrt wie ein Raubtier.«

»Entschuldige. Ich werde sehen ...«

»Nein, du wirst gar nichts! Du siehst ja furchtbar aus. In diesem Zustand kannst du dich niemandem zeigen. Jetzt gehst du nach oben und machst dich ein wenig zurecht, und ich gehe in die Küche und organisiere uns etwas. Ich werde darum bitten, daß draußen gedeckt wird. Wir essen im Garten. Und nun hinauf mit dir.«

Sie haben im Schatten unter einem der Bäume Platz genommen. Die Hitze ist unerträglich. Amalie liegt im Gras und hat den Kopf auf die Ellenbogen gestützt. Ihr Gesicht ist Frederikke zugewandt, die immer noch im Korbstuhl sitzt. Über ihnen liegt eine fast sündige Trägheit. Neben ihnen steht ein kleiner runder Tisch, auf der weißen Decke liegen die Reste ihrer Mahlzeit.

»Du solltest die Küche sehen. Überall nur Äpfel. Vom Boden bis zur Decke.«

»Ja, ja, ich weiß. Habt ihr auch welche bekommen?«

»Ja, danke! Reichlich. Weißt du nicht, daß mein Küchenmädchen Eva heißt?« Amalie streckt sich schläfrig. »Warum laßt ihr nicht ein paar der Obstbäume fällen?«

»Ich weiß nicht.« Frederikke zuckt gleichgültig mit den Schultern. »Die gehören irgendwie dazu.«

»Schon, aber ihr könnt doch unmöglich all das Obst gebrauchen.«

»Das stimmt … Vielleicht sollte ich es in Dosen füllen und mich in der Konservenbranche umtun.«

»Ja, das klingt jetzt wirklich wunderbar jütländisch.« Die Freundin lacht. »Ich sehe dich direkt als Fabrikbesitzerin vor mir.«

»Der Mann meiner Schwester macht in Konserven. Ich glaube, er verdient ziemlich gut daran.«

»Ach ja, immer diese neumodische Jagd nach Geld. Wie ist das doch im Grunde traurig … Aber ansonsten ist er schrecklich langweilig, oder?«

»Das stimmt. Vor Jütländern muß man sich hüten.«

Amalie lacht. »Ach, wie schön, daß ich hier rausgefahren bin. Jetzt erkenne ich dich wieder. Unverschämt und fröhlich. So soll es sein … Komm hier runter.« Sie klopft auf das Gras neben sich. »Du thronst da wie eine alte Frau. Das Gras ist herrlich kühl.«

Frederikke steht auf.

»Bring die Flasche mit.« Amalie zeigt auf den Tisch. Frederikke nimmt sie mit. Als sie sich hinsetzt, schwappt etwas Wein auf ihren Schoß.

»Ich bin wirklich tolpatschig. Vermutlich bin ich doch am besten dazu geeignet, auf einem Stuhl zu sitzen.«

»Sie sind nicht tolpatschig, meine Dame, Sie sind nur ein wenig beschwipst.«

»Ja, das bin ich wohl. Und das ist wirklich unerhört.«

»O ja! Aber jetzt schenk lieber die Gläser voll.«

»Du hast Grasflecken auf deinem Kleid.«

»Wo?«

»Da!« Frederikke berührt leicht Amalies Hüfte.

»Ach, nicht so schlimm. Du mußt lernen, dich nicht an solchen Nichtigkeiten aufzuhängen. Weißt du, was du brauchst? Du brauchst einfach ein bißchen Spaß. Es ist wunderschön, das Haus hier, aber ehrlich gesagt – ist es nicht schrecklich langweilig hier draußen? Ganz allein?«

»Nein, nein. Hier ist es ja so schön. Und außerdem hat Frederik mir das Haus geschenkt.«

»Ja, das ist ja auch ganz wunderbar! Aber ich würde es nicht aushalten. Da bin ich mir sicher! Hör mal, was ist denn nun los? Worüber lachst du?«

»Du mußt mir versprechen, Frederik nichts davon zu sagen, er hat es ja nur gut gemeint, aber wenn ich ehrlich bin, dann langweile ich mich hier ganz fürchterlich. Das ist wirklich schlimm von mir.« Plötzlich erscheint ihr das Ganze so lächerlich. Sie steht auf (ein wenig schwankend, immer noch mit der Flasche in der Hand) und ruft über den Rasen: »*Ich langweile mich*!«

»Dann sieh zu, daß du hier wegkommst.« Amalie macht eine Kopfbewegung zum Haus hin. »Warum gibst du nicht einfach die Anweisung zu packen und fährst mit mir heute abend rein?«

Frederikke setzt sich. »Nein, das geht nicht. Wir sind ja dabei, Apfelmus zu kochen.« Dann legt sie sich lachend wieder ins Gras.

Frederikke hat die Hände unter den Kopf gelegt, die gebeugten Arme, die zu beiden Seiten herausragen, sehen aus wie Flügelspitzen.

Amalie schaut sie an. »Ach, Frederikke. Du bist genauso wenig Hausfrau wie ich. Wir sind für dieses Leben einfach nicht geschaffen. Da ist es doch kein Wunder, wenn man ab und zu ein wenig schwänzt, nicht wahr?«

»Schwänzt? Du? Du hast doch deine Malerei ... und Lindhardt.«

»Schon ...« Sie zieht das Wort in die Länge. »Aber manchmal, da ...«

»Was da?«

»Ja, da denke ich, daß ...«

»Du bereust doch wohl nicht, daß du geheiratet hast, oder?«

Amalie schaut sie an, als wäre sie verrückt. »Bereuen? Wie kommst du auf die Idee? Nein, natürlich bereue ich das nicht. Und dennoch ...« Sie lächelt ihr wundervolles Lächeln, legt den Kopf auf Frederikkes linken Arm und flüstert ihr vertraulich und warm ins Ohr, geheime, fremde Worte – die gleichzeitig unwirklich in ihrer Luftigkeit und schwer in ihrer Handfestigkeit erscheinen, merkwürdige Worte, die in dieser vertraulichen Hitze im Gehörgang haften bleiben.

Amalie wendet den Kopf etwas ab. Nur ein wenig – immer noch die lebendigen grünen Augen dicht an Frederikkes. »Geht es dir nie so?« fragt sie verschwörerisch.

Frederikke tupft sich Schweißperlen von der Oberlippe. »Nein«, antwortet sie dann, wobei sie voll und ganz die Wahrheit sagt. Sie kann die Wange der anderen auf ihrem Oberarm spüren. Es klebt ein wenig.

»Dann bin ich wohl sehr ungezogen. Aber wie soll ich sein: verlogen und schüchtern oder ehrlich und schlimm? Du darfst mich nicht falsch verstehen, es liegt nur daran, daß es so viele gibt. Und sie laufen ja alle mit hungrigen Blicken herum. Ich glaube wirklich, die meisten Männer haben nicht viel anderes im Kopf, wenn man es genau betrachtet. Glaubst du nicht auch? Sieh dir doch beispielsweise Georg an ...«

»Sag mal ...« Frederikke wendet den Kopf und schaut der anderen in die Augen. »Hast du ein Faible für den guten Herrn Brandes?«

Amalie richtet sich abrupt auf und muß offenbar dem plötzlich aufkommenden Zwang nachgeben, Gras herauszuzupfen und es von einer Hand in die andere gleiten zu lassen. »Nein, natürlich nicht!«

»Ach ... nur ein kleines bißchen?« Frederikke berührt ihren Rücken, läßt die Fingerspitzen über den etwas feuchten Stoff gleiten.

»Na, dann vielleicht ein ganz kleines bißchen.« Amalie lacht verlegen. »Seine Augen ... Er hat so etwas ... Männliches an sich. Etwas Überredendes. Die meisten sind so aalglatt. Bei Georg liegt etwas ... Dämonisches unter seinem Charme. Aber soweit ich weiß, übt er diese Wirkung auf alle Frauen aus.«

Frederikke schüttelt den Kopf. »Nicht auf mich.«

»Nicht auf dich? Na, du zählst in dieser Beziehung ja gar nicht.«

»Vielen Dank.«

»Nein, so habe ich es nicht gemeint. Ich meine bloß, daß du nur Augen für Frederik hast. Und das kann ich gut verstehen. Er ist zwar mein Bruder, aber im Grunde genommen denke ich, daß er eine ähnliche Ausstrahlung wie Brandes hat. Oder?« Sie dreht sich um und schaut Frederikke mit einem Blick an, daß diese sich vollkommen nackt fühlt.

»Ich weiß nicht ...«

Amalie bürstet sich das Gras von den Händen, legt sich hin und dreht sich auf den Bauch. Ihr Arm streift Frederikkes. »Jedenfalls ist Georg sehr attraktiv«, seufzt sie dann. »Und er ist nicht der einzige. Da gibt es auch noch Søren.«

»Krøyer? Der ist ja auch vollkommen verschossen in dich.«

»Ja, das weiß ich wohl. Aaaber ...« sagt sie und disqualifiziert ihn mit einer Handbewegung. »... ich glaube, daß er fast in alle verliebt ist.«

»In mich nicht.«

»Nein?«

»Jedenfalls habe ich das nicht bemerkt.«

»Nein, aber du hast ja auch deinen Ørholt.«

»Nun hör aber auf!« Frederikke setzt sich auf.

»Ach, merkst du etwa nicht, wie er die ganze Zeit um dich herumschleicht? Er ist ja verrückt danach, dir seine Aufwartung zu machen. Da könntest du eine aufregende Affäre anfangen.«

»Das klingt aber absolut nicht verlockend.«

»Ach, sei nicht so wählerisch.«

Frederikke legt sich wieder hin. »Na gut. Es könnte ja sein, daß ich es mir noch überlege. Wir könnten zusammen sitzen und während der langen Winterabende seine Brille putzen.«

»Jetzt sind wir aber gemein.«

»Ja, jetzt sind wir gemein!«

Lassen Sie uns die beiden lachenden jungen Frauen hier verlassen – um erst später wieder auf sie zu stoßen; nach weiteren Stunden im Schatten und einer weiteren Flasche perlenden Rheinweins, aus den kühlen Kellern von Frederikkely geholt, wo die verstaubten Flaschen Seite an Seite auf den Regalen liegen und nur darauf warten, getrunken zu werden.

Die beiden gehen über die Wiesen. Zwei junge Frauen, Freundinnen.

Wenn es ein Gemälde wäre, würde die Szene sich darbieten, als wäre sie vom jungen Renoir geschaffen: eine momentane Beobachtung, eine impressionistische Flüchtigkeit. Die beiden Gestalten würden in einem poetischen Lichterglanz baden, mit federleichten Pinselstrichen mitten in der Verzauberung des Lichts dargestellt. Die üppige, verführerische Landschaft würde von Sommer und Gefühlen überborden, vor Lebensfreude vibrieren ...

Über ihren Schultern hängen weiße Handtücher und verraten ihr Vorhaben: Sie wollen ein Stück von Frederikkely entfernt an eine Stelle, wo das Wasser klarer ist und der Blick zum Land von einer meterhohen Wand von Wildrosen versperrt wird. Es ist vermutlich überflüssig zu erwähnen, daß das Amalies Idee war. Sie geht ein Stück vor Frederikke. Durch den dünnen Kleiderstoff kann man die eleganten Bewegungen ihres schmalen Rückens und der Schulterblätter erahnen. Ab und zu pflückt sie im Vorbeigehen einen Grashalm oder eine der vielen wilden Blumen, die an dieser Stelle so zahlreich blühen, und mit sanften, weißen Fingern zupft sie diese auseinander, während sie, das Gesicht Frederikke zugewandt, lachend irgend etwas erzählt.

Unsere Heldin folgt ihr. Auch sie pflückt Blumen, die sie zerrupft (er liebt mich – er liebt mich nicht ...), und die Zeit hat aufgehört zu existieren.

Eigentlich könnte man Frederikke eine Ausdehnung dieses Augenblicks wünschen, aber mit den Freuden ist es leider wie mit Gummibändern, wenn man sie zu weit auseinanderzieht, dann reißen sie.

Wenn man sich vorstellt, man könnte der naheliegenden Versuchung nicht widerstehen und diese sorglosen Nymphen ihren Elfentanz über zwanzig, dreißig Seiten tanzen lassen, dann würde der Spannungsbogen dieses Buches abflachen, bis er zum Schluß wie der Geschmack von schalem Bier platt am Boden liegt. Es ist nämlich eines der dunklen Geheimnisse des menschlichen Geschickes, daß wir alle, wenn wir eine Zeitlang glückliche Menschen betrachten, eine irritierende Verkrampfung in der Muskulatur spüren, die unser sanftes, anteilnehmendes Lächeln aufrechthält. (Das würde Frederikke zweifellos verstehen!) Die Irritation breitet sich schnell im ganzen Körper aus, und eine teuflische Stimme beginnt uns einzuflüstern, daß diese Menschen ja wie die reinsten Idioten aussehen. So belastend, ja, beinahe widerwärtig kann es sein, das Glück anderer Leute betrachten zu müssen, daß man geradezu Lust bekommt, etwas zu tun, um diesem Schwachsinn ein Ende zu bereiten.

Und hiermit haben wir, als hübschen kleinen Nebengewinn, das gesamte Problem der Theodizee gelöst, das die Menschen seit der Erfindung der Religionen beschäftigt hat; nämlich die Frage, wie es möglich ist, daß Gott gleichzeitig gut und allmächtig ist. Die Antwort liegt auf der Hand: Gott hat das Böse einfach nur auf die Welt kommen lassen, damit wir uns nicht zu Tode langweilen.

Außerdem wissen wir ja, die wir so viel klüger sind als diese Novizinnen, daß nichts ewig währt, und schon gar nicht dieser vielversprechende Zustand des Vergessens, der schönste von allen, und mit der gleichen unbarmherzigen Selbstverständlichkeit, mit der kleine Kinder immer hinfallen und sich die Knie aufschlagen, wenn sie gerade am vergnügtesten spielen, so wird die Welt sich unweigerlich zu irgendeinem Zeitpunkt wieder mit ihren Problemen aufdrängen.

Wir wissen nicht viel, doch eines ist gewiß: Der Idylle wird immer ein Riegel vorgeschoben!

In diesem Fall findet sich die Welt in Form eines Wagens ein, der sich schwer über den Hügel hinschleppt. Um der Gerechtigkeit willen muß jedoch eingeschoben werden, daß es nicht das Böse ist, was da die Bühne betritt, sondern nur die reizende Frau Salomon, deren Vergehen mit dem einer Mutter zu vergleichen ist, die ihr Kind an einem kalten, dunklen Wintermorgen aus dem Schlaf ruft: Sie weckt Frederikke auf.

»Ach, da ist ja Frau Lea«, ruft Amalie fröhlich und geht ihr entgegen.

Frederikke bleibt einen Moment lang stehen. Sie weiß nicht, warum, aber sie empfindet ein leichtes Schamgefühl bei dem Gedanken, daß sie jemand gesehen hat. Reue. Das Gefühl ärgert sie – eine Verärgerung, die nicht dadurch geringer wird, daß der Wagen anhält und sie sich gezwungen sieht, an ihn heranzutreten.

»Sind Sie auf dem Weg in die Stadt?« Amalie steht bereits dort, beide Hände von Frau Salomon in ihren. Der gnädigen Frau gegenüber sitzt Jakobe, schwarzgekleidet, den Rücken so gerade, als wäre er durch irgend etwas versteift.

»Ja, es ist der Geburtstag meines Schwiegervaters. Wir wollen Philip drinnen treffen.«

»Und Nanny?«

»Die ist schon vor ein paar Stunden auf und davon. Sie kann ja nicht stillsitzen.«

»Sie hat einen Termin beim Modisten. Du kennst sie, Amalie – dieses verrückte Kind kann nicht auf einem Geburtstag ohne einen funkelnagelneuen Hut erscheinen«, erklärt Jakobe und zeigt durch ihr Mienenspiel, daß sie das vollkommen lächerlich findet.

Amalie lacht. »Ja, das ist wohl wahr.«

Frederikke tritt über den Rasenrand auf den Kiesweg.

Die Frau im Wagen beugt sich vor und streckt ihr die Hand entgegen.

»Einen schönen Nachmittag, Frau Frederikke. Sie sind ja wohl draußen, um das schöne Wetter zu genießen.«

»Guten Tag, Frau Salomon. Ja, das sind wir … Guten Tag, Fräulein Jakobe.«

»Frau Faber«, Jakobe lächelt verhalten und streckt eine schmale Hand zur Begrüßung aus. »Ja, wir haben Ihren Frederik heute morgen getroffen … Sie können einem leid tun, die armen Herren, die in dieser Hitze arbeiten müssen, während wir auf dem Lande faulenzen.«

»Ja«, flüstert Frederikke, etwas bedrängt von dem scharfen Blick. Das Handtuch auf der Schulter wiegt plötzlich eine Tonne.

Amalie wechselt ein paar Floskeln mit Frau Salomon und Tochter. Währenddessen steht Frederikke dabei und betrachtet Jakobe, und plötzlich kann sie nicht mehr sagen, ob diese nun sehr, sehr häßlich ist – oder aber außergewöhnlich schön! Wie sie da mit ihrem reinen, scharfgeschnittenen Gesicht sitzt, von der niedrig stehenden Sonne sanft erleuchtet, liegt über der gelblich blassen Haut eine Klarheit, die ihr eine geheimnisvolle, transparente Grazie verleiht. Fast sphinxartig …

»Sie dürfen aber nicht vergessen, meine herzlichen Grüße zu übermitteln«, schließt Amalie das Gespräch nach ein paar endlosen Minuten ab.

»Das werden wir tun. Und grüßen Sie Ihren reizenden Mann. Ja, und Sie, Frau Frederikke, grüßen Sie doch bitte auch von uns.«

Kurz darauf winkt Amalie dem Wagen hinterher. »Sie ist so lieb, die Frau Salomon«, sagt sie, als müßte sie jemanden davon überzeugen.

»Doch, ja ... Aber findest du Jakobe nicht auch etwas unfreundlich?«

»Unfreundlich?« Amalie schaut sie überrascht an. Dann zuckt sie mit den Schultern. »Jakobe war schon immer etwas apart. Das darf einen nicht stören. Wenn man sie näher kennenlernt, stellt man fest, daß sie nett ist. Aber sie ist sehr ernst – ein etwas trauriger Mensch, könnte man fast behaupten. Das kommt wohl daher, weil sie so klug ist. Sie ist passionierte Brandesanhängerin, und Frederik hat großen Respekt vor ihr, wie du weißt. Und umgekehrt auch! Ich weiß nicht, ob sie eine Zeitlang vielleicht sogar gehofft hat, daß ... Nein, ich denke nicht! Aber sie mag ihn jedenfalls sehr gern, das sei dir gesagt. Wahrscheinlich ist das der Grund dafür, daß sie dir gegenüber etwas scharf ist, denn sie wacht über alle, die sie mag, wie ein Hund über seinen Herrn. Und kein Windhauch darf Frederik stören. Außerdem hat sie es nicht immer einfach gehabt«, fährt Amalie fort, »mit einer so charmanten Schwester und so ... Es gibt Gerüchte, die besagen, sie hätte eine gescheiterte Liebesaffäre in Deutschland gehabt. Ja, ich weiß nicht, wieviel dran ist. Aber vielleicht hat sie auch ihre Geheimnisse, wer weiß? Auf jeden Fall gibt es einen Herrn Eybert, der ihr jahrelang den Hof gemacht hat, ohne etwas zu erreichen.«

Dann gehen sie weiter zum Wasser hinunter. Für Außenstehende ist es nicht zu sehen, doch plötzlich empfindet Frederikke ihren Gang im Vergleich zur elfenhaften Leichtigkeit der anderen als beschwerlich. Erst jetzt bemerkt sie die Insekten, die sie die ganze Zeit umschwirren. Sie schüttelt den Kopf, um sie in die Flucht zu jagen. Die Sonne steigt, die Hitze brennt in den Achselhöhlen, und an den Waden kratzt das harte Gras durch die dünnen Strümpfe.

Als sie das Wasser erreichen, ziehen die beiden Frauen sich aus – die eine langsam und zögernd, weil sie sich nicht im klaren darüber ist, wie weit in diesem sonderbaren, verbotenen Spiel zu gehen von ihr erwartet wird. Amalies Körper entblößt sich Stück für Stück, und sie hört nicht auf zu lachen, auch als die letzten Kleidungsteile vor ihren Füßen in den Sand fallen und sie plötzlich vollkommen nackt vor Frederikke steht, die sie nicht ansehen will, sie nicht ansehen kann.

Statt dessen schaut sie zu Boden und tut so, als hätte sie Probleme mit den Knöpfen an der Seite ihres Kleids.

Amalie läuft ins Wasser und zerteilt die Oberfläche mit einer überraschenden Selbstverständlichkeit. Als sie unter Rufen und Juchzen ein Stück hinausgelangt ist, läßt sie den weißen Körper unter die glänzende Wasseroberfläche gleiten.

Endlich ausgezogen, schaut Frederikke sich um. Soweit das Auge reicht, liegt der Strand menschenleer da. Es gibt keine Ausrede.

»Komm schon!« ertönt es mit klarer Stimme von dort draußen, und auf nackten Füßen geht Frederikke durch den Sand und die schleimigen Algen am Ufer. Ihr Gesicht verzieht sich eine Sekunde lang vor Abscheu, als sie spürt, wie die kalte, breiartige Substanz sich den Weg zwischen ihren Zehen bahnt. Sie bleibt einen Moment lang stehen und fühlt, wie das Wasser ihr den Boden unter den Füßen wegzieht, als hätte die Welt sich gedacht, einfach unter ihr zu verschwinden. Sie muß sich bewegen, um nicht umzufallen, und sie setzt ihre Schritte mit der Genauigkeit eines Hydrophobikers. Sie geht immer weiter hinaus; spürt, wie sich die Kälte um die Knöchel legt, um die Beine, die Schenkel, bis sie schließlich die Begegnung ihres Körpers mit dem eiskalten Wasser nicht mehr verhindern kann. Die Zähne klappern, und sie hat eine Gänsehaut.

Amalie schwimmt, sie wirft sich im Wasser herum, schlingt Arme und Beine um sich, verschwindet plötzlich und taucht wieder auf. Dann läßt sie sich treiben, mit den Brüsten wie zwei weiße Kuppeln über dem Wasserspiegel – zwei Marzipankuchen auf dem Silbertablett im Schaufenster eines Konditors.

Frederikke friert. Plötzlich sind sie wieder da, die Demütigungen aus ihrer Kindheit, als ihr Vater (der sich nach einigen Jahren bei der dänischen Handelsmarine unglücklicherweise in den Kopf gesetzt hatte, daß alle aus Sicherheitsgründen schwimmen lernen müßten!) beharrlich, doch vergebens versuchte, es ihr beizubringen. Jetzt schaut er sie wieder mißbilligend an, während er aufmunternde Seitenblicke auf Helena wirft, die sich unbeschwert in den Wellen tummelt.

Die Situation erfordert eine Handlung von ihr, also macht sie ein paar hilflose, vollkommen idiotische Schläge mit den Armen, während sie gleichzeitig versucht, ihre Gesichtsmuskulatur unter Kontrolle zu behalten, als die eiskalten Tropfen auf Wange und Augen treffen. Mit einer fast übermenschlichen Willensanstrengung zwingt sie ihren Körper, sich rückwärts ins Wasser zu legen. In der Sekunde, als das Kalte, Schwarze sie umhüllt, weiß sie, daß sie die andere haßt, und in einem Augenblick kranker Phantasie taucht sie, glatt und geschmeidig wie ein Fisch, auf den Boden hinunter und packt deren schlanke, kalte Knöchel, zieht sie hinunter und hält sie dort unten fest, bis sie keinen Widerstand mehr leistet.

Sie bekommt wieder Grund unter den Füßen. Kommt hoch. Keucht ein wenig. Schluckt Salzwasser.

Dann lacht sie und winkt der Freundin zu.

Anschließend setzen sie sich auf den Sand, die Handtücher um den Leib geschlungen. Mit einer langsamen, gnadenlos genüßlichen Bewegung beugt Amalie sich zur Seite und wringt das Wasser aus dem Haar. Dann zieht sie die langen Beine an sich heran und wickelt sich das Handtuch fest um den Körper. Sie schlägt die Arme um die angezogenen Beine und läßt das Kinn auf den Knien ruhen, und in dieser »Position à la Faber« schaut sie aufs Meer hinaus. Voller Wohlbehagen läßt sie die Luft aus der Lunge entweichen. Die Sonne beleuchtet ihr Profil und verleiht ihrer Haut einen goldenen Schimmer. Eine kleine, feuchte Locke klebt auf der glatten Stirn. Der Haaransatz verläuft sich von dem kräftigen dunklen Haar zu einer ganz dünnen Schicht winzigen Flaums, der sich graziös bis zu den Schläfen hinab erstreckt, folgt der scharfen Rundung der Kiefer und verschwindet im Schatten ihres Halses ...

Die Hitze erscheint plötzlich unangenehm, prickelt auf der Haut.

»Meinst du nicht, wir sollten zurückgehen? Wir werden noch einen Sonnenbrand kriegen.«

»Doch jetzt noch nicht. Wir müssen erst trocken werden. Ich hasse es, etwas anzuziehen, solange ich noch naß bin.«

»Wir werden Sommersprossen kriegen. Das ist unkleidsam. Und es könnte jemand kommen.« Frederikke schaut sich nervös um.

»Unsinn. Wer sollte denn kommen? Du hat es doch selbst gesehen: die Salomons sind in die Stadt gefahren. Hier ist sonst niemand.«

»Die Dienstboten ...«

»Die Dienstboten? An wen hast du denn dabei gedacht? Mach dir keine Sorgen.«

Dann steht sie auf, wickelt ohne weiteres das Handtuch vom Körper und breitet es auf dem Sand aus. Als sie sich wieder hinlegt – das eine Bein ausgestreckt, das andere zum Himmel hin gebeugt, leicht von einer Seite zur anderen schaukelnd –, ist sie nackt; nackt und vollkommen, auch sie ... Ein müder Arm streckt sich aus, ergreift den Hut und legt ihn sich übers Gesicht, als wollte sie Frederikke die einzigartige Gelegenheit geben, heimlich zu gucken.

Und Frederikke guckt heimlich: Haut wie Seide, zwei Brüste, perfekt geformt und sehr jungfräulich anzusehen. Unter der dünnen Hautschicht schimmern die Rippenknochen, die sich wölben und einen perfekt abgerundeten Bogen zu dem weichen, glatten Bauch hin bilden. Ihr Atmen ist nur als ein leichtes Vibrieren der Bauchhaut zu erahnen; auf, auf, ab ... auf, auf, ab ... auf, auf, ab ... Man könnte sie ewig anstarren ... Eine Fliege bewegt sich über den einen formvollendeten Schenkel. Merkt sie das gar nicht?

Frederikke dreht sich um, und mit dem Rücken zur Freundin entfernt sie ihr Handtuch und zieht sich schnell das Kleid über den Kopf. Mit einer ziemlich unbeholfenen Bewegung hebt sie ihr Hinterteil, um das Kleid ganz hinunterzuziehen. Dann steht sie auf und zieht sich die Beinkleider an, schüttelt den Sand aus dem Kleid, wickelt das Haar zusammen und befestigt den Hut.

Sie sieht die andere nicht an. Statt dessen geht sie zum Ufer und sucht Muscheln. Sie achtet genau darauf, sich ja nicht in die nackten Füße zu schneiden.

Sie kehren im Gegenlicht heim, mit vom Salzwasser strammer Haut, müden Bewegungen und Augen, die das weiße Palais anblinzeln, das sich am Horizont erhebt, als sei es im selben Moment erst aus der Erde gewachsen. Dahinter wogt die späte Nachmittagssonne, und das schwarzlackierte Dach hat Ähnlichkeit mit dem glitzernden Meer, das sie gerade verlassen haben.

»Kommst du mit rein?« fragt Amalie.

»Nein.«

»Aber du hast doch gesagt ...«

»Ja, ja, ich weiß.« Frederikke bleibt stehen und packt Amalie leicht am Arm. Läßt sie gleich wieder los. Dann schaut sie sie lächelnd an. Ihre Augen sind flehentlich und passen nicht zu dem Lachen in ihrer Stimme. »Ach, ich habe so viel gesagt, ich weiß gar nicht, was mit mir los war. Dabei meine ich nichts davon.«

»Nichts?« Amalie schaut sie skeptisch an.

»Nein.« Frederikke lacht, schüttelt leicht den Kopf und breitet resigniert die Arme aus. »Das war doch nur dummes Gerede. Meine Liebe, du mußt mir wirklich glauben, daß ich nichts davon ernst gemeint habe. Mir geht es sogar ganz ausgezeichnet. Ich bin im Augenblick nur ein bißchen müde. Und dann werde ich so ... ja, du weißt schon.«

Amalie sieht aus, als wüßte sie überhaupt nichts. »Nun gut!« antwortet sie mit einem Schulterzucken. »Ja, wenn du dir da so sicher bist.«

»Ja, das bin ich.« Frederikke geht wieder los. »Ganz sicher!«

Sie sind jetzt so nah an Frederikkely, daß sie sehen können, wie sich etwas auf der Terrasse bewegt – anfangs nur ein kleiner, länglicher schwarzer Punkt, der im Hitzedunst zittert, der aber mit der Zeit deutlicher wird und zunächst menschliche, dann bald männliche Züge annimmt.

Ist es Frederik, der noch gekommen ist? Frederikke versucht vergeblich, ihr Haar zu richten.

»Mein Gott«, grinst Amalie plötzlich. »Ist das nicht Ørholt?«

Die Person hat sich auf einen der Stühle gesetzt, eine Zeitung im Schoß ausgebreitet.

»Ja, das ist Ørholt! Was zum Teufel macht er hier?« Frederikkes Stimme klingt ärgerlich.

»Ich habe es doch gesagt. Er ist hier, um dir den Hof zu machen.«

Er ist vom Stuhl aufgestanden und wedelt unsicher mit der Zeitung.

Die Hand, die er zum Gruß vorstreckt, ist feucht.

»Ja, ich wollte nur mal vorbeischauen.« Er zeigt fast entschuldigend auf den Gartentisch, als hätte der ihn herbeigelockt. Dort balanciert ein gewissenhaft abgenagtes Apfelkerngehäuse, das äußerst sorgfältig arbeitende, bleiche Finger in die Senkrechte gebracht haben. Es ist das dünnste, am geizigsten ausgesogene Apfelkerngehäuse, das Frederikke jemals gesehen hat. Es hat geradezu etwas Trauriges an sich, fast etwas Mißbrauchtes.

»Wie schade ...«, sagt sie und fügt hinzu: »... daß wir nicht hier waren ... Warten Sie schon lange?«

»Nein, nein ...« Um glaubwürdig zu wirken, konsultiert er seine Golduhr, um sie dann wieder in die Westentasche zu stecken. »Knapp eine Stunde, denke ich mal. Mir ist gesagt worden, daß Sie zu einem Spaziergang unterwegs seien. Da bin ich über den Hügel gegangen, um zu sehen, ob ich Ihnen entgegenkommen kann, aber als ich Sie nicht gefunden habe, bin ich zurückgegangen.« Er hat die Hände auf den Rücken gelegt und wippt hin und her. Sein transparenter Blick ruht auf Frederikke, und er löst ihn erst in dem Moment, als er Amalie hört, die sich stöhnend auf einen der Korbsessel fallen läßt.

»Vorsicht!« Ørholt nähert sich ihr panisch. »Setz dich nicht dorthin. Da ist ein Nagel.«

Sie springt erschrocken auf, und er zeigt auf eine kleine Spitze, die dort herausragt, wo das Stuhlbein auf die Sitzfläche trifft.

»Ich habe mir gerade die Hose aufgerissen«, erklärt er und demonstriert einen kleinen Riß direkt unter dem Knie, als wäre für so eine unerhörte Behauptung eine handfeste Beweisführung nötig. Dann wendet er sich wieder an Frederikke. »Sie müssen das unbedingt reparieren lassen. Es wäre doch zu ärgerlich, wenn Sie sich Ihre Kleider aufreißen würden.«

»Danke schön«, antwortet sie, ohne besonders dankbar für diese Information zu wirken. Sie schaut ihn etwas skeptisch an. »Wie weit sind Sie eigentlich gegangen?« fragt sie dann, während sie ihre Schuhspitze um einen kleinen Stein kreisen läßt.

»Wie weit? Ach, nicht besonders weit«, antwortet er, ohne weiter nachzudenken. »Mir macht diese Hitze ein wenig zu schaffen. Als ich euch nicht gesehen habe, bin ich schnell wieder in den Schatten der Terrasse geflohen.«

»Und haben sich Ihre Hose zerrissen?« Sie schaut auf.

»Ja. Und habe mir meine Hose zerrissen.«

Vielleicht sagt er ja die Wahrheit, der gute Ørholt. Vielleicht.

Vielleicht ist er wirklich nur ein paar Schritte gegangen, wurde dann von der drückenden Hitze und den aufdringlichen Insekten übermannt und ist sofort wieder umgekehrt. Wenn man seine Anfälligkeit bedenkt, erscheint das nicht unwahrscheinlich.

Aber wir können es nicht mit Sicherheit sagen, denn vielleicht ist es ja doch nicht wahr? Vielleicht war er so bedacht darauf, die beiden zu finden, daß er weitergegangen ist? Vielleicht ist er ein gutes Stück über den Hügel hinausgekommen und dann stehengeblieben, um sich den Schweiß von der Stirn zu wischen und die Brille in seinem Taschentuch zu putzen. Plötzlich hat er unten vom Wasser Lachen und fröhliche Rufe gehört. Dann hat er sich vielleicht umgeschaut, festgestellt, daß ihn niemand sieht, sich durch die Wildrosen gezwängt und sein bebrilltes Gesicht durch den Blättervorhang geschoben? Und wer weiß – vielleicht hat er dort gestanden, als er plötzlich merkte, daß er gefangen war, daß die dornigen Zweige ihn an den Unterschenkeln gepackt hatten? Vielleicht ist er sogar ein wenig in Panik geraten, so daß er sich nicht traute, sich in Ruhe zu befreien, sondern einfach sein Hosenbein losgerissen und sich rasch einen Weg durchs Dornengestrüpp gebahnt hat?

Was hat er dann gesehen, in den Sekunden oder Minuten, die er dort stand?

Oder besser gefragt: Wieviel hat er sehen können?

Daß er die Sonne im Rücken gehabt haben muß, ist eine Tatsache. Sie muß sogar, wenn man den Zeitpunkt in Betracht zieht, wie eine große, blendende Kugel direkt hinter ihm gestanden haben, was ihm sicher zum Vorteil gereicht hat. Einerseits wurde es dadurch den Frauen erschwert, ihn zu entdecken, andererseits hat sie ihn weder blenden noch sich entlarvend in seinen Brillengläsern spiegeln können. Aber selbst unter diesen glücklichen, optimalen Bedingungen – wie groß ist denn die Wahrscheinlichkeit, daß er sie mit seinen kurzsichtigen Augen und durch die dicken Brillengläser hat sehen können?

Das läßt sich nicht sagen.

Doch der Zweifel – dieser unangenehme Zweifel wird immer bestehen bleiben ...

36

Man muß etwas tun! Sich des Respekts würdig erweisen. Frederikke stellt das Tablett auf die Tischkante. Achtet genau darauf, seine Papiere nicht wegzuschieben.

»Bitteschön, mein Lieber.«

»Vielen Dank.« Frederik schaut auf und lächelt so, wie nur er es kann. »Na, du siehst heute aber blendend aus.«

»Danke. Ich habe letzte Nacht auch außergewöhnlich gut geschlafen«, antwortet sie und schickt insgeheim einen dankbaren Gedanken an die kleine, erst kürzlich erworbene Dose mit hellem Puder, das ihrem Gesicht einen vornehmen, blassen Schimmer verleiht.

Dann schaut er auf das Tablett. »Ach. Kuchen!«

Frederikke sieht einen Moment lang verlegen aus. »Ja, ich hatte plötzlich Lust zu backen. Wahrscheinlich, weil es draußen dunkler wird. Da kriegt man mehr Lust, etwas drinnen zu tun.«

»Du hast gebacken? Na, ich muß schon sagen! Das sind Hausfrauentugenden«, erklärt er schelmisch und läßt seinen Forscherblick von allen erdenklichen Winkeln über den Mandelkuchen wandern. »Der sieht gut aus. Darf man probieren?«

»Ja, natürlich. Was dachtest du denn, du Dummkopf?« (Frei und ungezwungen, also keine Spur hausfrauenhaft.)

Er versenkt die Zähne in dem Kuchen, kaut langsam und prüfend, den Kopf etwas schräg gelegt. Dann schluckt er.

»Ist er ein bißchen klebrig?« fragt sie vorsichtig, weil man jeder Kritik den Stachel nehmen kann, wenn man ihr zuvorkommt.

»Klebrig? Nicht im geringsten!«

Er schluckt den nächsten Bissen herunter. (Etwas mühsam?) »Der ist perfekt. Das ist der leckerste Kuchen, den ich seit langem gegessen habe. Du bist ja eine Frau mit ungeahnten Talenten.«

Frederikke lächelt. Sie gießt ihm Kaffee in seine Tasse.

»Wirst du den ganzen Tag arbeiten? Ja, nicht, daß ich ...«

»Doch, ich fürchte schon. Wegen dieser Konferenz. In Berlin, du weißt schon.«

»Ach so, ja. Wann ist sie denn?«

»Im November.«

»Na, dann ist ja noch ein bißchen Zeit.« Sie reckt den Hals, zeigt ein sanftes, würdevolles Gesicht und sorgt dafür, daß er es im Profil sieht. »Du? Ich habe für heute nichts geplant, deshalb habe ich gedacht, ob ich vielleicht etwas für dich tun könnte, ob ich dir helfen könnte. Ich meine, du hast ja so viel zu tun.«

Seine breite, lange Hand nimmt die Tasse entgegen, bevor er einen fragmentarischen Blick auf das Wirrwarr des Schreibtischs wirft.

»Ach, danke. Aber ehrlich gesagt – ich wüßte leider nicht, was das sein sollte.«

Sie schüttelt den Kopf und macht mit der Hand eine abwehrende Bewegung, als wollte sie eine Gedankenlosigkeit entschuldigen. »Nein. Ich dachte nur …«

»Das ist lieb von dir.«

Als sie schon durch die Schiebetür verschwinden will, ruft er sie noch einmal zurück. »Doch, da gibt es etwas, Frederikke …«

Sie dreht sich um. Er hebt seinen Teller hoch. »Du könntest mir vielleicht noch so ein Stück bringen.«

Sie lächelt verhalten. »Natürlich.«

Man weiß nicht, was er gedacht hat, als sie ihm kurz darauf Kuchen gebracht hat und dann wieder durch die Schiebetür verschwunden ist. Vielleicht ist es ihm schwergefallen, den Kuchen hinunterzukriegen, nicht in erster Linie aufgrund des unbestreitbaren Tatbestands, daß er wirklich klebrig ist, sondern eher, weil ihm plötzlich klargeworden ist, wessen er sich soeben schuldig gemacht hat. Vielleicht hat er sich plötzlich von außen gesehen, und es hat ihn angeekelt, was er da gesehen hat, und vielleicht hat er den Kuchen wieder auf den Teller fallen lassen und ihn wütend angestarrt – nicht, weil ein unschuldiger Kuchen in irgendeiner Weise für die Situation verantwortlich gemacht werden könnte, sondern eher, weil er in all seiner klebrigen Süße plötzlich zu einem Symbol für die Beziehung zwischen ihm und Frederikke geworden ist.

Vielleicht ist es so gewesen. Auf jeden Fall steht er zehn Minuten später vor ihr im Wohnzimmer.

Seine Haltung hat etwas Verlegenes, fast Demütiges an sich, aber auch einen traurigen Ernst.

Er setzt sich auf die Armlehne des Sofas, und Frederikke wundert sich wieder einmal über sein besonderes, so charmantes Talent, die Möbel auf ungewöhnliche Art zu benutzen.

»Es tut mir leid, Frederikke ... Daß ich nicht für dich da sein kann. Aber ich bin so überhäuft mit Arbeit.«

»Für mich? Du mußt doch nicht an mich denken.«

»Doch, das muß ich. Genau das muß ich.« Er betrachtet den Boden mit gerunzelter Stirn. »Aber es ist so schwer, Zeit dafür zu finden. Ich denke schon, daß ich morgen ...« Er seufzt. »Es ist die Armensprechstunde, die mich so viel Nerven kostet. Ich weiß nicht, ob du das verstehen kannst, aber manchmal habe ich das Gefühl, als stünde ich vor einem unüberwindbaren Berg von Elend. Als wäre alles, was ich tue, vergebens – als wäre ich ein Sisyphos, der den gleichen Stein in alle Ewigkeit den Berg hinaufrollt.«

»Entschuldige, daß ich das so einfach sage, Frederik, aber hast du nicht genug getan?« Sie legt den Kopf zur Seite und runzelt die Stirn. »Wäre es nicht zu überlegen, das alles anderen zu überlassen, damit du dich auf deine Universitätsarbeit und Tagesklinik konzentrieren kannst? Es gibt doch wohl Grenzen dafür, wieviel eine einzelne Person ausrichten kann.«

Er betrachtet seine Hände. »Glaube bloß nicht, daß ich noch nie darüber nachgedacht hätte. Aber ich kann nicht. Denn ich weiß doch – ich fühle es ganz genau –, daß das, was ich tue, richtig ist. Und es ist ja auch nicht so, daß ich es nicht schaffen würde. Ich meine, die Arbeitsanforderungen an sich. Es ist eher, daß es teilweise einfach zum Verzweifeln ist, wenn der Berg immer nur wächst und wächst. Wenn dieser Strom des Elends kein Ende nehmen will, wenn die Schlange im Gegenteil immer nur länger wird. Und dann denke ich, daß man das vielleicht an einer ganz anderen Stelle stoppen müßte. Verstehst du das? Daß ich aufhören und mir die Zeit nehmen sollte, diesen Berg zu überschauen – ihn zu analysieren. Das Muster zu finden, die Ursachen und sie zu beseitigen ...«

»Hast du gestern abend mit Jantzen darüber geredet? Ja, ich konnte gar nicht umhin, euch zuzuhören ...«

»Ja, genau. Wir haben darüber gesprochen, daß man statistisches Material sammeln müßte, um das Schicksal der Frauen zu untersuchen und zu dokumentieren, die in diesen, sagen wir, lichtscheuen Teil meiner Praxis kommen. Ich selbst rede ja nicht so viel mit ihnen – dafür habe ich gar nicht die Zeit. Ja, ich vergewissere mich natürlich, daß sie vollkommen sicher in ihrer Entscheidung sind, daß sie wissen, worauf sie sich einlassen, und erkläre ihnen die physische Seite der Sache. Ebenso wie die rechtliche, und ich erzähle ihnen, was das Gesetz sagt.«

»Was sagt es denn, Frederik?«

»Das weiß ich sogar im genauen Wortlaut. Schließlich habe ich diesen albernen Paragraphen so oft laut vorgelesen, daß ich ihn auswendig kann: ›Eine schwangere Frau, die vorsätzlich ihren Fötus abtreibt oder ihn im Mutterleib tötet, wird mit einer Zwangsarbeit von bis zu acht Jahren bestraft‹.«

(Er läßt die Fortsetzung aus, als wäre sie ein unwichtiges Detail: »Die gleiche Strafe ist auf den anzuwenden, der mit Zustimmung der Mutter zu dieser Absicht bei ihr bestimmte Verfahren mit der angeführten Wirkung anwendet ...«)

Einen Moment lang ist es still. Dann fährt er fort: »Aber sie eigentlich ausfragen, nein, das tue ich nicht. Doch ich weiß, daß sich hinter jedem einzelnen Fall eine Geschichte verbirgt – ein schreckliches Elend. Und das quält mich. Ich bin mir natürlich darüber im klaren, daß keine zwei Schicksale einander gleichen, aber dennoch kann man vermutlich ein Bild zeichnen – eine Art Schema hinsichtlich der entscheidenden Faktoren. Und genau das müßte man einmal tun – diese Faktoren herausfinden. Doch wenn ich mir dafür die Zeit nehme, dann habe ich weniger Zeit für die praktische Arbeit, und was ist wichtiger? Was ist richtig? Ich weiß es nicht.«

»Angenommen, du hättest die Zeit dafür, das zusammenzustellen, wozu würdest du das dann benutzen?«

»Tja, wozu würde ich das benutzen? Ich würde natürlich selbst gern schlauer werden. Das in erster Linie. Aber darüber hinaus kann ich mir vorstellen, daß man – natürlich anonym! – so eine Untersuchung vielleicht irgendwo veröffentlichen könnte, damit diese Zustände ans Licht kommen. Ich meine, gesellschaftsmäßig, politisch ändert sich ja nichts, solange wir die Wahrheit vor der Öffentlichkeit verborgen halten.«

»Ja, aber glaubst du denn, daß irgend jemand so etwas veröffentlichen würde? Ich meine, welcher Redakteur würde das Risiko eingehen ...«

»Das kann ich noch nicht sagen. Darüber habe ich noch nicht weiter nachgedacht. Aber vielleicht, durch Georg ...« Er zuckt mit den Schultern. »Der hat doch Beziehungen zu weitsichtigeren Männern der Presse. Oder Edvard. Er redet schließlich davon, selbst eine Zeitung herauszugeben.«

»Was würdest du denn genau tun?«

»Nun ja. Sie dazu bringen, ihre Geschichte zu erzählen. Wenn man beispielsweise ein Zimmer dafür einrichten würde. Einen gemütlichen Raum, in dem sie sich sicher fühlen können. Und dann stelle ich mir vor, daß sie, wenn sie in die Klinik kommen, zunächst einmal zu einem Gespräch eingeladen werden.«

»Und wonach sollen sie gefragt werden? Name und ...«

»Nein, um Gottes willen, nur das nicht! Man darf sie niemals nach ihrem Namen fragen, sonst fallen sie vor Angst gleich tot um. Es herrscht hier ja garantierte Anonymität, und das läßt sie überhaupt nur herkommen. Nein, aber ihr Alter, ihre Wohnverhältnisse, wie sie in dieses mißliche Lage gekommen sind, ökonomische Verhältnisse, ob verheiratet oder nicht ... Ob sie zum ersten Mal schwanger sind, ob sie unter anderen Umständen gern das Kind behalten würden und so weiter. Vielleicht könnte man eine Art Fragenkatalog ausarbeiten, von dem man ausgeht – nicht sklavisch natürlich, sondern als eine Art Richtschnur. Dann hätte man etwas, woran man sich halten kann.«

»Könnte ich das nicht machen, Frederik?«

»Was?«

»Mit ihnen reden.«

»Du?«

»Ja, warum denn nicht?«

»Aber liebe Frederikke, das geht nicht. Nicht weil ich daran zweifeln würde, daß du das könntest. Sondern weil du damit ja an meinen Handlungen mitschuldig werden würdest. Und diese Seite der Sache muß ich gezwungenermaßen täglich in meine

Überlegungen mit einbeziehen. Und wenn sich eines Tages eine von ihnen aus unerforschlichen Gründen verplappern sollte, ja, dann säßen wir sozusagen im gleichen Boot. Wenn du verstehst, was ich damit sagen will.«

Sie versteht.

Aber liebster, allerliebster Frederik, genau das ist doch der Zweck des Ganzen.

Sie sieht es vor sich – das, wovon sie immer geträumt hat: Abende in der Sprechstunde, sie und er, in stiller Zusammenarbeit, eine gemeinsame Bewegung. Sie und er, gefährlich und romantisch am Rande des Gesetzes im gemeinsamen Kampf für Gerechtigkeit. Sie und er, die Frau und der Mann, gegen den Rest der Welt.

Widerstand macht stark. Äußerer Druck schafft inneren Zusammenhalt.

Und man muß schließlich etwas dafür tun, nicht wahr?

Und sie will es gut tun, sich anstrengen, um ihm zu zeigen, daß er in ihr einen gleichwertigen Partner gefunden hat.

Sie wird zu einem Engel werden. Sie wird sich vor seinen Augen verwandeln, wird würdig und unentbehrlich werden. Und die Frauen werden ihre Hand ergreifen und sie drücken, sie dabei mit flehentlichen, dankbaren Augen betrachten. Und sie werden ihr erzählen, daß sie niemals ihre Hilfsbereitschaft und ihr Verständnis vergessen werden – daß sie im Vergleich zu ihr ja nur arme, geringe Menschen sind. Und sie wird sie sanft ansehen und sagen, daß es keinen Grund gibt, sich zu bedanken ... Und Frederik wird sie bewundernd anschauen, und wenn die Praxis endlich leer ist, dann werden sie die Köpfe zusammenstecken und die Arbeit des Tages besprechen, bevor sie – in geistiger und praktischer Gemeinschaft – die Schiebetüren öffnen und diese Gemeinschaft mit in den Privatbereich nehmen werden.

Zumindest in ihren Träumen!

Die Wirklichkeit sieht etwas anders aus! In Wirklichkeit riechen sie nach Schnaps, Essensgerüchen und Achselschweiß, und sie hängen auf dem Stuhl und starren sie mit ihren harten Augen voller Trotz an und fragen, was zum Teufel sie das denn wohl angehe. Gedemütigt, ja! aber nicht demütig! Und sie zeigen keine Nachsicht ihr gegenüber, sondern sehen geradewegs durch sie hindurch und entlarven ihre Unsicherheit in Sekundenschnelle, und sie entkleiden sie, indem sie ungeduldig mit den Fingern auf die Tischplatte trommeln und Decke und Wände mustern, um sie gleich darauf wieder erwartungsvoll anzusehen.

»Wir sind dabei, eine anonyme Untersuchung durchzuführen. Wir möchten gern wissen, wie Sie in diese Situation geraten sind.«

Dann lachen sie, kurz und gnadenlos und fragen, ob sie sich das denn wirklich nicht selbst ausrechnen könne!

Worauf Frau Faber, die aufopfernde Volontärin, errötet und hilflos in ihrem schönen Fragenkatalog blättert.

»Wir möchten gern helfen ...«

»Ja, wirklich? Möchten Sie das? Ja, dann seien Sie doch so freundlich, mich zum Doktor zu führen, damit er das tun kann, wozu ich hergekommen bin!«

Frederikke ist es endlich gelungen, sich durch die Schiebetür zu zwängen, aber damit ist es wie mit allem anderen: Wenn sie erst einmal Teil davon geworden ist, verliert es seine Anziehungskraft und wird erdnah und abstoßend. Das Paradies, das sie dort drinnen zu finden gehofft hatte, erweist sich als Hölle.

Denn sie hat Angst vor ihnen – vor diesen Frauen, denen gegenüber sie sich doch überlegen fühlen sollte. Sie ekelt sich vor ihnen. Sie haßt sie.

Ganz im Gegensatz zu ihm! Er schaut sie sanft und ernst an und findet sich mit ihrer fehlenden Wertschätzung ab. Und er berührt sie mit seinen manikürten Händen! Sie begreift nicht, wie er es ertragen kann, mit diesen Menschen zu verkehren, die durch den anderen Eingang hereinkommen, aus einer anderen Welt. Die Entrüstung von Frederik und Frederikke ist gleich groß, hat aber jeweils ihre eigene Provenienz – und dort, wo er arme, schuldlose Opfer der Tyrannei der Gegebenheiten, von Gewalt und Mißbrauch sieht, durch die Gesellschaft wie durch den Mann verursacht! – da sieht sie verhärmte, stinkende, promiskuöse Proletarierinnen, die dem Rinnstein entstiegen sind, wo sie sich in

Hurerei und Geschmacklosigkeit gesuhlt haben, und die weder Bildung noch Dankbarkeit besitzen. Sie empfindet fast Wut darüber, daß er diese Welt der ihren vorzieht. Ihr vorzieht.

Sie sagt nichts.

37

Skærbæk, Donnerstag, 7. September 1876

Allerliebste Schwester,

was habe ich nur mit meiner Dummheit angerichtet?

Ich habe soeben Deinen Brief gelesen und muß ihn gleich beantworten: Nein, meine Liebe, natürlich habe ich nicht die Absicht, an Deinen Mann zu schreiben. Das würde mir niemals einfallen! Niemals!

Das möchte ich als allererstes feststellen.

Und dann laß mich folgendes erklären: Als ich Dir schrieb, ich sähe mich gezwungen, mich direkt an Deinen Mann zu wenden, um ihn zu überreden, Dir für ein paar Tage frei zu geben, damit Du mich besuchen könntest, war das natürlich nur ein Scherz – ein Scherz, der aus der düsteren Tatsache resultiert, daß ich Dich ganz einfach um Deine Lage beneide. Ach, wenn ich Deine Briefe lese, in denen Du so lebendig von Eurem Zusammenleben erzählst, wie Du Deinem Mann bei seiner Arbeit assistierst, wie Ihr beide alles gemeinsam macht, ja, dann leuchten Freude und Zusammengehörigkeit aus ihnen, und ich muß zugeben, daß ich mich im Vergleich dazu so ungemein armselig fühle. Ich sehe doch alles bildlich vor mir: Wie unentbehrlich Du für Deinen Mann bist, für Deinen lieben, lieben Frederik, und im Licht meiner eigenen jämmerlichen Lage besehen ist das fast nicht zu ertragen. Ob Du das verstehen kannst? Es ist doch so, als hieltest du mir einen Spiegel vor, in dem ich meine eigene Armut erblicken kann.

Jetzt darfst Du aber nicht glauben, daß ich Dir Dein Glück nicht gönne – das tue ich von ganzem Herzen!

Ich freue mich so unbeschreiblich für Dich, ich wünsche Dir von Herzen alles Gute im Leben! Daran hast Du doch hoffentlich keinen Zweifel …

Aber ich vermisse Dich, liebe Schwester, und Du mußt verstehen, wie schwer es für mich ist, daß Du nicht ein paar Tage für mich opfern kannst. Ich will Dich ja nicht Deinem Frederik stehlen, ich will Dich ja nicht aus Deinem Leben reißen, ich möchte Dich nur für kurze Zeit ausleihen – nur für ein paar Tage. (Ja, Frederik ist natürlich auch herzlich willkommen, ich vermute nur, daß gar nicht die Rede davon sein kann, daß er kommt, so beschäftigt, wie er ist.)

Die Gespräche mit Dir fehlen mir. Vermißt Du mich denn gar nicht?

Die Wahrheit ist die, daß ich hier oben geistig gesehen ein jämmerliches Dasein friste. Und von Lange – Du hast ja wohl begriffen, daß er mir ein sehr lieber Freund gewesen ist – höre ich immer seltener etwas. Ob Du wohl weißt, wie es ihm geht? Ich mache mir Sorgen.

Ulrik ist stets mit seinen eigenen Dingen beschäftigt, also laufe ich in diesem großen Haus herum, bedrückt von der Einsamkeit und meinem dicken Bauch, während die stummen, kritischen Blicke meiner Schwiegermutter und der Dienstboten wie ein konstanter Vorwurf auf mir lasten.

Es ist so leicht, hier oben einen Fehler zu machen …

Ich weiß, Du denkst, daß ich doch Gustav habe, aber im Alltag kümmert sich ja die Kinderfrau um ihn (so ist es hier Brauch), und auch wenn ich ihn sehe, so genügt das nicht – schon gar nicht, um ein Leben auszufüllen.

Ich habe so große Angst hier zu verwelken, Frederikke.

So habe ich mir die Ehe gewiß nicht vorgestellt.

Es tut mir leid, wenn ich Dich nervös und wütend gemacht habe. (Dein Brief klingt so scharf und unversöhnlich, daß ich Dich kaum wiedererkenne!) Eigentlich solltest Du doch deine dumme Schwester gut genug kennen, um zu wissen, daß ich viel daherrede, aber nie im Traum daran denke, es in die Tat umzusetzen, oder?

Ich entschuldige mich hundert Male und bitte Dich, mir meine Unbesonnenheit zu verzeihen.

Ich erwarte, über Weihnachten niederzukommen. Ich frage Ulrik immer wieder, ob wir nicht im Frühling eine Reise nach Kopenhagen machen können, doch nach dem albernen Streit letztes Mal scheint er ziemlich unerbittlich zu sein. Und selbst wenn es mir gelingt, ihn zu überreden, so wäre die Wartezeit bis dahin doch viel zu lang. Könntest Du Dir nicht noch einmal überlegen, ob Du nicht trotzdem die Zeit hättest, herzukommen? Der Herbst ist schön hier – die Farben.

Das würde ich Dir so gern zeigen.

Laß es Dir nun richtig gutgehen, verzeih mir, und schicke mir nur ein paar Worte, damit ich spüre, daß ich nicht in Ungnade gefallen und ganz allein auf der Welt bin.

Alle sind so böse auf mich, Frederikke. Nicht Du auch noch! Ich flehe dich an.

Viele Grüße an Frederik und an alle, die ich kenne.

Herzliche Grüße
Helena

PS: Ulrik läßt seine besten Grüße ausrichten.

38

Eine junge Frau steht an einem Fenster. Die Scheibe ist beschlagen, wo ihr Atem auf das kalte Glas trifft. Sie steht vollkommen still da und starrt auf ein paar gelbe Bäume und eine geschwungene Rasenfläche, die sie an eine Zeit erinnert, die sie vergessen hat.

Hinter ihr geht eine Tür auf. Sie registriert es, dreht sich aber nicht um, sieht nicht die Mutter an, die mit einer Handvoll Tafelsilber in den Armen hereinkommt.

Als die Mutter das Büfett erreicht hat (wo die Leuenbechsche Familie, Tote wie Lebende, in Sonntagsstaat und mit feierlichen Mienen aus ihren Goldrahmen in die Ewigkeit blicken), zieht sie eine schmale Schublade heraus und legt Löffel, Messer und Gabeln an ihren Platz auf dem grünen Filz.

»Bleibst du zum Kaffee? Frau Bech-Andersen und ihre Nichte kommen.«

»Ach, ja? Vielen Dank! Aber ich weiß nicht ...«

»Sag mal«, fährt die Mutter fort und versucht ihre Stimme leicht klingen zu lassen, »bekommst du eigentlich nie Besuch?« Sie hebt einen Löffel vor die Augen, begutachtet ihn kritisch, haucht ihn an und reibt ihn mit dem Schürzenstoff.

»Nein. Ich habe keine Lust, den ganzen Nachmittag rumzusitzen und zu tratschen.«

Die Mutter entscheidet sich dafür, diese Bemerkung lieber zu überhören, die zartere Seelen als eine Beleidigung ansehen könnten, und betrachtet erneut den Löffel, der nun offenbar Gnade vor ihren Augen findet. Sie legt ihn an seinen Platz und schiebt die Schublade zu. Doch diese klemmt, bleibt auf halbem Weg stecken. Sie zieht sie erneut heraus und schiebt sie dann so energisch zu, daß durch das ganze Büfett ein Ruck geht. Eines der Bilder rutscht über das polierte Holz und kippt mit einem leisen Knall um.

Frederikke dreht sich bei diesem Geräusch um und sieht, wie die Mutter Helenas und Ulrik Lehmanns offizielles Hochzeitsfoto wieder hinstellt – diese kanonisierte Fälschung, die sich selbst durch den Namen eines abgelegenen jütländischen Fotoateliers unten in der rechten Ecke entlarvt.

Die Mutter hat offenbar Probleme mit dem Bild. Die Lasche, die es auf der Rückseite stützen soll, klappt immer wieder um. Sie stößt einen verärgerten Laut aus, nimmt den Rahmen in die Hand, dreht ihn um und fingert ein wenig an ihm herum. Dann dreht sie ihn erneut um, reibt mit Hilfe eines mit Spucke befeuchteten Zeigefingers einen Fleck vom Glas, wischt mit dem Kleiderärmel nach und stellt das Bild zurück an seinen Platz. Daneben befindet sich ein Bild der Schwester. Es steht etwas schief. Die Mutter richtet es.

»Hast du in letzter Zeit etwas von deiner Schwester gehört?« fragt sie dann.

»Nein, das ist schon eine ganze Weile her. Warum?«

»Warum? Ach, nur so. Ich habe nur gedacht, daß du vielleicht etwas Neues von dort oben gehört hast.«

»Nein, habe ich nicht.«

»Ach so. Aber keine Nachrichten sind ja gute Nachrichten. Wie man so sagt.«

Sie öffnet eine Schranktür und blättert in einem Stapel frisch gebügelter Tischdecken mit dem Ernst eines Bibliothekars, der nach einem bestimmten Titel sucht. »Ich begreife einfach nicht, wie du dem aus dem Weg gehen kannst – ich meine, Besuche zu bekommen«, sagt sie dann.

»Ach! Das ist ganz einfach. Amalie hat es mir beigebracht: Du mußt einfach aufhören, Gegenbesuche abzustatten, dann hören sie ganz von selbst auf.« Sie sieht die Mutter ein wenig trotzig an. »Das klappt tatsächlich«, fügt sie dann hinzu, aber ohne den Triumph in der Stimme, der einem Erfolg folgen sollte, eher mit dem Ton leichter Überraschung.

»Na gut.« Die Stimme der Mutter klingt besorgt. »Aber findest du das denn auch gut so? Solltest du nicht ...«

»Ach, Mutter. All dieses ›solltest du dies, solltest du das‹. Ich habe einfach keine Lust.« Ihre Stimme klingt verärgert. Sie seufzt und starrt wieder hinaus.

»Nun ja, aber einzelne ... Deine Base Sigrid zum Beispiel. Sie ist doch immer so reizend gewesen. Könntest du sie denn nicht ...«

Frederikke sieht einen kurzen Moment lang ein Bild der Base vor sich, die mit einem Fleischgroßhändler verheiratet ist, der so gut im Futter ist, daß er zum Verwechseln einem der Schweine ähnelt, von denen er lebt. Sie gibt keine Antwort, seufzt nur müde.

»Nimm es mir nicht übel, Frederikke«, Frau Leuenbech wirft der Tochter einen nervösen Seitenblick zu und breitet die auserwählte Tischdecke über den Tisch aus, »aber seit du wieder vom Lande zurück bist, warst du jeden Nachmittag hier. Was natürlich nicht heißen soll, daß du nicht willkommen bist. Ich wundere mich nur. Was sagt denn dein Mann dazu?«

»Frederik?« fragt sie, als hätte sie mehr als den einen und müßte sich vergewissern, daß wirklich von ihm die Rede ist. »Nichts. Was sollte er denn dazu sagen?«

»Na, ich weiß nicht ... Aber hast du denn bei dir daheim gar nichts zu tun?«

»Ich gehe ja schon.«

»Nun hör auf, Frederikke. So habe ich es wirklich nicht gemeint.«

»Nein, sicher nicht. Das habe ich schon verstanden!«

»Frederikke! Jetzt bist du ungerecht!«

Doch die Tochter hat sich bereits ihre kleine gestickte Tasche geschnappt (Inhalt: ein Haustürschlüssel, eine Geldbörse, ein kleines Silberdöschen mit Kopfschmerztabletten, ein Taschentuch mit Hohlsaum, ein kleiner ovaler Spiegel und eine zerknitterte Tüte mit ein paar klebrigen Zuckermandeln) und leise die Tür hinter sich ins Schloß gezogen.

39

Die Praxis sieht fremd aus – oval und zerfließend. Der Raum schaukelt, als befände er sich auf einem Schiff. Sie hat Angst hineinzugehen, aber irgend etwas sagt ihr, daß sie das tun muß.

Frederik sitzt hinter dem Schreibtisch, als sie sich vorsichtig nähert. Vor dem Tisch steht ein Stuhl, den sie aus Tante Severines muffiger Stube kennt. Sie wundert sich, was der hier zu suchen hat, will aber nicht danach fragen.

Sie packt ihn an der Rückenlehne, um ihn herauszuziehen und sich hinzusetzen, bekommt ihn aber nicht von der Stelle. Sie hat keine Kraft in den Armen. Das ist ihr peinlich. Sie will nicht, daß er das sieht, schaut zu Boden und stellt fest, daß der Stuhl am Boden festgenagelt ist. Sie würde gern fragen, warum, traut sich aber nicht.

Sie versucht verzweifelt sich hinzusetzen. Sie muß Wasser lassen. Fürchtet, auf den Boden zu pinkeln.

Er sieht sie verärgert an.

»Was stimmt nicht mit mir, Frederik?« fragt sie eindringlich. »Warum bist du so böse auf mich? Was habe ich getan? Du mußt mir sagen, was los ist, was mit mir nicht stimmt.«

Er schaut zu ihr mit Augen auf, die vor Wut funkeln. »Das fragst du mich?«

»Ja.«

»Willst du behaupten, daß du es selbst nicht weißt?«

»Ja. Ich weiß es nicht.«

»Du lügst!«

Das darf er nicht glauben. Sie lügt nicht.

»Nein! Nein, Frederik. Ich lüge nicht. Ich verspreche dir, daß ich nicht lüge. Du mußt es mir sagen.«

Er sieht sie mit einem vernichtenden Blick an, der sie krank vor Trauer macht.

»Du bist mit Nekrolidie infiziert.«

»Ich bin infiziert?« Sie verspürt eine lähmende Angst. Auch wenn sie nicht weiß, was das ist, so weiß sie doch, daß alles vorbei ist.

»O nein, das ist ja fürchterlich. Was ist das, Frederik? Kann man daran sterben? Muß ich sterben?«

Plötzlich wird er ganz sanft. Er trägt auch keinen Kittel mehr, sondern seinen Schlafrock und eine Brille. Dabei trägt er nie eine Brille. Warum hat er sich jetzt eine Brille aufgesetzt? Um sie zu verwirren? Warum wollen alle sie verwirren?

Er kommt zu ihr. O ja. Das tut gut. Er nimmt ihre Hand. Schaut sie an. Streichelt ihr die Wange. Unendlich sanft.

Dann küßt er sie. Sein Mund ist weich und warm. Aber es ist so naß. Etwas läuft ihr das Kinn hinunter. Merkwürdig! So ist das also?

Dann zieht er den Kopf zurück und sieht sie milde an.

»Ich habe es aufgeschrieben«, erklärt er.

»Was hast du? Du hast es aufgeschrieben?«

»Ja.« Er schaut sie resigniert an. »Das macht man so. Das machen alle. Das gehört sich so!« Seine Stimme klingt verärgert. Er findet es offensichtlich lächerlich, daß sie sich nicht im klaren darüber ist. Aber er ist nicht mehr böse.

»Macht man das, Frederik? Muß man das? Warum hat mir das niemand gesagt?« Sie ist von Scham erfüllt.

»Du kannst es selbst nachlesen.«

»O ja! Laß es mich lesen, Frederik. Wo ist es? Wo hast du es aufgeschrieben?«

Sie schaut sich suchend in der Praxis um. Jetzt kleben plötzlich an allen Wänden Zeitungsseiten. Vom Boden bis zur Decke. Wie soll sie denn zwischen all den Worten die richtigen finden?

Sie möchte gern interessiert wirken und bewegt sich langsam suchend die Wände entlang.

Plötzlich sitzt sie wieder auf dem Stuhl, ohne zu ahnen, wie sie dorthin gekommen ist.

»Wo steht es, Frederik? Ich kann es nicht finden.«

Er schaut mit finsterem Blick auf ihren Schoß.

»Wo, Frederik? Wo kann ich es lesen?«

»Da!«

Er zeigt, und sie folgt seinem Blick und seinem Finger.

Mit einem Mal ist sie nackt. Ihre Schenkel liegen etwas breitgedrückt vor ihr auf dem Stuhlsitz. Es ist ihr schrecklich peinlich. Sie will sich vorbeugen, um ihre Nacktheit zu verbergen, als sie mit einem Mal das Fürchterliche entdeckt: Überall auf ihren Schenkeln befinden sich Inschriften. Fest und eckig. Grüne Tinte. Buchstaben und Zahlen wild durcheinander. Unverständlich, wie Geheimformeln. Striche, Ausrufezeichen. Unleserliche Worte. Bis zu den Knien hinunter. Sie kann es nicht deuten. Dennoch weiß sie, daß es nicht in Ordnung ist. Daß alles zu Ende ist.

Es tut weh. Brennt auf der Haut.

»Das ist Forschung«, sagt er.

Seine Stimme klingt so hart, und sie fühlt sich so klein und völlig allein.

»Ist es meine Schuld?« weint sie. »Habe ich so viele Fehler? Habe ich wirklich so viele?« Alles in ihr bricht zusammen. Die Tränen quellen ihr aus den Augen, tropfen auf die nackten Schenkel. Literweise Tränen. Kaskaden. Sie versteht nicht, woher all diese Tränen kommen. Sie versucht sie zu stoppen – hält die Hände wie eine Schale unter das Kinn, doch es ist unmöglich.

Die Tinte löst sich langsam auf. Die Schrift zerläuft. Grünes Wasser fließt auf den Boden.

»Sieh nur, was du gemacht hast!« Frederik braust auf. »Du hast alles zerstört.«

O nein. Jetzt ist er wieder böse. Sie ergreift verzweifelt seinen Arm.

»Verzeih mir, Frederik! Verzeih mir! Du darfst nicht gehen. Warte! Warte auf mich. Du darfst nicht von mir gehen. Ich bin doch krank. Kranke darf man nicht verlassen. Du hast selbst gesagt, daß ich … Ich habe doch …« Aber dann kann sie sich plötzlich nicht mehr an das Wort erinnern, das er gesagt hat.

Als sie aufwacht, hat sie ins Bett genäßt.

Frederikke bleibt auf dem nassen Laken liegen und läßt die Demütigung und die Feuchtigkeit in die Haut einziehen, als wollte sie keinen Zweifel daran lassen, daß sie nicht mehr tiefer sinken kann. Sie überlegt, wer sie eigentlich ist und wie sie in dieser Pfütze gelandet ist.

Doch sie findet keine Antwort, suhlt sich nur in ihrem eigenen Elend, als würde es allein dadurch verschwinden, daß man sich lange genug darin wälzt.

Sie denkt an Frederik. Auch er kennt die Einsamkeit.

Aber wer ist Frederik? Frederik, der lacht und redet, Frederik, der heilt, tröstet, andere Menschen betört und belehrt, um sich anschließend auf dem Badezimmerboden zusammenzukauern, nackt und allein? Dieser Frederik, den sie nicht eine Sekunde lang zu verlassen wagt, aus Angst, selbst als Person ganz verschwunden zu sein, wenn sie zurückkommt. Und warum hat sie diese ununterbrochene Sehnsucht nach ihm? Warum? Warum ausgerechnet nach ihm? Ist es nur seine Schönheit? Und wie schön ist er eigentlich, mit der langen Nase und den engstehenden Augen? Gibt es nicht andere hübsche Männer?

Doch, schon, aber keinen wie ihn.

Der Charakter ihres Geliebten – wie läßt er sich beschreiben? Seine Behutsamkeit, seine Unbestechlichkeit, seine elegante Verletzlichkeit ...

Frederik Faber zu lieben beschließt man ja nicht einfach, sondern man wird dazu getrieben, gezwungen – von einer langen Reihe einzigartiger und unwiderstehlicher Umstände. Beispielsweise das Wunder, daß *er Nahrung zu sich nimmt* (die Art, wie er die Serviette ausbreitet und sich auf den Schoß legt; die Art, wie er sich das Essen in fast zierlichen Häppchen auf den Teller füllt, dann dasitzt und es betrachtet, eine kurze, andächtige Weile den Anblick genießt, bevor er zu essen beginnt; die Art, wie er das Essen zerschneidet, indem er sich einen genau abgemessenen Happen aussucht, den er auf die Gabel spießt, um anschließend das Messer ins Fleisch gleiten zu lassen; die Art, wie er kaut – langsam und prüfend, nie übereilt, während die Kiefer ihr rhythmisches, seitwärts gewandtes Ballett ausführen; der Gegensatz zwischen der Art, wie er zuerst zierlich die Lippen mit der Serviette abtupft, um diese anschließend schonungslos auf den Tisch zu werfen) …

… oder daß *er Schuhe benutzt* (die Art, wie er die Ferse am Elfenbein des Schuhlöffels entlanggleiten läßt, wie er sich hinunterbeugt und die Schnürsenkel in diese besonderen, umgekehrten Schleifen bindet, die Tatsache, daß er mindestens fünfzig Paar besitzt und dennoch nie eines wegstellt, ohne vorher einen Spanner anzubringen; die Tatsache, daß sie auf eine ganz besondere Art und Weise auf dem Boden klappern, so daß man immer, ja immer! weiß, daß er es ist) …

oder daß *er raucht* (die Art, wie er den Kopf schräg legt und die Augen zusammenkneift und redet, während die Zigarette im Mundwinkel wippt, nur leicht durch die Feuchtigkeit seiner Lippen festgehalten; die Art, wie er den Rauch schräg nach oben ausstößt, nach links; die Art, wie er mit Zeigefinger und Daumen an der Unterlippe zupft, wenn er winzige Tabakreste entfernt; die Tatsache, daß man seine dünnen, zerdrückten Zigarettenkippen in den Aschenbechern finden und so feststellen kann, daß er hiergewesen ist) …

… oder daß *er liest* (die Tatsache, daß er es nie sein lassen kann, das Kinn vorzuschieben und über die Schulter mitzulesen, wenn jemand anders die Zeitung vor ihm genommen hat; die Tatsache, daß er im Gehen liest – wenn er durch die Räume spaziert, ein aufgeschlagenes Buch in den Händen; die Tatsache, daß er so vollkommen von den Buchstaben aufgesogen wird, daß er gar nicht hört, wenn man ihn ruft, und daß sein Gesicht von verwirrter Überraschung geprägt ist, wenn er schließlich aufsieht) …

oder daß *er sitzt* (am liebsten auf Treppengeländern, Kantsteinen, Sesselrücken, Armlehnen – die Beine frei baumelnd, als hätte er Angst, haften zu bleiben, wenn er sich richtig hingesetzt hätte) …

… oder daß *er manchmal liegt* (auf dem Sofa – mit gekreuzten Füßen, die Zeitung in den ausgestreckten Armen, so daß sie ein Dach über seinem Kopf bildet; auf dem Gras, eine Hand unter dem Nacken, einen Grashalm im Mund, das eine Bein über das andere geschlagen – mit dem Fuß wippend) …

… oder daß *er Hände hat* (die sich freundlich auf die Schultern aller oder zumindest der meisten legen und ihnen Vertraulichkeiten entlocken; die ein Gesicht in sich bergen können – acht Finger hinter den Ohren und zwei Daumen, die über Wangen und Lippen streichen) …

… oder daß *er lacht* (die Art, wie er den Kopf in den Nacken legt und sein Lachen zur Decke wirft, von wo es wie ein Sommerschauer sanft auf alle herabrieseln kann, die das Glück haben, anwesend zu sein; die Art, wie er zu anderen, eher intimen Anlässen, das Lachen nach innen wendet und mit den Augen voller Tränen zwinkert, die er mit dem Handrücken wegwischen muß – ein ganz besonders rührender Anblick für alle, die Augen haben zu sehen und ein Herz, mitzufühlen) …

… oder daß er *trinkt … schläft … spazieren geht … spricht …*

Existiert!

Und sie selbst? Existiert sie auch? Wer ist sie?

Warum kann sie sich selbst nicht spüren?

Unablässig stellt sie sich diese Frage, doch ihren Gedanken fehlen Fülle und Gewicht – als wären sie Papierdrachen, denen die dünne Schnur abhanden gekommen ist, an denen man sie festhält. Und gibt es denn überhaupt eine Antwort? Besteht sie nicht aus so vielen verschiedenen Personen?

»Die mag ich nicht. Die ist falsch!« Wie oft hat sie nicht ihre Mutter das über gewisse Personen sagen hören. Doch woher will sie das eigentlich wissen – daß die Betreffende falsch ist? Was heißt es, falsch zu sein? Oder besser gesagt: Was heißt es, echt zu sein?

Wenn man Leute fragte: »Kennen Sie Frederikke Faber?«, dann würden sie aller Wahrscheinlichkeit nach antworten: » »O ja, die kennen wir gut!« (Ihre Mutter, Helena, Oline, die Köchin, die Salomons, die Schwiegereltern, Amalie, Tante Severine, ihre Base Sigrid, der Apotheker, Tilde Trappetøs, Frederik, Ørholt – o ja, Ørholt!) Würde man jedoch fragen: »Wer ist Frederikke?«, bekäme man dann nicht ebenso viele unterschiedliche Antworten, wie man Personen befragte? Und besteht nicht genau darin der Unterschied, ob man jemanden kennt oder jemanden gut kennt?

Und wären nicht all diese Antworten gleich präzise und in die Irre führend, gleich richtig und gleich falsch? Und wer sollte entscheiden, welche die wahre ist?

Sie jedenfalls nicht! Sie würde nur noch eine weitere Version beisteuern, die sich wiederum von all den anderen unterschiede.

»Du sollst du selbst sein dürfen«, sagt Frederik und sieht dabei Frederikke vor sich, nach seinen eigenen Vorstellungen geschaffen. Und wer ist er, der dieses Bild von ihr geschaffen hat, das wiederum ein Bild von ihm geschaffen hat.

Nein! Das wird zu kompliziert – fast krankhaft.

Sie jammert und dreht sich um.

Warum kann sie sich selbst nicht spüren?

Warum?

Wie ein Spekulant, der mit fester Hand Teile seines Bodens verkauft, hat Frederikke Faber sich selbst im Laufe der Zeit in so viele Teile zerlegt, daß sie sich keinen Überblick mehr darüber verschaffen und sie schon gar nicht wieder zusammenfügen kann. Deshalb wandert sie (obwohl sie augenscheinlich zusammengekauert und vollkommen ruhig auf einem feuchten Laken liegt) auf zielloser Suche umher, weiter und weiter auf dem offenen Feld, für ewig heimatlos, weil jeder einzelne Teil, den sie in ihrer Beharrlichkeit abgesteckt hat, so klein und unansehnlich ist, daß es nicht möglich ist, darauf Platz für ein angemessenes Fundament zu finden.

Das weiß sie nicht.

Sie ist sich leider auch nicht darüber im klaren, daß das einzige Positive an der Tatsache, daß man ganz unten ist, darin besteht, daß jede weitere Bewegung von hier aus immer nur in eine Richtung führen kann, nämlich nach oben ... Wenn es nur einen erfahrenen Menschen gäbe, dem sie sich anvertrauen könnte, dann hätte der ihr das vielleicht erzählt – natürlich ohne hinzuzufügen, daß es danach (wie nach einem besonders boshaften Naturgesetz) erneut möglich ist ...

Nun ja ... Lassen wir es darauf beruhen. Wie man so sagt.

40

Kann man den Gemütszustand eines Menschen vom Grad seiner Mobilität ablesen?

Frederik ist in rastloser Bewegung: Er sucht Papiere zusammen, schickt Boten mit Nachrichten aus, huscht hinaus und wieder hinein, pfeift vor sich hin und taucht plötzlich in der Türöffnung auf, einen Finger auf den Lippen: »Hast du meine Tasche gesehen? Die kleine, die ich immer ...«

»Im anderen Zimmer. Auf der Klavierbank.«

Dann ist er wieder fort.

Irgendwie ist er bereits abgereist.

Kurz darauf bewegt sie sich über den Flur, hin zum Allerheiligsten; zu Frederiks Schlafzimmer.

»Wann fährt dein Zug morgen früh?« Frederik nimmt die Hosen von den Bügeln an der Schranktür. Er faltet sie sorgsam zusammen und legt sie dann in den Koffer, der aufgeklappt auf dem Bett liegt. (Ist es möglich, einen Koffer zu hassen?)

»Sieben Uhr zweiundvierzig. Und dann bin ich hoffentlich am nächsten Vormittag gegen zehn Uhr in Berlin. Die Fahrt dorthin ist vermutlich ziemlich schrecklich. Sie wird gute vierundzwanzig Stunden dauern.« Er richtet sich auf, klopft sich auf die Taschen. »Oje, wo habe ich denn meine Fahrkarte?« Er wühlt in einem Papierstapel auf dem Nachttisch, findet sie unter einem Packen Zeitschriften und steckt sie sich in die Innentasche. (Dicht am Körper, damit niemand sie ihm stehlen und womöglich an der Reise hindern könnte!)

Man kann ihn nicht erreichen.

»Ich könnte dich ja zum Bahnhof bringen, wenn ...«

»Das ist nett, meine Liebe.« Er sieht sie freundlich an. »Das ist ganz lieb von dir. Aber das brauchst du nicht. Es ist doch Wahnsinn, deshalb so früh aufzustehen. Aber vielen Dank.«

»Hast du an etwas zu lesen gedacht? Für die Fahrt?«

»O ja – dazu werde ich aber kaum Zeit haben. Ich muß die Zugfahrt nutzen, um meinen Vortrag vorzubereiten.«

»Ich dachte, du hättest sie schon aufgeschrieben.«

»Das habe ich auch. In groben Zügen. Aber ich muß sie noch ins reine schreiben. Wenn du verstehst.«

Frederikke nickt. Sie versteht.

Sie erlaubt es sich, eine Hand glättend über den Stapel Hemden streifen zu lassen, der auf dem Bett liegt, als wollte er sie nur dazu verführen. Sie unterdrückt den Drang, die Nase hineinzubohren, und legt den Stapel statt dessen vorsichtig auf die Hosen. Der Kofferinhalt schaut sie höhnisch an. Er wird mit ihm fahren. Sie nicht.

»Wie viele Hemden nimmst du mit?« fragt sie – als wäre das nicht völlig gleichgültig.

»Ich denke acht.«

»Meinst du, das reicht?«

»Ja, sicher. Ich kann sie im Hotel waschen lassen«, antwortet er in einem Ton, der sie wissen läßt, daß er das nicht so wichtig findet.

»Du hast doch daran gedacht, einen Platz im Liegewagen zu reservieren, ja? Ich meine, damit du nicht zu erschöpft bist, wenn du ankommst.«

»Ja, natürlich. Aber vermutlich werde ich nicht viel Schlaf kriegen. Das vorige Mal hat man mich netterweise mit einem älteren, patriotischen Offizier einlogiert. Einem echten Revanchisten!« Er knallt die Hacken laut hörbar zusammen und stellt sich in Hab-Acht-Haltung. »Dieser wunderbare Mensch hatte in Sønderborg gedient, bei der sechsten Kompanie des siebten Infanterieregiments ... Du kannst es dir sicher vorstellen! Und als er endlich aufgehört hat zu reden, da fing er an zu schnarchen! Direkt unter mir!«

Frederik lächelt. Frederikke nicht. (Warum sollte ein Wildfremder mehr Privilegien haben als sie?)

»Wie lange bleibst du eigentlich fort? Ja, ich meine nur ...«

»Die Konferenz geht über eine Woche. Dann kommen noch die Nachbereitungen ...« Er fährt sich mit einer Hand durchs Haar. »Ich denke, so drei Wochen.« Dann schaut er sie besorgt an: »Ist das ein Problem, meine Liebe?«

»Ein Problem?« Sie lacht. »Nein, natürlich nicht. Ich habe nämlich überlegt, ob ich nicht meine Schwester besuchen soll.«

»Das ist doch eine gute Idee. Das solltest du unbedingt machen.« Er schiebt eine Kleiderbürste in den Spalt zwischen den gestärkten Hemden und dem dunkelroten Seidenfutter des Koffers. Dann läßt er sich stöhnend auf die Bettkante fallen. Durch die Bewegung schaukelt der Koffer wie ein Schiff auf hoher See.

»So! Ich glaube, nun habe ich alles. Ich muß nur noch morgen früh an die Toilettensachen denken.«

Automatisch huscht Frederikkes Blick zum Waschtisch mit den Flakons, dem Kistchen mit Rasierpinsel und Rasiermesser, dem Nageletui (ein Arzt muß stets saubere und gepflegte Nägel haben, man weiß ja nie, wo sie als nächstes landen werden), Kamm und Bürste aus Elfenbein. Im Spiegel kann sie ihr eigenes Gesicht sehen. Morgen wird der Tisch leer sein, nur ihr Gesicht wird zurückbleiben.

»Na, was meinst du, Frederikke – wollen wir einen kleinen Abendspaziergang machen? Jetzt wird es ja eine Weile dauern, bis wir ...«

Ein leises Räuspern erklingt. Sie drehen sich um.

Das Mädchen steht in der Türöffnung.

»Ja, Stine?«

»Da ist jemand. An der Tür.«

»Ja? Wer ist es denn?«

»Ich weiß es nicht. Niemand, der sonst hier im Haus verkehrt«, sagt sie mit Entschiedenheit.

»Ist es ein Herr oder eine Dame?«

»Es ist keine Dame, aber ein Herr ist es auch nicht«, lautet ihre merkwürdige Antwort. »Es ist ein ...« Sie sieht aus, als könne sie nicht die rechten Worte finden. »... ein Mann«, sagt sie dann. »Und ein junges Mädchen. Er sagt, er wolle mit dem Professor sprechen.«

»Aber mein Mann hat doch gesagt, daß er jetzt keine Zeit hat.« Frederikkes Stimme klingt leicht verärgert.

»Das weiß ich, gnädige Frau, und das habe ich ihm auch gesagt. Aber er will nicht gehen, bevor er nicht mit dem Professor gesprochen hat. Sagt er.«

»Dann gehe ich an die Tür«, sagt Frederikke zu Frederik. »Mach dich nur fertig, dann gehen wir.«

Sie folgt dem Mädchen auf den Flur.

Vor der Tür steht ganz richtig ein gedrungener, unrasierter

Mann. An seiner Seite steht, oder besser gesagt hängt ein junges Mädchen. Ihr langes, flachsgelbes Haar ist ihr ins Gesicht gefallen. Sie ist blaß und offensichtlich krank.

»Womit kann ich Ihnen helfen? Was wollen Sie?« Frederikke hat bereits die Türklinke gepackt, bereit, ihm die Tür vor der Nase zuzuwerfen.

»Ich will mit dem Doktor reden.« Er sieht Frederikke mit einer unbegreiflichen Selbstsicherheit an, die in seiner schäbigen Kleidung gelinde gesagt keinerlei Entsprechung findet.

»Davon kann keine Rede sein. Die Praxis ist geschlossen. Außerdem ist hier gar nicht der Eingang. Der ist im Nachbarhaus.«

»Aber der Name des Doktors steht doch an der Tür.« Er nickt in Richtung Türschild.

Aus irgendeinem Grund schaut Frederikke zu Boden.

»Ja, schon möglich«, erwidert sie spitz – wobei diese Äußerung einer Untertreibung nahekommt, denn es ist ja eine unbestreitbare Tatsache. »Aber es ist nicht hier. Es ist äußerst unangenehm, daß Sie mir nicht zuhören. Sie müssen ein andermal wiederkommen. Die Praxis ist geschlossen. Mein Mann ist verreist. Kommen Sie in drei Wochen wieder.« Sie macht Anstalten, die Tür zu schließen, doch er schiebt einen Arm vor und hindert sie daran.

»Ich muß aber mit dem Doktor sprechen. Meine Tochter ist krank. Können Sie nicht sehen, daß meine Tochter krank ist?«

»Doch, aber es ist nicht ...«

»Worum geht es?« Frederik taucht hinter ihr auf.

Der Mann auf der Treppe wittert sofort seine Chance. »Sind sie der Doktor? Meine Tochter ist krank.«

»Ich habe gesagt, daß die Praxis geschlossen ist.« Frederikke wendet sich hilflos Frederik zu.

Dieser tritt näher, stellt sich neben sie, was sie dazu bringt, den Fremden triumphierend anzusehen. (Siehst du, hier stehen wir. Zusammen! Und füllen die ganze Türöffnung aus! Also, was willst du noch, du verlauster kleiner Friedensstörer?)

Doch Frederik wirft nur kurz einen Blick auf das Mädchen, bevor er sagt: »Sie müssen wohl reinkommen.«

Frederikke starrt ihn ungläubig an. Dann wendet sie sich wieder der Tür zu. »Gehen Sie zum anderen Eingang.« Sie zeigt den Weg, indem sie abfertigend mit der Hand wedelt. »Die Treppen hinunter und …«

Frederik unterbricht sie, schüttelt den Kopf, und zum ersten Mal in all der Zeit, die sie ihn kennt, schaut er sie mit einem Ausdruck an, der Verärgerung ähnelt.

»Nein, nein. Laß sie nur hier durchgehen.«

Der Fremde wirft Frederikke einen hochmütigen Blick zu und tritt ein.

»Besten Dank.« Er zieht eine Schnapswolke mit sich. Frederikke weicht zur Seite.

»Hier entlang …« Ein leichtes Zucken in Frederiks Nasenflügeln läßt sie wissen, daß auch er von dem Gestank nicht unberührt bleibt. Dennoch führt er die beiden weiter durch die Wohnung. Der Fremde schleppt das Mädchen fast hinter sich her, bis Frederik sie unter den anderen Arm faßt.

»Besten Dank«, wiederholt der merkwürdige Mensch.

»Mach die Tür zu, Stine«, flüstert Frederikke, bevor sie den Eingangsbereich verläßt. »Und mach in der Stube das Fenster auf. Damit es ein bißchen durchzieht.«

Dann folgt sie den anderen in die Praxis.

»Kommen Sie. Lassen Sie das Mädchen hier Platz nehmen.« Frederik zieht einen Stuhl heraus, und der Mann schüttelt das Mädchen fast ab. Sie fällt wie ein Sack auf den Stuhl, leise jammernd.

Frederik hockt sich sofort neben sie und versucht mit seiner Hand (oh, diese Hand!) ihren Kopf ein wenig zu heben.

»Was ist denn los mit dir? Wo tut es weh?«

Sie antwortet nicht, stöhnt nur.

»Wie heißt du?« fragt Frederik freundlich.

Der kleine Mann tritt einen Schritt näher. »Ist doch egal, wie sie heißt. Aber Sie müssen sie untersuchen. Sie hat was mit dem Bauch.« Er fährt sich mit der Hand durch die fettigen Schweineborsten, die sein Haar darstellen, und fügt überflüssigerweise hinzu: »Sie hat Schmerzen.«

»Ja, daran besteht wohl kein Zweifel«, sagt Frederik, deutlich erbost über das Auftreten des Fremden. »Aber ich möchte erst mit Ihrer Tochter sprechen, bevor wir irgend etwas entscheiden …«

»Warum wollen Sie mit ihr reden? Da gibt es gar nichts zu reden. Und ich sage nur: Wenn da was ist, dann soll das weggemacht werden!«

Frederik starrt ihn an: »Wenn da etwas ist, sagen Sie. Was denn?«

»Na, Sie wissen schon ...« Ein Zucken, das an ein Lächeln erinnern könnte, zeigt sich in seinen Mundwinkeln.

»Nein, das weiß ich nicht!« Frederik sieht ihn wütend an. »Sagen Sie mir, ist das überhaupt Ihre Tochter?«

»Ja, natürlich ist das meine Tochter.«

»Wie alt ist sie?«

»Elf... Du bist doch elf, Maren?« Mit einer linkischen Bewegung, die wohl väterlich sein soll, aber statt dessen einen zum Himmel schreienden Mangel an Gefühl entlarvt, fährt er ihr durchs Haar.

Das Mädchen stößt erneut unverständliche Laute aus. Ihr Gesicht ist verborgen und sie hat die Arme um den Bauch geschlungen.

»Elf!« ruft Frederik aus, wobei er die Hand ausstreckt und sie sanft und beschützend auf die Schulter des Mädchens legt. »Und was wollen Sie da andeuten ...?«

»Ich deute gar nichts an. Ich habe nur gesagt, wenn da was ist, dann soll das weggemacht werden.«

Der Fremde läßt sich auf einen Stuhl fallen. Dann beginnt er in aller Seelenruhe in seiner Jackentasche zu suchen. Er holt einen Tabakbeutel aus schwarzem Leder hervor, den er sich aufs Knie legt, während er aus einer anderen Tasche eine Pfeife zieht. In aller Gemütsruhe macht er sich daran, die teerschwarze Stummelpfeife zu stopfen, als wäre die ganze Situation nur eine Bagatelle, von der man sich am besten gar nicht erschüttern läßt.

Frederik und Frederikke stehen wie gelähmt da und starren ihn an. Dann wirft Frederik seiner Frau einen Blick zu, als wollte er sie fragen: Siehst du das gleiche wie ich?

Es scheint, als stünde die Zeit still.

Plötzlich sieht der Fremde auf und schaut von einem zum anderen.

»Was ist?« fragt er dann, und seine Augen fügen schweigend hinzu: Worauf warten wir denn noch? »Ich nehme doch an, daß das etwas ist, was *Sie* schon hinkriegen«, kommt dann zusammen mit einer kleinen Rauchwolke aus seinem Mund.

Da wacht Frederik auf. »Was Sie da sagen ist ja vollkommen absurd. Sie ist doch noch ein Kind! Sagen Sie mal, glauben Sie, Sie könnten einfach so herkommen und Befehle erteilen? Sind Sie vollkommen verrückt? Sie bleiben jetzt hier sitzen, während ich mit Ihrer Tochter spreche.«

Der Fremde steht auf, ziemlich plötzlich. Für einen Moment sieht es so aus, als könnte er sich nicht entscheiden, wie er reagieren soll. Dann zuckt er mit den Schultern, setzt sich wieder und widmet seine ganze Aufmerksamkeit dem Tabak, der ihm offensichtlich sehr behagt.

Frederik wirft Frederikke einen Blick zu, der sie verstehen läßt, daß sie ihm helfen soll, das Mädchen auf die Beine zu bringen. Sie tritt näher und faßt sie unter. Das Mädchen ist verblüffend leicht, aber feucht vor Schweiß.

Frederikkes Gesicht verzieht sich voller Ekel.

Nachdem sie sie ins Untersuchungszimmer gebracht und auf die Liege gelegt haben, dreht Frederik sich zu Frederikke um und flüstert ihr zu: »Bist du so lieb und gehst hinaus, damit du ihn so lange im Auge behalten kannst? Ich weiß nicht, was er im Schilde führt. Laß ihn keine Sekunde aus den Augen, ja? Wenn es Probleme gibt, ruf mich sofort. Sofort, hast du verstanden?«

Frederikke tut, worum sie gebeten worden ist.

Er starrt sie an. Die ganze Zeit.

Man muß sich ein wenig Respekt verschaffen! Sie verbarrikadiert sich hinter Frederiks großem Schreibtisch und findet einige Karteikarten, die sie scheinbar studiert – aber es nützt alles nichts. Sie kann weiterhin seinen bohrenden Blick spüren.

Der Rauch seiner Pfeife liegt wie Nebel im ganzen Raum, sein ekliger Gestank kriecht ihr in die Nasenflügel, daß sie kaum Luft holen kann. Sie würde am liebsten aufstehen und ein Fenster öffnen, aber aus irgendeinem Grund hat sie Angst, daß diese Bewegung etwas in Gang setzen könnte. Also bleibt sie sitzen.

Die Stille ist unerträglich. Die einzigen Geräusche, die zu hören sind, sind das monotone Ticken der Wanduhr und das feuchte

Schlürfen seiner Pfeife. Sie traut sich nicht einmal zu schlucken, aus Angst, das Geräusch könnte ohrenbetäubend sein, und natürlich läßt allein dieser Gedanke die Drüsen in ihrem Mund verrückt spielen und literweise Speichel absondern.

Sie wirft einen Blick auf die Uhr (zwanzig Minuten nach zehn) und sieht den Spaziergang davonspazieren ... Auf dem Weg zurück fällt ihr Blick wie zufällig auf sein Gesicht. Er starrt sie immer noch mit diesem leicht ironischen Zug um den Mund an, als würde ihn die Situation köstlich amüsieren. Er sitzt ganz ruhig da und pafft seine Pfeife.

Plötzlich knurrt ihr Magen und verrät damit, daß sie in Besitz eines Verdauungssystems ist. Das Geräusch ist langgezogen, brummend und unerträglich. Im Schatten der Tischplatte drückt sie eine Hand auf den Bauch und schielt nervös zu ihm hinüber, ob er es wohl gehört hat.

Und das hat er!

»Na, was war das denn? Sind Sie etwa hungrig, gnädige Frau?« Zweifellos amüsiert er sich. »Sie werden doch wohl nicht vom Essen abgehalten?«

»Nein«, antwortet sie leise und versucht zu lächeln.

»Na, das ist ja gut. Man möchte ja nicht schuld daran sein, daß Sie nicht bekommen, was Ihnen zusteht.« Er läßt den Blick über sie hinwegschweifen. »Bekommen Sie, was Ihnen zusteht?«

Frederikke spürt, wie ihr das Blut in die Wangen steigt, und fühlt den unbändigen Drang, die Hände auf die Ohren zu legen und laut loszuschreien.

Wie durch ein Wunder geht im gleichen Moment die Tür auf, und Frederik tritt herein. Allein.

Leise zieht er die Tür hinter sich zu.

»Frederikke, ich glaube ...« Er macht eine Kopfbewegung in Richtung der anderen Tür. »Vielleicht ist es am besten, wenn du ...«

Doch Frederikke schüttelt den Kopf.

»Wie geht es meiner Tochter? Man macht sich schließlich Sorgen.«

»Tun Sie das wirklich? Na, dann will ich es ihnen sagen.« In Frederiks Blick blitzt Haß auf. »Ihre Tochter, um die Sie sich solche Sorgen machen, liegt da drinnen.« Er zeigt hinter sich. »Sie hat eine schmerzstillende Spritze bekommen. Sie schläft. Und jetzt hören Sie gut zu, was ich Ihnen sage: Ihre Tochter ist nicht schwanger, wenn es das ist, was Sie andeuten wollten. Ihre Tochter kann gar nicht schwanger sein, weil sie ganz einfach noch nicht alt genug dafür ist. Verstehen Sie, was ich meine? Das ist eine physische Unmöglichkeit. Aber sie ist mißhandelt worden. Geschändet! Auf das Gröbste geschändet, auf ganz infame Art und Weise. Und jetzt frage ich Sie: Haben Sie eine Idee, wer hinter dieser widerlichen Tat stehen könnte?«

»Nein.« Der Mann zuckt mit den Schultern – eine Bewegung, für die er offensichtlich eine Vorliebe hegt und mit der er anscheinend allen drängenden Problemen entgegentritt. »Woher soll ich denn wissen, wo sie sich herumtreibt und was sie so tut? Das ist doch nicht meine Sache.«

»Was, das ist nicht Ihre Sache? Das wird aber schnell Ihre Sache werden. Jetzt will ich Ihnen eins sagen, und ich will ganz ehrlich sein: Ich glaube, Sie wissen ganz genau, wer das Kind mißhandelt hat. Und ich bin der festen Überzeugung, daß es nicht zu verantworten wäre, sie wieder Ihrer Obhut zu überlassen. Deshalb werde ich sie hierbehalten, bis ...«

»Verdammt, das werden Sie nicht tun!« Der Mann verschränkt die breiten Arme und sitzt vollkommen still da. »Sie müssen mir meine Tochter rausgeben, und zwar sofort. Hören Sie? Ich werde diesen Ort nicht verlassen, bevor ich meine Tochter wieder habe.«

»Von mir aus. Dann bleiben Sie hier sitzen, bis die Polizei Sie abholt, denn das Mädchen kriegen Sie nicht.«

Frederik bewegt sich auf die Tür zu, doch der Fremde springt auf und versperrt ihm den Weg.

»Ich werde das Gör mit nach Hause nehmen. Und zwar sofort. Sie muß auf die Kleinen aufpassen. Oder wollen Sie das vielleicht tun? Vielleicht sollte ich die anderen Kinder gleich mitbringen, dann können Sie sich auch um sie kümmern, wo Sie doch so ...«

Er öffnet die Lippen zu einem Grinsen und entblößt einen gelinde gesagt unvollständigen Oberkiefer. »Dann können Sie ein kleines Asyl hier einrichten. Obwohl Sie sich ja sonst nicht gerade mit dem Asylwesen befassen, oder? Denn schließlich hat man so einiges über Sie gehört.«

»Ich weiß nicht, was Sie gehört haben. Und es interessiert mich auch nicht, denn offensichtlich irren Sie sich. Und ich werde Ihnen etwas sagen ...«

»Nein, jetzt werde ich Ihnen etwas sagen«, unterbricht der Mann ihn. »Ich weiß nur zu gut, daß Sie glauben, Sie wären was Besseres als andere. Aber das sind Sie nicht! Dieses ganze Gefasel! Ihr vornehmes Gehabe! Uns legen Sie damit nicht rein. Wir wissen ja, daß Sie mit einem Silberlöffel im Mund geboren sind, aber das heißt doch nicht, daß nicht auch bei Ihnen am anderen Ende Scheiße rauskommt. Glauben Sie denn, wir wüßten nicht, daß Sie auch auf den Abtritt gehen? Der einzige Unterschied zwischen uns gewöhnlichen Menschen und Ihnen ist, daß der Haufen, den Sie von sich geben, jedesmal auf dem Kopf von einem von uns landet. Und dann kommen Sie daher und denken, Sie könnten sich einfach in unser Leben einmischen. In *unser* Leben!« Er macht sich zum Sprecher des ganzen Proletariats, indem er sich mit der Faust auf die Brust schlägt. »Was zum Teufel glaubt denn so jemand, wer er ist? König Gernegroß? Was bilden Sie sich eigentlich ein? Daß sie hierbleiben soll? Und wozu? Was wollen Sie denn in ein paar Tagen mit ihr anfangen, wenn es ihr bessergeht? Sie wieder auf die Straße schmeißen? Oder wird sie dann allergnädigst die Erlaubnis kriegen, für den feinen Herrn den Fußboden zu schrubben? Oder den Abtritt zu putzen? Oder Ihnen den Rücken kratzen? Denn der gnädige Rücken juckt doch auch ab und zu, oder? Und in der Zwischenzeit können ihre kleinen Geschwister zu Hause krepieren. Glauben Sie denn, das ist so einfach? Glauben Sie, Sie können mir einfach meine Tochter wegnehmen – *meine* Tochter! –, nur weil es Ihnen so paßt?«

Frederikke ist empört. Nicht so sehr über die Worte des Mannes. Sie hat sie zwar gehört und findet sie auch ärgerlich, aber das ist es nicht, was ihre Aufmerksamkeit mit Beschlag belegt. Ganz und gar nicht ...

Denn während der Mann spricht, ist etwas mit Frederiks Gesicht passiert. Es hat sich verändert, ist nicht ängstlich geworden – o nein! – aber es scheint etwas verloren zu haben: die Festigkeit, die Entschlossenheit. Es ist in trauriger Resignation in sich zusammengefallen, was Frederikke mit offenem Mund und einer mit Angst gepaarten Faszination beobachtet. Sie hat schon einmal ähnliches gesehen, damals bei Christian, doch diesesmal ist es viel ausgeprägter, und sie weiß, daß das Unglaubliche geschehen ist, daß der Unbesiegbare besiegt wurde – nicht von seinem Meister, sondern von einem Untermenschen!

Wie oft hat sie nicht versucht, sich die Person vorzustellen, die den Mut und die Macht hat, ihn zu überwinden, sich seinen Worten – die Gesetz sind – zu widersetzen, sich seiner naturgegebenen, sanften Macht zu entziehen? Und wie oft hat sie nicht aufgeben müssen, weil die Vorstellung, daß jemand ihm überlegen ist und ohne seine Akzeptanz leben kann, unmöglich ist – weil doch jeder sich in seinem Innersten darüber im klaren sein muß, daß Frederiks Verachtung nur das Spiegelbild des eigenen schlechten Gewissens ist.

Jetzt steht er plötzlich vor ihr, dieser grobe, schmutzige Mensch. Und offen gesagt müßte er auf Frederiks Akzeptanz pfeifen, ihm ist Frederik herzlich gleichgültig, denn er verachtet ihn – nicht mit der jämmerlichen, vorgeblichen Despektierlichkeit des Verschmähten, die leicht zu durchschauen und somit lächerlich ist, sondern mit einer offensichtlichen und überzeugenden Stärke, die aus der Unerschütterlichkeit einer dumpfen Seele resultiert. Wenn man ihm sagte: »Sie verhalten sich verkehrt«, dann würde er wahrscheinlich antworten: »Ja, und wenn schon?« Denn dieser Mann sucht nicht die Wahrheit, und das schon gar nicht mit Hilfe feinsinniger, komplexer Gedankengänge! Die Ursache liegt einfach darin, daß ein solcher Weg (der einzige, den Frederik betreten kann und der für ihn die Essenz des Lebens darstellt) für diesen Mann nicht nur fremd ist, sondern außerdem so gleichgültig, daß er kein schlechtes Gewissen verspürt, weil er ihn nicht betreten kann. Er verhöhnt alles, was Frederik heilig ist, und damit hat er sich außerhalb dessen Reichweite, außerhalb dessen Jurisdiktion gestellt.

Und genau das hat Frederik eingesehen, deshalb ist sein Gesicht in sich zusammengefallen, deshalb hängen seine Schultern.

»Nun gut«, sagt er. »Sie haben gesprochen! Und auch wenn ich keinen Hehl daraus machen will, daß Sie der vulgärste, unangenehmste Mensch auf der Welt ...«

»Besten Dank.«

»Keine Ursache! Aber wie gesagt, auch wenn Sie der plumpeste und unangenehmste Mensch sind, dem ich in meinem Leben begegnet bin, so sollen Sie Ihre Tochter mit nach Hause nehmen. Aber nur unter der Bedingung, daß Sie eine Droschke nehmen.«

»Ich habe kein Geld für eine Droschke.«

»Machen Sie sich deshalb keine Gedanken. Ich werde bezahlen. Ich habe gar keine andere Wahl. Ihre Tochter ist nicht in der Lage, selbst zu gehen. Geben Sie mir Ihre Adresse«, sagt er beiläufig. »Dann werde ich einen meiner Leute bitten, einen Wagen zu holen.«

»Tja ...« Der Mann vergräbt die Hände tief in den Hosentaschen, schaut auf seine Schuhe und wippt leicht von einer Seite auf die andere »... ich bin nicht ganz so dumm, wie Sie vielleicht denken.« Er starrt Frederik mit kalten Augen an. »Glauben Sie, ich weiß nicht, worauf Sie aus sind? Wozu wollen Sie meine Adresse, wenn nicht, um bei mir herumzuschnüffeln? Und das mit den Ordnungshütern im Schlepptau.«

»Ach, vergessen Sie die verdammte Adresse!«

Frederik läuft aus dem Zimmer und scheint Frederikke vollkommen vergessen zu haben, die er allein mit dem Fremden zurückläßt.

Sie sitzt immer noch hinter dem Schreibtisch. Blaß und verängstigt.

Zwei Sekunden später ist er zurück.

»Dann hätten wir das. Gleich wird unten ein Wagen halten.«

Die Wagenspuren der Teufelsdroschke sind immer noch zu sehen, als Frederik und Frederikke kurz darauf aus der Tür treten – sie sind nur leicht mit einer dünnen Schicht frisch gefallenen Schnees überstäubt.

Die Tür fällt hinter ihnen ins Schloß. Sie haben sich warm angezogen, die Hüte fest über die Ohren gezogen, bevor sie auf den Bürgersteig hinaustreten.

Die Stille summt in den Straßen, und sie lassen sie summen, ohne sie zu zerstören. Sie gehen schweigend, mit gesenkten Köpfen, einander bei der Hand haltend, während die verzerrten Schatten abwechselnd zunehmen und abnehmen, mal vor ihnen, mal hinter ihnen, ganz wie das Licht fällt.

Unter den Laternen wirbeln weiße Flocken zu Boden, und der dicke Schneeteppich, der sich auf die Straßen gelegt hat, läßt die wenigen Fahrzeuge, die an ihnen vorbeifahren, in ihrer Lautlosigkeit gespenstisch erscheinen.

Sie möchte ihm gern etwas sagen – ihn trösten –, doch sie schweigt aus Angst, daß ihre Stimme die dünne Haut der Zusammengehörigkeit zwischen ihnen in gleicher Art zum Zerplatzen bringen könnte wie sie es einmal bei einer Dame im Zirkus gesehen hat, die ein Glas allein durch ihren Gesang zum Zerspringen brachte.

Sie schaut zu ihm auf. Der Hut wirft einen Schatten über seine zusammengekniffenen Augen, die Schultern sind zum Schutz gegen die Kälte hochgezogen, und er hat das Kinn im Mantelkragen versenkt, den er mit der linken Hand zusammenhält. Auf der Schulter des schwarzen Ulster funkeln ein paar schmelzende Schneeflocken wie Perlen.

Er hält ihre Hand sicher und fest.

Morgen, wenn sie aufwacht, wird er fort sein.

Aber erst morgen ...

Man muß etwas dafür tun!

Die Bodendielen knarren unter ihren nackten Füßen, der Flur ist endlos und schwarz.

Aber man muß etwas tun, auch wenn die Schiebetür schwer ist wie die Schatten, die sich über die Stube gelegt haben, und trotz ihrer ohrenbetäubenden Proteste bezwingt sie sie und bewegt sich weiter voran.

Sie tastet sich zitternd den Korridor entlang. Die Kälte kommt von innen.

Die Federn in der Türklinke quietschen laut. Die Hand zittert, und sie weiß nicht, woher sie die Kräfte nimmt, um die Klinke hinunterzudrücken. Aber man muß etwas tun.

Die Tür knackt, als sie sie aufschiebt – wie in den Märchen ihrer Kindheit.

Tu es nicht, tu es nicht! Geh nicht hinein! hatte sie als Kind gedacht, wenn die Mutter vorlas, wie die Schöne in die Gemächer des Ungeheuers eindrang. Aber dies ist kein Märchen, dies ist die absurde Wirklichkeit, in der man offenbar dazu getrieben werden kann, Dinge zu tun, die viel gefährlicher und viel unwirklicher sind, als irgendein Märchen vorgeben kann.

Sie merkt sofort (woran eigentlich?), daß er wach ist. Sicher hat er sie gehört – natürlich hat er sie gehört! Zunächst kann sie nichts sehen, doch langsam beginnt der Raum vor ihren Augen Form anzunehmen.

Die Schöne hat sich bereits auf das Bett gesetzt.

»Frederikke ...« Er räuspert sich. »Bist du es? Bist du es, Rikke?«

Sie schweigt – nicht, weil sie nicht antworten will, sondern weil ihre Stimme sich in der Kehle festgesetzt hat. Sie hört ihn in der Dunkelheit tasten. Dann das Geräusch eines Zündholzes, das angestrichen wird, und plötzlich das Licht, das aufflammt und sein Gesicht ganz fremd, fast unheimlich aussehen läßt.

Er trägt ein Nachthemd, das etwas offensteht und über die eine Schulter gerutscht ist, so daß sie sein Schlüsselbein sehen kann.

Er hebt das Streichholz und runzelt die Stirn.

»Rikke? Was ist denn? Du bist doch nicht krank?«

Seine Stimme ist voller Schlaf und Verwunderung. Seine Haare stehen ihm zu Berge.

»Hast du Angst, meine Liebe? Du brauchst keine Angst zu haben. Er wird nicht zurückkommen.«

»Ich will ...« Ihre Stimme ist trocken und brüchig.

»Ja?« Unendlich sanft. »Was willst du, meine Liebe?« Das Streichholz erlischt.

»Ich will ein Kind.«

Und plötzlich ist es da, alles, und es ist, als würde die Welt genau in diesem Augenblick erschaffen: eine Bettdecke, die angehoben wird, damit man darunterkriechen kann; ein Arm, der sich beschützend um einen legt; eine Stille, die in den Ohren saust; ein Duft, warm und herb zugleich, nach einem Menschen und nach Nacht; ein fremdartiger Gesang im Körper; ein gestärktes Nachthemd, dessen Ärmel einem übers Gesicht streifen, als er es auszieht; ein Brustkorb, breit und warm, mit lockigem Haar, das im Gesicht kitzelt, wenn man sich an ihn schmiegt; die Achselhöhle, die wie geschaffen ist für die eigene geballte Hand; eine Schulter, die in der Dunkelheit schimmert, wenn sie sich über das eigene Gesicht wölbt; ein fremder, südlich würziger Geruch, den man mit der Nase trinken kann, während man diese an den Hals des anderen preßt und einem die Bartstoppeln an der Wange kratzen, daß es wehtut, aber nie aufhören soll; ein Bauch, der so weich ist, gegen den eigenen gepreßt; ein Ellenbogen, der so spitz ist und so hart; ein Arm, der so groß und schwer ist und unter dem der eigene Arm unweigerlich eingeklemmt wird; und wieder der Brustkorb, jetzt schon vertraut, über den man die Wange gleiten lassen kann; ein Rücken, der so breit und unendlich ist, mit einer Narbe, deren glatte Vertiefung man fühlen und der man mit den Fingerspitzen folgen und sie sich zu eigen machen kann; eine plötzliche Gier zwischen den Schenkeln; eine Stimme, die flüstert: »Aber ich tue dir ja weh, mein Mädchen«, und die eigene, die antwortet: »Nein, nein!«; ein Mund, der weicher ist als irgend etwas anderes auf der Welt; eine Hitze, die dazu führt, daß man die Decken abwerfen und auf den Boden schieben muß, obwohl es doch kalt ist und der Frost die Scheiben undurchsichtig gemacht hat – und man weiß, daß dies der Sinn von allem ist, daß man für dies in die Welt geboren wurde, und man denkt Mein Gott, ist es wirklich nichts anderes? Denn es ist doch nur so wenig, so einfach und simpel und gleichzeitig so viel – viel mehr, als man ertragen kann, und man muß weinen, weil man bereits jetzt, während es noch andauert, weiß, daß die Einsamkeit danach, wenn alles zu Ende ist, größer und greifbarer sein wird als je zuvor. Denn es geht zu Ende! Alles geht zu Ende, und man ist wieder allein und noch nackter als zuvor in seinem sinnlosen, seinem heimatlosen, verletzlichen Fleisch.

Lassen Sie uns, meine Damen und Herren (ein paar Stunden später, wenn alles friedlich daliegt und niemand uns beachtet), aus den Schatten dieses Schlafzimmers heraustreten und uns als die Voyeure offenbaren, die wir in Wirklichkeit sind – dieser Haufen ewig hungriger Touristen, die wir aus den Bussen quellen, um aus dem sicheren Knäuel einer dünnen, transitorischen Gemeinschaft neugierige Blicke auf die Seelen zu werfen.

Lassen Sie uns auf unseren armen, alternden Füßen heranschleichen und einen wehmütigen Blick auf sie werfen.

Kommen Sie – ja, lassen Sie uns ein wenig näher herantreten, sie hören nichts, sie schlafen! – damit wir uns für einen Augenblick vorbeugen und ihre unschuldigen Gesichter betrachten können.

Erinnern sie uns nicht an etwas?

Sehen Sie, wie ein kleiner Salzfaden von ihren Augenwinkeln herunterläuft, sie hat in der Dunkelheit unter ihm geweint – aus Angst und Erfüllung, vor allem wegen letzterem ... Sehen Sie ihre Haut, so glatt, glänzend und makellos, und lassen Sie uns gemeinsam über ihre lächerliche Überzeugung schmunzeln, sie wäre nicht schön. Denn das ist sie doch. Sie ist ja jung.

Wie still sie daliegen ...

Sehen Sie, wie sie auf dem Rücken liegt, offen und vertrauensvoll, an seiner Seite ruhend. Endlich defloriert ähnelt sie mehr einer Blume (einer roten Wildprimel im Sonnenschein) als je zuvor, nicht wahr? Ihr Haar wie strahlende Blütenblätter entfaltet.

Sehen Sie die weißen Arme, die mit der Unterseite nach oben auf seinem Brustkorb liegen, verletzlich, mit entblößter Pulsader, und sehen Sie seine Hand, stark, breit, dunkel, die die ihre hält, als hätte er endlich etwas zu fassen bekommen ...

Schauen Sie es sich gut an ... und sagen Sie mir dann: Können wir, die wir im Laufe der Zeit ein wenig wehmütige Liebe zu diesen beiden verlorenen Seelen aufgebaut haben – oder zumindest den größten Widerwillen überwunden haben! –, können wir anders, als von ihnen gerührt sein?

Kann man Kummer messen?

Sie hört es nicht, sondern nimmt es nur als leises Echo aus einer weit entfernten Welt wahr, als die Wohnungstür ins Schloß fällt. Doch ihr Körper registriert es. Es geht ein Ruck durch sie, und die Tränen kommen, noch ehe sie richtig aufwacht. Wie ein bedingter Reflex, wie eine Reaktion, die sich dem Einfluß des Bewußtseins entzieht, allein durch dieses Geräusch hervorgerufen, fließt alles, was warm und feucht ist, aus ihr heraus, auf das zerknüllte Bettlaken. Sie liegt auf der Seite, unbeweglich, und spürt, wie die Tränen des linken Auges die Vertiefung zwischen Augenhöhle und Nase füllen.

Ja, man kann Kummer messen …

Frederikke weiß, wie groß der Kummer ist, sie muß gar nicht die Augen öffnen, er ist genau achtzig mal einhundertneunzig Zentimeter groß – exakt der Leerraum, der sich neben ihr wie ein Abgrund in der Dunkelheit auftut.

Und kann man Glück messen?

Ja, es ist schamhafte siebzehn mal dreiundzwanzig Zentimeter lang – was genau dem Stück Briefpapier entspricht, das sie ein paar Stunden später, als sich das erste Morgenlicht ins Zimmer schleicht, entdeckt und das die ganze Zeit auf dem Kissen neben ihr gelegen hat.

Liebe Frederikke,
es ist jetzt 6.15 Uhr. Trotz der schwierigen Umstände geht es mir eigentlich sehr gut.

Ob die Antworten auf die komplizierten Fragen des Lebens wohl immer so einfach sind?

Du schläfst. Wie ein Kind …

Alles scheint so …

Danke. DANKE!

Dein Frederik

Und wie das, was sie (nachdem sie sich lange in ihrer neuen Nacktheit gestreckt und wie eine zufriedene Katze zwischen den Tüchern geschnurrt hat – denn an so einem Tag muß man lange liegenbleiben und das Bettzeug auf der Haut spüren, an den Fingern schnuppern und die eigenen Brüste in den Händen halten, so wie er es getan hat!) auf dem Büfett im Wohnzimmer findet:

6.57 Uhr

Du schläfst immer noch. Süß. Wie ein Engel.

Bist Du einer? Bist Du ein Engel, meine Liebe?

Ich bin jetzt im Aufbruch begriffen. Das Gepäck steht im Eingang bereit, ich stehe hier im Mantel und versuche den unbändigen Drang zu bezwingen, zu Hause zu bleiben.

Ich werde zurück sein, ehe Du Dich versiehst.
Paß auf Dich auf.

Dein Frederik

Und wie das, was Stine ihr eine Stunde später bringt, als sie am Frühstückstisch sitzt, ohne in der Lage zu sein, etwas zu essen:

7.50 Uhr am Bahnhof

Totale Verwirrung. Ich habe lange angestanden, bin hin und her geschubst worden, bis ich endlich an den Schalter gelangte und den Bescheid bekam, daß mein Zug wohl um eine Stunde verspätet sein wird. Aber niemand kann etwas Genaues sagen. (Probleme mit dem Rangieren!) Ich habe meine Fahrkarte, und mein Gepäck ist aufgegeben, jetzt sitze ich auf einer Bank und spekuliere darüber, ob das ein Zeichen sein kann.
Bedeutet es nicht, daß ich gar nicht wegfahren soll?
Bedeutet es das nicht, Frederikke?

Dein Frederik

Und schließlich das, was sie selbst dem überraschten Boten aus der Hand reißt, bevor Stine überhaupt die Chance hat, es in Empfang zu nehmen:

8.45 Uhr

Liebste,
endlich im Schlafwagen. Keine Spur von Militärangehörigen – es sieht wahrlich so aus, als hätte ich das Glück, das Abteil ganz für mich zu haben. Ich hoffe es, aber warten wir ab. Vermutlich gibt es den einen oder anderen, der in Ringsted oder Slagelse seine atemlose Ankunft ankündigen wird.
Ich will gleich jemanden suchen, der diesen Brief überbringen kann, anschließend werde ich in den Speisewagen gehen, um ein wenig zu essen, obwohl ich so erschöpft bin, als hätte ich bereits die ganze Reise hinter mir. Sobald ich ein wenig gefrühstückt habe, werde ich zurückgehen und versuchen, ein paar Stunden

zu schlafen – oder zumindest meine Gedanken ein wenig zu ordnen.

Du bist immer noch in ihnen.

Frederik

Man muß hinaus – *raus!* – an so einem Tag, man muß etwas Geld ausgeben, wenn man in so einer großmütigen Laune ist.

Sie summt sich durch die Straßen, so glücklich, so von ihm erfüllt, daß sie ihn überall erblickt. Zuerst an der Ecke von Vimmelskaft und der Baldstuestræde, wo er mit dem Rücken zu ihr in einer fremden Jacke steht und mit einer jungen Dame spricht (O pfui! – aber ich verzeihe dir, denn ich kann ja sehen, daß sie bei weitem nicht so hübsch ist wie ich). Dann in der Købmagergade, wo sie seinen Nacken durch ein bereits für Weihnachten dekoriertes Schaufenster entdeckt. Und schließlich auf Kongens Nytorv, wo er sich in eine der vielen Droschken zwängt ...

Sie weiß nur zu gut, daß er es nicht ist, doch sie spielt mit dem Gedanken und spürt ein verzücktes Ziehen im Unterleib, wie von Hunger.

Die cremefarbenen Kalbslederhandschuhe mit nerzbesetztem Rand sind prachtvoll, aber teuer. Viel zu teuer!

»Fühlen Sie nur, gnädige Frau! Fühlen Sie, wie weich sie sind. Das ist wirklich reine Luxusware. Für die anspruchsvolle Kundin.«

Die anspruchsvolle Kundin tut, was der Verkäufer sagt. Und er hat recht – sie sind so weich, ach so weich – wie Frederiks Haut, an einer ganz bestimmten Stelle direkt unter der Achselhöhle.

»Und es gibt eine passende Stola dazu«, erklärt er dann, dieser Verführer, und zieht aus seinem Zaubertresen mit tausend und einer Holzschublade das betörendste Kleidungsstück hervor, das die Welt je gesehen hat, und breitet es mit einer Vorsicht aus, als wäre es ein Neugeborenes, das er voller Stolz zur Taufe trägt. Frederikke seufzt und muß die Augen schließen, als sie mit der Hand über den hellen, glänzenden Nerz streicht.

Sie bekommt es in eine elegante Geschenkschachtel eingepackt, und der Verkäufer verneigt sich tief und untertänig, während er ihr die Tür aufhält und sie aus dem Geschäft hinausläutet.

Sie geht weiter, und in den Schaufenstern verfolgt sie selbst, wie sie davontanzt, ein Paket am Tragegriff schaukelnd, der auf Zeige- und Mittelfinger ruht.

Wie sieht sie doch vortrefflich aus mit diesem Hut!

Bei Grøn & Søn kauft sie zwei Knäuel zartes, hellgelbes Wollgarn und ein Paar Stricknadeln Nummer zweieinhalb, und bei Wessel & Vett ersteht sie einen Spitzenkragen.

Den soll Mutter haben!

Ja! Sie muß sofort zu ihr!

Aber als sie am Kongens Nytorv angekommen ist, ändert sie ihre Meinung, kauft eine kleine, sündhafte Tüte Lübecker Marzipan, die sie in der Tasche versteckt, und eilt nach Hause.

Als sie in der Tür ist, ruft sie die Dienstboten zu sich, überreicht jedem von ihnen einen Geldschein (in genau der Höhe, daß er ihnen schwindelerregend hoch und ihr vollkommen gleichgültig erscheint) und schickt die freudig überraschten armen Kreaturen hinaus, um für ihre Liebsten Weihnachtsgeschenke zu kaufen. »Den restlichen Nachmittag können Sie freinehmen«, sagt sie beschwingt.

In Frederiks Schlafzimmer setzt sie sich mit der Schachtel auf dem Schoß aufs Bett. Sie will erst eine Weile so sitzenbleiben, bevor sie sie öffnet und sich an dem überwältigenden Geschenk erfreut. Sie hat Hunger, hat seit dem gestrigen Abend nichts Richtiges mehr gegessen, also stopft sie sich den Mund mit Marzipan voll und genießt verschämt den süßen, parfümierten Mandelgeschmack, der die Zähne umgibt.

Dann löst sie vorsichtig die Bänder, nimmt den Deckel von der Schachtel, entfernt das Seidenpapier und seufzt bei dem extravaganten Anblick übertrieben laut (um es richtig zu spüren). Sie legt sich die Stola um, zieht die Handschuhe an, tritt vor Frederiks Spiegel und dreht und wendet sich.

»Frau Faber«, tadelt sie sich selbst. »Sie sind ja verschwenderisch!«

»Ja, ich bin verschwenderisch«, antwortet sie, jetzt in einem ganz anderen Ton; selbstsicher, aristokratisch. »Ich bin eine anspruchsvolle Kundin. Nur das Beste ist gut genug für mich.«

Anschließend nähert sie sich mit dem Gesicht dem Spiegelglas, mustert sich selbst und entdeckt einen kleinen Pickel, der unter dem einen Auge hervortreten will. Dann rechnet sie kurz ... Pah, der wird längst verschwunden sein, wenn er zurückkommt.

Sie zieht sich vorsichtig die Stola und die Handschuhe wieder aus, legt sie in die Schachtel und merkt sofort, wie sie friert. Schultern, die Nerz gewohnt waren, werden schnell kalt!

Sie dreht sich zum Bett um und schlägt die Decke zur Seite.

Oh nein! Welch eine Katastrophe! Sie spürt die Enttäuschung im ganzen Körper; das Mädchen hat das Bettzeug gewechselt. Mit der Ehrfurcht eines Abendmahlteilnehmers kniet sie nieder, beugt sich vor und bohrt die Nase in das saubere Leinen, kämpft sich durch den scharfen Seifengeruch und meint noch schwach einen Duft von Frederik erahnen zu können. Dann zieht sie sich aus und kriecht unter die Bettdecke.

Das Bettzeug ist eiskalt auf der Haut. Sie deckt sich gut zu und schließt die Augen. Öffnet sie wieder und schaut sich um.

Dann steht sie auf, geht nackt an seinen Schrank und wühlt zwischen den Bügeln herum. Sie sucht sich eines seiner Jacketts aus, zieht es an, geht zu dem Tisch vor dem Spiegel und schraubt von der einzigen zurückgelassenen Flasche mit Eau de Cologne den Deckel ab. Dann legt sie die Fingerspitze auf die Öffnung, dreht die Flasche ein paarmal und betupft sich danach das Schlüsselbein.

»Guten Tag, Herr Faber.« Sie verneigt sich vor dem Spiegel.

Dann springt sie zurück ins Bett.

Jetzt ist es fast, als wäre er hier ...

41

AUGUST 1932

Sie läßt die alten Finger über das kleine Kästchen streichen. Die zierliche Intarsienarbeit des Deckels – helles Holz und Mahagoni – erinnert sie an jemanden, der einst behauptete, daß die Beherrschung dieses Handwerks das oberste Ziel des Daseins sei. Plötzlich sieht sie sein Gesicht vor sich, es drängt sich ihr auf, schiebt sich vor Frederiks, doch sie wedelt es irritiert weg, denn nicht ihm ist das Kästchen geweiht, sondern dem anderen, dem richtigen, dem einzigen …

Alle Briefe liegen darin!

Was für ein komisches Wort, »alle«… Denn impliziert es nicht, daß die Rede von einer viel größeren Anzahl sein müßte als von diesen lächerlichen zwölf Stück, die im Laufe der Jahre zusammengekommen sind?

Einer, zwei, viele!

Und fast die Hälfte an einem einzigen Tag geschrieben, dem ersten Tag.

Dem ersten Tag der Schöpfung!

Wie glücklich, wie idiotisch sie gewesen ist.

Und Gott sah alles an, was er gemacht hatte; und siehe, es war sehr gut. Es wurde Abend, und es wurde Morgen …

42

Berlin, Mittwoch morgen, den 22. November 1876

Meine liebe Frederikke,
ja, nun sollst Du wieder von mir hören.

Ich kam gestern abend mit fast sieben Stunden Verspätung an. Das Hotel, das Georg mir empfohlen hatte, ist wirklich ganz ausgezeichnet – älter, aber komfortabel.

Die Reise hierher war gar nicht so unangenehm, wie ich befürchtet hatte.

Ich kam überhaupt nicht zum Schlafen! Als ich den Speisewagen betrat, rief jemand meinen Namen, und vor mir stand ein alter Bekannter aus der Studienzeit, Wilhelm Velin! Ich hatte von ihm seit mehr als acht Jahren nichts gesehen oder gehört, da war die Wiedersehensfreude natürlich groß. Und was glaubst Du, wohin er unterwegs war? Ja, Du hast richtig geraten, meine Liebe: zur Konferenz in Berlin!

Ist das nicht unglaublich? Und weißt Du was? Es stellte sich heraus, daß seine Arbeit fast in der gleichen Richtung verläuft wie meine, daß wir, ohne etwas davon zu wissen, sozusagen parallel gearbeitet haben – er in Aarhus, ich in Kopenhagen.

Er hatte keinen Platz mehr im Liegewagen reservieren können, also lud ich ihn natürlich in mein Abteil ein. Da konnte nicht mehr die Rede von viel Schlaf sein. Eine äußerst interessante Person. Jünger als ich, aber umwerfend tüchtig.

Ich muß jetzt schließen, Velin holt mich in fünf Minuten ab, dann wollen wir vor dem anstrengenden Tagesprogramm zusammen frühstücken.

Ich hoffe, zu Hause ist alles in Ordnung.

Sei doch so gut und grüße meine lieben Eltern von mir und erzähle ihnen, daß ich gut angekommen bin und daß sie nicht enttäuscht sein dürfen, falls ich in den ersten Tagen nichts von mir hören lasse. Das gleiche gilt für Dich, meine Liebe. Ich fürchte, ich werde viel zu tun haben.

Paß gut auf Dich auf.
Frederik

43

»Wann kommt Frederik eigentlich nach Hause?« fragt Amalie gerissen.

»Am Freitag.«

»Am Freitag? Aber doch nicht an diesem Freitag, oder? Ach, so bald! Sind wirklich schon drei Wochen vergangen? Wie schnell die Zeit vergeht! Und um wieviel Uhr kommt er an?«

»Ehrlich gesagt weiß ich es nicht so genau. So gegen Abend, denke ich.« Und sie sieht seine Schrift vor sich: *Ankomme 19.11 Uhr* (die Elf wie zwei kerzengerade Ausrufezeichen!) und seine hinzugefügte Bemerkung: *Alle Anzeichen lassen befürchten, daß diese exakte Zeitangabe wohl bedauerlicherweise den tatsächlichen Fähigkeiten der Eisenbahngesellschaft im Hinblick auf Pünktlichkeit widersprechen wird.*

An Frederikkes Pünktlichkeit ist dagegen nichts auszusetzen!

Nachdem sie eine Dreiviertelstunde gewartet hat, stellt sie sich in die Schlange vor dem Fahrkartenschalter, und als sie endlich an der Reihe ist, beugt sie sich so eifrig vor, daß sie mit der Stirn gegen die Glasscheibe knallt, die doch eigentlich so fettig ist, daß man sie sehen sollte.

»Können Sie mir sagen, um wieviel der Zug aus Roskilde verspätet ist?«

»Augenblick, gnädige Frau.«

Der ältere Mann hinter der Scheibe dreht sich um und gibt unverständliche Lachgeräusche von sich, woraufhin ein uniformierter Mann weiter hinten ihm in der gleichen merkwürdigen Sprache antwortet.

Dann wendet er sich wieder ihr zu.

»Der sollte jetzt einfahren, gnädige Frau.«

»Danke!«

Sie eilt durch die Halle, schubst dabei eine ältere Dame, die trotz wiederholter Entschuldigungen so aussieht, als wollte sie ihr absolut nicht verzeihen.

»Sie müssen wirklich entschuldigen!« (Aber ich bin hier, um meinen Geliebten abzuholen, meinen Ehemann, meinen König, aber was wissen Sie schon davon, Sie altes Fossil, Sie versteinerte Hyäne!)

Sie läuft weiter, ängstlich, mit zitternden Händen und singendem Schoß. Was, wenn sie sich nun verfehlten?

Sie erreicht den Bahnsteig, gerade als die große Maschine in die Halle einmarschiert, und erst als sie den Zug sieht, wird ihr vollends klar, daß er da drinnen ist. So nah. Sie lächelt verzückt, sieht ihn vor sich, sieht, wie er von seinem Platz aufsteht (ob er wohl die ganze Fahrt auf der Armlehne gesessen hat?) und sich den Mantel anzieht, sich den Schal umbindet, sich den Hut auf den Kopf setzt ... und findet es ziemlich unbegreiflich, fast unwirklich, daß er im nächsten Augenblick vor ihr stehen wird.

Plötzlich wird sie von Panik ergriffen.

Sie traut sich nicht!

Sie weiß, daß alles verkehrt ist, daß sie viel zuviel daraus gemacht hat. Der festlich geschmückte Tisch daheim, die Blumen, der Hummer ... Und keine Gäste! Nur sie zwei! Das ist katastrophal. Was hat sie sich nur dabei gedacht?

Plötzlich weiß sie, daß er das vollkommen lächerlich finden wird, daß er den Kopf schieflegen, freundlich lächeln und »Na so was!« sagen und so tun wird, als würde er sich freuen, aber im tiefsten Inneren es übertrieben und lächerlich finden wird.

Je näher der Zug kommt, um so mehr schwindet ihre Freude.

Der Zug bleibt widerwillig stehen und läßt ein ohrenbetäubendes Jammern vernehmen, schreit vor Empörung, will nicht stehenbleiben, will weiter, immer weiter mit seinen heißen Dampfkesseln, seinen fabelhaften Kräften und seiner unermüdlichen Lebenslust.

Ihr geht auf, daß sie immer noch weglaufen kann. Zum Wagen eilen, den Kutscher bitten, schnell nach Hause zu fahren, und sich dann nonchalant aufs Sofa werfen. Nein – noch besser, gar nicht da sein, wenn er kommt. Unterwegs sein, beschäftigt. Ganz vergessen haben, daß ...

Nein, das geht nicht. Was ist denn mit dem Essen ... dem gedeckten Tisch ... den festlich gestimmten Dienstboten?

Ach, was für eine Idiotin sie doch ist!

Es ist schrecklich. Ganz einfach schrecklich! Was soll sie tun?

Immer mit der Ruhe. Sie muß die Fassung bewahren und sagen, daß er nach der langen Reise bestimmt etwas Gutes bräuchte ... Etwas gelöster sein. Sich das alte Tuch über die Schultern werfen, sobald sie drinnen sind, um nicht so zurechtgemacht zu wirken. Ja. Das wird sie tun. Es ist immerhin ein Trost, daß sie im letzten Moment die neue Stola und die Handschuhe wieder ausgezogen hat. Wenn sie jetzt hier im Nerz gestanden hätte, selbstverliebt und lächerlich ...

O nein, wo hat sie die Sachen nur hingelegt, nachdem sie sie ausgezogen hat? Sie liegen doch wohl nicht im Flur, so daß er sie als erstes erblickt, wenn er durch die Tür tritt?

Nein. Jetzt erinnert sie sich, sie hat sie zurück in die Schachtel gelegt.

Gott sei Dank!

Die Türen werden geöffnet. Sie starrt an der Bahn entlang und weiß, daß sie ihn im nächsten Moment wird aussteigen sehen. Ob er wohl nach ihr Ausschau hält, sie zwischen den Wartenden auf dem Bahnsteig sucht?

Sie erblickt ihn ein gutes Stück weiter hinten. Er springt leichtfüßig auf den Bahnsteig, seine Mappe unter dem Arm. Offenstehender Mantel, den Hut in der Hand und ein Gesicht so vollkommen glücklich, daß sie am liebsten weinen möchte.

Er schaut unverwandt in den Zug, legt den Kopf in den Nacken und lacht über irgend etwas, das irgend jemand gesagt hat – sicher der nächste, der sich zeigen und auf den Perron treten wird. Dann noch einer ... und noch einer; einige jünger, andere älter, aber alle fröhlich und in selbstzufriedenen dunklen Mänteln – als gehörten sie einer Geheimloge an. Bald steht eine kleine Gruppe von fünf, sechs Männern um ihn herum, und es wird gezeigt und gestikuliert, Uhren werden befragt, Rücken geklopft ... Sie kann nicht alles verstehen, was gesagt wird, dazu ist es zu weit weg, doch sie versteht unter den vielen Worten ein paarmal das Wort »Droschke«.

Wie erstarrt steht sie da, und traut sich nicht, näher heran zu gehen. Sie fühlt sich dumm, sie hätte nicht kommen sollen ...

Die Gruppe setzt sich in Bewegung, immer noch gestikulierend. Frederik schaut sich nicht um. Nicht ein einziges Mal schaut er sich auf der Suche nach ihr um.

Doch dann entdeckt er sie. Er bleibt stehen. Abrupt. Wirft den Kopf zurück. Überrascht. Froh?

Dann kämpft er sich aus der Gruppe heraus und eilt auf sie zu.

»Frederikke?« Er legt beide Arme um sie, drückt sie so fest, das sie durch den Mantel hindurch die Mappe spüren kann. Anschließend tritt er ein wenig zurück, schaut sie an und macht sich so eifrig daran, ihr die Wangen zu küssen, daß man glauben könnte, er käme soeben aus Italien und nicht aus Deutschland.

»Was um alles in der Welt machst du denn hier? Hast du nicht mein Telegramm erhalten?«

»Dein Telegramm?«

»Ja, aus Korsør. Ich habe in Korsør ein Telegramm abgeschickt.« Seine Stimme ist atemlos und eifrig.

»Das habe ich nicht bekommen.«

»Das darf doch wohl nicht wahr sein, oder? Ich habe dich darin gebeten, mich nicht hier abzuholen, sondern direkt zum d'Angleterre zu fahren.«

»Zum d'Angleterre?«

»Ja. Hesager hat dort ein Festessen zu Ehren der Delegation arrangiert.«

»Ein Festessen? Um wieviel Uhr denn?«

»Ja, um wieviel Uhr ...?« Er schaut auf die Uhr. »Vor einer halben Stunde! Wir sind schon zu spät. Mein Gott!« Er schaut sie an, zärtlich, besorgt und ergreift ihre Hand. »Du hast doch hoffentlich nichts anderes vorbereitet?«

»Nein, habe ich nicht.«

»Gott sei Dank.« Er atmet aus und faßt sich übertrieben ans Herz. »Das wäre noch was gewesen!«

»Faber?« Die Gruppe nähert sich, angeführt von einem Herrn mit schütterem Haar, der es sich nicht nehmen läßt, bei Frederikkes Anblick eine Augenbraue zu heben. »Wir besorgen ein paar Droschken.«

Frederik dreht sich um. »Ja, wir sehen uns gleich ... Hör mal, Velin! Komm doch her.«

Ein junger Mann tritt aus der Gruppe und nähert sich lächelnd. Ein paar fremde Augen ruhen auf ihr. Schamhaft.

»Das ist meine Ehefrau, Frederikke. Und das ist Wilhelm Velin, von dem ich dir erzählt habe.«

»Guten Tag, Frau Faber.« Sein Händedruck ist sanft und tastend.

»Guten Tag, Herr Velin.«

»Nun!« Frederik schwingt (süß, verärgert und hilflos) seine Mappe. »Hier stehen wir nun ... Die Frage ist, was wir machen sollen. Frederikke hat mein Telegramm nicht erhalten, weißt du?« Er legt eine Hand auf die fremde Schulter. (Ach, diese freundliche, diese leichte, aber Nähe herstellende physische Berührung der Menschen, mit denen er spricht.)

»Ach, wie ärgerlich«, antwortet der junge Mann und wirft Frederikke einen überraschten Blick zu.

Wie um sich zu verteidigen, beteuert sie, daß sie absolut kein Telegramm erhalten hat.

»Hör mal«, sagt sie dann, »fahrt ihr nur los. Ich werde wieder nach Hause zurückkehren.«

»Nichts da.« Frederik sieht direkt verärgert aus. »Auf keinen Fall, Frederikke. Du kommst mit!«

»Nein, ich ... Ich bin doch gar nicht angezogen für ein Festessen.«

»Das ist doch egal. Du bist wunderschön, so wie du bist. Was sagen Sie, Velin? Ist meine Frau nicht reizend?«

»Aber ja. Ganz reizend.« Der junge Mensch schaut sie mit seinen warmen Augen ernst an.

»Nein, Frederik, ich glaube nicht ... Außerdem bin ich ein wenig müde.«

»Aber natürlich kommst du mit, Frederikke. Alle kommen.«

»Alle?«

»Nun ja, Jantzen, die Hesagers ...«

»Jantzen auch? Das ist aber merkwürdig. Ich bin ihm erst vor ein paar Tagen über den Weg gelaufen. Und da hat er nichts davon gesagt.«

»Nein, das war ja auch eine ganz spontane Entscheidung. Vermutlich hat er zu dem Zeitpunkt noch nichts davon gewußt. Du kennst doch Hesager ...«

»Ja ...« Hesager kennt sie. »Aber jetzt fahrt los. Beeilt euch, damit ihr nicht noch später kommt.«

»Bist du dir sicher? Bist du dir wirklich ganz sicher, daß du nicht mitkommen willst?« fragt er aufrichtig enttäuscht – oder aber aufrichtig erleichtert.

»Ja, ganz sicher.«

»Und wie kommst du nach Hause?«

»Ich habe ja den Wagen draußen stehen.«

»Nun gut, wenn du so sicher bist ... Ich bringe dich eben hinaus.«

»Nein, Frederik.« Sie erdreistet sich, ihm eine Hand auf den Brustkorb zu legen. »Verlier nicht noch mehr Zeit. Es gibt keinen Grund. Der Wagen wartet gleich draußen auf dem Axeltorv. Ich komme schon allein zurecht ... Und nun lauft! Sieh nur, die anderen sind bereits weg. Lauft jetzt.«

»Unter keinen Umständen. Ich bringe dich hinaus. Velin, bist du so gut und reservierst mir einen Platz in einer der Droschken? Sag, daß ich jeden Moment komme.«

Die große Halle erscheint kleiner, jetzt, wo Frederik hier ist. Sein Arm, der fest ihre Schulter umfaßt, hält sie zusammen. Ohne ihn würde sie vielleicht dahinschmelzen.

»Es tut mir alles so leid, Frederikke.«

»Das braucht es nicht.«

»Aber das tut es! Anscheinend schaffe ich es immer wieder, dich in peinliche Situationen zu bringen.«

Er bleibt stehen, dreht sie um und ergreift die Seidenbänder, die von ihrer Haube herunterhängen. Er zupft ein wenig daran.

»Es tut mir wirklich verdammt leid, was da am letzten Abend vor meiner Abreise passiert ist«, sagt er dann, während er sie eindringlich und ernst anschaut. »Es war alles andere als fein von mir, dich auf diese Art und Weise auszunutzen. Willst du mir bitte glauben, wenn ich sage, daß es nie wieder vorkommen wird?«

Frederikke erbleicht.

»Ich verspreche dir, daß du in Zukunft von so etwas verschont bleiben wirst. Ich habe mit Velin ein Arrangement getroffen. Aber das werde ich dir alles erzählen, wenn ich zu Hause bin.«

Erst da wird Frederikke klar, wovon er eigentlich redet.

Er darf sie nur bis zum Ausgang bringen. Dann schickt sie ihn davon.

Als er verschwunden ist (rückwärts, winkend und von ganzem Herzen glücklich), öffnet sie die schwere Tür und geht nach rechts, auf das niedrige Fachwerkhaus zu, das ans Bahnhofsgebäude grenzt.

Anders, der Kutscher, friert. Er sitzt auf dem Kutschersitz, in der feuchten Kälte, und haucht in seine Hände. Als er die gnädige Frau kommen sieht, macht er Anstalten hinunterzuspringen, doch sie hebt einen abwehrenden Arm.

»Nein, bleiben Sie sitzen!« ruft sie fröhlich in den Nebel. »Fahren Sie nach Hause. Mein Mann und ich haben eine andere Verabredung. Im d'Angleterre ...« Aus der Rumpelkammer ihres Gemüts zaubert sie ein überzeugendes Lächeln hervor. (Die Oberschicht versteht es, sich zu amüsieren!) »Und bitten Sie Stine, doch abzuräumen. Ich möchte nichts mehr davon sehen, wenn wir nach Hause kommen. Das Essen können Sie haben. Und übrigens – die Flasche, die schon geöffnet ist, dürfen Sie auch gern trinken. Stoßen Sie auf die Heimkehr des Hausherrn an. Und warten Sie nicht auf uns. Es wird vermutlich spät werden. Wir kommen schon allein zurecht.«

»Vielen Dank, gnädige Frau.«

Er nickt servil, ergreift die Zügel und fährt mit einem Lächeln um die Lippen und einem fröhlichen, erwartungsvollen Funkeln in den Augen los.

Frederikke geht zurück in den Bahnhof. Erst als sie ganz sicher ist, daß er fort ist, öffnet sie die Tür wieder und tritt hinaus in den Nebel.

»Frederikke. Du hier?« Ihre Mutter schaut sie überrascht an.

»Ja, ich bin spazieren gewesen, und da habe ich gedacht, daß ihr vielleicht zu Hause seid.«

»Bei diesem Wetter! Und so spät! Und sag mal, sollte Frederik nicht heute nach Hause kommen?«

»Nein, erst morgen!«

»Morgen? Dabei habe ich fest geglaubt, du hättest Freitag gesagt.«

»Habe ich das? Aber ich habe Samstag gemeint.«

Sie lauscht mit dem Ohr an der Tür, bevor sie vorsichtig den Schlüssel ins Schloß schiebt. Es ist vollkommen still. Wenn sie schleicht, wird niemand bemerken, daß sie gekommen ist, und die Dienstboten werden annehmen, daß sie zusammen mit Frederik kommt, wenn der später polternd die Wohnung betritt. Und falls sie sie doch hören, wird sie sie wissen lassen, daß sie wegen einer Unpäßlichkeit früher gegangen ist. Was nichts Außergewöhnliches ist.

Sie tastet ein wenig in der Dunkelheit, stößt auf etwas, das sich – als sie die Lampe entzündet hat – als Frederiks Gepäck entpuppt. Auf der Kommode liegt ein Telegramm: *Liebe Frederikke, Pläne geändert. Festessen im d'Angleterre um 19.30 Uhr. Wir treffen uns dort, wenn nicht vorher daheim. Herzlichst, Frederik.*

Sie knüllt es zusammen und stopft es sich in die Tasche. Dann hängt sie den Mantel auf, zieht die Stiefel aus und beschließt, in die Küche zu schleichen und etwas zu essen zu holen.

Vorsichtig öffnet sie die Küchentür einen Spaltbreit. Drinnen brennt Licht. Merkwürdig, so spät ... Ein scharfer, saurer Fischgeruch schlägt ihr entgegen.

Das Licht ist mit Hilfe eines kleinen roten Tuchs gedämpft, das leichtsinnigerweise über den Schirm einer Petroleumlampe gelegt wurde, die von ihrem Platz in der Ecke die Schatten an Wänden und Decke tanzen läßt.

Sie öffnet die Tür ein Stück weiter und schiebt vorsichtig den Kopf vor. Das erste, was sich ihr zeigt, ist der große Tisch mitten im Raum, nur wenige Schritte von ihr entfernt. Er ist nicht abgeräumt. Auf der groben Tischplatte stehen zwei Gläser (zu Frederikkes Verärgerung die guten Kristallgläser!), Platten mit abgepulten Hummerschalen, zwei schmutzige Teller, eine umgekippte Weinflasche ...

Mitten in dem Durcheinander fließt Stines Haar. Sie liegt auf dem Tisch. Ihre Bluse ist offen, die nackten Brüste, groß, weiß, weich, quellen über den Rändern ihres Unterkleids hervor. Auf ihnen liegen grobe Männerhände (ob sie wohl warm geworden sind?), tastend, fast verzweifelt, als arbeiteten sie unter unbotmäßigem Zeitdruck. Stines Beine sind gespreizt, der eine Fuß, der rechte, drückt gegen einen Stuhl, das andere Bein hängt ein wenig herab, der Strumpf ringelt sich um den Knöchel. Sie hat immer noch ihre Schuhe an – abgenutzte, braune Stiefeletten.

Aber das Merkwürdigste: Auf dem Boden, zwischen ihnen,

kniet er, den Kopf in die Falten ihres Kleides vergraben. Koksgraue Hosen und nach oben gerichtete Schuhsohlen, die sich vor ein paar Stunden noch gegen die Bodenbretter des Kutschersitzes gestemmt haben.

Der Bruchteil einer Sekunde, in die Unendlichkeit gedehnt.

Sie haben sie nicht gehört. Stine stöhnt, weshalb Frederikke annimmt, sie könnte Schmerzen haben – und die Szene selbstverständlich und vollkommen idiotischerweise mit den Phantasiebildern in Verbindung bringt, die sie von Frederiks lichtscheuen Aktivitäten hat. Daß mit diesem grotesken Anblick Vergnügen verbunden sein könnte, fällt ihr gar nicht ein. Stine wirft den Kopf von einer Seite zur anderen, zwinkert mit geschlossenen Augen und läßt das lange, gewellte Haar durch diese Bewegung wie Tang erscheinen, der bei anlandigem Wind in der Brandung tanzt. Ihre Arme rudern scheinbar hilflos in der Luft herum. Dann bekommt die eine Hand den Rand der Tischplatte zu fassen, drückt zu … Die andere huscht über Gesicht und Hals.

Wie lange steht sie da? Schwer zu sagen. Wie versteinert steht sie da und starrt ohne eigentlich zu sehen. Erst in dem Moment, als Stine plötzlich ihre Augen öffnet, scheint es, als würde Frederikke das wiedergewinnen, was wir als die Beherrschung aller Sinne bezeichnen – nämlich die Fähigkeit, den unmittelbaren Eindruck zu etwas Verständlichem zu deuten.

Beide erstarren. Stine versucht sich aufzurichten, während ihre Hände gleichzeitig gegen seinen Kopf drücken, um ihn wegzuschieben.

Frederikke kann gerade noch das überraschte Gesicht des Kutschers aus den Röcken auftauchen sehen.

Und in diesem Moment begeht Frederikke ihren Fehler: »Entschuldigung«, flüstert sie. Dann zieht sie schnell die Tür zu.

Erst als sie wieder in ihren Räumen ist, geht ihr auf, was sie getan hat.

Ein leises Klopfen an der Tür. Sie öffnet die Augen, und sogleich überfällt die Realität sie hinterrücks. Es klopft noch einmal. Vorsichtig.

»Ja?«

»Ich bin es, gnädige Frau, Oline. Darf ich hereinkommen?«

»Einen Augenblick.«

Frederikke zündet eine Kerze an und wirft sich den Morgenmantel um. Dann geht sie zur Tür und öffnet sie einen Spalt.

»Was ist denn? Wie spät ist es?«

»Sieben, gnädige Frau. Entschuldigen Sie, aber ich muß mit Ihnen sprechen.«

»Ja, dann reden Sie doch.«

»Es geht um Stine. Und den Kutscher.« Sie schaut Frederikke unverwandt an. »Die sind weg.«

Ach Gott, ja ... Stine und der Kutscher.

»Weg, sagen Sie? Was meinen Sie damit?«

»Ich habe mir erlaubt, gestern abend meine Base zu besuchen, als ich den Bescheid bekam ... Draußen in Valby. Das Ende vom Lied war, daß ich da übernachtet habe. Ich dachte, das wäre in Ordnung ...« Sie schaut Frederikke entschuldigend an.

»Ja, natürlich. Und was dann?«

»Nun ja, als ich heute morgen herkam, bin ich zu Stine rein, um sie zu wecken. Aber sie war nicht da! Ihr Bett war unbenutzt. Die kleine Anna hat sie weder gesehen noch gehört.«

Dann schaut sie zu Boden, und als sie wieder aufblickt, zeigt sie eine Miene, als wäre sie persönlich für den Skandal verantwortlich. »Und dann bin ich zur Kutscherwohnung rübergegangen um zu fragen, ob er vielleicht weiß ... Aber da war auch keiner. Die Schranktüren standen offen, und der Schrank war leer. Dann bin ich zurück in Stines Zimmer gegangen, und erst da habe ich gesehen, daß auch ihre Wäschekiste weg war.«

»Ach.«

»Das ist sehr ungünstig, gnädige Frau, und deshalb wollte ich fragen: Was sollen wir tun? Soll ich die Polizei holen?«

»Die Polizei? Wieso, haben sie etwas gestohlen?«

»Nein, wahrscheinlich nicht. Aber sie sind doch weggelaufen!« Oline zieht gekränkt das Kinn hinunter, so daß sich an dem groben Hals Falten zeigen. »Einfach weggelaufen.«

»Nein, das sollen Sie bei Gott nicht. Die Polizei!« Sie schaut Oline an, als wäre diese nicht ganz bei Trost und als würde sie die ganze Affäre eher ermüden als empören.

»Und was soll ich tun, gnädige Frau? Es ist ja äußerst unglücklich. Und das ausgerechnet jetzt, wo wir noch einen Übernachtungsgast im Haus haben und alles ...«

»Einen Übernachtungsgast? Wovon reden Sie?«

»Von dem jungen Herrn im Gästezimmer, Herrn Velin.«

»Ach so, ja. Den habe ich ganz vergessen. Ja, ich habe es natürlich gewußt, aber ich habe es einfach vergessen. Jetzt habe ich Kopfschmerzen ... Hören Sie, Oline. Ich muß noch ein wenig schlafen. Gehen Sie Ihrer Arbeit wie immer nach. Sie haben ja noch Anna; sie muß dafür sorgen, daß Feuer gemacht wird ... Und über alles andere reden wir später.«

Sie schließt die Tür, öffnet sie aber gleich noch einmal.

»Hören Sie, Oline – und belästigen Sie meinen Mann nicht damit. Wenn er nach mir fragt, dann sagen Sie ihm, daß ich Kopfschmerzen habe und nicht gestört werden möchte.«

»Das werde ich. Ich verstehe schon, gestern wurde ja auch gefeiert.«

Ja. Gestern wurde gefeiert.

44

Sie kommt in der Dämmerung an, die sich zu dieser Jahreszeit unerbittlich in den Nachmittag hineinfrißt, und das einzige, was Frederikke im Kopf hat, als der Wagen über den kopfsteingepflasterten Hofplatz holpert und der fremde Kutscher, der sie vom Bahnhof abgeholt hat, die Pferde anhält, ist der Gedanke, was sie hier eigentlich zu suchen hat.

Das Gut ist nicht gerade imponierend. Es liegt verweht und einsam zwischen endlosen Feldern mit aufgepflügter, frostharter Erde, und die kahlen Bäume, die die grau-roten Steingebäude umkränzen, bieten keinen Windschutz, sondern ragen nur ziellos und finster in den Nebel.

Sie wird auf eine breite, halbkreisförmige Steintreppe verwiesen, wo eine kleine, dünne Frau, die ein Alter erreicht hat, das den Verdacht aufkommen läßt, sie hielte sich ausschließlich mit Hilfe der gestärkten Schürze aufrecht, in der Tür Stellung bezogen hat – bereit, sie mit einem beeindruckenden Mangel an Begeisterung willkommen zu heißen und sie in einen gigantischen, menschenleeren Eingangsbereich zu lassen. Von ihm aus windet sich eine breite, läuferbedeckte Treppe zum ersten Stock hinauf. Frederikke zieht die Handschuhe aus, während sie ihre hilflosen Blicke schweifen läßt. In diesem Moment öffnet sich dort oben eine Tür, und Helena kommt zum Vorschein.

Der Anblick ist im ersten Moment schockierend: Sie kommt watschelnd die Treppe hinunter, die eine Hand auf dem Geländer, mit der anderen den Bauch stützend. Die Wangen, die früher so rund und weich waren, sind eingefallen und farblos, und die Wangenknochen bohren sich fast durch die dünne Haut. Die Augen erscheinen riesengroß und, zumindest auf diesen Abstand, rabenschwarz mitten in dem Weiß. Die mageren Schultern und der obere Brustkorb bilden einen unerträglichen Kontrast zu den Brüsten, die in ihrer fremden Üppigkeit den Kleiderstoff spannen. Und darunter der Bauch: diese aufgeblasene Deformität, die alles Fett von ihren Knochen genagt und die Farbe aus ihrer Haut gesogen hat.

»Frederikke! Ich kann gar nicht sagen, wie sehr ...« Als sie hinuntergekommen ist, wirft sie sich schwer und warm um den Hals der kleinen Schwester, küßt ihre Wangen, drückt ihre Hände.

»Endlich bist du gekommen! Ich habe mich schon so darauf gefreut.«

Es ist merkwürdig, eine Schwangere zu umarmen; man scheint nicht an sie heranzukommen, so gern man auch möchte! Frederikke lächelt und versucht sich aus ihrer Kleidung zu befreien. Sie reicht dem Gespenst ihren Mantel und läßt sich von der Schwester am Arm in die Stube führen.

»War die Reise anstrengend?«

Der Raum ist schwermütig und wenig einladend. Die Möbel sind so massiv, daß sie sich in die Bodendielen hineingearbeitet haben – sie sind von der Art, die sich nie wieder versetzen lassen, wenn sie erst einmal ihren Platz gefunden haben.

»Ach, so schlimm war es gar nicht. Ich habe auf der Fahrt gelesen. Und ab und zu ein wenig geschlafen.«

»Das ist gut. Und jetzt hast du sicher Hunger?«

»Ja, ein bißchen.«

»Einen Moment.« Helena bewegt sich mühsam zum Glockenstrang, der an der Wand hängt, und zieht daran. Wie eine alte Frau stützt sie sich auf Tische und Stühle, an denen sie vorbeikommt. Dann dreht sie sich wie nach einer erledigten Arbeit um und betrachtet ihre Schwester, die mitten im Zimmer steht und sich die Oberarme reibt.

»So!« Sie schlägt die Handflächen zusammen und erzeugt dadurch einen sonderbar dumpfen Laut. »Jetzt werden wir gleich etwas zu essen bekommen. Setz dich doch noch einen Augenblick. Hier am Feuer ist es warm. Komm und laß mich dich anschauen … Und nach dem Essen möchtest du dich sicher ein bißchen ausruhen?«

»Ja, das könnte ich wohl brauchen.«

Sie nehmen nebeneinander auf einem hohen, wenig einladenden mit Barchent bezogenen Sofa Platz (flaschengrün mit braunen Streifen, dunklen, harten Holzarmlehnen und Messingknöpfen), und als Frederikke sich auf die widerspenstigen Federn setzt, sehnt sie sich ein wenig nach weichem, nachgiebigem, weinrotem Seidenvelours, der im Licht changiert.

»Wie hübsch du aussiehst, kleine Schwester.«

»Danke.« Sie weiß nicht, was sie dazu sagen soll. »Danke, gleichfalls« käme fast einer Unverschämtheit gleich. Sie schaut für einen Moment in den Raum, und als sie wieder Helena ansieht, zittert deren Unterlippe verräterisch.

»Aber, Helena! Das ist doch nichts, um deshalb traurig zu sein … Was ist denn mit dir los?«

»Ach! Es ist nur, weil ich selbst so häßlich anzusehen bin.«

»Das bist du nicht!«

Helena schiebt eine rosa Zunge zwischen den Lippen hervor und verzieht die feuchten Wangen in einer ironischen Grimasse. »Doch, das bin ich! Ich kriege ja schon vor mir selbst Angst, wenn ich mich im Spiegel sehe.«

Frederikke legt ihr tröstend den Arm um die Schulter. »Aber Helenchen, das liegt doch nur daran, daß du schwanger bist. Du wirst sehen, das geht vorbei.«

»Wollen wir's hoffen. Na gut.« Sie wischt sich mit dem Handrücken über die Wangen. »Denken wir nicht mehr dran.« Sie wedelt mit der Hand. »Laß uns über etwas anderes reden. Erzähl mir lieber, wie es dir geht.«

»Mir geht es gut. Wirklich gut! Du weißt ja, daß Frederik aus Berlin zurück ist. Es ist schön, ihn wieder zu Hause zu haben. Neuerdings arbeitet er mit einem anderen Arzt zusammen, Wilhelm Velin. Übrigens ein junger Jude. Das bringt ein wenig Entlastung, sowohl in der Klinik als auch bei seinen Forschungsarbeiten. Ein wunderbarer junger Mensch. Er wohnt bei uns. Für einige Zeit. Vermutlich ist er ausgezogen, wenn ich wieder zurück bin. Das ist ganz praktisch so. Wir haben ja reichlich Platz, wie du weißt. Und so habe ich mir die Zeit nehmen können, um nach dir zu sehen. Nach euch. Hör mal, wo sind denn die anderen? Hier ist es so still.«

»Die sind draußen.« Sie macht eine vage Handbewegung zu den braunen Feldern hin, auch wenn sie wohl selbst kaum glaubt, daß sie sich dort draußen in den Ackerfurchen abmühen.

»Na, aber sie werden doch kommen?«

»Ja, ja«, weicht sie aus. »Aber erzähl noch ein bißchen. Wie geht es Mutter und Vater?«

Es klopft an die Tür, nachdem Frederikke lange auf dem fremden Bett gelegen hat, ohne schlafen zu können. Statt dessen hat sie auf den braunen Wasserfleck gestarrt, der sich an der Decke ausbreitet.

Jetzt zieht sie sich auf die Ellenbogen hoch. »Ja, wer ist da?«

»Ich bin's nur.« Helena schiebt ihren Kopf hinein. »Hast du schlafen können? Darf ich hereinkommen?«

»Ja, komm nur.« Sie macht Anstalten aufzustehen.

»Nein, bleib liegen. Wollen wir nicht ein bißchen nebeneinander liegen? Und uns unterhalten? Fast wie zu Hause. Darf ich mich zu dir legen?«

»Ja, natürlich.« Sie macht Platz, und Helena legt sich mit einem verlegenen Gesichtsausdruck neben sie.

Dann lacht sie. »Findest du das albern?«

Frederikke lächelt. »Ja, vielleicht ein bißchen.«

»Das ist es vielleicht auch. Aber es ist nur, weil ... Ich soll ja möglichst viel liegen, deshalb.« Sie klopft sich auf den Bauch. »Und wie oft habe ich nicht dagelegen und mir gewünscht, du würdest an meiner Seite liegen. Und jetzt, wo du hier bist, möchte ich es so gern ausprobieren. Dann kann ich, wenn du wieder abgereist bist, daran denken, daß wir wirklich nebeneinander gelegen haben. Verstehst du?« Sie dreht Frederikke das Gesicht zu.

»Ja, das verstehe ich gut.«

Eine Weile liegen sie schweigend da, beide haben die Hände unter dem Nacken gefaltet.

»Du hast nicht geschlafen, als ich reingekommen bin?«

»Nein. Ich habe dagelegen und mir meine Gedanken gemacht.«

»Worüber?«

»In erster Linie über den Wasserfleck da. Ich finde, er sieht aus wie eine Landkarte.« Sie zeigt hinauf. »Guck mal, da ist Jütland. Erkennst du es? Wenn man so einen Fleck lange genug angeguckt hat, dann scheint er sich zu bewegen. Kennst du das Gefühl?«

»Ja. Genau so geht es mir, wenn ich lange genug Ulrik und seine Mutter ansehe!«

»Ach, Helena.« Frederikke lacht.

Dann liegen sie wieder schweigend da. Nach einer Weile fängt Frederikke an zu frieren. Sie greift nach einer Wolldecke, die auf dem Stuhl neben dem Bett liegt, und breitet sie über beiden aus.

Helenas Bauch ragt wie ein hoher Berg empor.

»Frederikke?«

»Ja?«

»Die sind nicht ganz normal hier oben.« Sie starrt ausdruckslos zur Decke.

»Was sagst du da?«

»Die sind nicht ganz normal. Die sind tot. Alle.«

»Tot? Was meinst du damit, daß sie tot sind?«

»Sie laufen wie Gespenster rum. Die reden kaum miteinander.« Sie wendet Frederikke das Gesicht zu. »Mit mir reden sie gar nicht.«

Dann fängt sie wieder an zu weinen!

»Aber Helena! Was ist denn heute mit dir los? Du weinst doch sonst nie.«

»Nein«, bestätigt diese und schüttelt dabei den Kopf. Dann

schaut sie auf ihren Bauch, als handle es sich um eine Tatsache, an die man sich unweigerlich gewöhnen muß und fügt hinzu: »Aber jetzt weine ich die ganze Zeit.«

»Das meinst du doch nicht im Ernst?«

»Doch ... Und jetzt haben sie mir auch noch Gustav weggenommen.«

Ihr Schluchzen wird lauter, und sie verbirgt ihr Gesicht an der Schulter der Schwester.

»Nun, nun ...« Frederikke streicht mit der Hand über Helenas Haar. (Unglaublich, wie weich es ist.) »Was sagst du da, sie haben dir Gustav weggenommen? Aber ... wieso ... wer?«

»Gestern gab es Streit.« Frederikke spürt die Stimme der Schwester wie einen warmen Atem an ihrer Schulter. »Und dann hat die Schwiegermutter ihn genommen und ist mit ihm zur Schwester – also zu Ulriks Schwester –, die ein paar Kilometer von hier wohnt.«

»Das ist doch nicht dein Ernst?« Frederikke blickt auf die schwarzglänzenden Scheiben, in denen sich die Wand und der Schrank spiegeln.

»Doch. Und ich darf ihn nicht besuchen. Ulrik hat dem Kutscher Anweisungen gegeben, mich unter keinen Umständen dorthin zu fahren.«

»Das darf doch nicht wahr sein!«

»Doch! Das ist wahr, ich sage es doch, die sind nicht ganz gescheit.«

»Aber was ist denn passiert? Was hast du getan?«

»Was ich getan habe? Wieso kommst du darauf, daß ich etwas getan habe?« Sie rückt ein wenig ab und sieht die Schwester empört an.

»Na, irgend etwas muß doch passiert sein, daß sie dir das Kind wegnehmen.«

»Ja.« Helena bekommt einen kindlichen Zug um die Lippen. »Die Kinderfrau ist an allem schuld. Und die Schwiegermutter. Sie hängen zusammen wie zwei Kletten und lassen mich keine Sekunde mit Gustav allein. Und gestern wurde es mir einfach zuviel. Ich bin wütend geworden. Da habe ich sie aus dem Kinderzimmer geschickt und sie gebeten, uns in Ruhe zu lassen.«

Frederikke steht auf und holt ihre Tasche, die auf einem kleinen Tisch liegt. »Und dann haben sie ihn weggenommen?« Ungläubig setzt sie sich auf das Bett.

»Ja. Als ich morgens aufgewacht bin, war er weg. Ulrik sagt, daß er erst zurückgebracht wird, wenn ich mich ordentlich aufführe. Es ist so schrecklich, Frederikke, weil ich nicht weiß, wie ich mich denn ordentlich aufführen soll. Ich finde ja, ich führe mich ordentlich auf. Verstehst du? Ich habe keine Ahnung, was sie eigentlich von mir wollen.«

»Helena ...« Frederikke greift in die Tasche, findet ein Taschentuch und reicht es ihrer Schwester. »Meinst du nicht, das könnte etwas mit dieser Affäre mit Lange zu tun haben?«

»Mit Lange? Nein. Der ist Ulrik doch vollkommen gleichgültig. Genau wie ich.«

»Na, das glaube ich ja nicht.«

»Doch, das stimmt! Ich habe mich schon mehrere Male bei ihm entschuldigt, ich habe ihn angefleht, mir doch zu vergeben, ich war so lieb, seit wir wieder zurück sind. Doch es nützt nichts. Er will nichts von mir wissen ... Ich weiß, daß ich in seinen Augen einen großen Fehler begangen habe, aber was soll ich denn machen? Ich habe ihn schon tausendmal gefragt: ›Was soll ich machen, Ulrik? Willst du mir nicht sagen, was ich machen soll?‹ Doch er antwortet mir nicht einmal.« Sie ergreift Frederikkes Hand. »Du kennst mich, Frederikke. Du weißt, ich kann so nicht leben. Ich brauche Trubel um mich herum. Das einzige Lebendige in diesem Haus war Gustav, und jetzt haben sie ihn mir weggenommen. Ich ertrage das nicht. Ich vermisse ihn so, daß es weh tut. Und er vermißt mich, das weiß ich. Sie tun ihm auch weh. Stell dir nur vor, einem Kind gegenüber so herzlos zu sein. Seinem eigenen Fleisch und Blut.«

Sie zieht die Hand zurück, setzt sich mit Mühe auf und putzt sich die Nase. Dann bleibt sie regungslos sitzen und starrt in die Luft.

»Ach, wie hat es nur soweit kommen können? Wenn ich doch nur ...«

Sie seufzt schwer.

»Wenn du nur was, Helena?«

»Wenn ich ihn doch nie geheiratet hätte.«

»Helena! Wenn man dich so reden hört, könnte man glauben, daß du deinen Mann nicht mehr liebst!«

»Nicht mehr – was meinst du mit nicht mehr?«

»Hast du ihn denn nie geliebt?«

»Nein. Ich glaube nicht.«

»Aber du hast ihn doch selbst ...«

»Ja, ja, ich weiß. Ich habe ihn mir selbst ausgesucht! Ach, wenn du wüßtest, wie sich dieser Satz in meinem Kopf dreht! Denn ich begreife einfach nicht, wie ich diese Wahl treffen konnte.« Sie faßt sich mit beiden Händen an den Kopf. »Ich verstehe es nicht. Wie konnte ich nur? Aber ... du hast dich ja auch zuerst für Christian entschieden, nicht wahr? Wenn Frederik nicht gekommen wäre, um dich zu retten, dann wärst du vielleicht auch unglück ...«

»Aber ich habe ihn nicht geheiratet«, unterbricht Frederikke sie konsterniert. »Und es war nicht Frederik, der mich gerettet hat. Das war mein eigener Entschluß.«

»Ja, ich weiß. Aber glaubst du trotzdem, daß man immer Herr seiner Sinne ist? Wenn ich daran zurückdenke, was damals geschehen ist, habe ich das Gefühl, das war gar nicht ich. Ich war so blind! So blind! Aber alles kam nur, weil Andreas ... Ach, jetzt ist es auch egal ...«

Frederikke steht wieder auf, öffnet den Koffer und holt ein Tuch heraus, das sie sich um die Schultern legt. Wie kalt dieses Zimmer ist! Sie tritt ans Fenster und befühlt die Rahmen – die Kälte sickert nur so herein. Das alte, unebene Fensterglas, zusammengeschmolzen von der glühenden Sonne aus hunderten von vergangenen Sommern, zeigt ihr Gesicht wie in Wellen.

Ein langgezogener, schluchzender Seufzer ertönt hinter ihr.

Die Schwester sitzt auf der Bettkante. Frederikke kann sie in der Scheibe sehen.

»Helena, sag mir, was war eigentlich mit Lange – denn von ihm redest du doch, oder? Sag mir ... Du hattest doch wohl kein Verhältnis mit ihm?«

Helena lächelt. »Verhältnis ... Das klingt so merkwürdig, wie du das sagst. Und doch, Frederikke, ja, wir hatten ein Verhältnis miteinander. Das schönste auf Erden.« Dann ändert sich ihre Mimik. »Aber ich habe es zerstört. Es ist meine Schuld, daß er unglücklich herumläuft.«

Frederikke schaut weg.

»Frederikke, du brauchst nicht zu denken ...«, erklingt es tröstend hinter ihr. »Ich weiß es. Das mit Lange ... Daß er sich verlobt hat.«

»Das weißt du?«

»Ja. Keine Sorge. Er hat mir geschrieben und es mir erzählt.«

»Und du bist deshalb nicht traurig?« Frederikke schaut sie erleichtert an.

Helena schüttelt leicht den Kopf. Dann lächelt sie, ein sanftes, glückliches Lächeln, das sie für einen Moment wie die alte Helena aussehen läßt.

»Und was sagen Sie, wie lange hat meine Gattin geschlafen?«

Frederikke wirft einen Blick auf die Uhr.

»Ach, ich denke, ein paar Stunden.«

»Nun ja ... Es ist wirklich bedauerlich, daß sie nicht zum Essen herunterkommt. Und das besonders jetzt, wo Sie zu Besuch sind.« Er reicht ihr die Soßenschüssel. »Es ist so wichtig, daß sie etwas ißt.« Er ergreift das Besteck. Dann sieht er sie direkt an. »Aber Schlaf benötigt sie natürlich auch. Letztendlich.«

»Ja. Das glaube ich auch. Sie war sehr müde.«

Frederikke gießt sich ein wenig Soße auf die Kartoffeln.

»Nun ja, was soll's, Frau Faber. So haben wir die willkommene Gelegenheit, ein wenig miteinander zu reden, nicht wahr? Unter vier Augen.« Er lächelt sie zuvorkommend an.

»Ja.«

»Und ich wollte natürlich gern mit Ihnen sprechen ... Sie wissen ja bereits, daß wir kleine Probleme hier im Haus haben.« Er kaut langsam, den Blick auf Frederikke ruhend.

»Ja, das ...«

»Ich bin kein gefühlskalter Mensch, Frau Faber. Das dürfen Sie nicht glauben! Ja, ich weiß wohl, daß sie mich so hinstellt. Ich kann mir lebhaft vorstellen, was sie hinter meinem Rücken über mich redet – daß ich bösartig sei, machtgierig, hartherzig ... Ich bin mir vollkommen im klaren darüber. Aber das stimmt nicht.

Wenn sie das sagt, dann nur, weil es in ihrem Interesse liegt, mich so hinzustellen. Das ist ein Teil von dem, was ich als ihre Krankheit ansehe, ein Teil ihres permanenten, krankhaften Bedürfnisses, Aufmerksamkeit auf sich zu ziehen. Und Mitleid.«

Er gießt Wasser in sein Glas und nimmt einen Schluck. Dann betupft er die Lippen mit seiner Serviette.

»Aber es gibt wahrlich keinen Grund, warum Ihnen Ihre Schwester leidtun sollte, das kann ich Ihnen versichern. Es geht ihr gut – oder besser gesagt, es könnte ihr gut gehen, wenn sie nur wollte. Wenn sie die Aufmerksamkeit von sich selbst und all ihren Zwangsvorstellungen abziehen und auf andere Menschen richten würde – auf die Menschen, die sie umgeben und die nur das Beste für sie wollen. Bitte mißverstehen Sie mich nicht. Ich will mich bei niemandem beklagen. Ich bin ein rationaler Mensch. Ich bin mir vollkommen im klaren darüber, daß ich mich selbst in diese äußerst prekäre Situation gebracht habe. In diese Zwickmühle. Aber man sollte auch versuchen, die Sache aus der Sicht meiner Mutter zu sehen: Ihr Sohn reist aus geschäftlichen Gründen in die Hauptstadt und kommt ein paar Wochen später verheiratet zurück. Es war sehr schwer für meine Mutter, das zu akzeptieren. Sehr schwer. Und ich muß wirklich sagen: Ich kann sie verstehen.«

Er beugt sich ein wenig vor. »Schließlich habe ich mein ganzes Leben hier verbracht, mich um die Interessen der Familie gekümmert, das Gut instand gehalten und alles mit meiner Mutter abgesprochen, die so früh allein dastand ... Alle wichtigen Entscheidungen wurden im Einklang mit ihr getroffen. Wir, meine Mutter und ich, waren, sagen wir, Partner, schon seit so langer Zeit, daß es schwierig ist, plötzlich jemand Fremdes mit einzubeziehen.«

Seine Finger trommeln auf der Tischdecke.

»Selbstverständlich fällt es ihr schwer, sich daran zu gewöhnen, daß eine für sie fremde Person plötzlich ... Ja, es gibt keinen Grund, ihr etwas vorzuwerfen! Dennoch habe ich es vorausgesehen, ich war schon von Anfang an auf der Hut. Mein Standpunkt war klar: Ich bestand darauf, daß meine Ehefrau sich willkommen fühlen sollte, daß sie ihren rechtmäßigen Platz einnahm. In diesem Punkt war ich unerbittlich. Meine Frau sollte sich nicht unerwünscht oder überflüssig fühlen.« Er schaut sich im Zimmer um.

»Ihre Schwester wurde äußerst herzlich aufgenommen. Die Vorwürfe von seiten meiner Mutter waren ausschließlich gegen mich gerichtet – nie gegen Helena. Meine Mutter hat sich bemüht, das Beste aus den neuen Gegebenheiten zu machen. Man kann es nicht anders sagen: Sie hat eine fast übermenschliche Geduld Ihrer Schwester gegenüber gezeigt ... meiner Ehefrau.«

Letzteres fügt er mit einer Miene hinzu, als spräche er von einer ansteckenden Krankheit, die beide befallen hätte.

»Sie würden es mir nicht glauben, wenn ich Ihnen erzählte, was sie uns geboten hat. Sie kann richtig hysterisch werden und die schlimmsten Dinge sagen, ihr Leben als Gefängnis bezeichnen und mich als Gefängniswärter! Mich!« Er schnaubt verächtlich. »Und dann rennt sie herum wie eine Furie. An manchen Tagen zieht sie sich gar nicht an, läuft bis spät am Nachmittag in Morgentoilette herum. Vor dem Dienstpersonal. Eines Tages hat sie die Pfarrersfrau in diesem Aufzug empfangen. Mögen die Götter wissen, was sie sich dabei gedacht hat ... Reichen Sie mir eben die Schüssel? Danke! ... Für den Haushalt zeigt sie nicht das geringste Interesse. Übernimmt für rein gar nichts die Verantwortung. Ich sage Ihnen, es hat meine Mutter hart mitgenommen, Zeugin derartiger Szenen sein zu müssen. Und als es sich in der letzten Woche zugespitzt hat ... Sie machen sich keine Vorstellungen.«

Er schüttelt energisch den Kopf und seufzt anschließend schwer.

»Hat sie Ihnen erzählt, daß sie eine unserer Angestellten mit einem Messer bedroht hat?«

»Das ist nicht wahr!« Frederikke starrt ihn entsetzt an.

»Doch, ich versichere es Ihnen, es ist wahr!« Erneut seufzt er. »Die Lage ist vollkommen absurd! Aber ich gebe nicht auf. Wenn ich mich hinsetzen und die Sache überdenken würde, käme ich womöglich zu dem Ergebnis, daß es voreilig von mir war, Ihre Schwester zu heiraten. Aber das tue ich nicht! Ob es ein Fehler war oder nicht, ist von meinem Standpunkt aus gesehen nämlich vollkommen unwichtig. Ich frage mich nicht, ob ich es bereuen soll oder nicht. Man muß mit den Entschlüssen leben, die man getroffen hat – auch wenn sich später herausstellt, daß sie falsch waren. Da wird die eigene Seelenstärke auf die Probe gestellt. Und Seelenstärke, die haben wir hier oben! Vielleicht sind wir anders als die Kopenhagener. Meine Ehefrau wirft mir immer wieder meinen Mangel an dem vor, was sie Kultur nennt. Aber ich bin der Meinung, daß sie da eine etwas einseitige Vorstellung hat. Mag sein, daß wir in vielerlei Hinsicht nicht so farbenprächtig sind, nicht so ... wie soll ich sagen ... fortschrittlich, aber wir haben wahrlich auch unseren Stolz, unsere Prinzipien. Ja, unsere eigene Kultur, wenn Sie so wollen. Und dessen schämen wir uns nicht, ganz im Gegenteil. Darauf sind wir stolz, denn sie hat sich über Generationen hinweg als lebenstüchtig erwiesen und unseren Familien Fortschritt und Wohlstand gebracht. Wir sind nicht arm. Wir sind keine Barbaren. Wir glauben an Jesus Christus. Wir sind zivilisierte Menschen! Und wir lassen es nicht zu, daß andere auf uns herumtrampeln. Oder uns ins Bockshorn jagen.«

Einen Moment lang sieht er Frederikke an, als hielte er sie persönlich dafür verantwortlich. Sie blickt nach unten, um seinem schulmeisterlichen Blick zu entgehen.

»Meine Ehefrau, Ihre Schwester, hat ein unberechenbares Gemüt«, fährt er fort. »Als ich sie kennenlernte, hielt ich fälschlicherweise das, was sie ausstrahlte, für Stärke. In gewisser Weise kann man wohl sagen, daß ich mich habe täuschen lassen, daß ich ihr nicht so schnell hätte nachgeben dürfen. Aber Sie müssen verstehen, daß ein Mann so ... ja, so besessen von einer Frau werden kann, daß er sich zu sehr viel überreden läßt. Und diese Schwäche nutzen Frauen wie Ihre Schwester aus. Aber wie dem auch sei, habe ich geglaubt, daß all die Energie, die sie zeigte, ein Zeichen für Lebenskraft, für Entschlußfreude wäre. Doch dem ist nicht so. Es tut mir leid, das sagen zu müssen, aber so langsam ist mir klar geworden, daß Ihre Schwester nicht lebenstüchtig ist, zumindest nicht in dem Sinne, wie wir es hier oben verstehen. Sie ist schwach – schwach im Glauben, launisch, wankelmütig ... Ihr fehlt vollkommen der Gerechtigkeitssinn, sie hat keine Kontrolle über ihre Gefühle. Kein Rückgrat. Kein Pflichtgefühl. Keinen Charakter ... Danke, nein, die Kartoffelschüssel bitte! Vielen Dank! ... Anfangs hat es mich wütend gemacht. Aber jetzt nicht mehr.«

Er sieht sie eindringlich an, während er sich mit dem Löffel zu weiteren Kartoffeln vortastet, die er mit beeindruckender Präzision auf seinen Teller legt.

»Sie ist krank, Frau Faber. Krank bis tief in ihre Seele hinein!« Ein Ausdruck des Ekels huscht über sein Gesicht, wird aber schnell von einer appellierenden Maske beiseite geschoben.

»Ich möchte ja nur, daß Sie meine schwierige Situation verstehen«, meint er dann. »Aber ich will mich nicht beklagen. Wir müssen ja alle die Verantwortung tragen, die uns auferlegt ist, und das will ich voll und ganz tun. Es ist mir ein Anliegen, mich nicht brechen zu lassen. Ein schwächerer Mann hätte schon längst aufgegeben. Aber nicht ich. Ich bin stark. Und ich habe Geduld. Viel Geduld. Sehr viel!« Er schiebt die Gabel in den Mund und fährt fort, ehe er hinuntergeschluckt hat: »Nehmen Sie nur diese Affäre mit Lange ... Ja, ich weiß wohl, daß es da einen Briefwechsel gab. Mit Ihrer Hilfe, wie ich vermute? Nein, nicht? Nun ja, ich will Ihnen ja auch gar nichts vorwerfen. Ich kenne schließlich inzwischen Ihre Schwester. Ich weiß, wie überzeugend sie sein kann, da fällt es sehr schwer, ihr zu widerstehen. Sehr schwer! Aber soweit ich weiß, ist jetzt Schluß damit?«

Er sieht fragend zu ihr auf, als wäre er sich nicht ganz sicher, und sucht die Antwort in ihrem Blick.

»Keine Briefe mehr?« fragt er dann. »Ja, ich habe mir ja schon gedacht, daß es so laufen wird. Wissen Sie eigentlich, warum Lange seine Fühler eingezogen hat?«

»Mir ist zugetragen worden, daß er sich verlobt hat.«

»Ach so. Ja, das habe ich mir schon gedacht. Weiß sie das auch? Haben Sie es ihr erzählt?«

»Ja, sie weiß es. Er hat es ihr wohl selbst mitgeteilt. In einem Brief.«

»Ach so. Ja, ja.« Er legt die breite Stirn in nachdenkliche Falten. »Ihre Stimmung war in letzter Zeit auch außergewöhnlich schlecht. Außergewöhnlich schlecht«, wiederholt er, den Blick auf einen Punkt an der Decke gerichtet. »Nun ja ... aber dann ist das zumindest beendet. Mag sein, daß sie ein wenig zur Ruhe kommt.«

Er legt das Besteck hin und streicht sich mit der Serviette über seinen Bart.

»Es wundert Sie sicher, daß ich als Ehemann hier so ruhig sitzen und über diese Dinge reden kann? Ich möchte ehrlich zu Ihnen sein. Es gibt zwei Gründe«, erklärt er und hält dabei pädagogisch zwei Finger in die Höhe. »Zum ersten weiß ich ja, daß es nicht um Liebe ging, nicht um wirkliche Gefühle, als sie diese Verbindung aufrechterhalten oder besser gesagt, wieder aufgenommen hat. Dieser Lange, dieser junge, unerprobte Mensch, ist doch nur Teil ihrer Wirklichkeitsflucht gewesen, ein Requisit in ihrem geisteskranken Theater. In ihm hat sie vermutlich ein Opfer gefunden, jemanden, der ihren Klagen, ihren Phantasien ein Ohr geschenkt hat. Ich sehe das schlicht und ergreifend als Teil ihrer Krankheit. Deshalb nehme ich es so ruhig hin ... Der zweite Grund ist, meine Beste, daß ich ihr natürlich nicht mehr so gut bin, wie ein Ehemann seiner Ehefrau gut sein soll. Verstehen Sie das? Wie könnte ich auch? Können Sie mir das sagen?«

Nein, das kann Frederikke nicht.

»Ich glaube, das hat damals in Kopenhagen aufgehört, als sie ...« Seine Finger trommeln auf der Decke. »Ja«, brummt er dann, »das wissen Sie ja alles. Damals habe ich der Wahrheit ins Auge gesehen, daß sie niemals die Ehefrau werden kann, die ich mir gewünscht habe. Die ich erwartet habe ...« (Verdient habe, fügt sein Blick hinzu.) »Das bedeutet natürlich nicht, daß ich sie nicht mag, nur daß meine Zärtlichkeit eine andere geworden ist, und meine Rolle anders. In diesem Schauspiel sehe ich mich selbst als einen Vater – oder einen Hausarzt, wenn Sie so wollen. Ich habe einen kranken Menschen geheiratet, einen unfertigen Menschen, und jetzt ist es meine Pflicht, ihre Erziehung zu Ende zu bringen. Ihr Vater ist ein wunderbarer Mann, daran gibt es keinen Zweifel, aber ich bin der Meinung, daß er in dieser Sache nicht die notwendige Härte gezeigt hat. Übrigens findet ein steter Briefwechsel zwischen uns statt, zwischen Ihrem Herrn Vater und mir. Ihre Frau Mutter weiß nichts davon – und Helena natürlich auch nicht ... Eine Birne? Bitte schön. Nehmen Sie sich doch. ... Nun ja, ich bin wie gesagt der Überzeugung, daß Helena nicht mit der notwendigen Konsequenz erzogen worden ist. Ihr Vater war zu nachgiebig. Er hat ihren Launen nachgegeben. Es soll gar kein Geheimnis sein, daß ich ihm in dieser Angelegenheit gewisse Vorwürfe gemacht habe – und ich muß sagen, er hat sie wie ein Mann getragen. Er räumt ein, daß er bis jetzt die Sache wohl nicht ernst genug genommen hat. Dafür unterstützt er voll und ganz meine Bemühungen, das Versäumte nachzuholen. Und ich meine in aller Bescheidenheit sagen zu können, daß ich den richtigen Weg gefunden habe. Sie müssen verstehen, Frau Frederikke, daß ich hier nicht von Züchtigung reden will – wir sind ja keine Barbaren –, sondern von Entschlossenheit. Unerbittlichkeit! Sind Sie so gut und reichen Sie mir die Kanne mit der Schlagsahne? Danke! Eingeweckte Früchte sind so langweilig ohne Sahne, finden Sie nicht auch? ... Das geschieht alles in Übereinkunft mit unserem Arzt. Leider habe ich sowohl mit dem Gemeindepfarrer als auch mit dem Doktor darüber reden müssen. Wie Sie sehen, hole ich mir bei Sachkundigen Hilfe. Dafür bin ich mir keineswegs zu schade.«

Dann lacht er plötzlich, breit und jovial.

»Ersterer scheint zu glauben, daß es daran liegt, daß wir uns nur bürgerlich haben trauen lassen. Weil wir nicht den Segen der Kirche bekommen haben!« Er klatscht einen großen Klecks Schlagsahne auf die Früchte.

»Aber an so etwas glaube ich nicht. Ich weigere mich zu glauben, daß Gott einen ansonsten rechtschaffenen Mann für so eine Lappalie straft. Finden Sie nicht auch, daß ich da recht habe?«

Frederikke versucht zu lächeln, ohne daß der Birnensaft ihr aus den Mundwinkeln läuft.

»Nun, was diese Sache betrifft, so muß ich zugeben, daß ich hier mehr Vertrauen in die ärztlichen Künste habe. Doktor Brogaard – seit vielen Jahren unser sehr geschätzter Hausarzt – meint, genau wie ich, daß die Krankheit meiner Ehefrau sich am besten durch Schweigen heilen läßt. Wenn man bei Kleinkindern vermeidet, sich von ihrer Hysterie beeinflussen zu lassen, so finden sie schnell heraus, daß es nichts bringt. Das ist ungefähr so wie bei den Pferden. Wir züchten ja seit Generationen Pferde und ... Ich will natürlich Ihre Schwester nicht mit einem Pferd vergleichen. Und trotzdem ist es im Prinzip ...« Er hebt einen warnenden Finger. »... im Prinzip ist es das gleiche: Wenn man einem so großen, starken und stolzen Tier nicht sofort zu verstehen gibt, wer das Sagen hat, so steht man ihm später vollkommen machtlos gegenüber.«

Er hebt Schultern und Hände.

»Ja, so einfach ist das! Die einzige Art, diesem Wahnsinn zu begegnen, besteht darin, Ruhe zu bewahren. Mit beiden Beinen auf dem Boden zu stehen. Schweigen ist also meine Strategie, meine Waffe. Ruhe! Unbeirrbarkeit! Wenn sie diese Anfälle kriegt, dann ignorieren wir sie. Wir sehen sie nicht an, wir hören ihr nicht zu – wir tun so, als wäre sie Luft. Wenn es zu schlimm wird, wie im Augenblick, dann treffen wir die notwendigen Verhaltensmaßregeln, aber immer ohne jede Dramatik. Wir lassen uns nicht aus der Fassung bringen. Wir isolieren sozusagen ihren Wahnsinn ... Noch eine Birne? Nein? Hören Sie, Sie müssen etwas essen. Sie sind so dünn, meine kleine Dame! Nein? Nun gut, hier wird keiner genötigt! ... Glücklicherweise ist der Arzt nicht der Meinung, daß es sich um eine erbliche Krankheit handelt. Unsere Kinder laufen also nicht Gefahr, erblich belastet zu werden. Obwohl ... man kann es ja nie mit Sicherheit sagen. Deshalb hat er sicherheitshalber davon abgeraten, daß sie das Kleine selbst stillt, wenn es geboren ist. Man kann ja nicht vorsichtig genug sein ... Sie hat Ihnen vermutlich von unserem Sohn erzählt. Daß meine Mutter Gustav für ein paar Tage wegbringen mußte? Ich denke, das wird Sie wundern, nicht wahr? Sie hat vermutlich gesagt, daß wir ihr ihr Kind gestohlen hätten? Das habe ich mir schon gedacht ... Aber das ist alles nur Blödsinn. Warum sollte ich das tun? Für Kinder ist es nur gut, bei ihrer Mutter zu sein. Das ist ganz natürlich. Aber ich habe mich gezwungen gesehen, das Zusammensein zwischen ihnen zu begrenzen – nach der Sache mit dem Messer, das verstehen Sie doch ? Aber hoffentlich nur für eine gewisse Zeit, um das Kind vor ihrem krankhaften Einfluß zu schützen. Erneut ein Rat meines Arztes. Meine Kinder sollen nicht von einer unausgeglichenen Frau erzogen werden. An dem Tag, an dem sie gesund wird und ihre Irrungen einsehen kann, wird sie mir dafür danken. Da bin ich mir ganz sicher.«

Er nickt entschlossen. Dann ändert er seine Mimik und schaut entzückt auf die nackte Wand hinter Frederikke, auf der sich, nach seinem Mienenspiel zu urteilen, so rührende Szenen abspielen, daß Frederikke sich zwingen muß, sich nicht umzudrehen.

»Ja«, sagt er verträumt, »und wenn sie etwas ruhiger geworden ist, lassen wir uns vielleicht noch vom Pfarrer in der Kirche trauen. Wer weiß? Das würde ihm große Freude bereiten ... Ja, und mir natürlich auch«, beeilt er sich hinzuzufügen.

Dann lacht er ein wenig peinlich berührt, wie es ihr scheint.

»Ja, da sehen Sie, Frau Frederikke, ich bin in keiner Weise gefühlskalt. Ganz im Gegenteil, in diesem Punkt bin ich sogar fast ein Romantiker.« Er hebt sein Glas, prostet ihr zu. »Prost, Frau Faber. Es ist herrlich, sich mit einem vernünftigen Menschen zu unterhalten. Sie sind eine gute Frau. Eine gesunde Frau.«

Niemand weiß, wie lange sie dort schon steht, aber in diesem Augenblick ertönt Helenas Stimme von der Tür her.

»Sag mal, verbrüderst du dich mit ihm?« Sie starrt ungläubig und voller Haß Frederikke an, die immer noch mit erhobenem Glas dasitzt.

»Nein, Helena, ich ...«

Doch die Tür ist bereits mit einem Knall zugeschlagen worden.

Frederikke macht sofort Anstalten aufzustehen. Da spürt sie Lehmanns feste Hand auf ihrem Arm.

»Nein«, flüstert er eindringlich. »Bleiben Sie sitzen. Das geht vorbei. Sie dürfen nicht hinter ihr herlaufen, das macht alles nur noch schlimmer.«

»Ja, aber ich ...«

»Ja. Ich weiß. Es ist wirklich schwer. Aber wir müssen stark sein. Wir müssen uns an das Gesunde halten. Wir dürfen uns jetzt in keiner Weise erweichen lassen.«

»Helena? Helena, nun sei nicht so albern. Mach auf.«

»Nein, geh weg. Ich will nicht mit dir reden. Du kannst dich ja mit Ulrik unterhalten.«

»Nun sei nicht so albern. Mach doch endlich auf – bevor uns jemand hört.«

Schritte durch den Raum. Dann das metallische Geräusch eines Schlüssels, der im Schloß umgedreht wird.

»Na, endlich! Sag mal, was ist denn los? Warum willst du mich nicht hereinlassen? Glaubst du, ich bin hergekommen, um vor deiner Tür zu stehen?«

Helena hat ein Nachthemd an und trägt das Haar offen. Der Bauch läßt das weiße Leinen vorstehen, so daß sie an Olines Spritztüre erinnert, wenn sie diese zum Abtropfen auf den Küchentisch gestellt hat. Konisch und komisch.

Helena verschränkt die Arme vor der Brust. »Ich weiß gar nicht, warum du hergekommen bist. Denn um meinetwillen kann es ja nicht gewesen sein, wie ich sehe.«

Die dunkelbraunen Zöpfe beben verärgert.

»Sag mal, was bildest du dir eigentlich ein, mir so etwas zu sagen? Du solltest dich schämen! Und wie behandelst du mich? Ich habe gegessen, Helena! Allein mit deinem Mann, weil du nicht runtergekommen bist. Was denkst du denn, wie das ist? Allein mit einem Frem ...«

»Entschuldige«, kommt es leise. »Entschuldige, Frederikke. Es tut mir leid. Aber ich kann es einfach nicht ertragen, mit ihm in einem Zimmer zu sein.«

»Findest du nicht, daß es langsam an der Zeit ist, sich ein wenig zusammenzureißen?« Frederikke fühlt sich einen Moment lang wie eine ältliche Mutter, und wenn die Wut nicht gewesen wäre, dieses verdammte Gefühl, hilflos in die Ecke gedrängt zu werden, dann hätte sie vermutlich nicht umhin gekonnt, Mitleid mit ihrer Schwester zu empfinden, wie sie da mitten im Zimmer steht, mit dem Körper einer Greisin und dem Gesicht eines Kindes.

»Ich?«

»Ja, du! Wie führst du dich denn nur auf? Lehmann hat mir erzählt, du hättest die Kinderfrau mit einem Messer bedroht. Kann das wirklich wahr sein? Bist du so tief gesunken?«

Helenas Arme hängen schlaff zur Seite herab. Jetzt legt sie den Kopf in den Nacken und schaut mit weit geöffnetem Mund zur Decke. Als sie Frederikke wieder anschaut, drohen ihre Augen aus den Höhlen zu springen.

»Bedroht! Mit einem Messer? Hat er das gesagt?«

»Ja. Das hat er gesagt.«

»Mit einem Messer!«

»Ja.«

Helena geht zu ihrem Schreibtisch und wühlt verzweifelt zwischen Büchern und Papieren.

»Mit einem Messer, hat er gesagt! Nennst du ... nennst du das hier ein Messer?« ruft sie wütend und hält einen vollkommen harmlosen Brieföffner in die Luft. Ihre Augen blitzen. Sie schwenkt das kleine Papiermesser mit Permuttgriff vor Frederikke hin und her und macht ein paar lächerliche Fechtbewegungen. »Hast du jetzt auch Angst vor mir? Fühlst du dich bedroht? Wenn dem so ist, dann kann ich das gut verstehen, denn das wird ein langwieriger, schmerzhafter Tod werden. Ha! Ich werde sicher mehrere Stunden brauchen, um dich damit fertig zu machen. Ja, es wird wohl damit enden, daß du selbst anbietest, mir zu helfen. Oder dich statt dessen aus dem Fenster stürzst. Nur der Bequemlichkeit halber.«

Einen Augenblick lang schaut sie Frederikke an, als wäre diese nicht ganz gescheit. Dann läßt sie die Arme sinken, schüttelt den Kopf und wirft den Gegenstand auf den Tisch. Das Papiermesser landet mit einem Knall und rutscht über die Tischplatte.

Sodann watschelt sie, entwaffnet und vollkommen ungefährlich, zum Fenster, wo sie sich resigniert auf einen Stuhl fallen läßt. Sie stützt die Ellenbogen auf die Fensterbank und sitzt eine Weile kopfschüttelnd da, während sie, verlassen wie eine Märchenprinzessin in einem Gefangenenturm, die verlorene Freiheit betrachtet, die sich irgendwo dort draußen in der Dunkelheit befindet. Immer und immer wieder flüstert sie das Wort »Messer« vor sich hin, als wäre es die heimliche Losung.

Frederikke setzt sich auf die Bettkante und betrachtet den weißen Streifen, den der Scheitel in Helenas Haar bildet.

Sie sagt nichts. Weiß nicht, was sie glauben soll.

»Frederikke«, sagt die Prinzessin ganz plötzlich und ohne sich umzudrehen oder sie anzusehen, »merkst du denn nicht auch, wie unmöglich, wie vollkommen hoffnungslos das ist?«

Die Stimme zerrt an Frederikke. Sie steht müde auf, geht zu ihrer Schwester und legt ihr die Hand auf die Schulter. Einen Augenblick lang steht sie da und betrachtet ihrer beider Spiegelbild in der schwarzen Fensterscheibe.

»Frederikke ... Frederikke. Wach auf, hörst du?«

Die Stimme kommt von weit her, und die sanften Finger, die ihr Haar berühren und sie aus der Umklammerung des Alptraums rufen, um sie zu sich zu holen, müssen ganz sicher Frederiks sein. Sie streckt sich, lächelt im Schlaf, doch das sieht niemand, denn es ist dunkel im Zimmer.

»Frederikke? Ich bin es, Helena. Kannst du nicht aufwachen? Hörst du mich?«

Die Stimme der Schwester dringt aus der Dunkelheit hervor und wird langsam erkennbar. Frederik macht auf dem Absatz kehrt und verschwindet.

»Helena? Wie spät ist es?«

»Psst. Leise ... Es ist drei Uhr. Wir müssen flüstern, damit sie uns nicht hören.«

Frederikke starrt blind in das dichte, wollene Dunkel. »Wo bist du? Laß uns Licht machen ...«

»Nein. Wir müssen im Dunkeln miteinander reden. Wenn wir Licht anzünden, dann sehen sie vielleicht den Lichtstreifen unter der Tür.«

»Aber was willst du? Kann das nicht bis morgen warten?« stöhnt Frederikke müde und zieht die Decke enger um sich.

»Nein, wir müssen jetzt reden. Das Ganze muß bis morgen geklärt sein. Bist du richtig wach?«

Eine kalte, zärtliche Hand fährt ihr über die Stirn.

»Ja. Ja, ich glaube schon.«

»Gut, dann hör zu. Rutschst du ein Stück?«

Frederikke schiebt ihren Körper ein Stück weiter, auf ein kaltes Stück Bettlaken. Es fühlt sich eisig durch das Nachthemd an.

»Darf ich meine Füße unter die Decke schieben? Ich friere so!«

Frederikke brummt widerstrebend. Das Leinentuch knistert, als Helenas Beine sich zusammen mit der Kälte hineinschleichen.

Ihre Stimme ist eifrig, flüsternde Zischlaute mitten in der Dunkelheit. »Ich habe die ganze Nacht wachgelegen und nachgedacht, und jetzt habe ich einen Entschluß gefaßt. Einen großen Entschluß. Ach, ich bin so froh!« Eine eiskalte Hand drückt Frederikkes. »Und du mußt mir dabei helfen. Du bist die einzige, die das kann. Wenn du wieder nach Hause fährst, dann nimmst du mich mit, ohne daß Ulrik davon etwas weiß. Ich habe das Ganze bis ins kleinste Detail durchdacht. Das einzige Problem ist, daß ich nichts mitnehmen kann – Gepäck, meine ich –, weder für mich noch für

Gustav. Aber ist auch egal – das wird sich schon finden ... Wenn du abfährst – wann fährst du eigentlich?«

»Am Mittwoch, hatte ich gedacht, aber ...«

»Also in vier Tagen. Das ist ausgezeichnet. Dann schaffen wir es, alles vorzubereiten. Warte mal! Vielleicht können wir etwas Wäsche für Gustav in deinen Koffer packen? Das ist eine gute Idee.«

»Helena, wovon redest du eigentlich?«

»Ach, es ist mir so schrecklich ergangen, einfach schrecklich. Aber jetzt soll es ein Ende haben. Ich halte es nicht aus, immer Opfer zu sein. Dazu eigne ich mich nicht. Sich opfern ist so elend langweilig, findest du nicht auch?«

»Ich verstehe immer noch nicht ...«

»Nein. Das ist mir klar. Aber Frederikke, jetzt hör zu: Ich muß nach Hause zu Andreas – zu Lange. Es gibt keine andere Möglichkeit«, fährt sie atemlos fort.

»Zu Lange?« Frederikke stützt sich auf die Ellenbogen und beachtet die Eisluft gar nicht, die ihr die Nacht auf die Schulterblätter pustet. Sie versucht vergeblich, Helenas Gesicht in der Dunkelheit zu erhaschen. »Aber der hat sich doch verlobt!«

»Psst ...« Helena lacht ihr leises, glückliches glucksendes Lachen. »Das bedeutet nichts. Ich verzeihe ihm. Das macht er doch nur, um mich zum Handeln zu bringen, verstehst du das nicht? Er hat schließlich so lange gewartet, und jetzt kann er nicht länger warten. Er ruft mich. Und ich kann ihn hören, wenn ich da drinnen im Dunkeln liege. Ich weiß, das klingt verrückt, aber es stimmt, Frederikke. Und jetzt komme ich! Jetzt soll er nicht länger warten müssen. Ach, ich liebe ihn, Frederikke. Ich liebe ihn so sehr. Wie du deinen Frederik liebst. Du hast doch selbst gesehen, wie dünn ich geworden bin. Das ist die reine Sehnsucht, Frederikke, mein Körper schreit nach ihm. Und es tut so weh ... Morgen, wenn ich aufgestanden bin, werde ich sanft wie eine Taube zu Ulrik sein. Ich werde ihm sagen, daß ich meinen Fehler eingesehen habe, daß ich bereit bin, mich bei der Kinderfrau zu entschuldigen. Und bei ihm. Und bei meiner Schwiegermutter. Ja, ich werde mich bei der ganzen Gemeinde entschuldigen, wenn es gewünscht wird, und ich werde ihn dazu bringen, daß er mir glaubt.« Sie lacht im Dunkeln. »Ich werde sagen, daß du mich zur Vernunft gebracht hast. Und dann wirst du, Frederikke, ihn darum bitten, ob nicht Gustav nach Hause kommen kann, damit du ihn auch siehst. Erklär ihm, wie sehr du dich darauf gefreut hast, Gustav zu sehen. Auf dich wird er hören, davon bin ich überzeugt. Und wenn Gustav erst hier ist, dann wird alles gut. Dann laufe ich als reizende kleine Hausfrau herum – ruhig, lächelnd und reumütig, wie er es liebt –, und währenddessen packen wir heimlich etwas von Gustavs und meiner Kleidung in deinen Koffer. Glaubst du, daß du für beides Platz hast?«

»Helena, das ist ja vollkommen wahnsinnig.«

»Nein, nein, das ist die beste Idee, die ich seit langem hatte. Wie schön, daß du gekommen bist – ohne dich wäre das nie möglich gewesen ... Nun gut, und wenn ich richtig, richtig gut bin, dann wird es mir wohl erlaubt sein, dich zum Bahnhof zu bringen, um dich zu verabschieden, nicht wahr? Und dann nehmen wir Gustav mit, damit er winken kann. Kleine Jungs sind so begeistert von Eisenbahnen, weißt du. Ich weiß wohl, daß der Kutscher mich fest im Blick behalten wird, deshalb muß ich bis zur letzten Sekunde warten. Du stehst in der Waggontür, ich auf dem Bahnsteig, Gustav auf dem Arm, und erst in dem Augenblick, wenn gepfiffen wird, springe ich auf. Dann klappen die Türen zu, und sie können mich nicht mehr kriegen.« Für einen Moment hört der Redefluß auf, und das atemlose Luftholen kling unheimlich in der Dunkelheit. »O nein! Und was ist, wenn der Kutscher Gustav an der Hand hält? Was ist, wenn er ihn festhält und ich ihn nicht ... Nun, wir müssen sehen, wie wir es machen. Wenn ich ihn auf den Arm nehme, sobald wir aus dem Wagen steigen ... Ja, ja. Das wird schon klappen ... Aber ich werde dich bitten müssen, ob ich für eine Weile bei euch wohnen kann, Frederikke. Ihr seid die einzigen Freunde, die ich habe. Ich habe Vater vor langer Zeit geschrieben und ihn um Hilfe gebeten, aber er hat geantwortet, daß er mich niemals aufnehmen wird, wenn ich meinen Mann verlasse. Ja, er will nicht einmal darüber sprechen ... Aber weißt du was? Ich will auch gar nicht dort hin! Ich möchte viel lieber bei dir sein. Ihr – du und Frederik – ihr seid die einzigen, die ich habe. Abgesehen von meinem geliebten Andreas natürlich, aber bei ihm kann ich ja nicht wohnen, solange die Scheidung noch nicht in Ordnung ist, das ist ja klar ...«

»Helena ...«

»Ja?« (Erwartungsvoll.)

»Hör mal ... Bei uns kannst du nicht bleiben.«

»Warum denn nicht?«

»Ja, weil ... weil ... Das geht einfach nicht.«

»Wenn es praktischer ist, dann kann ich auch auf Frederikkely wohnen, das steht doch sowieso gerade leer, und dann ...«

»Helena! Helena, jetzt hör mir mal zu. Was redest du da? Du weißt ja nicht, was du sagst. Du kannst nicht heim zu Lange! Lange zieht demnächst nach Bergen! Nach Norwegen, verstehst du? Und er will heiraten. Genau wie du es getan hast. Du bist verheiratet! Verheiratet! Dein Mann liegt ein Stück den Flur entlang im Bett und schläft. Du trägst sein Kind in dir. Dein Platz ist hier – ob es dir nun paßt oder nicht. Es ist deine Pflicht.«

»Meine Pflicht?«

»Ja, deine Pflicht.«

»Man hat doch wohl nicht die Pflicht, unglücklich zu sein, liebe Schwester.«

Frederikke antwortet nicht.

»Weigerst du dich, mich das einzige Mal im Leben zu unterstützen, wo ich von deiner Hilfe abhängig bin?«

»Das hättest du dir alles etwas früher überlegen sollen, Helena. Man verläßt seinen Mann nicht.«

Frederikke hört ihre Schwester in der Dunkelheit schlucken.

»Du ...«, erklingt es dann, »... du, die du mit dem perfekten Mann verheiratet bist – du willst uns anderen etwas von der Pflicht erzählen, es in der Ehe auszuhalten? Das ist richtig nett von dir.«

»Du kannst doch nicht von mir verlangen, daß ich gegen deinen Mann Pläne schmiede.«

»Verlangen! Verlangen, sagst du, Gott steh mir bei! Ich verlange nichts von dir, Schwesterlein, aber weißt du was? Ich habe es von dir erwartet.«

Frederikke spürt, wie sich Helenas Beine zurückziehen. Plötzlich fühlt es sich leer unter der Decke an.

»Helena, nun hör doch ...«

Die Dunkelheit ist blind und unendlich. Sie antwortet nicht.
Die Bodendielen knarren. Dann das Geräusch einer Türklinke, die hinuntergedrückt wird.
Stille.
»Helena? Helena, bist du gegangen?«
Stille.
»Helena, antworte mir doch. Willst du mir nicht antworten?«
Dann erklingt ein Seufzen von der Tür her. »Ich weiß nicht, was mit uns passiert ist. Wie ist es dazu gekommen, daß wir so geworden sind? Ich erkenne dich nicht mehr ... Erkennst du mich auch nicht mehr?«
»Helena, nun hör doch ...«
Doch die Tür ist geschlossen.
Die Dunkelheit hat sie verschluckt.

45

Sind Sie es schon, gnädige Frau? Das ist aber eine Überraschung. Willkommen daheim.« Anna macht einen Knicks.
»Danke, Anna.«
Das Mädchen nimmt die Koffer entgegen, die der Chauffeur ihr reicht, trägt sie durch den Eingang und schließt die Tür hinter ihm. Dann stellt sie sich in Warteposition neben Frederikke auf, bereit, Hut und Mantel der Herrschaft in Empfang zu nehmen.
»Ist hier alles in Ordnung?« fragt Frederikke, wohl wissend, daß dem natürlich so ist.
»Ja, danke, gnädige Frau. Aber wir haben Sie noch gar nicht erwartet. Erst morgen. Der gnädige Herr hat gesagt, er wollte Sie vom Bahnhof abholen.«
»Ach, wirklich? Nun ja, ich bin etwas früher abgereist.«
Während Anna den Mantel auf einen Bügel hängt, betrachtet Frederikke eingehend ihr müdes Gesicht im Flurspiegel. »Ist mein Mann da?« Sie zieht ihr Kleid zurecht und macht Anstalten, die Tür zu öffnen.
»Ja, sicher. Aber ...« Anna tritt mit einem schnellen, großen Schritt vor sie und schneidet ihr den Weg ab, »das geht nicht, Sie

können nicht in die Stube gehen.« Sie sieht verlegen, aber auch sehr vergnügt aus.

»Ich darf nicht in die Stube gehen? Was ist das für ein Unsinn, Anna?«

»Das soll Ihnen lieber Ihr Mann erklären. Einen Moment, gnädige Frau, dann werde ich ihn holen. Aber Sie müssen hier warten.« Sie öffnet die Tür gerade so weit, daß sie hineinschlüpfen kann, und ist fort.

Frederikke bleibt verwundert zurück.

Mangels besserer Möglichkeiten setzt sie sich auf den größten Koffer, steht aber gleich wieder auf, als sie Schritte im Wohnzimmer hört. Die Tür öffnet sich, und da steht er, noch überwältigender, als sie ihn in Erinnerung hatte.

»Rikke, was ist denn los? Du solltest doch noch gar nicht kommen!«

»Nein, aber es ist nur, weil ...«

»Ach, ist ja auch gleich, warum.« Und schon ist er bei ihr und hat beide Arme um sie gelegt. Er wiegt sie sanft, küßt sie aufs Haar und hält sie fest. Ihr kommen fast die Tränen. Dann löst er den Griff, packt sie bei den Schultern und betrachtet sie auf Abstand. »Wie ist es dir ergangen?«

»Nun ja ...«

»Und deiner Schwester?«

»Doch, ja ...«

»Willkommen daheim! Und morgen hast du ja Geburtstag, nicht wahr?«

»Was! Hast du daran gedacht?« bringt sie hervor.

Er schüttelt sie leicht, als wäre sie ein unartiges, doch geliebtes Kind.

»Natürlich habe ich daran gedacht! Was denkst du denn von mir?« Dann schiebt er einen Finger unter ihr Kinn und zwingt ihr Gesicht aufwärts, und einen Moment lang glaubt sie, er wolle ... »Und ich habe ein Geschenk für dich! Ein ganz besonderes Geschenk, und jetzt bin ich gezwungen, es dir heute schon zu geben, obwohl es allen Regeln widerspricht. Es läßt sich nämlich weder verstecken noch einpacken. Du bekommst es sofort ... Bist du bereit? – Dann dreh dich um.«

»Ich soll mich umdrehen? Aber warum ...«

»Jetzt frag nicht so viel. Komm, stell dich mit dem Rücken zu mir, dann halte ich dir die Augen zu.«

Sie läßt sich drehen und wenden wie eine Kleiderpuppe und spürt seine Hände auf ihrem Gesicht.

»Ja, komm ... So, ja. Und jetzt tritt einen Schritt vor – keine Angst, ich werde dich führen.«

»Frederik ... Was soll das?« Sie lacht unsicher.

»Nicht so viele Fragen! Vorwärts Marsch!«

Sie hört, wie er die Tür öffnet, tastet sich vor und läßt sich über die Türschwelle führen und weiter in die warme Stube. Ihre Nase registriert den Geruch nach Zuhause – nach ihrem Zuhause mit der kaum definierbaren, aber dennoch deutlichen Reminiszenz an Karbol, die von den Sprechzimmern hereindringt und der Wohnung einen Anstrich von Sauberkeit gibt – und ihr Herz tanzt, weil dieser Duft sie an Frederik erinnert, ja, Frederik ist, und weil es, wenn sie mit seinen Händen über den Augen in den Duft hineintritt, so ist, als träte sie in ihn selbst hinein, als würde sie von ihm umschlossen.

»Das ist ja ziemlich albern.« Sie kichert glücklich, bleibt einen Moment lang abrupt stehen und spürt seinen ganzen Körper an ihrem.

»Ach Unsinn«, lacht er dicht an ihrem Ohr. »Hast du als Kind nie Blindekuh gespielt?«

»Doch. Aber als Kind!«

Und sie gehen weiter wie siamesische Zwillinge, eine untrennbare Einheit, sie ganz und gar abhängig von seiner Führung und seinem Schutz.

»So, jetzt sind wir da«, sagt er und bleibt stehen. »Bist du bereit?«

»Ja«, sagt sie, auch wenn ihr Körper protestiert. »Ich bin bereit.«

Er nimmt die Hände weg und tritt einen Schritt zur Seite. Sie zwinkert ein paarmal mit den Augen, läßt das Licht in kleinen, blendenden Blitzen eindringen.

Mitten im Wohnzimmer steht Velin, lächelnd, mit einem Hundewelpen im Arm.

Da fängt Frederikke an zu weinen.

Es ist ansonsten ein tadelloses Geburtstagsarrangement, das der Ehemann für sie getroffen hat: Nach der Vorstellung im Casinotheater spaziert der übliche Trupp in gehobener Stimmung zurück zur Wohnung, wo in der Zwischenzeit für ein opulentes Mitternachtssouper gedeckt wurde.

Die Stimmung ist vorzüglich, auch Frederikkes, die mit Hilfe von Champagner und Frederiks zärtlicher Aufmerksamkeit (beides in unerwartet reichlicher Menge!) alle mit einem gewissen Wohlwollen betrachtet – selbst Velin, der, wenn auch unerwünscht, alles in seiner Macht Stehende tut, ihr in seiner bescheidenen Art seine Freundschaft zu beweisen.

Der Welpe wandert von Arm zu Arm, während Frederikke die übrigen Geschenke auspackt. Von Amalie und Lindhardt bekommt sie einen gigantischen Hut mit Schleier (den Frederik zum Vergnügen der gesamten Versammlung gleich aufsetzt und den abzunehmen er sich hartnäckig weigert), von Ørholt und Jantzen bekommt sie ein Seidentuch und von Brandes (natürlich!) ein Buch, ein Exemplar von Søren Kierkegaards »Der Liebe Tun«.

»Und, freust du dich nicht?« fragt Amalie, während sie mit einem sanften, aber festen Griff um die weichen Ohren des Dakkels ihn zu hindern sucht, ihr das Gesicht abzulecken.

»Nun sag bloß nicht, daß du dir auch so ein Vieh wünschst?« bemerkt Lindhardt und zeigt dabei eine skeptische, väterliche Miene.

»Ach, ich denke schon ... Frederik, gab es mehrere davon?«

»Ja, einen ganzen Wurf. Fünf oder sechs Stück.«

»Oh, dann muß ich auch einen haben!«

»Vielleicht fragst du deinen Mann vorher?« Lindhardt sieht sie zurechtweisend an.

»Aber ja, mein Lieber. Darf ich einen haben?«

»Aber natürlich, meine Beste«, antwortet er prompt und bedingungslos, zuckt nachgiebig mit den Schultern und fügt lachend hinzu: »Ja, ja, ein Mann muß seine Autorität wahren.«

»Könnt ihr euch vorstellen, Frederikke war so enttäuscht, daß sie angefangen hat zu weinen.«

»Nein, Frederik. Das stimmt nicht. Nicht deshalb. Ich war nur so überrascht.«

»Das verstehe ich gut«, erklärt Amalie. »Er ist aber auch der süßeste Hund, den ich je ... Hoppla, wo willst du denn hin?«

Der Hund windet sich aus ihrem Griff los und schnuppert auf dem Teppich herum, wo er sich sofort daran macht, ein paar Erbsen zu fressen, die im übermütigen Versuch, ihrem Schicksal zu entgehen, hinuntergerollt sind.

»Na, schaut euch das an! Ihr könnt ruhig eure Putzfrau entlassen.« Ørholt zeigt auf das Tier. »Der ist gerade am Großreinemachen. Dann richtet er sich auf. »Hört mal, wie soll er eigentlich heißen?«

Und damit ist der Startschuß für einem Ansturm mehr oder weniger alberner Vorschläge gegeben.

»Wie wäre es mit Nietzsche?«

»Nein! Zu prätentiös, Georg.«

»Wenn es nicht prätentiös sein darf, was wäre dann mit Morris?«

»Vielen Dank, Jantzen. Habe schon begriffen.« Georg lächelt. »Aber dem Kläffer wäre damit wohl nicht gedient ... Und was ist mit Bang? Das ist doch weiß Gott nicht prätentiös. Oder Herman. Ich habe wohl bemerkt, Frederik, daß der gute Mann – oder wie soll man einen wie ihn nennen? – dich am frühen Abend im Theaterfoyer sehr familiär begrüßt hat. Sag mal, kennst du den etwa?«

»Nein«, antwortet Frederik, zuckt mit den Schultern und läßt den Hut wippen. »Eigentlich kenne ich Herman Bang überhaupt nicht. Aber ich bin natürlich mit seinem Großvater, Professor Bang, bekannt. Wahrscheinlich kennt er mich dadurch. Es hat mich auch überrascht – besonders sein freundschaftlicher Ton.«

»Ansonsten könntet ihr ein schönes Paar abgeben – jetzt, wo du neuerdings Damenhüte trägst.« Jantzen klopft Frederik auf die Schulter, der mit verschränkten Armen grinsend dasitzt.

»Asinus asinum fricat!« zitiert Brandes lachend und übersetzt es den beiden Damen, die nicht das Vergnügen hatten, an höheren Lehranstalten studieren zu dürfen: »Der eine Esel reibt sich am anderen.«

»Ja, ja«, grinst Frederik, »allerdings verhält es sich ja so, daß ich in deiner Begleitung war, Georg. Glaubst du nicht eher, daß es der literarische Esel war, nach dem er Ausschau hielt – daß er gern deine Bekanntschaft machen wollte? Der Mann hat ja nach allem, was man so hört, literarische Ambitionen.«

»Nein«, wehrt Jantzen ab, der fast vor Lachen erstickt. »Ich glaube vielmehr, daß Herman Bang gern einer deiner gynäkologischen Patienten wäre, Frederik. Paß nur auf!«

»Jetzt hört aber auf. An meinem Geburtstag wird nicht mehr über diesen ekligen kleinen Kerl geredet. Es ging um einen Namen für den Hund, davon sind wir ganz abgekommen.«

»Ja, das stimmt.«

»Wie wäre es mit King?« schlägt Ørholt vor, eifrig bemüht und wie üblich bar jeder Phantasie – ein Vorschlag, der von allen überhört wird.

»Nein, hört zu«, erklärt Lindhardt. »Ich hab's!« Und dann beendet er, der Ingenieur, die Debatte damit, daß er von einer neu erfundenen Maschine erzählt, einem sogenannten Staubsauger, den er auf einer Reise nach Amerika vor einigen Jahren gesehen hat. Die Maschine hieß »Whirlwind«, und da ihre einzige Aufgabe darin bestand, Schmutz vom Boden aufzusaugen, meint er, daß das doch der richtige Name für den Hund sein müsse. Da der Name »Wirbelwind« jedoch unmöglich auszusprechen ist, wird per Handzeichen einstimmig beschlossen, das Tier nach dem Erfinder der Maschine zu benennen – einem Ives McGaffey –, und so wird der Name des Hundes letztendlich »Gaffi«.

»Halt! Hat einer von uns eigentlich überlegt, ob es eine Hündin oder ein Rüde ist? Das wäre doch wichtig zu wissen, bevor wir uns endgültig entscheiden – oder nicht?« Amalie schaut von einem zum anderen.

»Keine Ahnung ... Aber nun seht euch nur Bang an.« Jantzen rollt sich auf den Boden, wo er sofort von dem Hund überfallen wird.

»Nein, jetzt will ich wirklich nichts mehr von diesem abscheulichen kleinen Mann hören. Und Frederik, sei so gut und setz endlich meinen Hut ab. Du machst ihn noch kaputt. Außerdem kann dich niemand ernst nehmen, solange du ihn aufhast.«

Während die anderen mit der Unterhaltung auf dem Teppich beschäftigt sind, tut Frederik lachend, worum sie ihn bittet. Er nimmt den Hut ab und beugt sich vor, um ihn auf den Tisch zu legen.

Und gerade da, mitten in der ausgelassenen Stimmung, als sie sich so leicht und fröhlich fühlt, begeht sie diesen unglückseligen Mißgriff: Als er sich vorbeugt, entdeckt sie an seiner Schläfe ein kleines Haarbüschel, das aus der Façon geraten ist und lustig über dem einen Ohr absteht, weshalb sie den Arm hebt und ihre kleine Hand vorstreckt – eine ganz gewöhnliche, unschuldige Alltagsgeste, über die sie gewiß nicht bewußt nachdenkt, weil sie in sich so bedeutungslos ist.

Aber sie wird sich in diesem Fall als fatal erweisen.

Die Vorahnung einer Berührung scheint ihn zu erschrecken. Er reagiert instinktiv und mit der Brutalität aller Ehrlichkeit, indem er sich mit einem leichten, defensiven Ruck zurückzieht, der fast panisch wirkt. Frederikkes Hand erreicht nie ihr Ziel, sondern wird jäh und unerwartet von der unsichtbaren Glasscheibe, die zwischen ihnen liegt, gebremst.

Sie zieht die Hand zurück. Doch es ist zu spät.

Beide hören, wie das Glas zersplittert.

Eine Sekunde lang steht alles still, eine Sekunde, die sich weit über jede Vernunft erstreckt. Ein kalter Wind streicht durch den Raum und trennt sie von den anderen, deren Stimmen sich zu einem unterdrückten, gleichgültigen Hintergrundsmurmeln verlieren. Es gibt plötzlich nur noch sie beide – und eine bedauernswerte Peinlichkeit, die keiner von ihnen gewollt hat, und die nur schwer in Worte zu fassen ist. Doch sie hat alle beide getroffen, ebenso unerwartet und unverdient wie ein Keulenschlag im Nacken.

»Ich wollte doch nur dein Haar glattstreichen«, flüstert sie unglücklich und starrt ihn mit Augen an, die um Verständnis flehen.

»Ja, ich weiß«, gibt er dunkel flüsternd zu und ohne den geringsten Versuch, das Unerklärliche zu erklären. Dennoch hat sie nie zuvor in ihrem Leben eine so eindringliche Entschuldigung bekommen wie diese, die sein hilfloses Lächeln ihr zu geben versucht. Er neigt, demütig wie ein reuiger Sünder auf dem Schafott, seinen Kopf vor, so daß sie ihn erreichen kann. Sie streicht ihm nur ein einziges Mal leicht übers Haar, wagt es kaum, ihn zu berühren, doch da er mit dem Kopf an ihrer Brust sitzenbleibt, wiederholt sie die Bewegung noch einige Male. Dann richtet er sich schließlich auf, schaut sie mit einem Blick an, den sie nicht ergründen kann, nimmt den Hut vom Tisch und setzt ihn ihr vorsichtig auf den Kopf, als krönte er eine Königin.

»Der steht dir«, flüstert er. »Du bist so schön.«

Dann zieht er seinen Stuhl so nah heran, daß er ihr seinen rechten Arm um die Schulter legen kann, und sie läßt sich gegen ihn sinken. Sie schließt die Augen, öffnet sie wieder und betrachtet seine linke Hand, die ihre hält. Sein Daumen, mit dem breiten, flachen, manikürten Nagel, gleitet mechanisch streichelnd über ihre Finger, als versuchte er durch die Bewegung die unsichtbaren Risse zu heilen, die sein Panzer aus sprödem Glas ihr zugefügt hat.

Als sie aufschaut, begegnet sie Velins schweigendem Blick über den Tisch hinweg. Sofort schaut er weg.

Dann trinkt sie noch mehr Champagner und zwingt sich, die kleine Episode als das zu betrachten, was sie ist, nämlich ein gleichgültiges Detail. Nichts sonst.

Und es ist doch ein schöner Abend!

Und als die Musik einsetzt (nachdem Amalie den Hund in der Küche abgeliefert hat, damit er nicht getreten wird oder durch den Lärm psychischen Schaden erleidet) stehen sie ja fast Schlange, um mit ihr zu tanzen! Einer von ihnen (Jantzen – wer denn sonst?) kommt auf die Idee, daß derjenige, der den Hut trägt, das Recht hat, mit ihr zu tanzen, und man kämpft um ihn, reißt ihn sich gegenseitig vom Kopf und läuft um den Tisch. Der Hut geht von Kopf zu Kopf, während sie sich von all diesen unterschiedlichen Männerarmen herumwirbeln läßt: Ørholts schmächtige und sonderbar energische, Brandes' starke, aber lächerlich unmusikalische, Velins wohlriechende, doch vorsichtig zurückhaltende (er traut sich nicht einmal, ihr in die Augen zu sehen, was ihr die Gewißheit gibt, daß er ein wenig in sie verliebt ist – und warum auch nicht?), Lindhardts breite und familiär feste – und schließlich und am häufigsten, Frederiks selige, himmlische, wohlvertraute … Und mitten in dieser Fröhlichkeit – gerade zu dem Zeitpunkt, als Frederik sie hochhebt, fast bis an die Decke und sie immer wieder herumwirbelt, so daß sich die Stube um sie dreht und sie vor Freude juchzen muß – steht Anna plötzlich in der Tür.

Niemand bemerkt sie, dazu sind Lärm und Trubel zu groß, und das junge Mädchen schaut sich schüchtern und verwirrt um, auf der Suche nach ihrem Herrn. Als sie ihn entdeckt, versucht sie von ihrem zurückgezogenen Platz in der Türöffnung aus (keine zehn Pferde würden sie dazu bringen, dieses Inferno zu betreten!) emsig seine Aufmerksamkeit auf sich zu ziehen.

»Verzeihung, Herr Faber ... Verzeihung ...? Herr Faber ... *Herr Faber*!«

Frederik stellt Frederikke lachend und schnaufend auf den Boden. Irgendwo hinter ihnen hört man ein Glas umkippen.

»Ja, Anna? Was ist los, nun sag schon, mein Kind!« Er breitet die Arme übertrieben und ein wenig berauscht aus.

»Draußen steht ein Bote mit einem Brief.«

»Dann nimm ihn nur entgegen«, erklärt er ein wenig abwehrend und schiebt sich mit Daumen und Zeigefinger eine entzündete Zigarre in den Mundwinkel.

»Das darf ich nicht, sagt der Bote. Er darf ihn nur Ihnen persönlich abliefern. Sie müssen quittieren.«

»Na gut. Dann muß ich das wohl.« Er bewegt sich auf die Tür zu, wird aber von lachenden Rufen aufgehalten: »Der Hut, Frederik! Der Hut!«

Er bleibt stehen, greift sich an den Kopf, kaut lächelnd und übertrieben auf der Zigarre herum, zwinkert kurz und läßt den Hut Hut sein.

»Nein so etwas, geht er doch tatsächlich mit dem Hut auf dem Kopf an die Tür. Das Gesicht des Boten möchte ich sehen!«

Als er zwei Minuten später zurückkommt, hat er ihn abgenommen. Er bleibt in der Türöffnung stehen und schaut über das Wohnzimmer, als würde er es plötzlich nicht wiedererkennen.

»Jantzen! ... *Jantzen*!«

Jantzen dreht sich auf dem Klavierschemel um und zeigt ein verwirrtes Gesicht. »Ja?«

Frederik hebt die Hand. »Hör bitte mal auf.« Dann versucht er ein kleines Lächeln hervorzubringen. »Es tut mir leid, aber wir müssen uns wohl für heute abend verabschieden.«

Die Proteste laufen wie ein Summen durch den Raum.

»Doch, doch, leider. Wie gesagt, es tut mir leid, aber ...« Er schaut ein wenig verwirrt auf die Zigarre in seiner Hand und geht dann zum Tisch, um sie dort im Messingaschenbecher auszudrücken.

»Hat man so etwas schon gehört? Willst du uns etwa rauswerfen? Sag du doch etwas dazu, Frederikke.« Jantzen ist aufgestanden und schwankt ein wenig, während er anklagend auf Frederik zeigt.

Frederikke steht mitten im Zimmer und weiß nicht, was sie sagen soll. Plötzlich spürt sie ein Paar Arme, die sich von hinten um ihre Taille legen. Jantzens Kinn taucht auf ihrer rechten Schulter auf.

»Wenn du uns rauswirfst, dann nehmen wir deine hübsche Frau als Geisel.«

Er schaut Frederik herausfordernd an und macht einige Bewegungen mit dem Kinn, die ganz schrecklich kitzeln. Frederikke lacht hysterisch und versucht seinen Kopf wegzudrücken. »Nein, Jantzen! Aufhören. Das kitzelt.«

Er drückt ihr einen feuchten Kuß auf die Wange und packt sie, um sie durch den Raum zu tragen. Frederikke protestiert halbherzig, gluckst und schreit und hört erst auf, als ihr klar wird, daß es um sie herum vollkommen still ist.

»Nein, Claus«, sagt sie, jetzt ernst. »Du hörst jetzt auf.«

Er hört auf, bleibt aber hinter ihr stehen, die Hände vor ihrem Bauch gefaltet.

Sie schaut fragend in Frederiks besorgtes Gesicht.

Er lächelt ganz leicht, nickt mit geschlossenen Augen.

»Nun ja«, sagt Lindhardt, der als erster den Ernst der Lage erfaßt hat, und steht auf. »Dann wollen wir mal lieber aufbrechen.«

Jantzen läßt Frederikke los. »Ach, wir hatten gerade so einen Spaß. Ist etwas nicht in Ordnung, Frederik? Ist etwas passiert?«

Ørholt steht neben Frederik und sieht ihn besorgt an, während er seine bleichen Finger über dessen Schulter fahren läßt. »Frederik, stimmt etwas nicht? Können wir irgend etwas tun? Du brauchst es nur zu sagen.«

»Ja, es ... Danke, Ørholt. Aber laß uns lieber morgen darüber sprechen. Es tut mir wie gesagt ganz schrecklich leid.«

Frederik verläßt Ørholt und geht zu Velin, dem er etwas ins Ohr flüstert. Velin nickt verständnisvoll und steht sofort auf, und mit dieser Bewegung ist der Aufbruch im Gang: ein labyrinthisches Schwanken zwischen Tischen und Stühlen, ein unsicheres Sich-Verbeugen auf der Suche nach Jacken ... Zigarettenetuis ... Schlüsseln, das obligatorische »Nun komm schon!« und »Ja, ja, ich komme. Gehen wir noch in Rydbergs Keller?« und schließlich der freundschaftliche Kuß der Gastgeberin und das Auf-die-Schulter-Klopfen des Gastgebers auf dem Weg hinaus.

Kurz darauf ist nur noch Stille – diese besondere Stille, die nirgends so schwer ruht wie auf schiefgezogenen Tischdecken, gefüllten Aschenbechern und umgekippten, halbleeren Gläsern.

»Ja nun, dann ...«, sagt Velin, der die letzten Minuten nur dagestanden und mit beiden Händen die Stuhllehne umklammert gehalten hatte, als fürchte er, daß der Stuhl auf die Idee kommen könnte, mit den Gästen wegzulaufen, sobald er ihn losließe. Jetzt schiebt er ihn wohlerzogen wieder an den Tisch – eine höfliche, doch im übrigen vollkommen sinnlose Geste, wenn man den allgemeinen Zustand des Zimmers in Betracht zieht.

»Gute Nacht, und vielen Dank für den schönen Abend.« Er kommt auf seinen diskreten Füßen heran und reicht Frederikke die Hand. Sie steht immer noch mit den Resten eines desorientierten Lächelns um den Mund da. Sie ist nicht traurig, nicht ängstlich oder nervös, nur ein wenig verwirrt.

»Gute Nacht, Velin. Schlafen Sie gut.«

Er winkt Frederik zu und verschwindet dann.

Als die Tür sich hinter Velin geschlossen hat, dreht sie sich zu Frederik um, und als sie ihn anschaut, weiß sie, daß es nichts auf der Welt gibt, was sie sich sehnlicher wünscht, als diesen Ausdruck von seinem Gesicht zu entfernen, und sie spürt, daß sie in diesem Moment sowohl die Kraft als auch den Willen dazu besitzt.

»Was ist denn passiert, mein Lieber? Du siehst so traurig aus.«

»Komm her.«

Als er ihr die Arme entgegenstreckt, erdreistet sie sich, die Hände unter seine Jacke zu schieben und auf seinen Rücken zu legen. Zwischen ihren Händen und seiner Haut ist nur der dünne Hemdenstoff. Dort in seinen Armen, legt sie den Kopf in den Nakken und schaut zu ihm auf – sieht sein Kinn, seine flachen, tropfenförmigen Nasenlöcher, seine Wimpern, die von diesem Winkel aus unglaublich lang erscheinen, und seinen abgewandten Blick.

»Was ist denn, Frederik? Willst du es mir nicht sagen?« fragt sie und weiß, ganz gleich, worum es sich auch dreht, wird es diese Nähe niemals zerstören können, sondern im Gegenteil nur noch verstärken. Und sie ertappt sich dabei, zu hoffen, daß es etwas richtig Schlimmes ist, das sie gemeinsam teilen und bewältigen können.

»Doch«, seufzt er und hält sie noch fester an sich gedrückt. Dann legt er seine Wange auf ihr Haar und flüstert: »Rikke ... geliebte Rikke ... Ach, ich weiß nicht, wie es es sagen soll.«

»Doch, doch, sag's nur«, erwidert sie, immer noch unwissend, immer noch ohne jede Angst.

»Es geht um deine Schwester.« Er atmet warm in ihr Haar. »Es geht um Helena.«

Sie erstarrt und zieht sich ein wenig von ihm zurück. Ihr Blick fängt das Bild einer schmutzigen Stoffserviette ein, die auf den Boden geworfen wurde.

»Was ist mit Helena?«

»Sie ist heute morgen gestorben, Rikke. Sie ist tot. Helena ist tot.«

Wenn die Nachricht von dem plötzlichen Ableben eines nahestehenden Menschen in einen relativ sorglosen Zustand hineinplatzt und diesen aufreißt, denkt man mitunter in den folgenden, fast alptraumartigen Stunden an die vorangegangenen Ereignisse mit einem Gefühl von Unwirklichkeit, gepaart mit schlechtem Gewissen, das daraus resultiert, *nichts gewußt zu haben.* Man neigt den Kopf vor Scham, man verflucht seine unverschuldete Unwissenheit und bezeichnet sie plötzlich als Oberflächlichkeit, in dem irrationalen Glauben, daß man möglicherweise den Lauf der Ereignisse hätte ändern können, wenn man nur nicht so vertieft in diese lächerlichen Trivialitäten gewesen wäre, aus denen ein Menschenleben zum größten Teil besteht. Und wenn man sich außerdem noch kurz zuvor amüsiert hat, gelacht und geprahlt hat – ja, dann ist es ein Gefühl, als hätte man auf dem Grab getanzt.

Frederikke reagiert mit Hysterie.

Sie rennt durch die Räume, rauft sich die Haar, schlägt wild um sich und quittiert Frederiks Vorschlag, ihr etwas zur Beruhigung zu geben, damit, ihn mit ungerechtfertigten Beschuldigungen zu überhäufen. Er verfolgt sie unverdrossen durch die ganze Wohnung, versucht es im Guten wie im Bösen, und in den folgenden Stunden erklärt er, bittet, bettelt, beharrt und bedroht sie – versucht an sie heranzukommen, sie zu beruhigen, gibt es aber zum Schluß mit der fachlich begründeten Vermutung auf, daß sie selbst sich an den Rand der Erschöpfung bringen und sich zum Schluß ergeben werde. Kein Mensch kann das längere Zeit durchhalten.

In den Morgenstunden muß er einsehen, daß er sich mit dieser Einschätzung geirrt hat.

Sie ähnelt einem Kind in einer Schneewehe, als sie in ihrem Zimmer auf dem Boden sitzt, damit beschäftigt, die Briefe der Schwester in winzige Schnipsel zu zerreißen.

Er nähert sich ihr mit einem Seufzer und hockt sich vor sie. Sein Gesicht ist grau vor Schlafmangel.

»Frederikke – das wirst du später bereuen. Willst du nicht aufhören?« Er streckt die Hand aus und versucht ihr einen Bogen aus der Hand zu winden.

»Laß los!« schreit sie und starrt ihn haßerfüllt an. »*Laß los! Das ist alles nur deine Schuld! Verschwinde!*«

Sie ähnelt einer Wahnsinnigen.

»Frederikke …«, flüstert er hilflos, aber geduldig. »Ich will dir doch nur helfen.« Er kniet sich auf den Boden und beugt sich zu ihr, hält aber abrupt inne, als er spürt, wie ihn etwas Feuchtes im Gesicht trifft.

Im gleichen Moment hören ihre wilden Bewegungen auf.

Er steht auf, steht groß und gedemütigt mit dem Rücken zu ihr, schiebt eine zitternde Hand in die Tasche, holt ein Taschentuch heraus und wischt sich den Speichel vom Kinn.

Frederikke ist plötzlich auf den Beinen. »Frederik, verzeih mir! Bitte verzeih mir! Ich habe es nicht so gemeint … Ich weiß nicht, was mit mir los war. Kannst du mir verzeihen?« Sie zupft ihn am Hemdsärmel. »Verzeih mir, bitte verzeih mir!«

Als er sich ihr zuwendet, weint er.
Und da – endlich – weint sie auch.

Die Spritze, die er ihr geben darf, tut gut. Der Stich allein, die Angst vor dem Schmerz, wenn sich die Nadel in die Haut bohrt, ist Teil der Läuterung.

Dann schläft sie, traumschwer und dunkel.

Im Laufe des Vormittags kommt sie für einen Moment zu Bewußtsein und hört flüsternde Stimmen um sich herum.

»Verzeihen Sie, Herr Faber, aber Velin hat mich gebeten, Ihnen mitzuteilen, daß er im Aufbruch begriffen ist.«

»Wohin?«

»Er hat gepackt, gnädiger Herr. Er sagt, er zieht ins Hotel Leopold.«

»Danke, Anna. Bitten Sie ihn zu warten. Sagen Sie ihm, ich komme gleich. Und Anna, gehen Sie um Gottes willen endlich auf Ihr Zimmer und legen Sie sich schlafen. Sie müssen ja vollkommen erschöpft sein.«

Dann spürt sie seine Nähe, als er sich über sie beugt. »Kommst du einen Moment allein zurecht, während ich mich von Velin verabschiede?«

Sie nickt, ohne die Augen zu öffnen.

Er schleicht hinaus und zieht die Tür hinter sich zu.

Im nachhinein kann sie nicht sagen, ob die Stimmen vom Flur real waren oder nur Teil eines Traums.

»Wie läuft es da drinnen? Wie geht es ihr?«

»Nun ...«

»Kannst du sie ganz herzlich von mir grüßen, wenn sie ...«

»Das werde ich tun. Es ist lieb von dir, daß ... Kommst du zurecht?«

»Ja, ja. Ich werde erst einmal ins Leopold ziehen. Das ist wohl das Beste. Und dann werden wir sehen.«

»Es tut mir leid ...«

»Denk nicht daran. Du hast jetzt genug anderes zu bedenken. Gibt es etwas, was ich für dich tun kann – für euch? Soll ich in der Universität Bescheid sagen?«

»Ja, bitte, könntest du das tun? Sag ihnen, daß ... daß das jetzt warten muß.«

»Ja, das werde ich tun. Mach es gut. Paß gut auf sie auf ...«

»Das werde ich!«

»Ja. Ich weiß!«

Gegen siebzehn Uhr hilft er ihr, sich hinzusetzen, und bringt ihr einen Teller Suppe, erlaubt ihr ohne einen Vorwurf, nur in den Teller zu weinen, worauf er ihn wieder hinausträgt.

Gegen neunzehn Uhr bringt er einen neuen Teller. Diesesmal ißt sie etwas.

»Lebt das Kind?« fragt sie dann, und er nickt mit finsterer Miene.

Dann fragt sie ihn, was es geworden ist.

»Ein kleines Mädchen«, antwortet er.

Sie nickt gefaßt, wischt sich den Mund ab, schiebt den Teller von sich und verkriecht sich unter der Bettdecke.

Als sie in der Nacht aufwacht, sitzt er immer noch auf dem harten, unbequemen Stuhl, jetzt schlafend. Er muß für eine Weile fort gewesen sein, ohne daß sie es bemerkt hat, denn jetzt trägt er Nachtzeug und einen Hausmantel. Die pyjamabekleideten Beine sind übergeschlagen, am nackten Fuß wippt ein Pantoffel. Der Kopf ist so tief auf die Brust gefallen, daß die Stirnhaare fast die verschränkten Arme berühren. Sein Schlaf ist unruhig. Ab und zu durchläuft ihn ein Kälteschauer, und er zieht halb im Schlaf und ohne die Augen zu öffnen, den Hausmantel enger um sich.

»Frederik«, flüstert sie, und als er die Augen öffnet: »Du frierst ja. Komm. Komm her.« Und sie hebt die Bettdecke, auf die gleiche Art und Weise, wie er es vor ach so langer Zeit getan hat, und er steht auf, schwankend, und kriecht hinein.

Er zittert vor Kälte. Seine Füße sind wie Eis. Sie legt die Arme um ihn, wiegt ihn ...

Kurze Zeit später beginnt sie ohne Aufforderung zu sprechen, und er hört ihr zu, während er gegen die Müdigkeit ankämpft, die an den Augenlidern und der Seele zerrt.

»... ich hätte energischer darauf bestehen sollen, daß sie mit mir nach Hause fährt«, schließt sie eine Ewigkeit später. »Aber was hätte ich denn tun sollen, Frederik? Sie wollte ja nicht.«

»Du hast getan, was du tun konntest, meine Liebe. Du konntest sie ja nicht zwingen ... Außerdem hätte das wahrscheinlich auch nichts geändert.«

»Glaubst du denn nicht, daß sie dann vielleicht ...«

»Vielleicht, Rikke. Vielleicht. Aber das ist keineswegs sicher.«

Irgendwann wacht er davon auf, das sie etwas sagt, was so absurd ist, daß er glaubt, er müsse es geträumt haben. Oder sie.

»Hast du etwas gesagt, Rikke?« flüstert er.

»Ja. Glaubst du nicht, daß wir das Kind kriegen können?«

»Aber, Rikke«, erwidert er und legt die Arme um sie, voller panischer Furcht, das könnte nur die Einleitung zu einer neuen Wahnsinnsszene sein. »Natürlich können wir das nicht. Das ist doch Lehmanns Kind, nicht wahr? Wir können doch nicht einfach Lehmann das Kind nehmen.«

Jeder einzelne Nerv ist angespannt, während er auf ihre Reaktion wartet.

»Nein«, sagt sie nur, ganz leise, und kuschelt sich an ihn.

Kurz darauf kann er an ihren Atemzügen hören, daß sie schläft. Er lächelt, erleichtert und wehmütig, und streicht ihr das Haar aus der Stirn. Sie muß wohl im Schlaf gesprochen haben.

Als sie das nächste Mal aufwacht, ist es immer noch dunkel um sie herum. Die Kerze, die auf dem kleinen Tisch steht, ist heruntergebrannt.

Er atmet neben ihr, warm und schwer. Sie kann sein markantes Profil in der Dunkelheit erahnen und seinen festen Oberarm unter ihrem Nacken spüren.

Sie liegen dicht beisammen. In der feuchten Höhlenwärme der Daunendecke zusammengeklebt. Schlaf und Platzmangel haben ein Bein von ihm zwischen ihre Schenkel geschoben. Sie kann seine Behaarung und einen Zipfel der Seide des Morgenmantels spüren, und sie weiß, daß beides sicher ein Muster in ihre Haut geprägt hat.

Das macht nichts.

Sie bewegt sich ein wenig, spürt die Seligkeit und kann nicht wieder aufhören.

Sie streckt eine Hand vor, nestelt ein wenig am Gürtelknoten und zieht vorsichtig daran.

Er seufzt im Schlaf und dreht den Kopf.

Eine Hand wagt sich hinein, findet vorsichtig den Zwischenraum zwischen Pyjamahose und -jacke und gleitet hinauf über seinen Bauch und Brustkorb.

Sie schließt die Augen, um besser fühlen zu können, auch wenn es in der Dunkelheit keinen Unterschied macht. Frederik streckt sich und seufzt noch einmal.

Die Haare kitzeln in der Handfläche, die Haut auf dem Bauch ist glatt.

Sie richtet sich ein wenig auf, läßt sich auf ihn hinuntergleiten. Im gleichen Moment spürt sie, daß er wach ist. Er drückt ihre Hand.

Sie liegt still.

Ganz still.

Lange.

Bis seine Atemzüge wieder regelmäßig und ruhig sind.

Dann beginnt sie erneut, sich zu bewegen.

»Nein, Frederikke«, flüstert er in die Dunkelheit, doch sie fährt fort mit den Knöpfen seiner Pyjamajacke. Es fehlen nur noch ein paar. Sie ist kurz davor, ihre Wange auf seine Haut legen zu können.

»Nein, Rikke«, wiederholt er mit einem kaum hörbaren, aber um so flehentlicheren Flüstern. »Nein, Rikke. Du willst doch nicht ... Das geht doch nicht ...«

Aber sie zieht sich die Decke über die Ohren. Das Knistern der Federn und des steifen Leinens ist so ohrenbetäubend, daß sie da drinnen seine Stimme nicht mehr hören kann – nur sein Herz, das pocht, und das Blut, das in seinen Adern pulsiert.

DRITTER TEIL

AUGUST – SEPTEMBER 1932
FEBRUAR – SEPTEMBER 1883

46

FEBRUAR 1883

Als sie Ernst Madsen zum allerersten Mal sieht, glaubt sie eine Sekunde lang, es wäre Frederik. Er sitzt auf der untersten Plattform einer dieser unzähligen vorübergehend errichteten Baugerüste, die momentan überall in der Stadt wie Unkraut emporschießen, die Beine verwegen über den Rand baumelnd und aus einer Milchflasche trinkend. Er trägt ein weißes Handwerkerhemd, über das er einen fadenscheinigen Strickpullover mit Trachtenmuster und Knopfleiste gezogen hat. Diese steht vorn ein Stück offen, so daß sein Hals und ein kleiner Teil seines Brustkorbs entblößt sind.

Natürlich ist das nicht Frederik! Wie sollte er es auch sein? Als sie ein wenig näherkommt, sieht sie auch, daß er etwas jünger und um einiges kräftiger ist – muskulös auf diese charakteristische Unterschichtart.

Doch das Gesicht ist verblüffend ähnlich.

Er lächelt und nickt ihr freundlich zu, als sie mit dem Hund an der gespannten Leine vorbeikommt.

Als sie ein paar Meter weitergegangen ist, hört sie einige Pfiffe. Bevor sie noch überlegen kann, hat sie instinktiv auf das Geräusch reagiert und sich umgedreht. Das Gerüst wimmelt von Männern. Ein paar Stockwerke über Ernst Madsen (dessen Namen sie natürlich noch nicht kennt!) hängen sieben, acht Handwerker über dem Geländer. Sie grinsen.

Der eine besitzt die Frechheit zu winken.

47

Die Hand des Pfarrers ist genauso weich und klebrig wie sein professionelles Mitgefühl.

»Darf ich noch einmal kondolieren, gnädige Frau. Professor Faber war ein einzigartiger Mensch. Die Welt ist nach seinem Dahinscheiden ärmer geworden.«

Frederikke blinzelt in die tiefstehende Frühlingssonne, schaut würdevoll und sanft in seine alten, wäßrigen Augen, während sie sich selbst fragt, warum er glaubt, sich davon ein Bild machen zu können.

Sie nickt zustimmend. »Danke für die schönen Worte und für das schöne Begräbnis ... Sie kommen doch anschließend mit zu uns nach Hause? Dort gibt es ein wenig Kaffee und Kuchen.«

»Sehr gern, vielen Dank. Es ist ja nur schön, wenn man ein bißchen behilflich sein kann.« Er tätschelt ihr väterlich die Hand. »Wie gut ist es doch für den Rest der Familie, daß sie Sie hat. Wir sind nicht alle gleich stark. Schauen Sie nur Frau Lindhardt an, sie kann es einfach nicht ertragen, dieses arme Wesen.«

Frederikke schaut zur Seite. Amalie steht immer noch am Grab und starrt ins Leere. An der Hand hält sie den Sohn, dessen blonder Schopf sich in gleicher Höhe mit ihrem dicken Bauch befindet. Er sieht aus, als würde er sich langweilen, eingezwängt in seinen dunklen, pelzbesetzten Mantel. Er wendet das Gesicht seiner Mutter zu und sagt etwas. Sie schüttelt schweigend den Kopf und drückt sich das Taschentuch auf die roten Augen. Dann gräbt er mit der Schuhspitze im Kies. Amalie zeigt auf einen der Kränze, Lindhardts Blick folgt ihrem Finger, worauf er ernst nickt und den Arm um sie legt.

Frederikke läßt den Blick weiterwandern. Der Pfarrer hat ihre Hand losgelassen und ist wie ein Riesenrabe über den knirschenden Kies weitergeschwebt. Es gibt ja so viele, die an einem solchen Tag ein Wort des Trostes benötigen.

Sie friert. Wer weiß, was er unter seinem Ornat trägt, da er sich hier draußen offensichtlich so viel Zeit läßt.

Das Wohnzimmer ist voller Sympathie und Kaffee schlürfender, ernster Gesichter, die versuchen, einander an Mitgefühl zu übertreffen.

Frederikke sitzt am Tischende und blickt auf die endlose Reihe bekannter und fremder Hände, die mit dem Löffel im Porzellan klappern, Tassen oder Plunderstücke an die Lippen führen, Servietten zusammenknüllen oder ruhig auf der Tischdecke liegen – junge und alte, dicke und dünne, glatte und knochige. Ab und zu Kinderhände.

Sie sind alle hier. Wenn es darum geht, brave Leute zusammenzubringen, ist doch nichts auf der Welt so effektiv wie der Tod.

Ihre eigene Mutter sitzt ein Stück weiter unten neben Gaby Faber und scheint in etwas verwickelt zu sein, das so einseitig ist, daß es wohl kaum als Gespräch bezeichnet werden kann. Letztere zeigt einen geduldigen, doch leicht irritierten Gesichtsausdruck, vermutlich hervorgerufen durch das ständige fruchtlose Rufen in ihr Ohr. (Frau Leuenbech war schon immer der irrigen Meinung, daß Sprachprobleme nur eine Art fixe Idee seien – daß Ausländer sehr wohl Dänisch verstünden, wenn man nur laut genug redete und bereit sei, den gleichen Satz in Ewigkeit zu wiederholen.) Frederikke hat nicht übel Lust, sich mit der Bemerkung einzumischen, daß ihre Schwägerin Deutsche sei – und nicht taub!

Ihr gegenüber sitzt Emilie Brandes, deren matriarchales Gesicht besonders scharf gegen das schwarze, hochgeschlossene Samtkleid hervorsticht. Sie wird flankiert vom Ehemann Herman, dessen Bemühung um ihr Wohlbefinden rührend anzusehen wäre, gäbe es in seinem Gesicht nicht diesen deutlichen Zug von Untertänigkeit. Sie lächelt ihn abgemessen an, als er ihre Tasse füllt, und scheint sich gleichzeitig in diesem von Kummer erfüllten Raum sehr viel wohler zu fühlen als ihre Schwiegertochter Gerda, die vollauf damit beschäftigt ist, die beiden pagenköpfigen kleinen Mädchen unter Kontrolle zu halten, die Georg aus welchem Grund auch immer mitnehmen wollte – das eine sitzt auf ihrem Schoß, das andere ist dabei, ein Plunderstück auf der Tischdecke zu zerkrümeln. Der Vater und Ehemann selbst sitzt in einer Ecke unter einer Schar ernster Männer. Das einzige, was man von ihm sehen kann, ist sein Nacken, der gerade eben über den Stuhlrücken ragt, und von Zeit zu Zeit die Hand mit dem charakteristischen Doktorring, die erklärend gehoben wird.

Leuenbech hat sich aus dem versöhnlichem Anlaß des Tages dazu herabgelassen, einige oberflächliche Worte mit Philip Salomon zu wechseln, um den man aufgrund seiner Berufserfahrung und trotz seiner zweifelhaften Herkunft nicht herumkommt, jetzt, wo er so dicht neben einem sitzt und man – zumindest formal – in der Trauer vereint ist. Salomons hübsche Ehefrau und die drei hakennasigen Erben sitzen auf der anderen Seite des Tisches –

die Jugend taktvoll zurückhaltend (obwohl man in Nannys Augen einen Hauch rastloser Langeweile erahnt), während die Frau Amalie tröstet, auf deren Schulter sie ihre schöne Hand angebracht hat.

Pastor Vang ist durch eine besondere Fügung des Schicksals an Frederikkes linker Seite plaziert worden. Da sitzen sie jetzt, als wären sie Vater und Tochter – oder vielleicht ein Ehepaar, ein alter Lüstling mit seiner jungen Ehefrau! Wenn dieser Tag nicht so verdammt finster wäre, hätte der Gedanke sie vielleicht amüsiert. Jetzt amüsiert er sie nicht, sondern unterstreicht nur das klaustrophobische Gefühl von Trauer und verstärkt ihre Lust wegzulaufen, um hinaus an die frische Luft zu kommen.

Nach ein paar Versuchen, ein Gespräch mit ihr einzuleiten (deren Ergebnislosigkeit er sicher bedauerte, aber nicht übel aufnahm; Menschen in Trauer reagieren eben manchmal sonderbar), hat der Pfarrer schließlich aufgegeben und sich die letzte halbe Stunde dem äußerst angenehmen Thomas Lindhardt zugewandt, mit dem er sich gedämpft unterhalten hat, während sich die dicklichen Hände diskret ihren geistlichen Teil der Kuchenration sicherten.

Jetzt wendet er sich erneut der Gastgeberin zu, schaut sie sanft und altväterlich an, während er darum bittet, ihr seinen tiefempfundenen Dank für die Einladung ausdrücken zu dürfen.

»Es wird mir warm ums Herz, wenn ich sehe, wieviel Sie meistern. Es ist ja auch für Sie eine schwere Zeit. Aber Sie sind nicht nur stark, Sie sind auch ein guter Mensch ... Ich bin in meinem Amt schon vielen Menschen begegnet, und ich erkenne innere Kraft, Sie können mir schon vertrauen. Ich bin im Laufe der Jahre nämlich zu einem Menschenkenner geworden.« Er zwinkert vertraulich. »Sie und Ihr Mann meistern es so wunderbar«, sagt er und fügt mit gerunzelten Augenbrauen ermahnend hinzu: »Aber vergessen Sie nicht, ihn auch in der nächsten Zeit zu stützen. Selbst wenn er gefaßt wirkt, so ist es nicht leicht, seine beiden Elternteile in nur einem Jahr zu verlieren ... Dabei erleben wir es ja oft: Wird der eine zum Herrn heimgerufen, dann dauert es nicht lange, bevor auch der andere seinen Ruf hört. Eigentlich ist es ja schön, wenn zwei Menschen, die ein ganzes Leben lang zusammengelebt haben, auch gemeinsam in die Ewigkeit eingehen. Aber deshalb ist es nicht weniger hart für die Hinterbliebenen.«

(Zum Herrn heimgerufen! Was für ein bequemer Euphemismus für den hartnäckigen Gebärmutterkrebs, der sie im Laufe monatelanger unmenschlicher Qualen nahezu ausgehöhlt und sie wie einen Krater hinterlassen hat – und den guten alten Faber wie einen Schatten seiner selbst; mager, mit gesenktem Kopf und schwarzen Augenringen.)

»Abgesehen von dem langwierigen Krankenlager seiner Mutter waren das Schlimmste für meinen Mann wohl die Beerdigungen.«

»Was Sie nicht sagen!« Er nickt nachdenklich. »Ja, in gewisser Weise ist das ja verständlich. Eine Beerdigung weckt bei allen so viele Erinnerungen ... Aber das soll sie ja auch.«

»Ja, das ist wohl wahr«, antwortet sie zögernd. »Aber daran liegt es eigentlich nicht so sehr.«

»Nicht?« Er beugt sich vorsichtig vor, fragend, mit gefalteten Händen und kreisenden Daumen, stoisch und würdevoll nach außen, im Innersten aber eifrig, da die junge Frau endlich das Bedürfnis zeigt, sich ihm anzuvertrauen. Zu ihm soll niemand vergebens kommen.

»Nein ... Es liegt wohl eher daran, daß es meinem Mann besonders schwer fällt, einen Fuß in eine Kirche zu setzen.«

»Ach, ja?«

»Nun ja, er schätzt sie nicht besonders. Er pflegt immer zu sagen, daß die Kirche ein Anachronismus ist und nennt Leute Ihrer Profession – ach, wie sagt er es noch? – genau: klerikale Lümmel.«

Die Daumen halten inne.

»Aber sehen Sie doch, Herr Pfarrer! Da ist er ja! Dann können Sie ihn ja selbst fragen.«

»Nein, ich denke nicht«, stammelt dieser und erheb[illegible] mühevoll, daß sie nicht umhin kann, Reste von etw[illegible] was vor Jahren möglicherweise ein schlechtes [illegible] wäre.

»Nein«, sagt sie schnell und sch[illegible] Kopf, »aber darüber müssen Sie nicht [illegible] wissen Sie – er sagt so viel ... Auf W[illegible]

Passen Sie gut auf sich auf. Und noch einmal vielen Dank für die schöne Zeremonie.«

»Auf Wiedersehen, Frau Faber.«

Und dann macht er die beschwerliche Runde um den Tisch, um all den durstigen Seelen die Hand zu reichen.

»Stimmte etwas mit dem Pfarrer nicht?« fragt Frederik kurze Zeit später.

»Mit dem Pfarrer? Wie meinst du das?«

»Ich weiß nicht ... Ich fand, er war so merkwürdig.«

»Ach ja?«

»Na, es war jedenfalls sonderbar«, flüstert er nachdenklich und besorgt, während er auf den Kaffeelöffel starrt, mit dem er leise und rhythmisch auf die Tischdecke trommelt. »Er hat sich kaum von mir verabschiedet! Wer weiß, was mit dem los war!«

Er blickt über die Versammlung und wendet dann sein Gesicht wieder seiner Ehefrau zu.

»Frag mich nicht«, antwortet diese. »Ich habe nicht einmal bemerkt, daß etwas nicht stimmte. Aber du kannst ja Lindhardt fragen, wenn du willst – er ist wohl derjenige, der am meisten mit dem Pfarrer gesprochen hat.«

Und dann fügt sie hinzu, eine Hand sanft auf seine gelegt: »Aber ehrlich gesagt, Frederik – glaubst du nicht doch, daß du dir das nur einbildest?«

48

AUGUST 1932

Es gibt weiß Gott keine Demut mehr bei der Jugend von heute! Dieser schlaksige junge Mann, den Mamsell Rasmussen mit [illegible]t einer Stunde Verspätung in ihre Stube führen kann, hat eine [illegible]d in der Tasche und wirkt eitel und ungeduldig. Das Revers [illegible]figurbetonten Zweireihers ist breit und spitz und allzu auf[illegible]ern, die Hose ist viel zu weit und in einem erbärmlichen [illegible] die Bügelfalten betrifft, und insgesamt sieht er eher nach einem zweitrangigen Schreiberling als nach dem ehrwürdigen Rechtsanwalt aus, den sie erwartet hat. Eine lange Locke seines gewellten blonden Haars, das er anscheinend mit Haarwasser nach hinten gekämmt hat, hängt ihm über das Auge. Die hellen Brauen sind über der Nase zusammengewachsen. Sie weiß sofort, daß sie ihn nicht leiden kann. Er ist jung. Sie nicht.

»Frau Faber? Karl Larsen. Von Brønholm & Sejer ... Guten Tag und entschuldigen Sie bitte die Verspätung. Ich wurde aufgehalten«, sagt er, als wäre das eine Auszeichnung. »Sie haben hoffentlich keine anderen Termine?«

Seine Stimme ist tiefer als erwartet. Er schnauft vor Geschäftigkeit und Lebenslust.

(Doch, natürlich! In fünf Minuten kommt ein Scheich und holt mich ab. Wir wollen ins Tivoli!)

Sie schüttelt den Kopf. Er streckt eine schweißnasse, junge Bürohand aus und setzt sich mit der größten Selbstverständlichkeit in einen Sessel, ohne zu warten, daß er ihm angeboten wird, woraufhin er seine Aktenmappe fast auf den Tisch wirft. Die langen Beine streckt er aus, eines über dem anderen, der Fuß wippt ungeduldig. Er streicht das Haar zurück (es fällt sofort wieder nach vorn!) und schiebt einen gekrümmten Zeigefinger hinter den Hemdkragen, wo er hin und her fährt, während er den Kopf von einer Seite zur anderen dreht. Sein Adamsapfel ist gut gewachsen und lebhaft.

»Puh, was für eine Hitze«, erklärt er dann. »Ob Sie mir erlauben würden, ein Fenster zu öffnen?«

»Ja, gerne!«

Er zwängt sich an ihr vorbei, groß und mager, beugt sich vor und ergreift die Fensterriegel. Die Jacke strammt um die Taille und zeigt am Rücken Falten – wahrscheinlich wurde sie zwischen den verschwitzten Rücken und den Sitz eines Automobils gepreßt. Er muß gegen das Fensterholz klopfen, um es zu öffnen. Die Brise, die zusammen mit dem Verkehrslärm hereinweht, pustet ihr den Geruch nach Mann, nach Schweiß und Rasierwasser ins Gesicht.

»Vielen Dank«, sagt er, als er sich wieder hinsetzt. Er blickt sich im Zimmer mit dem Blick eines frisch Inhaftierten um, der seine Zelle inspiziert. Dann betrachtet er sie, und als ihm klar wird, daß ihm wahrscheinlich nichts anderes als die frische Luft angeboten wird, öffnet er die Mappe und holt die Papiere hervor. Einen Stift zieht er aus der Innentasche seiner Jacke.

»Entschuldigung, aber ist es recht, wenn ich jetzt gehe?« Mamsell Rasmussen steckt ihren Kopf (den sie heute – die Götter wissen, warum! – mit einem bemerkenswert unkleidsamen Topfhut bedeckt hat) durch die Tür.

»Ja, ja. Gehen Sie nur.«

»Dann auf Wiedersehen.«

»Auf Wiedersehen, auf Wiedersehen.« Der junge Mann nickt fröhlich.

Als die Tür sich geschlossen hat, wendet er sich Frederikke zu. »Ja«, erklärt er sodann und strahlt eine unerträgliche Geschäftigkeit aus. »Ich bin ja gekommen, um Details des Auftrags zu erfahren. Soweit ich es verstanden habe, wünschen Sie, daß wir eine bestimmte Summe Geldes einem …« (Pfeifen und Suchen.) »… Frederik Faber überführen.«

Sein Lächeln ist professionell und aufgesetzt.

»Das ist richtig.«

»Soweit ich verstanden habe, haben Sie ein Grundstück verkauft, und jetzt wünschen Sie, daß der Ertrag aus diesem Verkauf an ihn übergeht.«

»Ja, das ist richtig.«

»Dieser Frederik Faber – ist das Ihr Sohn?«

»Nein. Das ist mein ehemaliger Mann.«

»Ach so! Nun kümmern wir uns ja nicht um Ihre Geldangelegenheiten, sondern …« (Pfeifen und erneutes Blättern in den Papieren.) »… Wertgaard & Hartmann, soweit ich informiert bin. Darf ich fragen, warum Sie diese Angelegenheit nicht durch diese Firma regeln lassen?«

Er schaut sie fragend an.

»Weil ich nicht den Eindruck habe, daß sie sich so einer Sache annehmen würde. Wertgaard & Hartmann sind in erster Linie Wirtschaftsprüfer. Und die Sache ist die: Ich weiß gar nicht, wo mein früherer Ehemann sich befindet. Er ist vermutlich in Deutschland. Und dort sollen Sie ihn suchen.«

»Ihn suchen? Sie meinen doch hoffentlich nicht, daß wir uns

wirklich nach Deutschland begeben und ihn dort aufspüren sollen?« Er lächelt etwas herablassend, was er nicht hätte tun sollen.

»Wenn es möglich gewesen wäre, ihn hier von meinem Lehnstuhl aus zu finden, dann hätte ich Sie sicher nicht damit behelligt, nicht wahr?« Sie sieht ihn scharf an. »Aber wenn Sie nicht der Meinung sind, daß ich Ihnen diese Aufgabe übertragen kann, dann ...«

Er sieht etwas überrascht aus. »Aber gute Frau, ich meinte doch nur ... Dorthin zu reisen erscheint mir schon etwas umständlich. Und es würde Ihnen enorme Kosten verursachen. Die Reise, der Aufenthalt ...« Er zeichnet luxuriöse Hotels und endlose Eisenbahnschienen in die Luft. »Und schließlich ist ja das Telefon erfunden worden! Es könnte sein, daß ein paar Anrufe bei den deutschen Behörden ausreichen. Wenn wir Glück haben.«

Sie antwortet nicht. Sieht ihn nur an, als ob es wirklich sein könnte, daß seine Aufzählung von Selbstverständlichkeiten sie zu Tode langweilt.

Er räuspert sich und lenkt den Blick erneut auf seine Papiere. »Deutschland, sagen Sie ...« Er spitzt den Mund und schaut zur Decke. »Könnten wir das ein wenig einkreisen? Wissen Sie genauer, wo?«

(*Zu den Würzgärtlein! Daß er weide in den Gärten und Rosen breche.*)

»Berlin.« Sie macht eine Handbewegung, als wäre ihr der eine Ort ebenso recht wie jeder andere.

»Berlin, sagen Sie.« Er macht sich Notizen. Professionell. »Und wann haben Sie ihn das letzte Mal gesehen oder gehört?«

»Das letzte Mal, daß ich ihn gesehen habe, das war kurz bevor er dorthin gefahren ist. Wann muß das gewesen sein ... dreiundachtzig.«

Er schaut überrascht auf und guckt sie ungläubig an. »Dreiundachtzig! Meinen Sie achtzehnhundertdreiundachtzig?«

»Ja. Was dachten Sie denn? Siebzehnhundertdreiundachtzig?«

»Nein. Natürlich nicht! Aber das ist ja eine Unmenge von Jahren her. Und Sie sind sicher, daß Sie ihn seitdem nicht mehr gesehen haben?«

»Ja!« Sie hat nicht übel Lust, ihm zu erklären, daß es gar nicht so lange her ist, wie er glaubt, aber das wäre ja sinnlos.

»Ich verstehe nicht ganz ... Sie sind doch geschieden, nicht wahr?« Wieder läßt er seinen Blick über die Möbel streifen. »Es muß doch all die Jahre hindurch irgendeine Form von Unterhaltszahlung, von Geldüberweisung gegeben haben.«

»Nein. Ich habe damals, als wir uns scheiden ließen, einen einmaligen Betrag bekommen.«

»Einen einmaligen Betrag? Und der hat all die Jahre über ausgereicht?«

»Ja. Mehr als genug. Verstehen Sie, junger Mann, er hat mir sein gesamtes Vermögen überlassen, als er abreiste.«

»Das gesamte Vermögen?« Er pfeift beeindruckt. (Alte Menschen ziehen sich einen Hexenschuß zu – und die Jugend neigt leider dazu, sich ärgerliche Angewohnheiten zuzulegen.) »Ja, aber, soll das heißen, daß er ohne eine Krone in der Tasche nach Deutschland gereist ist?«

Sie zuckt mit den Schultern. »Tja ... Etwas wird er sicher gehabt haben. Ich weiß es ehrlich gesagt nicht. Der Betrag war jedenfalls so groß, daß ich den Eindruck hatte, es müßte sich um sein gesamtes Vermögen handeln – daß er abgereist ist, ohne viel mitzunehmen. Er besaß übrigens ein Krankenhaus. Das hat er auch verkauft.«

»Das ist aber äußerst ungewöhnlich. Haben Sie eine Idee, warum er das getan hat?«

»Ich weiß es nicht. Er wollte wohl sicher sein, daß es kein juristisches Nachspiel geben würde. Außerdem hatte er ein schlechtes Gewissen ... aber sagen Sie mir, hat das überhaupt etwas mit der Sache zu tun?«

»Nicht direkt ...« Der junge Mann mit den unruhigen Bewegungen erstarrt plötzlich. Dann lehnt er sich zurück und betrachtet eingehend den Füllfederhalter, der sich zwischen seinen Fingern dreht. »Nicht direkt«, wiederholt er dann. »Aber sagen Sie mir doch, Frau Faber: Ihr Mann ... wie alt ist er jetzt eigentlich?«

»Das weiß ich nicht so genau«, weicht sie aus.

»Ist er vielleicht jünger als Sie?« Er schaut auf. »Entschuldigen Sie bitte.«

Ja, ja, würde sie am liebsten erwidern, ich weiß selbst, daß ihr Jungen glaubt, wir Alten hätten gar kein Leben. Und das haben wir auch nicht! Wir klammern uns nur an die Reste.

»Nein, er war älter«, muß sie widerstrebend einräumen und fügt mit einer kaum hörbaren Stimme hinzu: »Ungefähr zehn Jahre.«

Den Ohren des jungen Advokaten fehlt nichts. Er beugt sich vor und konsultiert erneut seine Papiere. Dann sieht er sie mit einer unerträglichen Nachsichtigkeit an. »Frau Faber, das würde ja heißen, daß Ihr Mann Ende Achtzig ist. Vielleicht schon neunzig.«

Sie hat es ja in gewisser Weise bereits gewußt. Trotzdem kann sie es sich einfach nicht vorstellen. Frederik kann nicht alt werden.

Sie schaut aus dem Fenster. Die Sonne scheint.

»Liebe Frau Faber«, die Stimme des jungen Mannes ist jetzt eindringlich, »die Chance, daß er noch lebt, ist mikroskopisch klein.« Er legt den Kopf schräg und sieht sie appellierend an.

Sie würde am liebsten losschreien, doch ihre Stimme ist ruhig und bestimmt, als sie sich ihm zuwendet und erwidert: »Er lebt!«

»Aber, gnädige Frau ... Woher wollen Sie das denn wissen? Wenn Sie nichts von ihm gehört haben.«

»Das weiß ich eben!« Jetzt ist sie das Kind und er der Erwachsene. Sie weiß nicht, wie sie es ihm begreiflich machen soll. Sie kann ihm doch nicht sagen, daß Frederik angefangen hat, sie nachts zu rufen. Sie kann ihm doch nicht sagen, daß ein Mann wie Frederik nicht sterben kann. Sie weiß, daß er lebt. Sie weiß es. Alles andere ist undenkbar.

»Hören Sie mal, Frau Faber. Es tut mir leid, das sagen zu müssen, aber ... Warum vergessen Sie die ganze Geschichte nicht einfach? Selbst wenn er noch lebt, so wird er es kaum schaffen, das Geld auszugeben, bis ...« Er beugt sich zu ihr vor. »Warum verwenden Sie nicht das Geld, um sich selbst das Leben ein wenig angenehm zu machen, jetzt in dieser ...« Er bremst sich, ehe er die Worte »letzten Zeit« sagt. »Oder ... es muß doch andere geben, denen Sie das Geld vermachen können.«

»Es ist sein Geld – nicht das anderer! Ich will darüber nicht diskutieren. Sie brauchen nur zu sagen, wenn Sie den Auftrag nicht übernehmen wollen. Dann werde ich schon ein anderes Büro finden. Es gibt sicher andere, die gern mein Geld verdienen wollen«, sagt sie, ohne selbst daran zu glauben.

»Jetzt hören Sie mal. Darum geht es gar nicht. Ich schicke gern einen Mann nach Deutschland oder fahre selbst dorthin, wenn es sein muß, aber eigentlich mache ich mir Gedanken um Sie und um Ihr Geld. Es ist ja so gut wie sicher, daß es rausgeworfen wird.«

Der Grünschnabel hat recht. Aber sie will trotz allem Gewißheit haben. Und sie kann diesem albernen jungen Menschen doch nicht sagen, daß es ihr einziger Wunsch ist, Frederik noch einmal zu sehen, bevor sie stirbt.

»Das Risiko ist mir bekannt. Ich nehme es gern auf mich. Das einzige, was Sie tun sollen: Versuchen Sie, ihn zu finden. Und dann können Sie es mir ja immer noch sagen, falls er ... tot ist.«

»Nun gut. Wenn Sie es so sehen.« Er zuckt mit den Schultern, schraubt den Füller auf und kratzt etwas aufs Papier. »Wir nehmen zehn Prozent des gesamten Transaktionsbetrags als Honorar. Das ist unser normaler Tarif. Plus Unkosten.« Er betrachtet sie, um festzustellen, ob seine Worte irgendeine Wirkung haben. Sie macht nur einen Fischmund und winkt ab.

Er seufzt. »In diesem Fall möchte ich um die persönlichen Daten Ihres Mannes bitten ...«

Bevor er aussprechen kann, hat sie ihm wortlos einen alten vergilbten Briefumschlag hingeschoben. Er schaut hinein. Es ist eine Heiratsurkunde. Er zieht sie heraus und notiert sich die Daten, die er benötigt.

»Was ist mit seiner Familie?« fragt er, während er noch schreibt. »Hat er irgendwelche noch lebenden Angehörigen hier im Land? Jemanden, an den wir uns wenden können?«

»Schon möglich. Aber lassen Sie seine dänische Familie außen vor. Ich glaube sogar, daß seine Schwester noch lebt, aber ich verbiete Ihnen, sich an sie zu wenden. Haben Sie verstanden? Da darf keinerlei Verbindung entstehen. Wenn ich höre, daß Sie irgend jemanden aus seiner Familie hier im Land kontaktieren, dann kriegen Sie nicht eine einzige Krone für Ihre Arbeit.«

Er sieht sie lange an. Dieses alte, runzlige Gesicht. Vielleicht ist es ihr verzweifelter Ton, der ihn zu seiner nächsten Frage verleitet.

»Sagen Sie mal, Frau Faber – möchte Ihr Mann überhaupt gefunden werden? Hand aufs Herz.«

»Ob er es möchte?«

»Ja. Verstehen Sie – das muß ich ja wissen. Es ist natürlich ungleich schwerer, einen Mann zu finden, der sich versteckt. Ja, um nicht zu sagen, unmöglich!«

Der sich versteckt ...

Versteckt er sich?

Sie weiß es nicht. Sie glaubt es nicht.

Sie schüttelt den Kopf. »Er versteckt sich nicht.«

»Nun gut. Und Sie sind sicher, daß wir uns auf Berlin konzentrieren sollen?«

»Nun ja, was heißt schon sicher. Jedenfalls hat er einen Bruder, der dort gewohnt hat. Bekannte. Ich gehe davon aus, daß er dort ist.«

»Diese Bekannten, dieser Bruder ... haben Sie deren Namen?«

»Nicht die der Bekannten. Aber die meisten von ihnen sind Ärzte. Mein Mann ist auch Arzt. Er hat vermutlich eine Klinik gehabt. Jedenfalls suchen Sie am besten in diesen Kreisen – den medizinischen Kreisen, der Universität ... Und was den Bruder betrifft, so heißt er Theodor Faber. Das dürfen Sie sich gern aufschrieben. Aber er ist sicher schon tot. Er war etwa zehn Jahre älter als mein Mann.«

Ein fast unsichtbares Lächeln gleitet über die Lippen des jungen Mannes. »Ja, davon ist dann wohl auszugehen. Aber hat er vielleicht Kinder, der Bruder?«

»Das glaube ich schon.«

»Söhne?«

»Das weiß ich nicht. Daran kann ich mich nicht erinnern.«

»Wenn es Nachkommen gibt, ist es uns dann gestattet, uns an sie zu wenden?«

»Ja. Solange Sie sich nur auf Deutschland beschränken.«

»Ausgezeichnet.« Er richtet sich auf. »Ja, ich glaube, dann habe ich alles, was ich brauche. Dann will ich Ihre Zeit nicht länger in Anspruch nehmen, gnädige Frau.«

Hau ab, denkt sie, während sie seine Geschäftigkeit beobachtet.

»Ach, übrigens! Haben Sie ein Telefon im Haus?« Er schaut sich suchend um.

»Nein, das habe ich nicht.«

»Oh, das ist schlecht. Wenn mir noch Informationen fehlen, dann wäre es schön, wenn ich Sie anrufen könnte. Besonders, falls wir Sie von Deutschland aus sprechen möchten. Es wäre sehr nützlich, wenn Sie sich eins anschaffen würden.«

»Ist das wirklich nötig?«

»Nun ja, es würde zumindest den Gang der Dinge bedeutend erleichtern, wenn wir Sie schnell erreichen können. Vielleicht gibt es ja irgendwelche Fragen.«

»Ja, ja. Nun gut, dann muß ich mir das wohl anschaffen.«

»Ja, nicht wahr? Es wäre sowieso gut für Sie, eines zu haben. Sie leben doch allein, oder?«

Sie nickt.

»Na, sehen Sie! Dann sollten Sie sich unter allen Umständen ein Telefon anschaffen«, ereifert er sich und ist plötzlich das Enkelkind, das sie nie bekommen hat. »Wissen Sie was, ich werde für Sie Kontakt zur Telefongesellschaft aufnehmen, ja? Dann brauchen Sie das nicht zu tun.«

»Oh, vielen Dank. Das ist nett von Ihnen.« Sie rutscht so leicht in die Rolle, daß sie ein Hauch von großmütterlicher Güte überkommt.

»Ja gut, dann ist das abgemacht! Und wenn es installiert ist, seien Sie doch so gut und rufen diese Nummer an…« Er reicht ihr seine Karte. »…und teilen Sie der Sekretärin Ihre Nummer mit. Dann bekomme ich sie von ihr.«

»Ja, natürlich.«

»Vielen Dank. Dann haben wir wirklich alles besprochen.«

Sie beugt sich vor, als hätte sie Angst, er könnte verschwinden. »Und was passiert nun? Ich meine, was tun Sie jetzt?«

»Jetzt? Ja, gleich werde ich zurück ins Büro gehen und mir die Sache ansehen. Dann werde ich – entweder noch heute oder morgen in aller Frühe – versuchen, Kontakt zu den deutschen Behörden aufzunehmen. Wer weiß, vielleicht haben wir ihn bereits in ein paar Tagen ausfindig gemacht. Davon gehe ich sogar aus.«

Seine Stimme ist so herzlich herablassend, daß es sie nicht verwundern würde, wenn er auf die Idee käme, ihre Hand zu tätscheln.

Er schiebt die Papiere in die Tasche und klemmt sie sich unter den Arm. Dann steht er auf. »Also, vielen Dank.« Er reicht ihr die Hand. »Wenn ich etwas erfahre, gebe ich Ihnen umgehend Bescheid.«

»Ich habe zu danken. Auf Wiedersehen. Sie finden allein hinaus, ja? Es fällt mir etwas schwer ...« Sie schaut auf ihre Beine hinunter.

»Aber natürlich. Auf Wiedersehen.« Er bewegt sich zögernd zur Tür, als hätte er ein schlechtes Gewissen, sie so allein zurückzulassen. Fast hat er die Tür erreicht, als er sich noch einmal umdreht.

»Hören Sie, da ist doch noch eine Frage, die ich Ihnen stellen muß: Hat Ihr Mann jüdisches Blut in den Adern?«

»Nein, bei Gott, das hat er nicht!«

»Ja, entschuldigen Sie, aber so, wie die Dinge da unten stehen ...« Er winkt mit seiner Mappe. »Wenn ich in diesen Zeiten Jude in Deutschland wäre, dann wüßte ich schon, was... Nun gut, aber ich frage nur, weil das bedeuten würde, daß wir bei unseren Nachforschungen diskreter vorgehen müßten. Aber Sie sind sicher, daß dem nicht so ist? Auch was die übrige Familie betrifft?«

»Ja! Da bin ich mir ganz sicher!«

»Gut. Ach, apropos Familie: Sie wissen nicht zufällig, ob er wieder geheiratet hat?«

»Das hat er nicht!« Ihre Antwort kommt prompt.

»Nein, nein«, nickt er und gestattet sich eine gewisse Skepsis. »Ich meine nur, es ist ja ziemlich viel Zeit seitdem vergangen ... Es hätte ja sein können.«

Zum ersten Mal lächelt sie, ein krankhaftes, freudloses Lächeln. »Sie können ganz sicher sein, daß er nicht wieder geheiratet hat!«

In dem Augenblick, als er die Wohnungstür öffnet, spürt sie einen Zug an den Beinen. Sie hat vergessen, ihn zu bitten, das Fenster wieder zu schließen und ruft: »Herr Larsen? ... Herr Larsen?«

Doch er ist gegangen.

49

Sie hat sich (ohne jeden Nutzen, wie ihr scheint!) ein hübsches blaues Kleid angezogen, das ihr vorzüglich steht, und sie sitzt auf dem Sofa und betrachtet gedankenverloren die Handarbeit, die in ihrem Schoß liegt.

Sie seufzt, schon seit mehreren Stunden sind sie jetzt da drinnen. Sie kann sie kaum durch die beiden geschlossenen Türen hören, doch sie weiß, daß sie dort sind. Wenn sie hinausgegangen wären, hätte sie es gehört – und wenn nicht, dann hätte auf jeden Fall der Hund es sie wissen lassen, denn er bellt jedesmal, wenn eine der Wohnungstüren geöffnet wird, wie ein Wahnsinniger.

Sie schaut zum Korb. Gaffi schläft, entspannt und zusammengerollt.

Sie hat von Frederik in der vergangenen Woche nicht viel zu sehen bekommen. So ist es jedesmal, wenn Velin hier ist. Jeden Morgen, gleich nach dem Frühstück, verschwinden die beiden im Sprechzimmer, wo sie sich hinter geschlossenen Türen verschanzen und von wo Frederik nur auftaucht, um irgend etwas zu holen und bei dieser Gelegenheit mit begeisterten Bemerkungen wie »Es ist unglaublich, wie ähnlich wir denken!« durch die Räume läuft. Anschließend verschwindet er wieder im Sprechzimmer, geht in die Universität, in die Stadt … Oft kehren die beiden erst gegen Mitternacht wieder zurück. Dann ist das Entree von ihren fröhlich flüsternden Stimmen erfüllt.

Und heute arbeiten sie auch. Obwohl es Sonntag ist.

Sie wirft einen Blick auf die Uhr – zehn vor elf. Bald wird Oline sich in der Tür zeigen und nach dem Essen fragen. Frederik weiß, daß sie um zwölf Uhr essen. Warum sagt er dann nicht Bescheid, damit sie nicht wie ein unwissender Dummkopf vor dem Personal stehen muß? Eine Frau, die nicht einmal weiß, ob der eigene Ehemann daheim oder auswärts ißt!

Hat man so etwas schon gehört?

Sie hat gerade beschlossen, die Sache selbst in die Hand zu nehmen, hineinzugehen und zu fragen, als sie das Geräusch einer Tür hört, die geöffnet wird, und kurz darauf lachende Stimmen vom Eingang her.

Der Hund hebt den Kopf, lauscht und legt sich dann mit einem langgezogenen Seufzer wieder hin.

Sie sitzt also auf dem Sofa, scheinbar mit ihrer Handarbeit beschäftigt, als die Tür aufgeht. Velin tritt in die Stube. Allein. Auf seinem Gesicht sind noch Spuren eines Grinsens zu sehen, und aus seinen Augen leuchtet ein unverhohlenes Vergnügen am Dasein, das ungemein provozierend auf Frederikke wirkt. Als er sie erblickt, räuspert er sich bei dem Versuch, diesen Gesichtsausdruck abzuschütteln.

»Ihr Mann hat noch etwas zu erledigen«, erklärt er und nähert sich Frederikke, die Hände auf dem Rücken – vorsichtig, als hätte er Angst vor ihr. »Er ist gleich zurück.«

»Ja, gut.«

Da sie ihn nicht bittet, sich zu setzen, geht er zum Hundekorb, hockt sich davor und bedenkt Gaffi mit ein paar mütterlichen Streicheleinheiten, worauf er sich wieder aufrichtet und an den kleinen Tisch tritt, auf dem die heutigen Zeitungen liegen.

»Sie gestatten?«

Sie dreht sich um und sieht ihn fragend mit dem »Morgenbladet« in der Hand dastehen.

»Aber natürlich.«

Er setzt sich aufs Sofa gegenüber und widmet sich dem Kampf mit den unhandlichen Zeitungsseiten. Aufgrund einer offensichtlichen Nervosität ist es ihm nicht möglich, sie nach seinem Wunsch zu knicken, und als er sie endlich zu einem lesefreundlichen Format gefaltet hat und das ohrenbetäubende Papierrascheln (das Frederikke mehrere Male dazu gebracht hat, mit gehobenen Augenbrauen aufzuschauen) endlich vorbei ist, traut er sich augenscheinlich nicht weiterzublättern und einen umfangreichen Artikel genauer zu lesen, der ihn genau genommen nicht im geringsten interessiert.

So sitzen sie eine Weile unter dem Ticken der Stubenuhr, jeder scheinbar mit seinem ach so wichtigen Vorhaben beschäftigt.

Frederikke wirft ihrem Gast heimliche Blicke zu, versucht zum Gott weiß wievielten Male seine Anwesenheit einzusaugen in dem Versuch, das Unbegreifliche zu begreifen. Vergebens versucht sie einen eventuellen Duft zu erschnuppern, der von dieser Person ausgehen muß, sie mustert verstohlen seine Haut, den Griff seiner Hände um die Zeitung, die Art, wie er die Beine übereinandergeschlagen hat (wie Frederik!) – aber abgesehen von einer gewissen unbeholfenen Eleganz, die sie ihm widerstrebend zugestehen muß (von der sie jedoch weiß, daß sie angelernt ist und damit aufgesetzt sein kann), findet sie keinen Hinweis darauf, warum ausgerechnet er die Macht besitzt, sich dessen zu bemächtigen, was ihr gehören sollte: nämlich Frederiks ungeteilter Aufmerksamkeit. Das einzige Gefühl, das er, dieser unerwünschte Fremde, bei ihr hervorruft, ist eine leichte Verärgerung und eine unendliche Langeweile.

Wie alt ist er eigentlich, dieser Jüngling? Im gleichen Alter wie sie? Höchstwahrscheinlich. Doch er wirkt jünger, vermutlich durch seine Sanftheit. Der Gedanke ist lächerlich, aber irgendwie hat sie das Gefühl, sie könnte seine Mutter sein, und ist sich ausnahmsweise einmal ihrer Überlegenheit vollkommen bewußt. Sie ist ihm in jeder Hinsicht überlegen – ausgenommen natürlich in dem einen Punkt, auf den es ankommt.

Sie begreift es nicht.

Velin hat die Zeitung beiseitegelegt. Mit einem Seufzer und einem leichten Gähnen, das wahrscheinlich entspannte Nonchalance demonstrieren soll, steht er auf und setzt sich zuvorkommend auf die Armlehne neben Frederikke. Sie zieht unmerklich die Schultern hoch, wie um sich zu beschützen, und kann jetzt deutlich den Duft seines Rasierwassers vernehmen, nach dem sie vor ein paar Minuten gesucht hat.

»Das ist sehr hübsch«, sagt er freundlich und zeigt auf die Stickerei auf ihrem Schoß.

»Danke«, antwortet sie verhalten. »Ich hätte nicht gedacht, daß Sie sich dafür interessieren, für das eher ... Weibliche.« Sie hat den Kopf ein wenig zur Seite gelegt und sieht ihn herausfordernd an.

Eine diskrete Röte zeigt sich auf seinem Gesicht, und einen Moment lang sieht es so aus, als wüßte er nicht, was und wieviel er auf ihre Worte geben soll.

»Doch, doch. Ich habe ja einige Schwestern«, erwidert er, als würde das alles erklären. Dann steht er auf und tritt ans Fenster, wo er Aufstellung bezieht und hinausschaut.

Es ist sehr still.

»Hören Sie«, sagt er nach einer ganzen Weile, »ich glaube, ich habe mich nie richtig bei Ihnen bedankt ... Hotels sind so unbequem. So unpersönlich. Ich bin mir im klaren darüber, daß ich Ihre Gastfreundschaft auf eine harte Probe gestellt habe. Ich bin Ihnen äußerst dankbar dafür, daß Sie mich noch einmal bei sich wohnen lassen wollen.«

»Will ich das?« Frederikkes Stimme ist kaum zu hören.

Ein verwirrtes Gesicht wendet sich ihr zu. »Wie bitte?«

»Ich habe nur gesagt, daß es nicht der Rede wert ist.«

Der junge Mann wirkt erregt und unsicher – als wüßte er nicht, was er glauben soll, aber sollte er der Meinung sein, etwas anderes gehört zu haben, so beschließt er jedenfalls, sich verhört zu haben.

»Ich finde schon, daß es der Rede wert ist. Es bedeutet viel für mich.« Seine Stimme klingt ernst und eindringlich, aber nicht einschmeichelnd. »Wissen Sie, die Zusammenarbeit mit Ihrem Mann ist ein Privileg ... eine Ehre für jemanden wie mich. Er ist ein außergewöhnlicher Mensch. Sehr tüchtig – ja, ein Genie auf seinem Gebiet.«

»Das sind Sie doch wohl auch, oder?«

»Ich?« Er schaut sie ganz erschrocken an. »Ein Genie? Nein, soweit kommt es noch.« Er schiebt die Hände in die Taschen, steht da und schaut etwas verträumt über die Dächer der Stadt, offensichtlich nicht in der Lage, weitere Worte zu finden.

50

Wenn man von dem Drang überwältigt wird, einen Hund spazierenzuführen, ist es äußerst angenehm, einen zu besitzen! Meistens führt Frederikke Gaffi aus.

Als sie Ernst Madsen zum zweiten Mal sieht, sitzt er nicht auf einem Gerüst, sondern hat sich auf dem Treppenabsatz vor dem Gebäude einen Platz in der Sonne gesucht. Er hält die Milchflasche im Schoß. Neben ihm steht eine Brotdose mit offenem Deckel.

Sie hat den Hund nicht im Griff. Obwohl er klein und unscheinbar ist, hat er seinen eigenen Willen, der sich nicht zügeln läßt, und als sie an dem Mann auf dem Treppenabsatz vorbeikommt, reißt der Hund sich los, und ehe sie sich's versieht, hat er sich über die Brotdose hergemacht. Sie steht da, immer noch die Leine in der Hand.

Der Hund verschlingt mit zwei, drei heftigen Kopfbewegungen irgend etwas, das er in der Brotdose gefunden hat. Der Fremde lacht, der Hund wedelt mit dem Schwanz, und nachdem er die Brotdose leergeschleckt hat, kriecht er ohne weiteres Vorspiel zwischen die Beine des Mannes. Dieser schafft es gerade noch, die Milchflasche zu retten, indem er sie zur Seite stellt.

Seine Hände fahren streichelnd über den Hund.

»Was für ein Schlingel«, sagt er grinsend.

»Sie müssen wirklich entschuldigen«, ruft sie über die frühlingsfeuchte, schlammige Erde hinweg – eines der nur noch wenigen Löcher, durch die die steinbepflasterte Stadt atmen kann.

Er lacht nur und krault weiter den Hund, der offensichtlich begeistert ist von dem unerwarteten Leckerbissen und der Aufmerksamkeit.

»Das macht doch nichts. Ich mag Hunde.«

»Wirklich?«

»Ja, und wie. Ich hatte selbst einen als Kind. Ja, nicht ganz so einen wie diesen hier. Einen Terrier.« Er läßt die Hände über das glänzende schwarze Fell fahren, während er sie unverwandt ansieht. Seine Augen sind heller als Frederiks, ansonsten ist alles gleich. Die Zähne sind groß und weiß.

Der Hund wedelt mit dem ganzen Körper.

»Jetzt nehme ich ihn lieber wieder«, erklärt Frederikke und balanciert wie eine Seiltänzerin über ein Brett, das als Brücke in den Matsch geworfen wurde. Sie beugt sich vor, um die Leine am Halsband zu befestigen.

»Ach, verflixt!« ruft sie verärgert aus.

Er sieht sie interessiert an.

»Ist etwas nicht in Ordnung?«

»Ja. Die Schnalle. Ich glaube, sie ist kaputt gegangen.«

»Lassen Sie mich sehen«, sagt er und streckt ihr eine breite

Hand entgegen. »Vielleicht kann ich sie reparieren. Ich bin geschickt mit den Händen.«

Er hält den Hund zwischen den Knien fest – worein dieser sich ohne weiteres fügt –, so daß er beide Hände frei hat, um die Schnalle zu untersuchen.

»Oh, schade«, sagt er dann, »dummerweise fehlt die Niete, die das Ganze zusammenhält. Sie muß rausgefallen sein.«

Er reicht ihr die Leine und steht auf, den Hund im Arm. Er ist groß.

»Warten Sie, ich schaue mal, ob ich ein Stück Schnur finde, das Sie solange nehmen können.«

»Nein, das ist nicht nötig«, beeilt sie sich zu erwidern. »Ich wohne hier gleich um die Ecke.« Sie zeigt in die Richtung. (Renbads Allé 44, zweiter Stock, Sie können gleich mit hineinkommen!) »Ich kann ihn bis dorthin tragen.«

»Sind Sie sicher?«

»Ja. Natürlich.« Dann fügt sie lächelnd hinzu: »So groß ist er ja nicht.«

»Stimmt«, grinst er, während er ihr vorsichtig den Hund überreicht. »Das wäre gelogen.«

Er steht immer noch direkt vor ihr, sehr, sehr nah, und macht keinerlei Anstalten, zur Seite zu gehen.

»Und vergessen Sie nicht, ihn zu füttern.« Sein Kopf macht eine muntere Bewegung Richtung Brotdose.

»Ja«, antwortet sie, merkwürdig peinlich berührt. Sie bleibt noch stehen. Dann sagt sie: »Vielen Dank. Und entschuldigen Sie!«

»Keine Ursache, gnädige Frau.«

»Dann auf Wiedersehen ...«

»Auf Wiedersehen.«

Als sie die Straße hinuntergeht, dreht sie sich nicht um. Trotzdem weiß sie, daß er auf der Stufe steht und ihr nachsieht. Es ist, als erweckte sein Blick ihre Hüften zum Leben. Sie wiegen sich weich unter dem Kleid.

Sobald sie in der Tür ist, überreicht sie Anna das Tier.

»Waschen Sie den Hund! Gründlich! Er ist auf eine Baustelle gelaufen.«

Anna verschwindet mit ihm.

Die Tür zum Wohnzimmer steht offen. Schnell zieht sie den Mantel aus.

»Du, Frederik? Du errätst nie, wen ich eben unten auf der Straße getroffen habe: Bang! Herman Bang. Stell dir vor, er ist aus unserem Hauseingang gekommen. Ich bin mir ganz sicher. Er hat mich gegrüßt, sich vornehm verbeugt und den Hut gelüftet. Ich hatte richtig Angst, daß uns jemand sehen könnte. Stell dir vor, es könnte jemand denken, daß wir miteinander verkehren! Er trug einen Pelz. Was sagst du dazu – in dieser Hitze! Und ein Seidentuch um den Hals. Er sah vollkommen lächerlich aus. Ich bin mir ganz sicher, daß er bei den Lindsteens gewesen sein muß – du weißt, dieses merkwürdige Paar mit dem häßlichen kleinen Hund, der aussieht wie ein Ferkel, und sich immer an unseren heranmachen will ... Die sind aber auch etwas merkwürdig, die Lindsteens. Immer gehen sie untergehakt, ist dir das auch aufgefallen? Ich habe immer gedacht, sie wären ein Ehepaar, aber Frau Meiling vom zweiten Stock, die Apothekerwitwe, hat mir erzählt, daß sie Bruder und Schwester sind.«

Sie tritt ins Wohnzimmer. Stark parfümierte Luft schlägt ihr entgegen. Frederik sitzt auf dem Sofa. Auf dem Tisch steht ein Tablett mit zwei benutzten Gläsern.

»Puh, wie stinkt es hier nach Parfüm! Wer ist denn hier gewesen?«

Frederik antwortet nicht, hält nur mit einem Seufzer ein Buch hoch.

Im gleichen Moment wird es ihr klar.

»Er kann doch wohl nicht hier gewesen sein?« fragt sie ungläubig. »Bei uns? Wieso ...«

Sie macht ein paar Schritte rückwärts und läßt sich aufs andere Sofa fallen. Ihr Mund steht unkleidsam offen.

»Er ist gekommen, um mir das hier zu verehren.« Er reicht ihr das Buch. Sie nimmt es, wirft es aber sichtlich angeekelt von sich.

»›Hoffnungslose Geschlechter‹! Sag mal, was ist das denn?«

»Tja, das ist sein Debütroman.«

»Ja, vielen Dank, das weiß ich selbst. Aber ist der denn nicht beschlagnahmt worden? Was sollst du denn damit? Wieso verehrt er ihn ausgerechnet dir?«

»Ich weiß es nicht. Er hat wohl noch ein Exemplar liegen gehabt. Was weiß ich? Ich vermute, daß er Ambitionen hat, vom literarischen Establishment akzeptiert zu werden.«

»Aber du bist doch kein Literat.«

»Nein, aber Georg! Er weiß schließlich, daß wir enge Freunde sind. Du hast es doch selbst im Theater damals erlebt. Er hofft wohl, auf diesem Weg ... Nun ja, ich weiß es ehrlich gesagt nicht.« Er schüttelt resigniert den Kopf.

Sie starrt das Buch an, das auf der Tischplatte liegt – mit dem gleichen Blick wie Gaffi, wenn er als Welpe seine Notdurft auf dem Parkettboden verrichtete. Aber dieses Mal nützt es nichts, Anna zu rufen.

»Ich verstehe es einfach nicht.« Dann richtet sie sich plötzlich auf. »Was für eine Frechheit eigentlich, einfach herzukommen! Ich hoffe wirklich, daß er nicht die Absicht hat, das häufiger zu tun. Du hast ihm wohl doch begreiflich gemacht, daß wir in keiner Weise ...«

»Er ist einsam, Frederikke.« Frederik seufzt schwer. »Er ist ein einsamer Mensch, der nach Akzeptanz und Anerkennung sucht.«

»Anerkennung! Wie kannst er denn glauben, daß anständige Menschen etwas mit ihm zu tun haben wollen, so, wie er sich aufführt. Da ist es weiß Gott kein Wunder, daß er einsam ist.«

»Er ist ... anders.«

»Anders!« Sie schnaubt. »Ja, das ist er weiß Gott!«

»Er ist doch nichts anderes als ein großes Kind, Frederikke. Als er dort gesessen hat ...« Er macht eine Handbewegung zu dem Platz, auf dem sie jetzt sitzt, was sie dazu bringt, unwillkürlich zusammenzuzucken. »... war es einfach unmöglich, kein Mitleid mit ihm zu haben. Er hat so etwas Unschuldiges an sich. Und etwas Flehendes.« Frederik lächelt wehmütig. »Er hat die fixe Idee, daß er zum Leid und zum Ruhm geboren ist ... Na, das sind wir ja eigentlich alle – ich meine, abgesehen vom Ruhm.«

»Also, ich finde das überhaupt nicht lustig!« preßt sie zwischen den Zähnen hervor. »Ein Mann, der sich wie ein Frauenzimmer kleidet, sich aufführt, wie ... wie ein Graf und unschuldig ist wie ein Kind. Nein, da mußt du mich wirklich entschuldigen!« Sie verschränkt die Arme vor der Brust.

»Mein Gott, Frederikke – er ist erst vierundzwanzig Jahre alt, er wird der Pornographie angeklagt, sein Buch ist beschlagnahmt worden, und es gibt so gut wie niemanden, der ihn verteidigt.«

»Ja, und? Das ist doch wohl nicht unsere Schuld! Das hat doch nichts mit uns zu tun.«

»Nein«, antwortet er müde, »natürlich hat es das nicht, aber ...«

»Wenn er selbst keinen richtigen Bekanntenkreis hat, berechtigt ihn das doch um Gottes willen nicht dazu, sich unseren Bekannten zu bedienen!«

»Sich unserer Bekannten zu bedienen.«

»Wie bitte?«

»Es heißt ›sich einer Sache bedienen‹.«

»Mag sein! Jedenfalls gibt es niemanden in unserem Bekanntenkreis, der Wert auf ihn legt. Georg und Edvard verabscheuen ihn – und die müssen es ja wissen, nicht wahr? Und du selbst hast über ihn gelacht.«

Er steht auf, nimmt das Buch vom Tisch. »Ja«, sagt er dann, »aber das hätte ich lieber nicht tun sollen.«

Er geht zur Tür.

»Frederik?«

»Ja?«

»Du willst das doch wohl nicht behalten?« Sie nickt mit dem Kopf in Richtung Buch. »Also, ich hoffe wirklich, daß du es verbrennst. Wir können so etwas nicht hier stehen haben. Denk nur an die Dienstboten.«

Einen Moment lang betrachtet er das Buch. Dann sieht er sie an. Er geht hinaus, ohne zu antworten.

51

Als sie Ernst Madsen zum fünften Mal sieht, steht er sozusagen mit dem Hut in der Hand vor ihrer Tür. Den Werkzeugkasten hat er auf die Fußmatte gestellt – vermutlich, um beide Hände frei zu haben und seine Mütze emsig zu kneten.

»Guten Tag, gnädige Frau.«

»Guten Tag. Kommen Sie doch herein.« Sie vermeidet, ihm ins Gesicht zu sehen und schaut statt dessen zu Boden.

Er zieht seine Holzschuhe aus und stellt sie ordentlich an die Wand.

Sie tritt zur Seite und läßt ihn passieren. Es ist nur wenig Platz.

»Hier entlang«, sagt sie und geht voraus in die Küche. »Eigentlich ist es wirklich ärgerlich«, zwitschert sie. »Wie ich Ihnen schon gesagt habe, als Sie mir letztes Mal Ihre Hilfe angeboten haben, ist es nicht einmal ein Jahr her, daß wir die Handwerker hier hatten, um die ganze Küche instand zu setzen.« Sie sieht ihn verärgert an, als appellierte sie an den letzten Aufrechten seines Standes.

»Na, dann wollen wir mal sehen«, sagt er und lächelt beruhigend.

Er folgt ihr auf seinen grauen Strümpfen. Sie kann ihn deutlich spüren. Er duftet nach frischer Luft. Und nach Holz. Aber das ist ja auch kein Wunder.

Sie betreten die Küche, die abgesehen von der Sonne, die durch die Scheiben hereinscheint, und ein paar Fliegen, die am Fensterrahmen summen, vollkommen leer ist.

»Die hier ist es. Sehen Sie, sie will sich einfach nicht schließen lassen!« Sie erfaßt die Schublade und demonstriert ihm das Problem mit so einem Eifer, daß man auf den Gedanken kommen könnte, sie hätte Angst, er könnte ihr nicht glauben. »Sehen Sie! Es ist ganz unmöglich!«

Er lächelt kurz, vielleicht über die vollkommen unglaubwürdige Erregung, in die sie eine Schublade offenbar versetzen kann, tritt näher und stellt seinen Werkzeugkasten auf den Boden. Dann packt er die Schublade und untersucht sie. Seine Schultern arbeiten unter dem steifen, kreideweißen Baumwollstoff.

»O ja«, erklärt er sodann mit professionellem Stolz. »Dieses Problem tritt häufiger auf. Wissen Sie, Holz ist ein lebendiges Material. Es arbeitet unterschiedlich, je nach Temperatur. Kälte, Hitze, Luftfeuchtigkeit – all das hat Einfluß auf das Holz. Wenn eine Schublade neu ist, dann verzieht sie sich gern einmal. Das braucht man nur wegzuhobeln. Geht ganz schnell.«

»Wie schön«, erwidert sie, enttäuscht bei der Aussicht auf einen offenbar nur kurzen Besuch. »Es ist ziemlich ärgerlich, wie Sie sicher verstehen.«

O ja, das versteht er gut. Er sucht in seinem Werkzeugkasten, findet seine Utensilien, hebt die Lade aus ihren Schienen, legt sie auf den Boden, kniet sich davor und macht sich an die Arbeit.

Frederikke steht mit verschränkten Armen hinter ihm und betrachtet ihn. Sie weiß, daß sie den Raum verlassen sollte, doch sie kann nicht. Statt dessen steht sie da, starrt auf seine arbeitenden Hände und überlegt, was sie sagen soll.

Ich habe mich immer schon sehr für Tischlerarbeiten interessiert ...

Nein, dann lieber schweigen.

Weil es immer heißer im Raum wird und um überhaupt etwas zu tun, geht sie ans Fenster und entläßt die Schmeißfliegen in die Freiheit.

Er dreht sich bei dem Geräusch um, lächelt kurz (»Ja, ja, ist heiß heute«) und arbeitet weiter.

Die Späne ringeln sich aus dem Hobel hervor und rollen über den Boden. Sein weißer Hosenboden mit den großen Gesäßtaschen schwebt ein paar Zentimeter über den sockenbekleideten Füßen. Graumeliert. Wie die Strümpfe eines Weihnachtsmannes! Die Wolle ist ganz dünn an der Ferse. In ein paar Tagen wird sie vermutlich reißen. Dann wird man durch das Loch seine Hornhaut sehen. (Soll sie ihm anbieten, es zu stopfen?)

Nach einer kleinen Ewigkeit, in der sie genug Zeit gehabt hat, in Gedanken die Ähnlichkeiten und Unterschiede zwischen ihm und Frederik aufzulisten (was nicht ausschließlich zu Frederiks Gunsten ausfällt), steht er auf, hebt die Schublade hoch, hakt sie ein, schiebt sie ein paarmal auf und zu, nimmt sie erneut heraus, hobelt noch ein wenig und wiederholt die Prozedur. Anschließend holt er ein kleines Fläschchen, mit dessen Inhalt er die Schienen schmiert, schiebt die Lade auf und zu, so daß der Luftzug die Späne auf dem Boden tanzen läßt, und dreht sich zu ihr um.

»So«, sagt er, »das war's! Jetzt läuft sie perfekt.«

Dann legt er seine Sachen wieder in den Werkzeugkasten und bittet um Schaufel und Handfeger. Sorgfältig kehrt er die Späne zusammen.

Bald wird man überhaupt nicht sehen können, daß er hiergewesen ist.

»Haben Sie Hunger?« fragt sie und zeigt damit eine fast ungehörige Dreistigkeit.

Er lächelt schüchtern. »Ich habe immer Hunger. Und Sie?«

Er schaut sie auf eine Art und Weise an, die sie erröten läßt.

»Ich habe gegessen«, antwortet sie schnell, »aber deshalb kann ich ja trotzdem etwas Brot für Sie auf den Tisch stellen.«

»Das brauchen Sie nicht ... wenn Sie schon gegessen haben.«

»Ach was! Das ist ja wohl das Mindeste, was ich tun kann, wenn ich schon Ihre Mittagspause in Anspruch nehme. Oder haben Sie keine Zeit?« fügt sie ängstlich hinzu.

Er schaut auf die Uhr und runzelt die Stirn. »Nein ... doch ... Doch, das wird gehen. Meine Arbeitskollegen werden mich schon entschuldigen, wenn jemand nach mir fragen sollte.«

»Ja, dann werde ich Ihnen etwas aufdecken.«

»Das ist äußerst freundlich von Ihnen.« Er schaut auf seine Hände. »Dürfte ich mir vorher noch die Hände waschen?«

»Aber natürlich. Seife ist dort.« Sie zeigt es ihm. »Können Sie sich selbst ein Handtuch aus dem Schrank daneben holen?«

Er wäscht sich die Hände so gründlich, daß man glauben könnte, er stünde im Begriff, eine Operation auszuführen. Die Seife schäumt bis zu den Armen hoch; er schrubbt, reibt, scheuert die Haut. Als er fertig ist und auf ihre Aufforderung hin am Tisch Platz genommen hat, sind sie ganz rot.

Er nimmt das Brot entgegen, das sie ihm reicht.

»Was darf ich Ihnen zu trinken anbieten? Vielleicht ein Glas Bier?«

»Nein danke. Ich trinke nie Bier. Aber hätten Sie ein Glas Milch?«

(Natürlich will er seine Milch, dieses Naturkind.)

»Ach, das ist fast das einzige, was ich Ihnen nicht anbieten kann. Wissen Sie, all unsere Dienstboten sind in der Sommerfrische. Ich selbst bin nur in der Stadt, weil ich etwas zu erledigen hatte.« (Wir sind ganz, ganz allein!) »Deshalb haben wir keine Milch im Haus. Die hält sich ja nicht ...«

»Dann ein Glas Wasser aus der Leitung. Das wäre auch gut.«

Sie gießt ihm ein Glas voll und nimmt ihm gegenüber Platz.

»Vielen Dank.«

Sie hat Wurst und Käse hingestellt. Er rührt den Käse nicht an, schneidet sich aber ein Paar dicke Scheiben Wurst ab, die er auf dem Brot drapiert.

Er sitzt ganz anders auf dem Stuhl als Frederik. Irgendwie fester. Seine Kiefermuskulatur hüpft, während sie das Brot bearbeitet.

Er ißt hungrig. Ab und zu schaut er sie an und lächelt. Dann lächelt sie zurück und schaut weg.

»Wo ist denn Ihr kleiner Hund heute?« fragt er, vermutlich, weil es nicht so einfach ist, auf etwas anderes zu kommen.

»Der ist draußen auf dem Land. Wir haben dort einen älteren Gärtner, der seinen Hund vor einigen Jahren verloren hat. Er will sich keinen neuen mehr anschaffen, meint wohl, dazu wäre er zu alt. Aber er mag unseren sehr gern. Meinen.«

»Ach so.« Er schluckt. »Das ist aber auch ein süßer kleiner Hund, den Sie da haben.«

»Ja, das stimmt. Ich habe ihn vor einigen Jahren von meinem Mann als Geburtstagsgeschenk bekommen.«

»Aha.«

Dann ist es wieder eine Weile still. Sie weiß nicht, warum sie das gesagt hat, warum sie ihren Mann ins Gespräch gebracht hat. Das war sicher nicht sehr klug.

Sie betrachtet seine Hände, die von der Sonne gebräunt sind. Um die Nägel herum hat er Hornhaut, aber die Nägel selbst sind sauber und weiß. Die Knöchel sind groß und stehen etwas hervor.

Aber er ißt ordentlich, ganz fein mit Messer und Gabel.

»Sie mögen Hunde sehr gern, wie ich vermute«, sagt sie im Konversationston.

»Ja, das stimmt.«

»Dann sollten Sie sich selbst einen anschaffen. Ich meine, Sie sind ja auf keinen Fall zu alt.« Sie versucht ihn mütterlich anzusehen. »Ja, wie alt sind Sie eigentlich?«

»Einundzwanzig«, antwortet er und schüttelt den Kopf. »Aber da, wo ich wohne, geht das nicht mit Hunden.« Er trinkt einen Schluck Wasser. »Außerdem werde ich bald ins Ausland gehen, und dann wüßte ich nicht, was ich mit dem Tier anfangen sollte.«

»Ins Ausland?« Frederikke richtet sich auf.

»Ja. Nach Italien.«

»Nach Italien, sagen Sie?« Frederikke schluckt. »Das ist aber wahrlich weit weg. Haben Sie vielleicht Familie dort?«

»Nein, aber ich habe vor, mir eine Stelle bei einem Ebenisten in Verona zu suchen. Das sind die besten in Europa. Wenn ich dort eine Ausbildung mache und richtig tüchtig werde, dann kann ich die wirklich guten Aufträge hier daheim kriegen. Und vielleicht sogar meinen eigenen Betrieb aufmachen. Möbel, wissen Sie? Ich interessiere mich sehr für Möbel. Antikes Möbelhandwerk. Ich hätte gern einen eigenen Laden ...«

Dann lächelt er entschuldigend und fügt hinzu: »... irgendwann einmal.«

»Was ist ein Ebenist? Ja, Sie müssen meine Unwissenheit entschuldigen ...«

Das tut er, sorgt aber sogleich für Abhilfe, indem er sich eifrig daranmacht, ihr die Kunst der Intarsien zu erklären, deren tausendjährige Geschichte, sie über das Gefühl für die Beschaffenheit unterschiedlichen Holzes in Kenntnis setzt, über kunstfertige Zeichnungen und Muster, über Knochen und Perlmutt, über Aussparungen mit chirurgischer Präzision, über die Freude an dem Duft frischen Holzes und warmen Sands, der für den Prozeß benötigt wird, über die Freude an Details und daran, etwas Schönes mit den eigenen Händen herstellen zu können ...

Die gleichen Hände wirbeln in der Luft herum, zeichnen und beschreiben, seine Augen glänzen vor Eifer (In seinen Wimpern hängt ein wenig Staub. Sollte man ihn herauszupfen?) Und sein Adamsapfel hüpft auf und ab, wenn er sich zwischendurch einmal die Zeit nimmt, zwischen den Sätzen zu schlucken.

»Wissen Sie was?« sagt sie, als er fertig ist. »Ich glaube, ich habe da etwas, das ich Ihnen zeigen möchte. Ich denke, das wird Sie interessieren ... Falls Sie noch Zeit haben.«

Doch, das hat er schon.

Sie führt ihn ins Wohnzimmer, wo die Möbel abgedeckt sind, zieht langsam das Laken von Frederiks kleinem Schachtisch und präsentiert ein antikes, wunderbares Stück Handwerk.

»Meinen Sie so etwas?«

Er geht andächtig davor in die Hocke und streicht über die glänzende Oberfläche.

»Ja, weiß Gott! Das ist ein sehr schönes Stück. Antik. Einzigartig. Sehr wertvoll!« Er sieht sie ernst an. »Wissen Sie, woher Ihr Mann das hat?«

»Ich bin mir nicht sicher. Aber ich meine zu wissen, daß er es auf einer Auslandsreise gekauft hat. Er ist sehr stolz darauf. Und ich auch.«

»Das kann ich gut verstehen.«

Dann entsteht eine kleine Pause.

»Kommen Sie!« sagt er dann. »Geben Sie mir Ihre Hand.«

»Meine Hand?«

»Ja, reichen Sie mir Ihre Hand.« Er lächelt etwas schüchtern, und sie sieht, daß er doch nur ein Junge ist. Er streckt die eigene Hand aus, umfaßt ihr Handgelenk, zieht sie hinunter und legt ihre Hand auf die glatte Oberfläche des Tisches.

»Spüren Sie es?«

(Ob nun Junge oder nicht, seine Augen befinden sich plötzlich allzu nah neben ihren.)

»Was spüren?« schluckt sie, und das einzige, was sie spüren kann, ist seine Hand auf ihrer. Kühl, etwas verschwitzt. »Was soll ich spüren?«

»Die Glätte.« Er führt ihre Hand über die Tischplatte. »Es ist wirklich unmöglich, den Übergang von einem Material zum anderen zu spüren ... Ausgenommen hier! Können Sie hier etwas Besonderes fühlen?«

Sein Blick erwartet etwas von ihr.

»Es ist kühler?« versucht sie und ist plötzlich die Unsichere.

»Ja, genau. Das ist Perlmutt.«

In ihrer Kindheit hatten sie oft dieses alberne Spiel gespielt, bei dem man abwechselnd die Hände übereinanderlegt, um dann immer schneller und schneller die Hand zurückzuziehen, sobald man die Tischplatte spürt. Wenn Onkel August mitmachte, sah man zu, daß die eigene Hand nicht direkt unter seiner landete, denn er hatte die irritierende Angewohnheit, einen am Zurückziehen der Hand zu hindern (ein Vergnügen, das nur er als solches empfand, das ihm aber nichtsdestotrotz nicht auszureden war) und man mußte seine gesamten Kräfte aufwenden, um freizukommen.

Jetzt ist es aber nicht Onkel August, der eine kurze Sekunde lang die Hand nicht loslassen will, sondern ein junger, fremder Tischler mit breiten Händen und kräftigen Armen; ein Mann, der zwar Frederik ähnelt, aber nicht Frederik ist, und der ihr gegenüber in durchgelaufenen Strumpfsocken auf dem Fußboden hockt. Sie selbst hat ihn hereingelassen. Niemand ahnt, daß er hier ist. Plötzlich wird ihr klar, daß er sie in kürzester Zeit packen, aus dem Fenster werfen und sich mit der gesamten Wohnungseinrichtung aus dem Staub machen könnte!

Aber er sieht nicht aus, als ob er gerade daran denken würde! Er lacht auch nicht, wie Onkel August es getan hätte, er hockt nur ganz still da, die Augen unter den hohen, dunklen Brauen geschlossen. Adlerschwingen. Unbegreiflich, was für ein klassisches Antlitz er hat, so scharf, so rein – keine Spur von plumpen, harten Zügen eines Handwerkers. Der Mund ist leicht geöffnet, so daß sie die ebenmäßige Reihe glänzender Zähne sehen kann. Seine Lippen sind trocken: Mitten auf der Oberlippe, genau dort, wo sie sich ein wenig nach unten zieht, sitzt ein Stückchen trockener Haut von der Größe einer Haferflocke.

»Ja«, flüstert sie, ohne sich recht darüber im klaren zu sein, wozu sie eigentlich ja sagt.

Dann öffnet er die Augen, und sie kann gerade noch einen Hauch von Angst empfinden – dann ist der Augenblick überstanden!

Er läßt sie los, und sie steht sofort auf und streicht ihr Kleid glatt.

Er hebt das Laken vom Boden auf und legt es vorsichtig über den Tisch. (Ein Ordnungsmensch mit sauberen Händen!) Dann steht er auf, entläßt den Tisch aus seinem Blick und schaut sie lange an.

»Ihr Mann hat einen sehr guten Geschmack«, flüstert er auf eine Art und Weise, die sie daran zweifeln läßt, daß es der Tisch ist, von dem er spricht.

Warum flüstert er? Sie schluckt.

Jemand ruft etwas unten auf der Straße.

»Nun ja«, sagt sie mit lauter, geschäftsmäßiger Alltagsstimme und weiß nicht, ob sie mehr Angst davor hat, daß er geht, oder davor, daß er bleibt. »Sie müssen wohl jetzt ...«

»Ich möchte Ihnen gern etwas schenken«, unterbricht er mit seinem ganz speziellen Tonfall, einer Mischung aus Rigorosität und Demut. »Etwas, das ich selbst gemacht habe. Darf ich das?«

Er schaut sie unverwandt an. Die Luft steht um sie herum still. Sie spürt, wie sie rot wird.

»Sie sollen mir aber nichts geben ...«

»Aber ich habe es nicht bei mir«, fährt er unbeirrt durch ihren schwachen Protest fort, »deshalb würde das bedeuten ... Das würde bedeuten, daß ich noch einmal kommen muß. Darf ich noch einmal kommen?«

Sie schüttelt den Kopf.

»Ja, das ...«, flüstert sie dann.

Um sich sodann eilig umzudrehen und ihn zurück in die Küche zu führen. Wie ihre Füße sie dorthin tragen, das weiß sie selbst nicht.

Er ergreift seine Werkzeugkiste und richtet sich auf. »Ja, dann ... Vielen Dank fürs Essen. Und fürs Zeigen.«

»Ich habe zu danken. Das war doch nicht der Rede wert. Vielen Dank für Ihre Hilfe. Und sind Sie sich wirklich sicher, daß Sie nicht ...« Sie zeigt auf die Schublade.

Er schüttelt den Kopf. »Dafür will ich nichts haben.« Seine Stimme klingt ernst.

Sie gehen auf den Flur hinaus. Sie öffnet die Tür zum Treppenhaus, und kurze Zeit bleiben sie in der Öffnung stehen, keiner von beiden ist in der Lage, die nächste Bewegung vorzunehmen.

Doch als plötzlich irgendwo eine Tür aufgerissen wird und Stimmen im Treppenhaus zu hören sind, reagiert Frederikke instinktiv (und lächerlich, denn es ist doch wohl keine Schande, Handwerker bei sich zu haben – oder doch?), indem sie schnell die Tür schließt.

Sie schnappt nach Luft, als hätte sie hundert Meter Rückenschwimmen hinter sich. Versucht es mit einem kleinen Lächeln, das aber doch zu nichts anderem als einer krankhaften Grimasse wird. Sie hat sich entlarvt.

Nervös schielt sie zu ihm hinüber. Er steht mit dem Werkzeugkasten in der Hand da, sieht aus wie ein Handelsreisender, der schließlich doch die Möglichkeit sieht, eine größere Partie minderer Ware loszuwerden.

Das ärgert sie.

Doch als er den Werkzeugkasten abstellt, zu ihr tritt und ihre Hände in seine nimmt, da ärgert es sie nicht länger. Seine Lippen, die über ihren Handrücken huschen, sind vorsichtig, fragend und feucht wie seine Augen, aber sie beantwortet seine Frage nicht, weder mit Protest noch mit dem Gegenteil.

»Darf ich wiederkommen?« flüstert er. Er schaut sie an, flehentlich und verliebt. Demütig. Er hebt die Hand und fährt ihr mit einem Daumen über die Lippen. »Sie dürfen nicht nein sagen.«

Das geht nicht. Das ist absurd. Ein junger Handwerker!

Sie schließt die Augen, öffnet sie wieder und nickt.

Er lächelt glücklich und vollkommen unwiderstehlich.

»Danke. O mein Gott, danke! Vielen Dank! Wann darf ich kommen? Morgen? Sagen Sie mir, daß ich morgen kommen darf.«

»Ja. Kommen Sie morgen.«

Er beugt sich über sie und murmelt ihr ins Ohr. »Morgen. Nach der Arbeit. So gegen sechs?«

Er küßt ihr kleines Ohrläppchen. Sein Atem ist warm. Sie nickt.

52

SEPTEMBER 1932

Sie erinnern sich doch, daß ich Ihnen erzählt habe, daß meine Tochter und ihr Mann eine Telefonzentrale auf Hellingsø übernehmen werden, nicht wahr?«

»Nein, daran erinnere ich mich nicht.«

»Nein? Aber ich bin mir ziemlich sicher, daß ich es Ihnen erzählt habe. Eine Bereichszentrale. Bei Skibby. Die Schwiegermutter meiner Tochter hat die Zentrale bisher betrieben. Die beiden haben ja bis vor einem halben Jahr noch bei seinen Eltern gewohnt. Sie haben einen Hof ein Stück weiter den Weg entlang.

Aber jetzt ist die Zentrale also ins neue Haus meiner Tochter und meines Schwiegersohns umgezogen.«

»Ja und ...?« (Wenn Sie die Güte hätten, mich darüber aufzuklären, was das alles mit mir zu tun hat?)

»Ja, und sie hat mich ja schon mehrere Male gefragt, ob ich nicht zu ihnen ziehen will. Ich habe ja immer nein gesagt. Obwohl es da draußen herrlich ist. Sie wohnen direkt neben einem Moor. Und es gibt sogar eine Kammer, in der ich wohnen könnte. Meine Tochter möchte so gern, daß ich komme, damit ich nach den Kleinen sehen kann, wenn sie auf das Telefon aufpaßt. Die Telefonanlage steht im Wohnzimmer – aber trotzdem ... Und sie hat noch gesagt, ich könnte auch lernen, das Telefon zu bedienen. Das könnte wirklich lustig werden. Obwohl ich damit sicher nie allein klarkommen würde. Es sind wohl nicht mehr als zehn Abonnenten, aber trotzdem jede Menge Stöpsel, die eingesteckt werden müssen, und Klappen, die herunterfallen ... Nein, ich glaube, damit werde ich nie klarkommen. Für so etwas bin ich schon zu alt.«

»Ja. Das mag sein.«

»Aber die Kinder, auf die würde ich gern aufpassen. Das habe ich jedenfalls schon früher getan, das sage ich Ihnen! ›Mein Gott‹, hat meine Tochter erst vor kurzem zu mir gesagt, ›du versäumst doch nichts!‹ Und in gewisser Weise hat sie recht, nicht wahr? Mein Mann ist ja schon seit vielen Jahren tot. Und die anderen Kinder sind mit ihren eigenen Sachen beschäftigt. Eigentlich gibt es also nichts, was mich hier hält. Wenn ich es mal so sagen darf. Vielleicht ist es gar nicht schlecht, mal etwas Neues auszuprobieren. Es ist ja nie zu spät, wie man so sagt.«

»Sagt man das?« Frederikke seufzt. »Sagt man das tatsächlich?«

»Nun ja, Sie wissen doch ... Ich will natürlich nicht einfach so gehen und Sie im Stich lassen, Frau Faber. Ich habe eine Freundin, eine Frau Mikkelsen. Sie ist bei einem pensionierten Rechtsanwalt in der Store Kongensgade beschäftigt, aber sie hat schon ein paarmal gesagt, sie würde sich gern etwas anderes suchen. Und das ist in diesen Zeiten ja nicht so leicht, wie Sie wissen. Und deshalb würde sie liebend gern ... ich meine, wenn ich aufhöre.«

»Sagen Sie mir, dieser ganze herzergreifende Sermon von Moorgebieten und Telefonzentralen und Kindern und Schwiegermüttern und Klappen, die runterfallen und was weiß ich nicht, haben Sie das alles nur erzählt, um mir zu sagen, daß Sie aufhören wollen?«

»Ja, das ... Das möchte ich.«

»Was mich betrifft, so brauchen Sie sich keine Sorgen zu machen, liebe Mamsell Rasmussen. Sie brauchen sich auch nicht zu entschuldigen. Ich komme schon zurecht. Wann wollen Sie aufhören?«

»Nun ja, vielleicht zum Ersten. Wenn es paßt.«

»Das paßt ausgez ...«

Frederikke zuckt bei dem Geräusch des Telefons zusammen, das auf dem Tisch neben ihr klingelt.

Sie sieht zunächst das Gerät böse, dann Mamsell Rasmussen bittend an. »Können Sie ans Telefon gehen?«

»Aber das ist für Sie, gnädige Frau.«

»Bitte nehmen Sie doch das Gespräch ...«

»Sie brauchen nur den Hörer abzuheben und ...«

»Vielen Dank! Ich weiß sehr wohl, wie man das macht! Aber ich bitte Sie nun einmal, ans Telefon zu gehen!«

Wieder läutet es. Es klingt wie ein Schrei.

»Nun gut.« Mamsell Rasmussen hebt den Hörer mit einer Miene ab, die Frederikke etwas arrogant erscheint.

»Hallooo ...« (Ihre Zukunft als Telefonistin scheint bereits besiegelt zu sein!) »Hier bei ... Ja, das ist hier ... Jawohl. Einen Moment bitte.«

Sie legt die Hand auf die Muschel und flüstert: »Die Landeszentrale ist dran. Da ist ein Gespräch aus Deutschland ... Ja, hallooo ... Hier bei Frau Faber. Nein, hier spricht die Haushälterin. Mit wem spreche ich? Mit wem, sagen Sie?« Dann wendet sie sich Frederikke zu. »Es ist ein Anwalt oder so.«

»Dann geben sie mir doch endlich den Hörer!«

Frederikke hält den schweren Hörer ans Ohr. Es rauscht.

»Hallo?« ruft sie prüfend in die Muschel.

»Hallo, Frau Faber?« knackt es dort drinnen.

»Ja, am Apparat!«

»Die Verbindung ist nicht so gut. Hier ist Karl Larsen. Hören Sie mich?«

»Ja, ich höre Sie.« (Dieses Gerät hat etwas Ehrfurchtgebietendes an sich, was sie dazu bringt anders zu reden als sonst – die Worte so sorgfältig auszusprechen, daß sie fast majestätisch klingen.)

»Ich wollte Sie nur darüber informieren, wie weit wir gekommen sind.«

»Ja, gut. Von wo aus rufen Sie denn an?«

»Ich bin in Berlin«, ruft er, »und nach vielem Hin und Her habe ich das Krankenhaus gefunden. Es hat sich herausgestellt, daß Ihr Mann die Klinik seines Bruders übernommen hat, kurz nachdem er hierher kam. Er ist nach Hamburg gezogen und hat statt dessen dort ein Krankenhaus aufgemacht.«

»Mein Mann?«

»Nein, sein Bruder.«

»Ach so. Aber ist das nicht letztlich egal?«

»Was sagen Sie?«

»Ich habe gefragt, ob das nicht eigentlich egal ist.«

»Nicht ganz, Frau Faber. Denn es ist etwas Merkwürdiges passiert, das sage ich Ihnen. Bereits knapp ein Jahr nachdem Ihr Mann das Krankenhaus übernommen hat, ging es plötzlich an einen Dr. von Erler über. Wo Ihr Mann geblieben ist, läßt sich nicht sagen. Es sieht so aus, als wäre er ganz einfach verschwunden. Es ist wirklich ein Rätsel.«

»Können Sie ihn denn nicht einfach finden, diesen ... wie hieß er noch, was haben Sie gesagt?«

»Von Erler.«

»Ja. Können Sie diesen von Erler denn nicht finden? Vielleicht weiß er es.«

»Genau diesen Gedanken hatte ich auch. Aber wie sich herausgestellt hat, ist er tot. Dem jetzigen Besitzer der Klinik, einem Zahnarzt namens Grossmann, gehört sie seit 1885. Er hat sie damals von von Erlers Witwe gekauft. Er stammt aus Dresden, und hat weder Faber noch von Erler jemals gesehen.«

»Aha. Und was werden Sie jetzt tun?«

»Nun, ich habe mir gedacht, daß ich versuchen werde, die Familie des Bruders zu finden. Wenn es Ihnen recht ist? Vielleicht wissen die etwas.«

»Ja, vielleicht.«

»Aber der Name von Erler sagt Ihnen also nichts? Das war kein Bekannter Ihres Mannes?«

»Das weiß ich nicht. Er hatte so viele Bekannte.«

»Ja ...« Einen Moment lang ist es still. »Aber das ist das Merkwürdige. Ich kann hier nicht einen einzigen Menschen finden, der sich an ihn erinnert. An den Bruder dagegen erinnert man sich gut.«

»Dann müssen Sie wohl weitersuchen.«

Eine blecherne Frauenstimme, die so nah zu sein scheint, als säße sie in Frederikkes Schädel, unterbricht: »Drei Minuten. Wünschen Sie fortzufahren?«

»Nein, vielen Dank. Ich lege jetzt auf. Ich rufe Sie wieder aus Hamburg an. Auf Wiederhören.«

Ein Klicken ist zu hören. Dann ist er weg.

53

Das sechste Mal, daß sie Ernst Madsen sieht: In der ersten, schmerzlichen Sekunde ist das einzige, was sie fühlt, eine Enttäuschung, die zersplittert und sie im Zustand eines verlorenen Traums zurückläßt – um anschließend Kräfte zu sammeln und zu einer unverhältnismäßigen Wut wiederaufzuerstehen.

Es ist die Kleidung!

Was ist das nur für ein der Unterschicht innewohnender Defekt, der dazu führt, daß all ihre Bemühungen, richtigen Menschen zu ähneln, zum Scheitern verurteilt sind und sie nur noch jämmerlicher dastehen lassen?

In Wirklichkeit ist es schrecklich traurig: Statt eines breiten, stolzen und tatkräftigen Handwerkers mit Staub in den Augenbrauen und Werkzeug in den Taschen steht ihr ein Idiot in Sonntagskleidern gegenüber. Ein Prätendent. Ein Armenhäusler vor dem Dorfschulzen. Ein frisch gewaschener Konfirmand vor dem Pfarrer.

Und viel, viel zu jung.

Kaum mehr als ein Junge.

Der dunkle Wollstoff ist und bleibt, trotz ihrer halbherzigen Bemühungen, es zu übersehen, von erbärmlicher Qualität; dünn und schlampig. Die Jacke, die er über dem kragenlosen Hemd trägt, ist zu kurz, an den Armen fadenscheinig und über den Schultern viel zu eng. Die Hosenbeine enden ein gutes Stück über den ausgetretenen (braunen!) Schuhen, deren Spitzen lächerlich zu ihr hochzeigen. Voller Bedauern stellt sie fest, daß er dieselben Strümpfe trägt wie am Vortag.

Sie sollte die Tür wieder schließen, und sie tut es auch. Aber vorher vergewissert sie sich, daß er hereingekommen ist.

Dieses Mal zieht er nicht die Schuhe aus.

»Für Sie«, sagt er und überreicht ihr ein kleines Päckchen.

Sie zieht an der Schnur und wickelt das Papier auf. Es ist ein kleines Holzkästchen mit einem Rosenmuster auf dem Deckel.

»Das habe ich selbst gemacht«, erklärt er stolz.

»Das ist sehr schön«, erwidert sie verlegen, »aber Sie sollten nicht …«

»Doch«, unterbricht er sie. »Es steht schon lange bei mir. Und jetzt sollen Sie es haben.« Er blickt den Gegenstand in ihren Händen an, als wäre es etwas wirklich Wertvolles, von dem man sich nur schwer trennt, und Frederikke sieht für einen Augenblick sein schäbiges Wohnviertel vor sich (ob er wohl immer noch bei seinen Eltern wohnt?) und das Kästchen als lächerlichen Stolz des Hauses.

In gewisser Weise ist es schon rührend. Sie kann es nur nicht so recht empfinden.

Sie weiß, daß jetzt der Zeitpunkt gekommen ist, ihm zu sagen, daß das Ganze ein Mißverständnis ist. Daß sie unter keinen Umständen etwas von ihm annehmen kann, aber genau in dem Augenblick, als sie ihm das Kästchen zurückgeben will, nimmt er selbst es ihr vorsichtig aus den Händen (denkt er das gleiche?), dreht sich um und stellt es auf der Kommode ab.

Dann dreht er sich wieder um, schaut zu Boden und nimmt langsam ihre beiden Hände in seine. Er hat Hornhaut auf den Handflächen. Wie merkwürdig, wie fremd sich das anfühlt.

»Sind wir allein?« fragt er, ohne sie anzusehen.

»Ja, aber …«

Das geht zu weit! Viel, viel zu weit! Ihr Rücken spannt sich wie eine Feder, aber aus irgendeinem Grund protestiert sie nicht, und als er aufschaut, ist es schon viel zu spät. Was für hellblaue Augen er hat! Und mitten in diesem Licht seine großen, dunklen Pupillen, die sie aufsaugen. Seine harten Finger umspannen die ihren und drücken sie auseinander. Es tut fast weh. Aber nur fast!

So bleibt er stehen und zwingt dann langsam, aber (o Seligkeit!) entschieden ihre Arme zur Seite, tritt etwas vor und preßt sie mit seinem gesamten Körpergewicht gegen die Wand.

Der Konfirmand ist verschwunden!

Der Mann, der sie gegen die Eingangswand nagelt, ist schon vor langer Zeit in die Reihen der Erwachsenen eingetreten. Er braucht weder Erlaubnis noch Vergebung, denn er weiß, was er tut, und sie jammert lautlos (Mein Gott, mein Gott!) und bittet nur scheinbar um Gnade, während sie, ganz im Gegensatz zum Erlöser, spürt, wie das Leben strömt, nicht aus ihr, sondern in sie hinein, sich von unten hochschleicht und die Waden und Schenkel hinaufgleitet, bis es ihr bebendes Herz erreicht. Oh nein, das ist wahrlich kein bitterer Trunk, den er ihr reicht – kein Schwamm mit Essig, sondern eine Zunge, fest und verlangend, die ihren Mund erfüllt.

In seine Hände, demütig flehend und begierig fordernd zugleich, befiehlt sie ihren Körper.

Er ist stark! Er trägt sie ins Schlafzimmer.

Frederikke ist ein Kind ihrer Zeit, über die wir uns – nicht ganz zu Unrecht – erhaben fühlen und die wir als prüde und verklemmt bezeichnen. Wir können die verstockte Geschlechtsmoral dieser Zeit und den generellen Mangel an Wissen beweinen, um sie sodann zu sezieren und zu interpretieren, während Frederikke sich naturgemäß keinen wie auch immer gearteten Überblick über unsere Zeit verschaffen kann. Selbst die progressivsten Köpfe ihrer Zeit werden wohl kaum genügend Phantasie gehabt haben, sich vorzustellen, daß eines Tages pornographische und halbpornographische Literatur und Bilder (die sich zu allen Zeiten an den Hauswänden entlanggeschlichen haben, um sich mit Demut und Diskretion in die Salons zu schmuggeln, deren Türen nur angelehnt waren) durch Seitengassen wie Hauptstraßen marschieren würden, alle schamhafte Sinnlichkeit niedertrampelnd, die ihnen auf ihrem Weg begegnet.

Als Frederikke kurze Zeit später nackt im Bett liegt, auf dem weißen Laken, das sich wie Inlandeis um sie herum erstreckt, ist sie eine Entdeckungsreisende, Herrscherin und Beherrschte zugleich, die ängstlich in ein wildes, unerforschtes Land getrieben wird.

Wir halten an, bildlich gesprochen die Nase an der Busscheibe plattgedrückt, und lächeln besserwisserisch über ihre Angst ... Aber wie können wir sicher sein, daß wir besser dastehen? Sind wir nicht einfach eine weitere Generation, die sich einbildet, die erste zu sein, welche die Vorzüge des Geschlechtslebens entdeckt?

Was ist, wenn unsere sogenannte sexuelle Befreiung in diesem fortgeschrittenen Stadium zwei so unterschiedliche Begriffe wie »Schamgefühl« und »Borniertheit« verwechselt und uns nicht bereichert, sondern beraubt? Daß das massive Angebot von Pornographie, das alle vier Kerzen auf dem Adventskranz des Lebens auf einmal niederbrennt, das unsere Weihnachtsgeschenke schon lange vor Heiligabend auspackt, über ihren bescheidenen Inhalt lacht und uns in den Ruinen unserer Erwartungsfreude zurückläßt, uns eigentlich unserer Phantasie beraubt? Verhöhnt denn die sogenannte Moderne nicht die grundlegende Faszination des Menschen am Unbekannten?

Das Unbekannte ...

Kann etwas größer und reicher sein?

Er (welch ein Wunder!) steht am Fußende, südlich der Eisberge ihrer Brüste, und zieht sich mit eifrigen Bewegungen aus. Sie muß, trotz ihrer Nervosität, die ihr wie ein plötzlicher kühler Windhauch eine Gänsehaut bereitet hat, ein wenig lächeln, als sie sieht, wie er sich das Hemd über den Kopf zieht, nachdem er sich nur die Zeit genommen hat, die obersten Knöpfe zu öffnen. Als er sich ganz ausgezogen hat, steht er einen Moment lang nackt vor ihr. Dann spürt sie, wie die Matratze sich bewegt, als er ein Knie auf das Laken setzt ...

Wir wollen Diskretion vor Neugier walten lassen. Entscheiden wir uns dazu, die lautstarken Proteste zu überhören, die aus dem hinteren Ende des Busses zu hören sind (von den Fahrgästen, die lange Zeit etwas unkonzentriert waren und erst jetzt ein wenig Enthusiasmus zeigen!), und bitten wir den Fahrer, einen Umweg zu nehmen. Anstatt uns in schlüpfrigen Details zu verlieren, begnügen wir uns mit der Feststellung, daß Frederikkes Liebhaber ein Handwerker von Gottes Gnaden ist, der routiniert sein Werkzeug benutzt, und daß sie trotzdem vergebens nach etwas sucht, von dem sie selbst nicht weiß, was es ist – eine V-förmige Narbe auf seinem breiten, makellosen Rücken.

Ernst Madsen ist in keiner Weise ein Mann, der wegläuft, bevor die Arbeit zu Ende geführt wurde.

Er liegt auf der Seite, den Kopf auf der einen Hand ruhend, und sieht Frederikke an, während die andere mit ihrem Haar spielt.

»Sie sind eine sehr schöne Frau. Wissen Sie das?«

»Nun ja ...«, lautet ihre phantasievolle Antwort, die zugleich selbstverleugnende Verneinung, selbstsichere Bestätigung und liebliche Überraschung ausdrückt.

»Doch, das sind Sie! Sie sind ein ...« Er beugt sich vor und beißt sie ein paarmal ins Ohr. »Sie sind ein Leckerbissen. Direkt zum Anbeißen. Und ich bin ein Leckermaul!«

»Haben Sie vielleicht Hunger?« kichert sie albern und glückselig.

»Ja. Nach Ihnen. Ansonsten nicht.«

»Und Durst?«

»Nein ...«

»Hören Sie, wollen wir nicht etwas trinken?«

Er zuckt mit den Schultern. »Wenn Sie meinen.«

»Doch, das meine ich! Was mögen Sie? Champagner?«

»Das weiß ich nicht. Ich habe noch nie so etwas probiert.«

»Nein?« Sie sieht ihn verblüfft an. »Das ist doch wohl nicht wahr?«

»Doch. Glauben Sie, ich würde Sie anlügen?«

»Dann müssen Sie ihn aber mal probieren! Einen Moment.«

Sie setzt sich mit dem Rücken zu ihm hin, voller Eifer, ihm das beizubringen, was er nicht kennt. Oh, sie wird ihn in erleuchtete

Welten hineinziehen, mit ihm in strahlenden Ballsälen tanzen, ihm zeigen, was Liebe ist, ihn lehren, Champagner zu trinken und Austern zu essen und ... nun ja ... ihm einen ordentlichen Schneider besorgen!

Sie erstarrt für eine Sekunde, unterbrochen in ihrem Tatendrang durch die irdische Realität, daß sie ihren Morgenmantel nicht erreichen kann, der tausend Kilometer entfernt liegt, auf einem Stuhl jenseits des Betts, jenseits des Inlandeises. Mangels besserer Möglichkeiten ergreift sie einen Zipfel der Bettdecke und zieht daran.

Doch vergeblich. Als sie sich umdreht (nur den Kopf), sieht sie ihn daliegen und die Decke festhalten.

Er sieht sie unverwandt an, und sie ist plötzlich nackter als nackt. Sie lächelt verlegen und zieht erneut.

»Was wollen Sie damit?«

»Sie mir umwickeln«, antwortet sie hilflos.

»Das habe ich mir schon gedacht!«

»Dann lassen Sie doch los«, sagt sie lachend.

»Warum denn? Es ist Sommer. Es ist warm, und Sie sind jung und schön. Warum verstecken Sie sich? Ich möchte Sie gern ansehen.«

»Nein«, flüstert sie. »Das dürfen Sie nicht.«

»Genieren Sie sich vor mir?« Er läßt einen Finger an ihrer Wirbelsäule hinuntergleiten. »Das brauchen Sie nicht. Sehen Sie doch! Ich geniere mich auch nicht vor Ihnen.« Er schlägt die Decke zur Seite.

Sie schaut ihn eine Sekunde lang an, dreht sich dann abrupt um und errötet.

»Das dürfen Sie nicht«, erklärt sie flehentlich. »Sie dürfen das nicht von mir verlangen.«

»Mein Gott«, erwidert er sanft. Ein Rascheln von Bettzeug ist zu hören, und im nächsten Moment sitzt er hinter ihr, groß und sicher, und hat ihr vorsichtig die Decke um Schultern und Körper gelegt. Er legt seine Wange an ihre und schlingt seine Arme um ihren Bauch. Fest. Wiegt sie ein wenig. Tröstet sie. Seine Bartstoppeln kratzen an ihrem Kinn, als er flüstert: »Verzeihung. Ich wollte Sie nicht in Verlegenheit bringen.«

Sie wendet ihm ihr Gesicht zu. Er küßt sie, und als sie aufgestanden ist, gibt er ihr einen Klaps auf den Po, doch wegen der Decke ist kein Klatschen zu hören.

Sie hält die Decke zusammen, tanzt auf nackten Füßen in die Küche hinaus und wühlt einarmig in Regalen und Schränken.

Das Leben ist sonderbar. Aber gar nicht so schlecht.

Welch süßes Geheimnis! Welche Veränderung des Daseins. Auf einen Schlag.

Und wenn sie nun nicht zufällig mit dem Hund vorbeigegangen wäre? Dann hätte er sie nicht wiedererkannt, damals auf der Straße, und sie wären nie ins Gespräch gekommen – ja, sie wären einander wohl nie begegnet.

Der Gedanke ist schrecklich. Sie sieht ihn vor sich, die Schultern, die Hände, die lange Nase, die anziehenden Augen ... die Adlerschwingen. Der wunderbarste Mann.

Dann gibt es also doch ein Glück für sie. Wie oft hat sie nicht gedacht, daß sie endlich an der Reihe sein müßte?

Ein Handwerker! Und so jung noch! Eigentlich vollkommen unerhört. Wenn ihre Eltern davon etwas erfahren! Die werden rasen! Es ist nicht ein einziger Handwerker in der Ahnenfolge zu finden, und wenn man tausend Jahre zurückgeht. Aber das ist ihr gleich. Die Liebe ist zu groß, zu überwältigend.

Sie muß jetzt stark sein – ihm zeigen, daß sie keinen Wert darauf legt. Daß sie ihm gehört, nur ihm! Unabhängig davon, was sie trennt.

Nichts trennt sie! Sie könnte überall mit ihm leben. Überall! Abgesehen von Kopenhagen, natürlich.

Deshalb müssen sie weggehen! Sie könnten ja auf jeden Fall nach Italien ziehen, auch wenn er natürlich keine Stelle bei so einem lächerlichen Ebenisten antreten wird. Mit ihrem Geld werden sie ganz komfortabel leben können. Und er hat doch gesagt, daß er gern einen eigenen Betrieb gründen würde.

Oh, wenn sie ihn doch erst in ein paar Jahren kennengelernt hätte, wenn er seinen eigenen Laden hat! Ein Antiquitätenhändler – dafür hätte sie sich nicht zu schämen brauchen ... Aber so sollte es nun einmal nicht sein, also muß man sich arrangieren, so gut man kann.

Welche Wirkung sie doch auf ihn hat! Und er auf sie. Man könnte vor Freude laut losschreien.

»Mögen Sie das?« Sie nickt erwartungsvoll seinem Glas zu. Wieviel doch von einer Antwort abhängen kann.

»Doch, ja ... nicht schlecht.«

»Sie zögern noch? Aber es steht Ihnen. Jetzt fehlt nur noch eine Zigarre.«

»Ja«, ruft er aus und sieht aus wie ein Kind. »Hätten Sie nicht eine?«

»Natürlich«, antwortet sie begeistert. »Aber dann müssen Sie mitkommen, es gibt so viele verschiedene. Ich weiß ja nicht, welche Sie haben möchten.«

Sofort ist er auf den Beinen. Nackt und turmhoch.

Frederikke schaut lachend weg. »Auch wenn es Ihnen nicht peinlich ist, so müssen Sie sich dennoch etwas überziehen.«

»Warum? Hier ist doch niemand. Sie haben selbst gesagt, daß Ihr Mann verreist ist und die Dienstboten auf dem Lande sind.«

»Doch, die ... eine ist noch da. Sie geht nie mit aufs Land. Sie hat ihr Zimmer oben auf dem Dachboden.«

»Aber sie wird doch nicht plötzlich durch die Decke herunterkommen?«

»Nein, aber die Fenster ... Also, sie wird natürlich nicht durch die Fenster kommen«, sagt sie lachend, »aber ... verstehen Sie ... die Nachbarn.«

»Die Nachbarn!« Er wendet sich dem Fenster zu. »Kommen die etwa durch die Fenster?« Er sieht sie mit aufgesetzter Empörung an.

»Nein, aber die können uns vielleicht sehen.«

»Unsinn! Die können doch in dieser Finsternis nichts sehen. Wir dürfen nur kein Licht machen.«

»Ziehen Sie sich trotzdem etwas über. Seien Sie so gut.« Sie konzentriert sich darauf, nur sein Gesicht im Blickfeld zu haben, und das ist so schön, ach so schön.

»Wie Sie wollen, meine Schöne«, sagt er, schaut sich um und greift sich sein zerknittertes Hemd vom Fußboden.

Als sie die Stube betreten, sieht sie sofort ein, daß es ein Fehler war, ihn mitzunehmen.

Sie erinnert sich daran, wie sie als kleines Mädchen zusammen mit ihrer Mutter Tante Severine in ihrer Wohnung in der Hindegade besucht hatte. Die Tante hatte Frederikke gebeten, ins Schlafzimmer zu gehen, um ihre Brille zu holen, die auf dem Nachttisch lag. Als Frederikke in diesen Raum trat, in dem sie nie zuvor gewesen war, kam es ihr vor, als wäre sie in ein Märchenland geraten; gefährlich und verlockend zugleich. Schwere, rote Vorhänge waren vor die Fenster gezogen, und das Sonnenlicht schien gespenstisch durch einen kleinen Spalt herein und ließ den Staub tanzen. Sie war plötzlich vollkommen unfaßbar allein mit dem großen Himmelbett, den schweren Kommoden und dem riesenhaften Kleiderschrank, von dem sie wußte, daß er die Kleider und Korsetts der Tante enthalten mußte.

Sie schätzte Tante Severine sehr, sie war immer lustig und freundlich, aber gleichzeitig fürchtete sie sich ein wenig vor ihr. Sie hatte nämlich etwas Merkwürdiges an sich, etwas noch Unheimlicheres als andere alte Menschen: Vor kurzem hatte Frederikke gesehen, wie die Mutter und die Tante die Köpfe zusammengesteckt und miteinander geflüstert hatten, und sie hatte hören können, daß der Tante etwas Sonderbares fehle, daß ihre Gebärmutter vor einigen Tagen beim Ausüben ihrer Morgengymnastik hinuntergefallen sei!

Frederikke hatte sich in dem Zimmer umgesehen. Es mußte ja wohl hier geschehen sein. Sie versuchte sich den merkwürdigen Anblick der großen alten Frau vorzustellen, die auf dem Boden umherhüpfte, die Arme streckte und laut stöhnte, wobei die Haut wie Girlanden an ihr herabhing. Und dann der Bauch, der plötzlich heruntergefallen war!

Frederikke schaute unter das Bett, stand wieder auf und wurde dann von dem unbändigen Drang befallen, in den Kleiderschrank zu gucken. Warum, wußte sie eigentlich selbst nicht; sie mußte einfach einen Blick in diesen tiefen, privaten Abgrund werfen. Vorsichtig drehte sie den Schlüssel, öffnete die quietschende Schranktür, sog den Geruch von Walnuß und Mottenkugeln ein und starrte auf die Bügel und in die Fächer. Sie streckte ihre kleine

Hand vor und ergriff eine Unterhose, die sie mit angehaltenem Atem auseinanderfaltete. Sie war riesengroß. Hastig legte sie sie wieder zusammen und wollte sie gerade zurück ins Fach legen, als sie plötzlich die Stimme der Mutter hörte: »Kannst du sie nicht finden, mein Kind?«

Vor Schreck zuckte sie zusammen. Als sie sich umdrehte, stand die Mutter in der Tür.

»Aber Frederikke!« Sie schrie nicht, doch ihre leise Stimme war viel schlimmer.

Vor Scham wurde ihr ganz kalt. Sie fing an zu weinen, das Kinn gegen den Brustkorb gepreßt, überzeugt davon, daß sie nie wieder würde aufsehen können.

Eine tröstende, tadelnde Hand wurde ihr auf den Kopf gelegt. »Frederikke, so etwas tut man doch nicht. Man darf nicht in den Sachen anderer herumschnüffeln«, sagte ihre Mutter flüsternd.

»Entschuldigung.«

»Was um alles in der Welt wolltest du denn im Schrank der Tante?«

»Ich weiß es nicht.«

»Nun ja. Aber jetzt schließen wir ihn wieder. Nimm die Brille der Tante. Und dann gehen wir hinaus.«

Und das gleiche Gefühl, etwas Unerlaubtes zu tun, sich auf fremdes Terrain zu begeben, befällt sie jetzt, als sie Frederiks Tabakschrank öffnet und den Fremden hineinschauen läßt.

»Meine Güte! Was für eine Auswahl.«

Ernst Madsen betrachtet die vielen Zigarren, die Schulter an Schulter in der Tabakslade liegen, sucht sich eine aus und schiebt sie zwischen die Lippen, ohne die Spitze abzubeißen. (Allerdings zündet er sie auch nicht an.)

»Was für eine große Wohnung.« Seine Augen huschen über die Wände, Möbel und Decken, und einen Moment lang vergnügt sie sich an seinen muskulösen Pobacken, die unter dem Hemdsaum hervorlugen.

»Ja«, antwortet sie. »Hier ist reichlich Platz. Aber kommen Sie! Lassen Sie uns zurückgehen.«

»Moment mal«, sagt er. »Was ist da drinnen?«

Die Situation ist grotesk; ein fremder Mann, nur mit einer nicht entzündeten Zigarre und einem kurzen Hemd bekleidet, betritt Frederiks Arbeitszimmer.

»Wo ist er eigentlich? Ihr Mann?«

»In Paris.«

»Hm ... So viele Bücher.« Er läßt die Finger so über die Buchrücken gleiten, wie er sie vor kurzem über ihren Rücken hat gleiten lassen. »Sagen Sie, hat er die alle gelesen?«

»Ich denke schon. Aber sollten wir nicht lieber ...«

Er überhört sie – nicht unfreundlich, nur kindlich beschäftigt.

»Ich habe nicht gedacht, daß jemand so viele Bücher lesen kann. Ich könnte es nicht, und wenn ich das ganze Leben dafür Zeit hätte.« Er nimmt eines heraus und blättert darin. »Vielleicht hat er deshalb so schlechte Augen«, sagt er dann ganz beiläufig und stellt das Buch wieder an Ort und Stelle.

»Wer? Wer hat schlechte Augen?« fragt sie von ihrem Platz in der Türöffnung aus.

»Na, Ihr Mann natürlich!«

Er nähert sich dem Schreibtisch, beugt sich vor und betrachtet den Globus.

»Aber mein Mann hat doch keine schlechten Augen.« Frederikke tritt vor und schiebt das Buch zurecht, das er soeben berührt hat, bis sein Rücken exakt eine Linie mit den anderen bildet.

»Und warum trägt er dann eine Brille?« Er kaut ein wenig auf der Zigarre.

»Wie kommen Sie darauf, daß mein Mann eine Brille trägt?«

»Weil ich es gesehen habe.«

»Sie behaupten, Sie hätten meinen Mann mit einer Brille gesehen?« Sie lächelt überrascht.

»Ja«, antwortet er, ohne nachzudenken. »Ich habe Sie doch zusammen spazierengehen sehen – ja, ich konnte Sie doch am Hund wiedererkennen«, fügt er hinzu und läßt den Globus kreisen.

Frederikke ist nicht länger amüsiert.

»Es kann nicht stimmen, daß Sie ihn gesehen haben«, erklärt sie spitz. »Mein Mann und ich gehen so gut wie nie tagsüber zusammen spazieren. Mein Mann ist Arzt! Er ist sehr beschäftigt, wissen Sie?«

»Na so etwas!« Er zuckt mit den Schultern. »Dabei habe ich Sie doch mehrere Male gesehen.«

Er nimmt Frederiks Füllfederhalter in die Hand und dreht ihn prüfend hin und her. Irgendwo, tief in ihrem Inneren, ist sie erleichtert, als er ihn wieder hinlegt – als hätte es sie nicht erstaunt, wenn er ihn sich in die Tasche gesteckt hätte.

»Das verstehe ich nicht«, erwidert sie etwas verärgert über seine Hartnäckigkeit. (Warum dieses ganze Gerede über ihren Mann?)

»Nun ja – diesen Mann mit schütterem Haar und Brille.«

Frederikke erstarrt, ihr Gesicht bekommt einen irritierten Ausdruck.

»Das ist nicht mein Mann«, erklärt sie dann konsterniert. »Das ist einer unserer Bekannten. Ein enger Freund meines Mannes.«

»Na so etwas«, grinst er. »Da kann man mal sehen! Dann entschuldigen Sie bitte.« Er zuckt mit den Schultern und wedelt mit der Zigarre. »Ich bin einfach davon ausgegangen ... Ich meine, nachdem ich Sie beide so oft gesehen habe.« Offensichtlich findet er es nicht besonders wichtig, ob sie nun mit dem einen oder dem anderen verheiratet ist.

»Das ist einer unserer Bekannten – ein Gutsbesitzer von Langeland«, fügt sie hinzu, als wäre das eine ausreichende Entschuldigung dafür, sich mit ihm an öffentlichen Orten zu zeigen. »Er und ich, wir haben zufälligerweise die gleichen Interessen, gehen oft zusammen in Ausstellungen.« (Man muß es wohl ein wenig erklären.) »... Museen ...« (Sie haben doch sicher schon davon gehört?) »... zu Konzerten und so ... Aber mein Mann, nein, das ist er auf keinen Fall. Mein Mann sieht wirklich nicht so aus!«

»Wie sieht er dann aus? Haben Sie kein Bild von ihm hängen?« Er schaut sich um, jetzt offensichtlich unschuldig interessiert.

Frederikke schickt dem Hochzeitsbild, das sie klugerweise noch in die Schublade gesteckt hat, einen freundlichen Gedanken. Es wäre nicht gut, wenn er sähe, wie sehr er ihm ähnelt!

»Nein, das habe ich nicht. Aber ich kann Ihnen versichern, daß er ganz und gar nicht dem ähnelt, den Sie für meinen Ehemann gehalten haben.«

Ernst Madsen sieht inzwischen jedoch so aus, als hätte er das ganze Thema vergessen. Er streichelt die Fransen eines Lampenschirms, neigt sich zur Seite, kratzt sich ein bißchen am Knie und schaut sich entschlossen um.

»So ein Heim möchte ich auch einmal haben.«

»Sind Sie etwa Sozialist?« fragt sie und hat mit einem Mal Lust, ihm eine Ohrfeige zu verpassen. (Was glaubt er eigentlich, wer er ist?)

»Sozialist?« grinst er. »Nein, Gott behüte. Auf die gebe ich nicht viel. Sozialismus ist was für Proletarier. Ich bin kein Proletarier. Ich habe Ambitionen. Ich will selbst wohlhabend werden. Ich will ein ordentliches Zuhause haben. Ich will Annehmlichkeiten genießen, und die sollen mir diese beiden« (er wedelt mit den Händen) »und das hier« (er tippt sich an die Stirn) »verschaffen. Ich werde schon mein Ziel erreichen – ich bin nämlich ziemlich stur! – und wenn ich erst soweit gekommen bin, dann will ich auf keinen Fall, daß jemand ankommt und auf mein Geld Anspruch erhebt!«

Er ist peinlich. Lächerlich und peinlich. All das Gerede von Besitz und Geld. Die reine Unterklasse!

»Sie klingen sehr überzeugt davon.«

»Daß ich reich werde, meinen Sie? – Ja, aber so ist es ja auch.« Er sieht sie offen an. »Ich bin tüchtig! Und ich bin ziemlich unermüdlich. Das sind zwei gute Eigenschaften. Und außerdem bin ich intelligent. Und von den Sozialisten sind das nicht viele.«

Dann legt er den Kopf zur Seite und sieht sie fragend an. »Sagen Sie mal – sind Sie jetzt böse auf mich?«

»Das weiß ich nicht. Sie kommen mir nur plötzlich so ... so ...«

»So was? Gefällt es Ihnen nicht, daß ich an mich selbst glaube? Darf ich nicht sagen, daß ich tüchtig und intelligent bin?« fragt er neckend.

Frederikke schaut weg, als er sich nähert.

»Das überläßt man anderen«, erklärt sie dann schnippisch.

»Ach so. Sie dürfen das gerne sagen ... Sie dürfen! Und Sie dürfen auch sagen, daß ich hübsch bin.« Er schiebt ihr einen Zeigefinger unters Kinn und hebt ihr Gesicht auf die Höhe mit seinem. »Oder bin ich das nicht? Mmm ...? Bin ich es nicht? Genau wie Sie?«

Sie weicht aus. Will ihm nicht in die Augen sehen. Sie schlägt den Blick nieder, aber es ist nicht so einfach, prüde zu spielen bei dem Anblick, der sich ihr da bietet. Also schaut sie lieber wieder auf.

»Nun«, beharrt er spöttisch, während er sie unterm Kinn kitzelt, »wollen Sie nicht zugeben, daß Sie mich hübsch finden? Wie? Was ist denn los mit Ihnen?«

Er grinst frech. Seine Selbstsicherheit wäre eines Königssohnes würdig. Er schiebt sich die Zigarre in den Mundwinkel, legt einen Arm um ihre Schulter, und bevor sie weiß, wie ihr geschieht, hat er den anderen in ihre Kniekehlen geschoben und sie hochgehoben. Sie lacht und schreit, als er johlend mit ihr durch die stockfinstere Wohnung läuft. Aufs Schlafzimmer zu, das bereits im Schatten liegt.

Er muß es sein!

Sie ist doch keine Jüdin! Sie erkennt ihren Erlöser, wenn sie ihn sieht. Wenn nicht er, wer soll es dann sein?

Sein Rücken. Wie breit und kräftig er ist.

Ein Mann.

Ihrer.

Er dreht ihr sein großes Gesicht zu und lächelt, so daß der Adler mit den Schwingen winkt. Wehmütig und glücklich zugleich. Streicht ihr leicht über die Wange.

»Ihre Augenbrauen sehen aus wie Adlerschwingen«, flüstert sie.

»So«, lächelt er überrascht. »Ist das gut oder schlecht?«

»Das ist gut.« Sie ergreift sein Gesicht und drückt ihre Lippen auf die Augenbrauen.

Er stößt einen genießerischen Laut aus und rollt zu ihr.

Es gibt nur ihn und sie und die Schatten.

Er zieht sein Gesicht ein wenig zurück, so daß sie ihm in die Augen sehen kann. Er hatte ja recht, als er behauptete, er sei intelligent. In ihm leuchtet ein ganz besonderes Licht, und kurz bevor er ihre Augen mit einem Kuß schließt und flüstert: »Es ist an der Zeit, ich muß gehen«, meint sie da drinnen über eine Liebe lesen zu können, von der sie nie geglaubt hat, daß es sie geben könnte.

»Sie müssen gehen?«

»Ja. Leider.« Er streicht ihr eine Haarsträhne von der Wange. »Ich muß.«

»O nein«, stöhnt sie, »können Sie nicht noch ein bißchen bleiben?«

»Nein, leider nicht.« Dann zeigt sich ein merkwürdiges Funkeln in den Augen. »Sie wollen vielleicht ... noch einmal?«

»Nein«, antwortet sie empört und spürt, daß sie kurz vorm Weinen ist – eine Katastrophe, die sie glücklicherweise noch rechtzeitig abwenden kann. Sie muß sich einfach an diese direkte Art gewöhnen.

»Ich kann auch nicht mehr«, erklärt er und setzt sich auf. Er reckt die Arme in die Luft, streckt sich und atmet tief durch. »Aber es war herrlich«, erklärt er dann und tätschelt ihr den Arm.

Mit dem Rücken zu ihr zieht er sich an. Das ungebügelte Hemd gleitet über seinen Rücken, der breiter und runder ist als Frederiks. Während sie daliegt und seine Bewegungen beobachtet, weiß sie, daß es keinen Weg zurück gibt, und daß es das einzig Richtige ist! Ja, sie schämt sich fast ihrer albernen Gedanken, ihn ändern zu wollen. Er muß sich nicht verändern, denkt sie gerührt. Er kann genau so bleiben, wie er ist.

Und warum eigentlich nicht?

Warum nicht ein einfaches Leben mit einem einfachen Mann, der nach einem Tag ehrlicher Arbeit nach Hause kommt, ihr seine Arme um den Leib schlingt, ihr einen Kuß auf die Lippen drückt, die Kinder auf den Schoß nimmt und fragt, ob das Essen fertig ist.

Ja, warum eigentlich nicht?

Denn ist es ehrlich gesagt nicht das, wozu man geschaffen ist – und ist es nicht eigentlich das, was sie vor langer Zeit bereits hätte einsehen sollen; ein Mann, der keine manikürten Hände und polierten Nägel hat ... Ein Mann, der nicht von ihr erwartet, daß sie philosophische Zusammenhänge und fremdartige Worte versteht, und nicht freundlich überlegen lächelt, nur weil sie den Unterschied zwischen Optimismus und Opportunismus nicht kennt – zwischen Engagement und Arrangement ... Ein Mann, der nicht in der Weltgeschichte herumreist, um in Not geratene Frauen zu retten, während seine eigene Frau in Nöten zu Hause auf ihn wartet ... Ein Mann, der das Heim nicht mit unverständlichen Büchern und sonderbaren Konstrukten füllt – sowohl mit Inhalt (merkwürdige Substanzen in Formalin) als auch inhaltsleere, die einen Anzug tragen und ununterbrochen reden ... Ein Mann, der ihr die Küche überläßt und dem nicht im Traum einfällt, diesen Raum zu betreten – zumindest nicht, um das Küchenmädchen zu belehren, wie man Austern serviert, diese schleimigen Kleckse, denen sie einfach nichts abgewinnen kann ... Ein Mann, der versteht, daß auch andere Dinge sie ins Bett ziehen als Müdigkeit oder ein Migräneanfall, und der nicht nur mit dem Ziel, ihr den Puls zu messen, die Hand nach ihr ausstreckt ... Ein Mann, der ganz natürlich von *ihr* angezogen wird und nicht von ... so vielem anderem Sonderbarem.

Ernst Madsen ist Tischler – kein Arzt! Er wird nie schwierige Dinge sagen, die sie nicht versteht – oder von ihr verlangen, daß sie Dinge versteht, die man kaum benennen kann oder nur denken ...

Nachdem er sich hinuntergebeugt und seine Schuhe zugebunden hat, bleibt er noch auf der Bettkante sitzen und seufzt schwer. (Es fällt ihm genauso schwer, sie zu verlassen, wie ihr, ihn gehen zu lassen.) Er nimmt ihre Hand, streichelt sie gedankenvoll und sieht so traurig aus, daß sie fast vor Freude lachen muß.

Wie lange sitzt er so da? Lange genug, damit ihre Gedanken zu den Aufgaben der kommenden Tage wandern können ...

Gedanken haben etwas Seltsames an sich, dieses unruhige Flimmern von Bildern in Licht und Dunkelheit, dieses Sammelsurium von Eindrücken, Geräuschen, Düften, Gefühlen – in einem Augenblick erlebt.

Wenn wir sie wiedergeben wollen, müssen wir die Worte zu Hilfe nehmen und ihnen damit eine Struktur verleihen, die sie gar nicht haben. Die Gedankenblitze, die in diesen Minuten durch Frederikkes Gehirn huschen, sehen – in Worte umgesetzt – ungefähr folgendermaßen aus: Sie schreibt an Frederik. Die Feder kratzt auf dem Papier. Dann steht er vor ihr. Er hat einen Brief in der Hand. Sein Gesicht, unruhig und finster. Erschüttert. Dann erklingt seine Stimme: Ob sie sich auch sicher sei? Dann seine Hände in ihren, seine Arme schließen um sie ... Ein Duft. Dann ein Bild, das etwas ähnelt, was sie einmal durch ein Schlüsselloch gesehen hat ... Erst jetzt werde ihm klar, daß ... Dann ihre eigene Stimme, die antwortet, daß es »zu spät« sei. Daß sie »einen anderen« liebe. Und dann ein merkwürdiges Bild, auf dem er verlassen im Regen steht. Mitten auf einem Feld. Mit hängenden Schultern. Allein ...

Dann ist sie plötzlich wieder in seinen Armen. Das Gefühl einer Hand auf ihrem Schenkel. Ernst Madsen vor ihr, seine Hände ringend, dazu verurteilt zu verlieren. Dann ihre eigene Stimme: »Ich liebe Sie, aber Sie müssen verstehen, daß ich eine verheiratete Frau bin. Ich kann meinen Mann nicht unglücklich machen. Weinen Sie nicht, Sie werden mich schon vergessen. Jetzt glauben Sie mir das nicht, aber eines Tages ... in ferner Zukunft ...« Dann wieder ein Feld im Regen. Jetzt steht Ernst Madsen dort.

Das letzte Bild hat sie sozusagen nicht bestellt, deshalb schüttelt sie es schnell von sich ab – mit der gleichen Verärgerung, die wir spüren, wenn wir Rechnungen für eine Zeitung bekommen, die wir gar nicht mehr abonniert haben.

Sein Nacken ist gebeugt. Er ist so traurig. Das ist sie auch, sie vermißt bereits jetzt den Duft, das Gefühl seiner Haut an ihrer. In Zukunft wird ihr Leben sich ausschließlich um die Frage drehen, wie die Intervalle zwischen ihren Treffen zu minimieren sind.

Sie will nichts sagen. Er ist derjenige, der etwas sagen muß ... Sie hat einen gewagten Schritt gemacht. Sie hat ihren Körper, und damit ihr ganzes Leben, diesem Mann hingegeben, und der Gedanke erschrickt sie nicht länger.

»Mein lieber Freund«, flüstert sie tröstend und versucht ihm mit ihrem Blick die Kraft zu geben, das zu sagen, was gesagt werden muß. Wenn sie es doch nur überspringen könnten. Worte sind ja überflüssig, denn beide wissen doch ...

Aber gesagt werden müssen sie dennoch.

Er richtet sich auf und sieht sie flehentlich an. Er bewegt die Lippen, ohne daß ein Laut herauskommt, schaut wieder zu Boden. Sie schenkt seiner Hand einen kleinen, aufmunternden Druck, fühlt sich wie die schönste Frau der Welt und weiß: Jetzt, jetzt sagt er es!

Und das tut er auch.

»Ich weiß nicht, wie ich es sagen soll, aber dürfte ich Sie bitten …« Er wendet sich ab und schüttelt den Kopf. »Nein, es ist nichts.«

»Doch, mein lieber Freund. Worum wollen Sie mich bitten?« flüstert sie eindringlich, und ihre Augen fügen hinzu: Ich will Ihnen nie, niemals etwas abschlagen!

»Ich möchte Sie um … nun ja, … nur um einen kleinen Betrag bitten … Für gestern. Für die Schublade! Sie haben doch hoffentlich nicht gedacht, daß …«, beeilt er sich hinzuzufügen, lächelnd.

Hinterher spekuliert sie darüber, ob dieser Gedanke ihr überhaupt in den Kopf gekommen wäre, wenn er nicht als Zusatz aufgetaucht wäre – ein kleiner Lapsus in einer ansonsten tadellosen Vorstellung!

»Aber natürlich«, antwortet sie spitz.

»Sie sind mir deshalb doch nicht böse?« fragt er. »Ich möchte Sie nicht verärgern. Aber es ist der Meister, verstehen Sie?«

»Ich verstehe. Selbstverständlich sollen Sie Ihr Geld bekommen.«

Sie schlingt sich den Morgenmantel um, knotet ihn zu und holt ihre Tasche mit dem Portemonnaie. Mit zitternden Händen findet sie ein Bündel Geldscheine, läßt es zu Boden fallen, hebt es wieder auf, zieht ein paar Scheine heraus.

»Bitte schön. Ich hoffe, das reicht. Ich meine, ich weiß ja nicht, was Sie sonst an Bezahlung nehmen. Für Schubladen.«

Seine Augen leuchten beim Anblick der Geldscheine auf. Dann reißt er sich zusammen und huscht wieder in seine Rolle zurück.

»Nein! Das kann nicht Ihr Ernst sein! So viel kann ich nicht annehmen.«

»Ach was«, kommt ihre Antwort.

Dann läßt er die Deckung fallen und statt dessen den Liebhaber aufmarschieren. Er zieht sie an sich. Sie würde am liebsten schreien, ihn schlagen, ihn wegstoßen, muß aber mitspielen. In diesen verlogenen Konventionen scheinbarer Liebe liegen die letzten Reste ihrer Würde.

»Danke. Vielen Dank. Sie sind viel zu gut zu mir.« Er küßt sie aufs Haar, genau wie Frederik es immer tut. »Wie soll ich Sie nur verlassen können?« murmelt er, während eine Hand ihren

Nacken massiert und die andere die knisternden Scheine sorgfältig in die Tasche der viel zu kurzen Hose verstaut, die auszutauschen er sich jetzt vermutlich leisten kann. »Ach, wie ich mir wünschte, daß wir uns wiedersehen könnten. Aber mir ist schon klar, daß es nicht geht … wo Sie doch verheiratet sind.«

»Nein«, antwortet sie in Übereinstimmung mit dem Manuskript, das er geschrieben hat. »Das geht nicht.«

Sie reicht ihm das Drehbuch, damit er die nächste Replik lesen kann.

»Sind Sie sicher? Ach, wie werde ich mich nach Ihnen sehnen! Können Sie mir nicht ein ganz kleines bißchen Hoffnung machen?«

»Nein, leider. Sie dürfen mich nicht quälen. Es geht nicht.«

Sie tätschelt ihm gnädig die Wange.

Dann klappen sie das Buch zu.

Bevor sie die Tür schließt, drückt er ihr zum letzten Mal die Lippen auf die Stirn. Dann gibt es nur noch das Geräusch seiner lächerlichen Schuhe, die die Treppenstufen hinunterklappern.

Er hat es viel zu eilig. Es wundert sie, daß er nicht pfeift.

Die männliche Vorstellung von weiblichem Weinen: Sie (das verschmähte Fräulein, die Dame, Prinzessin, Jungfrau, Heldin …) stürzt durch die Räume, während die Röcke wie ein Wirbelwind um sie rauschen, und wirft sich, jämmerlich schluchzend, in ihrem Kämmerlein aufs Bett.

Frederikke stürzt nirgendwo hin. Überhaupt wirkt sie verblüffend gefaßt. Sie geht ruhig und still an der Kommode vorbei (in der das teuerste Holzkästchen liegt, das ein Mensch je gekauft hat), öffnet die Tür zum Schlafzimmer und schlüpft in ein Paar Pantoffeln. Wie in Trance schleppt sie sich in die halbdunkle Stube und greift zu den Flaschen im Schrank. Sie flucht leise. Als sie endlich die findet, nach der sie sucht – »Late bottled Vintage Port 1873«, aber wer kümmert sich in einem Moment wie diesem schon ums Etikett? –, zieht sie sie heraus und wirft dabei versehentlich eine der anderen Flaschen zu Boden. Sie zerbricht nicht, aber der Korken löst sich und die Flüssigkeit breitet sich auf dem Boden aus – sickert in den Teppich und verdunkelt das sonst so festlich-rote Muster in einem halbmondförmigen Feld. Sie bleibt einen Moment stehen und starrt auf diese Mondfinsternis, als ginge sie sie nichts an, dann zieht sie den Korken aus der Flasche, die sie in der Hand hält, und setzt sie an die Lippen. Die süßliche Flüssigkeit wärmt sie den ganzen Weg bis in den Magen. Das tut gut!

Dann begibt sie sich zu einem mit Laken bedeckten Lehnstuhl, wirft die Pantoffeln ab, setzt sich und zieht die Füße unter sich. Sie ist immer noch nackt unter dem dünnen Morgenmantel. Zwischen den Beinen juckt und brennt es. Sie schiebt eine Hand dorthin und kratzt. Es ist feucht, warm und unangenehm. Als sie an den Fingern schnuppert, riechen diese fremd und scharf. Sie wischt die Hand an der Armlehne ab, setzt die Flasche erneut an den Mund und fängt dann an zu heulen, schluchzend und nicht die Spur kleidsam.

54

SEPTEMBER 1932

»Hallo! Ich bin es wieder, gnädige Frau. Karl Larsen. Haben Sie meinen Brief erhalten?«

»Ihren Brief? Nein, ich habe überhaupt keinen Brief erhalten.«

»Aber ich habe ihn vor ein paar Tagen losgeschickt. Der wird schon noch kommen, ist ja auch egal. Wir werden sehen, wie der Mann zu seinem blinden Gaul sagte. Ha ha ... Nun ja, aber ansonsten sind hier große Dinge passiert. Ich glaube fast, wir haben ihn. Ich hatte das Glück, vor kurzem einen der Nachbarn des Krankenhauses zu treffen. Und wissen Sie, was er mir verraten hat? Daß Dr. von Erler und Dr. Faber ein und dieselbe Person waren! Was geben Sie mir dafür?«

Zehn Prozent des gesamten Transaktionsbetrags, junger Mann! hat sie nicht übel Lust, ihm zu antworten. Wenn er ihr nur all diese Zwischenberichte ersparen und ihr Frederik bringen würde.

»Respekt, Herr Larsen.«

»Ja, nicht wahr? Es ist gut möglich, daß dadurch das eine oder andere klarer wird. Und das ist auch der Grund, warum er so plötzlich spurlos verschwunden ist. Er hat einfach den Namen seiner Frau angenommen, als er geheiratet hat.«

»Als er was?« fragt sie nach.

»Jetzt sind Sie doch überrascht, nicht wahr? Da sehen Sie, Frau Faber, ich hatte doch recht! ... Frau Faber? ... Frau Faber, sind Sie noch da?«

»Ja, ich bin hier.«

»Das ist gut. Die Verbindung wird nämlich manchmal unterbrochen. Aber jetzt hören Sie zu, denn es gibt noch mehr zu berichten: Soweit ich es verstanden habe, hat er auch einen Sohn ...«

Es war einmal ...

Es war einmal, als die Hoffnung durch eine kleine Bemerkung zurückkehrte.

Es war einmal, als Frederik aus Paris zurückkam und sie plötzlich mit neuem Interesse ansah ...

Es war einmal, als sie glaubte, daß sie jetzt endlich an der Reihe sei, als sie sich einbildete, daß das Glück im Leben etwas mit Verdienst zu tun habe, daß es abgezählt und auf namentlich gekennzeichnete Säcke verteilt sei, die bereit stünden, um an Hilfsbedürftige verteilt zu werden. Wie die Weihnachtsalmosen für die Armen.

Sie war eine Hilfsbedürftige! Doch es war keine Freude, die da im Sack steckte, sondern Sand, den sie sich mühevoll selbst in die Augen streute.

55

Warum schaust du mich die ganze Zeit so an?«

»Wie denn?« Frederik lächelt sie gut gelaunt über das Arsenal von Flaschen hinweg an, die er entkorken soll.

»Na ja, so ...« Ein kleiner Nerv zuckt ganz reizend in ihrem einen Mundwinkel. »Es ist, als würdest du mich die ganze Zeit heimlich beobachten. Das Gefühl habe ich, seit du aus Paris zurück bist.«

Sie stellt eine Tischkarte neben Edvards Teller.

»Beobachte ich dich heimlich, Rikke? Entschuldige. Ich wollte dich nicht heimlich beobachten. Es ist nicht meine Art, andere heimlich zu beobachten! Übrigens siehst du in dem Kleid entzückend aus.«

»Danke.« Sie wendet sich ab, damit ihr Gesicht nicht ihre Glückseligkeit verrät. Denn sie ist schließlich die Lieblingsfrau des Emirs – eine Nackttänzerin, die bald den Schleier abwerfen und für ihren Herrn tanzen wird, daß die Mauern des Tempels erbeben. Sie unterdrückt den Drang, vor Freude aufzuschreien und fährt in kontrolliertem Ton fort: »Meinst du, wir können Gerda neben Jantzen setzen?«

»Warum nicht? Oder hast du Angst, daß er in seiner Art zu freizügig sein könnte?«

»Ich weiß nicht.« Sie spitzt den Mund und klopft sich selbst mit der Tischkarte auf die Nase. »Nein«, sagt sie dann und stellt sie hin.

Sie geht weiter um den Tisch herum (»Gerda Brandes«, »Jantzen«, »Grethe Hesager«, »Georg B.« ...), doch irgendwo zwischen »Amalie« und »Karl Hesager« hält sie inne und zeigt anklagend auf ihn.

»Jetzt machst du es schon wieder!«

»Rikke!« widerspricht er lachend und breitet unschuldig die Arme aus. »Wenn ich nur wüßte, wovon du redest. Was tue ich denn?«

»Na ja, du stehst da und schmunzelst dir heimlich in den Bart!«

»Aber meine Liebe, ich habe doch gar keinen Bart!« Er reibt sich das Kinn.

»Nein, das stimmt«, lacht sie. »Aber deshalb ist es ja auch so deutlich zu sehen. Sag mal, was ist denn nur so lustig?«

»Gar nichts.«

»Nun gut. Dann kümmere du dich um deinen Wein! In einer knappen Stunde kommen die Gäste.«

»Jawohl, gnädige Frau!«

(»Lindhardt«, »Frederikke«, »Ørholt«? Nein! »Lindhardt«, »Frederikke«, »Frederik«, »Ørholt«! Ja! So ist es besser!)

»Nein, Frederik! Jetzt mußt du wirklich aufhören, mich so anzusehen.«

»Dann mußt du aber auch aufhören, hier so strahlend herumzulaufen.«

»Strahlend? Wenn ich nur wüßte, wovon du redest«, sagt sie und schickt ihm einen Lichtschwall hinüber.

Er lacht mit den Zähnen, den Augen und den Augenbrauen. »Du hast Geheimnisse vor mir, nicht wahr?« Er drückt sich eine Flasche zwischen die Beine und dreht den Korkenzieher in den Korken.

»Geheimnisse?« Frederikke lacht. »Was um alles in der Welt meinst du damit?«

»Ach, nichts.«

»Doch, doch, sag es schon.«

»Na gut.« Er bohrt die Vorderzähne in die Unterlippe und zieht den Korken heraus. »Eigentlich geht es mich ja nichts an, aber … Ich konnte nicht umhin zu bemerken, daß du im Frühsommer, bevor ich nach Paris gefahren bin, irgendwie … anders warst.«

»Anders? Wieso anders?« zwitschert sie.

»Ja, so fröhlich!« Er zuckt mit den Schultern. »Und du hattest kaum Zeit, mich zu verabschieden. Und als ich wieder nach Hause kam, wollte ich eine Flasche Champagner holen, von der ich *wußte* …« Sein Zeigefinger wedelt in der Luft. »… von der ich genau wußte, daß wir sie nicht getrunken haben. Sie war weg! Und als ich in meinen Zigarrenkasten geguckt habe, fehlte dort eine … Eigentlich achte ich nicht besonders auf so etwas, es ist mir nur einfach aufgefallen, weil ich zufällig gerade vorher die Lade aufgefüllt hatte und wußte, daß sie voll war.« Er zwinkert ihr zu und zuckt mit den Schultern. »Und der Champagner war ein Geschenk von Hesager – eine ganz besondere Marke, die man hier bei uns nicht kaufen kann … Und da habe ich zwei und zwei zusammengezählt …«

»Und was ist dabei herausgekommen?«

»Ja, was ist dabei herausgekommen …? Du könntest natürlich selbst den Champagner getrunken haben. Aber du rauchst doch keine Zigarren! Und Amalie auch nicht, das weiß ich.« Ein weiterer Korken wird herausgezogen. »Und unser gemeinsamer Freund Ørholt ebenfalls nicht … Deshalb ziehe ich den Schluß, daß du Besuch gehabt hast, und zwar von … von einem Herrn! Während ich weg war.«

»So, so.« Das Licht ist verloschen. Sie dreht ihm den Rücken zu und holt die Servietten, die auf der Kommode bereit liegen. Bevor sie sich ihm wieder zuwendet, holt sie tief Luft. »Ja, das habe ich dann wohl.«

»Ist das wahr?« Er sieht sie mit dem gleichen unschuldigen, glücklichen Blick an wie ein kleiner Junge, der erfährt, daß er zu Weihnachten eine neue Spielzeuglokomotive bekommen wird.

»Ja, das ist es wohl«, wiederholt sie und versucht dabei zu lächeln wie jemand, der Geheimnisse hat.

»Möchtest du darüber reden?«

»Möglichst nicht.«

»Ist es jemand, den man kennt?«

»Nein, es ist niemand, den du kennst.«

»Dann habe ich nur noch eine letzte Frage ...« Sein schelmisches Lächeln bohrt sich messerscharf in sie hinein. »Der Champagner – war er gut?«

»Danke, ja. Er war ausgezeichnet.« Sie lächelt verhalten.

Ein altes, überflüssiges Spielzeug ist ohne jede Reue im Feuer gelandet.

»Rikke«, sagt er kurz darauf, jetzt ernst, »ich weiß sehr wohl, daß wir die ganze Zeit diese Abmachung hatten. Und ich weiß sehr wohl, daß ich es mir gar nicht erlauben darf, das zu sagen, aber in gewisser Weise tut es mir weh – der Gedanke, daß du mich vielleicht bald verlassen wirst. Verstehst du das? Ich habe ja die ganze Zeit gewußt, daß es eines Tages geschehen muß. Und ich freue mich für dich. Aber wenn der Tag kommt, dann wird es mir trotzdem schwerfallen, dich gehen zu lassen.«

»Warten wir es ab, Frederik. Es ist ja noch nichts entschieden.«

»Nein, aber dennoch. Wenn nicht jetzt, dann irgendwann später ... Wirst du mir versprechen, immer meine Freundin zu sein? Mich nicht zu vergessen?«

»Ja, Frederik. Natürlich.«

Man kann lange an einem Tisch verweilen, wenn der Ehrengast ein heimgekehrter Held ist – der lange ins Exil verbannte »König Georg der Erste der Zukunft«. Man kann dasitzen und sich so sehr in diesem Licht sonnen, daß das eigene Gesicht zu glühen beginnt und man alles andere vergißt – offenbar auch die Krämpfe in seinen Pobacken.

Frederikke sitzt schon seit langem unruhig auf ihrem Stuhl.

Man muß die Stimme erheben, wenn man sich in dieser Gesellschaft Gehör verschaffen will:

»Das ist ... aber wirklich schade, das mit Gerda. Daß sie so unpäßlich ist – hatten Sie es nicht so formuliert?« Frederikkes Stimme zwängt sich zwischen den König und zwei seiner treuen Knappen.

»Ja, das ...« Brandes dreht sich überrascht zu ihr um.

»Schon wieder, meine ich. Denn es ist ja nicht das erste Mal! Als wir das letzte Mal eine Abendeinladung hatten, war sie auch nicht dabei.«

»Stimmt ... Ja, das ist wirklich schade. Sie hat mich natürlich gebeten, die herzlichsten Grüße auszurichten.« Er faltet die Serviette zusammen und legt sie auf den Tisch.

»Ach, hat sie das?« Frederikkes Blick bohrt sich in ihn.

»Ja, das hat sie.«

»Was ist eigentlich los mit Ihrer Ehefrau? Das passiert ja ziemlich oft, nicht wahr?« Sie nimmt einen Schluck aus ihrem Weinglas. »Ich meine, Sie müssen sich wohl ziemlich Gedanken machen, oder? Wegen ihrer Gesundheit.«

»Nun, ja.« Er erlaubt sich, mit den Schultern zu zucken. »Es ist ja nichts Ernstes.«

»Na, das ist ja gut. Aber trotzdem ist es schade für Sie, das Sie immer allein ausgehen müssen. Wo Sie doch sonst so gern weibliche Gesellschaft um sich haben.«

»Darum ist es um so schöner, daß ich hier sitzen und Ihre Gesellschaft genießen darf.« Er lächelt kurz und verhalten und wendet seine Aufmerksamkeit wieder Frederik zu.

Wenn er glaubt, er könnte ihr den Mund mit Anzüglichkeiten verschließen, dann hat er sich geirrt.

»Aha ...« Frederikke lächelt sarkastisch. »Pfui, schämen Sie sich! Sagen Sie, Brandes, Sie sitzen doch nicht hier und machen mir den Hof?«

»Nein, das tue ich nicht. Obwohl der Gedanke äußerst verlockend wäre.«

»Dann ist ja gut. Schließlich bin ich die Ehefrau Ihres alten Freundes!« Sie lacht und täuscht Verärgerung vor. »Nicht, daß es Frederik stören würde! Er ist ja so großzügig, wie Sie wissen.« Sie wirft Frederik einen kalten Seitenblick zu. »Ihm wäre es bestimmt nicht peinlich. Sie kennen ihn doch: Er teilt so gern das, was er hat. Das müßten Sie ganz besonders gut wissen, da Sie ja von seiner Gunst und der anderer leben. Nun ja, mein Mann würde Ihnen sicher gern ein kleines Abenteuer gönnen. Aber ... aber ich glaube, Amalie würde etwas eifersüchtig werden.«

Es ist still am Tisch geworden. Niemand weiß so recht, was er sagen soll. Hesager räuspert sich, und Ørholt zupft an seinen Fingern.

Doch die Macht ist süß, süßer als der saure Tropfen des Jahrgangsweins. Sie schaut sich am Tisch um und begegnet lächelnd Amalies schockiertem Blick.

Frederik schüttelt den Kopf, sieht Frederikke kalt an und wendet sich dann Georg zu, in dem Versuch, das Gespräch wiederaufzunehmen.

»Doch, doch, es stimmt schon, was du vorhin gesagt hast, Georg. Aber ist es nicht trotzdem so, daß uns die soziale Dimension fehlt?«

»Geistige Erniedrigung ist schlimmer als materielle.«

»Ja, das ist wohl wahr, aber hängen diese beiden Dinge nicht unlösbar zusammen?«

Verdammt, so einfach kommen sie nicht davon!

Frederikke beugt sich vor: »Ich freue mich trotzdem, zu hören ...«

»Frederikke, glaubst du nicht ...« Ørholt legt seine Finger auf ihre Seidenärmel.

»Ach! Halt doch den Mund, Ørholt!« Sie reißt den Arm an sich. »Ich belästige doch niemanden, oder?« fragt sie mit sanfter Stimme. »Ich wollte nur sagen, daß ich erleichtert bin zu hören, daß es nichts Ernstes mit Gerda ist. Die Frauen sterben ja wie die Fliegen um Sie beide herum. Ja, auch um Sie, Edvard.«

Überrascht wendet Edvard Brandes ihr seine Glatzenstirn und seine mit Tränensäcken versehenen Altmänneraugen zu. Wie langweilig er im Gegensatz zu seinem Bruder anzusehen ist. Einen

Bauch hat er auch. Der Witwer lebt offenbar nicht schlecht von Harriets Vermögen.

»Wie alt war Harriet noch gleich, als sie ... Es muß doch sonderbar sein, sich vorzustellen, daß die Mutter Ihrer Kinder, selbst fast noch ein Kind, von den Würmern gefressen wird? Und jetzt sitze ich hier und betrachte Ihr Gesicht, um herauszufinden, wie ein Mann aussieht, der seine junge Ehefrau in den Selbstmord getrieben hat. Und wissen Sie was? Man kann es Ihnen wirklich nicht ansehen. Sie tragen es mit Fassung! Aber vielleicht macht mich gerade das so unsicher? Was haben Sie beide nur an sich, weshalb die Frauen um Sie herum tot umzufallen scheinen? Harriet ... Caroline David ...« Sie breitet die Hand aus, als könnte sie, wenn sie nur wollte, eine endlose Reihe an Namen aufzählen. »Das ist doch merkwürdig, nicht wahr? Den einen Tag hübsch und lebendig, am nächsten... *bumm*!« Sie schlägt mit den flachen Händen auf den Tisch, so daß Bing & Grøndahl im Protest klirren und alle am Tisch zusammenzucken.

»*Bumm*«, wiederholt sie »... tot!« Sie macht eine illustrative Handbewegung am Hals entlang. Dann zuckt sie mit den Schultern: »Ja, Selbstmord, natürlich. Aber es ist doch trotzdem etwas unheimlich, oder? Als würde ein Muster dahinterstecken, nicht wahr?« Sie lacht. »Nun, ich will ja nicht indiskret sein ... ich meine, Sie sind doch alle passionierte Gegner von Verlogenheit, oder? Und auf einmal bekommt man richtiggehend Angst, angesteckt zu werden. Aber hoppla – stimmt ja! – mein Mann ist Arzt!« Sie legt eine beeindruckte Miene an den Tag. »Was meinst du, mein Lieber? Ist das ansteckend?«

Die Gesellschaft ist erstarrt. Möglicherweise empfindet Frederikke irgendwo in ihrem benebelten Zustand ein panisches Gefühl, daß alles platzen könnte, aber sie kann nicht aufhören.

Frederik schaut sie kühl an. Dann lächelt er: »Nein, meine Liebe. Da würde ich mir keine Sorgen machen. Menschen wie du begehen keinen Selbstmord. Sie werden nur boshaft!«

Dann wendet er sich seinen Gästen zu. »Amalie, Grethe ... meine Herren. Es ist wohl an der Zeit ...?«

Alle stehen auf und gehen zur Tür – die weinende Amalie wird von ihrem Mann gestützt.

»Seht ihr so aus, ihr Männer des Fortschritts?« spuckt Frederikke ihnen hinterher. »Essen, trinken ... reden, reden, *reden*! – während eure Ehefrauen daheim sitzen und verdorren. Seht ihr wirklich so aus?«

Edvard hat sich abrupt umgedreht, seine Hände sind zu Fäusten geballt, und die Wut, die aus seinem stählernen Blick hervorblitzt, erinnert für einen kurzen Moment an einen der Raufbolde, auf die man in weniger feinen Etablissements stoßen kann. Georg legt ihm eine Hand auf die Schulter, flüstert ihm etwas zu und zieht ihn mit sich.

Dann fällt die Tür hinter ihnen zu.

Frederikke reißt zum Gott weiß wievielten Mal die Weinflasche an sich und gießt sich das Glas voll. Ihre Hände zittern, sie verschüttet ein wenig.

Erst jetzt entdeckt sie Ørholt, der als einziger den Tisch nicht verlassen hat. Er sitzt schweigend da und starrt auf seine Hände.

»Ørholt?« sagt sie mit einer verführerisch sanften Stimme.

Er blickt auf. »Ja?« fragt er mit einem erwartungsvollen Blick.

»Was sitzt du noch hier und glotzt? Verschwinde! *Verschwinde, habe ich gesagt!*«

Ein paar Stunden später wacht sie davon auf, daß Frederik auf ihrer Bettkante sitzt, immer noch im Mantel. Seine Ellenbogen ruhen auf den Knien, der Nacken ist gebeugt, und die gefalteten Hände klopfen gegen die Stirn. Er bringt einen Duft frischer Nachtluft mit sich.

»Ich verdammter Idiot! Ich verdammter Idiot!« wiederholt er immer wieder. Dann wendet er sich ihr zu. »Es gibt niemanden, oder?«

»Ich will nicht darüber reden. Bitte sei so gut und geh. Ich möchte gern schlafen.« Sie dreht sich um und zieht sich die Decke über die Schultern. »Es tut mir leid, daß ich dir den Abend verdorben habe. Aber ich bin mir sicher, daß deine Freunde dir keine Vorwürfe machen werden. Sie wissen ja, daß du die Last einer unmöglichen Ehefrau trägst. Aber jetzt geh.«

»Du weißt genau, daß ich mir nicht deshalb Sorgen mache!

Und ich werde erst gehen, nachdem wir beide miteinander geredet haben.«

»Ich habe um kein Gespräch gebeten.«

»Nein, aber du siehst doch wohl auch ein, daß wir eins führen müssen. Wir müssen klare Grenzen ziehen.«

»Klare Grenzen! Klare Grenzen, sagst du! Aber haben wir die nicht schon von Anfang an? Du bist doch der Experte in klaren Grenzen, oder?«

»Ja, schon. Aber ich ... habe sie überschritten. Ich habe das Gefühl, daß das der schlimmste Fehler war, den ich je begangen habe, daß ich ... daß ich mit dir geschlafen habe, wie ein Mann mit seiner Frau schläft.«

»Ja und? Ja und? Wenn du keine schlimmeren Fehler begangen hast, dann bin ich sicher, daß dir der liebe Herrgott vergeben wird.«

»Du solltest nicht so sarkastisch sein, Frederikke. Das steht dir nicht.«

»Dann entschuldigen Sie bitte. Es tut mir überaus leid, daß ich nicht dem Geschmack des gnädigen Herrn entspreche. Weder in der einen noch in der anderen Hinsicht.«

»Aber so ist es doch nicht, Frederikke. Wenn ich sage, daß ich es nie hätte tun sollen, dann doch nur, weil es in dir die Hoffnung geweckt hat, daß ich ein anderer wäre als in Wirklichkeit und daß ich dir das geben könnte, was du dir vom Leben wünschst.«

»Was zum Teufel weißt du von meinen Wünschen?«

»Nichts, fürchte ich.« Er zuckt mit den Schultern. »Aber ich gehe nicht davon aus, daß sie sich sonderlich von denen anderer Menschen unterscheiden. Von meinen.«

»Geh jetzt. Ich habe mich entschuldigt. Mehr gibt es nicht zu sagen. Geh jetzt.«

»Frederikke, du mußt verstehen, daß das nicht aus bösem Willen geschieht ... Wie gern ich es auch wollte – ich kann nicht. Ich sitze hier und wünsche mir von ganzem Herzen, daß wir ... daß ich dir das geben könnte, was du möchtest ... das, was du verdienst. Es wäre so einfach und so richtig. Aber jede Faser meines Körpers schreit Nein.« Sein Gesicht verzieht sich zu einer Grimasse. »Du mußt mir glauben, wenn ich dir sage, daß es sich meinem Willen entzieht, daß ich Kräften unterworfen bin, die ich selbst nicht lenken kann – und nicht kontrollieren.«

»Wage nicht, mit mir darüber zu reden! Ich will es nicht hören. Such dir einen anderen Ort zum Beichten!«

»Du mußt aber verstehen ...«

»Nein, das muß ich nicht! Ich will nicht darüber sprechen, hörst du? Ich will nichts davon hören! Geh endlich!«

»Ja, ich werde gehen.« Er erhebt sich mühsam. »Aber vorher muß ich dir noch eines sagen: Ich weiß nicht, was du erreichen willst. Ich verstehe es nicht. Versuchst du mich dazu zu kriegen, die Scheidung einzureichen? Willst du mich dazu provozieren? Oder willst du mich einfach dazu bringen, dich zu hassen? Ist es das? Sieh mich an, Frederikke. Sieh mich an, ja?«

Sie schaut auf. Er steht mit hängenden Schultern da. Allein im Regen, mitten auf einem öden Feld.

»Das wird dir nie gelingen, Frederikke. Niemals! Begreifst du das? Ich hasse dich nicht! Ich will mich nicht von dir scheiden lassen! Ich habe dich nie im Stich gelassen und ich werde es auch jetzt nicht tun. Ich bleibe bei dir, bis du es nicht länger willst. Wenn du eine Scheidung möchtest, dann bekommst du sie. Aber schiebe es nicht mir in die Schuhe, hörst du? Wenn ich gehen soll, dann sag es mir, dann gehe ich! Aber verlaß mich um Gottes willen nicht, weil du dir einbildest, daß ich das wollte. Denn dem ist nicht so. Die Entscheidung liegt bei dir. Triff sie. Es ist dein Leben, Frederikke. Hör auf, es zu vergeuden. Du sollst leben, Frederikke! Und du sollst wissen, daß ich dein Freund bleibe, was immer du auch beschließt.«

»Danke, aber ich habe Freunde genug!«

Er seufzt, und hinter dem Seufzer kann sie ihn flüstern hören: »Ach, wenn du sie nur hättest.«

»Verlaß mein Zimmer. Ich möchte allein sein.«

56

Wissen ist Ohnmacht!

Es ist beeindruckend, wie deutlich die Natur dazu tendiert, im Gegensatz zu Frederikkes Gemütsstimmungen zu stehen, als hegte sie einen so tiefen Widerwillen gegen ihre Person, daß sie sich weigert, sie zu unterstützen und ihren Gefühlen nur ein kleines bißchen Glaubwürdigkeit zu verleihen. In den Parks der Stadt, wo die sommerlich gekleideten Damen der Bourgeoisie vornehm unter weißen Sonnenschirmen dahinspazieren und den feinen Kies unter ihren dünnen Schuhsohlen spüren, kann man nämlich kein treffenderes Wort für das Wetter finden als schön – ein Wort, das auch erklingt, sobald man auf Bekannte stößt, mit denen man ein paar höfliche Bemerkungen unter den Baumkronen wechselt.

Hier, das sieht sie bald ein, hält sie es nicht aus!

Abseits der Hauptstraßen, in den engen, schmutzigen Gassen, haben die Sonnenstrahlen mehr Mühe, den Boden zu erreichen – doch dort, wo es ihnen gelingt, steht dafür der Hitzedunst um so schwerer zwischen den Häusern. Der weiße und gelbe Putz ist abgeblättert, und die Mauern zeigen klaffende Wunden, die die Mängel des darunterliegenden Mauerwerks preisgeben. Ein Übelkeit erregender Geruch nach heißem Teer vermischt sich mit dem Gestank des verrotteten Abfalls, der aus den Rinnsteinen und Mülltonnen aufsteigt. Aus den schwarzen Höhlen der Gasthäuser und Spielhöllen dringt ein saurer, herber Gestank nach Bier und kaltem Rauch auf die Straße. Branntweingeruch aus den Brennereien, der Dunst der Abwässer und der Gestank, der sich von den Abtritten der Hinterhöfe heranschleicht, vermischt sich mit dem besonderen Geruch des Proletariats (nach Kohl, Hering, Achselschweiß und altem Müll), der ihr jedesmal entgegenschlägt, wenn sie an einem der zweifelhaften Elemente vorbeikommt, die auf den Bürgersteigen und Gassen verkehren.

Überall erweckt sie Aufsehen; mützenbekleidete Jungs mit Schmalzbroten in der Hand pfeifen hinter ihr her, Mägde mit schmutzigen Schürzen und zerzausten Zöpfen starren sie mit offenem Mund an, und die jungen Männer werfen ihr freche Blicke zu.

Dennoch geht sie weiter.

In dem kleinen Laden, zu dem sie sich durch einen Haufen biertrinkender Kerle zwängen muß, die sich auf der Treppe versammelt haben, schaut man sie neugierig an, bedient sie jedoch voller Respekt, als sie sich eine Flasche Brombeerlikör kauft, die sie sich einpacken läßt (»Das ist ein Geschenk!«) und mit zitternden Händen in ihrer Tasche verstaut. Der Besitzer, ein älterer Herr mit Kittel und Malerpinselbart öffnet ihr die Tür und scheucht mit ein paar kurzen Bemerkungen die Männer zur Seite, wie Moses einst die Wasser teilte, so daß sie sich auf den Bürgersteig begeben kann. Sie rafft ihr Kleid und eilt davon.

Ein paar Straßen weiter bleibt sie stehen, die Hand aufs pochende Herz gepreßt. Dann ruft sie sich selbst zur Ordnung, greift in die Tasche und holt das Paket heraus. Sie reißt das Papier ab, knüllt es zusammen und wirft es in den Rinnstein. Nachdem sie sich vergewissert hat, daß sie allein und ungesehen ist, setzt sie die Flasche an den Mund.

Einen Moment lang bleibt sie stehen und keucht wegen der Hitze. Auf den Pflastersteinen ein paar Meter von ihr entfernt ist ein kleiner Spatz damit beschäftigt, mit sonderbar abrupten Bewegungen eine Brotrinde zu verspeisen, die jemand weggeworfen oder verloren hat. Er zupft ein kleines Stückchen mit seinem Schnabel heraus, schaut sich mit seinen stechenden Augen um, während er mit dem Kopf nickt, zupft noch ein Stückchen ab, nickt wieder ... Aus irgendeinem Grund wirkt er in dieser rauhen Umgebung deplaziert. Wie sie selbst.

Sie schraubt den Verschluß wieder auf die Flasche und schiebt sie in die Tasche, holt ein Taschentuch hervor und wischt sich den Schweiß von der Stirn. Dann spürt sie Krämpfe im Zwerchfell. Sie wendet sich zur Mauer um und stützt sich mit einer Hand ab, während sie sich drei- oder viermal vor heftigen Magenkrämpfen krümmt. Dann schießt es aus ihr heraus. Trotz des scharfen und bitteren Geschmacks ist die Erleichterung unbeschreiblich. Während sie sich übergibt, sieht sie die ganze Zeit den Spatz vor sich, als wollte sie eigentlich ihn loswerden.

Hinterher bleibt sie stehen, die Stirn an die Mauer gepreßt, und betrachtet das Erbrochene, das sich seinen Weg zwischen den Pflastersteinen sucht. Ihre Zähne klappern, als würde sie etwas kauen, und sie findet so etwas wie Trost in diesem rhythmischen Klappern, als könne sie sich daran festhalten. Sie stöhnt, schluckt, klappert wieder mit den Zähnen und spuckt ein paarmal aus.

Plötzlich friert sie wie eine Wahnsinnige. Ihr Herz hämmert, die Hände sind kalt wie Eis. Sie dreht sich langsam mit geschlossenen Augen der Sonne zu. Lehnt den Rücken an die aufgeheizte Mauer und läßt den Kopf auf dem Putz ruhen. So bleibt sie lange stehen und wärmt sich auf, während sie ihre Augen von allen Sinneseindrücken und ihren Kopf von allen Gedanken leert.

Als sie die Augen wieder öffnet, stellt sie fest, daß sie beobachtet wird.

Ein alter Kerl mit zerfranstem Strohhut und ein kleines Mädchen mit schmutzigen Knien sind auf einem Treppenabsatz nur ein paar Meter entfernt aufgetaucht, sitzen dort und starren sie an. Das Mädchen hat verschorfte Wunden im Gesicht und einen deutlichen Schmutzrand am Hals. Dennoch ist es schön, wie es dasitzt und mit großen, verwunderten Augen schaut.

Es ist schrecklich! Jetzt werden sie sicher von ihr verlangen, daß sie die Straße reinigt! Sie sieht vor ihrem inneren Auge, wie sie mit Eimer und Wischlappen dahockt und ihren eigenen Schmutz wegwischt, während eine Schar lachender Menschen um sie herumsteht und mit dem Finger auf sie zeigt.

Verdammt noch mal, das will sie nicht!

Sie richtet sich auf und läuft los.

Sie schafft es nur ein paar Meter weit.

Dann fällt sie hin.

Das Loch ist tief und schwarz. Unendlich.

Aber die Erde ist schön, hier, wo sie liegt; weich und feucht. Zweige tanzen über ihrem Gesicht.

Ob sie wohl tot ist? Ist das ihr Grab?

Wer ist es, der da mit ihr spricht? Der Herrgott? Wenn ihr doch jemand sagen könnte, woher die Stimme kommt. Ist es die des Herrn? Oder kommt sie aus ihrer eigenen trockenen Kehle?

»Ich bin hier, um dich zu heilen … Siehst du das nicht? Ich bin deine Ehefrau. Ich kann die Krankheit von dir nehmen. Ich habe in das große illustrierte Buch geschaut, das du auf dem obersten

Regal hinter den anderen Büchern versteckst. Aber du brauchst dich nicht vor mir zu verstecken. Ich weiß, wie man es macht. Ich habe es in dem großen Lexikon gesehen – ich weiß, wie es auf Latein heißt. Coitus inter femora … Immissio membri in anum … Komm nur. Ich drehe mich um und verberge mein Gesicht im Schmutz. Ich bin deine Ehefrau.

Geh nicht. Wohin gehst du?

Quo vadis, Domine?«

Sie ist ja so allein …

57

Am 23. August 1883 erhält Th. Balsgaard, Assessor bei der Kopenhagener Polizei, die Mitteilung, daß ein Schornsteinfegergeselle mit Namen Poul Nilen, wohnhaft in der Hyskenstræde 68, 1. Stock rechts, während eines Abendspaziergangs auf der Gemeindewiese eine Frau gesehen habe, »die offensichtlich nicht von niederer Herkunft war«, die in zerrissener Kleidung herumgeirrt sei und sich überhaupt »komisch« verhalten habe. Dann soll sie den unschuldigen Schornsteinfegergesellen beim Hals gepackt und »versucht haben, ihm das Leben zu nehmen«.

Th. Balsgaard vermutet, daß es sich um die gesuchte Frau aus der Renbads Allé handeln könnte, und läßt sofort zwei Beamte auf die Gemeindewiese schicken, damit sie nach der Dame suchen. Den etwas schockierten Schornsteinfegergeselle bringt man, trotz seiner lautstarken Proteste, in den Arrest, da man es für das beste hält, ein wachsames Auge auf ihn zu haben, bis man sich vergewissert hat, daß der betreffenden Dame bei dem Übergriff nichts zugestoßen ist. Gleichzeitig wird die Gelegenheit genutzt, die Wohnstätte des Mannes zu durchsuchen, und vor den Augen der Ehefrau und der drei minderjährigen Kinder wird einiges an sozialistischem Agitationsmaterial sowie diverse Schriften beschlagnahmt, die das zweifelhafte Ziel haben, »die Arbeiterklasse zum Umsturz der Gesellschaft aufzuhetzen«.

Die Dame wird gefunden, etwas mitgenommen, aber den Umständen entsprechend in guter Verfassung, und ganz richtig entpuppt sie sich als Frederikke Faber. Sie wird augenblicklich in ihr hübsches Heim zurückgebracht, wo ihr erleichterter Ehemann, der Arzt ist, ihr ein beruhigendes Pulver gibt und sie zu Bett bringt.

Am nächsten Vormittag wird die erschöpfte und unter Schock stehende gnädige Frau über ihre Begegnung mit Poul Nilen befragt – eine Begegnung, an die sie die Dame offensichtlich nicht mehr im geringsten erinnern kann.

Und der Schornsteinfeger? Nun ja, da er nicht in der Lage ist, eine zufriedenstellende Begründung dafür zu geben, warum er sich auf der Gemeindewiese herumgetrieben hat, hält man es für das Sicherste, ihn in Verwahrung zu halten, bis man Klarheit in die Sache gebracht hat.

Tags darauf schreitet Th. Balsgaard über Kongens Nytorv – verärgert, aber felsenfest davon überzeugt, daß man solche Sachen in die eigene Hand nehmen muß, wenn die Welt nicht aus den Fugen geraten soll! Die Beweise, die die Beamten am Tag zuvor nicht heranschaffen konnten, wird er schon mit Hilfe von Zuckerbrot und Peitsche zutage befördern. Ein Verdacht ist nicht schlecht, aber in seiner Branche muß er mit Beweisen untermauert werden.

Th. Balsgaard ist ein Mann, der sich eher über seine Antipathien als über seine Sympathien definiert, ein Mensch, der seine Identität in erster Linie dadurch findet, daß er sich von etwas distanziert.

Und eines der Dinge, die Th. Balsgaard nicht sonderlich interessieren, ist die Zukunft. Was nicht heißen soll, daß er besonders viel für die Gegenwart übrig hätte (die ihn häufig überrumpelt) oder für die Vergangenheit (die nicht ganz so glorreich verlaufen ist, wie er es sich gewünscht hätte!) – es liegt einzig und allein daran, daß die Zukunft unbekannt ist. Ja, mit der Zukunft ergeht es ihm wie mit diesen Reisen in fremde Länder, die plötzlich in den besseren Kreisen so modern geworden sind; er versteht einfach nicht, wozu das gut sein soll!

Warum Angstgefühle hervorrufen, indem man in der Fremde herumwandert, wo man nicht weiß, was sich hinter der nächsten Straßenecke verbirgt? Warum sich selbst in so unangenehme, unsichere Situationen bringen?

Und wozu dieses ganze verdammte Gerede von Fortschritt?

Wenn er auf seine eigene Lebenszeit zurückblickt, so meint er, keine einzige Verbesserung feststellen zu können. Eher im Gegenteil. In seiner Jugend gab es keinen Sozialismus. Damals wäre es niemandem auch nur im Traume eingefallen, den ausgezeichneten Zustand der Dinge ändern zu wollen oder hinter Gott, König und Vaterland ein Fragezeichen zu setzen. Jetzt ist es plötzlich comme il faut, die Existenz des Göttlichen in Frage zu stellen, den König an die Luft zu setzen, indem die Demokratie eingeführt wird, und Dänemark zu verlassen, um sich von Italiens Kunst und Kultur betören zu lassen.

Er schnaubt und zieht seine breite Nase kraus. Dieses Reise-Unwesen, zu dem ihn seine liebe Gattin auch ein paarmal verführt hat, ist für ihn einzig und allein ein Resultat der Rastlosigkeit, die heutzutage herrscht. Ein Däne gehört nicht nach Italien. Ein Däne sollte in Dänemark bleiben – und ein Schuster bei seinen Leisten! So einfach ist das! Und ein Schornsteinfeger ist am besten beraten, wenn er auf seinem Dach bleibt!

Was hatte er denn zu dieser Uhrzeit abends auf der Gemeindewiese zu suchen – ja, warum halten sich die jungen Leute abends nicht zu Hause auf? Warum müssen sie in der Stadt herumstreunen, statt daheim bei ihren Familien zu bleiben?

Nicht umsonst kann Th. Balsgaard bald sein fünfundzwanzigjähriges Dienstjubiläum bei der Polizei feiern; er kennt seine Pappenheimer, und er ist fest davon überzeugt, daß mit diesem verfluchten Schornsteinfeger etwas nicht stimmt. Er hat es im Urin, wie er es auszudrücken pflegt ... Ein Treffen, hat er gesagt. Da sei Gott vor! Was zum Teufel hat ein Schornsteinfeger denn zu Treffen zu rennen, wenn nicht, um Ärger zu machen? Forderungen aufstellen, das können sie, wenn auch sonst nichts, seit dieser Pio und seine verfluchten sozialdemokratischen Kumpane hier herumtönen. Sobald man dem einen das Maul gestopft hat, fängt schon der nächste an. Verbrecher, die ganze Bande!

Aber es wird einige Zeit vergehen, bis Poul Nilen wieder die Schornsteine reinigen kann, dafür will er persönlich sorgen.

Th. Balsgaards Körperhaltung wird während des Entscheidungsprozesses immer straffer, und je näher er seinem Bestimmungsort kommt, um so militanter klingen seine siegesgewissen Schritte…

Es ist eine wunderschöne Wohnung. Das muß man sagen. Man hat es natürlich nicht anders erwartet. Und der Herr selbst, Professor Faber, ist ein außergewöhnlich wohlerzogener und angenehmer Mensch.

Plötzlich fällt ihm ein, daß es dieser Mann war, über den er vor Jahren einen anonymen Brief erhalten hat. Er sollte laut diesem schändlichen Geschmiere kriminelle Handlungen getätigt haben. Was für ein Blödsinn! Was für eine Diffamierung! Man braucht doch nur einen Blick auf diesen eleganten Herrn zu werfen, um sich davon zu überzeugen, daß er die Bildung und Ehrenhaftigkeit in Person ist. Th. Balsgaard preist sich insgeheim glücklich, weil sein angeborenes Fingerspitzengefühl ihn dazu gebracht hat, den Brief umgehend zu zerreißen. Man sollte seine kostbare Zeit nicht mit grundlosen Beschuldigungen verschwenden!

Professor Faber scheint ausschließlich mit dem Wohlergehen seiner Ehefrau beschäftigt zu sein. Bevor er Balsgaard in die Stube läßt, beugt er sich vertraulich flüsternd zu ihm hinunter: »Meine Ehefrau hat einige gemütserregende Tage hinter sich. Sie steht unter Schock und ist noch sehr schwach. Ich hoffe nicht, daß Sie sie allzu sehr ermüden werden.«

»Aber natürlich nicht, Herr Professor. Ich bin ausschließlich gekommen, um ihr ein paar Fragen im Hinblick auf die Ermittlungen zu stellen.« Er hält sich eine Maske besonderer Rücksichtnahme vor.

Faber nickt freundlich und öffnet die Tür.

Die gnädige Frau sitzt in einem Sessel in eine Stola gehüllt und schiebt den Ehering am Finger auf und ab.

»Frederikke. Das ist Th. Balsgaard. Von der Polizei. Er ist gekommen, um dir ein paar Fragen zu stellen.«

»Aber da war doch schon gestern einer da. Wenn es wieder um diesen … Menschen geht, dann kann ich nur wiederholen, was ich gesagt habe. Ich kann mich nicht erinnern und habe ihm nichts vorzuwerfen. Meinetwegen können Sie ihn ruhig freilassen.« Sie hat einen bitteren, verhätschelten Zug um den Mund.

Balsgaard tritt näher und streckt ihr die Hand hin. »Guten Tag, gnädige Frau, und entschuldigen Sie die Störung ... Ja, das verstehe ich schon. Aber die Sache ist die, gnädige Frau, daß sich das Ganze heute etwas anders darstellt.«

Er wendet sich dem Professor zu. »Ob ich wohl ein paar Worte mit Ihrer Gattin wechseln könnte? Unter vier Augen?«

»Ja, natürlich. Wenn es dir recht ist, Frederikke ...«

»Ja, ja, geh nur.«

»Gut, dann gehe ich.« Er zeigt auf die Tür. »Ich bin hier gleich nebenan, falls ...«

»Sie gestatten?« Balsgaard macht eine Handbewegung in Richtung Sofa.

Sie antwortet nicht. Zuckt nur mit den Schultern.

»Ich verstehe, gnädige Frau, daß Sie immer noch müde und schockiert sind, und ich verspreche Ihnen, daß es nicht lange dauern wird. Sie beteuern also, sich an nichts erinnern zu können.«

»Das habe ich schon hundertmal gesagt.«

»Aber dieser Schornsteinfegergeselle beteuert, daß er sich an eine ganze Menge erinnern kann.«

»Das ist doch nur gut.« Sie sieht ihn an, als wäre er etwas langsam im Denken. »Dann kann er Ihnen doch sagen, was passiert ist.«

»Nun ja ...« Er trommelt leicht auf der Armlehne. »Ich bin mir aber nicht sicher, ob Ihnen seine Version der Geschichte gefallen würde. Er hat nämlich in den Verhören einige ziemlich unerhörte Behauptungen über Sie aufgestellt.«

»Über mich?«

»Ja, ich fürchte, über Sie. Grundlose, natürlich. Aber die einzige Art und Weise, ihnen entgegenzutreten können, wäre, daß Sie mir erzählen, was tatsächlich passiert ist.«

»Was soll ich Ihnen denn sagen? Ich erinnere mich doch an gar nichts.«

»Das ist mir schon klar. Aber können wir uns nicht erst einmal darüber einigen, daß, falls überhaupt jemand überfallen wurde, es nicht er war, sondern Sie.«

»Was behauptet er denn?«

Balsgaard rutscht unruhig hin und her. »Die Situation ist mir äußerst peinlich, gnädige Frau. Es fällt mir nicht leicht, ich hoffe jedoch, Sie haben Verständnis dafür, daß ich nur meine Arbeit tue. In Ihrem Interesse. Er behauptet, gnädige Frau, daß Sie versucht haben, sich an ihm zu vergreifen.«

»Was heißt vergreifen? Ich verstehe nicht ... Soll ich ihn geschlagen haben oder was?« Zum ersten Mal sieht sie ein wenig interessiert aus. Sie beugt sich vor und runzelt ihre sonst so glatte Stirn.

»Ja, auch das sollen Sie getan haben. Aber das ist nicht das Schlimmste. Laut seiner Aussage haben Sie erst angefangen, ihn zu schlagen, als Ihnen klar wurde, daß er Ihnen nicht nachgeben würde.«

»Nachgeben?«

»Ja ... Ihren ... Berührungen.«

Der Nacken der jungen Frau sucht die Rückenlehne des Sessels.

»Bitte entschuldigen Sie, gnädige Frau. Ich bin mir natürlich vollkommen im klaren darüber, daß das reine Erfindungen sind. Und es bleibt unter uns, das kann ich Ihnen versichern. Das wird Ihren guten Namen nicht besudeln. Doch die einzige Art, wie wir diese wahnsinnigen Beschuldigungen widerlegen können, besteht darin, daß Sie uns Ihre Version der Sache berichten. Dann können wir ihn damit konfrontieren, und ich verspreche Ihnen, daß Sie in dieser Angelegenheit nichts mehr hören werden. Er wird sicher verurteilt werden, das kann ich Ihnen versprechen. Darum werde ich mich persönlich kümmern.«

»Aber was soll ich denn tun?«

»Ich habe mir erlaubt, bereits eine Erklärung auszufertigen. Wenn Sie in den Hauptzügen den Tathergang wiedererkennen und sie unterschreiben, dann ist die Sache damit für Sie beendet.«

»Eine Erklärung, sagen Sie?«

»Ja, ich habe ja die Grunddaten des Falls, den Zeitpunkt und den Ort, wo Sie sich begegnet sind. Und dann war es nicht schwer, sich den Rest auszumalen. Sie müssen wissen, es ist ja nicht das erste Mal, daß ich einem Verbrechen dieser Art gegenüberstehe.«

Er schaut sie mit väterlicher Miene an, so als könne sie sich gar keinen Begriff vom Umfang seiner Erfahrung machen.

Sie mustert ihn einen Moment lang mit kritischem Blick.

»Dann lassen Sie mich das Schriftstück sehen. Haben Sie es dabei?«

»Ja, gnädige Frau, hier ist es.« Er reicht ihr einen Bogen Papier.

Eilig liest sie ihn durch. Dann läßt sie das Blatt auf den Schoß sinken. »Aber das ist ja ... Ich versichere Ihnen, daß ich keineswegs ...«

»Sie dürfen nicht vergessen, was er über Sie behauptet.«

»Ja, schon ... aber das hier sind ja sehr ernste Anklagen ... Meine Tasche, zum Beispiel ... Ich war an dem Tag nicht recht bei mir. Vielleicht habe ich sie einfach verloren.«

Balsgaard zuckt mit den Schultern und spitzt den Mund. »Wir könnten das natürlich etwas entschärfen. Aber ich frage mich, ob das klug wäre. Es sei denn, Sie sind bereit, sich gegen Anklagen der gegnerischen Seite zu verteidigen ...«

Sie antwortet nicht sofort, sitzt nur da und beißt auf den Knöcheln herum.

»Wenn ich dieses Papier unterschreibe, was passiert dann?«

»Ja, dann können wir ihn verurteilen. Ich werde mit Polizeidirektor Crone sprechen. Ich bin mir sicher, wir können es so regeln, daß Sie vor Gericht gar nicht erscheinen müssen und daß wir Ihren Namen geheim halten können – dem Verbrecher und der Allgemeinheit gegenüber!«

»Das heißt, diese Erklärung genügt?«

»Ja, die genügt. Niemand wird von Ihnen verlangen, daß Sie dazu stehen. Es wäre doch wirklich empörenswert, wenn unsere Frauen sich auch noch öffentlich gegen diese Art von Ungeheuerlichkeiten verteidigen müßten.«

»Na ja ... Ich weiß nicht ... Versprechen Sie mir, daß ich nichts mehr von dieser Sache hören werde, wenn ich hier unterschreibe?«

»Ja, das verspreche ich Ihnen.«

»Na gut.« Sie seufzt. »Haben Sie einen Stift?«

»Aber sicher.« Er zieht bereitwillig einen aus der Jacke. »Bitteschön, gnädige Frau.«

58

SEPTEMBER 1932

Sie erwacht mitten in der Nacht von einem so heftigen Ruck, als wäre der Blitz in sie eingeschlagen, und sie weiß, daß etwas nicht in Ordnung ist.

Sie setzt sich im Bett auf und starrt in die relative Finsternis hinaus. Ihr Herz klopft, wie es seit vielen Jahren nicht mehr geklopft hat, als wollte es den Brustkorb sprengen. Irgendetwas stimmt nicht. Woran hat sie gerade gedacht? Welche plötzliche Gewißheit hat sie aus dem Schlaf gerissen? Irgend etwas, was Karl Larsen gesagt hatte ...

Von Erler ...

Sie muß überlegen. Nachdenken!

Sie ballt die Hände zur Faust und preßt sie auf den Mund, als wollte sie einen Schrei zurückhalten, und bemüht verzweifelt den jämmerlichen Abglanz dessen, was einmal ihr Bewußtsein war. Konzentrier dich, ermahnt sie sich selbst, jetzt konzentrier dich! Wie eine frisch ausgebildete Lehrerin, die Autoritätsprobleme hat, weil die Schüler sich nicht in Reih und Glied aufstellen wollen, kämpft sie mit ihren Gedanken, damit sie sich fügen und ihren Platz einnehmen. Doch sie rudern mit Armen und Beinen, schreien wild durcheinander, schlagen Kapriolen, laufen herum – einige besonders eifrig, um die ersten zu sein, andere, um ihr in einem unaufmerksamen Moment entkommen zu können.

Nichts ist mehr, wie es war – weder die Gedanken noch die Schulkinder ...

Alles zerbröselt hinter ihrer alten Stirn, die eisige Klarheit schmilzt in einem schmutzigen Tauwetter von Geräuschen und unwichtigen Gedanken dahin – ja, es scheint, als wäre schon der Versuch, sie festzuhalten, eine Störung in sich.

Sie legt sich wieder hin. Stöhnt leise.

Vielleicht war da ja auch gar nichts, wenn man es genau betrachtet. Vielleicht war es nur, wie so oft, eine Erkenntnis, die zu nichts zu gebrauchen ist, eine Logik der besonderen Art, die nur in Träumen gilt und nicht im verzwickten Universum der Wirklichkeit.

Frau Mikkelsen ist in keiner Weise redselig, mit verkniffenem Gesicht macht sie ihre Arbeit, und ehe man sich's versehen hat, ist sie schon wieder verschwunden. Effektiv und schnell. Nicht unfreundlich, sondern kompetent und genau.

Genau wie sie sich immer Mamsell Rasmussen gewünscht hat.

Vielleicht ist es das Schlimmste für einen Menschen, zu bekommen, was man haben will?

Den Vormittag über fällt Frederikke auf ihrem Sessel immer wieder in den Schlaf; sie gleitet zwischen Traum und Wirklichkeit hin und her.

Als das Telefon endlich klingelt, zuckt sie zusammen und muß einen Moment warten, bis sich ihr Herz beruhigt hat, bevor sie den Hörer abheben kann.

»Hallo?«

»Hallo.«

Statt Karl Larsens knackender Ferngesprächsstimme tönt ihr eine Frauenstimme voller Gelächter ins Ohr.

»Sind Sie es, Frau Faber?«

»Ja, Mamsell Rasmussen?«

»Ja, ich bin's. Ich wollte nur mal anrufen und hören, wie es Ihnen geht. Ich sitze ja direkt vor dem Telefon, wissen Sie. Geht es Ihnen gut?«

»Doch, ja ...«

»Und was ist mit Frau Mikkelsen? Sind Sie zufrieden mit ihr?«

»Ja. Auf jeden Fall.«

»Das ist schön zu hören.«

»Und wie geht es Ihnen?«

»Oh, mir geht es gut. Es ist so herrlich hier draußen, das können Sie mir glauben. Und die Kinder ... Sie sind so süß. Auch wenn sie etwas Lärm machen.« Sie lacht. »Ich haben ihnen gerade zwei Öre versprochen, wenn sie zehnmal ums Rosenbeet laufen. Das mache ich manchmal, wenn ich meine Ohren ein bißchen ausruhen will. Und sie finden das spaßig. Ich kann sie hier vom Fenster aus sehen ... Sie sollten sie sehen, Frau Faber. Es ist ein köstlicher Anblick.«

»Das kann ich mir vorstellen.«

»Ja, nicht wahr? Und Sie vergessen nicht, Ihre Tabletten zu nehmen?«

»Nein, das tue ich nicht.«

»Und denken Sie daran, Frau Mikkelsen rechtzeitig Bescheid zu sagen, ehe das Glas leer ist, damit sie neue in der Apotheke kaufen kann. Es ist nicht gut, wenn die Ihnen ausgehen, wissen Sie!«

»Ja, ja. Das weiß ich.«

»Ja … dann will ich mal wieder. Ich wollte nur hören …«

»Das ist nett von Ihnen, Frau Rasmussen.«

»Dann wünsche ich Ihnen alles Gute.«

»Danke, gleichfalls … Hören Sie, Mamsell Rasmussen … Sie bereuen doch nicht, daß Sie weggezogen sind?«.

»Nein, ganz und gar nicht. Natürlich muß ich mich erst an einiges gewöhnen, das ist klar. Aber ich habe ein hübsches Zimmer. Und es ist doch auch schön, etwas Neues zu sehen. Manchmal fahren wir nach Frederiksund und kaufen dort ein. Das ist eine wunderschöne Stadt … Und es ist es doch immer befriedigend, wenn man ein bißchen nützlich sein kann und mit den Enkelkindern zusammen sein darf.«

»Ja, das kann ich mir denken … Nun, dann wünsche ich Ihnen auch alles Gute.«

»Danke, Frau Faber. Und vergessen Sie Ihre Pillen nicht!«

»Ich werde dran denken.«

Die Lüge – die größte Versuchung von allen …

Dieses Gefängnis … Genau wie damals, als sie alle den anderen Eingang benutzten, während sie sie im privaten Teil der Wohnung sitzen ließen.

Amputiert.

Coitus interruptus.

Das ist doch zum Lachen!

Warum lacht sie nicht? Warum hat sie damals nicht gelacht?

Warum wird sie so gequält? Sie, die doch nichts getan hat?

Ärgert dich aber dein rechtes Auge, so reiß es aus und wirf's von dir.

Steht es etwa nicht so geschrieben?

Ist man nicht sogar dazu verpflichtet?

59

Bald ist es nirgendwo mehr auszuhalten vor Gestank. Er dringt durch alle Wände, dieser Geruch nach Schlamm und Verwesung.

Er muß von außen kommen.

Aus den Kloaken. Ein relativ neues Wort, mit dem die Sprache besudelt wird. Wie tief man doch sinken kann – daß das wichtigste Gesprächsthema zur Zeit die Beseitigung des menschlichen Abfalls ist.

Ihr Mann ist natürlich schrecklich begeistert von dieser »sanitären Revolution«, wie er sie nennt, die »viel zu lange auf sich hat warten lassen und die so viel für die Volksgesundheit bedeuten wird«. Frederikke weiß nicht so recht. Wenn der Preis dafür ist, mit diesem Gestank leben zu müssen, dann interessiert es sie absolut nicht.

»Aber das ist doch nur vorübergehend«, belehrt Frederik sie. Als ob ihr Leben das nicht auch wäre!

Sie geht ans Fenster, um es aufzustoßen. Als sie sich vorbeugt, um den Riegel zu fassen, entdeckt sie Ørholt, der gerade des Weges kommt. Rechtzeitig, wie immer! Wie sie doch diese Pünktlichkeit haßt!

»Anna! Anna, kommen Sie doch mal her.«

»Ja, gnädige Frau?« Das Mädchen zeigt sich mit hellwachem Blick in der Tür.

»Was ist das hier?« Frederikke zeigt verärgert auf einen gräulichen Klecks auf der Fensterscheibe.

»Das ist Vogeldreck, gnädige Frau.«

»Vielen Dank. Nicht so naseweis, bitte!« Etwas in den Augen des Mädchens bringt Frederikke dazu, ihr eine Ohrfeige zu verpassen. »Ich kann sehr wohl sehen, was das ist! Aber was macht das hier?«

»Entschuldigung, ich habe nicht gesehen, daß …«

Die folgenden Bewegungen des Mädchens (die Hand, die sich die Wange reibt, der gesenkte Blick) sind so klassisch und vorhersehbar, daß allein die Langeweile dieser Szene Frederikke beinahe dazu verführt, ihr noch eine zu verpassen.

»Es ist nun einmal Ihre Aufgabe, sich um so etwas zu kümmern, mein Fräulein! Ich will keine Exkremente am Fenster hängen haben. Haben Sie das verstanden? Und dann noch zur Straße hin! Wie sieht das denn aus! Daheim hat meine Mutter immer gesagt, daß man an den Fenstern der Leute sehen kann, was das für Menschen sind!«

»Ja, gnädige Frau«, antwortet Anna und verkneift sich hinzuzufügen, daß ihre Mutter immer gesagt hat, man könne es an der Art sehen, wie sie ihre Dienstboten behandeln. »Ich werde es gleich entfernen.«

»Vielen Dank. Aber sofort. Verstanden?«

»Ja.« Anna senkt den Kopf.

»Ich bin im Aufbruch begriffen. Ich werde von Herrn Ørholt abgeholt. Wir werden beim Abendessen eine Person mehr sein. Sagen Sie in der Küche Bescheid. Und dann an die Arbeit.«

Im gleichen Moment klopft es an die Tür.

»Ich mache selbst auf! Und falls mein Mann nach mir fragt ...« Welch putzige Idee! »... sagen Sie ihm, daß ich mit Herrn Ørholt im Zoologischen Museum bin.«

Nachdem Frederikke den Raum verlassen hat, hebt Anna den Kopf und streckt die Zunge raus.

Der Anblick von Ørholt, der draußen steht, glücklich wie ein Idiot, läßt ihre Wut nicht geringer werden.

Wo richtige Männer ihre Rivalen auf Abstand halten, indem sie hier und da ihre Duftmarken setzen (frisches Holz, Karbol), hat Ørholt seine ganz eigene Technik, die leider seiner Ansicht genau entgegen wirkt: Nachdem er sie begrüßt hat, kommt er mit einem dieser nichtssagenden Kommentare, die er mit weichlicher Hand über seine unschuldige Umgebung verstreut: »Tja, über das Wetter kann man wirklich nicht klagen!«

»Nein, über das Wetter nicht«, zischt sie und zieht sich die Handschuhe an.

»Nun ja ...« Ørholt lächelt vorsichtig. (Wieso findet sich dieser lächerliche Mensch mit allem ab?) »Ich sehe, du bist schon soweit.«

»Ja. Ich bin soweit!«

60

Erst in den frühen Morgenstunden kann Frederik endlich seinen Schlüssel ins Schloß schieben und in den dunklen Flur treten. Er stellt die Tasche auf den Boden und geht an den Sprechzimmern vorbei zur Schiebetür. Sein Ziel ist die Küche. Da er gute Gründe hat davon auszugehen, daß er allein ist, erlaubt er sich den kleinen Luxus, sich dort zu kratzen, wo es juckt (wodurch er eine merkwürdige, fast hinkende Gangart einschlägt), während er gleichzeitig lautstark gähnt.

Er schiebt die schwere Holztür auf und erstarrt eine Sekunde lang mitten im Gähnen, gelähmt von dem sonderbaren, unerklärlichen Anblick, der sich ihm bietet.

»Ørholt!« Frederik greift sich an die Brust. »Du hast mir vielleicht einen Schrecken eingejagt. Was machst du denn hier?«

Ørholt erhebt sich, hält dann mitten in der Bewegung inne und schwebt für einen Moment mit den Händen über den Armlehnen. Dann läßt er sein Hinterteil wieder auf den Sitz sinken, mit einer so langsamen, kontrollierten Bewegung, als senke er seine Glieder in siedend heißes Wasser – oder in Salzsäure.

»Entschuldige, ich ...«

»Was zum Teufel machst du denn hier? Frederikke und die Dienstboten sind doch alle auf dem Land.«

»Ja, ich weiß.« Ørholt nimmt die Brille ab und reibt sich die Augen.

Er sieht ziemlich heruntergekommen aus, ja, genau genommen macht er einen so miserablen Eindruck, daß Frederik für eine kurze Sekunde lang eine Illustration aus Karl Heinrich Baumgärtners »Kranken-Physiognomik« vor Augen hat, nämlich die des »Onanisten«, der an »seinem bleichen, eingefallenen Gesicht, den Ringen um die Augen, dem finsteren Blick und der fehlenden Bereitschaft, den Leuten in die Augen zu sehen« zu erkennen ist.

Frederik versucht es kurz mit einem Lächeln. »Du Ärmster. Sag mal, hast du die ganze Nacht hier gesessen?«

»Ja, ich ... ich muß wohl eingeschlafen sein.«

»Aber wie um alles in der Welt bist du denn hereingekommen?«

»Frederikke hat mir einen Schlüssel gegeben.« Ørholt sucht kurz in seinen Taschen, findet ihn und hält ihn hoch – als Beweis dafür, daß er nicht eingebrochen ist. »Ich bin gekommen, um mit dir über etwas zu reden«, erklärt er dann, als wäre das Grund genug, die Nacht in anderer Leute Lehnstuhl zu verbringen.

»Aha.« Frederik lächelt etwas desorientiert und zuckt mit den Schultern. »Ja, das ist nett. Obwohl es ein etwas merkwürdiger Zeitpunkt für einen Besuch ist.«

»Wie spät ist es eigentlich?«

Frederik schaut auf die Uhr. »Fünf Minuten nach fünf... Kommst du mit in die Küche?« Er macht eine Kopfbewegung dorthin. »Ich habe einen Mordshunger. Ich habe nämlich die Erbfolge bei einem Geheimrat in der Amaliegade gesichert, indem ich einem Paar widerstrebender Zwillinge auf die Welt verholfen habe, ich sage es dir!«

An Frederiks Fähigkeit, sich unerwarteten Situationen anzupassen, ist nichts auszusetzen. Trotz der Müdigkeit, die ihm ins Gesicht geschrieben steht, breitet er die Arme aus – eine so großmütige Geste, daß Ørholt sich nur noch mieser fühlt.

»Setz dich doch. Da, an den Tisch.«

»Danke.« Ørholt setzt sich und legt die gefalteten Hände auf die Tischplatte.

Frederik zieht die Jacke aus und hängt sie über die Stuhllehne gegenüber. Dann geht er zum Waschbecken, schiebt die weißen Hemdsärmel hoch und macht sich daran, die Hände zu waschen.

»Und sonst geht es dir gut?« Frederik wendet Ørholt das Gesicht zu, während dieser dasitzt und seine Hände anstarrt.

»Es geht so.«

»Hast du etwas aus Italien gehört? Von Montaldo di Castro?« Die Wassertropfen spritzen auf, als er die Hände über dem Becken ausschüttelt.

»Nein, in letzter Zeit nicht.« Ørholt unterdrückt ein Gähnen. »Und du?«

»Ich habe vor einer Woche einen Brief von Jantzen bekommen. Und meine Schwester schreibt mir natürlich auch regelmäßig. Es geht der Kleinen übrigens schon besser ...«

»Das ist schön zu hören.«

»Ja, nicht wahr? Die saubere, warme Luft scheint Wunder für ihre Gesundheit zu wirken. Und Jantzen auch, jedenfalls laut meiner Schwester! Sie ist überzeugt davon, daß sie ihm zu verdanken haben, daß die Kleine überhaupt lebt. Sie sind so dankbar und gerührt, daß er sie überredet hat, mitzukommen. Das ist aber auch großzügig von ihm – ich meine, nicht alle haben Lust, mit Anhang auf Hochzeitsreise zu fahren, oder?« Er lächelt. »Und seine Birgitta nicht zu vergessen!« Er trocknet sich gründlich die Hände ab. »Amalie ist ganz begeistert von ihr, die beiden scheinen schon Busenfreundinnen geworden zu sein.«

Frederik wirft das Handtuch beiseite und verschwindet in der Speisekammer.

»Und wie gesagt habe ich auch einen Brief von Jantzen selbst erhalten – vor knapp einer Woche, glaube ich.«

Klappern und Klirren ist zu hören, und als Frederik wieder auftaucht, hat er die Arme voller Eßwaren.

»Er klang glücklich«, sagt er mit offenem Mund, während er das Kinn stützend auf ein Schwarzbrot preßt, das gefährlich auf ein paar Schüsseln balanciert. »Sehr glücklich und sehr verliebt!« Er schließt die Speisekammertür mit dem Fuß, hebt lachend die Augenbrauen. »Er behauptet, daß seine kleine schwedische Braut allen da unten den Kopf verdreht. Er ist stolz wie ein Pfau ... Aber sie ist auch wirklich süß, findest du nicht?«

Ørholt schaut zu, wie Frederik alles abstellt und alles Nötige aus Schubladen und Schränken holt.

»Doch, auf jeden Fall«, antwortet er, und da er selbst das Gefühl hat, daß es etwas zu verhalten klingt, richtet er sich auf und beeilt sich hinzuzufügen: »Sehr! Die beiden scheinen wirklich gut zusammenzupassen.«

»Ja!« Frederiks Augen funkeln. »Sie ist nach meinem geringen Urteilsvermögen absolut die Richtige für ihn. So eifrig, so fröhlich. Sie scheinen wirklich das gleiche Temperament zu besitzen!«

»Ja, wenn es nur nicht zuviel wird.«

»Zuviel? Ist das möglich?« fragt er rhetorisch, nimmt das Buttermesser und zeigt auf Brot und Leberpastete auf dem Tisch.

»Hunger?«

»Nein danke, ich ...« Ørholt beendet den Satz nicht, hält sich statt dessen den Bauch.

»Dann vielleicht eine Tasse Kaffee? Oder Tee? Ja, für dich ist wohl eher die Frühstückszeit.«

Frederik schlägt die Zähne ins Brot. Ørholt wird übel.

»Nein, danke. Gar nichts.«

Frederik verschwindet wieder in der Speisekammer.

»Ich muß einfach etwas Solides haben nach so einer Nacht. Du glaubst gar nicht, wie sehr ich nach dem langen Sommer Olines gutes Essen vermisse. Es wird schön, wenn alle bald zurückkommen. Diese erbärmliche Junggesellenwirtschaft, für die werde ich langsam zu alt«, erklingt es von da drinnen.

Ørholt starrt auf die leere Jacke mit den hängenden Schultern auf dem Stuhl gegenüber und hat einen Augenblick das Gefühl, als spräche sie zu ihm.

»Na ja ...«, antwortet er ausweichend, denn eigentlich hat er dem anderen gar nicht zugehört und weiß nicht so recht, ob überhaupt eine Antwort erforderlich ist.

Frederik ist wieder aufgetaucht, jetzt mit einer Flasche Milch in der Hand. Er nimmt sich nicht die Zeit, sich ein Glas einzuschenken, sondern setzt ohne Zögern die Flasche an den Mund.

»Ah«, stöhnt er, »Milch bekommt man nie über, sage ich dir!«

Er sieht die Flasche an, als handle es sich um einen Jahrgangswein und hält sie dem Freund zuprostend hin, der gegen seinen Willen spürt, wie sich ein kleines Lächeln auf sein Gesicht schleicht; Frederik sieht aus wie ein kleiner Junge mit seinem Milchbart.

»Nun, aber du wolltest mit mir reden, hast du gesagt ...« Frederik blickt kurz auf, widmet sich dann wieder den Dingen auf dem Tisch und macht sich noch eine Scheibe Brot.

»Nein, iß lieber erst einmal.« Ørholt rutscht etwas verlegen auf dem Stuhl hin und her. »Es ist nicht so eilig.«

»Na, du siehst aber aus wie ein Mann, der etwas auf dem Herzen hat.« Frederik zeigt mit einem Leberwurstbrot mit eingelegten Gurken auf ihn.

»Nun ja ...«

»Na gut! Wie du willst.« Er zuckt mit den Schultern. »Ich stelle das hier eben weg.«

Ørholt betrachtet den weißen Hemdenrücken, der sich über den viel zu niedrigen Küchentisch beugt. Frederik arbeitet schnell und effektiv mit der linken Hand, während er sein Brot in der rechten hält. Plötzlich taucht eine vergessene Erinnerung hinter Ørholts hoher Stirn auf, das Bild eines großen Jungen, lachend, über die Reling eines Ruderbootes gebeugt, eine Angel in der einen Hand und ein Wurstbrot in der anderen – ein nackter Rücken im flimmernden Sonnenlicht. Ob er wohl schon damals ...?

Es dauert nicht lange, dann hat Frederik seinen Stuhl vor Ørholt hingestellt – so nah, daß dieser hören kann, wie die Kiefer knacken, als er in die festen Gurken beißt. Die blauen Augen sehen ihn unverwandt an.

»Nun, was willst du?« Frederik streckt den Arm aus und berührt Ørholts Ärmel. »Es ist doch wohl nichts Ernstes, mein Freund?«

Ørholt zieht seinen Arm zurück. »Doch, so kann man es bezeichnen.«

Frederik schaut ihn besorgt an. »Es ist doch wohl nichts mit Frederikke? Sie ist nicht etwa krank?« Er sieht so ernstlich beunruhigt aus, daß Ørholt eine Sekunde lang Zweifel an seinem Vorhaben hegt.

»Nein, nein. Krank ist sie nicht«, bringt er heraus. Er zupft an seinem Daumennagel und weiß, daß jetzt der Zeitpunkt gekommen ist, an dem er sagen müßte: »Aber du!« Er starrt den anderen wütend an und schweigt.

Frederik beugt sich vor und sieht Ørholt unverwandt an, während er mit dem Geschick eines Taschendiebs blind in den Taschen seines majestätischen Gewands herumwühlt, das über dem Stuhl neben ihm hängt. Ørholt erwartet fast, er würde Zepter und Reichsapfel hervorholen; statt dessen tauchen ein Zigarettenetui (ein Erbstück vom Vater) und ein Feuerzeug auf (ein Geburtstagsgeschenk von Frederikke). Er öffnet die ziselierte Silberschachtel, holt eine Zigarette heraus und klopft ihr Ende leicht gegen den Deckel. Dann zündet er sie an, pustet den Rauch gegen die Decke und legt den Ellenbogen auf die Rückenlehne.

»Was ist los?« fragt er dann. »Du bist so merkwürdig!«

»*Ich* soll merkwürdig sein? Ich denke nicht, daß ich merkwürdig bin, Frederik!«

Seine Stimme klingt gepreßt und kalt. Ørholt sieht weg, begreift selbst nicht, daß sie aus seiner Kehle kommt. Aber nun ist es also soweit. Jetzt hat es begonnen, und es gibt keine andere Wahl, als weiterzumachen.

Er seufzt, richtet sich auf, schiebt mit einem Gefühl der Unwirklichkeit die Hand in die seidenkühle Innentasche seiner Jacke und zieht etwas hervor, das er auf den Tisch vor sich legt. Einen Brief. Er läßt die Hand auf ihm ruhen, genau so, daß der andere ihn identifizieren, aber nicht an sich reißen kann. Einen Moment lang sitzt er da und betrachtet seine eigene weiße Hand, die ihm fremd und vertraut zugleich vorkommt, und zittert leicht (verdammt!).

Frederik hat sich neugierig vorgebeugt (ach, dieses verfluchte, dieses unschuldige, offenherzige Interesse für alles!), den Ellenbogen auf den Tisch gestützt, eine Hand unterm Kinn, und es vergeht offenbar eine Weile – vielleicht weil sein Blick vom Rauch, der aus seinen Nasenflügeln strömt, die Hand trifft und vor seinen Augen aufsteigt, vernebelt wird, bevor er seinen eigenen Namen und die Velinsche Handschrift erkennt.

Er erstarrt, zieht sich langsam zurück, zwinkert ein paarmal und starrt dann abwechselnd auf Ørholts Gesicht und auf seine Hand.

»Wo hast du den gefunden? Vielen Dank.« Er schluckt und streckt die Hand vor, um den Brief an sich zu nehmen, vielleicht überzeugt davon, daß die Welt um ihn herum nicht zusammenfallen wird, wenn er nur die Ruhe bewahrt und so tut, als wenn nichts wäre – denn mein Gott, wenn man alles zusammennimmt, dann ist das doch nur ein Brief von einem Freund und Kollegen, der irgendwo herumgelegen haben muß – also, der Brief natürlich.

Ørholt schiebt seine Hand mit dem Umschlag etwas nach rechts – nicht viel, nur genau soviel, um die Situation klarzustellen. Das leichte Rascheln des Papiers über die große Tischplatte erscheint in der morgenstillen Küche ohrenbetäubend – ein minimales Manöver mit kolossaler Konsequenz.

Dann schaut er auf und beobachtet Frederik einen Moment lang, es ist ein herzzerreißender Anblick: Der kleine Junge mit dem Milchbart ist zu Boden geschlagen worden! Statt dessen sitzt ein bleicher, besorgter und plötzlich gar nicht mehr junger Mann vor ihm, dessen Lippen sich bei dem Versuch, Worte zu formen, bewegen.

»Was zum Teufel …«, flüstert er schließlich. »… was zum Teufel hast du mit dem Brief zu schaffen? Hast du in meinen Sachen gewühlt?«

Die unleugbare Härte der Worte paßt nicht zu Frederiks Stimme, in der etwas liegt, was an Lachen erinnert – ein merkwürdiger, unerwarteter Tatbestand, durch den die Situation einen eher komischen als dramatischen Zug bekommt.

»Nein, bei Gott nicht«, ruft Ørholt aus und legt eine gekränkte Miene an den Tag.

»Wo hast du dann den Brief her, Ørholt?« Frederiks Stimme ist ernst und geduldig, als wollte er einen alten Freund daran hindern, sich das Leben zu nehmen. (»Nun komm schon … leg die Pistole hin.«)

»Ich habe ihn von Frederikke. Ich hätte bestimmt nie selbst … Und ich habe ihn natürlich auch nicht gelesen! Das würde mir nie einfallen! Aber …«, fügt er dann hinzu »… ich weiß natürlich, was in ihm steht. In all diesen Briefen. So ungefähr …«

»Du weißt …« Schlucken. »… du weißt natürlich, was in meinen Briefen steht?« Frederiks Stirn ist gerunzelt, die linke Seite seiner Oberlippe ist ein wenig nach oben gezogen und zittert ungläubig.

»Frederikke hat sie ja gelesen.«

Ørholt schiebt sich die Hand in die Tasche. Frederik folgt der Bewegung mit offenem Mund, der sich aber wieder schließt, als Ørholt ein Taschentuch herauszieht, mit dem er sich die Schweißperlen von der Stirn wischt.

»Frederikke hat sie gelesen, sagst du?«

»Ja. Frederikke.«

Einen Moment lang ist es still. Frederik sitzt immer noch da und starrt auf den Brief. Dann trommelt er auf der Tischplatte. Sieht zu Ørholt auf. Legt den Kopf schräg.

»Dann darf man wohl davon ausgehen, daß du dir im klaren darüber bist, daß es ein persönlicher Brief ist?«

»Ja, darüber bin ich mir im klaren.«

»Und ich hoffe wahrhaftig nicht, daß du eine Art ... eine Art Bußübung von mir erwartest.« Er sieht seinen Freund eindringlich an. »Oder daß du hier als eine Art königlicher Hofprediger auftreten willst. Ich habe nämlich nicht vor, das zu erklären oder mich zu entschuldigen.«

»Nein, nein. Ganz und gar nicht. Jede Form von Erklärung wäre mir äußerst unangenehm. Und außerdem vollkommen sinnlos.«

»Na, dann sind wir ja soweit einer Meinung! Und wir sind uns außerdem einig darüber, daß der Brief an mich gerichtet ist und nicht an dich, nicht wahr?« (Vier Falten in der Stirn.)

»Ja, bei Gott.«

»Dann darf ich mir vielleicht erlauben, dich zu bitten, ihn mir zu übergeben?«

Ørholt antwortet, indem er den Brief vom Tisch nimmt und wieder in seine Tasche steckt.

Frederik sieht ihn ungläubig an.

»Sei so gut und gib mir sofort den Brief. Sag mal, was zum Teufel hat das zu bedeuten? Bist du jetzt vollkommen verrückt geworden?«

»Nein, Frederik. Nicht ich, sondern du bist verrückt geworden! Genau genommen glaube ich sogar, daß du vollkommen wahnsinnig bist. Aber ich will darüber nicht diskutieren. Denn ich habe gar nicht vor, darüber zu reden. Das widerstrebt mir derart ... Das mußt du ja wohl verstehen können!« Einen Moment lang scheint es, als wollten seine wäßrigen Augen platzen. »Eigentlich bin ich überhaupt nur gekommen, weil ich Frederikke versprochen habe, ihr diesen Dienst zu erweisen. Es ist ihr ausdrücklicher Wunsch, dich nicht mehr zu sehen. Sie will sich von dir scheiden lassen. Umgehend! Ich bin hier, um dir folgendes mitzuteilen: Übermorgen, also am Mittwoch, um dreizehn Uhr, wirst du Besuch von einem ...« Er hält einen Augenblick inne, vielleicht aus Angst, plötzlich »Hohepriester« zu sagen? »... einem Anwalt bekommen. Er wird dich hier aufsuchen«, sagt er und zeigt absurderweise nach unten, als wäre es von Bedeutung, daß die Begegnung genau an diesem Punkt des Küchenfußbodens stattfinden wird. »Deine Ehefrau wünscht folgendes Arrangement: Du redest mit dem Anwalt über die formalen Dinge der Scheidung. Das Ökonomische überläßt sie vollkommen dir. Ich muß zugeben, daß ich genau in diesem Punkt nicht ganz ihrer Meinung bin, aber sie stellt in diesem Bereich keinerlei Forderungen. Sie sagt, sie vertraut darauf, daß du sie ... Sie bittet dich nur, dafür zu sorgen, daß du selbst soviel behältst, daß du zurechtkommst. Falls du dich später in dieser Sache an sie wenden willst, wirst du kein Glück haben! Das sollst du wissen. Also sollst du das nehmen, was du brauchst!« Er räuspert sich und fährt fort: »Und noch eins: Damit die Scheidung umgehend bewilligt wird, müssen Beweise der Untreue vorliegen. Daran mangelt es ja nicht gerade ...« Er macht eine beschämte Handbewegung zur Innentasche hin. »... wie du weißt. Aber Frederikke ist es nicht daran gelegen, dich in einen Skandal zu verwickeln. Sie will nur, daß du aus ihrem Leben verschwindest. Deshalb gibt sie dir die Möglichkeit, Beweise anderer Art zu beschaffen. Es muß mindestens ein Brief an einen nahen Freund vorliegen, in dem du unzweideutig zugibst, daß du deiner Frau mit ... mit einer anderen Frau untreu warst. Normalerweise genügt das. Frederikke räumt dir das Recht ein, so einen Brief zu entwerfen.«

Es ist ein Hauch von pflichtbewußter, fast erregter Geschäftigkeit über ihn gekommen. Einen Moment lang hat er sich offensichtlich so sehr von den Details hinreißen lassen, daß er ganz vergessen hat, was er gerade macht, und er schaut Frederik so herzlich in die Augen, als wäre er sein persönlicher Finanzberater, der seinem Klienten die größtmögliche Ausbeute aus einem Tauschhandel sichern will.

»Ich habe mich bereiterklärt, mich als dieser Freund zur Verfügung zu stellen. Ja, ich habe sogar bereits eine Vorlage ausgefertigt, wenn du vielleicht ...«

Offenbar ist nichts dem Zufall überlassen worden. Er sucht in seiner Tasche und zieht einen weiteren Umschlag hervor.

Frederik starrt ihn mit offenem Mund an. Dieser Mann trägt anscheinend mehr Briefe mit sich herum als ein durchschnittlicher Postbote.

Ørholt legt das zweite Dokument auf den Tisch und schiebt es mit einer schamhaft-stolzen Miene zu Frederik hinüber, als schöbe er der Auserkorenen seines Herzens eine Schachtel aus dem teuersten Juwelierladen der Stadt über die Damastdecke zu.

»Ja«, er zuckt bescheiden mit den Schultern, »das ist wie gesagt nur ein Entwurf. Vielleicht kriegst du es besser hin. Aber du kannst ja sehen ...«

Frederik überlegt einen Moment lang, ob der andere in seinem verzerrten Weltbild etwa Dank für seine Hilfsbereitschaft erwartet.

»Und vergiß nicht, ihn zurückzudatieren. Gern ein paar Monate. Es ist wichtig, daß es nicht konstruiert aussieht. Den Brief übergibst du dann dem Anwalt, wenn er kommt. Anschließend reist du ab. Ins Ausland – du entscheidest natürlich selbst, wohin. Das ist uns ziemlich gleich. Aber du wirst nicht zurückkommen! Von dem Moment an, in dem du deinen Fuß auf dänischen Boden setzen würdest, würden keine vierundzwanzig Stunden vergehen, ehe du verhaftet würdest. Dafür wird deine Korrespondenz mit Velin sorgen. Die Briefe – ich meine, die restlichen – bleiben zumindest vorläufig in Frederikkes Gewahrsam. Und noch etwas: Frederikke möchte um jeden Fall einen Skandal vermeiden, deshalb wünscht sie, daß die Scheidung vorläufig nicht öffentlich wird. Sie möchte ihr Leben wie bisher fortsetzen, nur mit dem Unterschied, daß ihr Mann jetzt offiziell im Ausland lebt und arbeitet. Das bitten wir dich zu respektieren ...«

»Sag mal, was geht hier eigentlich vor? Sitzt du wirklich hier und willst mich mit deinen schulmeisterlichen Attitüden quälen? Sag mal, seid ihr alle zusammen verrückt geworden? Ich kann ja verstehen, daß Frederikke sich scheiden lassen will. Dem werde ich mich nicht widersetzen. Aber ich will nicht mit dir darüber reden. Verdammt noch mal, nein! Frederikke und ich ...«

»Frederikke möchte nicht mehr mit dir sprechen. Das ist ein Ultimatum. Entweder du tust, worum ich dich bitte, oder aber sie macht deine ... deine Verbindung öffentlich.«

»Das kann doch nicht dein Ernst sein. Sag mal, ist heute der erste April, oder was?«

Ørholt gibt keine Antwort.

Eine Weile bleibt es still. Frederik zündet sich Zigarette Nummer zwei an.

Seine Stimme ist sonderbar dünn, als er kurz darauf sagt: »Jetzt hör mal zu. Es ist sechs Uhr morgens. Ich habe seit vierundzwanzig Stunden nicht geschlafen ... Sag Frederikke, daß ...«

»Es gibt nichts mehr zu sagen!«

»Aber, verdammt noch mal ... Jetzt laß uns doch vernünftig sein. Frederikke und ich – wir haben natürlich unser ... Aber wir konnten doch immer ... Ich hätte ihr niemals etwas ausgeschlagen. Sie kann doch alles haben, was sie will.«

»Und sie will diese Regelung!« Ørholts Stimme ist dunkel und entschlossen. Plötzlich ist er jemand, mit dem man nicht verhandelt.

»Na gut! Aber gesetzt den Fall, daß ich sie nicht will? Gesetzt den Fall, daß ich mich weigere?«

»Tja ... Das wäre schade. Es ist vermutlich überflüssig, dich über den Strafrahmen für deine Verbrechen zu belehren.«

Frederik steht auf und geht zum Küchentisch. Einen Moment bleibt er dort stehen, den Kopf so tief gesenkt, daß die Nackenwirbel über dem Hemdkragen zu sehen sind.

»Ja, aber ... Meine Praxis ... meine Patienten ... Warum will sie denn, daß ich ... Warum können wir nicht einfach ...«, flüstert er.

»Wenn du bleibst ... wenn du deine Arbeit hier in der Stadt weiterführst, läuft sie Gefahr, dir auf der Straße zu begegnen. Die ganze Zeit. Und das möchte sie um jeden Preis vermeiden.«

»Aber das ist doch mein ganzes Leben. Sie nimmt mir mein Leben«, flüstert er und betrachtet seine leeren Hände. »Das kann sie doch nicht.« Zum ersten Mal sieht er Ørholt mit einem Blick an, der flehentlich zu sein scheint.

»Doch, Frederik! Wie die Dinge stehen, kann sie das problemlos«, antwortet der Scharfrichter, und plötzlich ist seine Stimme etwas weicher. Er schaut zur Seite, verärgert über seine eigene Schwäche. Er kann kein Blut sehen.

»Wie kann sie da so sicher sein ... Woher will sie wissen, daß ich nicht bleibe?« Frederik richtet sich auf und sieht den Mann auf der anderen Tischseite mit trotzigem Blick an. »Was ist, wenn ich mich für den Kampf entscheide? Meine Strafe auf mich nehme ...«

»Über diese Möglichkeit haben wir auch gesprochen. Frederikke hält sie aber für unrealistisch. Nicht, daß ihr der Gedanke, dich als Märtyrer zu sehen, so fremd wäre – und mir übrigens auch nicht!«

Genau zu diesem Zeitpunkt geschieht etwas Merkwürdiges. Bis jetzt waren die Kulissen dieser tristen Küchenszene in einen diffusen blaugrauen Schimmer eingehüllt, kühle, weiche Schatten in den Ecken ... spärliches, schwaches Licht vom septemberblauen Himmel draußen vor dem Fenster ... bläulicher Rauch von den Zigaretten ... Sie haben einen Schleier von Unwirklichkeit über die Ereignisse gelegt, ja sie wirken so betäubend auf die Sinne, daß sich die Stimmung nahezu als nüchtern bezeichnen ließe. Aber jetzt passiert etwas, was so überwältigend auf Ørholt wirkt, daß er für einen Moment nach Luft schnappen muß und aufhört zu reden: Plötzlich wird die Sonne draußen entzündet, abrupt wie ein Scheinwerfer, und bricht mit ihrer rötlichgelben Wärme durchs Fenster hinein. Eine Sekunde lang scheint es, als bräche die Küche in Feuer aus. Die Gesichtszüge von Frederik, der am Küchentisch steht, werden plötzlich ausradiert, und er wird jäh von einem fast göttlichen Licht erhellt, das sich von hinten wie eine Aura um seinen Körper legt.

Es dauert nur eine Sekunde. Dann ist es überstanden, und der Raum wird wieder der alte.

Ørholt räuspert sich. Er hat das Seil um den Hals des Freundes gelegt und muß jetzt die Stärke zeigen, den Knoten zuzuziehen!

»Aber da ist ja noch Velin, nicht wahr? Ihn würdest du mit dir hinabziehen. Und er ist doch frisch verheiratet. Sie erwarten ein Kind, soweit ich weiß. Das würdest du niemals tun. Dazu kennen wir dich trotz allem zu gut ... Und er ist ja, wenn ich Frederikke richtig verstanden habe, bei weitem nicht der einzige.«

Ørholt spitzt den Mund und zuckt mit den Schultern, als würde er jegliche Verantwortung von sich weisen. »Du hast selbstverständlich heute den ganzen Tag und auch morgen noch Zeit, darüber nachzudenken. Die Entscheidung liegt letztendlich bei dir. Aber jetzt kennst du zumindest die Bedingungen.«

»Ja. Aber kenne ich auch dich?«

»Das weiß ich nicht, Frederik. Wie gut kennen die Menschen einander eigentlich?« Er schlägt leicht auf den Tisch, um zu signalisieren, daß das Gespräch beendet ist.

»Bevor ich dich bitte, mein Haus zu verlassen«, sagt Frederik, »möchte ich dir gern noch eine letzte Frage stellen: Wie viele wissen eigentlich davon?«

»Vorläufig niemand. Außer Frederikke und mir natürlich.«

»Außer dir, Ørholt. Ich muß dich wohl kaum fragen, welche Rolle du in dieser Maskerade spielst?«

»Ich bin Frederikkes Freund. Ich kann es doch nicht ignorieren, wenn ...«

»Ich dachte, du wärst *mein* Freund?«

»Nach alledem?« Er sieht ihn prüfend durch die dicken Brillengläser an.

»Ja. Auch nach alledem.«

»Mit diesem Wissen kann ich unmöglich eine Freundschaft aufrechterhalten. Und ich hoffe inständig, daß du das nicht von mir verlangst.« Ørholt sieht verärgert aus, als er sich vom Stuhl erhebt.

Frederik schaut ihn an und überlegt, ob der andere vielleicht Angst hat, er könnte aufspringen und sich an ihm vergreifen. Dann lächelt er, der Gedanke ist so abstoßend wie absurd. Plötzlich sieht er Frederikke vor sich, an jenem Abend, als sie die ganze Gesellschaft schockierte, indem sie mit den Händen auf den Tisch schlug. Wie muß sie das genossen haben!

Wenn er jetzt auf Ørholt losgehen würde, dann nur, um ihn umzubringen. Doch Frederik ist kein Gewaltmensch, deshalb verschränkt er statt dessen die Hände vor der Brust, lächelt kühl und bewußt nichtssagend.

»Du heuchelst doch, Ørholt! Du bist ein Heuchler! Oder etwa nicht?«

»Ich brauche mich überhaupt nicht ...«

»Es sind ja gar nicht meine ... geschlechtlichen Präferenzen, die dich dazu anspornen, auf diese erbärmliche Art und Weise zu handeln, nicht wahr? Du bist in Wirklichkeit ja gar nicht so empört, wie du tust. Denn du hast es doch schon seit langem gewußt, nicht wahr? Oder es zumindest geahnt ... Soll ich wirklich glauben, daß du mich nicht so gut gekannt hast, um dir das auszurechnen?«

»Versuche nicht, mir ein schlechtes Gewissen aufzuschwatzen, das ich nicht habe. Kenne ich dich?« Er sieht Frederik spöttisch an. »O ja, ich kenne dich! Und war es nicht immer schon so, daß du ein kleines bißchen besser warst als wir anderen?« Die pochenden Schläfenadern kriechen hervor und winden sich wie violette Würmer über die hohe Stirn. »Und weißt du was, Frederik? Es ist verdammt schön zu wissen, daß du nicht so perfekt bist, wie du dir immer den Anschein gegeben hast. Oh, der untadelige, der unangreifbare Frederik! Und wenn es hart auf hart kommt, dann bist du nichts anderes als ein kranker, ein perverser Mensch! Mach dich nicht zum Richter über uns andere. Du bist ja nicht normal!«

»Ist das wirklich alles? Nach so vielen Jahren? Ist das alles, was unsere jahrelange Freundschaft dir noch wert ist?«

»Ich weiß nur, daß Frederikke jedes Recht der Welt hat, sich gekränkt zu fühlen, besudelt ... verstoßen.«

»Frederikke?« Frederik läßt den Namen nachklingen, als hätte ihn sein Freund gerade an etwas Wesentliches erinnert. Er nickt ein paarmal, während er sich auf die Unterlippe beißt. (Selbst das steht ihm!)

»Du hast jedenfalls kein Recht, dich so aufzuführen! Ich kann dir versichern, daß Frederikke und ich nichts Unstatthaftes getan haben!«

»Ach!« Frederik macht eine überraschte Bewegung mit dem Kopf und scheint gleich in Gelächter ausbrechen zu wollen. »Nun ja«, nickt er dann, »so kann man es selbstverständlich auch sehen.«

Er sieht Ørholt lange kopfschüttelnd an. Die Reminiszenz des Lächelns hängt noch in seinem Mundwinkel. »Dann warst du also doch ein Mann der Tat, Ørholt. Und gleich holst du die Sense raus, Kamerad! Ich muß gestehen, du imponierst mir sogar ein wenig. Das steht dir! Abgesehen von der Unehrlichkeit natürlich. Aber ich muß es dir lassen: Du hast bewundernswert geheuchelt, um die Tatsache zu vertuschen, daß du in meine Frau verliebt bist.«

Ørholt sieht ihn einen Moment lang an.

»Ja. Und du auch, Frederik. Um zu vertuschen, daß du es nicht bist!«

Dann ist er fort.

Die Anästhesie der Müdigkeit!

Später wird er sich darüber wundern, daß er überhaupt schlafen konnte. Aber er kann es.

Als er gegen Mittag aufwacht, ist sein Körper kalt und steif. Es zieht im Nacken. Draußen scheint die Sonne. Von der Straße her sind Stimmen zu hören, und dicht vorm Fenster pfeifen die Vögel wie wahnsinnig. Er streicht sich ein paarmal übers Gesicht. Dann steht er auf und wankt in die Küche mit dem Vorsatz, sich eine Tasse Tee zu kochen. Mechanisch füllt er Wasser in den Kessel, macht Feuer und stellt ihn auf die Glut. Während er wartet, steht er sonderbar apathisch da und starrt auf den Tisch und den Stuhl, auf dem Ørholt gesessen hat, bis der Kessel endlich anfängt zu pfeifen, reißt ihn dann vom Feuer, löscht es und geht in die Stube, wo er eine Cognacflasche und ein Glas holt. Anschließend begibt er sich in sein Arbeitszimmer.

Er schenkt sich ein und schaut sich im Raum um. Frederik Fabers Arbeitszimmer. Frederik Fabers Dinge. Frederik Fabers Leben. Der tüchtige Professor.

Die Bücher im Regal – eine Welt von Pathologie, Bakteriologie, Pharmakologie, Ätiologie, Gynäkologie, Physiologie, Allergie, Dermatologie, Chirurgie, Neuralgie, Phrenologie, Psychiatrie, Diphtherie, Hysterie, Nymphomanie, Anatomie, Nekropsie, Dyslepsie, Anästhesie ... Und in der anderen Abteilung: Poesie, Philosophie, Ideologie, Ökonomie, Philologie ...

Ein endloser Strom von ie's. Sein ganzes Leben.

Anomalie ... Perfidie ...

Heuchelei!

Er steht mit dem Glas in der Hand auf, geht durch die vielen Zimmer der Wohnung und betrachtet sie, als würden sie ihn nichts mehr angehen. Bereits jetzt merkwürdig heimatlos.

Überall finden sich unumstößliche Beweise seiner Existenz, seines Wirkens, aber plötzlich erscheinen sie ihm wie Postulate. Möbel, Decken, medizinische Geräte – all das, was sich vor seinem

Blick ausbreitet, hat plötzlich seine Seele verloren und entlarvt sich als das, was es ist: als Dinge!

Es fehlt etwas. Warum hat er das nicht früher gesehen? Was fehlt nur in diesem provisorischen Heim, in diesem Refugium für exilierte Missetäter?

Als er es endlich einsieht, will er es nicht wahrhaben und beeilt sich, den Mund mit Cognac zu füllen, um seine Scham zu ertränken. Denn es ist Frederikke! Frederikke ist es, die fehlt!

Wenn man glaubt, daraus den voreiligen Schluß ziehen zu dürfen, daß er plötzlich Sehnsucht empfindet (nach ihrem Körper, ihrem süßen Lachen, ihren weichen Lippen, danach, sie in seine Arme zu ziehen) – ja, dann hat man leider die Rechnung ohne den Wirt gemacht. Denn er vermißt sie nicht als Person, sondern als Prägung, und die hohle Erkenntnis des Mangels, die ihm die Kehle zuschnürt, ist so jämmerlich weit von leidenschaftlicher Sehnsucht entfernt, wie es nur möglich ist.

Und genau das schmerzt am meisten.

Er schaut sich erneut um, doch nirgendwo kann er ihre Spuren entdecken – wohingegen sein eigener Name, Frederik Faber, in alle Dinge eingemeißelt ist, in die Wände, die Gardinen, die Gerüche …

Plötzlich sieht er sie vor sich, wie sie in dieser Kulisse umherwandert, die sie selbst nicht geschaffen hat, und ihm wird klar, daß er nach all diesen Jahren überhaupt keinen Begriff davon hat, wer sie ist. Wer sie wirklich ist.

Frederikke …

Rikke …

Er muß Frederikke finden. Sie muß hier irgendwo sein.

Noch während er ein schlechtes Gewissen hat, hinter ihr herzuschnüffeln, denkt er, daß er genau das schon vor langer Zeit hätte tun sollen.

Er zieht die oberste Kommodenschublade auf; Unterwäsche, Taschentücher. Er schiebt seine großen Männerhände hinein und betastet die heimliche Welt der Frauen, um zu sehen, ob sich unter der weichen Baumwolle und Seide vielleicht noch etwas verbirgt. Doch er findet nichts außer dem harten Holzboden der Schublade.

In der mittleren Schublade stößt er auf etwas, das ihn davon überzeugt, daß er sich doch in seinen Vermutungen über sie geirrt haben muß. Denn kann das etwas anderes als ein Geschenk eines Geliebten sein? Warum sonst sollte sie eine so kostbare Nerzstola verstecken? Und sie ist immer noch sorgfältig in Seidenpapier eingepackt.

Er schließt den Deckel der Schachtel wieder und zieht die nächste Lade auf. Bunte Seidenbänder fürs Haar, zu einem kleinen Knäuel zusammengerollt, ein kleiner Lederbeutel, der nach Lavendel duftet, und ... Was ist das? Er fischt es heraus; ein Tagebuch, mit gelber Seide bezogen. Da haben wir doch etwas. »FKL« steht darauf. Es ist verschlossen. Er dreht und wendet es in den Händen, doch als er einsieht, daß er es nicht wird öffnen können, ohne das Schloß aufzubrechen, legt er es wieder zurück.

Er sucht weiter und stößt auf ein kleines Holzkästchen mit einem schönen Rosenmuster auf dem Deckel. Als er diesen abnimmt, erkennt er seine eigene Schrift auf dem Umschlag, der zuoberst liegt.

Er setzt sich auf ihr Bett mit den Briefen in der Hand.

Mein Gott!

»Ob die Antworten auf die komplizierten Fragen des Lebens wohl immer so einfach sind?«

Er hat es damals gehofft. Einen kurzen Moment lang hat er fast geglaubt, daß es möglich sei.

Seine Hände zittern, als er die Briefe zurück ins Kästchen legt, aber er fängt erst an zu weinen, als er das Strickzeug entdeckt, ein Paar Stricknadeln, fest mit hellgelber Wolle umwickelt und in die rührendste und herzzerreißend unbeholfenste Handarbeit gesteckt, die er in seinem Leben gesehen hat: ein kleines Jäckchen. Für einen Säugling.

Er rollt sich auf ihrer Bettdecke zusammen und fällt in den Schlaf, das Jäckchen an den Mund gepreßt.

Man sollte etwas tun. Denken, zum Beispiel. Packen!

Statt dessen sitzt er auf seinem Schreibtischstuhl, die Beine von sich gestreckt, das Cognacglas in der einen Hand und die qualmende Zigarette Nummer 2457 in der anderen. Solange es ihm noch möglich ist, sich dieses sogenannte Genußmittel in den Hals zu zwingen, sieht er absolut keinen Grund, sich etwas anderem zu widmen.

Er läßt die Augen apathisch über die Titel in den Regalen gleiten und bleibt bei einem weiteren »ie« stehen. Theologie, die Bibel, seine Mutter hatte darauf bestanden, daß er sie nach ihrem Tod bekommen sollte. Er hatte nie verstanden, warum. Ob sie immer noch die lächerliche Hoffnung hegte, daß er, genau wie sie selbst, eines Tages Trost darin finden könnte? Das kann er sich nur schwer vorstellen. Naiv war sie nicht! Aber sie selbst hat bis zur letzten Stunde an ihrem Glauben festgehalten. Alle diese Diskussionen, die sie im Laufe der Jahre führten (Vaters gesunde Skepsis, seine eigene atheistische Unerschütterlichkeit und rationale Argumentation), hatten sie nicht um einen Deut von ihrer Überzeugung abweichen lassen, daß der Mensch ein Instrument einer größeren göttlichen Idee sei. Daß es einen Zusammenhang gebe, ja geradezu eine Art Sinn ... Er lächelt ein wenig bei dem Gedanken. Dann drückt er die Zigarette im Aschenbecher aus und beugt sich vor. Es gelingt ihm, das Buch herauszuziehen, ohne sich vom Stuhl erheben zu müssen – ein Tatbestand, der ihm aus welchem Grund auch immer wie eine Art Sieg erscheint.

Das Buch wiegt schwer in seiner Hand. All diese Seiten mit Goldrand, die den Inhalt jedoch nicht besonders erhöhen.

Irgendwo mitten in der Vergoldung hat sich ein Spalt zwischen den Blättern gebildet. Vielleicht eine Stelle, die ihr besonders ans Herz gewachsen ist? Oder vielleicht ... Wäre es möglich, daß sie ein Lesezeichen hineingeschoben und einen bestimmten Absatz für ihn markiert hat?

Mit angehaltenem Atem und dem Gefühl, daß seine Mutter vielleicht doch versucht, ihn aus diesem »Jenseits« zu erreichen, an dessen Existenz er nicht eine Sekunde lang geglaubt hat, lockert er seinen Griff ein wenig, worauf sich das Buch von allein öffnet.

Er kann nicht umhin, ein wenig zu lächeln: eine tote Schmeißfliege liegt zwischen den Seiten, wie eine gepreßte Blume in einem Herbarium. Weit entfernt von einem göttlichen Fingerzeig, und dennoch in all ihrer irdischen Absurdität eine Art Wunder. Eigentlich. Denn wie ist das nur möglich? Ob die Fliege dort gesessen und gesummt hatte, fröhlich und voller fliegenhafter Initiative, als jemand das Buch zuklappte? Nein, das war ja wohl nicht möglich. Wie dann? War sie bereits tot gewesen, als man das Buch schloß? Aber wer würde eine tote Fliege in der Bibel liegen lassen? Jedenfalls nicht seine Mutter!

Das ist wirklich eines der ganz großen Mysterien. Übrigens ganz schön, etwas Wesentliches zu haben, womit man den Intellekt beschäftigen kann.

Oder war sie einfach hineingekrabbelt, während das Buch im Regal stand? Wenn man nun davon ausging, daß dieses eine oft gelesene Stelle war – dann war der Spalt vielleicht schon vorher da gewesen. Und dann war sie hineingekrabbelt, vielleicht genau mit dem Ziel, in Ruhe ihre letzten Atemzüge zu tun. Aber haben Fliegen überhaupt das Bedürfnis, in Ruhe zu sterben? Gibt es vielleicht sogar suizidale Fliegen? Wer weiß? Was wissen die Menschen überhaupt über die Bedürfnisse von Fliegen? Oder umgekehrt? Wen kann man fragen?

Jedenfalls nicht die hier. Er kippt das Buch ein wenig und läßt die Fliege auf den Boden fallen.

Dann trinkt er den letzten Schluck aus dem Glas. Warum ist ein Cognacglas eigentlich so konstruiert, daß man den Kopf ganz in den Nacken legen muß, damit die letzten Tropfen herauslaufen? Vermutlich, damit man gleich noch einen einschenkt ...

Tja, warum nicht?

Als er sich noch ein Glas eingegossen hat, schaut er ins Buch:

Es ist alles ganz eitel, sprach der Prediger, es ist alles ganz eitel.

Ich sah an alles Tun, das unter der Sonne geschieht; und siehe, es war alles eitel und Haschen nach dem Wind.

Krumm kann nicht schlicht werden, noch, was fehlt, gezählt werden.

Ich sprach in meinem Herzen: Siehe, ich bin herrlich geworden und habe mehr Weisheit denn alle, die vor mir gewesen sind zu Jerusalem, und mein Herz hat viel gelernt und erfahren.

Und richtete auch mein Herz darauf, daß ich erkennte Weisheit und erkennte Tollheit und Torheit. Ich ward aber gewahr, daß solches auch Mühe um Wind ist.

Denn wo viel Weisheit ist, da ist viel Grämens, und wer viel lernt, der muß viel leiden.

Schnell klappt er das Buch zu und stellt es wieder an seinen Platz.

Man muß sich an das Rationale halten.

Man muß die Vernunft dort aufsuchen, wo sie wohnt: Sankt Annæ Plads 24.

»Guten Abend, Emma.«

»Guten Abend, Herr Faber.«

Das gesunde »natürlich rundliche« Mädchen, aufgewachsen auf und genährt von dem fetten deutschen Mutterboden und aus dem Heimatland der Hausherrin mitgebracht, knickst untertänig.

»Erlauben Sie mir, Ihren Mantel zu nehmen? Der Herr erwartet Sie im Arbeitszimmer«, begrüßt sie ihn in ihrer Muttersprache.

»Danke, Emma. Danke sehr.«

Trotz seines leicht benebelten Zustands merkt er gleich, daß etwas nicht in Ordnung ist, es herrscht eine Stimmung wie in einer Grabkammer. Emmas Blick weicht ihm aus, ihre sonst so glatte, runde Stirn ist schwermütig und ernst.

Er reicht ihr seinen leichten Überzieher, und als er sich umdreht, sieht er ein Gesicht, das ihm einen Schrecken einjagt, denn für einen Moment glaubt er, es wäre Frederikkes. Aber das ist es natürlich nicht. Es ist Gerdas. Im Türspalt zur Stube. Verbissen. Mit zusammengekniffenem Mund und spitzem Kinn.

Er versucht sofort einen Abglanz seines charmanten Lächelns hervorzaubern. »Guten Abend, Ger ...«

Doch die Tür ist bereits geschlossen.

Es ist sehr still in dem kleinen Flur. Emma schaut betreten zu Boden.

Frederik greift über sie hinweg und zieht sein Zigarettenetui aus seiner Manteltasche. Dann legt er den Kopf zur Seite, bleibt so stehen und sieht sie mit sanftem Blick an – so lange, bis sie schließlich gezwungen ist aufzuschauen.

Er zwinkert und lächelt ihr zu, ein kleines, merkwürdiges Lächeln. Dann zuckt er resigniert mit den Schultern.

Zunächst zeigt sie keine Regung. Schließlich macht sie es ihm nach und lächelt ebenfalls.

Er berührt leicht ihre Schulter, eine tröstende, fast segnende Berührung. Danach verschwindet er in dem Arbeitszimmer, über das in ganz Kopenhagen geredet wird.

Es sitzen sich zwei schweigende Männer mit kräftigen Mähnen gegenüber – die sie sich in den letzten Stunden so oft gerauft haben, daß ihnen die Haare zu Berge stehen, was sie wie zwei verrückte, zumindest aber desillusionierte Wissenschaftler aussehen läßt (die sie ja auch sind), zugleich aber wie zwei kleine, unschuldige Jungen, die viel zu lange wach gewesen sind und die jedes Mutterherz nur zu gern in einen frischgebügelten Schlafanzug stecken und ins Bett schicken würde.

Die beiden Männer sind gleichaltrig, im besten Mannesalter – was heißen soll, daß sie nicht mehr so jung sind, um als naiv angesehen zu werden, und noch nicht alt genug, um vollkommen von der Desillusion gepackt zu sein. Abgesehen von der Gleichheit hinsichtlich Alter und Haarpracht und abgesehen davon, daß beide wohl als »hübsch« gelten dürften, sind sie sich äußerlich nicht besonders ähnlich. Wo der eine ein wenig pausbäckig ist und sowohl Schnurr- als auch Backenbart trägt, ist der andere fast hohlwangig, mit scharfen Zügen und bartlos. Außerdem gibt es den auffälligen Unterschied, daß letzterer über einen Kopf größer ist als ersterer und entsprechend breiter in Schultern und Rücken.

Seine Physiognomie könnte vielleicht den einen oder anderen zum Fehlurteil verleiten, daß er die größte Schlagkraft und die schärfste Zunge besitze. Es verhält sich jedoch eher umgekehrt, denn der pausbäckige Brandes mit den schönen, aber etwas verschlafenen und gemütlichen Gesichtszügen und dem sensibel zitternden Mund ist trotz seines sanften Äußeren von weit streitbarerem Wesen. Ob diese Stärke nun etwas ist, was er sich aufgrund seiner prekären Stellung in der Gesellschaft hat aneignen müssen oder umgekehrt, ist nicht zu sagen, aber er besitzt zweifellos eine teuflische Sturheit, eine Kompromißlosigkeit, die sich auf den ersten Blick nicht aus seinen Zügen herauslesen läßt. Die

Tatsache, daß er aussieht wie ein Kuscheltier und einen Intellekt besitzt, so scharf wie ein Rasiermesser, hat ihm sowohl Freunde als auch Feinde verschafft (erstere hauptsächlich unter den Frauen, letztere bei beiden Geschlechtern), aber in einem Punkt sind sich alle einig: daß man immer weiß, woran man bei ihm ist. Er mag wie ein Hundewelpe aussehen, aber er läßt sich nicht gern streicheln, und wenn er schnappt, dann nicht nach den Kniekehlen, oh nein, er hat Mut und Manneswherz genug, direkt nach der Kehle zu schnappen!

Der andere, Frederik, hat bis zu diesem Tag anscheinend keinerlei Feinde gehabt. Nicht, weil er sich nicht traut, zu seiner Meinung zu stehen oder für seine Ansichten zu kämpfen, sondern weil er eine fundamental andere Art und Weise hat, Probleme anzupacken. Zum einen ist er in Besitz einer gut entwickelten Selbstironie und eines ausgeprägten Sinns für Humor, was dem anderen vollkommen fehlt, zum anderen verhält er sich weniger kategorisch, aber dadurch nicht unbedingt weniger effektiv; wo Brandes es sich nämlich als Kulturkritiker zu seinem Lebensmotto gemacht hat, seine Umgebung offen und öffentlich zu tadeln, sieht Frederik sich bemüht, sie zu heilen.

Von diesen Wesensunterschieden, die mit den Jahren immer prägnanter geworden sind, einmal abgesehen, sind sie sozusagen von gleicher Natur. Von Kindesbeinen an waren beide von so einem Lebenshunger erfüllt, einer so offensichtlichen Neugier auf andere Menschen und einem so unermüdlichen Tatendrang, daß ihre Mütter lachend erklärten, daß die beiden zwangsläufig Freunde werden mußten, waren sie doch die einzigen Knaben, die auf dem Schulweg nicht trödelten, sondern immer liefen, als fürchteten sie, nicht alles mitzubekommen. Den anderen stets einen Schritt voraus.

Diese unerschöpfliche Energie, mit der sie sich als Kinder in Burgruinen tummelten, war die gleiche, mit der sie sich später, als junge Männer, in diversen Studienkreisen und geheimen Verbänden mit merkwürdigen, fremdartigen Namen engagierten.

Den beiden gemeinsam war (und ist) eine tief empfundene Irritation über die starren Regeln der Gesellschaft, die sie stets eher als Bremse denn als Richtschnur empfunden haben, und der eiserne Wille, den Zustand dieser Dinge zu ändern – ein Wille, der in ihren jeweiligen Elternhäusern von Anfang an zwar nicht direkt geliebt, aber zumindest akzeptiert wurde.

Als erstes hatten sie sich der Religion entledigt, was trotz oder vielleicht gerade wegen ihrer Enge nicht so einfach war, wie sie es sich vielleicht vorgestellt hatten – was dafür das anschließende Gefühl einer neugeborenen Nacktheit um so überwältigender erscheinen ließ! Und in dieser Nacktheit waren sie ins Leben hinausgetreten, um der Welt mit ihrem eisernen Glauben an »das Recht auf freie Forschung und den letztendlichen Sieg des freien Gedankens« zu begegnen. Überrascht über den erbitterten Widerstand, der natürlich besonders Georg entgegenschlug, und gestärkt durch die engagierte Zustimmung, die sie trotz allem erlebten, hatten sie in ihrem jeweiligen Bereich eine großartige Karriere eingeschlagen; sie hatten gewirkt und Einfluß genommen und nicht eine Sekunde lang weder die Sache noch einander aus den Augen verloren, sondern ganz im Gegenteil Liebe und Respekt füreinander bewahrt und gehütet.

Die beiden haben auch in den vergangenen Stunden viel geredet – ja, sogar mehr als üblich. Frederik hat sich in seiner Not an seinen besten Freund gewandt – nicht, um ihn um Hilfe bei der Lösungssuche zu bitten, denn eine Lösung ist nirgends zu finden, sondern um ihm als einzigem anzuvertrauen, daß er sich gezwungen sieht, innerhalb der nächsten Tage alles zu verlassen und in Deutschland ein neues Leben anzufangen, und um ihn zu bitten, das seiner Schwester möglichst schonend mitzuteilen, wenn sie nach Hause kommt.

Der Freund hat zugehört und sich empört – ist im Zimmer auf und ab gewandert, hat gestikuliert und Vorschläge geäußert … Versprechungen … Drohungen … Aber schließlich hat er doch resignieren müssen und ist in sich zusammengesunken, erfüllt von einer Schwermut, die der seines Gegenübers ähnelt.

Jetzt reden sie nicht mehr, sitzen nur da und starren in ihre Gläser, die sie ab und zu ein wenig schwenken – in erster Linie, um überhaupt etwas zu tun. Hin und wieder hört man einen von ihnen schwer seufzen, sonst ist nur das Geräusch der Uhr zu vernehmen, die von ihrem Platz auf dem Regal aus tickt, um gebührende Aufmerksamkeit zu erheischen. Vergebens! Denn für die beiden Männer ist die Zeit anscheinend vorübergehend außer Kraft gesetzt worden. Die Dämmerung, die sich langsam über das Zimmer legt, so daß die Titel der vielen Bücher nicht mehr erkennbar sind, ficht sie nicht an. Sie sitzen wie zwei mechanische Spielzeuge da, die normalerweise über den Boden huschen und jedes Hindernis überwinden, jetzt aber nicht mehr in der Lage sind, sich gegenseitig aufzuziehen – und denen für einen kurzen Zeitraum alles gleichgültig zu sein scheint.

»Das ist eine Geschichte«, sagt der Pausbäckige plötzlich.

»Ja, das kann man wohl sagen«, bestätigt der andere und beugt sich vor, um sich neuen Cognac einzuschenken – die goldbraune Flüssigkeit, von der er anscheinend die letzten vierundzwanzig Stunden gelebt hat.

»Jetzt wollen wir nur nicht hoffen, daß das in einer demographischen Katastrophe endet. Ich meine, die vornehmen Damen werden ja kaum ohne dein Dazutun gebären können!«

»Ach, ich weiß nicht ...«

Dann schweigen sie wieder eine Weile.

»Nur ein Glück, daß es deinen Eltern erspart wurde, das miterleben zu müssen.«

»Ja, das ist ein Glück.«

»Und wie gesagt, ich werde mit deiner Schwester reden. Ich denke, es ist das beste, wenn du ihr nicht schreibst, so wie die Dinge im Augenblick stehen. Sie hat vermutlich genug um die Ohren mit einem kranken Kind.« Er sieht Frederik ängstlich an. »Aber der Kleinen geht es besser, nicht wahr?«

»Oh ja. Laut Jantzen wird sie es schaffen.«

»Na, das ist ja immerhin ein Trost. Die Diphtherie hat wahrlich genug Opfer gefordert. Aber das weißt du ja besser als alle anderen.«

»Ja.« Frederik holt sein Etui heraus und zündet sich eine Zigarette an.

Georg erhebt sich mühsam und geht hinter den Kachelofenschirm, um gleich wieder mit einem Aschenbecher in der Hand aufzutauchen. Er selbst raucht nicht, und auch wenn er versucht, es zu verbergen, so zeigt sich doch ein leichter Ansatz von Ekel auf seinem Gesicht, als er das Gefäß vor seinen Gast stellt.

»Ich hoffe, es macht nichts, wenn ich ...«

»Rauch nur, mein Freund«, erwidert der Gastgeber und legt ihm für einen Moment die ringgeschmückte Hand auf die Schulter. »Du bist der Arzt.«

Dann lächelt er und setzt sich wieder. Er schlägt die Beine übereinander und starrt sein leeres Glas an, als überlegte er, ob es sich wohl lohnte, es noch einmal zu füllen.

»Unvorstellbar, wie sie dich in der Hand hat, diese Frederikke.«

»Ist das nicht bei allen Ehen so?« erwidert Frederik lakonisch.

»Nun ja, da sagst du was ...«

»Sie hat meine Post gelesen.«

»Sonst nichts? Das ist leider schon seit langem fester Brauch in diesem Haus ... Offenbar bilden sie sich ein, es sei ihr fest verankertes Recht als Ehefrau, diese hinterlistigen, diese tyrannischen Weiber!« Er schaut seinen Freund an. »Sag mal, hat diese ganze idiotische Geschichte eigentlich etwas mit deiner Praxis zu tun?« fragt er dann. »Nun ja, auch wenn du nicht gern darüber sprichst, so weiß ich wohl, daß du da das eine und andere vorgenommen hast, was in unserer hochentwickelten Gesellschaft nicht gern gesehen wird – um nicht geradeheraus zu sagen, daß es kriminell ist.«

»Ja, das mag sein. Aber wie gesagt, ich möchte dich da lieber nicht in Details einweihen. Es gibt keinen Grund, dich da mit hereinzuziehen, Georg. Dadurch wirst du nur Probleme kriegen.«

»Ja, ja, Frederik«, erklärt dieser müde. »Wir haben alle unsere Geheimnisse, mit denen wir leben müssen. Auch ich habe welche.« Er reibt sich die Stirn. »Eigentlich kann ich dir auch das anvertrauen, was mich im Augenblick am meisten beschäftigt. Ich ... ich habe eine Zeitlang ein Verhältnis mit einer anderen Frau gehabt.«

Frederik schaut ihn einen Moment lang an, als wäre er nicht ganz gescheit. Dann schüttelt er lachend den Kopf. »Ach, mein Gott. Du bist wirklich unvergleichlich. Wenn ich von Geheimnissen rede, Georg, dann meine ich welche, die nicht öffentlich bekannt sind.«

»Was!« Brandes zeigt ein überraschtes Gesicht. »Ist das etwa auch ...?«

»Aber natürlich! Ich glaube, es gibt niemanden in der ganzen Stadt, der nicht davon weiß.«

»Auch den Namen?«

»Ja. Auch den Namen.«

»Das liegt nur an Gerdas verdammter Indiskretion. Da haben wir's wieder: diese Person hat keine Manieren! Stell dir vor, letztens hat sie mir auf der Straße eine Szene gemacht, daß wir uns wie ein paar Arbeiter geprügelt haben. Ach, wie ist sie mir inzwischen zuwider.«

Dann ist es wieder eine Zeitlang still.

»Aber Ørholt, hast du gesagt ... Dieser kleine Philister, dieser Gnom, diese angepasste .... Null! Sag mal, hat er etwa eine Affäre mit deiner Frau?«

Frederik zuckt mit den Schultern. »Ich weiß es nicht. Irgendwas wird da schon sein. Wer weiß – vielleicht glaubt er selbst, daß es so ist. Aber ehrlich gesagt kann ich es mir nur schwer vorstellen!«

»Nein, in seinen Adern fließt bestimmt kein Liebhaberblut! Warum hast du ihn eigentlich nicht zusammengeschlagen?«

»Tja, warum habe ich das nicht ...« Frederik lächelt müde und fährt sich mit der Hand durchs Haar.

»Ich wette, du bist gar nicht auf die Idee gekommen!« Georg legt den Kopf schief.

»Stimmt, bin ich nicht.«

Georg steht auf und reicht Frederik sein Glas. Als es gefüllt ist, setzt er sich wieder. Er seufzt.

»Ich will dir eine Geschichte erzählen, die ich einmal gehört habe: Es war einmal ein armer Bauer, der hatte einen kleinen Hof. Eines Abends, als er zu Tisch sitzt, geht die Tür auf, und herein tritt eine Bande von Rüpeln. Sie zerren ihn brutal auf den Hofplatz hinaus. Draußen stellen sie ihn hin. Einer der Banditen zeichnet mit einem Stück Kreide einen Kreis um seine Füße und sagt: ›Du bleibst jetzt hier stehen. Wenn du dich auch nur einen Millimeter aus dem Kreis fortbewegst, dann bringen wir dich um!‹ Dann gehen sie ins Haus und holen die Bauersfrau, die sie vor den Augen des Bauers ausziehen und vergewaltigen. Als sie sich umdrehen und den Mann ansehen, steht der nur grinsend da. Das darf doch nicht wahr sein, denken sie, und dann holen sie seine einzige Kuh aus dem Stall und erschießen sie. Er grinst immer noch. Dann holen sie Fackeln und brennen seinen ganzen Hof bis auf die Grundmauern nieder. Der Mann steht immer noch lachend da. ›Sag mal‹, fragt der eine der Banditen, ›was ist denn los mit dir? Wir haben deine Frau vergewaltigt, deine Kuh erschossen und dein Haus und deinen Stall bis auf den Grund niedergebrannt. Und du stehst da und lachst. Was ist denn bitte schön daran so lustig?‹ ›O‹, grinst der Mann. ›Jedesmal, wenn ihr euch umgedreht habt, bin ich aus dem Kreis getreten!‹«

Frederik lächelt müde. »Und jetzt willst du mir sicher erzählen, daß ich dich an diesen Mann erinnere?«

»Genau! Du findest dich mit zuviel ab.«

»Mag sein, Georg. Aber sieh mal, ich bin schon lange bevor die Banditen aufgetaucht sind, aus meinem Kreis herausgetreten.«

Frederiks Gesicht ist ernst und müde.

»Du bist ein unverbesserlicher Pazifist, Frederik. Das ist nicht gesund.«

Frederik zuckt mit den Schultern. »Vielleicht ja nicht. Aber ›Je mehr Gewalt‹ ...«

»›... desto weniger Geist!‹ Ja, ja, ich weiß. Trotzdem stimmt das nicht immer, oder?« Er beugt sich vor, kneift die Augen zusammen: »Nimm doch nur die Frauen. Ich bezweifle, daß deine Ehefrau es gewagt hätte, so weit zu gehen, wenn du dir ihr gegenüber gehörigen Respekt verschafft hättest.«

»Gehörigen Respekt, sagst du. Du meinst doch hoffentlich nicht, daß ich sie hätte prügeln sollen?«

Der andere zuckt mit den Schultern, Frederik lacht.

»Du bist besoffen, Georg.«

»Nein, bin ich nicht! Und ich kann dir sagen, daß nichts einen schlechteren Eindruck auf eine Frau macht, als wenn der Mann sich nach ihr richtet. Ihre größte Lust ist es doch, auf Frauenart zu erbeben und von einer geliebten Hand gezüchtigt zu werden!«

»Ach, laß mich damit in Ruhe.«

»Das stimmt aber. Leider. Ich sage dir ...« Er beugt sich noch weiter vor und flüstert: »Sie werden wie ... ja, wie Wachs in deinen Händen. Das spornt sie geradezu an. Im Bett. Sie werden richtig wild nach so einem Durchgang.«

Frederik lächelt. »Ach, ist das der Grund, weshalb Gerda so fügsam ist?«

»Gerda?« Georg wirft sich auf seinen Stuhl zurück. »Gerda ist mir so von Herzen gleichgültig, daß ich nicht einmal mehr Lust habe, sie zu züchtigen.« Er faßt sich an den Kopf. »Es ist ein Alptraum, Frederik. Diese Frau ist ein Alptraum.«

»Und was ist aus ihren ›Sahnearmen‹ geworden, ohne die du einst nicht leben konntest?«

»Die haben sich zu zwei verdammten Fangarmen entwickelt.« Er nimmt einen Schluck aus seinem Glas. »Manchmal glaube ich fast, daß ich die Konfrontation suche. Ich weiß nicht ... Die ist für einen Mann einfacher zu handhaben als all dieses Süßliche. Da kriege ich keine Luft mehr. Weißt du, was sie tut? Sie liest Taine – nicht, weil sie ihn verstünde oder auch nur das geringste Interesse dafür hätte, sondern einzig und allein, um mir zu gefallen! Scheinbar zufällig läßt sie das Buch irgendwo liegen, damit ich ihr wegen ihrer literarischen, ihrer geistigen Interessen Komplimente mache!« Er schnaubt und schüttelt resigniert den Kopf. »Und wenn ich nichts anmerke, dann macht sie es selbst; läßt oberflächliche Bemerkungen und Zitate in ihrem mangelhaften Frauenzimmerfranzösisch fallen. Oh, wie abscheulich! Wir, sie und ich, sind wie ein Reiter und ein Fußgänger, die dasselbe Tempo halten sollen. Einfach unmöglich. Und im Winter, da ... da heizt sie in der Stube so sehr ein, daß ich keine Luft mehr bekomme, und dann will sie, daß ich den ganzen Nachmittag mit ihr und den Kindern drinnen sitze. Dann sollen wir es uns richtig gemütlich machen und eine Familie sein.«

Er stöhnt und faßt sich an seinen leidgeprüften Kopf.

»Die Ehe, Frederik, ist die tierischste aller Institutionen. Insbesondere in meiner Situation, denn ich arbeite zu Hause. Ich stehe unter konstanter Beobachtung, jeder Brief, jede Zeitung geht zuerst durch ihre Hände, als wäre man ein Verbrecher unter spezieller Bewachung der Polizei ... Und ich, ach, wie habe ich dich beneidet, als du aufgrund einer anderen Art von Liebe als der rein romantischen … der fleischlichen, geheiratet hast. Nein, Frederik, Frauen sind von einer anderen Welt.«

»Dann ist es doch erstaunlich, daß du dich von einem Abenteuer ins andere stürzt.« Frederik sieht ihn schelmisch an.

»Ja, ja, ich weiß. Aber das ist wie ein Gift in meinem Blut. Ich muß einfach Leidenschaft fühlen, ich muß das Rauschen des Blutes spüren, sonst kann ich nicht leben. Selbst wenn es mich meiner Vernunft beraubt, meiner Fähigkeit zu arbeiten … Worüber lachst du?«

»Über uns beide. Erinnerst du dich, wie du einmal gesagt hast, daß keine Frau imstande wäre, einen Mann auf längere Zeit zu fesseln? Und jetzt sitzt du hier, auf Lebenszeit gefesselt.«

»Ja, noch dazu in Schuldhaft, wie es mir vorkommt. Mit unüberwindbaren Mauern aus … alten Fehleinschätzungen und schwer zu verkraftenden Verpflichtungen. An denen ich selbst schuld bin. Und das ist fast das Schlimmste daran.«

»Frederikke ist der Meinung, daß ich ihr Leben zerstört habe. Und ich bin nicht abgeneigt, ihr darin recht zu geben.«

»Unsinn. Gerda sagt übrigens das gleiche. Aber das kann nicht sein! Wir sind ja wohl alle für unser eigenes Leben verantwortlich. Wir beide, du und ich, haben unseren Ehefrauen mit den besten Absichten die Freiheit gewährt. Daß sie nicht wissen, was sie damit anfangen sollen, ist eine andere Sache. Aber das ändert nichts daran, daß wir zur Freiheit verpflichtet sind!« Seufzend lehnt er sich zurück. »Ich habe ernsthaft angefangen, eine Scheidung in Betracht zu ziehen …«

Er wird unterbrochen, beide drehen ihren Kopf zur Tür, die sich langsam öffnet.

»Astrid. Papas Augenstern! Was willst du, mein Liebling? Komm doch herein.«

Er streckt die Hand vor. Das kleine Mädchen tritt ein, schüchtern, mit gesenktem Kopf, einen Finger im Mund, doch die Augen unter den kräftigen Stirnfransen funkeln böse. Sie ergreift die vorgestreckte Hand des Vaters. Frederik betrachtet die kleine Hand, die in der großen verschwindet.

Georg zieht sich das Mädchen auf den Schoß. Sie drückt sich an seine Brust, während sie immer noch böse schaut.

»Das ist mein Freund, Frederik Faber. Erinnerst du dich an ihn?«
Astrid nickt.

»Kannst du ihm guten Tag sagen?«

»Guten Tag, Astrid. Geht es dir gut?« Frederik beugt sich leicht vor und versucht, nicht wie ein behaarter Teufel auszusehen. Er lächelt das Kind sanft an, bekommt aber keine Antwort.

Statt dessen schaut das Mädchen ihren Vater an.

»Ist Papa krank?«

Georg lächelt überrascht. »Ob ich krank bin? Nein, natürlich bin ich nicht krank. Wie kommst du darauf?«

»Mutti hat gesagt, daß man glauben könnte, du bist krank, weil du so lange Besuch von einem Arzt hast«, flüstert die Kleine, während sie am Kragenzipfel ihres Vaters spielt.

»Das stimmt.« Er lacht. »Faber ist Arzt. Aber ich bin nicht krank. Mir fehlt nichts. Das kannst du deiner Mutter ruhig sagen.«

Die Kleine schaut Frederik an. Dann wieder ihren Vater. »Und außerdem soll ich Papa sagen, daß das Essen in fünf Minuten auf dem Tisch steht.«

»Das hast du fein gemacht, mein Mädchen.« Er stellt sie vorsichtig auf den Boden und zieht ihren Rock zurecht. Dann gibt er ihr einen zärtlichen Klaps auf den Po. »Und jetzt lauf rein und sag, daß ich gleich komme. Dann bist du Papas großes Mädchen.«

Nachdem sie gegangen ist, schaut er ihr einen Moment lang sanft und zärtlich nach, als hätte sich ein Bild von ihr auf dem Türblatt eingeprägt.

»Kinder, Frederik ... Es muß schrecklich sein, eins zu verlieren«, sagt er seufzend, vermutlich mit den Gedanken bei Amalie und Lindhardt – und ganz sicher, ohne zu ahnen, daß er selbst sieben Jahre später auf dem Garnisonsfriedhof stehen und von Trauer und dem rauhen Novemberwind gequält auf Astrids Grab starren wird, schweigend vor Wut und Ohnmacht über die Rede des stupiden, strenggläubigen Pfarrers, der ein zehnjähriges Mädchen als »Sünderin« bezeichnet haben wird.

»Übrigens schade«, sagt er, »daß ihr keine Kinder bekommen habt.« Er schaut zu Frederik auf, und als er dessen skeptischen Blick sieht, beeilt er sich hinzuzufügen: »Ach nein, natürlich nicht!«

Frederik stellt sein Glas ab. »Ich mache mich mal auf den Weg, damit du zum Essen gehen kannst.«

»Nein.« Georg schüttelt den Kopf. »Bleib sitzen. Wenn du vorhast, mich morgen zu verlassen, mußt du wenigstens jetzt noch bleiben. Etwas zu essen werde ich immer noch kriegen können. Ich laß mir das nicht vorschreiben. Außerdem habe ich keinen Hunger. Nimm dir noch einen Cognac und erzähl mir, wie du dich in Berlin zu arrangieren gedenkst.«

Zwanzig Minuten später klopft es an die Tür.

»Ja?« Georgs Stimme ist gelinde gesagt verärgert.

Das Mädchen zeigt sich in der Tür.

»Ich soll von der gnädigen Frau ausrichten, wenn Sie nicht sofort zu Tisch kommen ... dann ... »

»Ja, Emma ... dann was?«

»Dann kriegen Sie in Zukunft ...« Sie schaut nervös den Flur hinunter. »Dann kriegen Sie in Zukunft ... nur noch Dreck zu essen!« Das Letzte kommt nur noch als Flüstern.

Sie senkt ihren kleinen, braven Kopf, auf alles gefaßt, was da kommen wird, und es ist natürlich auch nicht zu ermessen, wie ihr Hausherr reagiert hätte, wenn nicht der Freund bei ihm gesessen hätte. Nicht auszuschließen, daß er stinkwütend geworden wäre. Aber jetzt verzieht er keine Miene und scheint ganz ruhig zu sein, als er mit lauter, klarer Stimme und einem Seitenblick zu Frederik in formvollendetem Deutsch antwortet:

»Bitte seien Sie so nett und richten Sie meiner Gattin aus, daß ich, vor diese Wahl gestellt, die letzte Alternative am verlockendsten finde und außerdem ihre vornehme Erziehung bewundere.«

In der Sekunde, als er seinen Satz beendet hat, ertönt das ohrenbetäubende Knallen einer Tür, die weiter hinten auf dem Flur zugeworfen wird.

Das Mädchen zuckt zusammen. Dann macht sie einen Knicks und verschwindet, leise die Tür hinter sich zuziehend.

Frederik hat sein Gesicht in den Händen verborgen, aber seine Schultern beben entlarvend.

»Ja, lach du nur.« Georg steht entschlossen auf. »Da siehst du es!« Er zeigt wütend zur Tür. »Ich übertreibe nicht, wenn ich sage, daß wir wie Hund und Katze in diesem Haus leben.«

»Ist es wirklich so schlimm?« Frederik wischt sich die Augen trocken.

»Nun ja … Eigentlich ist es wirklich nicht besonders lustig.«

»Bestimmt nicht«, meint Frederik und versucht eine ernste Miene zu zeigen, was ihm jedoch nicht besonders gut gelingt. »Oder doch! Es tut mir leid, das sagen zu müssen, aber es ist wirklich unglaublich lustig. ›Bitte seien Sie so nett und richten Sie meiner Gattin aus, daß ich, vor diese Wahl gestellt, die letzte Alternative am verlockendsten finde und außerdem ihre vornehme Erziehung bewundere …‹« Er macht ein paar vornehme Schnörkel mit der Hand. »Und du behauptest, du würdest nicht die Finessen der deutschen Sprache beherrschen!«

»Nun ja … man kommt einigermaßen zurecht … Aber stell dir doch nur vor, daß sie Emma eine derartige Botschaft überbringen läßt. Hast du gesehen, wie nervös das Mädchen war, hast du gesehen, wie ängstlich sie den Flur entlanggeschaut hat? Das ist doch schrecklich. Ich kann dir versichern, Gerda stand da hinten, um zu kontrollieren, ob sie auch tut, was ihr aufgetragen wurde! Und hast du gehört, wie schnell sie die Stubentür zugeknallt hat, als sie meine Antwort gehört hat? Ach ja … So kommunizieren wir hier im Haus.«

Georg tritt ans Fenster und schaut hinaus in die verlorene Freiheit.

Als er eine Stunde später wieder dort steht und seinen Freund betrachtet – einen Mann, dessen großartiges Leben bedauerlicherweise und unverdientermaßen plötzlich nur noch ein Scherbenhaufen ist –, kann er nicht umhin, einen Stich von Neid zu empfinden, denn schließlich ist der Freund ja auf dem Weg hinaus, um sich wiederzufinden.

Dann setzt er sich an den Schreibtisch und tut das, was er immer tut: Er schreibt wie ein Wahnsinniger.

61

SEPTEMBER 1932

Es hat den ganzen Vormittag heftig geregnet und gestürmt und leider deutet nichts darauf hin, daß es sich in nächster Zeit ändern wird.

Jokumsen, der Besitzer des kleinen Obst- und Gemüseladens, steht an seinem Schaufenster und starrt hinaus, und es kommt ihm so vor, als wäre kein Ort auf der ganzen Welt so trübsinnig wie Kopenhagen im Regen (eine voreilige Annahme übrigens, für einen Mann, der nie weiter als bis Holbæk gekommen ist!). Die kleine Markise schützt bis jetzt noch die Waren, die in Kisten draußen stehen, aber der Wind rüttelt so heftig an ihr, daß er überlegt, wie lange sie wohl noch halten wird.

Er wippt leicht auf den Fußballen auf und ab, beugt sich über eine Kiste mit Sellerie und Karotten und streckt den Hals, um zu sehen, ob nicht trotz allem potentielle Kunden in Sichtweite sind. Doch die Straße liegt öde und leer da. Seufzend schiebt er die Hände in die Taschen seines graubraunen Kittels.

Die braunen Papiertüten, die auf einem Haken an der Tür hängen, tanzen an der Schnur und schlagen gegen die Fensterscheibe, eine hat sich bereits losgerissen und liegt naß und zusammengeklebt auf dem Fußweg. Jedesmal wenn ein Auto vorbeifährt, spritzt erneut Wasser darauf. Er starrt die Tüte an und kommt ins Grübeln, während er mit dem Bleistift spielt, der in seiner linken Tasche liegt.

Plötzlich geschieht etwas. Ein breiter Automobilreifen zeigt sich in seinem Blickfeld, schiebt sich über den Kantstein, über die nasse Tüte und bleibt dann mit anmaßender Selbstverständlichkeit stehen.

Es ist ein Taxi. Hinter den beschlagenen Scheiben kann Jokumsen eine Dame erkennen, die sich vom Rücksitz vorbeugt und dem Fahrer etwas reicht. Dieser sieht hinunter, dreht sich anschließend um und gibt der Dame etwas zurück.

Kurz darauf springt der Mann heraus, läuft um den Wagen herum, klappt einen Regenschirm auf und öffnet seinem Fahrgast die Tür. Es fehlt nicht viel, und Jokumsen müßte fürchten, daß die Tür gegen seine Kartoffelkisten knallt.

Aber das tut sie nicht. Um nicht zu neugierig zu erscheinen, zieht er sich ein wenig zurück und schiebt in seinem Laden ein paar Kohlköpfe hin und her, während er den servilen Taxifahrer beobachtet, wie er der Dame auf den Bürgersteig hilft. Sie ist nicht mehr jung, vermutlich in den Sechzigern, aber sehr raffiniert gekleidet. Er hat sie noch nie zuvor gesehen und wüßte zu gern, wohin sie will. Zu ihm ja wohl kaum!

Die beiden haben sich unter die Markise gestellt, der Fahrer zeigt auf das Haus gegenüber, und die Dame lächelt und nickt freundlich. Dann reicht er ihr den geöffneten Schirm, tippt sich höflich an die Mütze und läuft mit gesenktem Kopf zur Fahrerseite, wo er sich an die Tür drückt, bis er freie Fahrt hat, die Tür öffnen und sich hineinsetzen kann.

Die Dame bleibt stehen und wartet, bis der Wagen weggefahren ist. Das Wasser ihres Regenschirms läuft direkt in Jokumsens Blumenkohl. Dann schreitet sie aristokratisch über die Straße und verschwindet im gegenüberliegenden Haus.

Jokumsen öffnet die Tür und läuft hinaus, um die nasse Tüte vom Bürgersteig aufzuheben. Als er wieder im Laden ist, ist sein Rücken so durchnäßt, daß er den Kittel wechseln muß.

Frederikke hat die gleiche Szene von ihrem Fenster aus beobachtet, und als es an der Tür klingelt, ist sie gewappnet und kampfbereit.

Die Zirkuswagen sind hereingerollt, die Sägespäne ausgestreut, die Stimme, die zusammen mit der von Frau Mikkelsen vom Flur hereindringt, ist weich, eine Spur heiser und hat einen unverkennbaren deutschen Akzent.

»Guten Tag. Klara Lichtenau. Ich möchte zu Frau Frederikke Faber.«

»Kommen Sie herein. Frau Faber erwartet Sie.«

»Vielen Dank.«

»Geben Sie mir Ihren Regenschirm.«

»Danke. Es ist wirklich ein schlimmes Wetter.«

Kurz darauf öffnet sich die Tür. Und gegenüber steht – keine lächerliche weibliche Ausgabe des weißen Clowns, sondern eine würdevolle ältere Ausgabe von Jakobe Salomon, ebenso hakennasig, aber besser proportioniert, und so gertenschlank und elegant, daß es nur als eine Beleidigung aufgefaßt werden kann.

»Frau Faber?« Die fremde Frau lächelt freundlich. »Klara Lichtenau.«

Frederikke hat sich bereits erhoben. Sie streckt die Hand vor.

»Guten Tag, Frau Lichtenau.« (An diese Hand hat Frederik sich geklammert – in diesen Körper hat er in grauer Vorzeit seinen Samen gepflanzt.)

»Guten Tag. Und vielen Dank, daß Sie mich empfangen.«

»Aber natürlich. Möchten Sie sich nicht setzen?«

»Ja, danke.«

»Was kann ich Ihnen anbieten? Eine Tasse Kaffee?«

»Ja, gern, das wäre nett. Oder sonst das, was Sie selbst trinken. Es tut mir leid, Ihnen solche Umstände zu machen. Ich habe nur gedacht, so, wie die Dinge stehen, wäre es am besten, wenn ich einmal mit Ihnen spreche. Persönlich.«

»Ja, so habe ich Sie auch am Telefon verstanden.«

Nun sitzt eine fremde Frau auf dem verschossenen Samtsofa. Sie schaut sich ungeniert und gutgelaunt in der Stube um. Sie hat die Beine nebeneinandergestellt und schräg nach rechts kippen lassen. Eine Königinnenpositur. Nichts weniger! Die kleine Handtasche behält sie auf dem Schoß, als fürchtete sie, daß jemand sie ihr entreißen könnte.

Die Gastgeberin sitzt ihr gegenüber. Das steife Bein hat sie diskret unter den Tisch geschoben.

»Gestatten Sie?« fragt die Dame und schiebt eine Hand in die Tasche.

»Ja. Bitteschön«, antwortet Frederikke, während sie davon ausgeht, daß es wohl Zigaretten sein werden, die sie aus der Tasche ziehen will und keine Pistole, die dann auf sie gerichtet würde.

Frederikke beugt sich vor und schiebt den Aschenbecher hinüber. Entgegenkommend.

»Vielen Dank!« Die Dame zündet sich eine Zigarette an, legt dann Päckchen und Feuerzeug auf den Tisch. In der Sekunde, als Frederikke das Feuerzeug erblickt, sieht sie Frederiks Hand so lebendig und deutlich vor sich, als wäre er hier, und sein Gesicht strahlt ihr entgegen: Danke! Vielen Dank, meine Liebe. Wie schön es ist. Hast du es selbst ausgesucht?

Ja! Sie hatte es selbst ausgesucht!

Der Schmerz ist unerträglich, die Wut jedoch noch größer. Aber man muß vermutlich Konversation treiben, wenn man etwas aus dieser Person herausholen will.

»Wie lange sind Sie schon in Kopenhagen, Frau Lichtenau?« (Ein mildernder Umstand, daß sie nicht gezwungen ist, sie Frau Faber zu nennen.)

»Seit Ende Juli.«

»Ach, schon so lange?«

»Ja. Ich bin ganz hierher gezogen.«

»Ach so. Dann wohnen Sie wohl bei Ihrem Sohn?« (Lassen Sie uns schnell zum Wesentlichen kommen.)

»Nein, das tue ich nicht. Natürlich hat er es mir angeboten, mein Sohn drängt mich schon seit vier, fünf Jahren, Deutschland zu verlassen und hierher zu ziehen. Wegen der Lage dort. Er macht sich Sorgen um meine Sicherheit. Ich selbst habe es nicht so schwer genommen – ich habe es immer für unmöglich gehalten, daß jemand diese marschierenden Idioten ernstnehmen könnte. Aber nachdem sie im Juli die Mehrheit bei der Reichstagswahl gewonnen haben, ist mir klargeworden, daß die Lage gefährlich ist. Ja, und dann bin ich hierhergezogen. Aber ich wohne bei einer Freundin. Sie ist Witwe, genau wie ich, sie hat ihren Mann vor einem Jahr verloren. Das ist eine sehr zufriedenstellende Regelung.«

Sie lächelt. »Ich glaube nicht, daß es gut ist, seine Kinder zu belästigen. Ich denke, man sollte es lieber nicht tun – das kann so schnell Ärger geben, nicht wahr? Und sie haben schließlich ihr eigenes Leben. Sowohl mein Sohn als auch seine Frau Asta sind Ärzte. Sie ist Dermatologin und hat eine eigene Praxis. Und er ist Oberarzt am Städtischen Krankenhaus.« Sie glüht vor mütterlichem Stolz. »Da haben sie keine Zeit, eine alte Oma zu unterhalten. Und die Enkelkinder sind auch schon lange erwachsen und führen ihr eigenes Leben ...« Sie schickt sie mit einer Handbewegung davon. »Ja, langsam wird man alt«, erklärt sie dann. »Was ist mit Ihnen, haben Sie Kinder?«

»Nein, ich habe keine.« (Denn Sie haben mir meinen Mann gestohlen und das genommen, was mir gehört. Jetzt will ich Ihnen zum Ausgleich Ihren Sohn stehlen, den Arzt, der seinem Vater ähnelt, aber inzwischen bereits älter ist, als mein Geliebter es war. Wenn er nur seinem Instinkt folgt, wird seine halbjüdische Schnauze schnell die Spur des Mammons wittern, die ich ausgelegt habe, und ihn direkt zu mir führen.)

Die Fremde stößt den Rauch in einem zufriedenen Seufzer aus.

»Es ist so merkwürdig, Sie zu treffen, Frau Faber. Und das nach so vielen Jahren! – Ich sage Ihnen, das war ein besonderes Erlebnis, als ich von Ihrem Anwalt aufgesucht wurde. Das Ganze ist schon so lange her, daß ich es fast vergessen hatte. Und dann ... Ja, jetzt habe ich alles wieder so lebendig vor Augen. Kennen Sie das Gefühl?«

Die braunen Augen stehen etwas schräg über den hohen Wangenknochen, die Stirn ist breit und fast faltenfrei, aber der Haaransatz verrät, daß sie sich die Haare hat färben lassen, um die äußeren Zeichen des Verfalls, der auch sie von innen aufzuzehren beginnt, zu verbergen und hinauszuzögern.

»Ja, das kenne ich sehr gut.« (Wedle der Vergangenheit mit einem Bündel Geldscheine um die Nase, und schon erscheint sie in Gestalt einer geschminkten Leiche in einem pepitagemusterten Kostüm.)

Frau Lichtenau lächelt munter. »Mir war ja gar nicht bewußt, daß Frederik vorher verheiratet war.«

»Das kann ich mir vorstellen.«

»Er hat nie über seine Vergangenheit gesprochen.« Sie lächelt. »Aber ich konnte mir natürlich ausrechnen, daß er eine gehabt hat.«

»Es war für meinen Anwalt übrigens nicht so einfach, Sie zu finden.« Das klingt wie ein Vorwurf, was es in gewisser Weise ja auch ist.

»Ja. Das habe ich gemerkt. Aber ich war ja hier. In Kopenhagen. Außerdem hat Ihr Anwalt sicher eine Frau von Erler gesucht. Aber ich habe wieder geheiratet.« Sie legt den Kopf zur Seite. »Und was ist mit Ihnen?« fragt sie freundlich konversierend.

Frederikke wird von Frau Mikkelsen gerettet, die mit einem Tablett hereinkommt. Es gibt Personen, die eignen sich einfach nicht für einen Kaffeeklatsch.

Die Tassen werden verteilt.

Frau Lichtenau füllt die Wartezeit damit, die Wände zu betrachten. Sie nickt zum Gemälde hinüber. »Sagen Sie – sind Sie das?«

»Ja, das bin ich.«

»Was Sie nicht sagen!« Die Frau klingt überrascht und steht auf, um es näher zu betrachten. »Nein, ist das komisch.«

Frederikke könnte problemlos ein passenderes Wort finden. Traurig, zum Beispiel.

Frau Mikkelsen, die über den Tisch gebeugt dasteht – schweigend, kühl und spitz wie ein Dolch – schielt heimlich dorthin, als wäre es für sie eine unfaßbare Neuigkeit, daß ihre gnädige Frau einmal jung gewesen ist. Ein Mensch. Dann nimmt sie das Tablett, nickt verhalten und zieht sich zurück, indem sie die Tür hinter sich schließt.

Frau Lichtenau setzt sich wieder.

Frederikke schenkt ein.

»Zucker?«

»Nein danke.«

Eine Weile herrscht Schweigen. Die Fremde drückt ihre Zigarette aus und nippt am Kaffee. Frederikke räuspert sich und rutscht ein wenig auf ihrem Sessel hin und her.

»Sie haben vermutlich gehört, daß ich Frederik Fabers Sohn, also Ihrem Sohn, eine gewisse Geldsumme vermachen möchte?«

»Ja, das hat Ihr Anwalt gesagt. Obwohl …« Die Fremde schüttelt leicht den Kopf. »Obwohl es nicht so ist, wie Sie glauben.«

»Nein?«

»Nein, ich fürchte nicht.« Sie stellt die Tasse hin und faltet die Hände im Schoß. »Ich finde das sehr nett von Ihnen. Geradezu rührend …« Sie legt den Kopf wieder schräg und schaut Frederikke sanft an. »Ich meine, Sie müßten das ja nicht, nach all diesen Jahren …«

Frederikke antwortet nicht.

»Aber, liebe Frau Faber, wir können das Geld nicht annehmen, und das ist der Grund, warum ich gekommen bin … Ich bin der Meinung, daß es keinen Grund gibt, Ihren Anwalt über alles zu informieren, und da ich ja jetzt ohnehin in Kopenhagen bin, da habe ich mir gedacht, daß ich Ihnen das Ganze lieber selbst erzählen möchte. Dann können Sie besser verstehen, warum es falsch von uns wäre, das Geld anzunehmen.«

Sie schaut Frederikke eindringlich an. »Es stimmt, ich habe Ihren Mann im Winter dreiundachtzig kennengelernt, kurz nachdem er nach Berlin gekommen ist. Vier Monate später haben wir geheiratet, und wiederum sieben Monate später wurde Felix geboren. Aber ... Sie müssen wissen, Frau Faber, daß Frederik nicht der Vater von Felix ist. Frederik hat keinen Sohn ... Er hat überhaupt keine Kinder. Denn sehen Sie, auch wenn ich auf dem Papier mit Ihrem Mann, mit Frederik verheiratet war, so war es in Wahrheit eher so, daß er ... nun ja, daß er mit meinem Bruder verheiratet war. Ach, wenn man nur wüßte, wo anfangen und wo aufhören ... Mein Bruder und ich, wir sind beide in Berlin geboren und aufgewachsen, in Charlottenburg. Unser Vater war deutsch, aber unsere Mutter Dänin, deshalb haben wir einen großen Teil unserer Kindheit in Dänemark verbracht, bei der Familie. Daher sprechen wir seit Kindesbeinen Dänisch. Mein Bruder Ditlev und ich sind bei unserem Vater aufgewachsen. Unsere Mutter starb, als ich zwei Jahre und Ditlev zehn Jahre alt war. Ich kann mich gar nicht an sie erinnern, aber Ditlev hatte einige Erinnerungen. Und eine gewisse Sehnsucht.« Sie wedelt mit der Hand.

»Mein Vater hat Ditlev verachtet. Es mag merkwürdig erscheinen, daß Eltern ihren eigenen Kindern gegenüber derartige Gefühle haben können, aber nichtsdestotrotz war es so. Es interessierte ihn nicht, ob Ditlev in seiner Nähe war, und genau genommen galt das gleiche auch für mich. Überhaupt hat er sich wohl nicht viel aus Kindern gemacht.« Sie schaut sich um, bevor sie fortfährt: »Ich habe meinen Bruder sehr gemocht. Ditlev war ein merkwürdiges Kind. Er war in körperlicher Hinsicht kein zarter Knabe, aber er war ... anders ... irgendwie zart im Inneren, wenn Sie verstehen, was ich meine.« Sie legt eine flache, schlanke Hand auf den Brustkorb. Der Bewegung nach zu urteilen sitzt die menschliche Verletzlichkeit unmittelbar unter dem Schlüsselbein.

»Mit den anderen Jungen wußte er nichts anzufangen, ich nehme an, daß sie ihn gehänselt haben. Statt dessen spielte er mit den Mädchen, am meisten natürlich mit mir. Wir spielten Vater, Mutter und Kind mit meinen Puppen, wir verkleideten uns mit den alten Kleidern unserer Mutter, die in einem Schrank auf dem Dachboden hingen ...« Sie lacht. »Natürlich war er meinem Vater ein Dorn im Auge. Der war Offizier im Heer, sehr genau, sehr an den Vorschriften orientiert. Wenn er Ditlev ausschimpfte, weinte der Junge, was natürlich nur dazu führte, daß mein Vater noch wütender wurde.«

Sie schüttelt leicht den Kopf. Die Liebe zu dem mißratenen Bruder ist ihr anzusehen.

»Er tat mir so leid. Ich kannte ihn ja so gut, wissen Sie«, fährt sie mit eindringlicher Stimme fort, »und er war so süß und voller Ideen. Ein kluger Junge. Ein guter Junge! Aber sobald unser Vater in der Nähe war, wurde er ganz demütig und wehleidig und ... wie sagt man? ... einschmeichelnd. Er ist ihm hinterhergerannt. Aber natürlich haben seine Anstrengungen nur alles noch viel schlimmer gemacht. Als wir dann älter wurden, wurde mir klar, wie es um ihn bestellt war.« Der Ernst gräbt eine Kerbe zwischen die perfekt gezupften Augenbrauen. Sie mustert Frederikke einen Augenblick lang, bevor sie fortfährt: »Ja, Sie wissen ja, was ich meine, so, wie es auch um Ihren Mann bestellt war ...«

Frederikke sieht sich gezwungen, den bittenden Blick der Fremden mit einem verhaltenen Nicken zu quittieren.

»Es war ja nicht schwer auszurechnen, und im Grunde genommen habe ich es immer schon gewußt, auch wenn er natürlich alles tat, um es zu verbergen. Mir war es natürlich vollkommen gleich. Für mich machte es keinen Unterschied! Aber es bestand die Gefahr, daß er dadurch zerstört würde. Über lange Zeiträume hinweg war er deprimiert und lebensmüde und voller Selbsthaß, und ich spürte, daß es böse enden würde. Ja, und dann habe ich mich zusammengerissen und mit ihm geredet. Ich glaube nicht, daß wir seit jenem Tag irgendwelche Geheimnisse voreinander hatten.«

Sie lächelt entrückt.

Frederikke versucht es mit einem kleinen Ziehen im Mundwinkel. Kann diese Judendame nicht endlich zur Sache kommen!

»Als ich achtzehn, neunzehn war und Ditlev Mitte Zwanzig,

zog unser Vater nach Hamburg. Ein paar Jahre zuvor hatte er eine kinderlose Witwe kennengelernt, zu der er jetzt zog, und er überließ uns das Haus in Charlottenburg. Anfangs besuchte er uns ein paarmal im Jahr, zu Weihnachten, Ostern und derartigen Anlässen ... Wir waren auch einige Male dort – bei ihm, meine ich. Aber das hörte bald auf. Er hatte am liebsten seine Freiheit, und wir unsere. Aber er versorgte uns großzügig mit Geld« Sie lacht. »Vermutlich hatte er ein schlechtes Gewissen. Was wohl nicht so ungewöhnlich ist!

Nun ja ... als Vater auszog, zog das Glück ein ... Ach, was hatten wir für eine herrliche Zeit! Wir hatten plötzlich das ganze Haus für uns, und es wurde schnell zu einem Treffpunkt für alle möglichen Menschen, deren einzige wirkliche Gemeinsamkeit ein übertriebener Hang zur Geselligkeit war. Es waren wilde Tage! Ein reges Leben! Einige Male kam sogar die Polizei und bereitete unseren Feiern ein Ende, weil sich Nachbarn beschwert hatten. Wahrscheinlich haben sie sich auch an unseren Vater gewandt – aber er hat sich sicher gar nicht die Mühe gemacht, darauf zu reagieren. Er hatte uns ja schon seit langem aufgegeben.«

Sie schweigt eine Weile. Dann lacht sie plötzlich.

»Wissen Sie, was ich mir denke, wenn ich Leute meines Alters über das wüste Treiben der heutigen Jugend klagen höre?«

Nein, davon hat Frederikke bei Gott nicht die geringste Ahnung.

»Daß die uns mal hätten sehen sollen!« Sie gluckst. »Aber das sage ich natürlich lieber nicht.« Sie zieht die Nase kraus und lächelt konspirativ. »Nun ja, aber mit der Zeit sind auch wir etwas ruhiger geworden.« Sie schaut aus dem Fenster. »In erster Linie, weil Ditlev krank geworden ist ... Syphilis.«

Sie sieht Frederikke bewegt an, als wollte sie sich vergewissern, daß diese den ganzen Umfang des Elends auch versteht. »Ja, so sollte es dann ja wohl sein«, sagt sie dann. Unter der traurigen Resignation ihres Tonfalls verbirgt sich eine Anklage gegen die Ungerechtigkeit der Welt.

Frederikke nimmt einen Schluck von ihrem Kaffee. Er ist bitter und nur noch lauwarm. Sie stellt die Tasse ab und sieht ihren Gast abwartend an.

»Theodor Faber war unser Familienarzt«, fährt Frau Lichtenau schließlich fort. »Und natürlich kam so auch Ihr Mann ins Bild. Frederik hat ja die Klinik übernommen, als sein Bruder wegzog, also tauchte er eines Tages auf, um nach Ditlev zu schauen. Sie wurden sofort Freunde!« Ihre Augen strahlen vor Freude. »Ein paar Abende später war er mit vielen anderen zum Essen bei uns zu Besuch – ja, und so kam es dann ...

Ihr Mann hat Ditlev vergöttert! Ja, und umgekehrt natürlich auch. Ich glaube, es war bei den beiden Liebe auf den ersten Blick. Ich weiß sehr wohl, daß viele das widerlich finden, Menschen können so voller Vorurteile sein, so intolerant! Aber Sie und ich, wir wissen es besser, nicht wahr? Denn mir ist klar, daß Sie Frederik so geliebt haben müssen wie ich meinen Bruder, da Sie jetzt ...«

Erneut dieser ernste, fragende Blick, erneut die Bitte, sich als verwandte Seele zu erkennen zu geben.

Frederikke nickt kurz.

»Jedenfalls möchte ich sagen, daß ich nie, weder vorher noch hinterher, erlebt habe, daß zwei Menschen einander so viel Zuneigung gezeigt haben«, fährt sie fort. »Ditlev wurde gleichzeitig ruhiger und blühte auf. Das scheint sich zu widersprechen, aber so war es. Unsere ganze ... wie soll ich es nennen ... wilde Periode hindurch hatte seine Fröhlichkeit etwas Verkrampftes an sich. Und das verschwand nun.« Sie zieht die Augenbrauen hoch. »Und etwas anderes verschwand auch, nämlich sein lebenslanger vergeblicher Kampf um die Anerkennung durch unseren Vater. Es schien, als wäre es ihm plötzlich gleichgültig, und das war für mich ganz deutlich ein Zeichen der Gesundheit. Später habe ich überlegt, daß es vielleicht auch daher kam, weil er bereits wußte, daß er sterben würde, daß er doch niemals erreichen würde, was unser Vater ... Ich weiß es nicht.« Sie schüttelt resigniert den Kopf.

»Als wir Frederik kennenlernten, hatte ich seit einiger Zeit eine Beziehung mit einem verheirateten Mann, in den ich sehr verliebt war. Ja, ich weiß, es klingt schrecklich naiv und dumm, wenn ich das so sage, aber er liebte mich wirklich, und wenn es möglich gewesen wäre, dann hätte er mich geheiratet. Dessen bin ich mir bis heute sicher! Doch aus verschiedenen Gründen, mit denen ich

Sie nicht langweilen will, war er nicht in der Lage, seine Frau zu verlassen.

Die Beziehung hatte jedoch Folgen, wie Sie sich wohl ausrechnen können. Das war weiß Gott keine angenehme Situation, aber ich war fest entschlossen, das Kind unter allen Umständen zu behalten. Komme, was da wolle!«

Sie bekommt einen entschlossenen Zug um den Mund. Dann entspannt sich ihr Gesicht wieder, sie lächelt.

»Daß Frederik und ich heiraten sollten, haben Ditlev und ich in einer späten Nachtstunde zusammen ausgeheckt. Frederik wollte anfangs nichts davon wissen, aber wir haben ihn überreden können, indem wir ihm die phantastischen Perspektiven klarmachten, die sich durch so ein Arrangement eröffnen würden. Ja, ich glaube, wir haben ihn ganz schamlos dazu verlockt.«

Sie erlaubt sich ein leises Lachen, als wäre das ganze ein harmloser Spaß.

Frederikke ballt die Fäuste; wenn diese Mißgeburt von einem Bruder Frederik mit seiner Pest angesteckt hat, dann ...

»So konnten die beiden ja unter ein Dach ziehen, die ganze Zeit zusammen sein, ohne daß jemand auch nur die geringste Ahnung hatte. Wir konnten in Ruhe und Frieden leben; er und ich nach außen hin als Paar – Ditlev und er als Paar nach innen. Ich mit meinem Kind – er mit Ditlev. Schließlich stimmte er zu.« Sie seufzt entzückt. »Ja, und so begann eine neue Zeit. Felix, so heißt mein Sohn, wurde geboren. Es war Frederik, der ihn zur Welt brachte, und Frederik fand auch den Namen! Er bedeutet Glück«, erklärt sie freundlich.

»Frederik war ein Engel ... Er liebte den Jungen wirklich und war wie ein Vater für ihn. Ditlev ebenso. Es ging uns so gut, das können Sie mir glauben. So oft es sich machen ließ – in der Regel ein- oder zweimal im Monat –, kam Felix' Vater und verbrachte Zeit mit uns. Felix war das verwöhnteste Kind von Berlin – mit drei Vätern, die ihn alle liebten. Er nannte Frederik Vati und seinen richtigen Vater und Ditlev Onkel ... Onkel Ditlev und Onkel Hugo ...« Sie lächelt wehmütig. »Es war sicher eine merkwürdige Familie, das ist mir schon klar. Aber es war die beste, die wir jemals gehabt hatten!

Mit Frederik zusammen zu sein war das reine Vergnügen! Aber wem sage ich das? Er steckte uns alle mit seiner Lebensfreude an. Am Sonntag machten wir Ausflüge ins Grüne, Grunewald ... Wannsee ... Wir verbrachten so viele glückliche Stunden zusammen, wir vier. Spielten mit Felix, spielten Ball und aßen aus den himmlischen Picknickkörben, die Frederik zusammenstellte. Er stand den ganzen Vormittag in der Küche, um sie vorzubereiten ... Das waren schöne Tage. Ihr Mann war glücklich, Frau Faber, wirklich. Ich kann Ditlev immer noch vor mir sehen, wie er dort auf der Decke saß – dünn und knochig – und ihm zulachte, wenn er mit Felix auf den Schultern herumlief ...

Aber es hatte ein Ende. Durch Ditlevs Krankheit, natürlich. Er wurde immer schwächer, und zum Schluß war es kein Vergnügen mehr ... Der Tod ist nicht schön. Er ist häßlich, Frau Faber. Er ist nicht friedlich, wie man es in den Romanen liest. Es gibt kein erlösendes letztes Wort ...«

Sie bekommt einen bitteren Zug um den Mund. Sie fischt eine Zigarette heraus, schiebt sie sich zwischen die zitternden Lippen und zündet sie an.

»Ditlevs Krankheit schlug aufs Gehirn. Das war unvermeidlich, und Frederik hatte mich schon darauf vorbereitet. Er hatte so etwas ja schon früher erlebt. Dennoch war es ein Schock für mich. Er wurde ungerecht – Ditlev, meine ich. Ja, geradezu unerträglich. Höllisch eifersüchtig! Es war fürchterlich, Frau Faber, mitansehen zu müssen, wie ein Mensch, den man liebt, seinen Charakter verändert und zugrunde geht. Und es war hart für Frederik. Es ist für mich ehrlich gesagt immer noch ein Wunder, daß er es ausgehalten hat. Daß wir es ausgehalten haben. Aber so war es. Wir mußten es ja! Frederik pflegte ihn und kümmerte sich um ihn bis zum Schluß – wusch ihn, fütterte ihn ...«

Die restlichen Worte ertrinken im Rauch. Dennoch tanzen die Bilder vor Frederikkes innerem Auge: Frederik mit hochgekrempelten Hemdsärmeln, Wasserschüssel und Becken balancierend, magere Hände, die Waschlappen auswringen, die Stirn abtupfen, den Puls messen, Erbrochenes wegwischen ...

»Zum Schluß war er vollkommen erschöpft. Wahrscheinlich war das der Zeitpunkt, an dem er anfing, Morphium zu nehmen.«

Sie streift die Asche von der Zigarette und sieht Frederikke direkt an. »Frederik, meine ich. Er hatte ja problemlos Zugang dazu. Anfangs war es sicher nicht viel. Nur ab und zu, glaube ich. In keiner Weise alarmierend. Nur um es ertragen zu können. Irgendwie kann man das ja auch verstehen, es muß für ihn verlockend gewesen sein, seinen eigenen Schmerz zu betäuben, während er Ditlevs Schmerzen betäubte.« Sie seufzt. »Aber ... ich hätte wohl besser ...«

Es entsteht eine kleine Pause, die Frederikke gar nicht bemerkt. Denn sie hört nicht mehr Frau Lichtenaus Stimme, ärgert sich nicht mehr über die sprachlichen Mängel, sondern ist verschwunden in der eigenen Laterna magica.

»Als Ditlev nicht mehr war, ähnelten wir wahrscheinlich jeder anderen Familie. Vater, Mutter und Kind. Frederik stand morgens auf und ging ins Krankenhaus, ich kümmerte mich um Felix, und jeder kümmerte sich um sich selbst. Das ist wohl auch der Grund, daß ein paar Monate vergingen, bevor mir klar wurde, wie schlecht es um ihn stand.« Sie schüttelt grüblerisch den Kopf. »Vielleicht wurde es mir auch nie richtig klar ... Er war zerstreut und müde. Schaffte nichts mehr. Verlor das Interesse an seiner Arbeit, für die er früher gelebt hatte – was Ditlev ihm übrigens immer wieder vorgeworfen hatte. Vollkommen zu Unrecht.

Ich glaube, ich selbst schlug ihm vor, doch für eine Zeit zu verreisen. Um etwas Abstand zu bekommen. Nach Paris zum Beispiel. Er lehnte ab. Er brachte es nicht fertig. Saß nur da und ließ den Kopf hängen. Ich versuchte ihn aufzumuntern, so gut ich konnte, aber es wollte nicht klappen. Nicht einmal Felix, der ihn doch immer zum Lachen gebracht hatte – und Sie wissen, wie Frederik lachen konnte! – nicht einmal er kam mehr an ihn heran. Es schien, als wäre er nur noch ein Schatten seiner selbst.

Aber dann eines Tages – ganz plötzlich! – kam er nach Hause und erklärte, daß er darüber nachgedacht hätte und daß er meinem Rat folgen und nach Paris fahren wollte.« Sie strahlt kurz auf. »Wie froh ich war! Er wirkte sehr entschlossen und ganz aufgekratzt bei dem Gedanken. Was die Klinik anging, so traf er alle notwendigen Maßnahmen, packte dann und fuhr los. Ich freute mich so für ihn.«

Ohne um Erlaubnis zu fragen, greift sie zur Kaffeekanne und schenkt sich ein. Ein leises Plätschern ist zu hören. Sie hat eine Hand auf den Deckel gelegt, damit er nicht herunterfällt. Sie zittert. Nicht viel, aber eine Spur. Sie hält Frederikke die Kanne hin, die sie jedoch nur anstarrt, während sie schweigend den Kopf schüttelt.

»Ach, Frau Faber ...« Sie sieht ihre großzügige Gastgeberin sehr mitfühlend und entschuldigend an. »Ich hätte es vielleicht wissen müssen, aber ich habe mir erst Gedanken gemacht, als fast ein Monat vergangen war, ohne daß er von sich hatte hören lassen. Das sah ihm überhaupt nicht ähnlich. Ja, und dann kam die Polizei zu mir.

Es war schrecklich. Die deutsche Polizei hatte eine Information von den französischen Behörden bekommen. Man hatte die Leiche eines Mannes an der Seine gefunden, unter einer der Brücken. Ermordet. Schläge, Tritte und Messerstiche. Erschreckend. Man hatte ihn nicht sofort identifizieren können. Die Leiche war – ja, ich weiß nicht so genau – mißhandelt worden. Die näheren Umstände blieben etwas unklar. Jedenfalls hatte der Tote wohl ziemlich lange im Wasser gelegen und war fast in Auflösung begriffen. Ich habe nie Näheres in Erfahrung bringen können. Aber der Ort, wo man ihn fand, war ein bekannter Treffpunkt für die übelsten Elemente von Paris: Diebespack, Zuhälter und Prostituierte, Verbrecher, Heimatlose, Zigeuner ... Homosexuelle ...

Der Grund, warum man diese Episode überhaupt mit Frederik in Zusammenhang brachte, war die Brieftasche mit seinen persönlichen Papieren, die man nicht weit entfernt fand. Zuerst war man nicht sicher, daß es eine Verbindung gab. Aber Größe und Augenfarbe paßten, die Kleidung war von deutscher Herkunft und – was ich später bestätigen konnte – von dem Schneider, zu dem Frederik ging. Und als man sich an sein Hotel wandte, erfuhr man, daß sein Zimmer für zwei Wochen im voraus bezahlt war, sie ihn dort aber schon länger nicht gesehen hatten. Daß er offensichtlich sein Zimmer seit mehreren Tagen nicht benutzt hatte ...

Erst weigerte ich mich, zu glauben, daß es wahr sei. Aber so reagiert man wohl immer. Und dann ... Ja, dann mußte ich hinfahren. Seine Sachen sollten nach Hause. Ich habe mich geweigert, ihn zu sehen. Aber ich konnte den Behörden sagen, daß er ...« Sie macht eine unsichere Handbewegung zum linken Schulterblatt hin. »Und ... also, er war es wirklich! Ich glaube nicht, daß man den Täter jemals gefaßt hat. Oder die Täter. Man hat wohl den einen oder anderen vorübergehend inhaftiert, aber irgendwann wurde die Sache fallengelassen. Ich weiß nicht, warum, wahrscheinlich hatten sie keine Beweise ... Und ...«

»Ja?«

»Das ist nicht so einfach. Ich weiß nicht so recht, Frau Faber, wie ich ... Aber da ist noch etwas, wissen Sie.«

»Wieso noch etwas?« (Wie kann da noch etwas sein, wenn Frederik tot ist?)

»Nun ja, die Polizei fragte sich natürlich, was er da unten zu suchen hatte. Unter den Brücken. Bei diesen schrecklichen Menschen. Man nahm an, daß er sich aus Versehen dorthin verirrt hatte oder daß er auf irgendeine Weise dorthin gelockt worden war. Daß er sich nicht im klaren darüber war, wie gefährlich dieser Ort war. Aber ... Es waren wohl schon fast vierzehn Tage vergangen, seit ich wieder zu Hause war, als ich diesen Brief erhielt. Es war sonderbar, aber er muß wohl so lange auf irgendeinem Pariser Postamt gelegen haben. Es war ein sehr abgeklärter Brief. Ja, und da konnte ich ...« Sie greift nach ihrer Tasche. »Ich habe den Brief herausgesucht, Frau Faber. Ich habe ihn bei mir. Sie können ihn haben. Dann können Sie ihn ja lesen, falls Sie ...«

Die ringgeschmückte Hand verschwindet für einen Moment in der Tasche. Als sie wieder auftaucht, hält sie einen Briefumschlag. Sie legt ihn auf den Tisch.

Frederikke schaut weg, voller Angst, was geschehen wird, wenn sie seine Schrift wiedersieht.

»Ich weiß ja nicht, ob Sie ...« Frau Lichtenau schaut besorgt in Frederikkes abgewandtes Gesicht. »Aber, Frau Faber ... er war ja nie so richtig mein Mann, nicht wahr? In gewisser Weise habe ich das Gefühl, er sei eher für Sie als für mich bestimmt. Sie können ihn gern behalten. Dann können Sie ja sehen, ob ... Und sonst verbrennen Sie ihn einfach.«

Sie ist gegangen. Auf dem Tisch hat sie einen vollen Aschenbecher hinterlassen. Und einen Brief.

Aber Frederiks Feuerzeug hat sie mitgenommen.

Frau Mikkelsen rumort in der Küche herum. Ansonsten ist es still.

Ein jegliches hat seine Zeit, und alles Vornehmen unter dem Himmel hat seine Stunde. Geboren werden und sterben, pflanzen und ausrotten, was gepflanzt ist, brechen und bauen, weinen und lachen, klagen und tanzen …

Eines schönen Tages wird sie nicht mehr gezwungen sein, aufzuwachen und diese Wände anzuschauen, dieses Gefängnis.

Dann wird er endlich kommen …

In Demut und Scham wird er zu ihr angekrochen kommen und sich seine Knie und Hände auf der Erde aufschürfen. Und sie wird ihn bitten, aufzustehen, und mit gesenktem Blick wird er sich vor sie stellen, und sie wird ihm die Arme um den Leib schlingen.

Sie wird ihm den Umhang der Scham und der Erniedrigung abnehmen, und sie werden plötzlich nackt sein unter den Bekleideten, und sie werden tanzen, sie beide.

Seine Arme werden sie umfassen, und sie wird wieder jung sein und er … ja, er wird natürlich auch jung sein, genau wie er es immer gewesen ist! Und sie wird seinen glatten, kühlen Körper an sich pressen, und sie wird ihm zu essen geben, ihn streicheln …

Und wenn er sie schließlich um Vergebung für die Sünden bittet, die er an ihr begangen hat, dann wird sie ihm in ihrem Großmut verzeihen.

Sie wird ihm ehrlich verzeihen, sie wird ihm alles geben, was ihm zu geben er ihr nie erlaubt hat …

Und dann werden sie beide miteinander tanzen …

62

Er macht einen ziemlich verworrenen Eindruck, sieht fast krank aus.

Die Haare stehen ihm zu Berge, ungekämmt und ungewaschen, und sie ähneln einer schlecht gemachten Theaterperücke, die ihm jemand zum Scherz auf den Kopf gestülpt hat. Die Zipfel seines zerknitterten Hemds, das vor ein paar Tagen noch sauber war, hängen ihm aus der Hose, und die Augen, die in Höhlen über der unrasierten unteren Gesichtshälfte liegen, wo die schmutzigschwarzen Bartstoppeln die Wangen noch eingefallener wirken lassen, haben diesen starren, fast wilden Ausdruck, den man oft bei Personen mit der Diagnose Schizophrenie sieht.

Doch die Apathie scheint ihn endgültig verlassen zu haben, er steht vor seinem Schreibtisch, auf dem er einen Stapel Papiere neben den anderen plaziert hat, Dokumente und Briefe, die er zielbewußt und resolut zu sortieren gedenkt. Eins nach dem anderen nimmt er in die Hand und betrachtet es, während er sich mit der anderen Hand durchs Haar fährt, woraufhin er das Papier auf einen ordentlichen Stapel legt oder es zusammenknüllt und in den Papierkorb wirft.

Plötzlich hält er mitten in einer Bewegung inne, verharrt reglos, um dann in einem Anfall von Ohnmacht oder Wut mit einer einfachen, ärgerlichen Handbewegung alles zu Boden zu reißen.

Dann setzt er sich mit leeren Händen auf den Stuhl und läßt seinen dröhnenden Kopf auf die Schreibtischunterlage fallen.

So sitzt er da, als die Tür geöffnet wird. Langsam hebt er den Kopf und sieht wie in einem alptraumhaften Gebilde eine Frau mit einem Eimer in der einen Hand und einem Besen in der anderen in der Tür stehen.

»Verschwinde«, platzt es wütend aus ihm heraus.

Als die Gestalt in der Tür aber keinerlei Anstalten macht, sich fortzubewegen, hebt er seine Stimme: »Verschwinde, habe ich gesagt! *Hau endlich ab!*«

»Aber die gnädige Frau hat mich gebeten, den Boden zu wischen. Ich habe ausdrücklich den Auftrag gekriegt. Sonst wird die gnädige Frau böse.«

Es klingt wie ein eindringliches, fast weinerliches Gebet.

Einen Moment lang sehen die beiden sich an, sie mit flehentlichem, verwirrtem Blick, er mit einem ungewöhnlich leuchtenden Haß, als wollte er sie allein durch seinen Blick vernichten. Aber dann scheint er plötzlich aufzuwachen. Ein leichter Ruck geht durch seinen Körper, so leicht, daß die Frau in der Tür ihn vermutlich gar nicht bemerkt, dann lehnt er sich zurück und seufzt.

»Na, dann kommen Sie herein und tun Sie, was zu tun ist.«

Sie schiebt sich unbeholfen und laut durch die Türöffnung, stellt den Eimer auf den Boden und den Schrubber an die Wand. Als sie sich für einen Moment umdreht, rutscht dieser ganz langsam und mit hinterhältiger Vorhersehbarkeit über den Boden, bis der Holzstiel mit einem ohrenbetäubenden Knall das Parkett trifft. Sie hebt ihn sofort auf und lehnt ihn wieder gegen die Wand. Eine hektische Röte schießt ihr in die Wangen. Dann dreht sie sich verunsichert um und sieht Frederik an, als überlegte sie, ob es ratsam sei, näher zu kommen. Doch er scheint sie gar nicht zu sehen; er sitzt wieder am Tisch, den Kopf in die Hände gestützt. Sie faßt einen Entschluß, fällt auf die Knie und beginnt die vielen Papiere aufzusammeln.

Frederik hat sie die ganze Zeit über betrachtet. Durch einen kleinen Spalt zwischen dem Ringfinger und dem Mittelfinger der rechten Hand hat er nämlich unbemerkt ihre Bewegung verfolgen können. Jetzt entfernt er langsam die Hände und sieht sie direkt an – diesen Menschen, der da auf seinem Fußboden herumkriecht, der auf den Knien liegt und einen so bedauernswerten Anblick bietet, daß er Schlimmeres noch nie gesehen hat, sein eigenes Spiegelbild ausgenommen.

Er erhebt sich von seinem Stuhl, hockt sich neben sie und hilft ihr, alles zusammenzusammeln. Ihr Gesicht ist nur einen halben Meter von seinem entfernt, und er sieht jetzt deutlicher, was sie so schlimm, ja fast häßlich erscheinen läßt. Ihre Haut ist überall von einem schuppenden, rötlichen Ekzem bedeckt. Die Hände sind geschwollen und wirken beinahe hautlos.

»Verzeihung, daß ich so mit Ihnen geredet habe«, sagt er in einem Versuch, ihr entgegenzukommen, ergriffen von einem plötzlichen, existentiellen Mitleid mit diesem armseligen Menschen.

Sie sieht ihn eine Sekunde lang an, bevor sie errötend zu Boden schaut.

»Das macht nichts. Ich weiß ja ...« Sie bricht mitten im Satz ab, und es entsteht eine bedeutsame Stille.

»Was wissen Sie?« Verwundert sieht er sie an.

»Nichts, gnädiger Herr.«

»Doch, sagen Sie schon.«

Ihr Blick ist gleichzeitig ausweichend und trotzig. »Nun ja ... Ich weiß von den anderen, also von Oline und Anna, daß Sie sonst nicht so sind. Sie sind ja immer gut zu uns ... Nicht so wie die gnädige Frau.«

Erst jetzt wird ihm klar, daß diese Person, an die er sich nicht erinnern kann, sie jemals zuvor gesehen zu haben, ihn kennen muß; daß sie wahrscheinlich schon seit längerer Zeit in seinem Haus wohnt, ohne daß er sie bemerkt hat oder hat bemerken wollen.

»Hm«, antwortet er nur und legt einen Stapel Papiere auf die Tischplatte.

Er bleibt vor ihr hocken, die Hand an der Tischkante, während sie weiter Papiere zusammenschiebt.

Es ist einfach unfaßbar, wie häßlich sie ist!

»Hat sich schon mal jemand das Ekzem angesehen?«

»Einmal, als ich noch ein Kind war. Da läßt sich nichts machen«, antwortet sie mit einem ausweichenden Schulterzucken und wendet ihr Gesicht ab.

»Hatten Sie das schon immer?« fragt er hartnäckig weiter.

»Ja, solange ich mich erinnern kann, aber ...«

»Kommen Sie mal hier ins Licht, ich will mir das anschauen.« Frederik steht auf.

»Nein, das brauchen Sie nicht!«

Die Worte sind nicht als floskelhafte Erwiderung gemeint, als nette Bescheidenheit, und so klingen sie auch nicht – sondern als flehentliche Bitte, davonkommen zu dürfen.

Doch Frederik kann heute den Unterschied nicht hören. »Ach was. Nun kommen Sie schon.«

Sie erhebt sich widerstrebend und streicht sich mechanisch mit beiden Händen die Schürze glatt. Dann nähert sie sich verlegen.

Er nimmt ihr Gesicht in beide Hände, und im gleichen Moment scheint es, als wüchse ihm ein unsichtbarer Kittel. Er dreht und wendet ihren Kopf und studiert die merkwürdigen Flecken, die ihr Gesicht und ihren Hals bedecken.

»Haben Sie das am ganzen Körper?« fragt er mit zusammengekniffenem Auge und einer professionellen Arztstimme.

Sie nickt. Dabei weigert sie sich, ihn anzusehen, so daß er ihr Gesicht fast in die Höhe zwingen muß.

»Phlegmone – gestreute Entzündung der Haut ... Bitte seien Sie so gut und zeigen mir Ihren Rücken.«

»Ja, aber ...« Sie zeigt hilflos auf den Eimer mit Wasser.

»Tun Sie, was ich Ihnen sage. Es sieht so aus, als wäre das eine Entzündung. Ich möchte gern sehen, wie umfassend sie ist.«

»Aber, ich kann doch nicht ...«, flüstert sie und schaut zu Boden.

»Unsinn. Natürlich können Sie. Ich bin *Arzt*!« erklärt er, als wäre das nur eines von zahlreichen Synonymen für die Göttlichkeit.

Sie fügt sich, und mit dem Rücken zu ihm öffnet sie ihre Kleidung und schiebt sie die Schultern hinunter, so daß ihr Rücken frei ist, dessen Zustand noch schlechter zu sein scheint als der des durchlöcherten Unterhemds.

Atopische Dermatitis! Er läßt die Finger über die geschwollenen, entzündeten Bereiche streichen.

»Sie bekommen eine Salbe«, sagt er nachdenklich. »Etwas Antiseptisches. Es muß nicht sein, daß Sie so aussehen. Mit der richtigen Behandlung können wir es zwar nicht ganz entfernen, aber doch deutlich dämpfen.«

Sie nickt. Antwortet nicht.

»Ich werde Ihnen ein Rezept ausschreiben, dann können Sie die Medizin in der Apotheke holen. Ich werde sie natürlich bezahlen«, beeilt er sich hinzuzufügen, da ihm einfällt, daß sie sich das vermutlich nicht leisten kann.

Er will sie umdrehen, sie von vorn untersuchen. Sie leistet Widerstand, so daß er sie zwingen muß; sanft und väterlich demonstriert er seine ärztliche Autorität, indem er seine Hände vorsichtig auf ihren Schultern liegen läßt.

Schließlich dreht sie sich um und steht mit entblößter Brust vor ihm, so daß sein Gehirn die Fakten registrieren kann: Die Haut über den kleinen Brüsten ist zerkratzt, die Brustwarze geht direkt in den Ausschlag über. Sie hat mindestens einmal geboren und gestillt, das ist deutlich zu sehen, die Brustwarzen sind vergrößert. Außerdem ist da die charakteristische Erschlaffung der Bauchdecke, auf der deutlich die Spuren von Nägeln zu erkennen sind, die verzweifelt die juckende, empfindliche Haut zerkratzt haben. So hat sich die Entzündung ausgebreitet – von einem Bereich zum nächsten durch unsaubere Hände und Nägel.

Er läßt seinen forschenden Blick nach oben wandern, über die vorstehenden Schlüsselbeine, den runzligen Hals und das rotgefleckte Kinn. Sie verbirgt immer noch ihre Augen, und plötzlich weiß er, warum, in ihnen wird er erkennen können, daß das, was für ihn nur eine Reihe klinischer Symptome sind, ihre Schmach und Schande ist. Allein in dem hellen, alles enthüllenden Sonnenlicht zu stehen und sich wie eine Rarität auf einem Jahrmarkt betrachten zu lassen kostet sie übermenschliche Überwindung. Er erkennt, daß das, was er hier vornimmt, ein Übergriff ist.

Diese häßliche Person trägt ihre Schmach vor sich her! In dem Augenblick, als er deren Umfang erkennt, wächst seine eigene, droht ihn zu ersticken.

Er steht wie gelähmt vor ihr – plötzlich außerstande, etwas zu tun.

Im gleichen Augenblick hebt sie langsam den Blick. Sie tut nichts, sagt nichts – steht nur ganz still da und schaut ihn an, bis ihn das unangenehme Gefühl packt, daß sie tief in ihn hineinschaut, daß sie sein Inneres auf die gleiche Art und Weise untersucht wie er ihr Äußeres. Sein professioneller, distanzierender Blick, der sie bis jetzt allein als Trägerin einer Krankheit betrachtet hat, registriert plötzlich, daß sie ein Mensch ist, der ihm etwas erzählt, der etwas von ihm will.

Das ist nicht gut! Es ist der Arzt, der seinen Patienten untersucht. Nicht umgekehrt.

Was will sie von ihm? Was will sie ihm damit sagen? Daß sie beide etwas teilen?

Ja, die Schmach.

Aber das ist nicht das einzige. Da gibt es noch etwas ...

Er muß wissen, was es ist, und wie von einer unsichtbaren Macht gelenkt streckt er die Hand vor. Als er vorsichtig (und immer noch in einer Art, die als ärztlich begründet durchgehen könnte!) ihre eine Brust berührt, sieht er in ihren rotgeränderten Augen, was er die ganze Zeit gespürt hat, wovon er aber nichts hat wissen wollen. Mit einem Mal wird ihm klar, daß die Frau vor ihm weiß, wer er ist, und daß sie ihn trotz dieses Wissens liebt: daß sie ihn insgeheim verfolgt hat, ihn betrachtet und angebetet hat. Lange – vielleicht viele Jahre lang.

Er schließt seine wählerischen und verwöhnten Augen, doch es nützt nichts; er sieht sie weiterhin vor sich, wie sie dasteht, erbärmlich und unschön, und er hört an ihren Atemzügen, daß das, was für ihn ein bedeutungsloses Detail ist – eine unter Tausenden und Abertausenden von klinischen Untersuchungen –, für sie die Erfüllung ihrer verwegensten Träume darstellt, den Höhepunkt ihrer jahrelangen Sehnsucht.

Wäre es nicht – wenn er seinen eitlen Widerwillen überwinden und diese Person lieben könnte – die äußerste, selbstloseste Liebe, die ein Mensch jemals empfunden hat? Und könnte nicht sie, diese Frau, seine Schuld und sein Gewissen erleichtern; könnte nicht seine Fürsorge und die Erfüllung der Bedürfnisse ihres ausgetrockneten, mißhandelten und hungrigen Körpers sein Sühneopfer werden?

Wie eine tote Fliege zwischen seinen eigenen inneren Brüchen eingeklemmt, zwischen dem fordernden Ruf der Barmherzigkeit und des Gewissens einerseits und der verlockenden Wollust des Überflusses andererseits, den Forderungen des Körpers nach Luxus (ein frisch gestärktes Hemd über den Rücken gleiten zu lassen, Seide auf der Haut, mit den Füßen in ein Paar handgenähte Schuhe zu schlüpfen, die perfekte Paßform einer Jacke über den Schultern zu spüren, die Arme eines Mannes um den Körper … Velin) – umfaßt er vorsichtig mit seiner manikürten, weichen Arzthand ihre Brust.

Als er sie kurz danach unter sich auf dem schmalen Diwan spürt, behandelt er sie mit der größten Rücksicht, die er jemals gezeigt hat, um ihre Wunden nicht aufzureißen und ihr keine Schmerzen zuzufügen. Aus ihrem Mund, an dem er sich gierig festsaugt, vernimmt er den leichten, doch charakteristischen Geruch schlechter Ernährung, der wohl der ganzen Arbeiterklasse anhängt. Von ihrem Körper geht ein berauschender, scharfer Schweißgeruch aus, der ihn mit einer trauerähnlichen Zärtlichkeit erfüllt. Dies ist wahrlich ein Mensch – ein Mensch ohne Verstellungen oder Schminke, und in dieser Eigenschaft liebt er sie in diesem ewigen Augenblick. Sie hält seine unrasierten Wangen in ihren Händen, er spürt es und ist darüber gerührt, sie küßt seine Stirn und sieht ihn mit einer Mischung aus Trauer, Begierde und Dankbarkeit an. Er flüstert ihr die süßesten Worte zu, die er kennt – daß er sie liebt, daß sie die seine ist, die seine! Daß er sich um sie kümmern will, daß sie ihm das Leben gerettet hat, daß er sie niemals verlassen will, sondern immer da sein wird, um auf sie aufzupassen, sie zu beschirmen, zu beschützen ... Und er meint das auch so, und er nennt sie bei ihrem richtigen Namen, Mathilde, küßt sie am ganzen Körper und trinkt von dem scharfen Geruch ihres Schoßes, und die ganze Zeit pocht dieses eine Wort »Mensch« hinter seinen Schläfen. Nicht eine Sekunde empfindet er Abscheu oder Widerwille, sein ganzes Bewußtsein hat sich in eine einzige große Zärtlichkeit verwandelt, eine einzige große, alles verschlingende und unstillbare Begierde nach diesem einen Menschen.

Die Tränen sind nur Teil dieser unerwarteten Gabe, der Wollust, der Erlösung.

Später spielen sich rührende Szenen ab.

Trotz ihrer Proteste holt er eine Schüssel nach der anderen mit dampfend heißem Wasser, das er zusammen mit lindernden Ölen aus seinen vielen geheimnisvollen Krügen eifrig in die Badewanne kippt. Und er hebt sie vom Diwan hoch und trägt sie ins Badezimmer, wo er sie vorsichtig, als wäre sie ein geliebtes Kind, ins temperierte Wasser gleiten läßt. Dann entfernt er das Kopftuch von ihrem Kopf, weint lautlos bei dem Anblick, holt seinen Kamm, reinigt die Kopfhaut von Schuppen und Eiter, flüstert ihr etwas zu, wäscht sie ... Arme, Brüste, Hände, den Rücken ... Küßt sie, hilft ihr auf, geht vor ihr in die Knie, tupft sie trocken, küßt sie erneut, spricht mit ihr und verspricht ihr alles, reibt sie mit Salbe ein, reißt ein paar seiner vornehmen Seidenhemden in Streifen und bandagiert damit ihre Arme, Beine, den Körper ...

Als er ein paar Stunden später die Tür zur Küchentreppe öffnet, um auf den Dachboden zu gehen und dort seinen Koffer zu holen, hat er sich verändert: er ist frisch rasiert und sauber und trägt eine leichte Hose und ein einfaches, weißes Baumwollhemd.

Fast läuft er hinauf, mit schnellem Schritt und einer fast manischen Energie. Er kann sich nicht erinnern, sich jemals in seinem Leben so glücklich gefühlt zu haben.

Als er den obersten Absatz erreicht, entdeckt er sie. Sie sitzt auf der Stufe, die Hände im Schoß, mit gesenktem Kopf.

»Mathilde! Hier sitzt du?«

»Ja«, antwortet sie leise. Sie schaut ihn an, und auch sie hat sich auf undefinierbare Art und Weise verändert.

»Aber, du hast doch wohl nicht die ganze Zeit hier gesessen, oder?« fragt er ängstlich.

Sie braucht nicht zu antworten, er kann es ihr ansehen.

»Dann warst du also gar nicht zu Hause und hast deiner Familie erzählt, daß ...«

Alles bricht in ihm zusammen, als sie schweigend den Kopf schüttelt.

»Warum? Weil du nicht mitkommen willst? Willst du nicht mit mir kommen, Mathilde?« fragt er, plötzlich am Boden zerstört.

»Ich glaube nicht«, flüstert sie, und er sieht, wie sich die Tränen ihren Weg bahnen – nicht als hübsche hervorquellende Tränchen, sondern als eine rötliche Schwellung der Augenpartie. Noch nie hat er etwas so Schönes, etwas so Vollkommenes wie diese Häßlichkeit gesehen.

Er setzt sich neben sie und nimmt ihre verbundene Hand in seine.

»Warum, Mathilde? Warum? Hast du Angst, daß ich dich im Stich lassen werde, daß ich dich in der Fremde verlasse?« fragt er besorgt.

Sie lächelt und schüttelt leicht den Kopf, denn ebensowenig, wie sie die hübsche Emily ist (und ebensowenig, wie die Unterzeichnende Charles Dickens ist, könnte man versucht sein, einzufügen!), ebensowenig ist er der skrupellose Steerforth.

»Aber warum dann?« fragt er unglücklich.

Sie antwortet nicht, denn aus der ganzen unendlichen Reihe von Privilegien, die die herrschende Klasse mit althergebrachtem

Recht und Selbstverständnis an sich gerissen hat, ist die Sprache selbst das allergrößte.

Wenn Tilde spricht, landen ihre Worte auf dem Boden wie nasse Wischlappen.

Das weiß sie nur zu gut. Deshalb spricht sie nicht.

Sie weiß, daß sie – wenn sie versuchen würde, ihre Beweggründe zu erklären –, die Wahl hätte, entweder dumm oder bescheiden bis zur Selbstaufgabe zu wirken, oder aber hochmütig und undankbar. Um die komplexe Wahrheit zu beschreiben, die dazwischenliegt, fehlen ihr die Worte.

Er zieht sie an sich und legt seine Wange auf ihre Kopfhaut, und in dem Seufzer, der ihr entfährt, dem Seufzer, der beiden die Kraft zu entziehen scheint und ihre Körper schwer gegeneinander fallen läßt, hört er dennoch all das, was sie sagen will, aber nicht formulieren kann, daß sie *ein* Leben lebt, und er ein anderes, daß alle Träume von menschlichem Glück lächerlich sind, daß sie vielleicht, wenn sie jünger und naiver wäre ... Doch sie ist nicht mehr jung, und naiv ist sie nie gewesen, und das höchste Glück, von dem sie zu träumen wagt, ist die Befriedigung darüber, trotz allem zu überleben, und sonderbarerweise reicht das aus.

Er bleibt bei ihr sitzen und spürt das harte Holz der Treppe unter sich, fühlt den kühlen Luftzug von den Dachkammern, sieht die abgeblätterte Wand, das reparaturbedürftige Geländer, während er gleichzeitig das streichelt, was einmal sein eigenes Hemd gewesen ist, jetzt aber erhöht wurde zu einer Bandage um ihre Hände. Dann richtet er sich ein wenig auf, und als er ihr wieder sein Gesicht zuwendet, hört er, wie sie ihm schweigend erzählt, daß er sich nicht noch einmal opfern darf.

»Tue ich das denn wirklich, Mathilde?« fragt er tonlos und starrt hilflos in diesen außergewöhnlich klugen Blick. »Tue ich das wirklich?«

Und sie nickt leise, ohne den Blick abzuwenden. »Ja, das tust du.«

Und so kann Frederik Faber zum zweiten Mal das Land verlassen, während er das Gefühl und den Duft seines Körpers als ein ewiges Sehnen bei einer Frau zurückläßt ...

Und auch wenn es schön wäre zu behaupten, daß er sie niemals vergißt und sie wie eine warme Erinnerung sein ganzes Leben lang bei sich trägt, so müssen wir uns doch an die Wahrheit halten (oder zumindest an die Wahrscheinlichkeit) und eingestehen, daß er in erster Linie Erleichterung darüber empfindet, allein zu sein, während er in der Droschke auf dem Weg zum Bahnhof sitzt. Als der Zug in Gedser einfährt, ist Tildes Gesicht bereits verblaßt und zu einer sonderbar distanzierten Erinnerung geworden – ein Teil dieser in jeder Hinsicht verrückten Tage.

Und als er gut vierundzwanzig Stunden später mit seinem sparsamen Gepäck in Berlin aus dem Zug steigt, hat er sie vergessen – nicht, weil er gefühllos ist, sondern einfach nur, weil er ein Mensch ist.

Doch das, was man in einem Augenblick der Wahrheit empfangen hat, das kann einem niemand entreißen ...

Tildes Ekzeme bessern sich im Laufe der nächsten Monate immer mehr, und nach der Niederkunft verschwinden sie gänzlich, um nie wieder zurückzukehren.

Ihre Mutter meint zwar, das läge an der Salbe.

Doch Tilde weiß es besser ...

EPILOG

MAI 1933

Als der Zug am Kopenhagener Hauptbahnhof hält, steigen zwei stattliche Herren aus. Ein großer und ein kleinerer. Der große ist relativ jung, etwa Mitte Zwanzig, der andere so alt, daß er der Vater seines Begleiters sein könnte. Daß es sich nicht um Vater und Sohn handelt, erkennt man jedoch an dem höflich geschäftsmäßigen Ton, der zwischen ihnen herrscht.

Der hochgewachsene, junge Mann mit dem blonden Haar und den weichen Gesichtszügen hat einen hellwachen, fast servilen Blick, während er dem anderen aufmerksam und ehrerbietig zuhört – ja, er ist so emsig darum bemüht, dem anderen zu gefallen, daß er sich aus reiner Höflichkeit etwas bückt, um kleiner zu erscheinen.

Aber vermutlich ist es gar nicht nötig, der Natur in dieser Form Gewalt anzutun. Sein Arbeitgeber sieht nämlich weder unfreundlich noch furchteinflößend aus. Sein Gesicht hat etwas Apartes und seine Körperhaltung, der moderne Schnitt seiner Kleidung und die effektive, doch sanfte Stimme zeugen davon, daß er zwar ein beschäftigter Geschäftsmann ist, aber keineswegs ein reaktionärer Sklaventreiber.

Nachdem er seine Anweisungen gegeben hat, schaut er kurz auf die Uhr, legt dem Sekretär eine joviale Hand auf die Schulter, dreht sich dann um und geht mit eiligem Schritt die Treppen zu der großen Halle hinauf.

Zwei Stunden bleiben ihm, bis sein Zug nach Berlin abfährt. Das ist nicht viel Zeit, aber er müßte es schaffen!

Sein Sekretär hat sich kaum aufgerichtet und mit einer großspurigen Armbewegung einen Gepäckträger herbeigerufen, da ist sein Chef bereits auf den Bahnhofsvorplatz gelangt, wo er sich ein Taxi nimmt.

Gustav Lehmann ist ein geschäftiger Mann, denn »sein Laden brummt«, wie es so schön heißt, ja, sogar so sehr, daß er in letzter Zeit selbst der Meinung ist, es sei vielleicht schon zuviel. Die

Aktivitäten aus der Zeit seines Vaters auf dem Gut außerhalb von Skærbæk haben ständig an Umfang zugenommen, seitdem er selbst die Leitung übernommen und modernere Produktions- und Geschäftsmethoden eingeführt hat. Die Firma wirft mehr ab als nötig, und insbesondere die günstigen Jahre vierzehn bis achtzehn haben die inzwischen weitverzweigten Firmenteile konsolidiert, zu denen unter anderem die Konservenherstellung, die Brauerei, die Landwirtschaft und ein Sägewerk zählen.

Deshalb mangelt es Gustav Lehmann nicht an Geld, sondern eher an der Zeit, es auszugeben, so daß es für ihn beinahe ein Ärgernis war (obwohl er sich bei dem Gedanken daran fast schämt), als er erfuhr, daß seine ihm unbekannte alte Tante mütterlicherseits gestorben und ihm ihr gesamtes Vermögen hinterlassen hat.

Dieser ganze Papierkram.

Und jetzt noch das!

Er setzt sich auf den Beifahrersitz, zieht aus seiner Jackentasche den Zettel mit der Adresse und gibt dem Fahrer Anweisungen. Als der Wagen rechts auf die Vesterbrogade einbiegt und sich in den Verkehr einfädelt, läßt er sich auf den Sitz sinken und zwingt sich etwas zu entspannen.

»Ja, es ist oben im zweiten Stock. Nach Ihnen, Herr Lehmann.«

Der Hausmeister nickt servil und folgt dem Mann die Treppen hinauf.

»Hier hinein.« Der Schlüssel gleitet ins Schloß. »Nun ja, wir warten ja schon eine ganze Weile, daß jemand auftaucht. Schließlich ist es inzwischen eine ganze Zeit her, daß ...«

»Ja, das ist mir klar.« Der jütländische Akzent des Mannes ist nicht zu überhören.

»Nun ja, es hat keinen Sinn, so eine Wohnung leerstehen zu lassen. Das Objekt ist sehr gefragt, weshalb ...« Er wirft dem Fremden einen unsicheren Seitenblick zu und ärgert sich über die eigene Offenherzigkeit. »Ja, man will ja nicht herzlos erscheinen, aber ...«

(Wann lernt er nur, den Mund zu halten?)

»Darüber brauchen Sie sich keine Gedanken zu machen«,

lächelt der Besucher. »Um es vorneweg zu sagen: Ich habe sie gar nicht gekannt. Ich glaube nicht, daß ich sie jemals gesehen habe. Meine Mutter starb, als ich noch sehr klein war, und ich kann mich nicht daran erinnern, daß mein Vater jemals etwas von ihr erwähnt hätte – also von meiner Tante, denn das ist sie ja. Oder besser gesagt, war sie.«

»Na, so was. Da kann man mal sehen.«

Sie treten in den Flur. Emil Jensen bückt sich, sammelt ein paar Zeitungen vom Boden auf und legt sie vorsichtig auf die Kommode.

»Na dann ... Ich kann ja gehen, wenn Sie gern allein sein möchten. Sie brauchen nur an meine Tür zu klopfen, wenn Sie wieder gehen.«

»Wissen Sie was?« Lehmann wendet ihm sein ungewöhnliches Gesicht zu und schaut ihn direkt an. »Ich würde großen Wert darauf legen, wenn Sie blieben. Falls es etwas gibt, was ich nicht unmittelbar ... Es dauert nur eine Sekunde, das kann ich Ihnen versichern. Ich bin ja bereits alle Papiere zusammen mit meinem Anwalt durchgegangen, jetzt muß ich nur noch sehen, was mit der Einrichtung ist.« Er konsultiert seine schwere Golduhr. »Eigentlich paßt mir das ganz schlecht. Ich bin nämlich auf dem Weg zu einem äußerst wichtigen Geschäftstermin in Deutschland. Genaugenommen habe ich gar keine Zeit.«

»Ja, dann ... natürlich. Wenn es nicht so lange dauert ...«

»Das wird es nicht.«

Und es zeigt sich schnell, daß er recht hat. Er durchschreitet hastig die Zimmer, und abgesehen von einem kleinen Moment, den er vor dem Klavier stehen bleibt, seine geschmeidigen Finger über die Klaviatur laufen läßt, ein paar Akkorde anschlägt und mit einem kurzen Lächeln zum Hausmeister hin feststellt, daß es gestimmt werden müßte, hält er sich nicht weiter mit Einzelheiten auf, sondern mustert alles mit einem müden Blick.

An der Kommode schaut er lustlos einen Stapel Post durch. Nichts davon scheint sein Interesse zu wecken – zu Emil Jensens Erleichterung auch nicht der Umschlag, aus dessen Ecke die Briefmarke herausgerissen wurde (französisch, fast fünfzig Jahre alt).

Der Fremde legt den Briefstapel wieder hin, blättert uninteressiert in einem Fotoalbum und öffnet und schließt einige Schubladen …

In Augenhöhe steht eine goldgerahmte Fotografie von zwei jungen Frauen, und er will sich offenbar schon wieder abwenden, als sein Blick davon angezogen wird.

Emil Jensen hat sich die ganze Zeit über wohlerzogen im Hintergrund gehalten, wo er mit den Händen auf dem Rücken den Fremden betrachtet hat. Aber als er sieht, wie dieser den Rahmen umdreht, ihn öffnet und Foto mitsamt Glas auf den Tisch kippt, kann er seinen instinktiven Drang dagegen zu protestieren kaum bezähmen.

Jensen geht es nicht gut. Gar nicht gut. Er wippt unruhig auf den Füßen hin und her. Vielleicht ist das eine natürliche Folge davon, daß sein Leben zum größten Teil darin bestanden hat, das Eigentum anderer zu verwalten und zu hüten, doch als Lehmann das Foto plötzlich in der Mitte durchreißt und die eine Hälfte wegwirft, kann er ein »*Hoho!*« nicht zurückhalten, sondern muß es hinter einem zurechtweisenden Räusperns verstecken.

»Hören Sie, Herr Jensen …« Lehmann dreht sich um, während er die Jacke lüftet und den auserwählten Teil des Fotos in seine Innentasche steckt. Direkt ans Herz. »Ich weiß ehrlich gesagt nicht, was ich damit anfangen soll.« Er schaut sich ratlos um. »Nun … was halten Sie davon, es für mich aus dem Weg zu schaffen?«

»Ja … äh.« Jensen tut so, als überlegte er und zeigt ein leicht gekränktes Gesicht. Hat er sich das doch gedacht! »Aber ich habe nicht so viel Zeit. Ich habe reichlich zu tun …«

»Ich erwarte natürlich nicht, daß Sie mir Ihre Dienste kostenlos zur Verfügung stellen«, beeilt sich der Fremde hinzuzufügen. »Ich werde Sie natürlich für Ihre Mühen bezahlen. Was Sie mit den Sachen machen, dürfen Sie selbst entscheiden. Ich kann davon nichts gebrauchen, wenn Sie also etwas Geld dabei rausschlagen können, dann ist das für mich vollkommen in Ordnung. Ein wenig wird es ja wohl einbringen. Und ich werde mich nicht einmischen. Ich würde am liebsten gar nichts mehr damit zu tun haben.«

Emil Jensen sieht Lehmann abschätzend an. Macht er sich lustig über ihn? Offensichtlich nicht, es ist nur ein Hauch von ungeduldiger Geschäftigkeit in seinem Blick zu erkennen.

»Nun, was sagen Sie?«

»Tja ... Aber sind Sie sich da ganz sicher? Und auch, daß es sonst niemanden in der Familie gibt, der ... Ja, man will ja keine Schwierigkeiten kriegen.«

»Ich bin der einzige Nachfahre! Es gibt sonst wirklich niemanden. Und das ist mein voller Ernst. Es gehört Ihnen, wenn Sie es haben wollen. Aber Sie müssen sich jetzt sofort entscheiden.« Er schaut erneut auf die Uhr. »Ich muß in zwei Minuten los. Ich muß einen Zug erreichen.«

Jensen schaut sich um. »Gut«, sagt er dann, »ich kümmere mich darum. Um Ihnen einen Dienst zu erweisen, Herr Lehmann.« Er zupft sich an der Nase. »Denn das bedeutet ziemlich viel Arbeit. Das ist nicht mal eben in einem Tag erledigt.«

»Nein, natürlich nicht. Warten Sie.« Lehmann schiebt die Hand in die Jacke. Einen Moment lang glaubt Jensen, er will das zerrissene Bild wieder hervorholen, aber statt dessen taucht eine Brieftasche auf. »Was halten Sie von hundert Kronen? Glauben Sie, das wird reichen?«

»Ja, das reicht auf jeden Fall ... Oder ... Nun ja, ich weiß natürlich nicht, was der Fuhrmann nimmt. Es sind ja ziemlich viele Möbel.«

Lehmann steht offensichtlich kurz davor, verärgert zu werden. Aber er hat es eilig. Er zieht noch einen Schein hervor und reicht ihn herum. »So, ich lege noch einen Fünfziger drauf. Jetzt muß es aber reichen! Und sind Sie so gut und rufen einen Wagen? Ich muß diesen Zug kriegen!«

Obwohl er sich für diesen Anlaß seinen besten Anzug angezogen hat, kommt Emil Jensen nicht umhin, den skeptischen Blick des jungen Verkäufers zu bemerken.

»Womit kann ich dienen?«

»Ich würde gern mit dem Inhaber sprechen. Es handelt sich um einen Nachlaß.«

Als der junge Mann nichts sagt, sondern ihn nur mit einem leichten Lächeln betrachtet, fügt er mit einer Handbewegung hinzu, die zu seiner Verärgerung seine eigene Unsicherheit entlarvt: »Ja, es steht doch draußen auf dem Schild, daß Sie Nachlässe kaufen.«

»Ja, schon ...« Der Junge lächelt herablassend und sieht ihn an, als müßte seine Anwesenheit in dieser Umgebung (oder vielleicht seine Existenz überhaupt!) auf einem bedauernswerten Mißverständnis beruhen. »Jedoch nur in ganz besonderen Fällen. Wir kaufen ausschließlich bessere Antiquitäten. Wir haben einen sehr prominenten Kundenkreis. Aber es gibt einen Altwarenhändler weiter unten in der Snaregade. Er kauft auch Möbel an. Wollen Sie nicht lieber ...«

»Hier geht es auch um bessere Möbel. Ich habe den Auftrag erhalten, das Inventar eines Herrschaftshaushaltes zu verkaufen.« (Den Auftrag erhalten! Jensen amüsiert sich: Da hat der Besitz von Mahagonimöbeln ja wohl bereits eine polierende Wirkung auf seine Sprache.)

»Nun ja.« Der junge Mann denkt einen Augenblick nach. »Nun ja«, wiederholt er dann. »Einen Moment, ich werde den Besitzer holen.«

Er verschwindet in den hinteren Räumen und läßt Jensen allein zurück.

Einige Stunden später steht der Besitzer von E. M. Antiques & Møbelhaandværk, ein gut gekleideter älterer Herr mit beeindruckenden grauweißen Augenbrauen und einem ebenso beeindruckenden Schnauzbart, in Frau Fabers Wohnung, und seinem Mienenspiel nach zu urteilen ist er keineswegs enttäuscht. Er geht von Raum zu Raum, von Möbelstück zu Möbelstück und läßt seine Kennerhände zärtlich über die glänzenden Oberflächen gleiten. Er öffnet Schubladen, hockt sich hin und kneift die Augen bei dem einen oder anderen Detail zusammen, das ihm offensichtlich wesentlich erscheint, zwirbelt nachdenklich die Spitzen seines imposanten Schnauzbartes und notiert eifrig etwas auf einem kleinen Block, den er bei sich hat.

Jensen wartet voller Spannung.

»Ja«, sagt der Händler nach einer Weile, »das ist wirklich ganz ausgezeichnetes Mobiliar. Nicht unübertroffen, aber ausgezeichnet ... Übrigens, was hing denn hier?« fragt er und zeigt auf ein großes, helles Rechteck an der Wand.

Jensen errötet leicht. »Ein Gemälde, das die Familie selbst behalten wollte.«

»Ach so.« Der vornehmste Antiquitätenhändler der Stadt zeigt zum Schein eine besorgte Miene. »Ich glaube schon, daß wir uns einig werden können, Sie und ich. Vielleicht ...« Er zögert einen Augenblick. »Aber leider sind die Verhältnisse im Augenblick nicht so günstig. Ach ja, diese modernen Zeiten. Wie Sie vielleicht wissen, sind heutzutage von Architekten entworfene Möbel die größte Mode. Schlichtheit ... Funktionalismus, Sie wissen schon ... Man legt nicht mehr so großen Wert auf antike Möbel. Deshalb kann ich Ihnen leider nicht einen so hohen Preis zahlen, wie ich es gerne würde und wie ich Ihnen noch vor ein paar Jahren hätte anbieten können. Ich muß ja auch bedenken, für wieviel Geld ich sie selbst verkaufen kann, und außerdem müssen wir viele der Möbel wieder instandsetzen und reparieren, bevor sie sich überhaupt für den Weiterverkauf eignen. Das werden Sie sicher verstehen.«

»Natürlich«, murmelt Emil Jensen und spürt die Enttäuschung wie einen wolligen Klumpen in der Kehle.

»Aber dafür kann ich Ihnen versprechen, daß mein Angebot von keinem anderen, was Sie irgendwo bekommen würden, übertroffen wird.« Er läßt seinen Blick über den Hausmeister schweifen, bevor er einen Entschluß faßt und einen Betrag nennt, der der Hälfte des aktuellen Wertes entspricht und – durch einen sonderbaren Zufall – genau dem Doppelten dessen, was Jensen sich zu erhoffen gewagt hatte.

»Wenn Sie mit meinem Vorschlag einverstanden sind, können Sie das Geld meinetwegen sofort bekommen. Dann hätten wir das erledigt«, lockt er.

»Sofort, sagen Sie?« Jensen schluckt seine Gemütsverwirrung herunter. »Ja, dann ... Ja! Dann ist es abgemacht.«

»Gut, ich denke, ich werde gleich einen schriftlichen Vertrag aufsetzen, den Sie mir bitte unterschreiben. Nicht, daß ich Ihnen nicht vertraue, es ist nur der guten Ordnung halber.«

Der Antiquitätenhändler zieht einen Eßtischstuhl heraus und setzt sich, und zwei Minuten später hat Jensen seinen Namenszug auf ein Stück Papier gesetzt, das ihn zu etwas macht, was in seinem Verständnis ein gemachter Mann ist.

Und es kommt noch besser: Der Fremde schiebt die Hand in seinen Mantel und zieht mit einer ruhigen Bewegung eine wohlgespickte Geldbörse hervor. Emil Jensen sieht berauscht zu, wie der Fremde Daumen und Zeigefinger anleckt und sich daranmacht, ein Bündel Scheine von der Dicke des Gesangbuchs, das er zu seiner Konfirmation bekommen hat, aufzublättern.

Die Hand zittert leicht, als er das Geld entgegennimmt.

»Vielen Dank«, platzt es aus ihm heraus, worüber er sich sofort ärgert. Denn das ist ja kein Geschenk! Er mag sein abgenutztes braunes Portemonnaie nicht im Beisein des anderen herausziehen, rollt statt dessen das Bündel zusammen und schiebt es tief in die Hosentasche, die dadurch wie eine gigantische Erektion ausbeult.

Der Fremde lächelt. »Ja, dann sage ich vielen Dank für das Geschäft, Herr Jensen.« Die Brieftasche verschwindet wieder im Mantel. »Ich werde morgen Vormittag ein paar Männer schicken, um die Wohnung leerzuräumen. Würde Ihnen das passen?«

»Ja, das paßt ausgezeichnet. Ich werde dafür sorgen, daß sie hereinkönnen.«

»Sehr schön. Und sorgen Sie auch dafür, daß Schränke und Schubladen leer sind? Wie ich gesehen habe, lagen noch einige Briefe und Papiere in der Kommode.«

»Aber natürlich.«

»Gut, dann erst einmal auf Wiedersehen.«

Er ist bereits auf dem Weg hinaus, als er sich plötzlich umdreht und stehenbleibt.

Jensen fürchtet eine schreckliche Sekunde lang, daß der Mann das Geschäft bereuen könnte, und ist bereits dabei, Pläne aufzustellen, wie er ihm begreiflich machen könnte, daß ein Handel nicht rückgängig gemacht werden kann. Doch zu seiner Erleichterung sieht er, wie der andere zu dem kleinen Schachtisch geht und ihn hochhebt.

Er wendet sich Jensen zu und meint: »Den kann ich eigentlich gleich mitnehmen. Der wiegt ja nichts.«

Paris, Mittwoch, d. 12. Mai 1885

Liebe Klara, meine liebe Frau,
vor ein paar Wochen kam ein junger Mann in meine Sprechstunde.

Ich habe immer, ob ich nun als Referent vor einem vollen Auditorium stand oder als Gast in einen Ballsaal voller fremder, festlich gekleideter Menschen trat, mit einem einzigen Blick feststellen können, wer unter ihnen den gleichen Stachel im Fleisch trug wie ich selbst; ja, es kommt mir so vor, als hätte das Schicksal ihnen ein sichtbares Zeichen auf die Stirn gemalt.

Es war offensichtlich, daß der junge Mann, der vor mir stand, das Zeichen trug. Nachdem er mir ein paar harmlose Beulen auf dem Rücken gezeigt hatte, die ich auch untersuchte und für deren Heilung ich ihm ein Rezept über ein wirkungsvolles Präparat ausstellte, kam er endlich, unter Zögern und Zagen, zu seinem eigentlichen Anliegen.

Da tat ich etwas, was ich noch nie zuvor getan hatte: Ich wies ihn ab! Mit einigen schroffen Bemerkungen verwies ich ihn der Praxis.

Mein scheinbar so gefühlloses Verhalten, dessen möglicherweise schreckliche Konsequenzen mich nächtelang wachhielten, hatten ihre Wurzeln nicht in einem mißverstandenen, selbstgerechten Widerwillen gegen die Lüge, sondern in der nackten Angst davor, daß ich Gefahr laufen könnte, ihm die Wahrheit zu erzählen … Die ganze Wahrheit …

Um das folgende richtig verstehen zu können, mußt du wissen, daß ich einen Revolver besitze, der in der obersten Schublade meines Schreibtisches im Sprechzimmer liegt, schon seit Theodors Zeiten – eine Waffe, die er sich nach eigener Aussage angeschafft hat, als er wiederholte Male von einem nervenkranken Patienten aufgesucht wurde, der gegen ihn und sein Personal Drohungen aussprach. Ich hatte sie nur deshalb noch nicht entfernt, weil ich, vermutlich als Folge meiner üblichen Zerstreutheit ganz einfach vergessen hatte, daß sie dort lag.

Jetzt wurde mir ihre Anwesenheit plötzlich schmerzlich bewußt, und ich bekam Angst, daß ich dem Drang nachgeben und die Schublade öffnen könnte, den Revolver auf den Tisch legen und dem jungen Menschen folgendes verkünden würde:

»Junger Mann, ich könnte Ihnen sagen, daß die Hypnosebehandlung ausgezeichnete Resultate erbringt, ich könnte Sie sicher mit Erfolg glauben machen, daß Ihr Zustand nur eine Zwangsvorstellung sei, geboren aus der geschlechtlichen und generellen Verwirrung der Jugend, und daß sie mit Hilfe eines starken Willens und unerbittlicher Selbstzucht zu bezwingen sei. Ich könnte Ihnen väterlich auf die Schulter klopfen und sagen, daß die Welt voller wunderbarer junger Frauen ist, Sie bräuchten sich doch nur umzuschauen, und daß Sie bald entdecken werden, daß sich unter ihnen auch eine für Sie befindet. Daß Sie heiraten sollten, die Freuden entdecken, die der Schoß einer Frau birgt – Freuden, so himmlisch, daß Sie bald Ihre Verdrießlichkeiten vergessen werden! Sie würden mir vermutlich glauben, und Sie würden meine Sprechstunde verlassen und mit neuem Mut ins Leben hinausgehen. Und Sie würden, weil Ihr Körper Sie von Anfang an verraten hat, all Ihre Kräfte sammeln, um nie zu versagen. Und weil Ihr Körper Ihnen zuwider ist, eine entzündete, eitrige Bürde, würden Sie Ihr Leben dem reinen Gedanken weihen, und Sie würden, weil Sie wissen, wie es ist, Seite an Seite mit der Lüge zu leben, in allen anderen Beziehungen des Lebens die große Wahrheit anstreben. Vielleicht würde es Ihnen gelingen, und Ihre Unbestechlichkeit würde Ihnen auf allen Wegen Anerkennung und Respekt verschaffen, und einen beneidenswert leichten Zugang zu Freundschaften – nicht die der oberflächlichen Mitläufer, Kriecher und Nachplapperer, sondern die der guten Menschen, die ihr Herz und ihren Verstand am rechten Fleck haben ... Und eines Abends würden Sie an der Tafel in Gesellschaft dieser guten Freunde sitzen, und Sie wären von warmer, innerlicher Freude erfüllt, wenn Sie über all diese prächtigen Häupter blickten – gute, rechtschaffene Männer, die alles für Sie tun würden und für die Sie alles tun würden. Sie wären erfüllt von einer tiefen Befriedigung darüber, so privilegiert, so geschätzt zu sein. Und vielleicht würden Sie so-

gar einen freundlichen Gedanken an den Arzt schicken, der Sie einst aus Ihrer Verwirrung und auf den rechten Weg geführt hat ...

Doch dann, während Sie so dasitzen, wird plötzlich ein eiskalter Wind Ihr Herz durchwehen, weil Ihnen auf einmal in all seinem Grauen klar wird, daß Ihre Freunde, wenn sie wüßten, ja, wenn sie nur die leiseste Ahnung davon hätten, wer Sie wirklich sind, von Ekel erfüllt wären und Sie mit Abscheu betrachten würden. Bei Ihrer freundschaftlichen Berührung würde ihnen übel werden, sie würden Ihnen den Rücken zukehren und Sie in Zukunft meiden wie einen Pestkranken ... Und selbst wenn Sie in Ihrem tiefsten Inneren wüßten, daß die anderen sich irren und nicht Sie selbst, so würde Ihnen das nicht im geringsten helfen. Denn Sie wissen gleichzeitig, daß es darum gar nicht geht...

Deshalb, junger Mann, ist mein ärztlicher und freundschaftlicher Rat an Sie folgender: Nehmen Sie den Revolver, spüren Sie, wie sicher und schwer er in der Hand liegt, und gehen Sie hinaus und suchen Sie sich einen ruhigen, ungestörten Fleck, wo Sie sich in aller Ruhe eine Kugel in den Kopf schießen können! Das, mein junger Freund, ist das einzige Rezept, das ich Ihnen ausschreiben kann.«

Du bist noch jung, Klara, und Du hast Dir den Glauben an das Leben bewahrt. Dein Kind ist, durch meine bescheidene Mithilfe, legitimiert, so daß nicht der drohende Zeigefinger der engstirnigen Moral auf Dich zeigen wird. Du bist finanziell relativ gutgestellt, und nichts hindert Dich daran, aktiv dein Glück zu suchen und zu finden – nichts außer einem deprimierten, alternden Morphinisten, an den Du durch verschiedene unglückliche Umstände des Schicksals plötzlich unlöslich gekettet bist.

Ich könnte so vieles zerstören, Klara, aber ich habe in meinem Leben genug zerstört.

Es war einmal, da tanzten wir die Nacht durch, Du, ich und Ditlev ... Erinnerst Du dich?

Und es gab eine Zeit, da wachten wir beide an seiner Bettkante, drückten einander und ihm die Hände, vereint im Kummer über sein Leiden ...

Aber, liebe Klara – die Frage ist ja nicht, ob wir glücklich sind oder unglücklich, denn beides, das Grauen wie die Ekstase sind in ihrer Flüchtigkeit der Beweis dessen, daß wir leben ... Die Frage ist, ob wir immer noch imstande sind, das eine zu fürchten und auf das andere zu hoffen.

Es ist jetzt früher Morgen. Ich sitze hier und schreibe, während ich sehe, wie die rote Sonne über den Dächern von Paris aufgeht – erfüllt von einer innigen Dankbarkeit Dir gegenüber, meine Freundin, die Du mich dazu überredet hast, hierher zu fahren, damit ich diese stolze Stadt wiedersehen konnte. Ich verstehe so gut, warum die Künstler aus aller Welt hierher pilgern.

Hier hat das Licht eine ganz besondere Klarheit ...

Dein Dir auf ewig ergebener
Frederik

JETTE KAARSBØL

wurde 1961 in der dänischen Kleinstadt Hillerød geboren, wo sie auch heute zusammen mit ihrem Mann und zwei Kindern lebt. Sie sagt über sich: »Solange ich denken kann, habe ich in zwei parallelen Welten gelebt – der unmittelbaren, in der ich mit meiner Familie, den Schulkameraden usw. unterwegs war – und einer zweiten, in die ich mich alleine zurückzog und die aus Worten bestand. Wenn ich meine Erlebnisse aus der ersten Welt in die zweite hineinzog, wurden sie in Sprache verwandelt.«

Doch der Traum von einem frühen literarischen Debüt sollte sich für Jette Kaarsbøl nicht erfüllen. Erst nach zwei abgebrochenen Studiengängen, einer Lehrerausbildung und einer Reihe von Arbeitsjahren an diversen Schulen wurde der Wunsch zu schreiben so übermächtig, daß Jette Kaarsbøl mit dem Einverständnis der Familie ihre Stelle kündigte und im Laufe eines Jahres den umfangreichen historischen Gesellschaftsroman *Das Versprechen der Ehe* schrieb.

Kaarsbøls Romanerstling war 2003 die literarische Sensation in Dänemark, avancierte zum Publikumsliebling und wurde mit dem Buchpreis der Leser 2004 und dem renommierten *Goldenen Lorbeer 2004* ausgezeichnet, der damit zum ersten Mal überhaupt an eine Debütantin verliehen wurde. Die Autorin schreibt an ihrem zweiten Roman, *Das Versprechen der Ehe* wurde in mehrere Sprachen übersetzt.